比较诗学与比较文化丛书

刘耘华 主编

印度诗学导论

尹锡南 著

本书受到中央财政支持地方高校发展专项资金项目“上海师范大学·比较文学与世界文学”以及上海高校高峰学科建设计划项目“上海师范大学·中国语言文学”资助

“诗学”本义与诗学再诠

——“比较诗学与比较文化丛书”编纂前言

刘耘华

“比较诗学与比较文化丛书”的编纂缘起，始于国家重点学科——上海师范大学“比较文学与世界文学”学科的一次人员调整。2012年5月，本学科的奠基人和开拓者——郑克鲁先生和先师孙景尧先生先后退休，学科的另外一些重要成员，如朱宪生教授、刘文荣教授以及刚刚从北京大学引入不久的孙轶旻博士，也先后或者退休，或者出国，使本学科陷入青黄不接、师资匮乏的局面。本人蒙学校不弃，临危受命担任学科负责人，首要之责自然便是大力引进人才——在学校一路绿灯的特殊关照之下，本学科自2012年5月起，在短短4年时间里先后引入了11名专职教师（他们全部都有名校博士学位，其中，两名是长聘的外籍专家），我自己则离开中外文学文化关系研究室，进入比较文学与中外文论研究室，研究的重心，相应地也由“基督教与中国古代文学文化关系”调整到“比较文学与中西文论比较”——后者被我国比较文学界日益认可和接纳的“学名”就是“中西比较诗学”。

中西比较诗学研究，不可能直接上手就做，而是先得培植根基——经典的阅读则是不二法门。我为研究生开设的“诗学”方面的课程，主要也就是中西诗学原典的导读以及比较文化方法论导论。在古代中国经典导读方面，因我自己长期对先秦两汉的著述颇有兴趣且比较熟悉，故这一课程我选择先秦两汉的重要著作作为导读的对象（我感到，中西比较诗学研究的展开，对于先秦两汉经典的研读乃是必经之途，否则，一方面《文心雕龙》、《诗品》之类的古代文论专书之精微旨趣没法得到深切的领悟和体味，另一方面中外文论之间绵延不断的彼此吞吐融摄之原理机制也难以得到深刻的透析）；在西方经典导读方面，我却一直窘迫于“教材”的选择：毋庸说，可供选择的“西方美学史”、“西方文论史”中英论著其实相当丰富且精准深入，不过，对于刚刚本科毕业的硕士生来说，“脱离”了经典文本的论述显得较为艰涩，而不少英文的诗学或文论原著选读本，却又往往缺乏“史”的连贯性和脉络性，对学生而言仍然难以产生“清楚明白”的效果。我突然想,为何不能自己编纂一套能够克服上述缺欠的诗学教材呢?即:选择一些诗学原典,同时每篇均给予概要性的精准导读。当时,学科点得到财政部“中央财政支持地方高校专项资金项目·比较文学与世界文学”的资助,经费比较丰沛(这一项目于2015年终止之后,上海高校高峰学科建设计划资助项目“上海师范大学·中国语言文学”给予了跟进支持);同时我又把设想向乐黛云师汇报,乐师对此十分支持并乐见其成,因此我便下了决心编纂这套丛书。

丛书的构成有三块:第一块是诗学原典的选粹和导读。朱立元先生推荐著名学者陆扬教授主持西方古典诗学部分,西方现代诗学部分我则请青年才俊范劲教授帮忙,结果两位都爽快地答应了。东方诗学部分,日本文论方面王向远教授于2012年编译出版了《日本古典文论选译》(四卷本),希望过几年我们还能编选一套原文导读本;印度诗学的编选与导读难度太大(更毋庸说阿拉伯文论了),本丛书只好暂付阙如。第二块是国别诗学的导论性著作,其中,尹锡南教授可谓担纲《印度诗学导论》的不二人选,《日本诗学导论》由我校严明教授和东京大学文学博士山本景子合作编撰,也是上佳的组合。《中国古典诗学导论》和《中国现代诗学导论》分别由朱志荣教授和赵小琪教授负责,二位是各自领域内最有资质的专家,相信其撰述能够行之久远。第三块是综合比较的研究,主要是《比较诗学导论》和《比较文化方法论》。前者由陈跃红教授负责,后者由我负责。我们希望到时能够交出令学界和自己都比较满意的答卷。

我们从2013年起,连续举办了三次编纂会,对各位专家所提出的选编策略、对象范围、撰写提纲、行文风格,特别是“诗学”的蕴含等问题进行了热烈而富有成效的讨论,有力地推动了项目的进度。《中国比较文学》对此做了跟进报道,而《上海师范大学学报》则开辟专栏来展示本项目的前期研究成果。现在第一批的五种著述将要先行问世,本丛书的选编策略、对象范围、行文风格等问题可在阅读中一眼即知,似毋需再作解释,倒是“诗学”概念的蕴含问题,讨论之时大家就歧论纷纭,难以统一,落实到实际的撰述或编选过程之中,似乎也有彼此扞格不一之处。我感到有必要借此机会对此予以学理上的澄清。

作为**系统性地**讨论“做诗术”的专有名词,“诗学”的概念似首起于亚里士多德。但是,即使在《诗学》之中,“诗”(poiesis)的本义也并非今日之文体意义上的一个文类[①],

① 按:《诗学》中较为严格意义上的“文类”,有史诗(epikos)、悲剧(tragoidia)、喜剧(komoidia)以及“dithurambos”等其他地方性的艺术形式,它们都是“poiesis”的不同产品,而非全然是“poiesis”本身(无论用“行为”还是“结果”来衡量)。

而是指"制作"(to make)或"创造"(to create)的"行为"或"结果",后来,特别是指化"虚(不可见者)"为"实(可见者)"、"无"中生"有"之"制作"的"技能/技巧"(techne)。《会饮篇》205c-d记录了苏格拉底借第俄提玛(Diotima)之口所说的话:

> 创造(poiesis),可是件复杂的事情。任何事物,只要从非存在进入到存在,它的整个构造原理①就是创造(poiesis)。所有技艺(technais)的产品都是创造物(poiesis),而其制作者(demiourgoi)则都是创造者(poietai)。……可是你知道,人们不是把所有的制作者都叫做"诗人"(poietai),而是以各种其他的名字称呼他们。只有一种制作从制作的整体中被分立出来,即,单单是使用音乐和格律的(技艺)才叫做"创造"(poiesis),拥有这种技能的人才被称为"诗人"。②

这段话很重要,也被后世学人反复征引,因为由此可知,在亚里士多德之前,"poiesis"便已专指"诗"的"制作"或"创造"了,我们相应地可推断,"Peri Poietikes"译成"诗术"或"诗法"是比较准确的。这里有必要指出的是,在苏格拉底甚至更早的时代,"制作"的"技艺"**天然地**与"摹仿"(mimesis)相关,而在柏拉图的笔下,"制作"的"技艺"更是无疑地"具有模仿性的结构"③:造物者(demiourgos)的本义为"工匠"、"手艺人",即,使用某种技艺(techne)来制作(poiein)产品的人,无论何种"工匠",都需要通过"摹仿"。神圣的宇宙制作者(poietes)摹仿宇宙的"Nous"(在《蒂迈欧篇》里是指所有"eidos"的存储者),使"混沌(chaos)"变成"宇宙(cosmos)"④;人世的工匠通过摹仿万有之"eidos/idea"来制作和生产,这些工作都是把"不存在的"或"不可见的"变成"存在的"或"可见的",都是"无中生有"的"创造"⑤。这种通过"techne"(复数technais)把"某物"(ousiai)带入存在的活动,就是"poiesis"(生产/制作),因此,在"制

① 按:原文用的词是"aitia",它的主要意思是"原因、理由,控告"。一些中英译本将其译为"构造的过程",似不准确。

② Plato, *Symposium*: 205c-d.按:此段引文是笔者根据《牛津古典文本》及《洛布丛书》收录的《会饮篇》希腊原文自行翻译的。

③ 〔美〕萨利斯(John Sallis):《方圆说:论柏拉图〈蒂迈欧〉中的开端》,孔许友译,戴晓光校,上海:华东师范大学出版社,2013年,第74页。

④ 柏拉图认为,这是神圣而智性的(noetic)的"创造",超出了人的"言说"(logos)范围。见:《蒂迈欧》28c。

⑤ 很显然,这种宇宙工匠的"创造",与基督教神学中绝对"无中生有"(Ex nihilo)的上帝创世论有所不同,因为前者用"技艺"制作,乃是化无秩序之混沌为有秩序之宇宙,其性质是从混沌之"有"到秩序之"有",不是绝对的"无"中生"有"。

作的秩序”[①]中，“poiesis”与“techne”的含义是可以彼此互换的。当然，在柏拉图看来，“techne”也不是在所有的情况下都等同于“poiesis”，譬如，实践性的活动（学习、打猎、求知、教育等）虽有“技巧”，却无需工匠（demiourgoi）的“制作”，也不把新的存在带入“可见”的世界。按照亚里士多德的说法，实践（praxis）是“行”（doing），制作是“造”（making），二者不一样（*Nichomachean Ethics*，VI，iii，4 - iv. 6[②]）。

亚里士多德十分重视摹仿与艺术的关系，他断言一切艺术皆源于摹仿。摹仿以及音调感、节奏感的产生，都是出自人的天性和本能，人在摹仿的成果中获得快感[③]。在亚氏这儿，摹仿似乎成了艺术创造的唯一途径。不过，若深入辨析一下，我们就能够发现，即使在亚氏这里，“摹仿”仍然只是一种“制作”（poiesis）的技艺：它没有完全等同于或者彻底覆盖“制作”的全部蕴含。首先，《诗学》的摹仿论只应用于对“行动”摹仿的文类（特别是悲剧、喜剧和史诗），像酒神颂之类的诗歌不在他的论列范围；其次，尽管亚里士多德特别重视悲剧的摹仿，但是这种“摹仿”从未与“悲剧”的文类划上等号（同样，他也未把史诗的摹仿与史诗的文类相等同），可以说他的“诗学”，作为以韵律、节奏、言语、情节、性格、思想、场景或叙述等手段来对“一个完整划一，有起始、中段和结尾的行动”[④]进行创造性或虚构性“摹仿”的技艺（techne），**从逻辑上说**并不单纯地局限于或等同于某些特定的文类，也即，亚氏侧重于以**功能作用**，而非本体论地阐述“摹仿”或文类之“何所谓”（what it is），这样一来便使得“诗学”一词在后来的演变和发展中具有很大的包容性和开放性。可以换一种表述来重申一下笔者的观点：**作为“制作”或“创造”的诗学，它的外延超过了作为“摹仿”的诗学；进一步说，类似于“诗言志”的非摹仿性、非情节性、缺乏起承转合之行动时间的“诗学”（如希腊酒神颂以及后来的浪漫主义诗学、表现主义诗学等），归根结底，也是一种“制作”的技艺**。鉴于此，笔者认为，今天我们以“诗学”来指称“文学理论”、“文艺理论”或者甚至让它承担更特别的功能——譬如海德格尔让它来承纳“存在”的“真理”，等等，这些都与“诗学”在古希腊时代的原初本义存有内在的逻辑勾连性，因而都是“合法的”挪用。

---

① 按：与之相对的是“生长或生育的秩序”，即无需人工技能的照料、自然生发的秩序。

② 按：此处的英译采用“洛布丛书”（Loeb Classical Library）本。

③ 主要见于亚里士多德《论诗术》（*PeriPoietikes*）的第1—4章（陈中梅译：《诗学》，商务印书馆，1999年，第27—57页）。

④ 这是《诗学》第23章对史诗“行动”的规定，悲剧所摹仿的“行动”则要短一些，所以加了“有一定长度”（要尽量限制在“太阳转一圈”的时间之内）的修饰（第5—6章），两种“行动”都需要合乎“必然”或“可然”的原则，而非像历史一样只是具体事件的如实记录。

陆扬教授《西方古典诗学经典导读》的《选编序言》主张,"西方古典诗学"所覆盖的经典诗学文本,既可以是狭义的诗的理论和批评,也可以是广义的文学理论。后者他以托多罗夫(TzvetanTodorov)的观点为据,认为亚氏的《诗学》所论述的对象并非后来叫做"文学"的东西,它只是探究怎样使用语言来进行摹仿(即,一种功能机制上的寻索)。窃以为,这一观点刚好与本人的上述见解相一致。范劲教授《西方现代诗学经典导读》的《选编序言》乃长篇宏文,依笔者的浅见,其要旨在于:包括文学理论在内的一切人类的知识,其实与生命一样是一个活的、开放的、整体性的系统。"诗学"以其灵动的模糊性而适于"模拟"这一"系统性",并承担整合与协调系统之内纷繁多样之差异性(特别是内与外、无限与有限、整体与个别、现实与虚构、理性与知性、艺术与政治、文学与其他学科之间的复杂关系)的功能,它是一个富有弹性、可以让"理论"——包括"反理论"的理论、"反诗学"的诗学——既彼此渗透交缠又各自腾挪自如的自由游戏的空间。因此,相比较而言,"诗学"所表象的是世界的"大的理性",而追求明晰分界因而自我拘束的"理论"反而是"小的理性"。"诗学"古老而常新,既与现代德国早期浪漫派心心相印,也与以《易经》为代表的中国诗学殊途同归,因而堪称弥合古今、融通中西、不断建构和创新的**自生性**思维框架,而且毫无疑问,它也同时具有比较诗学方法论的意义。作为本套丛书的发起人和组织者,本人不仅深深欣赏这一理论姿态,而且乐于认同和接受这一立场,因为它一方面颇合于亚里士多德以"创造"的行为来诠释"做诗术"的诗学精神,另一方面也为本丛书的国别诗学论述提供了富有包容性和适切性的言述空间。我们可以放心地说,无论是赵小琪教授从权力关系的视角对现代中国诗学的三脉主流——自由主义诗学、保守主义诗学和马克思主义诗学之互动与变奏关系的深层透视,还是尹锡南教授以范畴、命题、文体为核心对古老印度诗学之流变的严谨辨释,抑或严明教授和山本景子博士从发展阶段性、文体、范畴以及特质入手对日本诗学的清晰诠解,全都是"诗学"场地内的兴之所至的"自由游戏"。这些严谨扎实、蕴含丰厚的国别诗学论著,既是对于国别诗学的事实性陈述,同时也无不隐含了东方(主要是)比较诗学研究者的独特视角和"世界"关怀,因而无疑也是具有新的时代精神与学术情怀的"诗学再诠"。我们期待学术界对此展开严肃的批评和讨论。

借此机会,我也谨向诸位专家表示诚挚的敬意和真切的谢意。

2017年9月28日

上海师范大学文苑楼

目 录

“诗学”本义与诗学再诠
——“比较诗学与比较文化丛书”编纂前言 …………………… 刘耘华 （1）

第一章 概论 ……………………………………………………（1）
第一节 “诗学”概念在印度的产生和演变 ……………………（1）
第二节 印度诗学的发展历程 …………………………………（8）
第三节 印度诗学的世界地位 …………………………………（20）
第四节 研究印度诗学的基本方法 ……………………………（24）

第二章 古代范畴论 ……………………………………………（30）
第一节 情论 ……………………………………………………（30）
第二节 味论 ……………………………………………………（34）
第三节 虔诚味论 ………………………………………………（45）
第四节 庄严论 …………………………………………………（51）
第五节 词功能论 ………………………………………………（62）
第六节 韵论 ……………………………………………………（64）
第七节 风格论 …………………………………………………（71）
第八节 曲语论 …………………………………………………（76）
第九节 合适论 …………………………………………………（82）
第十节 推理论 …………………………………………………（86）
第十一节 魅力论 ………………………………………………（92）
第十二节 诗德论 ………………………………………………（96）
第十三节 诗病论 ………………………………………………（100）
第十四节 诗相论 ………………………………………………（107）

第三章 诗学命题论 …………………………………………………………（111）
第一节 “诗是音和义的结合” ……………………………………………（111）
第二节 “优秀文学作品使人获得快乐” ……………………………………（116）
第三节 “诗的灵魂是风格” ………………………………………………（121）
第四节 “戏剧再现三界的一切情况” ……………………………………（126）
第五节 “天才是诗的唯一原因” …………………………………………（130）
第六节 “诗的内容要有独立的自我” ……………………………………（138）
第七节 “语言是戏剧的身体” ……………………………………………（143）
第八节 “写诗应努力学习语法” …………………………………………（148）
第九节 “读者产生情由等等的普遍化” …………………………………（152）
第十节 “艳情味是最甜蜜、最愉快的味” ………………………………（156）

第四章 古代文体论 …………………………………………………………（161）
第一节 引论 ………………………………………………………………（161）
第二节 戏剧论 ……………………………………………………………（169）
第三节 十色论 ……………………………………………………………（194）
第四节 次色论 ……………………………………………………………（199）
第五节 韵文体论 …………………………………………………………（204）
第六节 散文体论 …………………………………………………………（208）
第七节 混合体论 …………………………………………………………（210）
第八节 图案诗论 …………………………………………………………（212）
第九节 阿哈姆论 …………………………………………………………（216）
第十节 普拉姆论 …………………………………………………………（219）

第五章 现当代诗学名家论 …………………………………………………（221）
第一节 罗宾德拉纳特·泰戈尔 …………………………………………（221）
第二节 奥罗宾多·高士 …………………………………………………（229）
第三节 M.希利亚南 ………………………………………………………（240）

第四节　S.K.代……（245）
第五节　V.拉克凡……（249）
第六节　普列姆昌德……（252）
第七节　拉默金德尔·修格尔……（257）
第八节　“阴影派”文论诸家……（260）
第九节　后修格尔时代印地语文论三大家……（262）
第十节　乌尔都语文论三大家……（270）
第十一节　S.K.达斯……（273）
第十二节　纳姆瓦尔·辛格……（279）
第十三节　勒沃普拉萨德·德维威迪……（282）
第十四节　特迦斯薇妮·尼南贾娜……（284）
第十五节　阿贾兹·艾哈默德……（288）
第十六节　马拉室利·拉尔……（293）

第六章　世界传播论……（299）
第一节　印度诗学在中国……（299）
第二节　印度诗学在南亚与东南亚……（320）
第三节　印度诗学在西方……（325）

余论　印度诗学的民族特色……（337）
第一节　引言……（337）
第二节　印度古典诗学的民族特色……（338）
第三节　印度现代诗学的民族特色……（347）

参考文献……（355）

后记……（373）

第一章 概 论

第一节 “诗学”概念在印度的产生和演变

无论是各种概念的产生和演变，还是理论范畴与思想命题的发展变异，印度诗学都具有非常值得关注的一些特点。作为印度古典诗学的代名词和印度诗学的精华，梵语诗学完全是原创的一种理论体系。这一体系迥异于古希腊诗学，与中国古代文论的逻辑展开和思想衍生也完全不同。梵语诗学对印度现代诗学的发展具有深远的影响。印度诗学在其现代发展阶段，既未完全脱离梵语诗学窠臼，也未排斥西方诗学的深刻影响。这里先简介“诗学”概念在印度古典诗学，亦即梵语诗学中的起源和发展，并探讨印度的“庄严论”与西方的“诗学”、“文学理论”等概念和谐共存的理论生态。

一、印度古代“诗”的概念

考察印度的“诗学”源流，先得对印度古代文学中“诗”(kāvya)的概念略加辨析。在梵语中，表示诗的词语很多，如 kāvya、kavitā、padya、kāvyaprabandha、kāvyabandha 等[①]。在印度古代，诗是文学或美文学(fine literature)的通称，诗大致相当于文学，和古希腊的情况基本相似。

印度古代梵语文学历史悠久，大体可分为三个时期，即吠陀时期(前 15 世纪至前 4 世纪)、史诗时期(前 4 世纪至 4 世纪)和古典梵语文学时期(1 世纪至 12 世纪)。漫长的两千多年里，这里产生了印欧语系最古老的诗歌总集《梨俱吠陀》、《摩诃婆罗多》和《罗摩衍那》等两大史诗、神话传说、寓言故事、抒情诗、叙事诗、戏剧和小说。在这片广袤肥沃的文学土壤上，“诗”的概念得以成型，为梵语诗学萌芽创造了语言前提。

吠陀文学是印度古代文学的源头。四部吠陀本集是婆罗门祭司为适应祭祀仪式的

---

① Vaman Shivram Apte, *The Student's English-Sanskrit Dictionary*, Delhi: Motilal Banarsidass Publishers, 2002, p.348.

需要进行编订的。吠陀诗人通常被称作“仙人”（ṛṣi），或译“先知”。这些仙人创作的颂诗常常表露出一种超凡的视觉体验，与神相通，受神启悟。因此，吠陀文献常常把仙人创作颂诗说成是“看见”颂诗，同时把吠陀颂诗称作“耳闻”或“天启”（śruti 或 śruta）。吠陀诗人即仙人们崇拜语言，将语言尊称为女神，这对梵语诗学家的语言观和诗学观产生了极为深远的影响。

值得注意的是，印度古人并不将吠陀颂诗或颂歌视为诗，而是视其为婆罗门教亦即印度教前身的至高经典，即“天启经”。用作吠陀颂诗的梵文词是 mantra（曼多罗），意思是“赞颂”、“祷词”或“经咒”。吠陀颂诗有时也被称为阐陀（chandas），意思是“韵律”或“韵文”。“后来在梵语中指称诗的 kāvya 一词，在吠陀诗集中并非指称诗，而是指称智慧或灵感。吠陀诗集中的文学功能依附宗教功能。在整个吠陀时期，文学尚未成为一种独立的意识表现形态。因此，文学理论思辨也不可能提到日程上来。”[①]这便是印度古代文学理论起源较晚的重要因素。到了史诗时期，出现了享誉后世的两大史诗，其中的《罗摩衍那》被称为“最初的诗”（ādikāvya）。它们采用简易的“输洛迦体”诗律。这时的“诗”（kāvya）已经成为文学意义上的诗。此时，梵语文学从史诗时期步入古典梵语文学时期，梵语文学已经不再完全依附于宗教而存在，梵语文学家开始以个人的名义进行独立的创作。“从总体上说，古典梵语文学已经与宗教文献相分离，成为一种独立发展的意识表现形态。”[②]

梵语文学的独立成型为梵语诗学的产生创造了基本的前提，他们的诸多著述自然也为印度古代关于“诗”的理性思考铺平了道路。

梵语诗学家关于诗的理解对印度古代“文学”（sāhitya）的含义产生了深刻影响。例如，婆摩诃认为：“诗是音和义的结合，分为散文体和韵文体两类。”[③]该句原文是：“Śabdārthau sahitau kāvyam gadyam padyam ca taddvidhā。”[④]此句中的 śabdārthau 是声音（śabda，或译“语言”）与意义（artha）的双数形式，而同为双数形式的梵文词 sahitau 的原形则为表示“结合”的过去分词 sahita（这个词由表示“一并”、“结合”等的前缀词 sa 加上表示“维持”、“安置”等的动词字根 dhā 的过去式 hita 构成），这便是转化为名词的

① 黄宝生译：《梵语诗学论著汇编》（上册），北京：昆仑出版社，2008 年，第 5 页。此处介绍参考该书相关内容，特此说明。

② 同上，第 6 页。

③ 同上，第 114 页。

④ Bhāmaha, *Kāvyālaṅkāra*, Delhi: Motilal Banarsidass Publishers, 1970, p.6.

强化词 sāhitya(文学)的基础形式。因此,表达“文学”的梵语词 sāhitya,可以表达如下几层含义:联合、结合、文学、创作、作品、修辞学、诗艺、文献等①。著名梵语诗学研究者拉格万认为:“文学(sāhitya)一词意味着音和义的诗性和谐,意味着它们之间完美的相互包容和理解……与 sāhitya 相比,alaṅkāra(庄严)一词的诗学价值稍逊一筹。”②此处所谓“庄严”近似于现代诗学所谓的“修辞”。梵语中的诗即 kāvya 既指狭义的诗,又指广义上印度古代的纯文学,而 sāhitya 一词更趋向于指广义的文学。

二、梵语诗学的“诗学”观

印度学者认为,现代学者所谓的 Sanskrit poetics(梵语诗学)就是梵语中的 alaṅkāra śāstra(直译是“庄严论”)。表示“庄严”的 alaṅkāra 虽属古旧概念,但却与“诗学”存在紧密联系。“在梵语中,文学批评理论最常用的、实际上也是最后经受住了检验的唯一名称是 alaṅkāraśāstra。我们有时在某处会遇到 sāhitya vidyā(文学知识)这一名称。”③因此,alaṅkāraśāstra 或 sāhityavidyā 成了文学理论或诗学的代称。按照梵语的拼写习惯,alaṅkāraśāstra 也可写为 alaṅkāraśāstra。也有学者认为:“诗学有很多不同的名称,如 alaṅkāraśāstra(庄严论),sāhityaśāstra(文学论),kāvyaśāstra(诗论)等等。因此,很难说哪个是诗学的原始名称。”这位学者还从《欲经》和檀丁的《诗境》中分别发现了两个表示诗学的概念即 kriyākalpa(创作学)和 kriyāvidhi(创作规则)。他的结论是:“因此存在一种可能性,诗学原来的名称可能是‘创作学’(kriyākalpa)。”④

黄宝生对梵语诗学名称的起源和演变作了考证。他认为,婆摩诃的《诗庄严论》这个书名代表了早期梵语诗学的通用名称。而在梵语诗学的形成过程中,有可能也采用过创作学和“诗相”这两个名称。4 世纪至 5 世纪出现的《欲经》中提到了 64 种技艺,其中一种是创作学。1 世纪至 2 世纪出现的梵语佛经《神通游戏》提到释迦牟尼掌握的各种技艺时,也提到了创作学。13 世纪的一位《欲经》注释者将创作学注为“诗创作学”(kāvyakriyākalpa)。檀丁的《诗境》则提到了“创作规则”(kriyāvidhi)。关于“诗相”,檀丁和婆摩诃在各自的著作中分别提到过。综合来看,“庄严论”(alaṅkāra śāstra 或

① Vaman Shivram Apte, *The Practical Sanskrit-English Dictionary*, Delhi: Motilal Banarsidass Publishers, 2004, p.985.

② V. Raghavan, *Studies on Some Concepts of the Alaṅkāraśāstra*, Madras: The Adyar Library, 1942, p.41.

③ Ibid., pp.258 – 259.

④ Mool Chand Shastri, *Buddhistic Contribution to Sanskrit Poetics*, Delhi: Parimal Publications, 1986, p.1.

alaṅkāraśāstra)成为后世公认的梵语诗学的通称[①]。

在丰富的梵语诗学宝库中,有一派理论特别引人注目,这就是"诗人学"或曰"诗人论"。一般的研究者在计算梵语诗学流派时,往往并未把所谓"诗人学"归入几大诗学流派(如味论派、韵论派和庄严派等)之列。实际上,诗人学不仅包含了王顶和安主等著名诗学家的相关理论,也包括了生活于13世纪至14世纪左右的阿利辛赫、阿摩罗旃陀罗和代吠希婆罗等人的相关著述,甚至还包括了婆摩诃、檀丁、伐摩那和欢增乃至世主等著名人物的相关诗学思想。诗人学不仅涉及诗律、诗歌素材,还涉及诗人才能、学问、创作和生活规范等等。这和中国古代一些冠以"诗学"的诗学著述如《诗学正源》和《诗学正脔》等所关注的内容有些近似。

王顶的历史贡献在于,他开始将诗学的名称与"文学"一词挂钩,这对此后的梵语诗学家是一个启发。王顶的《诗探》先以 kāvyavidyā 指代诗论或诗的知识,再以 sāhityavidyā 表示文学知识或文论。"文论新娘"则是水到渠成的称呼,但对梵语诗学的发展却意味深长。之后,有的诗学家开始采用 sāhitya 来为自己的诗学著作命名,如12世纪的鲁耶迦撰写了《文探》,14世纪的毗首那特撰写了《文镜》。

总之,从婆罗多的《舞论》到婆摩诃的《诗庄严论》、檀丁的《诗境》、再到欢增的《韵光》、王顶的《诗探》、胜财的《十色》、曼摩吒的《诗光》、毗首那特的《文镜》和世主的《味海》,梵语诗学代表作的书名变化显示,梵语诗学家对诗学内涵和外延的认识存在一个发展演变的过程。最初主要是戏剧学占据着婆罗多的思维视野,庄严等修辞话语退居次席。其后,随着梵语语言学的发展,深究文学语言深层机制和肌理的庄严论亦即文学修辞学、风格论、韵论和曲语论等开始后来居上。随后,包容审美情感的味论开始显示自己的威力,并在韵论的伴随和拓展下,压倒了庄严论的一枝独秀。由戏剧到文学语言,由语言再到审美情感和文学意蕴,梵语诗学对文学本质和特性的认识不断深化,梵语诗学也就变得更富理论色彩、更具现代意义。当然,如果再加上新护的平静味论、印度中世纪时期带有浓厚宗教色彩的虔诚味论,我们发现,梵语诗学这种文学思考与宗教体验、哲学思辨相结合的现象,的确是非常独特的。

三、现代学者的"印度诗学"观

关于中国文论与西方诗学的区别,论者指出,中国虽然有"诸多的'诗话'、'诗论',

① 此处介绍参考黄宝生译:《梵语诗学论著汇编》(上册),第8-11页。

但却缺乏西方意义上的整体诗学。相对西方诗学,中国的诗话、诗论在话语体制上是较专业性的文类诗学范畴,而西方诗学属于较大的系统文艺学范畴……但是,相对中国的古代'文论'而言,西方的诗学又成了较小的范畴,而中国古代文论则成了更大的范畴。因为中国古典文论的研究对象是整个的人文言述和写作,至于西方诗学研究的对象,在古代是属于摹仿技艺的广义的'诗',在近代以后却是属于艺术审美门类的文学,始终都没有超过中国文论涉及的人文言说的宏大论述范围"①。论者将中国古代文论称为"文类学诗学",将西方诗学称为"文艺学诗学"②。他还认为,在广义的艺术范畴内,西方古代的"诗"和现代意义上的"文学"本身并无本质差异。西方近现代美学概念的介入和艺术学科的确立,为亚里士多德的"诗"向西方现代"文学"的概念进行转化奠定了基础。"而以'诗学'作为讨论一般文学理论问题的统摄性概念,在中国,基本上是要等到进入现代汉语时代以后,尤其是进入 20 世纪后半叶以后才逐渐形成部分共识。"③还有论者指出,西方古典诗学乃至现代文学理论是以学理上的研究为特征的,表现为纯理论话语方式,严密的逻辑论证,概念范畴的明确界定和理论体系的建构,其重点在"学"(研究);而中国的"文论"重点在于"论",即以"评论赏析具体的作家作品为基础,其话语方式是以感受性、印象性的表达为主。在这些意义上,中国的'文论'与西方古典'诗学'乃至现代'文学理论'具有深刻差异"④。因此,很长一段时期内,大多数中国学者习惯于"文学理论"、"文艺学"或"文艺理论"等概念,而非自觉采纳"诗学"一词。这其中的原因,或许可以归纳为这样一种心态:"我们有权借用今天的概念意识去有选择地书写过去的言述艺术史,但我们无权将某种古人没有的意识强加给古人。"⑤这或许是冠以"中西比较诗学"等字眼的理论著述很晚才出现在中国学界的基本原因。

反观印度学界,他们对于西来的"诗学"或"文学理论"、"文学批评理论"等词并无某些中国学者本能的抗拒和抵触心理。例如,一位梵语诗学研究者将 literary criticism 视为 poetics 或 literary theory 的同义词,并将它与 alaṅkāraśāstra 和 sāhityaśāstra(文学论)等而视之。他在书中写道:"The very name of criticism in Sanskrit is sāhitya-śāstra(a study of the unity of content and form) or alaṅkāra-śāstra(a study of beauty in literature)."⑥这一方

① 陈跃红:《同异之间:陈跃红教授讲比较诗学方法论》,北京:中央编译出版社,2014 年,第 16 页。

② 同上,第 242 页。

③ 陈跃红:《比较诗学导论》,北京:北京大学出版社,2005 年,第 92 页。

④ 王向远:《日本古典文论选译·古代卷》(上),"译序",北京:中央编译出版社,2012 年,第 6 页。

⑤ 余虹:《中国文论与西方诗学》,北京:三联书店,1999 年,第 66 页。

⑥ K. Krishnamoorthy, *Essays in Sanskrit Criticism*, Dharwar: Karnatak University, 1964, p.9.

面是因为亚里士多德的《诗学》英译本早已为通晓英语的印度知识精英所熟悉，西方的“诗学”概念已经深入人心；另一方面也因为，印度学者利用这种西来的“科学”尺度发现了梵语诗学的博大精深、丰富多彩，从而在西方话语的基础上奠定了本民族诗学话语的权威。这种奇特而自然的心态在印度学者的英文版梵语诗学史书写和印、西比较诗学著述等两个方面得到集中体现。

20世纪20年代，印度学者S.K.代和P.V.迦奈分别撰写的英文著作几乎同时出版。其书名同为*History of Sanskrit Poetics*（《梵语诗学史》）。它表明，Sanskrit poetics（梵语诗学）这一称谓正式登上印度学界的大雅之堂，与梵语中特有的alaṅkāraśāstra（alaṅkāra śāstra）、kāvyaśāstra或sāhityaśāstra等诗学概念“同台表演”。代在“序言”中将Sanskrit poetics和Sanskrit alaṅkāraśāstra视为意思相同的词汇。他认为，后者还包括了rhetorics、criticism和aesthetics等术语的内涵。他说：“有必要解释一下，为何使用Poetics这个术语来指称一门半是理论探索半是批评实践的学科，它以Alaṅkāraśāstra来命名……在本人发表的两篇文章中，有兴趣者可以看到以现代美学（modern Aesthetics）为参照所简略论述的梵语诗学（Sanskrit poetics）的概况。”①遗憾的是，目前这两部各具特色的《梵语诗学史》没有译为汉语，绝大部分中国学者无法睹其真容。

1947年印度独立至今，印度学者对于梵语诗学的称谓延续了殖民时期那种传统名称和西方术语并存的局面。细加观察可以发现，他们的英语著述多喜采纳Sanskrit poetics或literary criticism in Sanskrit等术语，而印地语、孟加拉语等源自梵语的印度语言著作则喜用alaṅkāraśāstra、kāvyaśāstra或sāhityaśāstra等梵语辞汇作为书名。当然，英语著述也常见采纳梵语辞汇为书名的情况。这说明，印度学者一方面以开放的眼光面对学术研究和传统文化；另一方面也有意识地尊重传统精华，这种并行不悖的学术姿态对于中国学界是一种启发。

在这种长期研究的学术氛围熏陶下，加之印度民族主义意识的勃发和印度政治独立对文化独立意识的激发，以Indian poetics（印度诗学）称呼梵语诗学的趋势逐渐增多，“印度美学”、“印度文学理论”等称谓也在后殖民时期的印度“浮出水面”。这方面的著述包括：《印度诗学导论》②、《印度诗学研究》③、《印度美学原理》④、等。印度学者以

① S. K. De, *History of Sanskrit Poetics*, “Preface”, Calcutta: Firma K. L. Mukhopadhyay, 1960.

② V. Raghavan and Nagendra, eds. *An Introduction to Indian Poetics*, Bombay: Macmillan and Company Ltd., 1970.

③ Brahmanand Sharma, *A Critical Study of Indian Poetics*, Jaipur: Unique Traders, 1978.

④ Ghoshal Sastri, *Elements of Indian Aesthetics*, Varanasi: Chaukhamba Orientalia, 1978.

"印度诗学"为梵语诗学命名,似乎与西方学者以此统摄梵语诗学形成互动。例如,一位西方学者论述梵语诗学的著作便以"印度诗学"命名①。

究其实,"印度诗学"等字眼的出现,还与印度学者长期进行的比较诗学或比较美学研究有关。印度著名文论家、德里大学已故印地语系教授纳根德罗(Nagendra)认为:"过去只是单向阐释,现今开始了双向阐释。我们用西方批评原理阐释印度文学观念,同时也用印度诗学来解释西方文学理论。因此,一种普遍适用的文学批评法则正在形成。"②在这种东、西对话或曰双向阐释的比较研究中,印度学者进一步认识到梵语诗学的重要价值,并将之升华为印度民族文化精粹。

1981 年,S.达雅古德出版了《西方与印度诗学比较研究》一书。他在书中认为,梵语诗学集中体现了印度古代诗学的精华。"只有梵语诗学才有资格称为'印度诗学'……除了流行印度各地以外,梵语诗学也是迄今为止印度对诗学的最重要贡献。梵语诗学代表未受外来理论影响的纯正印度文艺观,与此相应,印度现代语言中的文学理论大多是对梵语诗学或西方诗学的改造。"③这便为梵语诗学在印度诗学发展史上的重要地位正名,为"印度诗学"这一术语奠基。

从印度学者的著述来看,"印度诗学"有时也以"印度文学批评理论"(Indian literary criticism)等概念来称呼。例如,1976 年,纳根德罗主编并出版了由印度各地方语言文学专家撰写的著作《印度文学批评理论》(Literary Criticism in India),对孟加拉语、印地语、泰米尔语等十四种方言文学的理论发展进行历史分析。2002 年,印度学者 G. N.德维(G.N.Devy)出版了印度文论选著作,书名是 Indian Literary Criticism: Theory and Interpretation。从这两本书的内容来看,"印度文学批评理论"或"印度文学批评"似乎更多是指印度自古至今各个时期的文学理论和文学批评,梵语诗学只是其中的一部分而已。印度各方言文学批评理论多以 Literary Criticism 命名,如一位学者的英文著作《印地语文学批评理论》便是如此④。这样来看,"印度诗学"即 Indian poetics 似乎更有资格成为统摄梵语诗学的代名词。

综上所述,在后殖民时期,"印度诗学"已经成为印度学界普遍使用的一个理论术

① Edwin Gerow, *Indian Poetics*, Wiesbaden: Otto Harrassowitz, 1977.

② Nagendra, *Literary Criticism in India*, "Preface", Nauchandi and Meerut: Sarita Prakashan, 1976, p.36.

③ Suresh Dhayagude, *Western and Indian Poetics: A Comparative Study*, "Preface", Pune: Bhandarkar Oriental Research Institute, 1981.

④ Ram Chandra Prasad, *Literary Criticism in Hindi*, Nauchandi and Meerut: Sarita Prakashan, 1976.

语。对其内涵和外延的研究值得学界重视。

尽管存在某些争议，但在目前中国学界，对于"文论"或"文学理论"与"诗学"的概念互换已基本形成共识。例如，有学者指出："由此可见，'诗学'是一个包含诸多内容的约定俗成的传统概念，它既包括了诗论，也包括了一般的文艺理论乃至美学理论。"①因此，本书各处大体在同等意义上通用"文论"和"诗学"这对理论术语，且以同样的前提理解和运用"印度诗学"与"印度文论"、"中国诗学"与"中国文论"、"西方诗学"与"西方文论"等三组概念。此外，本书依照学界惯例，一般以"印度古典诗学"或"梵语诗学"这两个术语涵盖"梵语戏剧学"。

第二节 印度诗学的发展历程

印度诗学经历了萌芽期（前16世纪到公元初）、古典诗学（公元初至12世纪）、中世纪诗学（12世纪至19世纪中叶）、现代诗学转型（19世纪中叶至1947年印度国家独立）和当代诗学（印度独立以来）等几个发展阶段。下边对印度诗学发展史的基本脉络和大致内容做些简介。

一、古典诗学

经过漫长的历史发展，古代印度形成了世界上独树一帜的梵语诗学体系。它有自己的一套文论范畴或诗学概念，如味（rasa）、虔诚味（bhakti rasa）、情（bhāva）、韵（dhvani）、庄严（alaṅkāra）、音庄严（śabdālaṅkāra）、义庄严（arthālaṅkāra）、诗德（guṇa）、诗病（doṣa）、风格（rīti）、曲语（vakrokti）、合适（aucitya）、魅力或惊喜（camatkāra）、"诗人学"（Kaviśikṣā）、诗相（lakṣaṇa）、表示义（abhidā）、转示义（lakṣaṇā）、暗示义（vyañjanā）、词功能（śabdavṛtti 或 śabdavyāpāra）、画诗（citra）、能指（vācaka）、所指（vācya）等。印度古代文论至今还闪耀着夺目的理论光辉和潜藏着宝贵的批评运用价值。

追溯印度诗学的萌芽，必须检视印度最古老的经典文献——大约产生于公元前1500年—前1000年的《梨俱吠陀》。史诗《罗摩衍那》也孕育着一些诗学思想的种子。其他一些文化经典也是如此。

① 曹顺庆：《中西比较诗学》，北京：北京出版社，1988年，第3页。

黄宝生认为,广义的梵语诗学包括古典梵语戏剧学和梵语诗学。梵语戏剧学产生在前,主要探讨戏剧表演艺术,其中也包括语言表演艺术,因此含有诗学的成分。梵语诗学中诗的概念一般指广义的诗,即纯文学或美文学,有别于宗教经典等。诗可分为韵文体(叙事诗等)、散文体(小说等)和韵散混合体(戏剧和占布等)。尽管如此,梵语诗学研究的主要对象是诗歌(包括戏剧中的诗歌)。因此,一般的梵语诗学著作不涉及梵语戏剧学,只有毗首那特的《文镜》例外。“梵语戏剧学和梵语诗学是印度古代文学理论在发展过程中自然形成的学术分工。”①

M.C.夏斯特里将梵语诗学发展分为三个阶段,即从婆摩诃到楼陀罗吒的前韵论时期(600—900)、欢增到曼摩吒的韵论时期(900—1200)和鲁耶迦到世主的后韵论时期(1200—1700)②。这一划分遮蔽了梵语诗学的源头即《舞论》。因此,同为印度学者苏曼·潘德的划分更加合理。他将梵语诗学的发展划分为四个阶段,即从《舞论》的出现到婆摩诃的形成阶段,从婆摩诃到欢增的创造阶段,从欢增到曼摩吒的阐释阶段以及曼摩吒到世主的保守阶段③。这种划分的好处在于,第一阶段的模糊划分可以将婆罗多的《舞论》包括在内。需要指出的是,印度学者也承认,限于古代史料缺乏等复杂因素,要确定某些梵语诗学家的生卒年很难。历史证据的不足,给确认梵语诗学发展演变的历史轨迹带来了不小的挑战。有时,只能通过梵语诗学著作的某些年代记载或引文信息,来确认文本与文本间的先后顺序或某位诗学家的大致生活年代④。下面按照苏曼·潘德的划分对广义上的梵语诗学发展演变和繁荣衰落作一简介。

先看梵语诗学的形成阶段。在这一阶段,最重要的著作是公元前后出现的婆罗多的《舞论》,它的很多基本原理启蒙了后来“独立成家”的梵语诗学。《舞论》中的情、味、庄严、诗德、诗病等理论范畴,成为后来梵语诗学著述的几大基石。《舞论》可谓名副其实的梵语诗学之源,与亚里士多德的《诗学》之于西方诗学的深远影响有些类似。现代学者很难在婆罗多到婆摩诃的几百年中寻觅到现存的梵语诗学著作。20世纪以来,虽有不少学者致力于考证或发掘这一阶段有无诗学著述的历史之谜,但它却依然是至今无法破解或实证的学术难题。原因无它,皆与相应历史文献严重缺乏或记载不详有关。

① 黄宝生:《梵学论集》,北京:中国社会科学出版社,2013年,第283页。

② Mool Chand Shastri, *Buddhistic Contribution to Sanskrit Poetics*, Delhi: Parimal Publications, 1986, p.11.

③ R. C. Dwivedi, ed. *Principles of Literary Criticism in Sanskrit*, Delhi: Motilal Baranarsidass, 1969, p.190.

④ Sujit Mukherjee, ed. *The Idea of an Indian Literature: A Book of Readings*, Mysore: Central Institute of Indian Languages, 1981, p.2.

在考察梵语诗学的源头《舞论》时，不可忽视几乎与之同时产生的泰米尔语诗学著作。泰米尔族人是古代达罗毗荼人的后裔。泰米尔语属于达罗毗荼语系中最古老、最丰富、组织最严密的语言，也是印度最古老最富有生命力的语言之一。公元前5世纪至公元2世纪，是泰米尔语文学史的第一个时期，称作桑伽姆时期。晚期桑伽姆文学出现了一些泰米尔语法书，其中以《朵伽比亚姆》最为著名。它是现存最古老的泰米尔语法书。作者朵伽比亚尔生平不详。从内容上看，《朵伽比亚姆》不是一般意义上的语法书，它包括了文学创作的各个方面，如文学修辞和诗歌格律等方面的问题。因此，称它为泰米尔诗学理论的开山之作应不为过①。大体说来，《朵伽比亚姆》包含了近似于梵语诗学庄严论和味论等的范畴。"《朵伽比亚姆》总结了古代泰米尔语言文学的规律和法则，使之规范化和系统化，成为后世泰米尔语言文学发展的指南，其影响是十分深远的。"②

这一时期印度还出现了一些艺术美学著作，其中以大约定型于公元1世纪至2世纪的《画像量度经》等为代表。它们是印度古典文艺理论的重要组成部分。

接下来是从婆摩诃到欢增，即从7世纪到10世纪左右共300多年的梵语诗学创造性阶段。生活于7世纪的婆摩诃，其撰写的《诗庄严论》是印度现存最早的独立诗学著作。它的出现标志着有别于梵语戏剧学的梵语诗学正式产生。《诗庄严论》和稍晚出现的檀丁的《诗境》都引述了前人的诗学观点，这说明，梵语诗学论著的实际存在或许早于7世纪，但大约不会早于公元5世纪至6世纪。

之所以称7世纪到10世纪为梵语诗学的创造阶段，是因为这一时期产生了梵语诗学的几个重要流派及其著作。它们包括以婆摩诃和楼陀罗吒各自的《诗庄严论》，及檀丁的《诗境》、优婆吒的《摄庄严论》为代表的庄严派，主要论述词语的运用，相当于修辞学著述；以檀丁和伐摩那为代表的风格派，著作分别是《诗境》和《诗庄严经》，主要从诗德角度论述语言风格；欢增为代表的韵论派，著作为《韵光》，主要论述语言的暗示功能即"言外之意"；王顶的《诗探》阐述"诗人学"，探讨诗人的修养、作诗法则等。这些人的著作体现了梵语诗学在创造阶段里充满活力的一面。无论是庄严论、风格论，还是韵论和"诗人学"，都充满着原创意识，自然也就具有重要的创新价值。这一阶段，还出现了胜财对《舞论》的简写本，即戏剧学著作《十色》。产生很早但却于7世纪至12世纪左

① 关于《朵伽比亚姆》的基本内容，参阅季羡林主编：《印度古代文学史》，北京：北京大学出版社，1991年，第142－145页。

② 同上，第143页。

右成书的《火神往世书》和《毗湿奴法上往世书》中也含有戏剧学论述，但它们和《十色》一样，基本上都对《舞论》亦步亦趋，没有什么创新，这反映了梵语戏剧学在梵语诗学锐意创新背景下的保守和落寞。不过，通观这两部往世书的诗学成分，仍有一些值得关注的地方，而《毗湿奴法上往世书》中的画论部分更是值得重视。它们为后世诗学家和学者们一再引用和关注，说明其自有价值所在。

公元7世纪出现了著名的语言哲学家伐致呵利。他的代表作《句词论》即是对梵语语法学的阐释，多有创见。伐致呵利提出的一些理论成为欢增等梵语诗学家的理论基础。伐致呵利的语言哲学是梵语诗学发展的一根必不可少的链条。

那罗达为后世留下了最早的梵语艺术学著作之一《乐歌蜜》，它大约成书于7世纪—11世纪。

在10世纪到13世纪的几百年里，梵语诗学进入所谓阐释阶段。这一时期出现了一些以前辈学者的著作或某个原理为基础，进行文论建构的诗学家。这包括取得味论诗学最高成就的新护，其《舞论注》阐释《舞论》中的味论；其《韵光注》中阐释欢增的韵论，创立了许多非常有价值的新理论。10世纪左右出现的楼陀罗跋吒《艳情吉祥痣》虽存诸多疑点，但其为后来的梵语诗学家和当代学者一再引用，说明它的艳情味论自有特色。13世纪一位同名学者的楼陀罗跋吒的《味魅力》也有值得注意的地方。恭多迦则在《曲语生命论》里终结庄严论，以古已有之的曲语思想为线索，创立了自成体系、别具一格的曲语论。安主与恭多迦一样，也是以古已有之的合适概念为支点，创立了自成体系的合适论。摩希摩跋吒则以反驳姿态阐释欢增的《韵光》，企图以所谓推理论代替韵论，但并无真正的理论建树。波阇则以《艳情光》和《辩才天女的颈饰》对前人的诗学观进行了阐释。曼摩吒则以教科书性质的《诗光》，对以往的梵语诗学成果进行了全面总结，不过属于自己的创新成果寥寥无几。耆那教学者雪月著有《诗教》，另两位同名伐格薄吒的耆那教学者留给后世的著作分别是伐格薄吒《庄严论》和伐格薄吒《诗教》，这三部书都无多少理论创新，只是对前人成果进行解释。阿利辛赫和阿摩罗旃陀罗师生俩著有《诗如意藤》，阐释“诗人学”思想，但其范围和内容未能超越王顶的著作，缺乏创新。匿名学者于12世纪撰写的《诗人如意藤辩》和13至14世纪的代吠希婆罗所著《诗人如意藤》也大抵如此。鲁耶迦的《庄严论精华》着重论述无韵的诗和几十种庄严，其观点对后世学者有一定的影响。13世纪的佛教学者僧伽罗吉多(Sangharakkhita)著有《智庄严论》(Bauddhalankarasastra)，该书直接催生了泰国古典文论的萌芽。这一时期出现的梵语戏剧学著作包括沙揭罗南丁的《剧相宝库》、罗摩月和德月合著的《舞镜》、沙罗达多那耶的《情光》等，它们主要依照《舞论》，缺乏创新。从这一时期的梵语诗学和戏剧学著述情况来看，虽然有一些新意甚至是重大的创新（如新护的味论和恭多迦的曲语论）等，但大部分著作都是对前人思想的阐发解释，其独创性理论的含量开始减少。越到后来，越是如此。这体现梵语诗学开始出现创造力衰退的迹象。接下来便是后文将要谈到的保守阶段。

梵语诗学对文学文本的内部研究过于痴迷，对文学的外部研究关注不够。不过，客观地看，梵语诗学还对观众或读者的审美感受做过精深的研究，对于作者的创作能力和技巧等也给予了关注。这说明，梵语诗学在文本、作者、读者和世界这四个维度上，基本上涉猎了三个维度的问题，只是研究程度深浅不一。梵语诗学的短处导致了它后来在某种程度上的衰落。

二、中世纪诗学

有学者认为，印度诗学包括梵语诗学、中世纪诗学和现代诗学，前两者属于古代诗学范畴。“梵语诗学的大致时限是公元初至 12 世纪，中世纪诗学的时限是 12 世纪至 19 世纪。”①在借鉴这一观点的基础上，我们以虔诚味论在 13 世纪的兴起为标志，把 13 世纪到 19 世纪中叶视为印度诗学发展的中世纪时期。需要强调的是，此处使用的“中世纪”一词，具有不同于欧洲中世纪的历史和文化含义。

梵语诗学在 12 世纪左右的衰落，开始进入创造力明显疲软的几百年保守期，这与当时印度社会文化的急剧变化有关。梵语诗学发展出现衰落具有很多原因。其中，不少梵语诗学家缺乏创新、一味引经据典、尊崇前人，这影响了他们诗学创新的动力。其次，社会思想的变化和地方语言文学的兴起，也给梵语诗学的发展带来了负面影响。随着德里苏丹王朝和莫卧儿帝国在印度统治的建立，伊斯兰文化向印度文化渗透，加上各种方言文学（如印地语、孟加拉语文学）的兴起，梵语和梵语文学逐渐失去了独尊地位，梵语诗学赖以繁衍的文化土壤越来越贫瘠。这些复杂因素最终导致梵语诗学发展趋于衰落。当然，考虑到中世纪梵语虔诚味论的流行，也不能简单地认为这一时期的梵语诗学发展已经完全停滞。

以语言因素为例。大约在 10 世纪前后，印度大多数地区语言发展趋向定型。这是一个漫长的发展历程。雅利安人进入印度以后，在不同地区形成不同的俗语。又经过

① 黄宝生：《印度古典诗学》“序言”，北京：北京大学出版社，2000 年，第 3 页。

很多年，由于和当地原住民的广泛接触，各种俗语又有变化，逐渐形成不同地区的地方语言。这主要包括印地语(7世纪后字体演变成与梵语字体相似的天城体)、旁遮普语、奥里萨语、古吉拉特语、马拉提语、孟加拉语等，其中印地语使用范围较广。同样的过程也发生在南印度。顺便指出，外来入侵者即伊斯兰人统治印度的德里苏丹和莫卧儿帝国期间，波斯文论、阿拉伯文论和乌尔都语文论也成为印度文论百花园中的一朵。其中，前二者成为一些方言文学理论的组成部分。各种地方语言的形成催生了地方语言文学的产生，这加快了梵语文学的衰落速度。梵语文学的边缘化，不可避免地导致梵语诗学创造力的进一步减退。尽管梵语文学和梵语诗学的创作仍然存在，但只是作为印度中世纪文学和文论的一个分支而已，它再也无力回复到欢增时代的繁荣局面。

印度中世纪方言文论直接继承梵语诗学，一方面大量翻译和改编梵语诗学著作，另一方面大力阐发虔诚味论，尤其是以艳情为象征的虔诚味论。这说明，印度中世纪诗学虽然是以各种方言之非梵语作为书写载体，即复数而非单数的印度诗学，但它毕竟没有斩断与梵语诗学传统的联系，在某种程度上保留了单数的特性。这从一个侧面印证了印度历代诗学家尊重文化遗产的学术立场。在印度中世纪诗学中，可以发现印地语文论、马拉提语文论、孟加拉语文论、波斯语文论和乌尔都语文论等多语种文论，它们折射了印度社会和文化格局的错综复杂、纷繁万千。以印地语文论为例，在印度印地语文学史上，格谢沃达斯是"第一个文学理论家"①。在他以前，系统的印地语文论著作没有。格谢沃达斯继承了梵语诗学传统，写出了中世纪印地语文论代表作《诗人所爱》。这部著作对后来印地语诗歌的发展产生了很大的影响。

作为中世纪诗学的重要组成部分，梵语诗学并没有退出历史舞台，相反，它还在很多诗学家那里得到稳步发展，曼摩吒、毗首那特和世主等人的著述便是例子。经过阐释阶段以后，梵语诗学进入了前述所谓的保守阶段，即进入500余年墨守成规的衰退期。由于曼摩吒《诗光》的影响，一些诗学家开始模仿他的体例进行综合性诗学阐释，如维底亚达罗的《项链》、维底亚那特的《波罗多波楼陀罗名誉装饰》、格维格尔纳布罗的《庄严宝》和毗首那特的《文镜》等。这些人的著作大都缺乏创新，论述的内容多是依据前人。这一时期的类似著作还有胜天的《月光》、维希吠希婆罗·格维旃陀罗的《魅力月光》、般努达多的《味花簇》和《味河》、盖瑟沃·密湿罗的《庄严顶》和阿伯耶·底克希多的《莲喜》、《画诗探》、鲁波·高斯瓦明的《虔诚味甘露海》和《鲜艳青玉》等。戏剧学

① 刘安武：《印度印地语文学史》，北京：人民文学出版社，1987年，第159页。

方面有辛格普波罗的《味海月》、鲁波·高斯瓦明的《剧月》等,他们都依据或模仿《舞论》、《十色》等进行著述。虽然总体上缺乏创新,一些著作仍有值得一提的地方,如毗首那特的《文镜》以味为标准定义诗歌;维底亚那特的《波罗多波楼陀罗名誉装饰》论及文学作品各个要素的有机融合;胜天的《月光》论述了长期以来被诗学家们淘汰的诗相;般努达多的《味河》对味的三种分类和颇有特色的艳情味论;鲁波·高斯瓦明的《虔诚味甘露海》和《鲜艳青玉》创造性地涉及虔诚味论;底克希多的《莲喜》是梵语诗学中论列庄严数目最多的一部著作;格维旃陀罗的《魅力月光》首次以魅力(camatkāra)为标准衡量诗歌艺术,将诗分成三类①。

在这一阶段,梵语诗学还出现了一部综合性著作,这就是世主的《味海》。著名梵语诗学史研究专家S.K.代认为:"世主的《味海》是梵语诗学的最后一部杰作。"②P.V.迦奈认为:"世主是梵语诗学最后一位大家。"③还有人认为,在梵语诗学漫长的发展历史上,世主最后姗姗来迟。"世主之后,积极大胆、充满独立精神的一代梵语诗学家终于谢幕了。"④世主是"梵语诗学史上最后一位重要的理论家。他的《味海》标志着梵语诗学的终结"⑤。

现代学者一般都将世主的《味海》视为梵语诗学终结的标志。因为,世主之后还出现了很多梵语诗学著作,但它们在著作规模与学术深度方面,都无法与《味海》相比拟。不过,也有学者指出:"一般认为,梵语诗歌止于世主,《味海》是最后一部诗学巨著(应该承认,这两种夸张的说法都对后来的作者极为不公)。不应该设想,梵语诗学在17世纪后已经寿终正寝。它今天仍在发展之中。"⑥总之,追溯梵语诗学或印度诗学的发展历史,不能放弃对那些二流甚至三流著作的打量,甚至还必须将梵语诗学的近代和现代变异性发展纳入研究视野。实际上,印度学者也正是这么做的。

印度学者M.S.斯瓦米的研究表明,从现有资料来看,后世主时代,即18和19世纪里,印度一共出现了80到85部左右梵语诗学著作。这些著作中,有30部已经出版,另外一些以手稿形式保存着。在这80多部著作中,25部是全面论述梵语诗学的综合性著作,其余的则涉及一到两个领域,如庄严、味、画诗等,大部分都只论述庄严问题。斯

---

① Visvesvarakavicandra, *Camatkàracndrika*, Waltair: Andhra University, 1969, p.2, pp.55 – 58.

② S. K. De, *History of Sanskrit Poetics*, Vol.2, Calcutta: Firma K. L. Mukhopadhyay, 1960, p.252.

③ P. V. Kane, *History of Sanskrit Poetics*, Delhi: Motilal Banarsidass, 1971, p.325.

④ K. Krishnamoorthy, *The Dhvanyaloka and Its Critics*, Delhi: Bharatiya Vidya Prakashan, 1968, p.304.

⑤ 黄宝生:《梵学论集》,北京:中国社会科学出版社,2013年,第295页。

⑥ R. Ganesh, *Alamkaarashaastra*, Bengaluru: Bharatiya Vidya Bhavan, 2010, p.66.

瓦米介绍了其中 83 部著作,他认为,这些著作的共同特征是,对曼摩吒以后的诗学观点进行嫁接,受到世主和底克希多诗学论战的启迪而在语法等领域进一步展开争论,同时对世主和底克希多的争论进行评价和阐释。斯瓦米的结论是:“这一时期诗学家的贡献在于对各个诗学概念进行阐释,而不是传播新的诗歌理论。”①

黄宝生指出:“就梵语诗学的最终成就而言,可以说,庄严论和风格论探讨了文学的语言美,味论探讨了文学的感情美,韵论探讨了文学的意蕴美。这是文艺学的三个基本问题。因此,梵语诗学这宗丰富的遗产值得我们重视。如果我们将它放在世界文学理论的范围内进行比较研究,就更能发现和利用它的价值。”②这就是说,自成体系的梵语诗学具有重要的研究价值。

13 世纪至 18 世纪的几百年中,先后出现了一些关于戏剧表演、音乐、舞蹈等方面的梵语著作,它们也可归入艺术学或广义文艺学的范畴。

综上所述,印度中世纪诗学首先是一种复数意义上的诗学理论。梵语诗学和各种地方语言文论在印度中世纪漫长的 700 年间同时存在,这是世界诗学发展史上引人瞩目的现象。在这一复数诗学体系中,枝繁叶茂、历史悠久的梵语诗学延续着自己的生命轨迹。客观地看,越到后来,它的呼吸便越来越急促,躯体变得越来越羸弱。相反,各方言文学理论越来越根深叶茂,茁壮成长。这种奇特的中世纪诗学发展格局对于现、当代印度诗学发展具有深远的影响。

三、现代转型

19 世纪中叶,印度民族大起义爆发,英国与印度的殖民关系进入新的时期。以此为契机,印度历史进入近、现代阶段(“近、现代”这一概念有时也是“近代”或“现代”的代名词)。随着与以英国为代表的西方在政治、经济诸方面的联系不断加强,印度与西方的文化互动也逐渐加深,印度诗学(主要是印度各方言的诗学理论)的发展从此进入一个新的发展阶段,即现代转型或曰现代转换、现代转化的阶段。英语为载体的诗学著述,成为这一时期印度诗学的重要组成部分,泰戈尔、奥罗宾多、A.K.库马拉斯瓦米等人的英文著述便是现代印度诗学的代表性成果。泰戈尔和奥罗宾多等重要理论家都是双语著述者,其重要的诗学观点常常以两种语言载体问世。这是印度现代诗学发展有

① M. Sivakumara Swamy, *Post-Jagannatha Alankarasastra*, New Delhi: Rashtriya Sanskrit Sansthan, 1998, pp.66-67.

② 黄宝生:《梵学论集》,第 297 页。

别于印度古代、中世纪梵语诗学发展的一个重要特点。由于互动交流加快，印度诗学开始容纳西来的积极元素，因此产生了很多新的变化。这是印度现代诗学转型中应有之义。其中，关注文学外部研究、关注文本的整体考察遂成为印度现代诗学的大势所趋。越到后来，这种转型的趋势越明显。

有学者认为："印度文学的现代化(约开始于19世纪上半叶)是以英语的到来为起始点的。西方文学的各种思潮与体裁催化着印度文学进入20世纪。"[①]西方文学理论对现代印度诗学的影响也是如此。由于印度与以英国为代表的西方在近现代紧密的殖民文化联系，从19世纪中叶到20世纪中叶，即1947年印度独立的一百年中，印度各种方言(包括已经为印度知识界普遍熟练掌握的英语)文学理论或文学评论界同时存在几种复杂的动向或趋势。有的人倾向于翻译引介西方古典诗学和现代诗学，有的人注重对传统的梵语诗学进行翻译整理，或对梵语诗学原理进行研究，或遵循西方线性进步历史观和西方诗学史书写模式而撰写《梵语诗学史》，或亦步亦趋地进行教科书式的传播和阐发，甚或以西方诗学阐释梵语诗学，还有人融合印度本土理论与西方诗学之长构建新的诗学话语，有的人甚至引入西方的比较文学方法进行梵语诗学与西方文论比较研究。由此也可以看出，现代印度诗学不仅包括文学理论的话语嫁接或建构，也包括文学现象或文学文本的评述，还包括比较诗学在印度学界的早期实践。这与梵语诗学早期和中世纪发展阶段聚焦于理论话语的建构或阐释明显不同。

从时间上算，印度现代诗学跨越近一个世纪的发展历程。在这段时间里，印度文论界有识之士首先领略了东西文化交融的时代风气，在诗学著述方面融汇东西，创立了自己的思想体系。这方面以泰戈尔和室利·奥罗宾多二人最为典型。泰戈尔和奥罗宾多俩人不仅是印度现代文学巨匠，也是卓有建树的诗学家。他们的心灵受到印度古典文化和西方文化的双重洗礼，因此，他们以孟加拉语和英语为载体撰写的诗学理论，体现了东、西合璧的文化特色，与同一时期中国的王国维融汇中西的文论话语建构有些相似。他们的理论建树均体现了东方国家的智者在现代诗学转换期的敏感意识。值得注意的是，梵语诗学因子没有在泰戈尔等印度学者那里销声匿迹。相反，泰戈尔明显地受到了梵语诗学的深刻影响，他不仅利用味论研究印度和西方文学，还在文论著述中自觉维护梵语诗学的尊严。他对梵语诗学味论的关注就是明显的例子。泰戈尔的诗学思想是印度现代诗学的最大成就之一。他以梵语诗学味论阐释东西方文学更是印度诗学界

---

① 石海峻：《20世纪印度文学史》"前言"，青岛：青岛出版社，1998年，第4页。

的一个典范。

奥罗宾多的文论集《未来诗歌》提出了"未来诗歌"的设想。这是一种建立在精神进化论基础上的文学理论。奥罗宾多还以此理论为基础,对英语诗歌进行了独具特色的阐释。《未来诗歌》体现了奥罗宾多强烈的个人色彩,但因为他的"未来诗歌论"带有神秘的宗教美学色彩,其对西方文学的评价便存在诸多问题。"未来诗歌论"是一种旨在捍卫印度文化价值的民族主义色彩浓厚的理论,也体现了奥罗宾多在殖民时期抵抗西方话语霸权的文化策略。奥罗宾多的这一策略要回到当时的历史语境才能真正得以理解。

与此相似,面对西方学者对印度美学和文艺理论的诸多误解,从 1919 年至 20 世纪 50 年代即印度独立初期的近三十年里,M.希利亚南相继撰写了《印度美学》、《味和韵》与《艺术体验》等论文,对印度传统美学和梵语诗学等进行了现代阐释。他的这些论文于 1954 年结集为《艺术体验》出版。该书颇受当代印度学者重视。

就印度各方言文学理论而言,也继续涌现出一批代表性人物,如著名印地语小说家普列姆昌德的文论著述便是一例。印地语文论家拉默金德尔·修格尔(Ramacandra Sukla)、帕勒登杜(Bharatendu Hariscandra,又译"婆罗登杜")和马拉提语文论家 B.S.玛德卡尔(B.S.Mardhekar)等的相关著述值得重视。拉贾·拉奥、R. K.纳拉扬等人对印度英语文学的产生作出了有力的辩护。这为印度英语文学的顺利发展扫清了某些障碍。

梵语诗学名著如《舞论》等的发掘、翻译和研究,两部梵语诗学史的出版,拉克凡等人的梵语诗学研究,这一切构成了 1947 年独立以前印度现代文论发展的有机组成部分。1923 年左右,梵语诗学家 S.K.代和 P.V.迦奈几乎同时出版《梵语诗学史》,对博大精深的梵语诗学进行历史梳理。V.拉克凡先后出版《味的数量》和《梵语诗学一些概念研究》等梵语诗学研究著作。这种学术举措将极大地影响当代印度梵语诗学的译介、研究、批评和运用。

这一时期还出现了 A.K.库马拉斯瓦米(A. K. Coomaraswamy)和阿·泰戈尔(Abanindranath Tagore)等人的艺术美学著述。

四、当代新潮

1947 年印度独立,印度诗学进入当代发展新阶段。与现代印度诗学的发展轨迹相似,当代印度诗学也是在西方诗学影响下不断地向前发展的。这不可避免地影响到它的内容和实质。不过,一些学者在吸纳西方诗学精华的时候,并未拜倒在西方的"石榴裙”下,而是采取为我所用的“拿来主义”方针,建构带有印度色彩的诗学观。这和泰戈尔、奥罗宾多等人的建构姿态有些相似。

作为珍贵的世界文化遗产,梵语诗学乃至泰米尔语诗学受到当代印度学者的高度重视。他们的相关译介、研究和文本阐释,构成了当代印度诗学发展的重要内容。印度独立以后,梵语诗学受到学者们一如既往地重视,迄今为止,相关研究成果不断涌现,K.克里希那穆尔提、勒沃普拉萨德·德维威迪和R.穆克吉等人的著作值得关注。少数学者以梵语写作并出版自己的研究成果。这方面以B.夏尔玛、勒沃普拉萨德·德维威迪等为典型。在梵语诗学研究热潮的推波助澜中,纳根德罗不仅编写了一本实用的梵语诗学辞典,还主编了由各地方言文学专家撰写的里程碑著作《印度文学理论批评》,对孟加拉语、印地语、泰米尔语等十四种方言文学的理论发展进行历史分析。G.N.德维于2002年主编并出版了《印度文学批评:理论与阐释》。他在书中编选了自古至今28位印度文论家的文论片断。勒沃普拉萨德·德维威迪和R.C.普拉萨德等学者在梵语诗学史、印地语文学理论批评史等分语种文论史的研究方面取得了长足进展。

值得关注的是,印度学者围绕梵语诗学进行了两种极为重要的学术探索,即梵语诗学与西方诗学比较研究和梵语诗学的现代批评运用。此处对后一现象再简述几句。印度学者认为,梵语诗学“应该成为世界文化遗产的一部分”①。印度学者拥有一种文化自信,即古典梵语诗学与西方诗学一样,皆具现代运用价值,两者可以互补,前者可以解决后者力所不逮的问题。一百年来,以泰戈尔等人为代表,印度学者利用梵语诗学味论、韵论、庄严论、曲语论、合适论等分析和评价东、西方文学已蔚然成风。可以将梵语诗学的这种现代运用命名为“梵语批评”或曰“梵语诗学批评”②。梵语诗学批评在印度是一个热门话题,但也是备受争议且引起国际学术界关注的文化现象。如《逆写帝国》的几位西方作者在20世纪末就对这一现象进行追踪:“印度学者和批评家曾经纠缠于这样的争论中:传统的东西在多大程度上适合于印度文学的现代批评。”换句话说,梵语诗学味论、韵论、庄严论等在评价东、西方文学时是否比西方文论更加合适。《逆写帝国》的几位作者判断说:“至少在一定程度上,这种争论是关于解殖的争论。”③究其

① C. D. Narasimhaiah, ed. *East West Poetics at Work*, Delhi: Sahitya Akademi, 1994, p.36.

② 关于印度学界梵语诗学批评的详细分析,参阅拙文:《梵语诗学的现代运用》,载《外国文学研究》2007年第6期。

③ Bill Ashcroft, Gareth Griffiths, & Helen Tiffin, *The Empire Writes Back: Theory and Practice in Post-colonial Literature*, London and New York: Routledge, 1989, p.117.

实,印度学者所助推的梵语诗学批评热潮,与中国学者在20世纪末提倡的"汉语批评"似有异曲同工之妙。

当代印度诗学界出现了一些新的思潮和动向。首先是对西方比较文学理论和实践在印度文化语境中如何挪用的探讨。一些学者如阿米亚·德武、S.K.达斯等人提倡建立比较文学的印度学派。他们响亮地提出了"比较印度文学"(Comparative Indian Literature)的口号,目的是要使比较文学这一西来学科适应印度的第三世界后殖民地社会现实。他们欲借"比较印度文学"这一理论和方法来达到书写一部单数和复数合二为一的印度文学史的宏伟目标。印度学者的比较文学理论新探索为世界比较文学理论增添了新的内容。

印度学者在翻译研究与理论阐释方面也有不俗的表现。两位女学者即特迦斯薇妮·妮南贾娜和伽亚特里·C·斯皮瓦克的文化翻译论引人注目。她们的翻译理论其实是糅合了后殖民理论和女性主义等在内的文化翻译理论。其理论为西方学界和中国学者熟知。其他一些印度学者如苏吉特·穆克吉、苏坎多·乔杜里、哈利西·特里维迪等的翻译理论也值得关注。

印度学者的后殖民理论举世瞩目。这以阿贾兹·艾哈默德和阿西斯·南迪等人为代表,但斯皮瓦克、霍米·巴巴、萨尔曼·拉什迪等海外印度文论家的后殖民批评更为世人所了解。作为典型的殖民地与后殖民地,印度向世界推出几位著述颇丰的后殖民文论家,似乎早在情理之中。长期以来,印度政府并不忌讳给予海外印度人双重国籍的优惠。在这种背景下,斯皮瓦克等人至今还保留着印度国籍。斯皮瓦克、霍米·巴巴和萨尔曼·拉什迪等海外印度学者、作家的后殖民理论,可以视为当代印度诗学的有机组成部分。斯皮瓦克、拉纳吉特·古哈、帕尔塔·查特吉等印度海内外学者组成之"庶民学派"的思想值得关注。严格说来,他们的后殖民思想并非文学理论,而是跨学科色彩丰富的"文化诗学"。

此外,印度学者在印度文学史、印度英语文学史、女性主义文学研究、达利特文学批评、电影和戏剧研究等各个方面都有著述。例如,在印度文学史研究方面,S.K.达斯的两卷本《印度文学史》、纳根德罗主编的《印度文学》和K.M.乔治主编的《比较印度文学》等具有相当的代表性。在英语文学史研究方面,K.S.室利尼瓦斯、C.D.纳拉辛哈和M.K.奈克等人的著述具有代表性。米拉克西·穆克吉等人的印度英语文学研究值得注意。印度学者对于西方最新的文学理论往往能及时地做出反应。印度学者与西方文论界的联系非常紧密,印度诗学界遂可及时地向西方学界传播"印度之声"。

当然,印度学界这种放眼看世界的积极趋势并没有限制其在各区域性语言的文学批评和理论阐释方面的造诣。相反,以几位印地语"阴影派"文论家和其他印地语文论家如纳根德罗、纳姆瓦尔·辛格、泰米尔语文论家 A.K.罗摩奴阇(A.K.Ramanujan)、古吉拉特语文论家苏勒什·乔希(Suresh Joshi)和乌玛商卡尔·乔希(Umasankara Joshi)等为代表的各种印度现代语言文论家,他们各自的著述不断充实着当代印度诗学的宝库。这些学者中的很多人还同时进行英语著述,这使他们的声音向更为广阔的批评空间传播。

第三节　印度诗学的世界地位

在世界诗学(或曰世界文论)发展史上,印度诗学的精髓即古典梵语诗学占有相当重要的位置。这一点业已成为当代东西方诗学(文论)界和比较诗学界的共识。

众所周知,在古代文明世界,中国、希腊和印度分别独立创造了自成一格的诗学体系(或曰文艺理论),它们成为东、西方诗学理论的三大源头[①]。印度古典诗学的核心即梵语诗学在世界古代诗学发展史上独树一帜。有学者指出:"文艺理论在世界上主要有三大体系,中国、欧洲和印度。印度文艺理论风格迥异,宏富深邃。"[②]当然,如果再加上波斯与阿拉伯诗学体系,世界诗学似乎可以简略地分为四大体系。不过,关于这一点,尚需学术界进一步加以探讨。

梵语诗学的发展演变是东方诗学发展史的一个缩影。与梵语文学、宗教、哲学等方面的经典一样,梵语诗学著述也异常丰富。印度学者指出:"尽管《味海》的作者是梵语诗学最后一位大家,传统的梵语诗学著述迄今仍未停止……在这一领域里,以各种方式撰写著作的作者数量有千人之多(如果我们将注疏者也算在内的话)。我们不清楚有多少人未留名便销声匿迹。此外,这种数量只是就以梵语著述的人而言。我们并未将那些倚重梵语诗学著作而以俗语和其他许多区域性语言撰写的大量著作计算在内。"[③]梵语诗学对中世纪印度到当代印度的诗学发展有着不可磨灭的影响。印度历来重视梵语诗学是其珍视民族遗产、尊重传统文化的心理折射。梵语诗学在其本土的深

① 黄宝生:《印度古典诗学》"序言",第 1 页。
② 郁龙余、孟昭毅主编:《东方文学史》,北京:北京大学出版社,2001 年,第 141 页。
③ T.N. Sreekantaiyya, *Indian Poetics*, New Delhi: Sahitya Akademi, 2001, p.100.

远影响,也证实了其为世界诗学瑰宝的价值。这一点,似乎可从越具民族性便越具世界性这一基本原理进行思考。

梵语诗学集中体现了印度诗学的精华。印度学者纳根德罗认为:“与西方文学理论批评相区别的印度文学理论批评,几乎可以说是梵语文学理论批评的同义词。”[①]这充分说明梵语诗学在印度诗学发展史上的重要地位。即使梵语诗学衰落之后,它给予印度各地方语言文学理论的发展也起着决定性的作用。与西方诗学交汇融合后的现代印度文学理论,也仍然脱离不了梵语诗学的巨大影响。因此,古典梵语诗学可以视为印度诗学体系的典型代表,正如古代汉语文论可以视为中国文论体系的典型代表。

印度古典诗学在世界诗学体系中的重要地位可以从比较诗学亦即平行研究的角度加以审视或验证。

就梵语诗学的比较价值而言,印度学者认为:“迄今为止,几乎可在不同体系的印度诗学里发现所有西方诗学主要原理的种子或萌芽。”[②]这为梵语诗学与西方诗学比较研究提供了坚实的学理基础。西方学者指出,印度四个主要诗学流派中的庄严论和风格论与俄国形式主义、英美新批评、结构主义和后结构主义存在可比性,而味论和韵论则与现象学批评、读者接受理论等存在可比的基础[③]。这说明,梵语诗学和西方诗学比较研究不仅有着上述理论意义,也有着实践方面的丰富潜力。辨析梵语诗学和西方诗学的异同,实际上也是辨析东西方文化的异同。这是一种有意义的学术探索。从另外一个角度看,梵语诗学和西方诗学比较研究的可行性更强。相对于建立在表意文字系统基础上的中国古代文论,由于梵语和希腊语、拉丁语、英语、德语等同样属于表音系统的印欧语系,这使得梵语诗学和西方诗学之间可比性更强。事实上,均与宗教哲学联系紧密的梵语诗学和西方诗学在戏剧理论、语言修辞、审美情感、艺术本质等方面的论述存在很多可比之处。反观部分中国学者进行的中西诗学比较,有时给人一种很吃力、很肤浅的感觉。中西诗学比较似乎不如梵语诗学与西方诗学的比较研究那么流畅自如。当然,这一浅见并非是从根本上否定中西诗学比较。

1984 年 12 月 24 日,在接受《北京晚报》记者访谈时,季羡林先生指出,呼吁建立比

---

① Nagendra, *Literary Criticism in India*, “Preface”, Nauchandi and Meerut: Sarita Prakashan, 1976.

② R.S. Tiwary, *A Critical Approach to Classical Indian Poetics*, Varanasi: Chowkhamba Orient Alia, 1984, p.372.

③ William S. Haney, *Literary Theory and Sanskrit Poetics: Language, Consciousness, and Meaning*, New York: The Edwin Mellen Press, 1993, pp.42-43.

较文学的中国学派并非是意气之争，只是想能够较为客观地认识东方国家的文学价值，吸收各派之长，建立一个科学的、有特点的比较文学体系。他说："我们现在迫切需要有一个较完整的文艺理论体系。西方的文艺理论，很深刻，也很片面，我们要吸收，但不能依靠……我感到，文艺理论不应空对空，也不必照搬西方那一套，而应该建立在对中国、印度、欧洲这三个文学传统的充分研究的基础上。这样的理论，才是比较完整、客观和科学的、才是成体系的。比较文学将会为这种理论体系的建立做出贡献。"①这种宏阔的视野与合理的比较观，为当代比较诗学研究纳入印度诗学提供了理论基础和科学依据。

有学者提出了"四际文论研究"的概念，是指不受语言、民族、国别和学科限制的文论研究。"换句话说，四际文论研究的意义生长点在于向跨文明迈进；也只有实现跨文明，四际文论研究才能成为总体文论乃至总体文学研究。"②这一论断或许存在某种值得商榷的地方，但它在宽广视野下对跨文明比较诗学的呼吁是真实的。还有学者在论及中国古代绘画理论的研究意义时指出："绘画理论又是归属于美学的重要领域。与西方绘画理论相比较，中国古代绘画理论有着截然不同的独特视点、独特观念和独特思路。对中国古代绘画理论的梳理研究，必将有助于多极共生的世界美学的缔造和建构。"③在这种新的学术和时代背景下，梵语诗学具有不言而喻的平行研究价值。

刘若愚论及自己向西方世界介绍中国古代文论的初衷时指出，他有三个目的，第一个也是终极目的是借助介绍中国文学理论，使其与其他传统理论相比较，从而建构一种"世界性的文学理论"④。他怀抱殷切希望地写道："我希望西方的比较文学家与文学理论家对本书所提供的中国文学理论加以考虑，不再只根据西方的经验阐述一般的文学理论。"⑤如以这种总体文学的宏大视野进行观照，梵语诗学的世界意义也是不言而喻的。

学界一般认为，世界逻辑学、世界哲学和世界诗学都存在希腊、中国和印度三大原创性流派，这似乎也说明了印度古典诗学非同寻常的世界意义。当然，部分西方学者限于知识背景和了解不够等诸多因素，对于中国古代文论和梵语诗学存在着许多认识偏

① 季羡林：《季羡林全集》（第十七卷），北京：外语教学与研究出版社，2010年，第406页。
② 徐扬尚：《比较文学中国化》，北京：中央编译出版社，2013年，第317－318页。
③ 杨铸：《中国古代绘画理论要旨》，"小引"，北京：昆仑出版社，2011年，第1页。
④ 〔美〕刘若愚：《中国文学理论》，杜国清译，南京：江苏教育出版社，2006年，第3页。
⑤ 同上，第4页。

差。例如，美国学者宇文所安(Stephen Owen)便认为《文心雕龙》是中国文学批评史上的一部"反常之作"[①]，言外之意是中国古代文论缺乏西方意义上的系统性或体系性。《文心雕龙》确实是"一部伟大的文学理论巨著"，它"提出了一个完整的文学理论体系"[②]。但是，以《文心雕龙》的体系性而否认整个中国古代文论的东方式体系，则是明显的短见或"文化误读"。事实上，中国文论具有基于自己文化土壤和言说方式的"意象概念的谱系性"和"话语模式"，这是一种独特的"意象话语谱系"[③]。梵语诗学的体系性与西方诗学自然不同。这种独特性更能体现东方文论或东方诗学的研究价值。

夏仲翼先生指出："中国浑然一体的模糊性表述与西方条分缕析的拆解式话语常常会对同一问题产生面目迥异、格调不一的阐释……这种由于思维方式和表述方法不同形成的阻隔，使中西文论很难有径情直遂的融合，处理不当就会发生生搬硬套、张冠李戴的现象。这正是比较诗学的一个主要研究课题。中国古典文论与西方诗学之间最大的差异是西方文艺理论追求体系，讲求构架……直到20世纪，西方文学理论与批评在长期的实证主义、现实主义趋向后，观念开始明显转向本体。着眼形式，看重文本，关注语言的趋向加强，竟出现了与中国古典文论有了历史的交汇的可能。"[④]夏先生对中西诗学的差异性作出了令人信服的解释，他对20世纪中西诗学交汇的理论背景即关注文本和语言的洞察，恰恰在无意中道出了重点关注语言与文本的印度古典诗学与西方现代诗学、中国古代文论可在三维立体的文化视野中进行平行比较的"秘诀"。

印度古典诗学的世界地位还可从影响研究的角度进行审视。印度中世纪文论发展时期，出现了梵语诗学的国际辐射现象，如梵语诗学对中国古代藏族、蒙古族文论等发挥过奠基性影响。不仅如此，以巴利语改写的梵语诗学著作还在泰国等东南亚国家进行传播。这进一步扩大了印度古典诗学的国际辐射范围[⑤]。即使在当代，梵语诗学基本原理也在泰国和越南等国的文学批评中继续得到运用。上述现象恰好印证了印度古典诗学重要的世界地位。

印度古典诗学的世界地位还可以从其当代批评运用的角度进行审视。

印度有着比西方和中国更系统的诗学理论——古典梵语诗学理论。梵语诗学经历

---

① 〔美〕宇文所安：《中国文论：英译与评论》，王柏华、陶庆梅译，上海：上海社会科学院出版社，2003年，第187页。

② 张少康：《中国文学理论批评史》(上)，北京：北京大学出版社，2005年，第222页。

③ 徐扬尚：《中国文论的意象话语谱系》，北京：中国社会科学出版社，2012年，第24－28页。

④ 汪洪章：《〈文心雕龙〉与二十世纪西方文论》"代序"，上海：复旦大学出版社，2005年，第3页。

⑤ 参阅裴晓睿：《印度诗学对泰国诗学和文学的影响》，载《南亚研究》2007年第2期，第73－78页。

了一千多年的发展历史，形成别具一格的诗学体系，并有自己的一套理论术语，如庄严、曲语、情、味、韵、合适、风格、诗德、诗病等。运用梵语诗学理论分析东、西方文学作品具有很强的技术操作性。在此过程中，我们忽然“发现”，这些文学文本原来存在如此众多的“东方魅力”。这显示东、西古今的文化心灵可以沟通，也说明整个梵语诗学体系的现代运用价值应该得到肯定，并印证了印度古典诗学在当代世界文学批评中无比鲜活的重要地位。

换一个角度看，将梵语诗学与中国文论同时引入东、西方文本阐释之中，既有改变以西释中的单向阐发而向双向阐释靠拢的意图，也有更进一步的战略考量。当代西方文学批评早已打上“文化批评”的烙印。文化视野的文学研究逐渐成为其批评主流。各种“主义”应运而生，如研究种族身份的“东方主义”、研究性别问题的“女性主义”或“女权主义”、针对第三世界的“后殖民主义”和针对历史与文本的“新历史主义”等。论者指出，虽然这些新的思想方法对比较文学研究带来了新的契机与活力，但这种文化研究发展到极端，就会导致文学研究出现“反诗意”的趋向。它将成为比较文学研究学科合法性即学科身份认同的一大危机。“文化研究的所谓跨学科反学科的方法，可能冲垮原有的文学理论学科的知识体系，过分政治化的话语，也可能重新让文学理论面临‘为政治服务’的痛苦记忆，这不能不说是文学理论面临的挑战。”①总之，这种反诗意的文化研究，应该限制在一定的范围内。为了弥补当前文化研究的方法论局限，引入隐含“诗意”和“审美”维度的中国古代文论和梵语诗学刻不容缓。这同样说明了印度古典诗学的世界意义。

客观地看，由于现代西方文化的强势地位和印度长期接受殖民文化的历史经历，现代印度诗学在世界诗学中的独立性受到了前所未有的严峻挑战，在文学批评中的主流话语权逐渐让位于西方诗学。不过，当我们仔细审视泰戈尔、奥罗宾多至当代一些印度诗学家的理论建树时就会发现，他们在接受西方诗学的同时，创造性地融入印度传统文论精华，使其著作充满了相当丰富的印度特色。正是这一特色，佐证了现当代印度诗学的世界意义，虽然其独特性或许不及梵语诗学在时空维度上的普遍意义或世界地位。

第四节　研究印度诗学的基本方法

当今时代，国内研究比较诗学的学者，尤其是年轻学者有日渐增多的积极趋势，部

① 童庆炳：《中国古代文论的现代意义》“总序”，北京：北京师范大学出版社，2001年。

分学者对跨越中国与印度诗学、印度与西方诗学的比较研究产生了浓厚的兴趣。中、印关系近年来升温迅速,中、印文化交流呈现前所未有的良好局面,这也为涉及印度诗学的比较研究提供了时代机遇。另一方面,梵语诗学在中国高校或研究机构的教学与研究,似乎难以与学者们教授或研究中国古代文论、西方诗学的规模和热情相抗衡。更严重的是,由于各种复杂因素(主要是语言难度和资料不易获取等),国内从事印度诗学研究的学者相对较少,而翻译和研究印度古典梵语诗学者屈指可数,长期翻译和研究印地语诗学、孟加拉语诗学或泰米尔语诗学的学者也很少见。这些因素均为中国学界未来的比较诗学研究增添了许多未确定的不利因素,也将在某种程度上阻碍中、印文化交流走向深入。因此,本书拟尝试为有志于学习和研究印度诗学、特别是印度古典诗学的年轻学者提供一些线索、建议或浅见,以便读者能尽快得其门径而入。需要说明的是,书中的许多内容对于人们学习和研究印度美学、宗教、哲学、音乐、舞蹈、绘画、建筑、雕塑等领域也具有一定的参考价值。

先说说如何学习和研究印度古典梵语诗学。这又得先从文献阅读开始。这分两种情况:一般的学习和研究(主要是以印度古典诗学为支点的比较诗学研究),深入学习和长期的专业研究。

对于前一种学者来说,阅读和理解中文译本便可,倘若能阅读相关英文著述甚或梵语、印地语、孟加拉语等印度语言的文献资料,自然是更佳。但如没有学过印度语言,对于英文资料中出现的许多梵语或印地语、孟加拉语等印度语汇或许会感到十分困惑,从而影响整体理解。因此,研究者很有必要以适当方式事先或事后联系相关专业的学者或学生,不耻下问,虚心请教,以求获得真理,获得智慧,避免写作或研究中出现失误。对于这一类学者而言,下述中文著作或译著与五本英文著作值得深入阅读和认真体会(有兴趣者也可不同程度地参阅拙著和拙译,详见书后参考文献):

金克木:《古代印度文艺理论文选》,北京:人民文学出版社,1980年。

金克木:《金克木集》(第二卷),北京:三联书店,2011年。其中包含涉及梵语诗学的《梵语文学史》。

金克木:《金克木集》(第三卷),北京:三联书店,2011年。其中包含《印度文化论集》和《比较文化论集》。

金克木:《金克木集》(第七卷),北京:三联书店,2011年。其中包含《古代印度文艺理论文选》。

黄宝生:《印度古代文学》,北京:知识出版社,1988年。

黄宝生:《印度古典诗学》,北京:北京大学出版社,2000 年。

黄宝生译:《梵语诗学论著汇编》,北京:昆仑出版社,2008 年。

黄宝生:《梵学论集》,北京:中国社会科学出版社,2013 年。

季羡林主编:《印度古代文学史》,北京:北京大学出版社,1991 年。

季羡林:《比较文学与民间文学》,北京:北京大学出版社,1991 年。

郁龙余等著:《中国印度诗学比较》,北京:昆仑出版社,2006 年。

郁龙余:《中国印度文学比较》,北京:中国社会科学出版社,2001 年。

郁龙余、孟昭毅主编:《东方文学史》,北京:北京大学出版社,2001 年。

Edwin Gerow, *Indian Poetics*, Wiesbaden: Otto Harrassowitz, 1977.

G. Vijayavardhana, *Outlines of Sanskrit Poetics*, Varanasi: Chowkhamba Sanskrit Series Office, 1970.

Suresh Dhayagude, *Western and Indian Poetics*, Pune: Bhandarkar Oriental Research Institute, 1981.

Ramaranjan Mukherji, *Global Aesthetics and Indian Poetics*, Delhi: Rashtriya Sanskrit Sansthan, 1998.

R.S. Tiwary, *A Critical Approach to Classical Indian Poetics*, Varanasi: Chowkhamba Orient Alia, 1984.

对于第二类学者即立志于长期而深入研究梵语诗学(不仅仅是比较诗学研究)的学者来说,毋庸置疑的是,除精通英语外,还必须千方百计地通过国内外各种渠道、各种方式基本掌握或精通梵语;他们如能同时再学一门或两门印度古语或方言如印地语或孟加拉语等,那将非常有益,因为这些语言中存在大量的梵语诗学译文和相关研究成果,足以让中国的梵语诗学研究者受益终生。如果学习和掌握这一点实在办不到,基本掌握或精通印地语、孟加拉语、泰米尔语、马拉提语或古吉拉特语等印度现代方言或许可助一臂之力,因为很多梵语诗学名著都有印度学者的印地语、孟加拉语、古吉拉特语等译本。如果连印地语等印度现代语言也无法掌握或精通,通过梵语诗学名著的英译本或汉译著作研究梵语诗学未尝不可,但若想达到非常深入的境界,一般来讲是不太可能的。

就文献资料而言,第二类研究者除了收集和阅读上述文献资料外,还应更多地收集和阅读、研究梵语版或梵英对照版的古代诗学著作如《舞论》、《韵光》、《诗光》和《味海》等。至于国内外相关中文和英文研究资料、译本,也是阅读参考的对象。这里附录一些中英文资料，以供参考：

许地山：《印度文学》，长沙：岳麓书社，2011 年。

倪培耕：《印度味论诗学》，桂林：漓江出版社，1997 年。

〔印〕帕德玛·苏蒂：《印度美学理论》，欧建平译，北京：中国人民大学出版社，1992 年。

邱紫华：《东方美学史》，北京：商务印书馆，2003 年。

邱紫华：《印度古典美学》，武汉：华中师范大学出版社，2006 年。

Edwin Gerow, *A Glossary of Indian Figures of Speech*, Paris: Mouton, 1971.

Krishna Chaitanya, *Sanskrit Poetics: A Critical and Comparative Study*. Delhi: Asian Publishing House, 1965.

V. K. Chari, *Sanskrit Criticism*, Honolulu: University of Hawaii Press, 1990.

Angraj Chaudhary, *Comparative Aesthetics: East and West*, New Delhi: Eastern Book Linkers, 1991.

G. N. Devy, ed. *Indian Literary Criticism: Theory and Interpretation*, Hyderabad: Orient Longman, 2002.

S. K. De, *History of Sanskrit Poetics*, Calcutta: Firma K. L. Mukhopadhyay, 1960.

William S. Haney, *Literary Theory and Sanskrit Poetics*, New York: The Edwin Mellen Press, 1993.

S. Ilakkuvanar, *Tholkappiyam in English with Critical Studies*, Madurai: Kurai Neri Publishing House, 1963.

P. V. Kane, *History of Sanskrit Poetics*, Delhi: Motilal Banarsidass, 1971.

M. S. Kushwaha, ed. *Indian Poetics and Western Thought*, Lucknow: Argo Publishing House, 1988.

M. S. Kushwaha, ed. *Dramatic Theory and Practice Indian and Western*, Delhi: Creative Books, 2000.

Ramaranjan Mukherji, *Literary Criticism in Ancient India*, Calcutta: Sanskrit Pustak Bhandar, 1966.

Nagendra, ed. *Literary Criticism in India*, Nauchandi and Meerut: Sarita Prakashan, 1976.

Nagendra, *Emotive Basis of Literatures*, New Delhi: B. R. Publishing

Corporation, 1986.

C. D. Narasimhaiah, ed. *East West Poetics at Work*, New Delhi: Sahitya Akademi, 1994.

Kanti Chandra Pandey, *Comparative Aesthetics*, Vol.1, Varanasi: The Chowkhamba Sanskrit Series Office, 1959.

Anand Kumar Srivastava, *Later Sanskrit Rhetoricians*, New Delhi: Eastern Book Linkers, 2007.

M. Sivakumara Swamy, *Post-Jagannatha Alankarasastra*, New Delhi: Rashtriya Sanskrit Sansthan, 1998.

A. K. Warder, *Indian Kāvya Literature*, Vol.1, *Literary Criticism*, Delhi: Motilal Banarsidass, 1989.

至于前现代时期的印地语、孟加拉语、泰米尔语和乌尔都语等印度语言的诗学,限于语言能力,就不拟在此介绍其相关学习方法或途径了。感兴趣者可咨询北京大学等高校或科研机构相关领域的学者。

印度现代诗学的构成更加复杂,因其既涉及印度学者英语著述,也涉及印地语、孟加拉语、泰米尔语、乌尔都语等不同印度语言的诗学著述。由于当前国内外对诗学或文学理论的定义不一,梵语诗学与后殖民理论、女性主义文学理论等领域的研究皆可视为诗学研究,故对于印度学者研究诗学问题的英语著述,我们无法给出一个较为满意的参考建议。但是,大体说来,如基本不涉及梵语诗学或梵语文学、宗教、历史、哲学、艺术等领域的英语著述,其阅读和研究与西方相关领域的英语著述应无二致。倘若涉及上述领域,则须参考前述学习和研究梵语诗学的相关建议进行规划和思考。

下述几本中文书也值得深入学习和思考(英文资料可在本书参考文献部分中选择):

刘安武:《印度印地语文学史》,北京:人民文学出版社,1987 年。

唐仁虎、刘安武译:《普列姆昌德论文学》,桂林:漓江出版社,1987 年。

侯传文:《话语转型与诗学对话:泰戈尔诗学比较研究》,北京:中国社会科学出版社,2010 年。

石海峻:《20 世纪印度文学史》,青岛:青岛出版社,1998 年。

薛克翘、唐孟生、唐仁虎、姜景奎:《印度近现代文学》,北京:昆仑出版社,2014 年。

需要说明的是,无论是研究古典梵语诗学,还是研究印地语、孟加拉语、泰米尔语、乌尔都语等印度语言文论，甚或研究印度英语文论，还有一些重要的事项必须兼顾。

首先，必须深入学习印度古代文学，其构成了梵语诗学和其他印度语言文学理论的重要思想资源和立论基础；其次，必须深入学习或大致了解印度古代宗教神话、哲学、历史、因明（逻辑）、音乐、舞蹈、绘画等，还应了解印度的风土人情和天文地理，这些内容是理解印度古代和现代诗学的思想背景、学科渊源及文化基础；此外，深入学习中国古代和现代文论、西方古典和现代诗学，是必不可少的一环，道理不用多讲；当然，感兴趣的读者不妨读一读国内学者关于波斯诗学、阿拉伯诗学、日本诗学、泰国诗学等东方古典与现代诗学的翻译与研究成果，条件允许的话，还可学习相关语种，了解其相关历史文化和宗教哲学——以上诸项将进一步开拓研究者的文化视野，提升其理论分析水平，使其专业研究或比较研究步入全新的境界，这便是钱锺书式的比较诗学境界。

第二章　古代范畴论

印度古典诗学的杰出代表即梵语诗学创立了很多别具一格的文论范畴。同理，印度古代泰米尔语诗学代表作《朵伽比亚姆》也有自己的一些文论范畴。正是这些独具特色的诗学概念，使得印度古典诗学不仅倍受后世印度诗学家、批评家的尊崇，也使它在当代东、西方比较诗学界倍受关注。因此，本章将就一系列代表性文论范畴进行简介，以展示印度古典诗学的风采和神韵。这些范畴包括情、味（类味、画味）、虔诚味、庄严、风格、韵、词功能、曲语、合适、推理、诗德（画德、乐德）、诗病（画病、乐病）、魅力、诗相（剧相）等。如按现代诗学理论进行分析，情、味等既可归入文学鉴赏（文学批评）的读者系统，又可归入文学创作的作者之维；庄严、风格、韵似可归入文学作品的客体系统，却又可纳入作者之维；曲语、合适、诗德、诗病、魅力等似可划入作品系统进行分析，又可归入读者之维或作者之维进行思考。这种归类提示我们，切不可对其实行跨文化的“强制阐释”（张江语）①，即使是杂语共生式的双向阐发也必须注意其特定的文化内涵，因为梵语诗学是基本未受外来文化影响的印度古典诗学。

第一节　情　　论

“情”（bhāva）是梵语诗学的重要范畴之一。印度学者纳根德罗在其《梵语诗学辞典》中将“情”译为两个短语：a single undeveloped emotion、gesture or expression of sentiment②。实际上，它的内涵和外延远非这两个短语所能代表。自然，这里的“情”与中国古代文论谈到的“情”亦非对等概念。虽然婆罗多（Bharatamuni）在《舞论》（Nāṭyaśāstra）中先论“味”，再论“情”，但从诗学逻辑来看，应该是先有关于“情”的大致

---

① 参阅毛莉：《当代文论重建路径：由“强制阐释”到“本体阐释”》，载《中国社会科学报》2014年6月16日。

② Nagendra, *A Dictionary of Sanskrit Poetics*, New Delhi: B. R. Publishing Corporation, 1987, pp.37－38.

了解，才可认识味的外延和内涵。

《舞论》第七章这样定义“情”：“使人感受到具有语言、形体和真情的艺术作品的意义，这些是情。情是原因和手段，与‘促成’、‘熏染’和‘造成’同义。”（VII.1）[①]它还指出：“意义通过情由、情态以及语言、形体和真情表演而获得，它被称为情。通过语言、形体和脸色以及真情表演，传达诗人心中的感情，它被称为情。促成与各种表演相联系的味，因此，它们被戏剧家称为情。”（VII.1－3）[②]“情”主要指情感，同时也似乎带有“情景”、“情调”等色彩。论者指出，戏剧作品的意义充满着情，而观众只有感受到情，才会真正领略戏剧的内涵。“而戏剧作品中的情是借助语言和形体表演，通过情由和情态传达的。”[③]

婆罗多依据一些自创的二级概念或曰亚范畴，对“情”进行条分缕析。这些范畴包括常情（sthāyibhāva）、情由（vibhāva）、情态（anubhāva）、不定情（vyabhicāribhāva，sañcāribhāva）和真情（sāttvika）等五类。

常情似指人的基本情感，婆罗多没有给它下定义，只是举出了八种常情的名称：爱（rati）、笑（hāsa）、悲（śoka）、怒（krodha）、勇（utsāha）、惧（bhaya）、厌（jugupsā）、惊（vismaya）。这八种常情与下文将要谈到的八种味形成一一对应的关系。例如，婆罗多指出：“八种常情，三十三种不定情，八种真情，这样，应该知道作为艺术作品中表现味的原因的情共有四十九种。味产生于这些情与共同性质的结合。”（VII.7）[④]

依照婆罗多的论述逻辑，情由首先是指审美意义上的认知状态或心理活动得以顺利进行的基本前提。“情由、原因、缘由和理由是同义词。语言、形体和真情表演依靠它而展现，因此，它是情由。识别和认知是同义词。这里，有一首输洛迦诗：依靠语言和形体表演识别许多意义，因此，它被称为情由。”（VII.4）[⑤]具体地说，情由是指戏剧中的有关场景和人物。胜财在《十色》中解释道：“情由是通过对它的认知而孕育情。它分成所缘情由和引发情由两类。”[⑥]所缘情由（ālambana）是基本情由，指剧中人物；引发情由（uddīpana）是辅助情由，指剧中的时空背景。

诚如印度学者所言：“现代学者观察到，T.S.艾略特的‘客观对应物’和婆罗多味论

① 黄宝生译：《梵语诗学论著汇编》（上册），第 52 页。
② 同上。
③ 黄宝生：《印度古典诗学》，第 42 页。
④ 黄宝生译：《梵语诗学论著汇编》（上册），第 53 页。
⑤ 同上，第 52－53 页。
⑥ 同上，第 460 页。

中的情由极为相似。”[①]1919 年,T.S.《哈姆雷特》一文中写道:“以艺术的形式表现情感的惟一方法就是寻找一个‘客观对应物’;换言之,一套客体,一种情形,一系列事件都可以作为那种特殊情感的表现方式;这样,当提供了必须终结于感官体验的外在事实时,就立即激发了情感。”[②]两相对照,艾略特推崇的“表现情感的惟一方法”即“客观对应物”(objective co-relative)和婆罗多的“情由”颇为相似。“情由导致味的产生的观点值得与艾略特提出的‘客观关联物’的观点进行比较。”[③]因此,说艾略特的“客观对应物”就是现代西方版的“情由”也未尝不可[④]。

婆罗多对情态的解释是:“何以为情态? 回答是: 让人感受到产生各种意义的语言、形体和真情表演。”(VII.5)[⑤]换句话说,情态是剧中人物情感的外在表现。他还认为:“借助于情由的表演,表现情(bhāva)。同样,借助于情态的表演,获得情。情由引发的行为,由情态表演,而情与自己的情态表演有关,情由则与他人的表演有关。”(XXVI.38－39)[⑥]胜财则认为情态是指情的变化,情和情态两者存在着因果关系。“对于剧中人物来说,情是原因,情态是结果。而对于观众来说,情态是原因,情是结果,因为观众是通过演员的表演体验到剧中人物的感情。”[⑦]

关于不定情,婆罗多解释道:“有人问: 何以为不定情(vyabhicāribhāva)? 回答是: vi 和 abhi 是两个前缀。字根 cara 的意思是行走。因此,不定情的意思是带着与语言、形体和真情有关的各种东西走向味。”(VII.28)[⑧]可以说,不定情是指那种变化不定的复杂情绪,其功能在于烘托或丰富常情。婆罗多认为,不定情有三十三种,它们包括:忧郁(nirveda)、虚弱(glāni)、疑虑(saṅkā)、妒忌(asūyā)、醉意(mada)、疲倦(śrama)、懒散(ālasya)、沮丧(dainya)、忧虑(cintā)、慌乱(moha)、回忆(smṛ)、满意(dhṛti)、羞愧(vrīḍa)、暴躁(capalatā)、喜悦(harṣa)、激动(āvega)、痴呆(jaḍatā)、傲慢(garva)、绝望

① K. Krishnamoorthy, *Indian Literary Theories: A Reappraisal*, Delhi: Meharchand Lachhmandas, 1985, p.120.

② 拉曼·塞尔登编:《文学批评理论: 从柏拉图到现在》,刘象愚等译,北京: 北京大学出版社,2003 年,第 314 页。

③ K. Krishnamoorthy, *Indian Literary Theories: A Reappraisal*, p.25.

④ 此处相关论述,参阅拙著:《梵语诗学与西方诗学比较研究》,成都: 巴蜀书社,2010 年,第 238－240 页。

⑤ 黄宝生译:《梵语诗学论著汇编》(上册),第 53 页。

⑥ Bharatamuni, *Nāṭyaśāstra*, Vol.2, ed. by Pushpendra Kumar, New Delhi: New Bharatiya Book Corporation, 2006, p.897.

⑦ 黄宝生:《印度古典诗学》,第 43 页。

⑧ 黄宝生译:《梵语诗学论著汇编》(上册),第 56 页。

(viṣāda)、焦灼(autsukya)、入眠(nidrā)、癫狂(apasmāra)、做梦(supta)、觉醒(nibodha)、愤慨(amarṣa)、佯装(avahittha)、凶猛(ugratā)、自信(mati)、生病(vyādhi)、疯狂(unmāda)、死亡(maraṇa)、惧怕(trāsa)、思索(vitarka)。

婆罗多论述的八种真情包括出汗(sveda)、瘫软(stambha)、颤抖(kampa, vepathu)、流泪(asra)、变色(vaivarṇya)、汗毛竖起(romāñca)、变声(svarasāda)、昏厥(pralaya)。关于真情,婆罗多的相关解释是:"这里所说的真性(sattva)产生于内心……达到所要求的真性,便称之为真情。正是这种感情的真性说明流泪或汗毛竖起应该由感到痛苦的人或感到幸福的人表现。"(VII.93)①在《舞论》第二十四章论述综合表演时,婆罗多强调了真情的特殊重要性:"必须高度重视真情表演,因为戏剧表演以此为基础。真情丰富的表演可谓优秀,真情不多不少的表演可谓平平,真情缺乏的表演可谓低劣。真情并不明显,但它在适当场合通过与味相应的汗毛竖起、流泪等各种表现,成为情的依托。"(XXIV.1－3)②

整体来看,婆罗多对情的归类和分析并非无懈可击,其相关解说并非十分合理。如三十三种不定情中,有的便属于情态。胜财把真情归入情态,同时又说:"真情虽然属于情态,但它们自成一类,因为它们产生于真性。真情是对这些情态的感知。"(IV.6)③这种近乎欲说还休的姿态似乎证明,真情等亚范畴的界定存在逻辑漏洞。有学者认为,婆罗多将心灵世界的丰富情感进行如此细致的分类,看似合理,实则难免机械繁琐之嫌,而这正是"印度文论的一大特征"④。尽管如此,婆罗多等人对"情"的相关论述,的确塑造了内涵丰富、独具一格的古代文论范畴。

历史地看,婆罗多论述的情及其五个亚范畴对于后世的梵语戏剧学、诗学著作均产生了深刻持久的影响。例如,生活于12至13世纪之间的沙罗达多那耶(Śaradātanaya),他的《情光》(Bhāvaprakāśa)索性以"情"命名。《情光》与当时绝大多数诗学著作不同的地方在于,它以"情"而非人们普遍重视的"味"来统摄全书的论述主题。《情光》对情的定义和分类是:"有情(bhūti)产生情感,词义或行为真实在人的心中产生变化,这便是情(bhāva)。它被分为情由、情态、常情、不定情和真情五类。"

① 黄宝生译:《梵语诗学论著汇编》(上册),第67页。

② Bharatamuni, *Nāṭyaśāstra*, Vol.2, ed. by Pushpendra Kumar, New Delhi: New Bharatiya Book Corporation, 2006, pp.796－800.

③ 黄宝生译:《梵语诗学论著汇编》(上册),第460页。

④ 曹顺庆主编:《中外文论史》(第二卷),成都:巴蜀书社,2012年,第968页。

(I.12－13)[①]除情态外,沙罗达多那耶对情由、常情、真情和不定情的阐释与婆罗多基本相似,如他认为,真情有八种,不定情有三十三种。不过,与婆罗多将情态视为语言、形体和真情的外在表演略有不同,沙罗达多那耶将情态分为四类:"情态分真情(manas)、语言(vāk)、形体(kāya)和风格(buddhi)四类。"(I.36)[②]

第二节　味　　论

《舞论》作者婆罗多之所以在印度和世界文论史上占有崇高的位置,不仅在于他对梵语戏剧学的详细论述,更重要的是他对此后梵语诗学千年发展的深远影响,以及对味论的深刻探讨。"在梵语文学理论发展史上,《舞论》的最大贡献是突出了味论。后来的梵语文学批评家将味论运用于一切文学形式。"[③]从最初的戏剧学情味论,到庄严论和风格论的附庸,再到成为诗的灵魂,味论的发展印证了文学发展的一般规律,即情感体验终究是文学作品的创作旨趣,语言修辞是为作家酝酿审美情感服务的。

一、婆罗多味论

按照印度学者编纂的梵英词典,味的含义多达二十几种,包括植物汁液、酒、水、饮料、精液、甘露、牛奶、毒药、味、品味、品味对象、喜悦、魅力和审美情感等等[④]。从词源学上来说,味的原始含义是植物汁液,而水、奶汁和味等等属于衍生含义。在吠陀后期即《奥义书》时期,味也用来表示事物的本质或精华。尽管吠陀文献到处出现味的说法,味的含义也非常丰富,但它还没有上升或演变为文学审美意义上的味。历史地看,印度古典味论发展经过了萌芽期、早期、中期和晚期等四个发展阶段。《舞论》中阐述的戏剧味论是其萌芽阶段,此后的诗学味论将在此基础上独立发展。

前边介绍了"情",那么它和"味"的关系如何呢?婆罗多的理解是,味产生于情,而不是情产生于味。他说:"无情不成味,无味不成情,两者在表演中互相促成。正如调

① Śāradātanaya, *Bhāvaprakāśa*, Varanasi: Chaukhamba Surbharati Prakashan, 2008, p.5.

② Ibid., p.8.

③ 黄宝生译:《梵语诗学论著汇编》(上册),第13页。

④ Vaman Shivram Apte, *The Practical Sanskrit-English Dictionary*, Delhi: Motilal Banarsidass Publishers, 2004, p.796.

料和药草的结合不成其为美味,情和味互相促使对方产生。正如树产生于种子,花果产生于树,味是一切之根,情确立其中。”(VI.36－38)[①]虽然情和味互相促进,互为因果,但是,“味是一切之根”显示了味的特殊重要性。从《舞论》第六章论味、第七章论情的顺序来看,味论是主要的,情论是次要的。换句话说,情论是为味论服务的,味论是他关注的核心。“味论是婆罗多戏剧学的理论核心。”[②]

《舞论》第六章提出了一个压轴性观点:“情由、情态和不定情的结合产生味。”(VI.31 注疏)[③]这便是味的定义,也是梵语诗学关于味的经典学说,它主要说明味产生的程序。后来的梵语诗学家新护将此定义称为“味经”(Rasasūtra),这并非空穴来风。婆罗多认为,任何词语的意义都不能脱离味。就戏剧味而言,可以分为八种,即艳情、滑稽、悲悯、暴戾、英勇、恐惧、奇异和厌恶味。味的词义是可以品尝的。他指出,正如各种原料和调料的混合产生味,各种情的结合也产生味。思想正常者享用配有各种调料的食物,品尝到味就心满意足。同样的道理,思维正常者观赏具有形体语言和真情的艺术表演,品尝到常情也感到心满意足。因此,可以断定,婆罗多的味是指戏剧艺术的感情效应,即观众在观赏过程中体验的审美快感[④]。西方学者编撰的梵英辞典将“味”(rasa)解释为“植物的汁液、体液、事物的精华”等[⑤]。婆罗多的过人之处在于将其创造性地运用于戏剧原理的阐释之中。

在对味进行归类时,婆罗多典型地体现了印度古典诗学形式分析的特色。他将味分为八种,即艳情味(śṛṅgāra rasa)、悲悯味(karuṇa rasa)、英勇味(vira rasa)、暴戾味(rudra rasa)、厌恶味(bībhatsa rasa)、滑稽味(hāsya rasa)、恐怖味(bhayānaka rasa)和奇异味(adbhuta rasa)八味,并给这八种味规定了“来源”、“颜色”和“天神”:“现在我们叙述这些味的来源、颜色、天神和例证。这些味来源于另外四种味,即艳情、暴戾、英勇和厌恶。”(VI.39)[⑥]在婆罗多看来,滑稽出于艳情,悲悯之味由暴戾生,奇异出于英勇,恐怖来自厌恶。模仿艳情便叫做滑稽,暴戾的行为结果就是悲悯之味,英勇的行为称为奇异,显出厌恶之处则是恐怖。这样,婆罗多就把八种味分为两组,即原生味和次生味。

---

① 黄宝生译:《梵语诗学论著汇编》(上册),第 46 页。

② 黄宝生:《印度古典诗学》,第 41 页。

③ Bharatamuni, *Nāṭyaśāstra*, Vol.1, ed. By Manomohan Ghosh, Varanasi: Chowkhamba Sanskrit Series Office, 2009, p.82.

④ 黄宝生:《印度古典诗学》,第 41 页。

⑤ M. Monier Williams, *A Sanskrit English Dictionary*, Delhi: Motilal Banarsidass Publishers, 2002, p.869.

⑥ 黄宝生译:《梵语诗学论著汇编》(上册),第 46 页。

就八种味的颜色来看，艳情是绿色，滑稽是白色，悲悯是灰色，暴戾是红色，英勇是橙色，恐怖是黑色，厌恶是蓝色，奇异是黄色。八种味的护佑天神分别是：艳情之神毗湿奴，滑稽之神波罗摩特，暴戾之神楼陀罗，悲悯之神阎摩，厌恶之神湿婆，恐怖之神时神（死神），英勇之神因陀罗，奇异之神大梵天。

婆罗多详细论述了八种味的不同特征。他首先论述艳情味。这种对"艳情"的崇尚，充分体现了印度文化特色。因为，印度教人生四目标之一就是欲（kāma）。这一姿态预示了以后的梵语诗学家高度重视艳情味的审美旨趣。婆罗多认为，艳情味产生于常情爱，它以男女为因，以美丽少女为本。它有两个基础：会合与分离。换句话说，它分为会合艳情味（sambhogaśṛṅgāra）与分离艳情味（vipralambhaśṛṅgāra）两类。它们应当用眼的灵活、眉的挑动、媚眼或疲倦、忧虑、疯狂等情态来表演。以后的文论家如楼陀罗吒和胜财等人将艳情味分为三类或四类等，扩大了艳情味所涵盖的艺术表现范畴。

其次是滑稽味，它以常情笑为特征。它产生于不合适的服饰、莽撞、贪婪等情由，用挤眼、瞪眼、流汗等情态来表演。滑稽味分为依据自己和依据他人而产生的两类。

悲悯味起于常情悲，产生于灾难、与所爱的人分离、丧失财富等情由，用流泪、哭泣、叹息、昏倒等不定情来表演。悲悯味分为正义受挫、失去财富和悲伤引起的三类。

暴戾味以常情怒为特征，产生于愤怒、抢劫、责骂、侮辱等情由，用红眼、流汗、皱眉等情态来表演。

英勇味以常情勇为特征。它产生于镇静、谋略等情由，用刚强、精明等情态来表演。

恐怖味以常情惧为特征。它产生于怪异的声音、耳闻目睹亲人被杀或被囚等情由，用手足颤抖、失声等情态表演。

厌恶味以常情厌为特征。它产生于令人讨厌的事物等情由，用恶心、呕吐等情态来表演。

奇异味以常情惊为特征。它产生于看见神灵、出现神奇事迹等情由，用睁大眼睛、目不转睛、手舞足蹈等情态来表演①。

泰米尔语著作《朵伽比亚姆》中也有与婆罗多味论相似的某些内容。例如，该书将文学作品所描绘的"感情"（Meyppattu）分为八种，即啼（alukai）、笑（nakai）、憎（ilivaral）、惊（marutkai）、恐（accam）、勇（perumitam）、嗔（vekuli）、乐（uvakai）。而婆罗多则是将味分为八种，即艳情、滑稽、悲悯、暴戾、英勇、恐怖、厌恶、奇异。这两组概念有

① 上述关于各种味的介绍，参阅黄宝生：《印度古典诗学》，第 44 - 49 页。

很多一致或相似的地方。由于每种"感情"皆有四种类似《舞论》的情由，其情感表现形态便达到三十二种。朵伽比亚尔还叙述了欢爱的六种阶段，每一阶段中的恋爱男女又分为四种表现形态。与婆罗多在《舞论》中对八种味和三十三种不定情的详细分析不同，《朵伽比亚姆》没有对八种感情及其派生而出的三十二类感情进行详细说明。很难说《朵伽比亚姆》的八种感情与《舞论》中的八种味或八种常情是否存在一一对应的关系。"朵伽比亚尔的八种感情与《舞论》中八种味的排列顺序不同。朵伽比亚尔的经文没有说明他为何如此排列八种感情的理由。"①朵伽比亚尔没有论及类似于平静味的概念也引起了学者们的注意。原因大概是，他关注的多是"普通人的口头语和描述那些在尘世中如鱼得水的男男女女的诗性语言，他不关注如何描述那些追求解脱的人"②。朵伽比亚尔在阿哈姆中论述男女之爱时禁止在诗中点出主人公的名字，而婆罗多并非如此刻板。

二、楼陀罗吒、新护、波阇到世主的味论

随着时间的推移，随着严格意义上的梵语诗学出现，味开始作为一个诗学概念被人们论及。公元 7 世纪至 9 世纪，印度味论进入其早期独立发展阶段即诗学味论阶段。这一时期，梵语诗学家主要关注诗的庄严（修辞）和风格。他们虽意识到味的存在，但并未将味视为文学的主要因素。例如，婆摩诃在《诗庄严论》中，认为庄严是诗美的主要因素，而"有味（rasavat）"是他心目中的三十九种庄严之一。檀丁的《诗镜》以"有味"庄严的名义，将戏剧的八种味分别引进诗歌领域，具有开创性意义。自檀丁之后，味逐渐受到梵语诗学家的重视。优婆吒除了确认婆罗多的八种味之外，还确认第九种味即平静味。新护后来在《舞论注》中对其进行全面而深入的阐释。有学者指出："这的确是梵语诗学迈出的革命性的一步（revolutionary step）。"③楼陀罗吒在《诗庄严论》中用四章篇幅专论味，还增加一种亲爱味。他甚至认为除了常情外，其他的不定情也能发展为味。楼陀罗跋吒《艳情吉祥痣》的宗旨是将婆罗多的戏剧味论运用于诗歌领域。他重点论述艳情味。楼陀罗吒和楼陀罗跋吒的两部诗学著作标志梵语诗学主流开始向味

① K. Meenakshi, *Literary Criticism in Tamil and Sanskrit*, Chennai: International Institute of Tamil Studies, 1999, p.37.

② P. Tirugnanasambandhan, *The Concepts of Alamkara Sastra in Tamil*, Madras: The Samskrit Academy, 1977, p.8.

③ Shailaja Bapat, *A Study of the Vedānta in the light of Brahmasūtras*, New Delhi: Bharatiya Book Corporation, 2004, p.189.

论诗学转折[①]。楼陀罗跋吒毫不讳言自己对婆罗多味论的借鉴:“婆罗多等人已经充分地论述了戏剧中味的地位,我将说明味在诗中的地位。”(I.5)[②]他接着说明味的价值:“没有味的作品缺乏光彩,恰如黑夜没有月亮,犹如女子缺少爱人,也如吉祥女神不施恩惠。”(I.6)[③]这自然使人想起《文心雕龙》的话:“繁采寡情,味之必厌。”[④]这体现了中印古代诗学家的心灵契合。

楼陀罗吒生活的时期,出现了跋吒·洛罗吒、商古迦和跋吒·那耶迦等一批杰出的味论家,对味论进行深入的探讨,这一时期出现的韵论也与味论密切相关。它实质上是创造性地运用味论,确认味和韵是诗美的主要因素。

接着出现的是重视味论的韵论集大成者欢增和味论的集大成者新护。之后,则有对味论继续探索和总结的曼摩吒、毗首那特和世主等人。从欢增、新护到 17 世纪的世主,印度古典味论进入其旺盛的中期发展阶段。在这一阶段里,很多重要的虔诚味论者也登上了理论阐释的表演舞台。可以说,味论发展的中期阶段是印度古典味论的黄金时代。

楼陀罗吒时代及此后时期,出现了一些重要的味论诗学家。他们的著作均已失传,只在新护的转述中能发现其诗学思想的蛛丝马迹。新护称《舞论》第六章关于味产生的经典学说为“味经”(rasasūtra),并对此展开疏解,后人又把他的这一疏解称为“味经注”,其味论观集中体现在此。他对著作失传诗学前辈的观点也有大量介绍。

首先看看新护转述洛罗吒的味论观。洛罗吒认为,婆罗多关于味的定义虽然没有提及常情,但实际上是说味产生于常情、情由、情态和不定情的结合。味是由情由、情态等等强化的常情。味存在于被表演的人物(角色)和表演的演员中。商古迦对于洛罗吒的味论观持批评态度。商古迦认为,味即常情,味是演员对被表演者罗摩等等角色的常情的模仿。正因为它是一种模仿,所以另外命名为“味”。在商古迦看来,常情并不存在于演员中。演员只是通过表演情由、情态和不定情,让观众感受到或推断出角色的常情,由此品尝到味。商古迦的观点受到新护的老师跋吒·道多的批评。实际上,商古迦试图遵循婆罗多的观点,努力用模仿论阐明戏剧艺术表演和欣赏的奥秘。而道多实

---

① 此处相关介绍,参阅黄宝生:《印度古典诗学》,第 300-304 页。

② R. Pischel ed. *Rudraṭa's Śṛṅgāratilaka and Ruyyaka's Sahṛdayalīlā*, Varanasi: Prachya Prakashan, 1968, p.2.

③ Ibid.

④ 郭绍虞主编:《中国历代文论选》(一),上海:上海古籍出版社,2003 年,第 274 页。

际上是赞同感情普遍化原理，所以竭力揭示模仿论的理论弱点。在道多看来，演员没有模仿的想法。演员只是通过他的技艺、他对自己情由的回忆和由精神活动（感情）普遍化引起的心理感应，表演相应的情态，吟诵伴有合适语调的诗歌。感情普遍化的理论后来在那耶迦、特别是新护那里得到充分的发挥。那耶迦将诗歌和戏剧中的语言功能分成表示、展示和品尝三个层次。味是由展示功能实现的。味被展示后，以一种不同于直接经验、回忆等等的方式得到品尝。这种品尝与人性中的喜、忧、暗接触，含有展开、流动和扩大的形态。由于喜占优势，充满光明和欢喜，表现为知觉憩息，类似品尝至高的梵。那耶迦的味论具有创造性。其贡献主要在于对感情普遍化原理的发挥阐释等。在那耶迦那里，以品尝味为旨趣的审美经验类似以领悟"梵"为旨趣的宗教神秘体验。这对新护影响深刻。味论在那耶迦这里，开始摆脱婆罗多戏剧味论的客观朴素性，而进入主观神秘的阐释阶段①。

迦奈认为："新护是中世纪印度最杰出的人物之一。他思想非常敏锐，是一个百科全书式的学者。"②新护在他的味论中批判性地继承和超越了那耶迦。新护接受了那耶迦的情味普遍化原理，但同时又声称这种普遍化来自韵。这实际上是对普遍化原理的一种超越姿态。新护还在味论的另一个方面持超越姿态："数论派认为，味的体验带来欢乐和痛苦。新护抛弃了这一观点，因为他相信，对味的体验完全是快乐的，没有一丝一毫的痛苦。"③印度学者认为，味的品尝或曰味体验（rasānubhūti）的近似含义有viśrānti（恬适）、niṣpatti（成熟，完美）、āsvāda（品味）、carvaṇā（品味，享受）、bhoga（快乐，欢喜）等等④。这些同义词说明，味的本质是喜悦而非痛苦。新护之后，味成为梵语诗学家普遍接受的重要批评原则。其中，多数诗学家采纳新护的味论，也有些诗学家试图对味论作出新的探索。

波阇的诗学出发点是庄严论，但其唯一艳情论别具一格。在各种味中，波阇似乎格外欣赏艳情味。他提出了梵语诗学发展史上独一无二的唯一艳情论即自爱、自尊或艳情论。他说："诗达到可爱的境地，在于有味相伴。味被称作自爱、自尊或艳情。它在人的内在自我中，产生于前生的经验积累。它是自我各种性质的唯一根源。如果诗人

① 此处的相关介绍，参阅黄宝生：《印度古典诗学》，第304－325页。

② P. V. Kane, *History of Sanskrit Poetics*, p.236.

③ Y. S. Walimbe, *Abhinavagupta on Indian Aesthetics*, "Introduction", Delhi: Ajanta Publications, 1980.

④ B. M. Chaturvedi, *Some Unexplored Aspects of the Rasa Theory*, Delhi: Vidyanidhi Prakashan, 1996, pp. 36－50.

充满艳情,诗中的世界便有味;如果诗人缺少艳情,诗中的世界就乏味。”(V.1－3)[①]波阇对味的看法受到新护和欢增等人的影响。“自爱、自尊或艳情”就是唯一艳情论的基础。按照波阇的观点,“自爱、自尊或艳情”是最高意义的味。它原本潜伏在观众(或读者)心中,艺术作品中的情由、情态和不定情触动自爱,激起自爱中的情。波阇认为,通常所说的各种味就是达到高潮的各种情。而且,他认为达到高潮的各种情不限于通常所说的常情,任何情(包括不定情和真情)都能成为常情。当某种情成为常情时,其他的情(包括常情)便成为不定情。因此,波阇实际上认为通常所说的味应该是无数的。波阇把味的范畴无限扩大,这便直接导致他断言各种味非味的结论。拉克凡评价道:“波阇从泛味论的极端走向另一个极端。他说,这些味都不应该称作味,它们只是习惯性地称作味。真正的味只有一种。”[②]波阇对味的这种独特思考受到《奥义书》的影响[③]。与新护类似,波阇将味论的文学审美特性转化到宗教哲学思辨的层面。波阇还以男女相爱的方式论述四种艳情味,亦即神圣的人生四要。这就带来一个问题:“波阇既在高雅意义上、也在低俗层面使用‘艳情’这个词。”[④]拉克凡说:“波阇实在应该以两个称呼命名,一个命名高级的‘艳情’,一个命名低级的‘艳情’。”[⑤]

毗首那特在《文镜》中给诗下的著名定义是:“诗是以味为灵魂的句子。”[⑥]他的味论主要依据新护的观点。他将新护的味论条理化,因此显得更加清晰易解。他的普遍化原理也受到了那耶迦的深刻影响。17世纪的世主在《味海》中认为,味是自我意识。他还介绍了一种新的味论观,认为,存在一种相当于感情谬误的味体验。这显然受到不二论吠檀多哲学观念的影响。论者认为,尽管世主的味论观与新护有差异,但从根本上说,其观点是相通的。或者说,世主只是以吠檀多哲学观念来阐述新护味论。“新护代表了梵语诗学中味论的最高成就。在新护之后,梵语诗学家在味论领域并无重大的突破和建树。”[⑦]需要说明的是:“世主是梵语诗学大家里唯一一位明确拒绝将味视为阐释所有文学的原理,但他的反对遭到了味论者们有力的回击。”[⑧]

① 转引自黄宝生:《印度古典诗学》,第325－326页。
② V. Raghavan, *Bhoja's Śṛṅgāraprakāśa*, Madras: Punarvasu, 1963, p.461.
③ 以上对波阇艳情论的分析,参阅黄宝生:《印度古典诗学》,第325－327页。
④ V. Raghavan, *Bhoja's Śṛṅgāraprakāśa*, p.456.
⑤ Ibid., p.483.
⑥ 黄宝生:《梵语诗学论著汇编》(下册),北京:昆仑出版社,2008年,第816页。
⑦ 黄宝生:《印度古典诗学》,第330页。
⑧ V. K. Chari, *Sanskrit Criticism*, Honolulu: University of Hawaii Press, 1990, p.230.

世主之后，梵语诗学整体出现衰落迹象，古典味论发展进入晚期阶段。这一时期，虔诚味论成为印度各个方言诗学的最大亮点。关于虔诚味论，将在下一节进行介绍。

即使在梵语诗学衰落期，学者们对味论的探索也没有停止。近、现代印度文论家对于味论的思考也是如此。一句话，味论诗学是梵语诗学联结古代和现代印度诗学的"思想长城"。没有味论诗学，印度文论史将会是另一番面貌。只要看看梵语诗学史上众多以 rasa（味）命名的著作便可见一斑：《味海月》（14 世纪）、《味花簇》（15 世纪）、《味河》（15 世纪）、《味海》（17 世纪）、《味月光》（17 世纪）、《味魅力》（17 世纪）、《味如意树》（17 世纪）、《味命论》（17 世纪）、《味月光》（18 世纪）、《味大海》（18 世纪）、《味湖》（18 世纪）、《味宝石》（18 世纪）、《味探》（18 世纪）、《味宝缨络》（18 世纪）等。

三、味的数量、"类味"、主味及其他

梵语诗学家对味的数目或种类的详细探讨体现了印度文化的形式分析传统。与婆摩诃、檀丁、伐摩那、恭多迦等人对庄严、风格或曲语的详细分类一样，新护、波阇等人对味也有详细的分类。论者指出："在味的种类上存在不同的观点……据称，味有一种、八种、九种、十种、十二种或无数种。"[①]新护和波阇持有时认为只有一种味，即新护心目中超凡脱俗的味和波阇的艳情味；支持平静味者如新护、楼陀罗跋吒和优婆吒等认为有九种味，反对者认为是八种味；楼陀罗吒在平静味之外再加亲爱味，使得味的种类达到了十种。毗首那特在新护九种味之外再加慈爱味，使得味的种类也达到了十种。有的人在新护的九种味基础上加上三种味，即慈爱味（vātsalya rasa）、虔诚味（bhakti rasa）和贪婪味（laulya rasa），这样达到十二种味。波阇新增亲爱味（preyas rasa）、崇高味（udātta rasa）和傲慢味（uddhata rasa），使得味也达到了十二种。

般努达多在《味河》中确认九种味，但他也提到另外四种味，即慈爱味、贪婪味、虔诚味和企求味。般努达多还提到一种虚幻味（māyā rasa），但没有获得其他诗学家认可。虚幻味的常情是妄知（mithyājñāna）即错误的认识、虚幻的认知。般努达多将虚幻味视为高于平静味的一种新味。他对虚幻味的定义是："诸相（lakṣaṇa）的认识形成邪识妄知（mithyājñāna）和熏习谬见（vāsanā），这是虚幻味。虚幻味的常情是妄知，情由是世俗享受所产生的正法与非法，情态是儿子、妻子、胜利和王权等等。"（VII.27 注

① Kanti Chandra Pandey, *Comparative Aesthetics*, Vol.1, Varanasi: The Chowkhamba Sanskrit Series Office, 1959, p.189.

疏)[①]在此之前,般努达多还将这种虚幻味与平静味进行区分。他说:"思维活动(cittavṛtti)分两种:认识理解(pravṛtti)和心如止水(nivṛtti)。心如止水就是平静味,而认识理解便是虚幻味,也是一种虚妄幻象(pratibhā)。"(VII.27 注疏)[②]从晚期梵语诗学发展脉络来看,般努达多提出的虚幻味没有获得其他诗学家的认可。毋庸置疑,般努达多是梵语诗学家中涉及味的数目最多者之一。

与味的种类相关的还有两个问题。其一是"类味"(rasābhāsa)的概念。优婆吒在诗学意义上发展了婆罗多的戏剧味论。他似乎也是最早明确地提出"类味"(rasābhāsa)和"类情"(bhāvābhāsa)两个概念的梵语诗学家。他对"天助"的界定不同于婆摩诃和檀丁:"(诗中描写的)味、情、类味、类情的活动归于平息,其他情态也了无踪影,这就是天助。"(IV.7)[③]这其中就包含了类情和类味。

楼陀罗吒将艳情味与各种语言风格的描写联系起来。他将男女间缺乏共鸣的单相思称为"类艳情味"(śṛṅgārābhāsa)。(XIV.36)[④]如果说优婆吒是首位提出"类味"和"类情"概念的诗学家,那么,楼陀罗吒是"第一位具体谈论类艳情味并予以阐释的人"[⑤]。楼陀罗吒的贡献影响了欢增、新护、波阇等人的味论思考。楼陀罗吒及其著作的注疏者在论述类味和类艳情味的过程中,还贯彻了味合适的原则。"这些思想后来成了欢增的文学理论基础。"[⑥]楼陀罗吒帮助梵语诗学家们解决了一个理论难题,即类味或类艳情味是否合法或是否关乎文学美的问题。从他的思路可以看出,文学中的爱不等于生活中的爱。用现代语言来说,诗中描写味是理想主义风格,描写类味或类艳情味则是现实主义路数[⑦]。

新护认为,对艳情味的模仿便是类艳情味,而非真正的艳情味。类情由、类情态和类不定情激起虚妄的常情爱,由此产生类艳情味。例如,大史诗《罗摩衍那》中魔王罗波那对悉多的邪恶欲望便是类爱,它最后会达到接近滑稽味的效果。梵语戏剧《小泥车》中春军对善施的爱就是类味的一个例子。因为春军是妓女,她对善施的爱不能视为正常的艳情味,只能视为类艳情味。现代学者指出:"妓女不能像传统的伟大女性如

① Bhānudatta, *Rasataraṅgiṇī*, New Delhi: Munshiram Manoharlal Publishers, 1974, p.146.
② Ibid., p.145.
③ Udbhata, *Kāvyālaṅkārasārasaṅgraha*, Delhi: Vidyanidhi Prakashan, 2001, p.97.
④ Rudrata, *Kāvyālaṅkāra*, Varanasi: Chaukhamba Vidyabhawan, 1966, p.404.
⑤ K. Leela Prakash, *Rudrata's Kavyalankara: An Estimate*, Delhi: Indu Prakashan, 1999, p.179.
⑥ Ibid., p.185.
⑦ Ibid., p.184.

悉多和莎维德丽等一样感受爱。如果说这是梵语文学理论的一个规则的话，那么，这绝对不是现实生活的准则。常常是，越受禁锢的东西，越感动人心。”①新护认为，不仅类艳情味，其他各种类味也能产生滑稽味。因为任何不合适的行为都能成为滑稽味的情由。甚至不能导致解脱的类平静味也能成为滑稽味。

在《情光》中，沙罗达多那耶论及类艳情味时指出：“艳情味被滑稽味所覆盖，这便成为类艳情味。滑稽味与厌恶味混合，这称为类滑稽味。英勇味与恐惧味粘连，这便是类英勇味。厌恶味和悲悯味并列，这叫类奇异味。暴戾味中粘连了悲哀和恐惧，这是类暴戾味。滑稽味和艳情味所装饰的悲悯味，叫做类悲悯味。混合了奇异味与艳情味后的厌恶味，叫做类厌恶味。暴戾味与英勇味相连，这是类恐惧味。”（VI.12）②此处对八种类味的描述虽不乏新意，但却露出波阇式的机械性痕迹。

在《味海月》中论及类艳情味时，辛格普波罗指出了四种具体情形：“就类艳情味而言，它还包括单相思（arāga）、多角恋（anekarāga）、动物恋（tiryagrāga）和糊涂恋（mlecchārāga）四种。”（II.265 注疏）③其中，单相思指类似于罗波那垂涎悉多的美色欲据为己有但遭拒绝等不合理、不合法的情感诉求，多角恋指一个男子爱上多个女子或一个女子爱上多名男子，动物恋是指飞禽走兽或昆虫之间的爱，而糊涂恋是指缺乏鉴赏力的爱。

与味的种类相关的第二个问题是：众多的味中，哪一个才是主味（rasarāja）？对于这一问题，梵语诗学家看法不一。有的人认为，英勇味是主味；有的认为，平静味是主味；还有的人认为，艳情味或虔诚味才是主味④；而在某些诗学家看来，甜蜜味是最主要的虔诚味，被称为“虔诚味王”（bhaktirasarāja）。

味论不仅是梵语戏剧学和诗学领域的重要理论，还渗透到了梵语艺术论中。例如，婆罗多本人便在《舞论》第二十九章开头介绍各种调式（jāti）的音调、音名时，将其与各种味联系起来进行阐述，如认为含有萨音节的调式可以表现所有味。（XXIX.1－14）⑤

① J. L. Masson & M. V. Patwardhan, *Aesthetic Rapture: The Rasādhyāya of the Nāṭyaśāstra*, Vol.1, Poona: Deccan College, 1970, p.42.

② Śāradātanaya, *Bhāvaprakāśa*, p.188.

③ Śiṅgabhūpāla, *Rasārṇavasudhākara*, Madras: Tha Adyar Library and Research Centre, 1979, p.293.

④ B. M. Chaturvedi, *Some Unexplored Aspects of the Rasa Theory*, Delhi: Vidyanidhi Prakashan, 1996, pp.79－102.

⑤ Bharatamuni, *Nāṭyaśāstra*, Vol.3, ed. by Pushpendra Kumar, New Delhi: New Bharatiya Book Corporation, 2006, pp.1007－1012.

《毗湿奴法上往世书》以味论画,实为别开生面的"画味"论。该章开头提出九种画味。它对每种味的具体画法进行了说明,如规定暴戾味描述人物的粗暴、愤怒和武器盔甲等,英勇味描述人物勇敢和高傲的表情等,恐惧味描述邪恶的表情及杀戮、死亡等,厌恶味描述火葬场等,奇异味描述汗毛竖起、眼睛睁大和出汗等,平静味描述苦行者沉思入定等场景。可见,该书基本上依据《舞论》介绍各种画味。

从世界文论视野出发,味论还具有非常丰富的比较诗学研究价值。先以亚里士多德与婆罗多的相关思想进行简要说明。亚里士多德在《诗学》中提出的"净化"(catharsis)论与婆罗多的味论都给我们揭示了艺术世界的真正本质。二人极具民族特色的"净化"论与味论存在一些值得比较鉴别之处。亚里士多德的净化说出现。他说,悲剧是借助人物行动,通过"引发怜悯和恐惧使这些情感得到疏泄"[①]。这里的"疏泄"即净化。事实上,catharsis 既可指医学意义上的"净洗"和"宣泄",又可指宗教意义上的"净涤"。S.H.布切认为,catharsis 的作用不仅限于对怜悯和恐惧的疏导,作为一种艺术手段,它还能给观众以美的享受[②]。在同样具有审美快感的基础上,味论与净化说有了比较的可能。"净化与味这两个关注点不同的概念,都从心灵净化开始,而以灵魂欢悦为终。"[③]味论可以帮助理解净化说。当然,两者之间的区别也是明显存在的:"净化说只涉及怜悯和恐惧两种感情,而味论却涉及所有感情。因此,味论大步流星地走在了净化说的前头。"[④]按照婆罗多理论指导创作,梵语戏剧唤起的是各种复杂情味,而符合亚氏理论模式的希腊悲剧唤起的只有两种情味。究其实,两人的戏剧功能观决定了他们的关注点不同。一个关注心灵净化,另一个强调灵魂解脱[⑤]。

众所周知,中国古代文论也有自己历史悠久、内容丰富的味论。中、印古代诗学味论的异同值得关注。中、印的"味"是一对表面相似实则复杂的文化双胞胎。中国味论源于诗、文、书、画等表现艺术,而印度味论源于戏剧等再现艺术。中国味论重视意境神韵之表现功能的"韵味"说,而婆罗多等坚持再现性色彩强烈的"情味"论,道理不难理

---

① 〔古希腊〕亚里士多德:《诗学》,陈中梅译,北京:商务印书馆,2002 年,第 63 页。

② 参阅〔古希腊〕亚里士多德:《诗学》,第 229 – 230 页。

③ Bharat Gupta, *Dramatic Concepts: Greek & Indian, A Study of the Poetics and the Nāṭyaśāstra*, Delhi: D. K. Printworld, 1994, pp.272 – 273.

④ R. L. Singal, *Aristotle and Bharata: A Comparative Study of Their Theories of Drama*, Punjab: Vishveshvaranand Vedic Research Institute, 1977, p.56.

⑤ S. J. Robert Antoine, "Bharata and Aristotle", in Amiya Dev, ed. *Jadavpur Journal of Comparative Literature* (Vol.16 – 17), Department of Comparative Literature, Jadavpur University, Calcutta, 1979, p.25.

解①。还有学者认为，印度味论侧重情，是一种“情味论”，中国味论强调意境、意象，是一种“意味论”②。

论者指出，波斯古典诗学的理论范畴“味道”堪比梵语诗学的味、中国古典文论的韵味。在由情生味这一点上，波斯古典诗学和梵语诗学是相通的。“因此，可以说，中国、印度、波斯这三大东方古典诗学在‘味’的概念上是存在着交叉相似的。”③

综上所述，婆罗多开创的味论在印度文论发展史上具有非常重要的地位。味论在后来的诗学著作中得到充分发展，成为梵语诗学流派中最为重要的一支，也是真正泽被后世的一种理论。味论不仅具有重要的比较诗学研究价值，还是印度学者进行文学批评的有力工具。

1997 年，P.帕特奈克出版了《美学中的味：味论之于现代西方文学的批评运用》一书。该书主体分为十一章。第一、二章介绍味论一般原理和九种味之间的关系。第三至十章分别利用九种味（艳情味、滑稽味、悲悯味、英勇味、暴戾味、奇异味、恐惧味、厌恶味和平静味）点评西方文学，偶尔也涉及中、日、印等东方文学。P.帕特奈克认识到，丰富多彩的现代文学给味论的批评实践带来挑战，但他自信地说：“非常有趣地是，一种 1 500 年前的古老理论还能用来评价现代文学，而西方文学家却不得不为此提出新的理论。”④他认为，运用味论评价当代作品，肯定会遇上一些困难。但理论是活生生的，它会在成长变化中适应时代的需要。他说：“希望味论这一宝贵的理论能被现代文论家继续运用，以使古老传统长存于世。”⑤

第三节　虔诚味论

印度的中世纪，孟加拉地区毗湿奴派的虔信理论催生了与大神毗湿奴相关的五种虔诚味（bhakti rasa）：平静味（śānta rasa）、侍奉味（dāsya rasa, prīti rasa）、友爱味

① 侯传文：《中印“韵”“味”比较谈》，载《外国文学研究》1989 年第 3 期。

② 参阅郁龙余等著：《中国印度诗学比较》，北京：昆仑出版社，2006 年，第 260－263 页。关于中印味论比较，详见该书第 238－263 页。

③ 穆宏燕：《波斯古典诗学研究》，北京：昆仑出版社，2011 年，第 246 页。

④ P. Patnaika, *Rasa in Aesthetics: An Appreciation of Rasa Theory to Modern Western Literature*, New Delhi: D. K Print World, 1997, p.254.

⑤ Ibid., p.256.

（sakhya rasa, preyas rasa）、慈爱味（vātsalya rasa）和甜蜜味（mādhurya rasa）。虔诚味论的出现给晚期梵语诗学与中世纪印度方言文论萌芽、发展施加了双面影响，也对近现代印度宗教文学的发展产生了不可忽视的影响。

在《舞论》中，婆罗多将生理意义上的滋味移用为审美意义上的情味。这样一来，味正式进入理论范畴。婆罗多说："正如美食家们享用配有许多原料和调料的食品，进行品尝，智者们通过思想品尝具有各种情的表演的常情。因此，相传这些是戏剧的味。"①这说明，味是观众对客观存在常情的品尝。这具有客观味论的色彩。11 世纪的新护完成了客观味论向主观味论的转变。新护以后，关注审美体验的主观味论占据了绝对优势，预示着虔诚味论渐成气候已经为期不远。这种味论转向的背后其实有着深刻的时代背景和宗教哲学动因。

印度中世纪的社会面貌发生了巨大变化。商羯罗宗教改革以后，印度教掀起了一场声势浩大、时间久长、涵盖整个南亚地区的宗教改革运动，这就是印度教虔信运动（Bhakti Movement，也译虔诚派运动）。这一运动是从 11 世纪开始的，但其源头却在 7 世纪左右泰米尔地区的虔信思想。虔信派运动的特点是，宗教崇拜的中心已从主神崇拜转移到对其化身的崇拜，尤其是对毗湿奴大神的两个化身即黑天和罗摩的崇拜②。这些崇拜形成了几个黑天流派，其中，阇多尼耶派是虔信运动最有影响的教派之一。虔信运动对于印度中世纪文学和文论均产生过重要影响，虔诚味论便是这一运动的直接产物。

印度教内部的虔信运动和伊斯兰教内的苏非派思想客观上起着相互呼应的作用。印度学者指出："在苏非派看来，信徒是恋人（lover），而真主是为他所爱的人（beloved）。虔信运动显然是对苏非派思想的回应。"③中国学者指出："苏非派认为对人类的爱和对真主的爱同样重要，没有爱人之心就不可能有爱主之举；虔诚派主张对神的爱与对人类的爱是一致的……因此可以说，15 世纪北印度虔诚派运动的发展与苏非派息息相关。"④还有学者指出："神爱学说是苏非神秘主义极为重要的一个理论，它认为人只有把自己完全淹没于对真主的神秘之爱中，物我皆忘，灵魂才能得以跨越肉体的

① 黄宝生：《梵语诗学论著汇编》（上册），第 46 页。

② 参阅刘建、朱明忠、葛维钧：《印度文明》，北京：中国社会科学出版社，2004 年，第 399 页。

③ Shailaja Bapat, *A Study of the Vedānta in the light of Brahmasūtras*, New Delhi: New Bharatiya Book Corporation, 2004, p.190.

④ 唐孟生：《印度苏非派及其历史作用》，北京：经济日报出版社，2002 年，第 220－221 页。

屏障,达到爱者(指人)—爱—被爱者(指真主)三者和谐完美的统一。其经文依据是《古兰经》5：119：'真主喜悦他们,他们也喜悦他。'"①由此可见,如欲深究虔诚味论的宗教基础,还得思考苏非派思想在其中扮演的历史角色。

虔诚味论的重要理论家包括15世纪的般努达多、15世纪至16世纪的鲁波·高斯瓦明和格维·格尔纳布罗等。他们大多是虔诚的毗湿奴信徒,均从宗教虔信的角度论述味。这使他们的味论成为名副其实的宗教美学。接下来以上述三人的代表作为依据,对虔诚味论的主要内容做一简介。

从印度中世纪虔诚味论的发展来看,般努达多无疑是一个承上启下的关键人物。他著有《味花簇》、《味河》等诗学著作,其中《味花簇》在16世纪和17世纪出现了至少十七种注疏。

《味花簇》的开头透露出虔信派运动对于般努达多的微妙影响:"为了阐释说明智者心中爱的蜜汁产生的原因,吉祥的般努达多创作了这部《味花簇》。在各种味中,艳情味最为重要,因此,本书论述作为所缘情由的女主角。"②《味花簇》论述范围局限于女主角和两种艳情味。

印度教对女性力量的崇拜,产生了后来的性力派,女性形象无形中得到某种程度的升华,而虔诚味论的主角除了毗湿奴大神以外,罗陀等诸多女性形象也不可或缺。这些女性如缺席"表演"的话,诗学家们的文论思考或美学思辨将成为"无米之炊"。由此可见,般努达多在《味花簇》中专论女性为主的艳情味,似乎是水到渠成之事,而他的承上启下也是自然之举。般努达多的特色在于,他以《味花簇》为切入点,将女主角(nāyikā)的分类研究发展为一个"独立的知识和探索领域。这是般努达多对梵语诗学最卓越的贡献"③。

般努达多依照婆罗多和胜财的分析模式,首先对女主角进行分类。婆罗多曾经把女主角分为女神、淑女、王后和妓女(或女艺人、艺妓)等四类。般努达多剔除了婆罗多提出的第四种女主角即妓女,把前3种女主角与自己的384种女主角进行综合归类。他说:"将上述三百八十四种女主角与女神、淑女和王后等三类进行搭配,共有一千一百五十二种女主角。"(38注疏)④般努达多对女主角的这种形式分析,与婆摩诃和鲁耶

① 穆宏燕:《波斯古典诗学研究》,第113页。

② Bhānudatta, *Rasamañjarī*, Varanasi: Sampurnanand Sanskrit University, 1991, pp.6－7.

③ Bhānudatta, *Rasamañjarī*, "Introduction", Aligarh: Viveka Publications, 1981, XXVI.

④ Ibid., p.112.

迦等对庄严的分类、欢增和曼摩吒对韵的分类相似。般努达多对女主角的千分法，可以说是迄今为止东西方文艺理论家中关于女主角或曰女性形象最复杂而繁琐的分类。

般努达多在《味花簇》中突破了婆罗多和胜财等人的观点，给中世纪梵语诗学增添了新的内容。“作为一部蕴含美学和社会文化价值的著作，《味花簇》阐释了男男女女的思想和行为本质。它曾对印度中世纪文学产生了意义深远的影响。”①

般努达多的《味河》共分八章，比《味花簇》的论题更为宽泛，但仍然没有超出情味论的范畴。某种程度上，两书的论题显然互有差异。《味河》是对《味花簇》的有机补充。在《味河》中，般努达多将“味”分为两类，即世俗味和超凡味。他说：“味分为两类：世俗味（laukikarasa）和超凡味（alaukikarasa）。世俗味产生于与世俗相关的事物，而超凡味产生于非同一般的相关事物……超凡味分三类：来自梦境、来自思想之主、来自配角。来自配角的超凡味产生于诗和戏剧中的词义魅力，这是另外两种欢喜。”（VI.1）②

鲁波·高斯瓦明生活在孟加拉虔信运动勃兴的时代。高斯瓦明撰写了两部独具特色的诗学论著，即《虔诚味甘露河》和《鲜艳青玉》。按照传统来看，虔诚味（bhaktirasa）包括平静、侍奉、友爱、慈爱和甜蜜五味。甜蜜味是最主要的虔诚味，被称为“虔诚味王”。高斯瓦明重视本质上属于宗教艳情味的甜蜜味。他把它叫做“鲜艳味”（ujjvalarasa）。高斯瓦明在《虔诚味甘露河》中论述全部五种虔诚味，而他的《鲜艳青玉》专论甜蜜味（也叫鲜艳味）。与其他诗学著作相比，《鲜艳青玉》在两个方面很独特：“第一，它专论虔诚味；第二，它引用的诗例均涉及毗湿奴、毗湿奴的信徒和他们的情感行为。”③高斯瓦明把品尝虔诚味看成是超越人生“四要”的终极目标。可以说，高斯瓦明给味论带来了一种“全新的转折”：“这种以美学原理阐释宗教神学的完全大胆的做法，事实上阐述了宗教与其伦理世界的全新关系，这些做法史无前例，也是印度美学传统焕发勃勃生机的一个例证。”④

从《虔诚味甘露海》全书精心设计的谋篇布局来看，它仿佛是一个由各种“味”汇流而成的大海，其旨趣在于系统地阐发信徒对克里希那大神（毗湿奴）的热爱。“事实上，由于常情爱（rati）等等与克里希那的极乐（paramānanda）本质上一致，味就此确立自我

① Bhānudatta, *Rasamañjarī*, “Introduction”, XXXVI.

② Bhānudatta, *Rasataraṅgiṇī*, New Delhi: Munshiram Manoharlal Publishers, 1974, p.105.

③ P. V. Kane, *History of Sanskrit Poetics*, p.313.

④ Edwin Gerow, *Indian Poetics*, p.285.

展示和不可分割的性质。”(II.5.112)①为了与此目的相适应,高斯瓦明按照东南西北的方位将全书逐次分为四章(vibhāga),每章再分为四到五节(laharī),暗示各种味从四面八方追波逐浪地一齐涌向甜蜜而美妙的虔诚味海。“对鲁波·高斯瓦明而言,只有一种味即虔诚味,它成为最高的宗教体验。这种真实而唯一的味须得同经典的世俗味区别开来,因其被理解为超凡味,甚至是带有神性的味。”②有学者将之称为“富有感染力的克里希那虔诚味”(emotional Kṛṣṇa bhakti)③。

高斯瓦明在书中试图建构一个前所未有的完美的理论体系,而十二种虔诚味是其思想体系的重要支点。这是他区别于此前和此后虔诚味论家的重要一点。论者发现,该书的结构凸显了新因明学的影响。高斯瓦明既从《舞论》、《文镜》和《味海月》等涉及味论的著作中汲取前人的诗学资源,也从很多往世书中选取例证,但《薄伽梵往世书》无疑是其最重要的思想资源。

高斯瓦明在《虔诚味甘露海》第二章中写道:“前边说过,常情爱分为主要的爱和次要的爱两类,因此,虔诚味也分为主要虔诚味和次要虔诚味两类。尽管爱本质上有五种,考虑其自成一体不可分割,这里的五种主要虔诚味也就只能视为一种;与其他七种次要虔诚味合在一起,虔诚味达到了八种。五种主要虔诚味是平静味、侍奉味、友爱味、慈爱味和甜蜜味。这些味被视为从低到高依次排列。七种次要虔诚味是:滑稽味、奇异味、英勇味、悲悯味、暴戾味、恐怖味和厌恶味。因此,按照这样两种分类,虔诚味可以说达到了十二种,但事实上,人们在往世书中只能见到五种虔诚味。”(II.5.113-117)④由此可见,高斯瓦明将平静味至甜蜜味等五味视为主要虔诚味亦即特殊艳情味的五种表现形态,再将滑稽味至奇异味的传统七味视为次要虔诚味。不过,高斯瓦明也在某处表示,如将五种主要虔诚味视为一种特殊的味即甜蜜艳情味,再加上婆罗多的其他七味,则味的总数仍是8个。至此,梵语诗学中的虔诚味体系得以正式确立。

论者认为,高斯瓦明的虔诚味论令人耳目一新。它给中世纪印度文论的发展带来了一线生机。高斯瓦明的著作“不仅给古老的传统诗学味论,也给基于毗湿奴崇拜的

---

① 拙著:《印度文论史》(下),拙译,成都:巴蜀书社,2015年,第1148页。

② Rūpa Gosvāmin, *Bhaktirasāmṛtasindhu*, “*Introduction*”, New Delhi: Indira Gandhi National Centre for the Arts, 2003, LI.

③ Friedhelm Hardy, *Viraha Bhakti: The Early History of Krsna Devotion in South India*, New Delhi: Oxford University Press, 1983, p.10.

④ 拙著:《印度文论史》(下),拙译,第1148-1149页。

更悠久的宗教感情带来了转机……高斯瓦明的两本诗学著作,或许可以视为虔诚味论的象征,它们以自己所有的精神、抱负和意象,建构了一种虔诚诗学"①。当然,作为虔诚味论代表作,《虔诚味甘露海》的负面因素也不可忽视,因为将文学理论建构的观察视野完全转入宗教领域,文论家对于文学作品赖以产生的社会和世界必然漠不关心或视而不见。这也正是梵语诗学后期彻底"向内转"而难以获得全面理论突破和诗学家们大多缺乏创新动力的根本原因,也是制约印度中世纪文论健康发展的致命"瓶颈"。

格维·格尔纳布罗(Kavikarṇapura,下简称格维)生于1524年。他著有《庄严宝》(Alaṅkārakaustubha),书名来源于毗湿奴大神胸前佩戴的宝石。格维力图把毗湿奴教义与自己的诗学著述有机地结合起来。这使他成为中世纪虔诚味论家中最有影响力的代表人物之一。

《庄严宝》认可十二种味,即认可婆罗多确定的八种味,还认可平静味、慈爱味、亲爱味和虔诚味等四种味,并逐一进行说明。它把平静味和慈爱味看成是与虔诚味平行而独立的味。欢增等人把"味"分为味和类味两种,格维则把"味"分为三种。他说:"味可以分为平常味、超凡味和类味三类。平常味与茉莉、春天等世俗事物有关,超凡味与吉祥的克里希那和罗陀等等有关,类味来自不合适的味。类味又分为成功的、虚假的和失败的三种。"(V.72)②超凡味的所缘是毗湿奴大神,这就把文学审美的味与宗教体验水乳交融地结合起来。

格维重视亲爱味(prema rasa)。他说:"所有的味都包含在亲爱味里,亲爱味更重要。"(V.74注疏)③他似乎认为,归根结底,味只有一种即亲爱味。这种亲爱味实质上就是高斯瓦明的甜蜜味。"亲爱味就是格维给甜蜜味的命名,甜蜜味指的是克里希那和牧女们之间的神圣艳情味。"④格维欣赏亲爱味,高斯瓦明推崇甜蜜味。究其实质,他们所推崇的"味"属于两种名称各异、但却内涵相似且同样带有浓厚宗教气息的特殊艳情味,亦即虔诚味。"格维最重要的理论就是味的统一性。存在于罗陀和克里希那之间的亲爱味,是唯一的主味,其他味则附属于它。他是一个真正的毗湿奴教作者,通过诗学著作,表达了他对克里希那的忠实虔诚。"⑤

---

① Sushil Kumar De, *Early History of the Vaisnava Faith and Movement in Bengal from Sanskrit and Bengali Sources*, Calcutta: Firma K. L. Mukhopadhyay, 1961, p.166.

② Kavi Karṇapura, *Alaṅkārakaustubha*, Delhi: Parimal Publications, 1981, p.131.

③ Ibid., p.148.

④ V. Raghavan, *The Number of Rasas*, Madras: The Adyar Library and Research Centre, 1940, p.145.

⑤ A. Girija, *Alankarakaustubha of Kavikarnapura: A Study*, Calcutta: Punthi Pustak, 1991, pp.107 – 108.

综上所述，作为梵语诗学的重要组成部分，虔诚味论是印度中世纪文论的主要成就，也是中世纪社会风貌和宗教文化的曲折反映。虔诚味论的兴盛，对晚期梵语诗学的发展而言是一把“双刃剑”。一方面，虔诚味论迎合了宗教改革的时代潮流，使得味论在新的条件下得以继续发展，壮大了味论诗学的生命力，促进了晚期味论诗学发展的多元化；另一方面，虔诚味论实质上是一种地道的宗教美学，使得晚期味论彻底走入宗教神秘化途径，印度古典诗学似乎失去了关注文学与现实世界关系的最后一次机会。

梵语诗学虔诚味论对印度各种方言文学和方言文论有着直接的影响和渗透，这种趋势一直延伸到印度近现代文学发展阶段。这方面的例子很多，如大诗人泰戈尔便是典型。他的很多宗教性诗歌被视为“神秘”难解之作。其实，泰戈尔自己并不讳言虔诚文学对自己的影响。

由于国内对于梵语诗学的研究和关注不够，迄今为止，虔诚味论没有得到系统介绍。这使我们在评价泰戈尔等印度作家的宗教性创作时，显得有些捉襟见肘。这就凸显了梵语诗学虔诚味论的价值所在，也体现了历史悠久、内容丰富的印度古典诗学的研究价值。

第四节　庄 严 论

梵语诗学庄严论经过一千多年的发展历程，在印度古典诗学体系中占有重要的地位。有学者认为，在梵语诗学几个理论流派中，“以味论派和庄严论派为两大支柱”[①]。如果要观察或衡量梵语诗学理论范畴的当代活力，首先应将庄严论和味论纳入视野。

一、萌芽期和早期发展状况

“庄严”（alaṅkāra）本意是装饰、修饰。其狭义是指比喻、双关等修辞方式，广义指装饰诗或形成诗美的因素。纳根德罗将其译为：figure of speech、poetic ornament[②]。就“庄严论”而言，它也有狭义和广义之分。广义是指梵语诗学，狭义是指以婆摩诃、楼陀罗吒、鲁耶迦和阿伯耶·底克希多等人为代表的庄严论派诗学。庄严论的发展可以分

① 郁龙余等著：《中国印度诗学比较》，第 357 页。

② Nagendra, *A Dictionary of Sanskrit Poetics*, New Delhi: B. R. Publishing Corporation, 1987, p.8.

为萌芽期、早期和中后期等三个阶段。

梵语诗学产生于梵语戏剧学之后，因此，庄严论在公元初出现的戏剧学著作《舞论》中得以萌芽。《舞论》第十五章指出："应该对语言下功夫，因为语言是戏剧的身体。形体、妆饰和真情都展示语句的意义。在这世上，语言构成经典，确立经典。因此，没有比语言更高的存在，它是一切的根由。"（XV.2－3）[①]因此，《舞论》第十五章至第十九章专论戏剧语言，其中第十七章论述诗相、庄严、诗病和诗德，这些论述已形成梵语诗学的雏形。后来的梵语诗学家普遍运用庄严、诗病和诗德 3 种概念，而淘汰了诗相概念。

具体说来，婆罗多论述了四种庄严，即：明喻（upamā）、隐喻（rūpaka）、明灯（dīpaka）、叠声（yamaka）。其中，叠声属于后来诗学家所谓的音庄严（śabdālaṅkāra），而明喻、隐喻和明灯则属义庄严（arthālaṅkāra）。婆罗多要求"庄严"应与各种"味"相配合，以获得最佳艺术效果。他虽然在戏剧学范畴内论述"庄严"，但却为后来的诗学庄严论奠定了基础。

几乎与《舞论》同时出现的泰米尔语诗学著作《朵伽比亚姆》也提出了自己的修辞论。该书第三卷第七章《明喻》讨论喻词、明喻及其种类、比喻规则等问题。一位学者指出："朵伽比亚尔用了一章论述明喻及其种类。将该章放在《感情》一章之后，似乎暗示朵伽比亚尔重视味论，而修辞的地位次之。"[②]若考虑到《舞论》只论述四种庄严，则又似属正常之举。这表明了印度古典诗学萌芽期的真实状态。

从 7 世纪到 9 世纪中叶，印度出现了一系列梵语诗学著作，涌现了婆摩诃、檀丁、伐摩那、优婆吒、楼陀罗吒等诗学家和跋底、伐致呵利等不同程度涉及修辞方式的语法学家。这一时期属于梵语诗学彻底摆脱戏剧学的附庸而独立发展的早期阶段。婆摩诃、檀丁、优婆吒和楼陀罗吒等人主要探讨"庄严"即语言修辞，形成梵语诗学庄严论派。历史地看，婆摩诃和檀丁可视为早期庄严论的"双子星"，而楼陀罗吒则为庄严论从早期向中后期的发展搭建了坚实的桥梁。

婆摩诃的《诗庄严论》是现存最早的梵语诗学著作。"婆摩诃被认为是梵语诗学庄严论派最早的卫士。"[③]他在书中对梵语诗学进行了初步的全面思考，并以庄严为出发

① 转引自黄宝生：《印度古典诗学》，第 119 页。

② P. Tirugnanasambandhan, *The Concepts of Alamkara Sastra in Tamil*, Madras: The Samskrit Academy, 1977, p.27.

③ P. V. Kane, *History of Sanskrit Poetics*, p.83.

点建构一种独立于戏剧学但又借鉴于它的诗学体系。婆摩诃在《诗庄严论》第二、三章中，以一百六十颂专论庄严，显示了他对庄严的高度重视。他共论述三十九种庄严，其中的谐音和叠声属于音庄严，另外三十七种如明喻和隐喻等属于义庄严。婆摩诃对每种庄严都做了界定，并举例说明。

按照婆摩诃的解释，这些庄严的名称是：谐音（anuprāsa）、叠声、隐喻、明灯、明喻、类比（prativastūpamā，或译"对偶喻"）、略去（ākṣepa）、补证（arthāntaranyāsa，也译为"补充"）、较喻（vyatireka）、藏因（vibhāvanā）、合说（samāsokti）、夸张（atiśayokti）、罗列（yathāsaṅkhya）、奇想（utprekṣā）、自性（svabhāva）、有情（preyas）、有味（rasavat）、有勇（ūrjasvi）、迂回（paryāyokta）、天助（samāhita，也译为"神助"）、高贵（uddāta）、双关（śleṣa）、否定（apahnuti）、殊说（viśeṣokti）、矛盾（virodha，也译为"对立"）、等同（tulyayogitā）、间接（aprastutapraśaṃsā）、佯赞（vyājastuti，也译为"褒贬"）、例证（nidarśanā）、相似隐喻（upamārūpaka）、互喻（upameyopamā）、共说（sahokti）、交换（parivṛtti）、疑问（sasandeha）、自比（ananvaya）、部分奇想（utprekṣāvayava）、混合（saṃsṛṣṭsi）、生动（bhāvika）、祝愿（āśīs）。

婆摩诃上述的很多庄严如隐喻、夸张等，类似于今天所说的修辞手法，但他的一些庄严也显示出模糊的色彩，其中的不确定性表明庄严论的确处于早期的不成熟阶段。

庄严论在檀丁的《诗镜》中占有重要地位。对庄严的阐述占了《诗镜》的大部分篇幅。檀丁在第一章中论述了谐音，在第二章中论述了三十五种义庄严，第三章中论述了另外三种音庄严。与婆摩诃相比，檀丁提出的庄严种类大体一致，但他对有些庄严的论述更为细致。檀丁在论述每种诗病时，几乎都指出其例外的情况，即在什么情况下这一诗病不是诗病，反而成为庄严或诗德，显示了他辩证灵活的诗学观。与婆摩诃相比，檀丁提出的庄严种类大体一致，但他对许多庄严如明喻、隐喻、殊说等的定义、分类和解释更为细致。例如：婆摩诃将隐喻分为全体隐喻和部分隐喻两类，而檀丁则将其分为21种；婆摩诃将略去分为两种，而檀丁将其分为24种。

檀丁的庄严论更为细致和复杂，历史上，檀丁诗学体系对中国藏族文学理论的形成所产生的巨大而深远的影响已是不争的事实。如不对檀丁庄严论进行深入剖析和分类研究、阐释，对藏族文学理论的研究必将受到某种限制。

伐摩那的风格论以诗德为基础，但他没有忽略庄严这一重要的诗学因素。他说："美来自诗病、诗德和庄严的取舍。这是庄严论的灵魂所在。只有通晓庄严论，才能避免诗病，而吸纳诗德和庄严。”（I.1.3－4 及注疏）[①]在《诗庄严经》第四章中，伐摩那专论庄严。他提出的庄严数目少于婆摩诃和檀丁，只有三十一种。伐摩那摒弃了婆摩诃采纳的很多种庄严，如罗列、自性、祝愿等。

优婆吒无疑是“整个克什米尔派的庄严论体系中非常重要的作家。包括欢增、新护、鲁耶迦和曼摩吒在内的所有作者都尊敬地提起过他。他应该是创立了一种属于自己的理论非常独特的思想流派”[②]。他赢得了欢增、新护、鲁耶迦和曼摩吒等“克什米尔派”诗学家的敬重。

优婆吒提出四十一种庄严。他的庄严论确有一些独到之处，一些庄严要么是婆摩诃没有提到的，要么是与婆摩诃的阐释界定不同。优婆吒还把婆摩诃一分为二的双关（音双关和义双关）一分为三进行阐释。这一姿态对后来的楼陀罗吒不无启迪。优婆吒的庄严基本上沿袭婆摩诃的名类，并对有些庄严如“生动”作了增删。优婆吒对不少庄严的界定和分析比婆摩诃更严密和细致。

楼陀罗吒所著《诗庄严论》与婆摩诃著作同名。总体来看，他对庄严和诗病的论述更为系统深入，同时还试图将婆罗多的味论纳入自己的庄严论体系，显示了梵语诗学的风头开始从庄严论转向味论。“楼陀罗吒是第一位成功的体系建构者。”[③]

毋庸置疑，各种音庄严和义庄严是楼陀罗吒《诗庄严论》的论述重点，它们在《诗庄严论》中占了近八章的篇幅。精确而科学地计算楼陀罗吒庄严的数目自然不是一件容易的事，因为他在书中构造了梵语诗学史上第一个别致而复杂的庄严论或曰修辞论体系。事实上，他提出的义庄严比婆摩诃和优婆吒多了三十多种，达到六十六种。如果再加上他所论述的五种音庄严，楼陀罗吒的庄严总数达到了七十一种。考虑到楼陀罗吒论及的六十六种义庄严中有八种是分头论述即重复归类的，他实际论及的义庄严应该是五十八种。即使如此，这也是早期梵语诗学中庄严的最高数目。

楼陀罗吒舍弃了婆摩诃的很多种庄严如类比、夸张和祝愿等，同时又保留了婆摩诃等人论述过的一些庄严。他“从檀丁那儿继承了本事庄严（vāstava），从伐摩那那里汲取了比喻，从婆摩诃那里领悟了夸张，从优婆吒那儿学习了双关”[④]。因此，说他是早期梵语诗学庄严论的集大成者，应不为过。

---

① Vāmana, *Kāvyālaṅkāra-sūtra*, Varanasi: Chowkhamba Sanskrit Series Office, 1971, p.9.

② Udbhata, *Kāvyālaṅkārasārasaṅgraha*, “Introduction”, p.23.

③ Edwin Gerow, *Indian Poetics*, p.239.

④ K. Leela Prakash, *Rudrata's Kavyalankara: An Estimate*, p.92.

在具体阐述庄严时，楼陀罗吒把庄严分成音庄严和义庄严两大类共七十一种，进而又将音庄严分成五种：曲语、双关、图案、谐音和叠声；他将义庄严分成四类六十六种：本事类（含二十三种庄严）、比喻类（二十一种）、夸张类（十二种）和双关类（十种）。他说："本事类、比喻类、夸张类和双关类，这些就是种类不同的义庄严，再也没有其他的义庄严了。"（VII.9）①站在现代的立场看，某种程度上，楼陀罗吒的义庄严四分法包含了高低贵贱的级差意识。也就是说，本事类庄严是最低基础等级的庄严，而比喻类庄严则将描述对象送上了审美的较高台阶，夸张类庄严则属第三或最高层次的修辞，因为能否运用这种庄严与作家的天才有无、天赋大小有关。双关类庄严更是如此，它能赋予"每一层次的庄严以独特的美"②。

后期诗学家不仅接受楼陀罗吒新增的二十多种庄严，有的还借鉴他对庄严的四分法，这充分显示了楼陀罗吒对后来诗学家的深刻影响。某种程度上，他对后人的影响甚至超过了婆摩诃和檀丁。有学者认为："后来的梵语诗学家依旧更倾向于接受优婆吒的庄严论。"③如对楼陀罗吒之于后世诗学家的影响进行深入考察，这一说法似乎值得商榷。因此，要客观书写一部梵语诗学史，楼陀罗吒的地位必须重估，这在目前世界梵学界没有得到足够的重视。

二、中后期发展

自9世纪楼陀罗吒建立全新的庄严论体系和欢增创立韵论开始，再到世主生活的17世纪，庄严论进入长达数百年的中后期发展阶段。换句话说，梵语诗学庄严论的创造力在达到鼎盛期后逐渐转向衰落，因为与之分庭抗礼者是味论和韵论等。尽管如此，凡是重要的梵语诗学著作均为庄严论留下足够的论说空间，这也说明它仍然是印度古典诗学体系的一大坚实支柱。

在庄严论发展的中后期，庄严不再成为庄严论者论述的"专利"，持韵论、味论、曲语论或推理论者都不同程度地论述了庄严和诗病。这说明，庄严论的独尊地位虽已打破，但庄严这一诗学范畴已经深入人心。这一时期的庄严论大致可以分为三种情形：在综合性诗学体系中兼论庄严、在庄严论著作中集中论述庄严、以曲语论拓展并试图取代庄严论。其中，第三种情况将在后文介绍曲语论时涉及，此处只简要介绍前两种

① Rudrata, *Kāvyālaṅkāra*, Varanasi: Chaukhamba Vidyabhawan, 1966, p.190.

② K. Leela Prakash, *Rudrata's Kavyalankara: An Estimate*, pp.100 - 101.

③ 黄宝生：《印度古典诗学》，第276页。

情况。

在综合性诗学体系中论述庄严者以曼摩吒、波阇、毗首那特、胜天和世主等人为代表。

曼摩吒遵循欢增的观点,认为庄严通过修饰音和义辅助味,正如项链等等通过装饰身体美化灵魂。曼摩吒介绍了六十五种音庄严和义庄严,它们基本上来自婆摩诃和楼陀罗吒等人论述的庄严。

毗首那特的《文镜》是在《诗光》影响下创作的综合性论著。和曼摩吒一样,毗首那特也在著作的最后分两章论述音庄严和义庄严,共计九十五种。他增加了谐音和双关的亚种,同时增添了几种不见于楼陀罗吒、曼摩吒、鲁耶迦或胜天等人著作的庄严。

胜天把庄严视为装饰诗的外部因素。他在论述诗相时提到庄严:“敏锐的知音才会欣赏女人的吉祥痣,不同的庄严装饰诗的语言身体。”(IV.11)[①]他所论述的庄严体系是婆摩诃以来数量最为庞大的一套。有的学者认为他提到了一百零八种庄严,但如具体统计起来,还不止这个数量,因为他把很多音庄严或义庄严一分再分,使得他的庄严总数达到一百二十种。

具体说来,胜天论述的音庄严达到八种之多。最能体现胜天庄严特色的还数他的义庄严。按照论述次序,他提到的一百一十二种义庄严(有的义庄严是再次分类形成的)包括明喻、自比、互喻、结合等。这些义庄严有很多属于一分再分的亚种,还有一些种类或亚种是胜天新增的。由此可见,如果将上述八种音庄严与一百一十二种义庄严相加的话,胜天介绍的庄严总数便达到了创纪录的一百二十种。展现等十余种新庄严似乎是胜天的发明。

世主认为:“庄严是韵即诗之灵魂的魅力赋予者。”[②]他在《味海》中以大量篇幅详细介绍各种庄严。他论述的七十一种义庄严可分八类进行考察:第一类庄严六种,涉及事物特征异同,它们包括明喻、互喻等;第二类庄严八种,涉及事物主要方面的相似性,包括隐喻、转化等;第三类庄严十五种,涉及事物之间的差异性,包括等同、明灯等;第四类庄严十一种,涉及事物之间的对立性,包括矛盾、藏因等;第五类庄严四种,涉及多个连续描述的事物,包括:顶真、原因花环、连珠、递进;第六类庄严以推理为主,包括三种:诗因(诗相)、补充、和推理(比量);第七类庄严八种,以句子推理为主,包括罗列、

① Jayadeva, *Candrāloka*, Varanasi: Chaukhamba Surbharati Prakashan, 2006, p.70.

② Jagannātha, *Rasagaṅgādhara*, Delhi: Motilal Banarsidass, 1983, p.204.

连续等；第八类庄严共十六种，以惯用语为基础，包括敌对、反喻等。

总体来看，世主虽然模仿鲁耶迦等人的论述模式，但他也提出了新的庄严，并对前人提出的一些庄严进行新的阐释。例如，他对间接和递进这两种庄严的阐释就有新意。世主和底克希多一样，没有涉及音庄严，只论述义庄严。

在兼论各种庄严的综合性诗学著作中，波阇的庄严观别具一格，这就是其泛庄严论立场。它又似乎与其泛艳情味思想存在某种微妙的逻辑联系。

《火神往世书》持庄严三分法，它介绍三类共二十五种庄严（实际为二十六种）。该书认为："美化诗的因素被称作庄严，它们包含音庄严、义庄严和音义庄严三类。"（CCCXL.16）[①]印度学者认为："关于《火神往世书》坚持的三分法来源，我们一无所知。《火神往世书》所遵循的这种传统似乎与婆罗多、婆摩诃、檀丁、伐摩那、优婆吒和楼陀罗吒所遵循的传统有异，但却影响了波阇、曼摩吒、维底亚那特、波罗迦萨沃尔娑等人认可第三类庄严。不过，所有这些人在三类不同庄严的数目和名称上意见相左。"[②]与《火神往世书》相似，波阇也持庄严三分法。他指出："大诗人将外部庄严、内部庄严和内外庄严分别叫做音庄严、义庄严和音义庄严。诗人们通晓学问（vyutpatti），成功地装饰诗中的词语，智者们将语言等等称为音庄严。"（II.1－3）[③]虽持三分法，但与《火神往世书》相比，波阇的庄严数目更多，具体名称也相去甚远。

波阇虽有所创新，但其繁琐的形式分析达到了梵语诗学的极致。他为了达到整齐划一的效果，不惜削足适履。例如，语言风格包括维达巴、般遮罗、高德、阿槃底、罗德和摩揭陀六种，它们居然被包含在音庄严中进行论述。包括肢体、真情、妆饰、语言等六种内容的表演（abhinaya）也属于音庄严的一种。这使他的庄严体系显得十分呆板，充分体现了波阇的泛庄严立场。

从庄严论发展中后期的12世纪开始，以诗学著作集中论述庄严者开始增多。在这方面，鲁耶迦和底克希多的著作最有代表性。

鲁耶迦的《庄严论精华》专门论述庄严。从某种意义上说，这是自欢增时代以来不折不扣的第一本狭义的梵语诗学庄严论。因为，它基本上剔除了庄严以外的诗学命题，

---

① Suresh Mohan Bhattacharyya, ed. & trans. *The Alaṅkāra Section of the Agni-purana*, Calcutta: Firma KLM Private Ltd., 1976, p.159.

② Ibid., p.59.

③ Bhoja, *Sarsvatī-Kanṭhābharaṇam*, Vol.2, New Delhi: Indira Gandhi National Centre for the Arts, 2009, p.468; Bhoja, *Sarsvatī-Kanṭhābharaṇa*, Gauhati: Publication Board, Assam, 1969, p.49.

只集中论述各种庄严。他在书中论述了八十一种庄严。“鲁耶迦的著作是关于各种庄严的标准论述，后来绝大多数庄严论者都追随他。”①

鲁耶迦的庄严分类有些不同寻常。他在某种程度上接受并改造了楼陀罗吒关于庄严的四分法。他对一些庄严的分类论述显示了韵论派及吠檀多哲学的深刻影响。具体说来，楼陀罗吒以本事、比喻、夸张和双关等为准绳，统摄六十多种庄严，鲁耶迦推陈出新，将他所论述的七十多种庄严分为相似类（aupamya）、矛盾类（virodha）、顶真类（sṛṅkhalā）、因明类（nyāya）、暗示类（gūḍhārthapratīti）、混合类（samsṛṣṭi）和结合类（saṅkara）等七大类。鲁耶迦并没有完全照搬前人的庄严分类和论述，他还创造了几个新的庄严：“转化”（pariṇāma）、“多样”（ullekha）、“奇妙”（vicitra）、“选择”（vikalpa）。鲁耶迦从前人的庄严论中吸取资源，再行加工，构建了自己的庄严论体系。“尽管他借鉴了优婆吒和恭多迦的思想，他也不能被直接归属于庄严论派。”②如果说曼摩吒开启了综合性诗学体系建构的时代新潮，那么，鲁耶迦延续了中断已久的优婆吒式传统，为后来的胜天和底克希多等人开启了专门论述庄严的一扇大门，或提供了一个可资借鉴的范本。如果说楼陀罗吒是梵语诗学独立发展早期阶段承上启下的关键人物，那么，鲁耶迦和曼摩吒是梵语诗学中后期的过渡型人物，他们在很大程度上影响了中世纪梵语诗学的发展面貌。

《莲喜》实际上是底克希多对胜天《月光》论述庄严第五章的注疏。底克希多在《莲喜》的开头道出自己的立论宗旨：“为了让年轻人顺利进入庄严领域，我概要性地解释这些美妙的表示者（能指）和表示义（所指）。《月光》中已经出现了表述这些能指和所指的诗颂，这里重新阐释其中大部分庄严。”③底克希多认为，音庄严缺乏魅力，因此抛开音庄严单论义庄严。

底克希多论述的一百二十三种义庄严包括明喻、自比、互喻等。他论述的庄严呈现出这样一些特点。首先，他剔除了胜天的音庄严和极少数义庄严，采纳了胜天认可的大多数义庄严。胜天新增的一些庄严亚种，他基本上未予采纳。他的论述比之胜天更为详细和精当。其次，底克希多将四种义庄严分为不同的范畴或类别进行论述，这就其庄严总数增加了四种。这四种义庄严是：第一和第一百一十种的明喻、第八和第一百一

① Ruyyaka, *Alaṅkāra-sarvasva*, “Introduction”, Delhi: Meharchand Lachhmandas, 1965, p.53.

② S. K. De, *History of Sanskrit Poetics*, Vol. II, Calcutta: Firma K. L. Mukhopadhyay Private Ltd, 1960, p.234.

③ Appaya Dīkṣita, *Kuvalayānanda*, Varanasi: The Chowkhamba Vidya Bhawan, 1956, p.2.

十二种的回想、第四十四和第八十二种的独特、第五十九和第一百一十四种的自明（推断）。这种分类论述名称相同的庄严的方式，显然是继承了9世纪梵语诗学家楼陀罗吒的做法。其次，底克希多的论述模式因袭胜天的《月光》，他先定义每一种庄严，再举例说明。或许正是这种简明易解的风格，《莲喜》才得以焕发出流传至今的艺术活力。此外，底克希多虽然采纳了婆摩诃、檀丁、鲁耶迦和胜天等人的义庄严，但仍力求自创义庄严。

南印度的一些学校教授梵语时，尤其喜欢选用《莲喜》为教材。因为，这是一部关于庄严的"标准手册"。它阐释详细，例证合理。"与其说是一本学术著作，不如说它是一本标准的实用手册。"①在西方人编写的《梵英词典》中，也能查询到底克希多论述的很多种庄严，例如他从胜天的诗相中借来的第六十五种义庄严"虚拟"②。这说明，底克希多的《莲喜》在当代世界仍然有着顽强的生命力。这当然也说明，印度文论的传统精华具有跨越时代地域的普世价值。

三、庄严的外延和内涵及相关问题

按照逻辑学术语，一个概念包含了它的内涵与外延，文论范畴自然也应如此。内涵指范畴所指涉的本质属性，外延指思维对象的数量或范围。从梵语诗学的发展历程来看，"庄严"的外延和内涵均发生过变化。虽然现代学者用"修辞格"或 figure of speech 等中英文来翻译"庄严"（alaṅkāra）一词，但并不能准确地表述"庄严"的真实含义，也就无法概括它的内涵与外延。这是因为，庄严论者把修饰和美化诗歌的因素与语言文学、宗教哲学、因明逻辑等各个领域联系起来。这使梵语诗学的"庄严"成为一种无所不包的泛修辞话语，其内涵与外延难以为现代人准确理解。

在婆罗多的《舞论》中，庄严只有明喻、隐喻、明灯和叠声四种。这些都与戏剧语言的艺术运用有关。庄严还只是狭义的文学修辞表达方式。到了婆摩诃时期，独立的文学庄严论产生。婆摩诃论述的三十九种庄严中，谐音、叠声、隐喻、明灯、夸张和奇想等属于语言形式的艺术使用，但有情、有味、有勇、高贵和祝愿等则与作品的情感表达有关，而"藏因"带有因明学色彩，神助带有神秘的宗教气息。

早期庄严论者基本上沿着婆摩诃的诗学足迹继续探索庄严的内涵与外延。如檀

① Edwin Gerow, *Indian Poetics*, p.286.

② M. Monier Williams, *A Sanskrit-English Dictionary*, Delhi: Motilal Banarsidass Publishers, 2002, p.296.

丁论述的三十九种庄严中,原因涉及因明学,而微妙和掩饰与内容表达有关。优婆吒提到了涉及因明的诗因。楼陀罗吒新增的本事类庄严的推理和夸张类庄严的非因等,均与因明或宗教有关。到了后来,梵语诗学家基本上采纳婆摩诃等人论述的庄严,同时不断地增删,形成了一个庞大的庄严论体系。他们因循婆摩诃的广义庄严论模式,如曼摩吒和毗首那特的庄严论体系包括了推理、藏因、微妙、神助等。鲁耶迦和阿伯耶·底克希多也采纳了推理、诗因等庄严。上述诸家除曼摩吒以外,均认可有情有味、有勇等庄严。这反映了他们的泛庄严论立场。不过,最能体现泛庄严论立场的是 21 世纪的诗学家波阇。他的诗学出发点是广义的庄严论。他对庄严的内涵做了新的定义,因此,庄严的外延势必随之扩展。波阇力图有所创新,但其泛庄严论的形式主义分析走到了极端。

很多庄严论者在论述庄严时,对一些庄严一分再分,不断地扩大其外延。例如,檀丁把明喻分为三十二种。楼陀罗吒的双关包括十一种。曼摩吒把明喻分为十九种不完全的明喻和六种完全的明喻,还把双关分为二十四种。毗首那特把明喻分为二十一种不完全的明喻和六种完全的明喻。上述做法在鲁耶迦、胜天、阿伯耶·底克希多和世主等人那里也有不同程度的体现。

世主之后至今的几百年中,梵语诗学虽不可避免地走向衰落,但这方面的著述一直没有中断,庄严论也因此以各种形式延续至今。不过,与古典梵语诗学庄严论相比,它们再也无力回到当初那种“众声喧哗”的理论生产状态之中。

与味论一样,庄严论同样具有当代比较诗学研究价值。例如,有学者对中、印古代庄严(修辞)论进行比较后得出结论:两者在语言观、文质观、审美意境等方面存在差异,中国古代修辞论兼收并蓄,更具文学批评的理论指导意义;而梵语诗学庄严论并非如此,因而存在某种不足①。

根据穆宏燕的研究,波斯古典诗学中存在与梵语诗学相似但有所差异的庄严论。她借鉴梵语诗学庄严论的范畴术语,将波斯古典诗学中旨在使诗歌显得和谐、优美的音、韵、律方面的辞格,如镶嵌法、同形异义法和双韵法等十五种仿称为音庄严,将借喻、惊奇法、推己及人法和摇摆不定法等四十种谋篇布局之辞格仿称为义庄严,将旨在使诗句形式富于变化且饶有意味的辞格如颠倒法和黑白单词交替法等九种仿称为形庄严,

① 参阅郁龙余等著:《中国印度诗学比较》,第 356 - 357 页。

并将字谜法和藏头法等四种旨在追求游戏愉快的辞格也仿称为形庄严①。这种形庄严近似于梵语诗学中的“画诗”。这说明,波斯和印度诗学的古典修辞论均值得深入研究和比较。

西方学者认为:“绝大多数古希腊和拉丁修辞论者使用过的修辞格都能在印度诗学中找到对应物。”②例如,两种诗学庄严(修辞)论中都有隐喻、明喻、迂回、较喻、夸张、双关、对照、怀疑、递进等修辞格。印度学者指出:“与梵语诗学一样,西方文论也接受基于相似、对立和联系之上的修辞格,一些梵语诗学的庄严和西方的修辞惊人地相似。”③根据该学者观点,就相似性而言,隐喻、明喻和夸张等辞格属于双方共有。拟人与梵语庄严中的合说近似。讽喻近似于庄严中的间接。换喻或转喻与提喻(借代)、诨名等没有相对应的庄严,但它们与诗相(lakṣaṇa)近似。递进(climax)、渐降(anticlimax)与庄严中的递进(sāra)、渐降(avaroha)对等。客观地看,由于各自文化传统的差异,两种庄严或修辞并不完全等同,这就是为什么有的印度庄严没有等同的西方修辞,有的西方修辞又无法对应于印度的庄严。例如,婆摩诃提出的三十九种庄严中,有情、有味、神助和祝愿等与印度的宗教哲学传统密切相关,很难在西方诗学中发现相同的辞格,而委婉、婉曲等辞格很难完全对应于梵语庄严。

庄严论不仅具有比较诗学研究价值,也具有文学批评的工具价值。1982 年,R. K.特莉卡出版著作《波那作品中的庄严》。该书以谐音、叠声等音庄严和隐喻、奇想、夸张等义庄严,探索波那的《迦丹波利》和《戒日王传》等名著的修辞运用。这或许是印度学界最早以博士论文进行梵语诗学批评的举措之一。特莉卡在“引言”中说:“因此,我们发现,波那是运用庄严的卓越大师。他运用了几种庄严,这些庄严的分类,甚至在几乎是他的同时代诗学家婆摩诃和檀丁的著作中也没有提到过。波那深谙庄严论。”④1990 年,S.S.帕德科出版了《关于跋娑戏剧庄严的分析》一书。帕德科在书中先利用已有的五十八种梵语诗学庄严(修辞法)如夸张和明喻等逐一分析跋娑十三剧,再自创讥刺、委婉、警句、感叹和设问等五种新庄严对跋娑戏剧中的修辞手法进行评析。他写道:

---

① 参阅穆宏燕:《波斯古典诗学研究》,北京:昆仑出版社,2011 年,第 369 – 426 页。

② Antunio Binimelis Sagrera, *A Study of Alaṅkāras in Sanskrit Mahākāvyas and Khaṇḍakāvyas*, New Delhi: Bharatiya Vidya Prakashan, 1977, p.57.

③ Chitra P. Shukla, *Treatment of Alaṅkāras in Rasagaṅgādhara*, Vallabh Vidyanagar: Sardar Patel University, 1977, pp.272 – 273.

④ Raj Kumari Trikha, *Alaṅkāras in the Works of Bāṇabhaṭṭa*, Delhi: Parimal Publications, 1982, p.327.

“跋娑已经运用了五十八种庄严，显示了他高度的原创性。本书研究可以得出这样的结论：跋娑是一位在文学中运用庄严技巧和艺术的大师。”①帕德科似乎是最早且以最多的庄严集中分析一位古典作家的学者之一。

第五节　词 功 能 论

探讨词语功能不仅是梵语诗学的兴趣所在，也是梵语语法学和哲学的重点内容。论者指出，传统的梵语语法家和哲学家确认词的两种基本功能，即表示义（abhidhā）和转示义（lakṣaṇā），梵语诗学家欢增则首先发现，词还有第三种功能即暗示，由此产生第三种意义即暗示义（vyañjanā）或暗含义。词语所具有的暗含义构成了文学作品魅力的基础。以欢增为代表的韵论派的独特贡献是揭示出词的暗示功能和暗示义，并以此作为他们的理论基石②。

词语的上述三种功能也被称为三种词力（śabdaśakti）。论者认为，这三种词力（śabdavṛtti）或词功能（śabdavyāpāra）产生了三对表述词语及其涵义的概念：“相应地，词语有表示者（vācakā，或译“能指”）、转示者（lakṣaka）、暗示者（vyañjaka），而词义则分别有表示义（vācya，或译“所指”）、转示义（lakṣya）和暗示义（vyañgya）。”③就表示义、转示义和暗示义而言，它们还可以其他一些词语来进行表述。例如，18 世纪的梵语诗学家阿娑达罗指出：“单单恒河一词，便蕴含了表示义（śakti）、转示义（bhakti）和暗示义（vyakti）。”（III.22）④可以说，这三个概念构成了梵语诗学词功能论的话语基石。有的诗学家还提到了词语的第四种功能即“句义”（tātparya）。例如，曼摩吒指出：“这里，词有表示词、转示词和暗示词……表示义等等是它们的意义。也就是表示义、转示义和暗示义。有些人认为还有句义。”（II.6）⑤一般而言，梵语诗学家只关注前述三种词功能，而将句义视为句子而非词语的功能。自然，他们对词功能的探讨往往是与对韵的探讨密切相关的。

---

① S. S. Phadke, *Analysis of Figures of Speech in Bhasa's Dramas*, Goa: Panaji, 1990, p.116.

② 参阅黄宝生：《印度古典诗学》，第 331－335 页。

③ Tapasvi S. Nandi, *The Origin and Development of the Theory of Rasa and Dhvani in Sanskrit Poetics*, Ahmedabad: Gujarat University, 1973, p.67.

④ Aśādhara, *Kovidānanda*, Delhi: Indu Prakashan, 1978, p.55.

⑤ 黄宝生译：《梵语诗学论著汇编》（下册），第 603 页。

众所周知，作为韵论派的反对者，摩希摩跋吒认为词只有一种功能，即表示功能。他将词语的转示和暗示功能纳入推理之中。他说："能指和所指的含义基本上不可理喻，这是因为，韵在推理以内难以形成暗示……将韵当作推理来认识更为妥当。"（III.29 注疏）[①]

历史地看，许多梵语诗学家都讨论过词的三种功能。词功能论既与韵论、推理论、曲语论等有关，但又似乎构成了一种相对独立的诗学范畴。词功能论显示，梵语诗学在长期关注审美情感的内部因素之外，还着力探索文学语言这一外部因素的诗学规律。这和中国古代文论中非常丰富而宽泛的言意之辨存在着某些差异。正因如此，将词功能视为梵语诗学的独特范畴似无不妥。事实上，古典梵语诗学家和当代印度的一些梵语诗学研究者正是如此。

下面略举几例加以说明。

曼摩吒（Mammaṭa）生活在 11 世纪至 12 世纪之间。他的诗学代表作是《诗光》（Kāvyaprakāśa）。令人称奇的是，他还著有专门探讨词功能的《词功能考》（Śabdavyāpāravicāra）。当代印度梵语诗学研究权威勒沃普拉萨德·德维威迪将其译为印地语后并于 1974 年出版。由此可见，探讨词功能的梵语诗学著作得到了后世学者的高度重视。曼摩吒在《词功能考》中写道："种类（jāti）、行为（kriyā）、特征（guṇa）、名称（samjñā），这些是惯用义一词所表示的内涵。"[②]

阿伯耶·底克希多（Appaya Dīkṣita）生活在 16 世纪。他是南印度泰米尔地区的婆罗门。他著述颇丰，相传著有 100 多部作品，但为后人认定的只有 60 多部。他的诗学代表作包括 3 部：《莲喜》（Kuvalayānanda）、《画诗探》（Citramīmāṃsā）和《功能疏》（Vṛttivārttika）。论者指出："《功能疏》、《画诗探》、《莲喜》，或许这才是写作的年代顺序。没有直接证据表明《功能疏》是首先完成的，但可保险地说，《莲喜》是在《画诗探》之后完成的，因为《莲喜》三次提到《画诗探》，并在某些观点上涉及《莲喜》。"[③]这种著作时序似乎说明了底克希多对词功能的高度重视。对于梵语诗学庄严论来说，底克希多的《莲喜》和《画诗探》是两部值得一提的著作。不过，倘若将词功能的探索视为梵语诗学一条重要暗线的话，底克希多的《功能疏》或许是任何一位学者都无法忽略的著作，因为，该著明显地属于承前启后之作。

---

① Mahimabhaṭṭa, *Vyaktiviveka*, Benares: The Chaokhamba Sanskrit Series Office, 1936, p.510.

② Mammaṭa, *Śabdavyāpāravicāra*, Varanasi: Chowkhamba Vidyabhawan, 1974, p.1.

③ Satyanarayan Chakraborty, *A Study of the Citramimamsa of Appaya Diksita*, "Introduction", Calcutta: Sanskrit Pustak Bhandar, 1989, XV.

底克希多的《功能疏》只论述了词语的表示功能和转示功能，没有论及暗示功能，可能是一部未完之作，也可能是全书完成后最后一章不幸失传。《功能疏》开头第一、第二颂写道："表示义、转示义和暗示义（韵），这三者如同诃罗（湿婆）身体上的三只眼睛，保护智者的娑罗私婆蒂（语言女神）利用这三者的功能展现世界。词语功能（vṛtti）有三种：表示义、转示义和暗示义，诗人们用它来表现诗的风格和庄严。"（I.1－2）①这说明，底克希多的初衷绝不止写作现存的两章。

不过，底克希多留下的遗憾已由一些晚期梵语诗学家所弥补。例如，阿娑达罗·跋吒（Aśādhara Bhaṭṭa）便是其中一位。他大约生活于1720至1790年之间，他出生于古吉拉特的婆罗门家庭。《智喜》（Kovidānanda）和《三河》（Triveṇikā）是诗学代表作。《智喜》是阿娑达罗最重要的著作，也是他的第一部著作。该书分为三章，分别为51、32、42颂，共125颂，先后论述词的表示义、转示义和暗示义（韵）等三种功能。作者的论述立场基本追随欢增等韵论派。《三河》是《智喜》的简化版。《三河》的开头写道："向山王之女的儿子致敬！阿娑达罗完成了《智喜》，辨析了前人的注疏，如同恒河、阎穆那河与萨拉斯瓦蒂河等三河汇聚，表示义、转示义和暗含义也变成三位一体。"（I.1－2）②由此可见，该书标题蕴含深意。正如恒河接受其他两条河流的洗礼而变得更为神圣、清澈，表示义在转示义和暗示义的作用下也显出超凡的美。

综上所述，梵语诗学家对词功能的历史探索虽然最终意在说明词的第三种功能（韵）的文学魅力，但客观来看，他们对于词语第一、第二种功能（即表示义、转示义）甚或所谓第四种功能（句义）的探讨，极大地丰富了古代诗学的内涵。他们以语法学和各派哲学为基础所进行的相关思考，也为后人留下了丰富的理论遗产。因此，如果将梵语诗学的词功能论完全纳入韵论进行考察，是有违古代诗学家的理论初衷的。当然，如果脱离韵论而思考词功能论，也将无法真正揭示古代诗学范畴的丰富内涵。

第六节　韵　　论

在印度古典诗学中，除了"味"和"庄严"外，"韵"无疑也是最重要的一个范畴。某

① Appayyadīkṣita, *Vrittivārttikam*, ed. by Vayunandana Pandeya, Varanasi: Sampurnanand Sanskrit Vishvavidyalaya, 1978, p.1.

② Aśādhara, *Triveṇikā*, Delhi: Indu Prakashan, 1978, p.1. 山王之女指波哩婆提，山王之女的儿子指象头神或曰群主。

种程度上，这三个文论范畴几乎统摄了整个梵语诗学的核心原理。换个角度看，在很长的一段时期内，“味”、“韵”和“庄严”似乎成了三足鼎立之势。如果说某个时期存在庄严论与味论分庭抗礼或前者处于下风的状态，那也应该是味论与韵论联手奉献的“精彩演出”罢了。这是因为，在韵论出现后，特别是新护味论出现后，味论与韵论的“联姻”使得中后期梵语诗学的面貌为之一变。

一、韵的语言哲学基础

一般认为，“常声”（sphoṭa，直译为“绽开”或“呈现”）和“韵”的概念是公元前 2 世纪的波颠阇利首先提出的。“语言常声论试图解释词语潜在的神秘力量。”①不过，“常声”说的萌芽似乎潜伏在波你尼《八章书》第六章第一节第 123 颂里：“根据常声派的观点。”②

关于“常声”，波颠阇利在《大疏》中举例说明：一旦我们说出 gauh（牛）这个词，脑子里就浮现出牛的具体形象。他认为词本身是原本存在的，恒定不变，不可分割。词本身原就存在，恒定不变，但由声音来展现。他把这种词本身称作“常声”，即通过声音体现的原来就有的词。他写道：“śabda（词）就是发音的 dhvani（韵），世上万物由此产生。”③

换句话说，gauh 这个词原本存在，但它是通过连续发出 g、au 和 h 这三个音素展示的。其中，任何一个单独的音素不能形成“牛”的词义，三个音素也不能同时发出。只有依次发音至最后一个音素时，才能结合保留在印象中的前两个音素，形成牛的词义。这种展现原本存在的词的发音就是“韵”④。

波颠阇利的常声说与韵论在伐致呵利的《句词论》中得到详细论述。在伐致呵利看来，正如词“梵”亦即“梵”产生和呈现世界万物，“常声”产生、展现语音和意义。“常声”代表语音或语言的终极存在，原本完整而浑然一体。“据此，常声便是符号。它呈现的音和义便是能指（即音响形象）和所指（即概念）……常声便是大音，即不可得闻之

① Rama Nair, *Indian Theories of Language: A Literary Approach*, Hyderabad: Cauvery Publications, 1990, p.70.

② Pāṇini, *Aṣṭādhyāyī*, Vol. 2, Delhi: Motilal Banarsidass, 1977, p.1095.

③ K. V. Abhyankar and Jayadev Mohanlal Shukla, eds. *Patañjali's Vyākaraṇa-Mahābhāṣya, Āhnikas 1－3 with English Translation and Notes*, Poona: Bhandarkar Oriental Research Institute, 1975, p.7. 由于 artha 还有“意义”的意思，因此，这句似乎还可译为“……世界万物的意义由韵产生”。

④ 参阅黄宝生：《印度古典诗学》，第 331 页。本节对韵论的介绍主要依据该书相关内容。

音,也就是语言的绝对真实。”[①]伐致呵利指出:“因此,词语不可能不以字母的形式而存在,句子也不可能不以字母和词的形式而组成。正如字母不能再分,词语中不分字母。无论如何,任何人也不能把词从句子中分离出去。”(I.72 – 73)[②]他对认知过程的描述是:“可以发现,理解词的三个步骤也是如此。说话人的思想先集中在词上。同样,听众也先关注词,以理解词义。作为辅助意义的表达者一旦表达了意义,便实现了目的,它就不再被人感知。”(I.50 – 54)[③]关于“常声”和“韵”的微妙联系,伐致呵利还写道:“各种感官的融合与分离产生了常声,而韵就是展现常声的词音。不管词音是短是长,常声不随时间而产生变化。源自常声的词音则有长短之分。好比打量灯火的微光,韵也只能远远地聆听,但钟声等等却清晰可辨。”(I.102 – 104)[④]

伐致呵利的上述思想,其实与他的语言层次说有关系。他把语言的表现形式分成微妙、中介和粗糙三种形式。他说:“语法是语言卓越的最高基础。语言真实(常声)通过语言的粗糙(vaikharī)、中介(madhyamā)和微妙(paśyantī)等三种形式进行展示,这是三个不同的阶段。”(I.143)[⑤]微妙形式是语言的绝对真实,音和义浑然一体。中介形式是微妙形式的展现,通过思想把握。粗糙形式是中介形式的进一步展现,即通过人体内的气流运动转化为声音。波颠阇利称之为“韵”。伐致呵利进一步区分,将中介形式称为“原韵”(prākṛtadhvani),将粗糙形式称为“变韵”(vaikṛtadhvani)。“原韵”是内部思想的呈现,“变韵”是外在的声音展现[⑥]。

总之,波颠阇利和伐致呵利认为“常声”即词本身不同于词音。常声是一种不可分割的整体,是词的真正意义所在。它通过音素间前后相继的发音过程呈现。以这种方式展示“常声”的词音就是“韵”。这种语言学的韵论直接启发了梵语诗学韵论。语言哲学家对词音和词义及其关系的研究,成为欢增韵论的理论基础。“欢增明确声称,他从语法学家那里继承了韵的概念。他似乎吸纳了伐致呵利的语言哲学思想。在伐致呵利常声论和天才说(pratibhā,或译为才能、能力)基础上,他建立了韵论的完美结构。”[⑦]

梵语诗学家将诗中具有暗示作用的词音和词义也称为韵。正如论者所言,以欢增

---

① 黄宝生:《梵学论集》,第266页。

② Bhartṛhari, *Vākyapadīya*, Delhi: Motilal Banarsidass, 1971, p.15.

③ Ibid., p.11.

④ Bhartṛhari, *Vākyapadīya*, pp.22 – 23.

⑤ Ibid., p.32.

⑥ 此处对三种语言形式的介绍,参阅黄宝生:《印度古典诗学》,第331 – 332页。

⑦ Ajodhya Nath Hota, *Sphota*, *Pratibha and Dhvani*, New Delhi: Eastern Book Linkers, 2006, p.150.

为代表之韵论派的独特贡献是揭示出词的暗示功能和暗示义，并以此作为他们的理论基石。传统的梵语语法家和哲学家确认词的两种基本功能，即表示义（abhidhā）和转示义（lakṣaṇā），而欢增则发现，词还有第三种功能即暗示，由此产生第三种意义即暗示义（vyañjanā）或暗含义①。这是诗歌的最大魅力所在，是韵产生的审美机制。

印度学者认为："欢增关于意义理论的发展也可视为思想理论或文明进步的一个标志。"②欢增为代表的韵论派对印度古典诗学发展做出了开创性贡献。诚如斯言，《韵光》是梵语诗学史上的里程碑巨著。它将古典诗学分为新旧两派。"它标志着旧的文学批评理论学派的结束，催生了风格、理论和方法都是全新的现代文学理论学派。"③欢增在梵语诗学史上无疑是一个继往开来的重要人物。西方学者评价说："在我们西方古典（希腊和拉丁）文学批评传统中，没有什么与欢增、新护以宏阔视野构建的味和韵相媲美的理论。"④另一位西方学者认为："《韵光》为戏剧诗提供了智慧而严肃的辩护，填平了古典文论与中世纪文论之间的鸿沟，结束了前者，而成为中世纪文论思想的基础。"⑤下边以欢增的论述为代表，对韵论进行简要说明。

二、韵论要旨及其他

欢增的《韵光》是韵论的集中体现，该书第一章阐释有关"韵"的基本理论。欢增认为，韵的性质是所有优秀诗人的作品奥秘，而韵的原理却没有得到诗学家们的揭示。他对韵的定义是："若诗中的词义或词音将自己的意义作为附属而暗示那种暗含义，智者称这一类诗为韵。"（I.13）⑥按照他的观点，具有暗示性，能显示用其他表达方式不能显示的魅力，这样的词才配得上韵的境界。他说，大诗人的语言中，存在领会义。"正像女人的美被单独看到，超越肢体的所有各个部分，这种领会义确实是另一种不同的东西，成为知音眼中的甘露。"（I.4 注疏）这里的"领会义"其实就是暗示义即韵。"这种领会义依靠表示义的力量提示，分成本事庄严和味等等各种类别，这在后面会说明。在所

---

① 参阅黄宝生：《印度古典诗学》，第 331－335 页。本节对韵论的介绍主要依据该书相关内容。

② Sharda Swaroop, *The Role of Dhvani in Sanskrit Poetics*, Moradabad: Braj Ashram, 1984, p.109.

③ K. Krishnamoorthy, *The Dhvanyāloka and Its Critics*, p.216.

④ Daniel H. H. Ingalls, Jeffrey Moussaieff Masson, and M. V. Patwardhan, Trans. *The Dhvanyāloka of Ānandavardhana with the Locana of Abhinavagupta*, Massachusetts: Harvard University Press, 1990, p.38.

⑤ Edwin Gerow, *Indian Poetics*, p.258.

⑥ 黄宝生译：《梵语诗学论著汇编》（上册），第 238 页。

有这些类别中,它都不同于表示义。”(I.4 注疏)[①]这里,欢增把领会义即韵明确地分成三个等级,即本事韵(vastudhvani)、庄严韵(alaṅkāradhvani)和味韵(rasadhvani)三类,其中,第三类韵即味韵最为重要。

欢增还以《罗摩衍那》中猎人射杀鸟儿而引发悲悯味的著名颂诗来说明领会义即韵与味的有机联系。他认为:“虽然领会义还有其他类别(即本事韵和庄严韵),但都可以依据味和情的方式理解,因为它们是最主要的领会义。大诗人的语言女神流淌出美味的意义和内容,闪耀着特殊的想象力,非凡而清晰。”(I.5-6)[②]由这种味韵观出发,他认为,只有迦梨陀娑等少数几个诗人才配得上大诗人的称号。欢增认为,味通过诗中具体描述的情由来暗示,而不是由艳情、悲悯等味的名称直接表达。这便巧妙地融合了味论与韵论的精华,使味论的地位得以提高,为稍后的新护、波阇等人深入探讨味论做好了铺垫。欢增将味论纳入自己的韵论体系,也就是将梵语戏剧学中的味论引进梵语诗学。这是味论诗学重大的“战略转折”。“味”成为韵论派的诗学基石之一。这无疑扩大了味论的批评运用范畴,为味论的发展带来了新的动力。

欢增还对韵和其他诗学要素的关系打了一个非常形象的比方:“韵是一种肢体完整的特殊的诗。它的肢体是庄严、诗德和谐音方式,这在后面会说明。”(I.13 注疏)[③]欢增在这里明显地超越了伐摩那和楼陀罗吒,这显示梵语诗学发展新阶段已经到来。在他心目中,庄严论和风格论已经处于从属地位。

在对韵的基本原理进行详细说明的基础上,欢增指出:“一般地说,韵分成两类:非旨在表示义,旨在依靠表示义暗示另一义。”(I.13 注疏)[④]欢增对这两大类韵进一步分类,并一一举例说明。第一大类分表示义转化为另一义和表示义完全丧失两类。第二大类分暗示过程不明显即味韵和暗示过程明显即本事韵和庄严韵。他所论述的味韵又涉及情韵、类味韵、类情韵、情的平息升起、并存与混合等,而暗示过程明显的本事韵与庄严韵又从词音、词义等角度进行说明[⑤]。他还认为,韵通过与以韵为辅、庄严和自己的分类,或结合,或混合,呈现许多不同类型。“这样,谁能数清韵的大小分类?我们指

① 黄宝生译:《梵语诗学论著汇编》(上册),第 234 页。
② 同上,第 236-237 页。
③ 同上,第 241-242 页。
④ 同上,第 242 页。
⑤ 此处论及的具体分类和说明,参见黄宝生:《印度古典诗学》,第 342-351 页。

出的只是方向。"（III.44）①这显示了韵论极为繁琐的一面。

《韵光》以韵论为核心，容纳庄严论、风格论和味论，构成了一个比较完备的理论体系。"韵论以韵和味为内核，以庄严、诗德和风格为辅助成分，构成了一个较为完善的梵语诗学体系。"②欢增的这一体系比之婆摩诃、檀丁、伐摩那甚至楼陀罗吒，都要更加完备。这是因为："依据韵论，文学批评理论中的味、庄严、诗德和风格诸概念各得其所。"③

在欢增之后，新护的《韵光注》、曼摩吒的《诗光》和毗首那特的《文镜》等都对韵论做了不同程度的阐发。例如，新护在疏解欢增的理论时指出："所谓韵是指暗示的词义、词音、暗示功能。词义指韵（dhvani）这一表达暗示（dhvanati）的词的表示义，或指被暗示的那种暗含义。功能指词音或词义的暗示作用（dhvanana）。不过，这一颂主要说明韵为整个诗篇的暗示。"④这段著述似乎有些拗口且晦涩难解，但联系新护在为欢增接下来的一颂即《韵光》第一章第十四句经文前半句所做的注疏时，一切问题便迎刃而解。欢增的这句话是："由于词形不同，这种韵不能等同于转示（bhakti）。这种韵即上面所说的韵。"（I.14）⑤新护对"上面所说的韵"的疏解以对韵的五种含义的明确阐释开头："'上面所说的韵'指韵的五种含义：暗示的词音、暗示的词义、暗示功能、暗示义、整个诗篇的暗示。"⑥这就是说，新护拓展了欢增韵论的某些重要观点。论者指出，新护对韵之内涵的理解是符合韵论派理论实际的。归根结底，韵的实质是词、句子和诗篇的暗示功能及由此产生的暗示义⑦。

当然，韵论是在与不同思想流派的对话和交锋中产生、发展的。就反对韵论的人而言，摩希摩跋吒是其中的典型代表。但是，通过一次次思想对话或激烈交锋，韵论的价值反而为越来越多的诗学家所认识。它的诗学地位得到了巩固。

与味论、庄严论一样，韵论也具有重要的比较诗学研究价值和现代文学批评的工具性价值。

---

① 黄宝生译：《梵语诗学论著汇编》（上册），第 338 页。

② 黄宝生：《印度古典诗学》，第 224 页。

③ K. Krishnamoorthy, *Studies in Indian Aesthetics and Criticism*, Mysore: Mysore Printing and Publishing House, 1979, p.92.

④ Anandavardhana, *Dhvanyāloka*, Varanasi: Chaukhambha Sanskrit Sansthan, 2009, pp.105 - 106.

⑤ 黄宝生译：《梵语诗学论著汇编》（上册），第 243 页。

⑥ Anandavardhana, *Dhvanyaloka*, p.141.

⑦ 黄宝生：《印度古典诗学》，第 336 页。

刘勰指出："是以文之英蕤，有秀有隐。隐也者，文外之重旨者也；秀也者，篇中之独拔者也。隐以复意为工，秀以卓绝为巧。"①这里的"文外之重旨"实指含蓄的言外之意。它必须通过隐蔽的文学手段来暗示。这说明，中国古代文论早已注意到印度韵论所关注的文学表达问题。有学者指出，中印韵论同中有异。它们均从声音层面发展到诗歌批评领域，都强调含蓄和暗示的表达方式，都重视作者和读者的想像力发挥，且以韵为品评作品的标准。其差异在于，它们倡导的创作观念、诗学表述方法、审美倾向和指涉范围不同②。

印度学者认为，韵有以下一些含义："它指暗示性单元，也指象征内容的意义，它还指暗示功能的意义，同时也指整个诗艺的范例，它包含了象征意义、象征单元和象征功能。"③该学者点出韵论的象征功能，其实是暗示了它和西方象征主义诗学的某些可比性。首先，注重暗示以表达言外之意是梵语诗学和象征主义诗学的相似点。dhvani（韵）被很多印度和西方学者译为表示"暗示"或"联想"的词 suggestion。韵论特别强调词句等的暗示功能。例如："在所有各类韵中，暗示义清晰地展现为诗中的主要意义，这是韵的根本特征。"④曼摩吒论述以韵为辅的诗时说："隐含义像少女鼓起的乳房那样产生魅力。"⑤曼摩吒的这个天才而美丽的比喻将隐含义即诗的暗示功能叙述得惟妙惟肖，也使人对诗的联想和隐喻功能怀抱美好的期望。象征主义诗人马拉美说："诗写出来原就是叫人一点一点地去猜想，这就是暗示，即梦幻。这就是这种神秘性的完美的应用，象征就是由这种神秘性构成的：一点一点地把对象暗示出来，用以表现一种心灵状态。"⑥曼摩吒曾经对欢增的韵论进行这样的解释："由于说话者、被说话者、语调、句子、表示义、别人在场、境况、地点和时间等等的特殊性，引起智者认知另一种意义。意义的这种功能便是暗示。"⑦这说明，马拉美和印度韵论派的思想基本一致，都强调诗的暗示性。

韵论和象征主义诗学也存在明显的差异。韵论和强调审美情感的味论水乳交融地

① 周振甫：《文心雕龙今译》，北京：中华书局，2004 年，第 357 页。

② 参阅郁龙余等著：《中国印度诗学比较》，第 289－307 页。

③ Ramaranjan Mukherji, *Global Aesthetics and Indian Poetics*, New Delhi: Rashtriya Sanskrit Sansthan, 1998, p.164.

④ 黄宝生：《梵语诗学论著汇编》（上册），第 274 页。

⑤ 黄宝生：《梵语诗学论著汇编》（下册），第 647 页。

⑥ 伍蠡甫、蒋孔阳编：《西方文论选》（下卷），上海：上海译文出版社，1979 年，第 262 页。

⑦ 黄宝生：《梵语诗学论著汇编》（下册），第 613 页。

联系在一起。象征主义诗学家多数是浪漫主义诗学观的反对者，不大可能像韵论派那样重视情感表达。此外，韵论派对各种韵进行细致分类，这在象征主义诗学那里是罕见的①。

与庄严论和味论一样，韵论也被一些印度学者用作文学批评的工具。例如，K.拉扬认为，韵论可以"非常容易用来阐释和评价印度语言文学"②。他说："在我于1972年出版的书《诗歌中的韵与直白》中，我尝试利用9世纪到11世纪梵语诗学中的味韵论模式和法国象征主义诗学及新批评理论，构建一种崭新的'韵论'（theory of suggestion）。"③他按照东、西结合的新"韵论"对弥尔顿、叶芝等人的作品逐一进行阐释。

第七节　风格论

与味论的发展演变类似，印度古典诗学先出现戏剧风格论（表演风格论），后出现诗学风格论（文学作品风格论）。这里先简要介绍前者。

婆罗多重视戏剧表演风格，他说："相传风格是一切作品之母，十色的创作源自这些风格。"（XX.4）④"风格"的梵文为 vṛtti，本义是活动或活动方式。vṛtti 既可从广义上理解为人类活动及活动方式，也可从狭义上理解为戏剧表演特色或风格。婆罗多论述的即为狭义的表演风格。

《舞论》第二十二章将戏剧的表演风格分为四种：雄辩（bhāratī）、崇高（sāttvatī）、艳美（kaiśikī）和刚烈（ārabhatī），并认为传说剧和创造剧体现所有四种风格，而其他8种戏剧类型缺乏艳美风格。婆罗多为四种戏剧风格提供了神话起源，使其风格说带有浓厚的宗教神话色彩："雄辩风格来自《梨俱吠陀》，崇高风格来自《夜柔吠陀》，艳美风格来自《娑摩吠陀》，刚烈风格来自《阿达婆吠陀》。"（XXII.24）⑤"味"是戏剧表演的核心

---

① 关于韵论与象征主义诗学的比较，详见拙著：《梵语诗学与西方诗学比较研究》，成都：巴蜀书社，2010年，第282－298页。也可参阅黄宝生：《印度古典诗学与西方现代文论》，载《外国文学评论》1991年第1期。

② Krishna Rayan, *The Burning Bush: Suggestion in Indian Literature*, New Delhi: B. R. Publishing Corporation, 1988, pp.10－11.

③ Krishna Rayan, *Text and Sub-text: Suggestion in Literature*, "Preface", New Delhi: Arnold-Heinemann Publishers, 1987.

④ 黄宝生译：《梵语诗学论著汇编》（上册），第75页。

⑤ 同上，第90页。

问题,因此,婆罗多对味与风格的关系也予以关注:"艳美风格用于艳情味和滑稽味,崇高风格用于英勇味、暴戾味和奇异味,刚烈风格用于恐惧味、厌恶味和暴戾味,雄辩风格用于悲悯味和奇异味。"(XXII.65-66)①

《舞论》第十四章还提到地方风格(pravṛtti)。所谓地方风格或地方色彩是指不同地区特有的服装、语言、习俗和职业。他认为,地区很多,但可以根据某些突出的共同特征,将地方风格归纳为四种:南方、阿槃底、奥达罗摩揭陀和般遮罗。后来,胜财在《十色》中说:"地方风格以地区、语言、行为和服装为特征,戏剧家应该从世间吸取,合适地运用。"②

《舞论》第十四章还将戏剧表演分为文戏(sukumāra,本义为"柔美的")和武戏(āviddha,本义为"攻击的")两类,这也是戏剧的两种表演风格。其中,武戏含有攻击性的动作,具有崇高和刚烈风格。文戏则以柔美为特征,表演世俗人物。

婆罗多的戏剧风格论对后世梵语戏剧著作影响深远。例如,沙揭罗南丁的《剧相宝库》按照《舞论》的顺序论述四种戏剧风格:"雄辩风格有英勇味、奇异味和滑稽味,崇高风格称颂奇异味、英勇味和暴戾味,艳美风格有艳情味、滑稽味和悲悯味,刚烈风格显示恐惧味和暴戾味。"(CXI)③虽说两人对雄辩风格的分类不同,但沙揭罗南丁基本上还是以婆罗多的规定为范本。

由上可见,婆罗多的戏剧风格论并非地道的诗学风格论,但它为胜财等后世学者提供戏剧理论的"源头之水"时,也的确为后来的诗学家檀丁等以旧瓶装新酒的方式构建文论范畴提供了灵感。

梵语诗学庄严论的开创者婆摩诃虽然是庄严论者,但他还是多少涉及了诗学风格问题。这说明,在他那个时代,诗学风格论已经出现,但他的立场与檀丁等人大相径庭。婆摩诃论及诗的风格。他不同意某些人所持的维达巴风格高于高德风格的观点。他认为,区分风格优劣和评判其高下没有意义。可见,风格论在婆摩诃这里没有市场可言。

檀丁是"第一个给风格论明确提供理论基础的人,尽管他的确没有像后来的伐摩那那样,将风格视为诗的灵魂或本质"④。还有论者认为:"正是檀丁和伐摩那这两位风格论派的坚定支持者,在各自的诗学体系中给予风格及其组成要素诗德以重要地位。"⑤在檀

① 黄宝生译:《梵语诗学论著汇编》(上册),第93页。

② 同上,第453页。

③ Sāgaranandin, *Nāṭakalakṣanaratnakośa*, Varanasi: Chowkhamba Sanskrit Series Office, 1972, pp.106-107.

④ Dharmendra Kumar Gupta, *A Critical Study of Daṇḍin and His Works*, Delhi: Meharchand Lachhmandas, 1970, p.134.

⑤ P. C. Lahiri, *Concepts of Rīti and Guṇa in Sanskrit Poetics in Their Historical Development*, Delhi: V. K. Publishing House, 1987, p.197.

丁这里,“风格”的梵文主要是 mārga(道路),有时是 vartman(方式)。檀丁的诗学思考显然比庄严论更深一层。他认为,除了维达巴和高德风格外,诗的风格还有很多种。他说:“至于个别诗人之间的风格区分就难以细说了。甘蔗、牛奶、糖浆的甜味迥然相异,甚至辩才女神也不能说清它们的区别。”(I.101 - 102)[①]因此,如果把维达巴和高德风格视为地区性客观风格的话,不难看出,檀丁敏锐地意识到具体诗人主观风格的复杂性。只是,他没有就此展开论述罢了。这项工作要等几个世纪后的恭多迦来完成了。论者认为,辨别和品评风格是文学批评中一项较有难度的工作,需要具有格外细腻和灵敏的语言艺术感受力。檀丁在诗学风格论方面做出了重大的开创性贡献[②]。他的工作旨在将庄严论的语言分析导向诗性艺术的审美鉴赏,从而升华诗学探索的境界。

如果说檀丁是诗学风格论的开创者,那么,稍后一个世纪的伐摩那是诗学风格论体系建构的完成者。就风格论而言,伐摩那是“这一流派最重要的代表人物”[③]。伐摩那第一次“明确提出并系统阐释诗歌的灵魂或曰诗歌的本质问题”[④]。

伐摩那在《诗庄严经》中改用 rīti(方式或式样)表示风格。此后,rīti 便成为梵语诗学中指称“风格”的通用词。“rīti(风格)是一个作家的典型创作方式。其他的近义词是 gati, mārga, panthāh, prasthāna 等等。在泰米尔语中,特别是我们中的‘知味者’(rasika,知音)欣赏音乐时会听到每一位艺术家的独特风格(panthā, vali, naḍai)。所有这些词都是‘风格’的意思。一个有特色的诗人就有风格。”[⑤]

伐摩那在梵语诗学史上首次将风格视为文学作品的灵魂:“风格是词语的特殊方式组合。诗德的灵魂就是这一特殊性。”[⑥]檀丁和婆摩诃都只提出两种风格,即维达巴风格和高德风格。在此基础上,伐摩那认为:“风格被分为三类,即维达巴风格、高德风格和般遮罗风格。”[⑦]他还认为,南方的维达巴(Vidarbha)风格具有所有的诗德,高德(Gauḍa)风格具有壮丽和美好两种诗德,而般遮罗(pāñcālī)风格具有甜蜜和柔和两种诗德。在伐摩那看来,三种风格是诗赖以安身立命的根基所在。他说:“诗的基础在于

---

① 黄宝生译:《梵语诗学论著汇编》(上册),第 163 页。

② 以上介绍参阅黄宝生:《印度古典诗学》,第 286 - 291 页。

③ P. V. Kane, *History of Sanskrit Poetics*, p.378.

④ S. K. De, *History of Sanskrit Poetics*, Vol. II, p.90.

⑤ V. Raghavan, *Studies on Some Concepts of the Alaṅkāra Śāstra*, p.172.

⑥ Vāmana, *Kāvyālaṅkāra-sūtra*, Varanasi: Chowkhamba Sanskrit Series Office, 1971, p.15.

⑦ Ibid., p.16.

这三种风格,就好像绘画以画布上描绘的线条为基础一样。"①

伐摩那建立了完整的诗学风格论体系。从此,风格论在梵语诗学领域占据了不可或缺的一席。按照论者的观点,伐摩那的风格论存在一些理论弱点。总体上看,和庄严论者一样,他对文学理论的探索,仍然停留在语言形式层面。"尽管如此,伐摩那首次提出'诗的灵魂'这一概念,却能启迪后来的梵语诗学家探索语言艺术中更深层次的审美因素。"②印度学者认为:"庄严派高度重视庄严,其实庄严的重要性次之,没有它,诗歌照样存在。风格派比庄严派确实前进了一大步。尽管风格论还没有触及诗歌的真正本质,但已经非常接近于它。"③

在伐摩那之后,9世纪坚持庄严论的楼陀罗吒也承认风格概念,并将风格扩大为维达巴、高德、般遮罗和罗德等四种。罗德(lāṭi)也是印度古代地名。楼陀罗吒和伐摩那不同的是,他认为风格只是取决于诗中复合词的使用情况。这样,风格与诗德并没有发生直接联系。王顶在《诗探》第七章中论述语言风格时,完全遵循伐摩那的三种风格分类。他还涉及了语调风格。

11世纪的波阇遵循檀丁和伐摩那等人按照地区命名风格的传统,将风格分为维达巴、高德、般遮罗、罗德、阿磐底(Avanti)和摩揭陀(Magadhi)等六种。这些风格既与特定的诗德有关,也与复合词的使用情况有关。

11世纪的曼摩吒在《诗光》里没有涉及风格,同一时期的雪月的《诗教》也是如此。而12世纪的耆那教学者伐格薄托论及维达巴和高德两种风格。13世纪到14世纪的维底亚达罗和胜天分别在《项链》和《月光》中涉及风格。14世纪的毗首那特在《文镜》第九章中论及风格,他遵循了楼陀罗吒的风格四分法。15世纪的般努达多和16世纪的格维格尔纳布罗也分别论及风格。16世纪的盖瑟沃·密湿罗在《庄严顶》第二章中论及维达巴、高德和摩揭陀三种风格。尽管这些诗学家对于风格均有涉猎,但其论述大多遵循前人,创新的力度不够。

与上述诸家不同的是,10世纪的恭多迦在《曲语生命论》中承认风格的概念,但他由曲语思想出发,摆脱了按照地区命名风格的传统做法,对风格论进行革命性的改造。这是非常新颖的一种风格论。恭多迦不赞成按照地区特征命名风格,因为如果那样,势

---

① Vāmana, *Kāvyālaṅkāra-sūtra*, p.21.

② 黄宝生:《印度古典诗学》,第296页。

③ P. V. Kane, *History of Sanskrit Poetics*, p.381.

必会导致承认无数种风格。他也不赞成将风格分成上、中、下等。他认为风格分类应该依据诗人的“本性”，依据他们在才能、素养和实践方面的不同特点。这近似于刘勰的主张：“故辞理庸俊，莫能翻其才；风趣刚柔，宁或改其气；事义浅深，未闻乖其学；体式雅正，鲜有反其习：各师其心，其异如面。”①恭多迦指出了三种风格：“作为诗人创作方式的成因，有三种道路（风格）：柔美、绚丽和兼有两种的适中。”（I.24）②柔美风格是指诗人不重修辞技巧，而凭藉自己的天赋才能，充分展现事物的本色。绚丽风格是指作品借重技巧。“绚丽风格的奇妙性正是运用这些富有非凡魅力的庄严，从而展现诗句的曲折性。”（I.42 注疏）③前一种风格主要凭借诗人的天赋才能，绚丽风格更需要诗人后天的素养和实践。恭多迦认为后者难度较大。适中的风格介乎柔美和绚丽之间，是两种风格的混合。

综上所述，印度古典诗学家对风格的关注持续不断。他们或遵循婆罗多、檀丁和伐摩那等人的风格论模式，或对其进行一定程度的改造，以适应自己的理论体系。有学者指出，风格论者只注意到诗美的外在形式，而忽略了诗歌的本质部分。尽管如此，风格论的贡献不可忽视，它“触及一个重要的事实，即诗德和风格两个要素之间的联系”④。虽然韵论者反对风格论，但是他们也重视语言结构和诗德、风格，并将之改造为韵论中的有机成分。总之，风格论成为贯穿梵语诗学发展历程的重要流派。

梵语诗学和西方诗学的风格含义并不完全对等。这是因为：“梵语文学批评理论没有任何术语能表达西方批评理论术语‘风格’即‘style’的含义，‘风格’包含了语言的结构和语义特征。”⑤但是，印度和西方风格的不对等，并不意味它们之间没有一定的比较基础，相反，它们之间不但有一定的比较基础，而且可比之处甚多。

所谓风格可从主观风格和客观风格两个方面进行探讨：“风格是语言的表现形态，一部分被表现者的心理特征所决定，一部分则被表现的内容和意图所决定……倘用更简明的话来说，就是风格具有主观的方面和客观的方面。”⑥就梵语诗学和西方诗学风格论而言，它们的相似点更多地体现在与语言表现相关的客观风格方面。这尤其突出

① 郭绍虞主编：《中国历代文论选》（第一册），上海：上海古籍出版社，1998 年，第 243 页。

② 黄宝生译：《梵语诗学论著汇编》（上册），第 533 页。

③ 同上，第 547 页。

④ P. C. Lahiri, *Concepts of Rīti and Guṇa in Sanskrit Poetics in Their Historical Development*, Delhi: V. K. Publishing House, 1987, p.273.

⑤ V. K. Chari, *Sanskrit Criticism*, Honolulu: University of Hawaii Press, 1990, p.133.

⑥ 曹顺庆：《中西比较诗学》，第 213 页。

地表现在两者都涉及文学的地方风格和语言风格上。换句话说,语言风格和空间地理成为他们划分文学风格的两个依据。

与中西风格论的异同相似,梵语诗学和西方诗学的主观风格论与客观风格论也值得比较。它们的相似处在于,两者都强调语言形式和地理空间对形成风格的重要作用,都强调了作家个性对文学风格的重要影响。但是,由于生长于不同的文化土壤,两种风格论也有一些非常重要的差异。印度的风格论脱胎于戏剧表演风格论,继承了婆罗多重视语言的传统,而西方风格论诞生于亚里士多德等人的修辞学和演讲术,例如:"风格如果能表现情感和性格,又和题材相适应,就是适合的。"[①]梵语诗学风格论与独特的"诗德说"和"诗魂说"紧密相连,这是西方风格论所不具备的[②]。

从印度学者利用梵语诗学基本范畴进行文学批评的历史看,风格论的现代运用微乎其微。这似乎与现代社会利用梵语进行创作者很少有关,但这不能否定风格论在印度古典诗学中的历史地位和研究价值。

第八节　曲 语 论

"曲语"也是印度古典诗学的一个重要范畴,它的梵文是 vakrokti,由表示"曲折"的 vakra 和表示"语言"的 ukti 按连声规则组合而成。一般将其英译为 indirect speech、crooked speech 或 quaint speech 等。纳根德罗将它译为: indirect mode of expression、evasive speech、obliquity[③]。

曲语这一概念最早由婆摩诃提出。他将曲语视为一切庄严(即修辞手法)的共同特征。婆摩诃认为,没有产生曲折效果的语言表达方式即他所谓"曲语",不能算作庄严。诗歌语言或文学作品语言的魅力在于"词义和词音的曲折表达"。(I.36)[④]婆摩诃庄严论的核心是,诗是经过装饰的词音和词义的有机结合。诗人通过义庄严即词音修辞方式和义庄严即词义修辞方式的曲折表达,将普通语言转化为诗性语言,从而体现诗

① 亚里士多德:《修辞学》,罗念生译,北京:三联书店,1991 年,第 164 页。
② 参阅拙著:《梵语诗学与西方诗学比较研究》,第 219 页。
③ Nagendra, *A Dictionary of Sanskrit Poetics*, p.183.
④ 黄宝生译:《梵语诗学论著汇编》(上册),第 116 页。

的本义[①]。

檀丁在《诗镜》中采纳了这一批评概念，将曲语用作除自性庄严外一切庄严的总称。檀丁说："所有语言作品的表达方式分成自性和曲语两大类。双关通常能增添曲语表达的魅力。"（II.363）[②]这就是说，三十九种庄严在檀丁那里被分为自性和曲语两种类型。自性和曲语互相对立，曲语是除了自性以外的一切庄严的总称。此后，曲语在梵语诗学家中没有受到重视。

在伐摩那的《诗庄严经》中，曲语成了一种特定的义庄严名称。他将婆摩诃与檀丁广义修辞学意义上的曲语改造为一种具体的义庄严："描写对象的特征来自相似性，这是曲语。"（IV.3.8）[③]

在楼陀罗吒的《诗庄严论》中，曲语成了一种特定的音庄严名称。楼陀罗吒将之分为双关曲语和语调曲语两类。所谓双关曲语是指某人说出的话，被另一人按照话中含有的双关成分做出了不同的解释。所谓语调曲语是指由于说话者的语调发生改变，如肯定句变为疑问句，整个句子的意思就会发生某种变化。（II.14－16）[④]

真正将曲语这一文论范畴进行体系化阐释的是公元10世纪的恭多迦（Kuntaka）。作为对韵论的反驳，恭多迦在《曲语生命论》中创造性地发掘庄严论中久已有之的曲语概念，推陈出新，构建了自成体系的曲语论。恭多迦以庄严论继承者面目出现而又力求有所突破创新，显示了他革命性的一面。曲语论对婆摩诃庄严论体系的继承显示，恭多迦是一位新时代的庄严论者，或曰新庄严论者。恭多迦的理论出发点是庄严论。他有时也将曲语称作"庄严"。但这种"庄严"是广义的，并不局限于庄严论中的音庄严和义庄严。他把"庄严"这个批评概念改造成涵盖面更广的"曲语"。他试图用曲语这一批评概念囊括和统摄庄严、诗德、风格、味和韵等所有文学因素。有学者指出："在古典文学（alaṅkāra literature）中，恭多迦更多地是以'曲语生命者'（Vakrokti-jīvita-kāra）的描述性称呼而知名，而这源于其《曲语生命论》，该书如此命名，乃是因为它的核心理论即'曲语'是诗的灵魂或本质。"[⑤]

《曲语生命论》的第一章是总论，论述曲语的基本原理，包括恭多迦独具特色的风

① 曹顺庆主编：《中外文论史》（第三卷），成都：巴蜀书社，2012年，第2020页。
② 黄宝生译：《梵语诗学论著汇编》（上册），第202页。
③ Vāmana, *Kāvyālaṅkāra-sūtra*, p.164.
④ Rudrata, *Kāvyālaṅkāra*, Varanasi: Chaukhamba Vidyabhawan, 1966, pp.38－40.
⑤ S. K. De, *History of Sanskrit Poetics*, Vol. I, p.127.

格论，后三章具体论述6种曲语，即音素曲折性（varṇa vakratā，包括谐音和叠声等音庄严）、词干曲折性（pada vakratā，包括对惯用词、同义词、复合词、词根、词性等的特殊运用）、词缀曲折性（pratyāya vakratā，指时态、词格、词性、词数、人称和不变词等的特殊运用）、句子曲折性（vākya vakratā，指比喻、夸张等产生特殊意义效果的义庄严）、章节曲折性（prakaraṇa vakratā，指产生曲折动人效果的章节或插曲）和作品曲折性（prabandha vakratā，指创造性地改编原始故事）。

恭多迦首先说明，之所以提供一部"前所未有的诗庄严论"，目的是使作品达到产生非凡魅力的奇妙性。这说明，恭多迦写作目的之一是创造性地发展早已有之的庄严论。

他给诗下的定义展示了曲语的特色："诗是在词句组合中安排音和义的结合，体现诗人的曲折表达能力，令知音喜悦。"（I.7）①此处的"音"即表示者是能指的言词，"义"即表示义是所指的意义。音、义结合就是能指和所指的结合。恭多迦认为诗是这两者的完美结合，既不能言词动听，意义贫乏，也不能意义充实，言辞平淡。论者指出："这是恭多迦第一次明确提出的著名概念：'结合'（sāhitya），即诗中形式和内容（语言和意义）独一无二的不可分割的整体。"②进而，恭多迦认为音和义的结合必须具有取悦读者的曲折效果。"（音和义）两者的结合带来美。那是一种不多不少而可爱迷人的境界……因此，音和义两者各自凭借自己的全部优势，令知音喜悦，互相竞争，熠熠生辉。"（I.17及注疏）③

上述定义中的梵语原文 vakrakavivyāpāraśālini（体现诗人的曲折表达），也可译为"体现曲折的诗人活动"。"诗人活动"即诗人的创造想象活动。恭多迦的定义既继承了婆摩诃等人的庄严论立场，又体现出他对读者和诗人两个维度的格外关注。这更加接近文学的本质功能。恭多迦还解释说，诗是需要装饰的音和义，而这种装饰手段或过程就是曲语，一切庄严都是曲语的不同表现。曲语不同于经论等等通常的音和义的结合。"音和义都是被修饰者。它们的修饰者称作'曲语'，即机智巧妙的表达方式……曲语是奇妙的表达方式，有别于通常的表达方式。"（I.10及注疏）④恭多迦还认为，句子的艺术组合富有成效的话，能增进"所指和能指的吉祥和优美"，这是一种特殊的愉悦，

① 黄宝生译：《梵语诗学论著汇编》（上册），第503页。
② K. Krishnamoorthy, *Studies in Indian Aesthetics and Criticism*, p.192.
③ 黄宝生译：《梵语诗学论著汇编》（上册），第518－519页。
④ 同上，第515页。

"超越能指、所指和曲语这三者,令知音喜悦"。(I.23)[①]这就是说,诗人的文字表达不同于科学著作和日常语言。这一观点,同俄国形式主义是极为相近的,他们都看到了文学语言的独特性,正是文学语言的曲折表达,才增强了陌生化效果,给读者带来审美快乐。

《曲语生命论》的核心内容是论述各种曲语。恭多迦将体现诗人创作技巧的曲语视为诗的生命。他将曲语分为6类进行论述,即音素曲折、词干曲折、词缀曲折(语法曲折)、句子曲折、章节曲折和作品曲折。他说:"诗人的曲折表达能力分为六类。每一类又分成许多种,每种都具有各自的美。"(I.18)[②]

音素曲折,是指谐音和叠声等等产生声音效果的修辞手法,也就是庄严论中的音庄严。与此同时,恭多迦又强调在运用音庄严时,要注意合适性、清晰性和悦耳性。

词干曲折是恭多迦带有独创特色的批评概念。它是指惯用词、同义词、转义词、修饰词、委婉词、复合词、不变词、词性、动词和词根等等的特殊运用。例如,委婉词曲语的定义是:"为了精彩表达,表述对象以某个代词等等来进行掩饰,这就是委婉词曲语。"(II.16)[③]在婆罗维的《野人和阿周那》第十三章中,野人避免使用"死亡"一词,而说"那头野兽会对你(即阿周那)怎样,那就难说"。这就是委婉词的曲折性。动词曲语是:"故意将一个未完成的动作当作已完成的来描述,这就是动词曲语。"(II.20)[④]而词性曲语更为复杂有趣:"两个词性不同的词表达同一对象,产生一种诗美,这是词性曲语。在别的词性可以使用的情况下,为产生诗美而使用阴性词,因为即使是女人名字也让人神清气爽。尽管别的词性可用,但为了恰如其分地表达并产生诗美,而使用特定的词性,这是另一种词性曲语。"(II.21-23)[⑤]

词缀曲折亦即语法曲折,是指时态、词格、词数、人称、语态和前后缀等等的特殊运用,也就是语法变化的曲折性。其中,时态曲语是:"时间恰到好处的运用而产生绝妙诗美,这是时态曲语。"(II.26)[⑥]词格曲语是:"为了产生某种曲折的表达之美,在八个词格中,选取一个最好的词格使用,以集中体现某词的引申含义,这种对格的交换使用可

① 黄宝生译:《梵语诗学论著汇编》(上册),第532页。
② 同上,第520页。
③ Kuntaka, *Vakroktijīvita*, ed., by K. Krishnamoorthy, Dharwad: Karnatak University, 1977, p.98.
④ Ibid., p.104.
⑤ Ibid., pp.105-106.
⑥ Ibid., p.113.

以视为词格曲语。”(II.27－28)①词数曲语是:“诗人为体现诗美而在词的单、双、复数之间进行变化,智者称其为词数曲语。”(II.29)②人称曲语是:“对有的人称弃而不用,而使用别的人称,这应被视为人称曲语。”(II.30)③语态曲语是:“为了体现诗美,诗人在动词的主动语态和中间语态二者间选择一个更合适的来使用,这是动词语态曲语。”(II.31)④前后缀曲语是:“放弃常用后缀而代之以别的后缀以强化某种诗美,这是一种前后缀曲语。前缀和不变词在诗中用来说明各种味应是诗的唯一生命,这是另一类前后缀曲语。”(II.32－33)⑤恭多迦提倡在诗作中综合利用各种词缀曲语即语法曲语,增强作品的艺术表现力。

句子曲折,是指比喻和夸张等等产生特殊意义效果的修辞手法,也就是庄严论中的义庄严。恭多迦认为:“特别自然的描写以及关于词的曲折表达产生的美,是一种涉及描写对象的句子曲语。另一种句子曲语来自诗人天生的善巧通达或后天习得技能,它带来一种超凡脱俗的新奇之美。”(III.1－2)⑥他认为传统确认的义庄严中,有些缺乏魅力,有些可以合并。他最终确认明灯、隐喻等十八种义庄严,并提出了一些独到的见解。他认为“自性”本身是诗的内容,不是修辞方式,而是修辞对象,因此不能算作庄严。同样,“有味”以及其他含有味的庄严也不是修辞方式,而是修饰的对象。恭多迦说:“现在我们考察‘有味’庄严的本质,它是一切庄严的生命,也是诗的精华所在。‘有味’庄严如同味那样发挥作用,它和味一样使知音喜悦。”(III.15－16)⑦换句话说,味是诗中独立发展的成分,诗人发挥想象力,运用种种曲折表达方式,达到味的效果。

产生曲折动人效果的故事插曲或人物描写,就是恭多迦所指的章节曲折。恭多迦认为,在改编作品时可以改变原始故事中的插曲和细节,也可以发明新的插曲和细节,以求故事情节更生动,人物性格更统一。

所谓作品曲折是指在原始故事的基础上,对之加以创造性的改编。恭多迦认为,《摩诃婆罗多》和《罗摩衍那》这两大史诗的主味是平静味,而在改编作品中可以改变成英勇味。在改编作品时,可以对原始故事进行压缩或扩充,或者对内容进行新的整合,

① Kuntaka, *Vakroktijīvita*, p.115.
② Ibid., p.116.
③ Ibid., p.118.
④ Ibid.
⑤ Ibid., pp.119－120.
⑥ Ibid., pp.125－129.
⑦ Ibid., pp.164－165.

部分内容可以成为整体内容，次要情节可以成为主要情节，人物可以创新，结局可以改变。同时，整篇作品的曲折性自然也包含上述五种曲折性。

综上所述，正如论者所言，恭多迦是一位极有创新精神的梵语诗学家。本质上，韵论是在味论基础上的创造性发展，而曲语论是在庄严论基础上的创造性发展。韵论以韵和味为核心，统摄一切文学因素，而曲语论以曲语为标准，贯穿一切文学因素。不过，曲语论问世后，在梵语诗学界没有引起足够的重视，它的影响远远赶不上韵论。在整个后期梵语诗学中，占据主流地位的始终是韵论和味论[①]。

从现代理论批评的立场看，恭多迦强调诗人作为创作主体的重要性，强调创作风格与作家自身的关系，这是很有价值的。他认为文学的魅力在于曲语，而曲语的根源在于诗人的创作想象活动。在梵语诗学史上，庄严论和风格论重视文学的修辞和风格，味论和韵论重视文学的感情和读者的接受，而恭多迦注意到了诗人创作主体的重要性。这应该说是恭多迦对梵语诗学的独特贡献[②]。当代学者高度赞赏恭多迦的创新意识："恭多迦也许不是欢增那么伟大的一位哲学家，也许不是婆摩诃那么优秀的一位逻辑学家，也许不是摩希摩跋吒那么积极的一位论辩家，但作为一位真正意义上的文学批评家，他无可匹敌。他是具有真正文学鉴赏力的敏锐的批评家。"[③]这位论者还认为："恭多迦在强调读者敏锐的文学鉴赏力方面无出其右，他常常把他们称作知音。"[④]对于曲语论集大成者来说，这些评价是非常恰当的。

恭多迦继承了婆摩诃和欢增等的音、义结合观，强调了音、义（语言意义）即表示者和表示义（能指和所指）的不可分离，这是印度古典诗学的一个亮点，它具有非常现代的比较诗学价值，堪与俄国形式主义、英美新批评等进行比较。恭多迦强调诗人对语言的艺术运用，这又与什克洛夫斯基强调的"陌生化"有些近似[⑤]。

曲语论不仅具有比较诗学的研究价值，也具有文学批评的现代运用价值。一位当代印度学者指出："诗学是一门学问，它本身不是目的。它旨在引导和教诲高尚的趣味，促进优秀的文学批评。只有韵论和曲语论才可照亮批评实践的道路，其他理论无此

---

① 参阅黄宝生：《印度古典诗学》，第 377－378 页。

② 同上，第 378 页。

③ Kuntaka, *Vakroktijivita*, "Introduction", ed., by K. Krishnamoorthy, Dharwad: Karnatak University, 1977, XXXVI.

④ Ibid., XXXVIII.

⑤ 关于曲语论与西方诗学的比较，参阅黄宝生：《梵学论集》，第 81－85 页。也可参阅拙著：《梵语诗学与西方诗学比较研究》，第 331－370 页。

能耐;这是因为,正如我们见到的那样,其他理论分析自身迷失在琐碎的分类中,没有尝试将所有概念统一为批评原理的一种可行方法。"[①]2004 年,印度学者 S.K.夏尔玛出版《恭多迦之曲语论原理在英语诗歌鉴赏中的运用》一书。他以曲语这一范畴对英国诗人雪莱、拜伦、济慈等人的诗歌进行阐释。由于英语与梵语均属分析性语言,在性、数、格、词缀、分词、语态等诸多方面有共通之处,所以该书第二章"词音曲语"、第三章"词干曲语"、第四章"句子曲语"等的分析引人入胜,当然对于梵语批评也就更具示范价值。作者自述该书两大写作目的:一是探索梵语诗学的当代价值,二是利用曲语论评价英语诗歌。他的结论是:"总之,经过恭多迦曲语论原理之检视,英语诗歌被证明的确优美。"[②]

第九节 合 适 论

"合适"(aucitya)也是印度古典诗学的一个重要范畴。纳根德罗将它译为:propriety[③]。

在梵语诗学中,合适这一概念最先在婆罗多的《舞论》里得以萌芽。婆罗多在论述戏剧中的语言、动作、音乐和妆饰时,强调这些要素应该适合有关的味和情。例如,婆罗多要求庄严、诗德应与各种味相配合,以获得最佳艺术效果,如英勇味、暴戾味和奇异味的诗作应以短音节为主,并使用明喻和隐喻。厌恶味和悲悯味应该以长元音为主。这样才可达到最佳戏剧效果:"词音和词义柔和优美,不晦涩,智者和民众都能理解,配有舞蹈,以各种味开路,合理安排关节,这样的戏剧适宜向世间观众演出。"(XVII.123)[④]

首先明确使用"合适"这一文论范畴的是楼陀罗吒的《诗庄严论》。他写道:"维达巴和般遮罗风格应合适地运用在亲爱味、悲悯味、恐怖味和奇异味中,而罗德和高德风格则应合适地运用在暴戾味中。"(XV.20)[⑤]这里出现了"合适"(aucitya)一词。他在

---

① K. Krishnamoorthy, *Indian Literary Theories: A Reappraisal*, Delhi: Meharchand Lachhmandas, 1985, p.46.

② S. K. Sharma, *Kuntaka's Vakrokti Siddhanta: Towards an Appreciation of English Poetry*, Meerut: Shalabh Publishing House, 2004, p.271.

③ Nagendra, *A Dictionary of Sanskrit Poetics*, p.32.

④ 黄宝生译:《梵语诗学论著汇编》(上册),第 74 页。

⑤ Rudrata, *Kāvyālaṅkāra*, 1966, p.411.

《诗庄严论》第2章第36颂和第3章第59颂分别论述谐音和叠声庄严时，要求诗人根据作品内容，准确地把握合适运用的原则。在讲述恋爱男女表演的合适性问题后，他规定，新娘羞涩，新郎应该在语言和动作方面温柔体贴，否则会破坏艳情味。

作为一项重要的批评原则或严格的文论范畴，“合适”也出现在欢增的《韵光》中。他的味论是围绕合适而展开的，是一种不折不扣的味合适论（rasaucitya）。比如，他说，常情的合适源自人物性格的合适。无论用于表演与否，作品都不能描写上等人物和上等女主人公粗俗的会合艳情，就像不能描写自己的父母会合艳情那样。在这个问题上，甚至大诗人也会犯错。“简而言之，诗人应该遵循婆罗多等人的规则，或者观摩大诗人的作品，或者凭借自己的想象力，专心致志，竭尽全力避免情由等等不合适……如果诗人在这方面疏忽大意而失足，就会被人认为缺乏学养。”（III.14 注疏）①

新护在《韵光注》中也强调“合适”这一范畴的重要性，并指出“合适”以味和韵为前提。恭多迦将“合适”视为各种风格共同具备的两种诗德之一。他将合适与曲语联系起来进行思考。与恭多迦创造性地发展和总结曲语论一样，安主也在某种程度上发展和总结了“合适”这一重要的文论范畴。

安主（Kṣemendra）是新护的学生，他充分发展欢增和新护的“合适”思想，将它提高到“诗的生命”即相当于“诗魂”的地位。他说：“合适是形成审美体验的魅力之因，是味的生命……合适是有味之诗坚固的生命根基。”（I.III－V）②在他看来，庄严运用得恰到好处才是真正的庄严。诗德总是在合适之际才是真正的诗德③。

安主在《合适论》中罗列了二十七种诗的构成因素：“他们认为，合适是诗之身体的命脉，它理应体现在构成诗的因素中。这些因素包括：词、句、文义、诗德、庄严、味、动词、词格、词性、词数、形容词、前缀、不变词、时态、地点、家族、誓愿、真理、气质、动机、本性、句义、创作才能、年纪、思想、称号和祝福，等等。”（VIII－X）④全书的内容就是依据这二十七种诗的因素，从正反两方面举例说明何谓合适，何谓不合适。下面略举几例加以说明。

词的合适：“妙语因有合适的词而动人心魄，犹如花容月貌的女子额头点上麝香吉祥痣，或黑肤美女额头点上白檀香吉祥痣。就像在额头点上一颗吉祥痣，其他部位也光彩照人，全身因而妩媚动人。诗中含有一个合适的词，其他词语熠熠生辉，全诗格外迷

---

① 黄宝生译：《梵语诗学论著汇编》（上册），第290页。

② Kṣemendra, *Aucityavicāracarcā*, Varanasi: The Chowkhamba Vidyabhawan, 1964, pp.2－4.

③ 本节论述主要参考黄宝生：《印度古典诗学》，第385－391页。一些引文参考该书相关译文。

④ Kṣemendra, *Aucityavicāracarcā*, p.9.

人。”（XI 及注疏）①

庄严和诗德的合适：“庄严运用得恰到好处才是真正的庄严。诗德总是在不偏离合适之际才是真正的诗德。庄严如在合适的地方运用，就能起到美化修饰的作用，否则，它就不配称作庄严。同样，诗德如在合适的场合使用，就是极佳的诗德，否则它就只是诗病而已。”（VI 及注疏）②

思想的合适：“诗因思想的合适表述而引人入胜，正如明白知识真理的智者的学问使人敬畏。”（XXXVII）③

称号的合适：“人物的称号符合诗中描写的事迹，诗德诗病便一目了然，这好比符合某人行为的称号反映了他的优点缺点。”（XXXVIII）④他认为迦梨陀娑的《优哩婆湿》第二幕第六首诗中，主人公将爱神称作“有五支箭者”是合适的，因为，这位主人公已经被爱神的箭射中，陷入情网。他认为迦梨陀娑的《鸠摩罗出世》第三章第七十二首诗中，用“薄婆”（意思是“给予生命者”）代称大神湿婆不合适，因为此刻湿婆正在用自己第三只眼中喷出的火焰，将爱神焚为灰烬。在此语境中，应该选用湿婆的另一个称号“诃罗”（即“取走生命者”）才合适。

安主在《合适论》中以较多篇幅论述味的合适。他推崇味在文学作品中的重要地位：“合适而迷人的味充满所有人的心灵，犹如春天里无忧花惹人相思。”（XVI）⑤有学者指出：“非常清楚，安主的《合适论》显示，它比欢增和恭多迦对味的处理是一大进步。”⑥安主关于味的论点，与欢增等韵论派基本一致。他认为：“正如巧厨调配甜辣等味获得一种令人惊叹的味，艳情等味的融合，也会产生一种奇妙怡人的诗味。”（XVII）⑦他的这些观点，与欢增强调正确把握味与味之间的对立关系没有多少差异。安主还认为，直接表示感情的词汇不能传达味。诗人必须着力刻画情由、情态和不定情。诗中描写的情由、情态和不定情应该适合所要传达的主味，否则有碍于味的产生。他还论述了混合味中的主味和辅助味的关系问题。这些论述都和欢增等人相去不远。

---

① Kṣemendra, *Aucityavicāracarcā*, p.11.

② Ibid., p.7.

③ Ibid., p.193.

④ Ibid., p.197.

⑤ Ibid., p.45.

⑥ Suryakanta, *Kṣemendra Studies, Together with an English translation of his Kavikaṇṭhābharaṇa, Aucityavicāracarcā and Suvṛttatilaka*, Poona: Oriental Book Agency, 1954, p.73.

⑦ Kṣemendra, *Aucityavicāracarcā*, p.71.

安主将合适视为诗的生命,并企图将它具体运用在所有重要的或琐细的诗歌因素上。总体上看,韵论比合适论更加完善合理。正如论者所言,合适论实际上是诗歌因素关系论,因为某种单独的因素无所谓合适不合适。韵论确立味和韵是诗歌艺术审美的核心,这样,诗歌中各种因素的合适不合适都是相对味和韵而言。合适只是达到艺术目的或提高艺术魅力的艺术手段。事实上,安主在论述中也不自觉地流露出这种思想倾向。"尽管如此,安主提出合适论批评原则,强调艺术创作中至关重要的和谐和分寸感,对梵语诗学作出了自己的贡献。"①

如果从比较诗学角度看,合适论也具有重要的研究价值。但是,迦奈对安主的评价并不高,认为:"他对梵语诗学的贡献微乎其微。他并未给梵语诗学带来什么令人欣慰的影响。"②事实上,这般评价对于安主来说并不公道。

1931 至 1942 年期间,S.K.夏斯特里首次提出梵语诗学基本原理模型图,将几个主要诗学流派以两个大小不同的圆圈进行艺术而形象的归纳。他认为,就整个梵语诗学体系而言,从庄严论开始,一个理论比另一个理论重要、包孕的内容也更为丰富。庄严、诗德和风格等主要涉及语言风格,组成一个小的三角形,恭多迦的曲语论统而摄之。这就构成了梵语诗学第一个话语圈。味论、韵论和推理论组成第二个大的梵语诗学话语圈,合适论又统而摄之。他的意思是:"显然,韵、味和推理指的是文学内容亦即艺术化的思想,而诗德、庄严和风格指的是文学形式。"③综上所述,夏斯特里以西方的内容和形式概念解析梵语诗学,试图使印度古典诗学切合现代批评语境。在有的学者看来,夏斯特里的意图是,味、韵和推理代表诗的内容。韵论和推理论都确认味,而前者强调暗示,后者强调推理。庄严、诗德和风格代表诗的形式。这三者都属于曲语,即曲折的表达方式,构成小圆圈。"无论内容或形式,都需要合适,构成大圆圈。同时,内容比形式重要,内容组成大三角,形式组成小三角。"④

和梵语诗学合适论一样,西方的合适论也主要存在于古典诗学中,这以亚里士多德、贺拉斯等古典论者最为典型⑤。以贺拉斯为例。最能体现贺拉斯古典主义精神的是合式(decorum),也称"妥帖得体"。贺拉斯的《诗艺》通篇要求文艺创作要做到统一、

① 黄宝生:《印度古典诗学》,第 391 页。

② P. V. Kane, *History of Sanskrit Poetics*, p.264.

③ V. Raghavan and Nagendra, eds. *An Introduction to Indian Poetics*, Bombay: Macmillan and Company Ltd., 1970, p.26.

④ 黄宝生:《梵语诗学论著汇编》(上册),第 28 页。

⑤ 参阅拙著:《梵语诗学与西方诗学比较研究》,第 377－394 页。

一致、适宜、适合、和谐、恰当、恰如其分、恰到好处、恰当配合、合情合理等等。这些要求与梵语诗学中的“合适”大同小异。因此，有的学者将“合适”译为 propriety，有时也译为 decorum。“合式”这个概念在亚里士多德的《诗学》和《修辞学》中使用过，后来斯多噶派、西塞罗等人又加以强调发挥，到了贺拉斯这里，它已经成为几乎涵盖一切的最高美学准则。贺拉斯在《诗艺》中写道：“如果画家作了这样一幅画像：上面是个美女的头，长在马颈上，四肢是由各种动物的肢体拼凑起来的，四肢上又覆盖着各色羽毛，下面长着一条又黑又丑的鱼尾巴，朋友们，如果你们有缘看见这幅图画，能不捧腹大笑么？”在他看来，虽然诗人有自由创作的权利，但是也不能因此就允许“把野性的和驯服的结合起来，把蟒蛇和飞鸟、羔羊和猛虎交配在一起”①。有人评价说：“当贺拉斯反对美女长鱼尾的描述时，他已经在无意之中接近了安主的‘味合适’（rasaucitya）概念。”②贺拉斯此处的论述与婆罗多和安主的思想非常相似。

印度与西方的合适论（合式论）也存在一些明显的差异。某种程度上可以说，梵语诗学合适论是一种味合适论。这与味论诗学对合适论的深刻影响有关。西方的合式论与模仿论相关。“模仿论间接地指向‘合适’的原则。当亚里士多德说‘艺术模仿自然’的时候，或当模仿这一概念后来被引申放大时，‘模仿’对那些徘徊在‘合适’周围的诗人的确是一种约束。”③西方的“合式”包含了对事物或作品的比例、和谐等形式上的审美判断，这也是“合适”所缺乏的内容。

关于合适论的地位和价值，有的学者认为，味、韵和合适三个基本原理是梵语诗学的杰出贡献。“合适论是一个广泛的原理，其他一切原理围绕它而产生。合适论批评原则被味论等其他原则所遵循。”④当代印度学者也将合适论的基本原理运用于文学批评与鉴赏之中。

第十节 推理论

欢增的韵论自问世之后，不断有诗学家提出异议。这包括跋吒·那耶迦的《心镜》

① 伍蠡甫、蒋孔阳编：《西方文论选》（上卷），上海：上海译文出版社，1979 年，第 98 页。

② R.S. Tiwary, *A Critical Approach to Classical Indian Poetics*, Varanasi: Chowkhamba Orient Alia, 1984, p.295.

③ Ibid., p.293.

④ V. Raghavan, *Studies on Some Concepts of the Alaṅkāra Śāstra*, Madras: The Adyar Library, 1942, p.255.

等。批评韵论的代表作是 11 世纪左右摩希摩跋吒(Mahimabhaṭṭa)所著《韵辨》(Vyaktiviveka)。它对韵论提出质疑,试图以推理论取代韵论。因此,此节即以《韵辨》为标本,对"推理"这一特殊的文论范畴进行简要说明[①]。

一、基本内容和观点

《韵辨》采用经疏体,共分三章。其中,第一章主要反驳韵论,欲以自己的"推理"取而代之。这是全书的重点。

摩希摩跋吒在书的开头就点出他对韵论的反对姿态:"向至尊无上的辩才女神致敬! 为了说明一切韵都包含在推理中,我创作了《韵辨》。"(I.1)[②]他同时还不忘自嘲一番道:"不管我赞成还是批评韵论者的观点,都可以增加我的知名度,因为与杰出人士交锋使我更显得重要。"(I.3)[③]摩希摩跋吒对韵论的批驳首先是从韵论派关于韵的定义开始的。他先引用欢增的定义,然后依据自己的推理得出结论:"经过分析,这种韵恰好属于推理而非别的什么。"(I.6 注疏)[④]摩希摩跋吒还认为:"词语并不包含自身表示功能之外的其他功能所产生的意义,因此,它不可能将自己的意义作为附属而暗示别的意义。"(I.7 注疏)[⑤]此处将欢增对韵的定义和摩希摩跋吒对此定义的指瑕一并列出。

欢增对韵的定义是:"若诗中的词义或词音将自己的意义作为附属而暗示那种暗含义,智者称这一类诗为韵。"(I.13)[⑥]摩希摩跋吒将欢增关于韵的定义所包含的"十个缺陷"罗列如下:"特殊的意义、词、特殊的词义、代词 tad 用作阳性、双数词的运用、va 的运用、暗示义的名称、韵的名称、所谓特殊的诗、讲述者一词,这些是韵之特征的十个缺陷。其他损害韵及其分类特征的缺陷,此处不再论述。"(I.23－24)[⑦]

印度学者认为,摩希摩跋吒此处对欢增关于韵之定义的发难可以这样理解:1. 不应该提起为 upasarjanīkṛtasva(将自己作为附属)所修饰的 artha;2. 不应该提起为 upasarjanīkṛtārtha(作为附属义)所修饰的 śabda;3. 不应该提到修饰词 upasarjanīkṛtasvārthau(将自己的意义作为附属);4. 将中性指示代词 tad 用作阳性;5. 动

① 本节论述和译文参考黄宝生:《印度古典诗学》,第 378－385 页。

② Mahimabhaṭṭa, *Vyaktiviveka*, Benares: The Chaokhamba Sanskrit Series Office, 1936, p.1.

③ Ibid., p.4.

④ Ibid., p.9.

⑤ Ibid., p.16.

⑥ 黄宝生译:《梵语诗学论著汇编》(上册),第 238 页。

⑦ Mahimabhaṭṭa, *Vyaktiviveka*, p.110.

词 vyṅktah 不该使用双数;6. 不该使用不变词 va(或者);7. 假设韵(abhivyakti)能取代诗中的暗含义而词(śabda)和义(artha)是一个整体的暗示单元(vyañjaka units);8. dhvani 既然等于 kāvya(整个诗篇),再提它是多此一举;9. 提到 viśeṣi 一词是多此一举;10. 提到 sūribhih(智者们说,阳性名词复数第三格即具格,相当于表示被动语态的词格)也是多此一举①。

事实上,摩希摩跋吒是从词的功能问题入手对韵论加以批评的,欢增韵论只是他借以发挥的合适目标而已。在韵论派看来,词有三种功能,即:表示、转示和暗示。而摩希摩跋吒认为词只有一种表示功能。一个单词所传达的意义始终只能是表示义。而由单词组成的句子的意义有两种:一种是表示义,另一种是推理义。推理义又分成三种:本事、庄严和味。"上面论述了本事、庄严和味等三种推理义。其中,在本事和庄严中,词是推理的基础。"(I.40)②本事和庄严也可以直接传达,而味只能通过推理。推理义又分成两类:直接推理和间接推理。总之,摩希摩跋吒只承认词有表示功能,而将转示和暗示功能纳入推理之中。他认为表示功能之外的其他功能均属于意义的范畴,不属于词本身。他打比方说,火有燃烧功能和照明功能,这两种功能既互相独立.又不分先后。而按照韵论派的主张,词的表示、转示和暗示三种功能既不互相独立,又分先后,即转示和暗示功能发生在表示功能之后。摩希摩跋吒据此认为,转示和暗示功能不属于词本身,而是推理。他说:"能指和所指的含义基本上不可理喻,这是因为,韵在推理以内难以形成暗示……将韵当作推理来认识更为妥当。"(III.29 注疏)③

摩希摩跋吒认为词的转示功能是推理的一种类型,隶属于表示功能。例如,韵论派常举"恒河上的茅屋"(gaṅgāyām ghoṣah)这个例子来说明词的暗示功能即韵。摩希摩跋吒认为,由于"恒河"一词的表示义不适用,于是依据恒河和恒河岸接近以及恒河岸上能建茅屋等前提,推理出"恒河岸上的茅屋"的意思。也就是说,这个短语中的"恒河"一词被理解为"恒河岸"是通过推理,而不是"恒河"一词本身具有转示"恒河岸"的功能。摩希摩跋吒认为句义也是通过推理获得的。

摩希摩跋吒还认为,曲语论也可以归入推理的范畴加以理解。他的基本前提是,词语表示义和暗示义之间的关系就是逻辑推理中的"相"和"有相"之间的推理关系,暗示

---

① Ramaranjan Mukherji, ed. *Vyaktiviveka of Rājānaka Mahimabhaṭṭa*, "Introduction", Kolkata: Sanskrit Pustak Bhandar, 2005, XXXV.

② Mahimabhaṭṭa, *Vyaktiviveka*, p.113.

③ Ibid., p.510.

义即韵便属于推理所得的意义范畴,而来自词语含义曲折化之后的曲语自然也不例外。他说:“既然表示者与表示义没有区别,曲折表述便不复存在。因此,曲语为何不可与韵一道,归入推理的范畴加以理解?”(I.73)①

摩希摩跋吒把韵论派的“韵”(即暗示义)的观念概括为,韵是指与暗示者同时产生的、真实存在或非真实存在的暗示对象,其中无须回想暗示对象与暗示者的关系。他进而解释说,非真实的暗示对象只有一类,例如,阳光折射而产生彩虹。真实存在的暗示对象有三类,其中只有第三类适用于暗示义,而那不过是推理而已。换言之,从表示义获知暗示义不可能不意识到这两者之间存在必然联系,即不可能不回想暗示对象和暗示者的关系。对暗示义的认知也不可能与对表示义的认知同时发生,而是像从烟认知火那样存在着一种先后次序。因此,它只能是推理。

从烟推知火是印度古代逻辑推理(“比量”)的常用例举。正理派逻辑学家采用的是五支(宗、因、喻、合、结)推理论式。后来,佛教逻辑学家陈那将五支推理论式简化为三支(宗、因、喻)推理论式。无论是“五支”或“三支”,这种逻辑推理的要义,是通过认知与某种事物有必然联系(相随)的某种标志(相),认知某种事物(有相)。摩希摩跋吒认为表示义和暗示义之间的关系就是这种“相”和“有相”之间的推理关系,暗示义实际上是推理义。由此看来,以推理论来替代韵论的诗学主张,有着深厚的哲学背景。

摩希摩跋吒推理论的核心是以推理取代暗示即韵。除此之外,他与韵论派并无重大理论分歧。他跟韵论派一样,也承认味是诗的灵魂。他说:“如果味不叫做韵,彼此也就没有分歧。”(I.26)②他还说:“我们只是不赞成暗示是韵的生命的说法,而不涉及其他问题。”(III.33)③韵论派认为通过暗示获得的意义更有魅力,他认为通过推理获得的意义更有魅力。韵论派将暗示义分为本事、庄严和味三类,他也将推理义分为这三类。

《韵辨》第二章论述两种不合适,即情由、情态和不定情运用不合适的内在不合适,以及忽视表达重点、用语不统一、词序不规则、词语重复和重要遗漏五类语法修辞方面的外在不合适。摩希摩跋吒认为:“这里,确实存在人们说的两种不合适,一个以词为对象,一个以意义为对象。”(II)④这说明,内在不合适与意义即情味有关,外在不合适

① Mahimabhaṭṭa, *Vyaktiviveka*, p.144.
② Ibid., p.111.
③ Ibid., p.511.
④ Ibid., p.179.

与词即语法修辞有关。他在书中花了很大篇幅重点论述外在不合适。

《韵辨》第三章以《韵光》中引用过的四十首诗为例，说明欢增的韵实际上是摩希摩跋吒自己所推崇的“推理”（anumāna）。摩希摩跋吒是在具体批驳韵论派的主张和例证时逐步提出推理论的，这显示了他和欢增等人一样随破随立的诗学策略。

二、相关评价

在梵语诗学史上，推理论由来已久，摩希摩跋吒并不是首倡者。欢增在《韵光》第一章和第三章中就已分别对推理论进行评述和批驳。欢增论述词语暗示功能和逻辑推理之间的关系时指出，说暗示性是推理中的“相”（liṅga），理解暗示义就是理解推理中的“有相”（liṅgi），这是不对的。暗示者不同于推理中的相。总而言之，适用于推理领域之词的暗示性不同于韵。“在诗的领域，逻辑中的真理和谬误对于暗示义的认知不适用。用其他认知手段考察暗示功能会成为笑柄。因此，不能说所有一切对暗示义的认知就是对‘有相’的认知。”（III.33 注疏）①欢增这里的论述似乎提前反驳了后来企图以推理论取代韵论的摩希摩跋吒。欢增还写道：“因此，倾心韵论的人满怀激动，理所当然，其他人不应该怀着莫名的妒忌，指责他们的智慧受到污染。这样，已经驳斥韵不存在论者。韵确实存在。”（I.13 注疏）②

当然，摩希摩跋吒在书中集中探讨推理问题，仍然是有意义的。因为，推理问题实际上涉及文学理论中的形象思维和逻辑思维问题。形象思维和逻辑思维都可以通过语言文字表达，但在表达方式上是不同的。印度古代逻辑推理的表达方式是“五支”论式或“三支”论式。这种推理论式很难直接套用在文学创作和欣赏上。实际上，推理论者也不会这样读诗。正因如此，摩希摩跋吒将这种有别于通常的“五支”或“三支”论式的特殊推理方式称作“诗推理”（kāvyānumiti）。自然.我们不必绝对排除读者在诗歌欣赏中含有推理因素，尤其是简化了的推理因素。应该说，除了比较费解的诗歌之外，读者欣赏过程中的推理因素是不自觉的，不占主导地位。读者凭借诗人提供的意象和自己的直觉经验，很快就能领悟诗中的暗含义。读者从诗中获得的艺术美感主要来自诗中以味为主的感性内容及其巧妙的暗示手段，而不是纯理性的推理。再者，文学作品服从的是审美规律而非逻辑规范，它追求复义含混而非精确入微，文学作品的多义性与逻辑

① 黄宝生译：《梵语诗学论著汇编》（上册），第 322 页。

② 同上，第 242 页。

学中的缜密精确并不完全相容[①]。

显然,与诗歌推理论相比,韵论更符合文学的本质和特征。摩希摩跋吒的推理论在梵语诗学史上没有实质性的影响。因为韵论的观念深入人心,摩希摩跋吒在后期梵语诗学家中没有获得支持者。现存唯一一部《韵辨》注释是12世纪鲁耶迦未完成的《韵辨注》,而注释者的观点也是批驳推理论的。14世纪的毗首那特也认为:"推理不能唤醒暗示的味等等;由于原因不可靠,对味等等的认知也不是回忆。"(V.4)[②]

不过,推理论对于韵论的挑战丰富了梵语诗学探讨的内容,这一点应该给予充分的肯定。因此,20世纪早期两部同时出现的《梵语诗学史》都给摩希摩跋吒留下了论述的空间。迦奈高度评价《韵辨》:"他的著作是诗学文献巨著之一,值得人们把它从毫无道理的被遗忘的命运中拯救出来。他的著作充满出色的论辩,展示了睿智博学、逻辑缜密、批评严谨和洞见深刻的一面。"[③]当代印度学者认为:"如果说《韵光》的伟大在于它发现了暗示义的重要性,那么,《韵辨》的伟大在于,它首次尝试理解我们获得暗示义的程序背后的心理逻辑。"[④]这位学者还说:"《韵辨》是揭示诗歌欣赏背后的逻辑的重要尝试。它肯定读者参与欣赏的必要性。"[⑤]

综上所述,摩希摩跋吒继承前人的思想路径,将逻辑领域的抽象思维与文学领域的形象思维相结合,开拓了文学理论的新视野。从历史角度看,古代东、西方文明世界均存在文学形象思维与哲学、逻辑抽象思维交相辉映的情况。再从比较诗学意义上说,文学理论与哲学思辨、逻辑推理之间的关系,不仅是印度古典文论思考过的历史命题,也是其他古代文论家不同程度涉猎过的重要论题。因此,摩希摩跋吒运用推理说对韵论进行辩驳的历史意义值得探索,他的著作值得译介,也值得从比较诗学的跨文化视角进行研究。

实际上,韵论和推理论的分歧涉及文学理论的形象思维和逻辑思维(亦即抽象思维)问题。这在西方诗学发展史上也曾经出现过,但它并非以论战的方式出现,而是在很多诗学家、美学家或哲学家的自发探讨中形成的。

在18世纪的意大利历史哲学家维柯那里,诗的基本特点是想象。关于想象和推理

---

① 此处论述参阅黄宝生:《印度古典诗学》,第383－384页。

② 黄宝生译:《梵语诗学论著汇编》(下册),第926页。

③ P. V. Kane, *History of Sanskrit Poetics*, p.254.

④ C. Rajendra, *A Study of Mahimabhatta's Vyaktiviveka*, Calicut: University of Calicut, 1991, p.197.

⑤ Ibid., p.202.

的差别,他认为:“推理力愈弱,想像力也就愈强。”[①]维柯还说:“诗的语句是由对情欲和情绪的感觉来形成的,这和由思索和推理所造成的哲学的语句大不相同。哲学的语句愈上升到一般,就愈接近真理,而诗的语句则愈掌握个别,就愈确实。”[②]客观地看,维柯的思路与欢增和曼摩吒等人一致。他们都正确地区分了文学想象的形象思维和概念推理的抽象思维之间的不同特点。不同的是,维柯对形象思维和抽象思维的对立过于绝对化,他把诗与哲学的对立绝对化了。另外,欢增等人是在文学想象和因明逻辑之间谈论想象与推理的问题,而维柯则是借文学想象和哲学思辨的差别来探讨同样的主题。例如,维柯认为:“诗人可以看作人类的感官,哲学家可以看作人类的理智。”[③]摩希摩跋吒和曼摩吒等人关于韵和推理的争论结果是,韵论彻底占了上风,推理论从此销声匿迹。而维柯关于想象力和推理力的比较分析由于从哲学思辨的角度进入,因此,他对西方诗学和美学的重要贡献之一就是,提出了所谓“想象性的类概念”,这是关于典型人物的一种独到看法,是恩格斯典型性格论的前奏。

总之,通过对东、西方关于文学想象与逻辑推理或哲学思辨差异的论述,我们发现,它们之间存在很多相似的地方。双方都强调文学性形象思维和抽象的逻辑思维是属于不同的思维方式。欢增等梵语诗学家强调两种思维的互补互利,而维柯和雪莱等人则多强调想象和推理相互冲突的一面。

第十一节 魅力论

“魅力”(camatkāra)也可译为“惊喜”,是带有浓厚情感色彩的一个审美范畴。“魅力”实际上已成为古典诗学意义上的心灵愉悦即“超俗欢喜”(alaukika ananda)的代名词,近似一种宗教性的精神愉悦,它强调文学作品给读者带来的一种“奇妙体验”,因此,将其译为“惊喜”不无道理。它与现代文艺心理学或文艺美学所探讨的某些主题较为契合。魅力论与前述的欢喜论既有联系,又有区别。联系在于它们均涉及情感等文学内部因素,区别在于魅力论的涵盖面更为广泛。

① 伍蠡甫、蒋孔阳编:《西方文论选》(上卷),上海:上海译文出版社,1979年,第535页。
② 转引自朱光潜:《西方美学史》(上卷),北京:人民文学出版社,1993年,第337页。
③ 同上。

魅力(惊喜)这一诗学范畴或文论概念是新护在注解婆罗多味论时首次使用的。新护的学生安主也接受了魅力这一诗学范畴,他在《诗人的颈饰》中认为,诗必须具有艺术魅力,否则不成其为诗。他把艺术魅力分为十种:“十种诗的魅力是:天然的可爱、酝酿的魅力、通篇魅力、部分魅力、词的魅力、意义魅力、词义魅力、庄严魅力、味的魅力和名人传奇的魅力等。”(III.2 注疏)①恭多迦在论述曲语这一诗学范畴时,也提到了近似于魅力的惊喜。他说:“一切优美的因素聚合,令知味者心中产生非凡的惊喜,这是诗的惟一生命。”(I.56)②他的曲语论在很大程度上也是以达成文学作品的最大魅力为旨归。

历史地看,系统论述魅力并将其视为最大限度地包孕各种文学要素的诗学家是14世纪的维希吠希婆罗·格维旃陀罗(Viśveśvara Kavicandra)。他的代表作是《魅力月光》(Camatkāracandrikā)共分八章,其中的某些内容带有虔诚味论色彩。有人评价说:“格维旃陀罗的诗定义和诗分类具有相当的原创性。他与世主的诗分类并无本质差异。他的魅力分类预示着世主的相关观点。他是最早引用《奥义书》的权威文本论证味的存在的人。”③在梵语诗学发展史上,格维旃陀罗第一次以魅力作为标准评价文学创作的技艺高下。他对诗的定义,对文学本质特征的看法都与此相关。

格维旃陀罗认为:“前辈们的教诲一般都精深微妙,追随他们的今人可以超越既有的典范。”(I.47)④这暗示他必将努力超越前人,创建自己的一家之言即魅力说。他将诗即文学作品视为“魅力十足的语言和意义”。(I.11)⑤他认为,文学作品之所以具有魅力,与诗德、风格(vṛtti)、味、词语组合方式(rīti)、成熟(pāka)、妥帖(śāyya)和庄严等七种要素关系密切。

格维旃陀罗在《魅力月光》开头指出:“语言意义的身体光彩照人,以味为生命,诗德闪耀,风格和词语组合方式感人至深。走向妥帖与完美,各种有味的庄严明艳动人,到处不见诗病踪影。少女一般的诗性灵魂高洁,遍体散发成熟气息。”(I.2)⑥这几句话

---

① Paṇḍit Durgāprasāda & Kāśīnāth Pāṇḍurang Parab, ed. *Kāvyamālā*, Part IV, Bombay: Nirṇaya Sāgar Press, 1937, p.157.

② 黄宝生译:《梵语诗学论著汇编》(上册),第559页。

③ Viśveśvara Kavicandra, *Camatkāracandrikā*, "Introduction", by P. Sriramamurti, Waltair: Andhra University, 1969, LX.

④ Ibid., p.7.

⑤ Ibid., p.2.

⑥ Ibid., p.1.

巧妙地把七种魅力因素都囊括在一起。他的核心观点之一即文学功能说是:“诗的目的在于教导人们遵守仪轨,这一教导魅力十足,让人印象深刻,颇受启迪。诗德、风格、味、词语组合方式、妥帖、成熟与庄严,这些魅力因素使智者心中充满欢喜。智者说诗德等七种因素是诗的魅力之源。它们的共同特征在于让诗句优美动人。”(I.6－7)①他还把魅力和诗人的创作活动联系起来:“诗人的所为,目的在于不断追求世俗的成就,他以此亲身体验魅力。”(V.34)②

格维旃陀罗提到的七种魅力因素基本上涵盖了重要的梵语诗学命题,如诗德、庄严、味等等。他对另外几种魅力因素的含义分别进行说明。例如:“词语组合方式(rīti)指词如何组合。辩士说,rīti 来自表示运动的词根 rīṅ。词特殊的组合与排列就是所谓词语组合方式。它包括四种: 无复合词、中等复合词、超长复合词及混合类复合词。”(IV.27－28)③欢增认为,词语组合方式分为无复合词、中等复合词和长复合词三类。格维旃陀罗只不过对此作了一些调整罢了。格维旃陀罗所谓风格(vṛtti)来自《舞论》中的四种戏剧表演风格。他对此进行扩充改编,变为一般文学意义上的六种风格。他对此一一说明:“艳美风格指词义柔和。刚烈风格指音和义成熟完美。雄辩风格指意义柔和间杂完美。崇高风格指意义成熟完美兼带柔和。中等艳美风格指意义柔和并希望兼有完美。中等刚烈风格指意义完美但并不十分柔和。”(IV.32－37)④所谓成熟是指:“对作品中语言的成熟完美的充分品味。根据复合词它分为柔和和刺耳两类。”(IV.38)⑤所谓妥帖是指:“诗中词语互换也彼此合适。诗中不同地方可用不同词语。”(IV.39)⑥

综上所述,所谓风格、词语组合方式、妥帖、成熟乃至诗德和庄严等六种魅力因素均指向作品的语言。作品魅力几乎就是语言魅力的代名词而已。放在梵语诗学的历史语境和理论逻辑中观察,这种语言魅力说又是十分自然和妥帖的。追本溯源的话,“成熟”是伐摩那在 8 世纪时提出的诗学概念:“诗中的词语运用得当,其他词语无以替代,娴熟运用词语者称其为成熟。”(I.3.15 注疏)⑦后来,王顶也谈到了成熟这个概念。维

① Viśveśvara Kavicandra, *Camatkāracandrikā*, p.2.
② Ibid., p.96.
③ Ibid., p.72.
④ Ibid., pp.75－77.
⑤ Ibid., p.77.
⑥ Ibid., p.79.
⑦ Ibid., p.34.

底亚那特的《波罗多波楼陀罗名誉装饰》在论述诗歌要素的有机融合时涉及成熟和妥帖。格维旃陀罗继承了前人思想,他强调七种魅力因素的完美配合给诗即文学作品带来的审美效应。他说:“七臂一体的诗如同王朝帝国闪耀光芒。七种因素因此指点迷津,我的智慧带来欣喜。”(I.9)[①]“七臂一体”意指七种魅力因素的综合运用。

七种魅力因素包括了味。这是其中唯一涉及情感的非语言因素。他将味视为诗的灵魂或生命活力(rasamayaprāṇā)。格维旃陀罗似乎接受了楼陀罗跋吒在《艳情吉祥痣》中的某些思想,他说:“即使有诗德和庄严等等,如果缺乏情味,诗就如同夫妇之间没有爱情(anurāga),怎能使人诵读随喜(anumodate)?”(V.10)[②]这个句子中还包含了艳情双关,因为以夫妻间的灵肉交融之乐比拟和戏说情味之显,是非常形象的。他还说:“仿佛亲证魅力四射、品尝那种超凡脱俗的东西,这就是味。诗有味就魅力十足,诗人也获得美名。经典中说味与梵并无二致,只有幸运者才能品尝到味。”(V.1－3)[③]欢增等人重视味之于文学创作和欣赏的重要意义,格维旃陀罗继承了这一思想。他认为:“只有诗中语言充满情味方可诱人。”(V.8－9)[④]在各种味中,格维旃陀罗尤其推崇艳情味,他打比方说:“酸甜苦辣等味道中,甜受所有人推崇。滑稽味等各种味中,艳情味应该是柔和的味王(rasarāja)。”(V.6)[⑤]这种对艳情味的格外推崇,与当时一些诗学家对虔诚味的高度重视有关,也与虔诚文学的发展密不可分。虔诚味论的一个重要内容是推崇文学作品中呈现的有关毗湿奴等大神的艳情味。

格维旃陀罗还依据自己的魅力说,结合韵论派的基本观念,对文学作品进行分类。这一点将在后边提及。

格维旃陀罗的魅力说对世主重视魅力或超俗愉悦的诗学观似有直接启发。在世主心目中,美、愉悦和魅力三者是一致的。他指出:“超俗性是根本的特征。它具有快感,由知觉体验,与魅力同义。这种快感的原因是想象,以持续不断的思考为特征……诗是传达能产生魅力的、想象领域的意义的言词。”[⑥]世主的魅力说与其味论观关系密切,例如:“诗的本质是产生魅力,这决定了它赋予想象领域令人愉悦的意义。诗的目的在于

---

① Viśveśvara Kavicandra, *Camatkāracandrikā*, p.2.

② Ibid., p.82.

③ Ibid., p.81.

④ Ibid., p.82.

⑤ Ibid., p.81.

⑥ 转引自黄宝生:《印度古典诗学》,第 412 页。

产生自己的独特魅力，因为诗表达令人愉悦的意义与产生魅力息息相关。"[①]

作为虔诚味论的先行者之一，《魅力月光》论述的"魅力"，似乎带有几许浓厚而艳情的宗教哲学气息。这预示着印度中世纪时期的虔诚味论必将迎来更多的经典阐释者。品尝超凡味，就是与大神毗湿奴合一的最高境界。达到这种宗教境界也就是获得魅力或惊喜的神奇效果。

综上所述，格维旃陀罗以魅力说统摄诗即文学作品的基本特征，这与恭多迦以曲语全面探讨文学创作的特性、与安主以合适深入洞察文学创作的规律有异曲同工之妙。欢增、新护、恭多迦、安主、摩希摩跋吒和曼摩吒等所在的克什米尔曾经因其杰出的诗学建树而名垂印度文论史，格维旃陀罗所在的安德拉邦也由于梵语诗学家人才辈出而被后人称为"印度南方的克什米尔"[②]。格维旃陀罗和世主等人堪称"印度南方的克什米尔"的杰出代表。历史地看，格维旃陀罗的《魅力月光》对后世影响较小，只有世主的魅力说曾经受到他的影响。《魅力月光》的影响在当时似乎没有超出现在的安德拉邦泰卢固语地区。但是，格维旃陀罗没有简单地因袭前人，而是将此前的各种诗学要素有机地融入自己的魅力说，他还别具一格地将字母神力说引入诗学论述中。"作为诗学家，格维旃陀罗为梵语诗学做出了某种原创性贡献，他在晚期梵语诗学家中地位显赫。"[③]

第十二节　诗 德 论

"诗德"(guṇa)是印度古典诗学一以贯之的重要范畴之一。纳根德罗将它译为：quality[④]。也有学者将其译为 excellence 等。主要由于梵语基本上不再作为当代印度作家的创作语言，这一范畴在诗歌鉴赏和批评中的运用价值大打折扣，但其在梵语诗学中的发展轨迹仍然值得探索，因为它是风格论的重要元素之一，也是风格论沉浮兴衰的重要见证。

---

① Jagannātha, *Rasagaṅgādhara*, p.5.

② Viśveśvara Kavicandra, *Camatkāracandrikā*, "Introduction", by P. Sriramamurti, Waltair: Andhra University, 1969, XVII.

③ Pandiri Sarasvati Mohan, *The Camatkāracandrikā of Viśveśvara Kavicandra: Critical Edition and Study*, Part 1, Delhi: Meharchand Lachhmandas, 1972, p.174.

④ Nagendra, *A Dictionary of Sanskrit Poetics*, p.61.

婆罗多将戏剧表演分为语言、形体、真情和装饰四类。《舞论》第十五至十九章论述戏剧语言。其中第十七章所论述的诗德、诗病和诗相，为此后的梵语诗学著作纷纷采纳和利用。

婆罗多所论述的十种诗德包括：紧密(śliṣṭa)、清晰(prasāda)、同一(samatā)、三昧(samādhi)、甜蜜(mādhurya)、壮丽(ojas)、柔和(saukumārya)、易解(arthavyakti)、高尚(udātta 或 udāra)和美好(kānti)。以紧密为例："词语结合紧密，经过思索，意义自然明了，这称为紧密。词语按照愿望的意义互相紧密结合，这称为紧密。"(XVII. 97－98)[①]再以柔和为例："词音顺口，连声严密，意义柔美，这称为柔和。"(XVII.104)[②]这些诗德和各种庄严主要与戏剧表演有关，大意是指演员必须使用合格或精彩的语言，以达到顺利沟通现场观众的艺术目的。婆罗多说："词音和词义柔和优美，不晦涩，智者和民众都能理解，配有舞蹈，以各种味开路，合理安排关节，这样的戏剧适宜向世间观众演出。"(XVII.123)[③]

作为梵语诗学独立发展早期阶段的代表人物，婆摩诃并不重视诗德，没有将其与风格联系起来论述。他把诗德纳入庄严的范畴，视为修饰诗歌的手段之一。他提到三种诗德：甜蜜(mādhurya)、清晰(prasāda)和壮丽(ojas)。他没有具体论述三种诗德，但从其强调诗不应使用过多复合词来看，他还是倾向于较少使用复合词的甜蜜和清晰两种诗德。

作为梵语诗学风格论的开创者，檀丁不仅重视庄严和诗病，也重视诗德。他似乎是第一个将诗德视为风格基础的梵语诗学家，因此将诗学意义和戏剧学意义上的诗德区别开来。他的诗德主要指诗的语言特色或风格因素，但又被纳入广义的修辞方式(即广义的庄严)。不同的诗德对应于不同的风格。檀丁将风格分为维达巴风格和高德风格两种。他把风格和诗德联系起来，认为诗德是区分风格的主要因素。他从音韵和意义表达的角度，列举了十种诗德：紧密、清晰、同一、甜蜜、柔和、易解、高尚、壮丽、美好、三昧。"相传这十种诗德是维达巴风格的生命，而高德风格通常显示出与它们相反。"(I.41－42)[④]檀丁的十种诗德概念完全来自婆罗多《舞论》，但在论述的顺序上略有差异，论述的内容则有或多或少的出入。从檀丁对十种诗德的论述看，紧密、同一与柔和

① 黄宝生译：《梵语诗学论著汇编》(上册)，第 73 页。

② 同上。

③ 同上，第 74 页。

④ 黄宝生译：《梵语诗学论著汇编》(上册)，第 157 页。

属于词音范畴,甜蜜兼有词音和词义,其他各种诗德则属于词义范畴。檀丁认为这十种诗德是维达巴风格的特征。但其中,易解、高尚和三昧与高德风格是共同的。甜蜜、壮丽和美好与高德风格基本一致,只是甜蜜中的谐音方式、壮丽中的复合词使用程度和美好中的夸张程度有所差别。紧密、清晰、同一与柔和则与高德风格相反。因此,维达巴风格可视为一种清晰、柔和、优美的语言风格,高德风格近似于繁缛、热烈、富丽的语言风格[①]。如此看来,离开诗德谈风格便成为"无米之炊",诗德的重要性由此可见。

伐摩那在《诗庄严经》中确定了诗德和庄严在诗艺中的地位和功能。他说:"诗德是组成诗美的要素,而庄严是强化诗美的因素。"(Ⅲ.1.1－2)[②]他还强调说:"诗德是永恒不变的。缺乏诗德,无法产生诗美。"(Ⅲ.1.3 注疏)[③]这就是说,庄严是暂时的,诗德的生命力更为持久,唯有具备诗德才具备诗美。这说明,伐摩那虽然提出庄严是美的命题,但实际上更为倚重诗德。这是构建和完善风格论的基础。伐摩那之所以倚重诗德,是因为他视庄严为转瞬即逝的身体一般,而诗德因与风格相联系,则不是这样。他和檀丁一样,也提出十种诗德,但不同的是,他进一步将每种诗德分成音德和义德,这样就成为二十种诗德。他的十种音德是:壮丽、清晰、紧密、同一、三昧、甜蜜、柔和、高尚、易解、美好。伐摩那论述的十种义德名称和顺序与音德完全相同。虽然伐摩那和檀丁的诗德名称相同,但他对十种诗德的阐释与檀丁有很多出入。他把诗德分为音德和义德两个系列,更扩大了两人之间的差异。虽然,伐摩那为了机械呆板地凑足两套诗德的数量,在音德和某些义德论述上显得牵强含混,但是,他敏锐地意识到诗德由音韵和意义表述两个方面的特征构成,这是一个进步。此外,伐摩那还认为,诗的灵魂是风格,而风格的灵魂是诗德。这就将诗德的地位提升到一个全新的境界,以后的梵语诗学家似乎并未赞同这一立场。

在伐摩那之后,梵语诗学家在两个方面继续探讨诗德这一范畴,其内涵遂得以充实,其外延逐渐扩大。

先说诗德内涵的充实。以楼陀罗吒为例,他提到了般遮罗、罗德、高德和维达巴四种风格。他依据复合词多寡而非诗德论述风格。他从句义表达的角度论述诗德,认为句子中的词语如有优美、清晰、细密等特点,就是词德。

欢增是较早论述诗德与庄严区别的人,他还从味和韵的角度对诗德的性质作出新

---

① 此处介绍参阅黄宝生:《印度古典诗学》,第 290 页。

② Vāmana, *Kāvyālaṅkāra-sūtra*, pp.82－83.

③ Ibid., p.84.

的解释。他说:“诗德依附那种表现为味等等的主要意义,如同勇敢等等。而庄严依附表现为表示义和表示者的那些肢体,如同手镯等等。”(I.6 注疏)[①]关于庄严,他说:“庄严是味的魅力因素,如同外表的装饰美化人体。”(I.17 注疏)[②]由此可见,在欢增这里,诗德的重要性似乎盖过了庄严。

关于诗德和庄严的区别,曼摩吒认为:“诗德是主要者味的属性,犹如勇气等等是灵魂的属性,有强化的作用和稳定的状态。有时,谐音和比喻等等庄严如同项链等等,通过构成部分辅助其中存在的味。”(VIII.66－67)[③]这说明,曼摩吒的诗德观受到了欢增的直接影响,因为他也持诗德比庄严更为重要的立场。

波阇的诗学出发点是广义的庄严论,即认为诗德、庄严、风格和味都是美化诗的因素。他认为:“即使有庄严,缺乏诗德,诗也不悦耳中听。对于有诗德的诗和有庄严的诗而言,有诗德的诗更重要。”(I.54)[④]这显示,波阇和欢增、曼摩吒的诗德观相差无几。

世主介绍了伐摩那提出的十种音德和十种义德,但他将传统的十种诗德归纳成甜蜜、壮丽和清晰三种诗德。他认为这三种诗德分别具有溶化、扩张和遍布的精神功能。它们不仅与味有关,也与词音、词义和词语组合方式有关。如此看来,世主将诗德视为文学作品中独立存在的魅力因素。

接下来看看诗德的外延扩展情况。

《火神往世书》第 345 章论述音德、义德和音义诗德等三类诗德,这也是梵语诗学史上最早出现的诗德三分法,扩大了诗德的外延,自然也同时丰富了诗德的内涵。该章开头便说:“使诗显得格外优美的是诗德,它分为一般诗德和特殊诗德两类。”(CCCXLV.1－3)[⑤]这种将诗德分为一般的和特殊的两类的做法,也是前所未有的。具体说来,《火神往世书》论及七种音德(实际论述中还提到壮丽),即:紧密(śleṣa)、流畅(lālitya)、沉郁(gāmbhīrya)、柔和(saukumārya)、高尚(udāratā, audārya)、纯洁(sati)、合适(yaugikī)。它所论述的六种义德是:宁静(mādhurya)、亲证(samvidhāna)、轻柔(komalatva)、高尚(udāratā)、繁复(prauḍhi)、同一(sāmayikatva,似同于婆罗多的

---

① 黄宝生译:《梵语诗学论著汇编》(上册),第 250 页。

② 同上,第 255 页。

③ 黄宝生译:《梵语诗学论著汇编》(下册),第 723 页。

④ Bhoja, *Sarsvatī-Kaṇṭhābharaṇam*, Vol. 1, New Delhi: Indira Gandhi National Centre for the Arts, 2009, p.52.

⑤ Suresh Mohan Bhattacharyya, ed. *The Alaṅkāra Section of the Agni-puraṇa*, Calcutta: Firma KLM Private Ltd., 1976, p.175.

samatā)。它还论述了六种音义诗德：清晰(prasāda)、美好(saubhāgya,似同于婆罗多的kānti)、罗列(yathāsaṃkhya,这是婆摩诃提到的一种庄严)、赞美(praśastatā)、成熟(pāka)、色彩(rāga)。该章并未提及婆罗多的三昧和易解两种诗德。

波阇认为:"诗人们一致认可,诗德有三类：外部诗德、内部诗德,特殊诗德。外部诗德即音德,内部诗德即义德,特殊诗德为何不是可转化为诗德的诗病?"(I.55－56)①这种诗德三分法将诗病纳入考察视野,显示诗德的外延得到延伸,内涵更加丰富。不过,在波阇之后,梵语诗学家对诗德的外延未加延伸。

作为诗学概念的诗德还被一些艺术论者采纳,由此进入梵语艺术学论著中。这便是所谓"画德"和"乐德"的概念。例如,《毗湿奴法上往世书》中的"画经"第43章将诗德巧妙地转化为八种"画德"(citraguṇa):"构图均匀,比例均衡,运用垂线,柔美可爱,细致微妙,生动逼真,略之有法,增之有度,这些被称为画德。"(XLIII.17－20)②17世纪的普罗娑达摩·密湿罗(Puroṣottama Miśra)在其《乐歌那罗延》中,提出了乐德(gītaguṇa)的概念。

综上所述,随着韵论、味论的不断发展,梵语诗学家和艺术论者对于诗德的讨论虽然仍在继续,欢增、波阇、曼摩吒和世主等人对于诗德的地位不断地有意拔高,但却无法遮蔽诗德乃至它赖以生存的风格论地位逐步下降的历史事实。当然,考虑到诗德作为梵语诗歌的重要审美因素,它几乎进入过每一部综合性诗学著作的论述视野,对于它的研究和思考自然不能忽视。

第十三节　诗 病 论

"诗病"(doṣa)是与诗德相辅相成的重要范畴,纳根德罗将它译为：poetic defect③。有的学者也将其译为blemish等。该词的梵语原义是错误或缺点。檀丁在《诗镜》中指出:"因此,哪怕是诗中微小的瑕疵,也不容忽视。尽管身体美丽,有了一点麻风白斑,

① Bhoja, *Sarsvatī-Kaṇṭhābharaṇam*, Vol.1, p.52.

② Parul Dave Mukherji, ed. *The Citrasūtra of Viṣṇudharmottarapurāṇa*, New Delhi: Indira Gandhi National Centre for the Arts, 2001, p.246.

③ Nagendra, *A Dictionary of Sanskrit Poetics*, p.53.

也令人嫌弃。”[①]这说明梵语诗学家对诗病将投入更多的时间进行思考。婆摩诃、欢增、曼摩吒和毗首那特等人的相关论述说明了这点。

一、早期诗病论的基本内容

与诗德的起源相似，诗病的概念也来源于《舞论》关于戏剧语言的相关论述。婆罗多提出了十种诗病：意义晦涩（gūḍhārtha）、意义累赘（arthāntara）、缺乏意义（arthahīna）、意义受损（bhinnārtha）、意义重复（ekārtha）、意义臃肿（abhiplutārtha）、违反正理（nyāyādapeta）、诗律失调（viṣama）、缺乏连声（visandhi）、用词不当（śabdacyuta）。从数量上看，这十种“诗病”与诗德恰好吻合。从内涵看，十种诗病大致涉及诗律、语法、因明和语义等四个方面的问题。例如：“不合逻辑，这称为违反正理。违反格律，这称为格律失调。词与词之间不按照连声规则黏合，这称为缺乏连声。不合语法，这称为用词不当。”（XVII.93－94）[②]婆罗多的诗病论可视为梵语诗学诗病论的形成期。

在梵语诗学独立发展的早期阶段，婆罗多诗病论是诗学家们赖以阐发诗病的理论基础。这以婆摩诃和檀丁等人为典型。

如果说庄严是构成诗之魅力因素的话，诗病就是对魅力的破坏。如何正确运用庄严和规避诗病，是创作优秀诗歌的重要问题。婆摩诃指出：“正如花匠懂得怎样制作优美的花环，选择芳香的奇葩，剔除常见的野花，知道这朵花缀在这里，那朵花缀在那里，从而鲜艳夺目，在写诗时，也应该精心安排词语。”（I.59）[③]这表明他既重视正确运用各种修辞手法，也注重修辞不当的问题。他以相当篇幅论述诗病。婆罗多提到的十种诗病及其释义，大都为婆摩诃所采纳。具体地说，婆摩诃在《诗庄严论》第一章中论述了十种诗病：费解（neyārtha）、难解（kliṣṭa）、歧义（anyārtha）、模糊（avācaka）、悖谬（ayukti）、晦涩（gūḍaśabda）、难听（śrutiduṣṭa）、庸俗（arthaduṣṭa）、组合不当（kalpanāduṣṭa）、刺耳（śrutikaṣṭa）。《诗庄严论》第四章论述了另外十种诗病：意义不全（apārtha）、意义矛盾（vyartha）、意义重复（ekārtha）、含有疑义（sasaṃśaya）、次序颠倒（apakrama）、用词不当（śabdahīna）、停顿失当（yatibhraṣṭa）、诗律失调（bhinnavṛtta）、缺乏连声（visandhi）、违反地点（deśavirodhi）、时间（kālavirodhi）、技艺（kalāvirodhi）、人世

① 黄宝生译：《梵语诗学论著汇编》（上册），第154页。

② 同上，第72－73页。

③ 同上，第118页。

经验(lokavirodhi)、正理(nyāyavirodhi)和经典(āgamavirodhi),缺乏宗、因和喻[①]。《诗庄严论》第二章论述比喻时,还附带指出了七种喻病:不足(hīnatā)、不可能(asambhava)、词性不同(liṅgabheda)、词数不同(vacobheda)、不相称(viparyaya)、过量(adhikatva)、不相似(asadṛśatā)。

由此可见,婆摩诃不仅大大地拓宽了诗病的外延,也极大地丰富了诗病的内涵。他继承了婆罗多从语法、语义、因明和诗律等角度讨论诗病的传统,又颇有新意地注重从思想内容切入诗病的考察。有学者指出:"可惜,这一点没有受到后来的梵语诗学家充分重视。同时,对作品思想内容进行具体评价的批评方法也没有在后来的梵语诗学中获得充分发展。"[②]

檀丁在《诗镜》第三章论述十种诗病,其名称和定义与婆摩诃在《诗庄严论》第四章论述的十种诗病大体一致。"意义不全、意义矛盾、意义重复、含有歧义、次序颠倒、用词不当、停顿失当、诗律失调和缺乏连声,还有违反地点、时间、技艺、人世经验、正理和经典,智者们认为这些是应该避免的十种诗病。"(Ⅲ.125-126)[③]檀丁在论述每种诗病时,几乎都指出其例外的情况,即在什么情况下这一诗病不是诗病,有时则成为庄严或诗德,这一姿态显示其诗病观"富有辩证的灵活性"[④]。例如,关于喻病,檀丁指出:"词性或词数不一致,喻体不足或过量,只要不引起智者反感,就不构成喻病。"(Ⅱ.51)[⑤]关于用词不当,他指出:"用词不合语法规则,不为学者认可,这是用词不当。如果学者认可,则不是诗病。"(Ⅲ.148)[⑥]再如缺乏连声:"按照自己的意愿,故意不连声,这是缺乏连声。如果按照语法规则不连声,则不是诗病。"(Ⅲ.159)[⑦]整体看,檀丁的诗病论赶不上婆摩诃论述的内容丰富,但其前所未有的辩证观却令人耳目一新,这对后来的诗学家不无启示。例如,14世纪的小伐格薄吒在其《诗教》中论述了词病十六种,句病十四种,义病十四种。他的论述带有檀丁的辩证特色。他指出:"语言学规范和诗律学规范等的特色被抛弃,这是无相(nirlakṣṇa)。在模仿的情况下,它不是诗病。"(Ⅱ)[⑧]

① 此处的"违反地点、时间、技艺、人世经验、正理和经典,缺乏宗、因和喻"实为第十种诗病。
② 黄宝生:《印度古典诗学》,第235页。
③ 黄宝生译:《梵语诗学论著汇编》(上册),第221页。
④ 黄宝生:《印度古典诗学》,第283页。
⑤ 黄宝生译:《梵语诗学论著汇编》(上册),第168页。
⑥ 同上,第224页。
⑦ 同上,第225页。
⑧ Vāgbhaṭa, *Kāvyānuśāsana*, Bombay: Tukaram Javaji, 1915, pp.19-20.

在伐摩那看来，诗德是风格的灵魂，因此，他要求诗人力戒与诗德相反的诗病，避免损害诗德。与处理诗德相似，他把诗病也分为音病和义病。他还将音病分为词病和句病，将义病分为词义病和句义病。词病有五种：不合语法、刺耳、俚俗、使用经论术语和滥用垫衬虚词。词义病五种：僻义、费解、晦涩、粗俗和难解。句病三种：诗律失调、停顿失当和连声失当。句义病六种：意义不全、意义重复、含有疑义、悖谬、次序颠倒和违反地点、时间、人世经验、技艺和经典。伐摩那还论述了六种喻病：喻体不足、喻体过量、词性不同、词数不同、喻体不相似和喻体不可能。伐摩那前所未有地拓展了诗病的外延，如将诗病分为音病和义病，再将它们一分再分，从而建立了一个精致新颖的诗病论体系。这似乎可视为梵语诗学诗病论的第一个颇具规模且具某种科学色彩的体系。他的诗病分类和界定要比婆摩诃更加系统，对后来的梵语诗学家有着深刻的影响。

楼陀罗吒也论述诗病问题。他论述了用词不足、词义重复等六种诗病，并把诗病分为音病和义病两类。其中，音病包括词病和句病九种，义病包括不合逻辑、词义冷僻等九种。他还附带论述了四种喻病。在论述诗病时，楼陀罗吒继承了檀丁的辩证法，认为叙述者在进行必要模仿的情况下出现的几乎所有诗病，都可视为转化的诗德。

《火神往世书》第 346 章论述七类音病。它将音病分为违反语法（asādhutva）和意义不明（aprayuktatva）两种，再将前者分为庸俗等五种，将后者分为意义晦涩等三种。该章接着将义病分为缺乏动词、缺乏词格、缺乏连声、意义重复和连接混乱五种一般义病和十一种特殊义病。所谓特殊义病是指可以在某种条件下转化为诗德的诗病，如在动词可以省略的情况下，缺乏动词便不成为诗病。这种诗病转化为诗德的思想是对檀丁的继承。

可以看出，楼陀罗吒和《火神往世书》的作者基本上继承了婆摩诃、檀丁和伐摩那的诗病观，但也在某种程度上发展了诗病的概念。以上诸家的诗病观便是早期诗病论的大致面貌和历史轨迹。

二、成熟期的基本面貌

随着欢增时代的到来，韵论与味论逐渐占据了梵语诗学的核心位置，庄严论与风格论的地位逐步下降。在此背景下，虽然讨论诗病的语法、因明和诗律等视角依然存在，但其重要性似乎悄悄让位于审美情味的视角。换句话说，此前从音病、词病、句病和义病等角度论述的诗病体系，已经开始大量容纳从心理情感的内部因素所论述的味病。“至于味病，则是韵论派对传统诗病说的创造性发展。欢增在《韵光》中将味病称作味的障碍。"[1]这说明，诗病论的成熟期到来了。梵语诗学史的发展逻辑决定了这一点。由于成熟期的诗病论非常丰富，下边仅以欢增、曼摩吒等为代表对此进行简介。

欢增在《韵光》中很少论及婆摩诃与伐摩那等人所说的诗病，他只论述阻碍味形成的各种情形及对策，这便是味病论的雏形。他开创了诗病论的一个新领域，拓宽了梵语诗学家的考察视野。欢增说："刺耳等等诗病并非一成不变，这已经得到说明。各种例举表明，它们只是在以韵为灵魂的艳情味中应该避免。"（II.11）[2]这暗示，刺耳等诗病出现在以表示义为主或以艳情味为辅、以英勇味和暴戾味等其他味的诗句中，才会成为诗病。"可见，欢增尤其注重从味的角度考虑诗病。"[3]

关于有碍于味充分展现的各种情况即后来曼摩吒明确提到的"味病"，欢增认为："无论在一部作品或一首诗中，为了实现味等等，优秀的诗人应该努力避免各种障碍。纳入对立味的情由等等；详细描写离题的内容；不适当地停止和出现；已经饱满，依然不断刻画；行为不合适，这些造成味的障碍。"（III.17－19）[4]这便是欢增所谓五种"味的障碍"即味病的五类具体情况。欢增先指出规避味病的一条基本原则即确立主味："如果所要表达的味能站住脚跟，那么，这些障碍也可以不成为缺点，而成为陪衬或辅助。尽管作品中通常含有各种味，追求卓越的诗人应该确立一种主味。既定的味具有持久性，纳入其他的味，不会损害它的主导地位。正如一个目的贯穿作品，味也是这样，不会成为障碍。无论与主味对立或不对立的味，都不应该得到充分描写，这样就不会成为障碍。"（III.20－24）[5]然后，欢增还遵循檀丁等人的辩证逻辑，对"味的障碍"即味病进行了科学合理的思考。他说："与主味对立的味发生在同一对象身上，则成为障碍，而发生在不同对象身上，即使得到充分展现，也不成为缺点。即使对立的味发生在同一对象身上不构成错误，但紧密相连，那么，睿智的作者暗示这种味，应该在中间安插另一种味。甚至在同一句中的两种味，只要在中间插入另一种味，就能消除对立。"（III.25－27）[6]欢增还论述了味合适（rasaucitya）与否的问题。这似乎也可视为味病说的一种特殊形态。

曼摩吒是欢增的坚定支持者。他遵循欢增的味病论，将诗病分为词病、句病、义病

① 黄宝生：《印度古典诗学》，第403页。
② 黄宝生译：《梵语诗学论著汇编》（上册），第252页。
③ 黄宝生：《印度古典诗学》，第402页。
④ 黄宝生译：《梵语诗学论著汇编》（上册），第297页。
⑤ 同上，第299－304页。
⑥ 同上，第305－307页。

和味病四类。这可视为成熟期诗病论者对诗病外延所做的一种规范性表述,除了毗首那特等极少数人外,此后的诗学家大体都未超越这一范畴。曼摩吒对诗病的界定是:“诗病是对主要意义的损害。味和味所依托的表示义是主要意义。词等等与这两者有关,因此,诗病也与它们有关。”(VII.49)[①]

具体地说,曼摩吒指出的词病有十六种:刺耳、违反语法、不合惯例、缺乏意义、使用僻义、用词不当、滥用衬字、词不达意、三种用词不雅、词义含混、使用经论术语、俚俗、费解、出现在复合词中的难解、词义重点不明和含有歧义。

曼摩吒指出的句病有二十一种:音素不协调、词尾送气音 h 多次受损、词尾送气音 h 多次略去、连声失当、韵律失调、用词不足、用词过量、用词重复、优美减弱、结尾重复、属于上句的词进入下句、缺乏合理联系、遗漏必要的词语、词的位置不当、复合词用处不当、词句混乱、句中插句、违反惯用语、前后用词不一、词序不当和词的含义不合语境。

曼摩吒指出的义病有二十三种:不贴切、晦涩、矛盾、重复、次序失当、庸俗、含混、缺乏原因、违反常识、违反经典、缺乏变化、缺乏特指、无须特指、缺乏限制、无须限制、意义不全、词语位置不当、类比失当、违背原意、述语不当、定语不当、结尾重复和不文雅。

由此可见,曼摩吒对词病、句病和义病的归纳总结,基于婆摩诃和伐摩那等人的诗病说,但又做了最大限度的丰富和发展。曼摩吒和檀丁一样,以辩证客观的态度对待上述诗病。他说:“如果意义明确,缺乏原因不是诗病。凡出于模仿,都不算诗病。由于适合说话者等等,有时诗病成为诗德,有时既非诗病,也非诗德。”(VII.59)[②]例如,在乏味的情况下,词音刺耳既非诗德,也非诗病;在双关中出现不合惯例和使用僻义,不算诗病。

曼摩吒还归纳了十种味病:“直接使用不定情、味或常情的名称,情态或情由不明,情由、情态或不定情与味矛盾,反复加强,不合时宜,突然中止。喧宾夺主,忽略主要因素,违背人物性格,描写离题,这些是味病。”(VII.60－62)[③]他的味病在数量上突破了欢增的五种,其内容也有相应的调整或增加。

与处理词病、句病和义病的情况相似,曼摩吒也以欢增的辩证姿态对待味病。他认为,在一定情况下,上述味病可不视为味病。例如,关于第一种味病“直接使用不定情、味或常情的名称”,他指出:“有时,不定情使用自己的名称,不是味病。不定情等等存

① 黄宝生译:《梵语诗学论著汇编》(下册),第 665 页。
② 同上,第 707－708 页。
③ 同上,第 714－715 页。

在矛盾,但受到抑制,便成为诗德。”(VII.63)[①]他还指出,如果两种对立的味都处于附属地位,那就不成为味病[②]。

历史地看,曼摩吒的《诗光》是对诗病论的一次全面而成功的总结。他对婆摩诃、檀丁、伐摩那和欢增等人既有继承,也有发展,充分显示了韵论派在诗病论上的新建树。曼摩吒的诗病论对后来的毗首那特等诗学家产生了深刻的影响。

作为味论的支持者,毗首那特论述了词病、词素病、句病、义病和味病五类诗病,进一步拓展了味论的外延,但其内涵基本上依据曼摩吒等前人的诗病论,基本上没有创新。毗首那特指出:“诗病是味的削弱者。它们分成五种:存在于词中、词的构成部分中、句中、意义中和味中。”(VII.1)[③]这既体现了他继承前人的姿态,也体现了他一贯重视味的审美立场。毗首那特也采取辩证的姿态处理诗病问题。他说:“在模仿中,一切诗病不成为诗病。至于其他的诗病,智者们应该依据合适性确定其不成为诗病,成为诗德,或不成为这两者。不成为这两者指既非诗病,也非诗德。”(VII.31－32)[④]

值得指出的是,梵语诗学家大多先论诗病,再论诗德,这显示了他们对诗病的高度重视。例如,波阇的《辩才天女的颈饰》第一章先论诗病后论诗德,这似乎已经成为绝大多数综合性诗学著作的一种惯例。曼摩吒的《诗光》自然如此,维底亚那特、胜天、毗首那特等人的著作莫不如此。只有维迪亚达罗的《项链》和格维·格尔纳布罗的《庄严宝》等极少数著作例外,即先论诗德,后论诗病。

与诗德一样,诗病概念也进入了艺术论的话语范畴。例如,《毗湿奴法上往世书》第43章先论画病,再论画德。八种画病的特征是:“线条纤弱,线条粗厚,细节模糊,下巴过长,嘴唇过大,眼睛过宽,线条歪曲,色彩失配,这些被称为画病。”(XLIII.17－20)[⑤]再如,室利罡陀大约写于1575年的艺术论著《味月光》说:“有悖世事,违反经典,与时不合,意义庸俗,缺乏艺术,应该摒弃的重复冗余,这些就是乐病(gītadoṣa)。”(III.150)[⑥]可见,他将文论范畴运用到音乐领域。普罗娑达摩·密湿罗的艺术论著《乐

① 黄宝生译:《梵语诗学论著汇编》(下册),第718－719页。

② 上述关于曼摩吒诗病论的介绍,参阅黄宝生:《印度古典诗学》,第402－407页;同时参阅黄宝生译:《梵语诗学论著汇编》(下册),第665、683、697页。

③ 黄宝生译:《梵语诗学论著汇编》(下册),第1003页。

④ 同上,第1045页。

⑤ Parul Dave Mukherji, ed. *The Citrasūtra of Viṣṇudharmottarapurāṇa*, New Delhi: Indira Gandhi National Centre for the Arts, 2001, p.246.

⑥ Śrīkaṇṭha, *Rasakaumudī*, Baroda: Oriental Institute, 1963, p.56.

歌那罗延》提出了乐病、乐德和歌手病(gāyakadoṣa)的概念。

诗病论是梵语诗学百花园中的一朵奇葩。在中国古代文论中,也存在大量相似的消极修辞说,只不过它是以零散的方式存在,没有梵语诗学诗病论那样系统。在波斯古典诗学中,也有关于诗病的论述,涉及七种韵律方面的缺陷即"韵病"、意义方面的诗病和用词方面的诗病,似乎分别对应于梵语诗学的音病、义病和词病[①]。整体地看,波斯古典诗学的诗病说缺乏系统性。再看西方诗学。检视亚里士多德的《修辞学》,他已经表现出一些古希腊"诗病"说的痕迹。例如,他在该书第三章论述风格呆板时便认为,滥用双字复合词,滥用奇字,使用过长的或不合时宜的、过多的附加词,滥用隐喻字等,是其中四个原因。他说:"滥用外来词会产生粗劣难懂的作品。"[②]这近似于曼摩吒所谓的"词病"。遗憾的是,亚氏之后,延至现代,索绪尔、维特根斯坦、雅各布森、德里达、罗兰·巴特等与语言问题打过很深交道的诗学家或语言学家,对于诗病问题建树甚微。因此,印度学者认为:"西方作家和美学家也曾触及诗病问题,但它们并未将之系统化。"[③]换句话说,古希腊的诗病论种子未能在后来的西方诗学土壤中生根发芽、开花结果。论其原因,应该与一些西方诗学家更加重视哲理思辨、相对忽视或轻视修辞论的形式技巧分析有关。因此,诗病论似可视为梵语诗学对世界诗学最有特色的贡献之一。

正如前述,由于当代梵语诗歌创作的频率大大下降,梵语诗学诗病论的批评运用便显得捉襟见肘。窃以为,诗病论中的味病说似乎可用来评价当代诗歌、小说等唤醒读者审美潜印象的时间艺术,也可用来分析戏剧和电影等激发观众审美情味的空间艺术。这一点有待时间验证。

第十四节　诗相论

"诗相"(lakṣaṇa)似乎是印度古典诗学中最早出现但却最不受后世诗学家重视的文论范畴。从印度诗学发展史的角度看,《舞论》第十七章最有影响和价值的在于诗相、庄严、诗病和诗德。令人惊奇的是,庄严、诗病和诗德在梵语诗学独立发展后为各家纷纷采纳,而诗相则颇受诗学家们的冷落。

---

① 参阅穆宏燕:《波斯古典诗学研究》,第 312－320、535－536 页。

② 亚里士多德:《诗学》,第 156 页。

③ Angraj Chaudhary, *Comparative Aesthetics: East and West*, New Delhi: Eastern Book Linkers, 1991, p.181.

婆罗多在《舞论》中并未有意识地区分诗相、庄严和诗德等三个当时隶属于戏剧学的理论范畴，这是后来的梵语戏剧学家和诗学家对诗相莫衷一是、众说纷纭的基本原因[①]。

婆罗多列出的三十六种"诗相"如下：装饰（bhūṣaṇa）、紧凑（akṣarasaṅghata）、优美（śobhā）、例举（udāharaṇa）、原因（hetu）、疑惑（saṃśaya）、喻证（dṛṣṭānta）、发现（prāpti）、想象（abhiprāya）、例证（nidarśana）、解释（nirukta）、成功（siddhi）、特殊（viśeṣaṇa）、反讽（guṇātipāta）、突出（atiśaya）、联想（tulyatarka，或译"相似"）、集句（padoccaya）、描写（dṛṣṭa 或 diṣṭa）、点示（upadiṣṭa）、考虑（vicāra）、逆转（viparyaya）、失误（bhraṃśa）、调停（anunaya）、花蔓（mālā）、殷勤（dākṣiṇya）、谴责（garhaṇa）、推测（arthāpatti）、成就（prasiddhi）、提问（pṛcchā）、类似（sārūpya，或译"同样"）、意愿（manoratha）、机智（leṣa）、激动（kṣobha）、称颂（guṇakīrttana）、自明（anuktasiddhi）、赞词（priyokti）。

以第一种诗相即"装饰"为例，婆罗多的定义是："用许多庄严和诗德修饰，产生种种如同装饰品的奇妙意义，这称为装饰。"（XVII.6）[②]再如第二种诗相"紧凑"："用少量双关文字表达奇妙意义，这称为紧凑。"（XVII.7）[③]在对三十六种诗相一一界定后，婆罗多指出："以上列举了三十六种诗相，行家们按照需要，在诗中合适地运用。"（XVII.42）[④]自然，这里的"在诗中"指他心目中作为语言表演方式之一的戏剧诗。可以看出，上述名称各异、显得有些杂乱的诗相主要是指诗（戏剧中的诗）的"各种特殊表达方式，基本上属于庄严（即修辞方式）的范畴"[⑤]。

婆罗多在论述诗相后，接着论述了四种庄严。论述庄严后，他这样写道："诗作应该依据意义和作用，运用这些诗相。"（XVII.87）[⑥]由此可见，婆罗多似乎并未刻意区分庄严和诗相。他的论述似乎给人这样一种印象，庄严可视为诗相，或庄严也属于诗相。

在梵语诗学独立发展之后，庄严从婆罗多规定的四种发展到多种，而诗相的发展演变却完全不同。接下来看看婆罗多以后的几位梵语诗学家、戏剧学家对于诗相的归纳、阐释或扬弃。

① 本节关于婆罗多诗相论的介绍，参阅黄宝生：《印度古典诗学》，第 120－124 页。

② 黄宝生译：《梵语诗学论著汇编》（上册），第 69 页。

③ 同上。

④ 同上，第 70 页。

⑤ 黄宝生：《印度古典诗学》，第 123 页。

⑥ 黄宝生译：《梵语诗学论著汇编》（上册），第 72 页。

10世纪的沙揭罗南丁著有戏剧学著作《剧相宝库》,这一标题暗示了该书必将采纳"剧相"(nāṭakalakṣaṇa)这一经典的范畴概念。该书介绍了婆罗多的三十六种诗相,其名称和排序与《舞论》相同,其对各种诗相的解释也直接引述《舞论》。不同的是,沙揭罗南丁将婆罗多的十种"诗德"即紧密、清晰、同一、三昧、甜蜜、壮丽、柔和、易解、高尚和美好全部归入第一种诗相即"装饰"(bhūṣaṇa)里进行阐释。这既说明他充实了诗相的传统内涵,也说明婆罗多未区分诗德和诗相的姿态给后世学者的自由发挥预留了空间。

10世纪至11世纪的新护在《舞论注》中归纳了十种不同观点,如有的诗学家认为诗相是诗的身体,而庄严是身体的装饰;有的认为诗相是情节关节分支;有的认为诗相就是诗的本质特征。新护本人认为,诗相即诗作身体,即诗的表达方式。"诗相是诗本身的美,而庄严是附加的美。"①

关于婆罗多的三十六种诗相,14世纪的胜天说明了十种,但只有部分名称如优美和成功等来自《舞论》。胜天在《月光》中论述的诗相包括优美(śobhā)、意图(abhimāna)、原因(hetu)、阻止(pratiṣedha)、解释(nirukta)、虚拟(mithyādhyavasiti)、成功(siddhi)、合适(yukti)、结果(kārya)和伟大(bhūri)。其中,"合适"是波阇论述的二十四种音庄严之一。胜天对每种诗相进行定义后再举例说明,例如意图:"意图是指思考那些不可能变成现实的奇怪事物。如:假如月亮能如太阳般炽热,假如太阳能在夜间升起。"(III.3)②从胜天对十种诗相的论述和例举来看,诗相和庄严似乎可以混用。婆罗多以后,罕见诗学家们论述诗相。胜天在婆罗多论述诗相一千年后再次论及它,这对保存古典文化有着积极的意义。

14世纪的辛格普波罗在戏剧学著作《味海月》中,将《舞论》提到的三十六种诗相统称为"剧相"(bhūṣaṇa),并按照不太一致的顺序逐一介绍。辛格普波罗说:"正是情节关节和关节支的紧密结合,戏剧才得以成型。本事(vastu)得到装饰,就是三十六种剧相,戏剧的身体因而鲜艳动人。"(III.97－98)③他还认为:"有很多的诗德、庄严和语言,这是剧相。"(III.102)④这说明,他将诗相作为包含诗德和庄严的一种范畴。总之,婆罗多将 bhūṣaṇa(装饰)列为三十六诗相之首,辛格普波罗此处却以它代指所有剧相,

① 新护对诗相的介绍,参阅黄宝生:《印度古典诗学》,第121页。
② Jayadeva, *Candrāloka*, Varanasi: Chaukhamba Surbharati Prakashan, 2006, p.56.
③ Śiṅgabhūpāla, *Rasārṇavasudhākara*, Madras: Tha Adyar Library and Research Centre, 1979, p.366.
④ Ibid., p.367.

他的阐释说明,诗相的概念的确发生了历史的演变。

16世纪的阿伯耶·底克希多在《莲喜》中再次论及诗相,不过,他是把胜天论述的十种诗相中的三种即阻止(pratiṣedha)、解释(nirukta)、虚拟(mithyādhyavasiti)视为义庄严进行论述。这似乎说明,诗相隶属于庄严。

综上所述,诗相的发展演变的确匪夷所思或令人费解。其中的原因可以一位学者的话进行概括:"婆罗多论述的三十六种诗相中,有不少诗相与后来的庄严名称相同,尽管内涵存在不同程度的差异。也有一些诗相与后来的庄严名称不同,但内涵不同程度地相通。这说明在婆罗多时代,诗相比庄严更盛行。可是,诗相概念比较宽泛,与庄严界限模糊。所以,随着梵语诗学庄严论的发展,这些诗相或被诗学家摒弃,或经过改造,纳入庄严之中。"①

① 黄宝生:《印度古典诗学》,第123－124页。

第三章　诗学命题论

一般认为，诗学概念或范畴可以衍生或演化出许多诗学命题，中国古代文论如此，梵语诗学也是如此。有的学者在研究清代诗学时指出："清代诗学是中国古典诗学的宝库。清代诗学家之众多与诗学理论之丰富皆超越历代……诗学理论的基础是诗学概念、命题。"①上一章已对一些主要的诗学范畴进行了较为细致的梳理、分析，本章将就部分源自梵语诗学概念、范畴的重要诗学命题进行简要分析，以期进一步认识梵语诗学的概貌。这一举措在有的中国学者整理中国古代绘画理论时已有运用，如基于形、神、虚、实、似、造化等概念抽绎出"传神而已矣"、"外师造化，中得心源"、"虚实相生"、"山水以形媚道"等画论命题②。因此，本章也以此法尝试对梵语诗学体系进行抽绎和论述。需要说明的是，这些源自梵语诗学家笔下的诗学命题只是笔者思考的起点和支点，相关的论述往往超越了某一具体命题的实际内涵与外延。这自然是本书导论性质的基本要求，也是为了对相关命题进行更加深入而全面的探索，尽管这种探索仍是一种初步的尝试。

第一节　"诗是音和义的结合"

由于深受梵语语言学理论的影响，梵语诗学的某些命题直接源自语言学概念，如声音（śabda，或译"词"、"词语"）、意义（artha，或译"利益"、"财富"）等便触发了"音和义的结合"这一诗学命题。例如，婆摩诃在现存最早的梵语诗学著作《诗庄严论》中指出："诗是音和义的结合。"③一般认为，这是印度文论史上最早的诗亦即纯文学定义。这个定义显示了语言学对文学理论的影响痕迹。

婆摩诃等诗学家几乎毫无例外地在各自著作开头论及诗（或曰文学）的定义、功能

① 王英志：《清人诗学概念命题阐释》，载《宁波师院学报》（社会科学版）1992年第1期，第53页。

② 参阅杨铸：《中国古代绘画理论要旨》，北京：昆仑出版社，2011年。

③ 黄宝生译：《梵语诗学论著汇编》（上册），第114页。

（目的或功用）、成因和分类等方面的问题，这似可视为梵语诗学家高度程式化的文学总论或本体论。此处简略考察他们对诗的定义或对诗之特征的认识，这实际上涉及他们对“诗”即古代印度纯文学本质的认识，而这些认识又是围绕“诗是音和义的结合”、“诗是以味为灵魂的句子”等诗学命题而展开的。

在当代受马克思主义文艺观影响的一些学者看来，文学艺术从本质上看是“一种社会意识”。文学艺术的基本特点是“用形象反映社会生活”[①]。还有学者认为，文学首先必须是一个具备某种存在形态的语言文本。文学通过文本的中介联系着作者、世界、读者等各个维度，是凝聚审美经验的语言文本。人们如果从不同角度认识文学，就会得出不同的结论。例如：“文学是神的赐予，文学是情感的表现，文学是现实世界的模仿再现，文学是语言构成的材料，文学是直觉和本能欲望的表现，文学是一种艺术符号，文学是一种社会意识形态等等，不胜枚举。这些不同的本质认识都是对文学事实的认识的视点。”[②]美国文学理论家艾布拉姆斯（M.H. Abrams）在1953年出版的《镜与灯》一书中归纳了西方诗学从古至今观察和思考文学本质的四个理论要素，即作家、作品、世界和读者。流派众多的西方诗学大多可以由此四个要素或视点进行性质界定，这便形成了关于文学本质的模仿说、实用说、表现说和客体说等四种理论形态。“每一种本质说就是对文学事实的一个视点的根本性认识……从不同的角度去认识文学事实，就得出不同的关于文学本质的观点。”[③]

事实上，无论是哪一种文论体系，它都会在不同程度上对文学的本质做出自己的判断。印度古典诗学也是如此，它对文学本质的认识与中国、西方古典文论或诗学体系皆有差异。如以当代学者的眼光看，印度诗学的文学本质论更是特色鲜明。下边对此情况略作说明。

文学是语言构成的材料，这一文学本质观最初见于梵语诗学独立发展的早期阶段，并对后来的梵语诗学发展产生了深刻的影响。

婆摩诃指出：“诗是音和义的结合。”与婆摩诃同时代的诗学家檀丁指出：“他们指出诗的身体和装饰。身体是传达愿望意义的特殊的词的组合。”[④]这说明，诗由身体和装饰亦即语言和修辞手段的有机结合所构成。“传达愿望意义的特殊的词的组合”即

① 以群：《文学的基本原理》，上海：上海文艺出版社，1984年，第21、33页。
② 以上介绍，参阅阎嘉主编：《文学理论基础》，成都：四川大学出版社，2006年，第1－2页。
③ 阎嘉主编：《文学理论基础》，成都：四川大学出版社，2006年，第3页。
④ 黄宝生译：《梵语诗学论著汇编》（上册），第154页。

为诗的身体或形体,其实是指文学作品的语言组成,而“诗的庄严”则意味着文学作品必须以语言的美化、修辞的运用为基础。这似乎意味着檀丁对诗亦即纯文学本质的认识比婆摩诃更为清晰。

公元8世纪的伐摩那在《诗庄严经》中这样论述诗的本质:“所谓诗就是被诗德和庄严所修饰的音和义。”(I.1.1注疏)[①]伐摩那关于诗的定义仍然没有突破前人的模式,仍旧是围绕音和义做文章,但却比檀丁的定义增加了一个修饰成分即诗德。

波阇继承婆摩诃等人的观点,认为诗是音和义的结合,这种结合有十二种情形。其中四种是诗的结合,即无病、有德、有庄严和有味的音义结合,其他八种音义结合是语法的结合。“波阇的‘音义结合’(sāhitya)论含义很广。”[②]此处的“音义结合”也可译为“文学”。波阇在《辩才天女的颈饰》中贯彻了这种带有泛论色彩的诗学立场:“诗人所作的诗无诗病,有诗德,有庄严,有味,他会获得名声和快乐。”(I.1-3)[③]

曼摩吒的《诗光》给诗下的定义为:“音和义无病,有德,有时无庄严。”(I.4)[④]这里综合了庄严论和风格论中关于诗的定义。曼摩吒在论述庄严与诗的关系时认为,如果诗中没有味,那么庄严成为唯一的语言魅力。这说明味也不是诗和非诗的界限。论者指出,曼摩吒实际上是采用庄严论派公认的诗之定义:诗是音和义的结合,无诗病,有诗德,有庄严。作为韵论派的代表,曼摩吒给诗下的定义中没有涉及韵和味,不免令人困惑,但这样的定义自有道理。因为作为诗(即文学)的定义,应该具有“尽可能大的涵盖面”[⑤]。这显示曼摩吒与波阇的定义之间存在一种细微的差别。

雪月关于诗的定义和曼摩吒等人几乎如出一辙。他说:“诗是无诗病、有诗德、有庄严的音义结合。”(1.11)[⑥]

维底亚那特同样继承了曼摩吒等人的诗学观。他说:“通晓诗的智者认为,诗是音和义的结合,有诗德和庄严,无诗病,它分诗体、散文体和混合体。”(II.1)[⑦]

综上所述,婆摩诃、曼摩吒等人似乎将文学视为语言材料和隐含意义的有机化合

① Vāmana, *Kāvyālaṅkāra-sūtra*, p.3.

② Tapasvi Nandi, *Sahṛdayāloka: Thought-currents in Indian Literary Criticism*, Vol.1, Part 1, Ahmedabad: L.D. Institute of Indology, 2005, p.62.

③ Bhoja, *Sarsvatī-Kaṇṭhābharaṇam*, Vol.1, New Delhi: Indira Gandhi National Centre for the Arts, 2009, p.2.

④ 黄宝生译:《梵语诗学论著汇编》(下册),第600页。

⑤ 黄宝生:《印度古典诗学》,第401页。

⑥ Hemachandra, *Kāvyānuśāsana*, Bombay: Nirṇaya Sāgar Press, 1934, p.19.

⑦ Vidyānātha, *Pratāparudrayaśobhūṣaṇa*, Madras: The Sanskrit Education Society, 1979, p.30.

物。这种本质论的深层逻辑不难理解，例如，迦梨陀娑的《罗怙世系》第一章曾借赞美湿婆及其配偶而表达音义一体的宗教哲学思想："为掌握音和义，我敬拜波哩婆提和大自在天，他俩是世界的父母，紧密结合如同音和义。"(I.1)[①]

文学是神灵的产物，这一文学本质观也存在于梵语诗学中。它首先出现在梵语诗学的源头即婆罗多戏剧学著作《舞论》中，它的戏剧起源论蕴含了文学神赐说的因素。

《舞论》第一章这样叙述"戏剧吠陀"或曰"第五吠陀"的诞生过程：第一、第七摩奴时期都已过去，人类历史到达三分时代（世界由创造到毁灭须经历圆满、三分、二分和迦利时代等四个时期）。因陀罗为首的众天神对梵天说："首陀罗种姓不能听取吠陀经典，因此请创造另一种适合所有种姓的第五吠陀。"(I.12)[②]梵天答应后，开始运用瑜伽，苦心构思，创造所谓的"戏剧吠陀"。这便是戏剧神授或曰文学神授的观点，文学作品本质上属于神灵的产物。

婆罗多之后的少数梵语诗学家如王顶等坚持文学神授观，但绝大多数诗学家却与此拉开了距离。他们转而从语言、情感等世俗人文层面探索文学的本质。

文学是对现实世界的模仿再现，这种文学本质论也不同程度地见于《舞论》。在同一著作中出现文学神赐说与模仿说，这的确有些令人称奇。后文将论及这一点。

文学是情感的表现，这种文学本质论基本上贯穿了整个梵语诗学（戏剧学）发展史。其中最有代表性的当属婆罗多首先系统总结的戏剧味论和此后在梵语诗学中发展最为显著的诗学味论。

如果说上述各家关于诗的定义提及"义"时并未就其情感内涵加以清晰界定，那么，毗首那特的定义明确地改变了这一状况。他在《文镜》中指出："诗是以味为灵魂的句子。"(I.3)他解释说："味是灵魂，是精华，赋予诗以生命。缺少了它，也就被认为没有诗性。"(I.3 注疏)[③]毗首那特改变了传统的以"音和义的结合"给诗下定义的方式。这是因为，他是味论的继承者和发挥者，必然以味论观察诗的特性。论者认为，毗首那特的定义可有不同理解：一是带味的句子，即味存在于句子之中；二是句子具有激起味的能力。从毗首那特的整个文论思想来看，这个定义的含义应属于后者，但从句子逻辑意义看，应属前者[④]。无论如何理解，毗首那特的定义明确了文学作品负载情感意义的微

① 转引自黄宝生主编：《梵语文学读本》，黄宝生译，北京：中国社会科学出版社，2010 年，第 244 页。

② 黄宝生译：《梵语诗学论著汇编》（上册），第 36 页。

③ 黄宝生译：《梵语诗学论著汇编》（下册），第 816 页。

④ 倪培耕：《印度味论诗学》，桂林：漓江出版社，1997 年，第 207 页。

妙功能和独特优势。

另外两位诗学家即维希吠希婆罗·格维旃陀罗和世主对诗的定义各有特色,但仔细观察,他们仍然接续了毗首那特强调文学表现情感意义的审美之维。

维希吠希婆罗·格维旃陀罗的代表作是《魅力月光》,有的学者认为它可能写于1387年。"格维旃陀罗的诗定义和诗分类具有相当的原创性。"[①]在梵语诗学发展史上,格维旃陀罗第一次以魅力作为标准评价诗艺。他对诗的定义与此相关。他说:"通晓诗的智者认为,诗是魅力十足的语言和意义。"(I.11)[②]

世主的《味海》大约诞生于1641年至1650年之间。"《味海》是一部让人望而生畏的书。"[③]世主在书中提出"令人愉悦的意义"(ramaṇīyārtha)的概念,以此涵盖庄严、诗德、韵和味等诗歌要素,并以此定义诗(文学):"诗是赋予令人愉悦的意义的语词。"[④]ramaṇīya一词也可译为"愉悦"、"喜欢"、"快乐"、"快感"、"迷人"、"可爱"、"优美"或"魅力"等。这便暗示,世主的定义浸透了新护以来的味论因子,也显示了他对前辈诗学家的思想继承。论者指出,世主不同意曼摩吒和毗首那特的定义,认为曼摩吒将诗德和庄严纳入诗的定义,势必排斥缺乏庄严或诗德但具有暗示义的作品;而毗首那特将味纳入诗的定义,势必排斥以本事和庄严为主的作品。同时,世主也不同意诗是"音和义的结合"的传统说法。在世主心目中,美、愉悦和魅力三者是一致的。"这正如恭多迦用'曲语'囊括一切诗美因素。应该说,在梵语诗学家中,他们两人给诗下的定义比较聪明,具有最大的模糊性和涵盖面。"[⑤]世主的愉悦说(或曰快感说)与格维旃陀罗的魅力说相似,它显示世主对诗的定义受到了《魅力月光》的影响。究其实,此二人的文学本质论与毗首那特相去不远。

此外,还有一些诗学家在定义诗时,强调了诗人的创造性。这似乎是对上述各家文学本质论的一种有益补充。《庄严宝》的作者格维·格尔纳布罗生于1524年。他是忠实的毗湿奴教徒。他关于诗的定义是:"诗是诗人语言创造的结晶。因此,诗人的创造是美妙的。"(I.2)[⑥]他把诗视为诗人利用语言进行艺术创造的自然结晶,应该说把握了

① Viśveśvara Kavicandra, *Camatkāracandrikā*, "Introduction", by P. Sriramamurti, LX.

② Ibid., p.2.

③ Bijoya Goswami, *A Critique of Alaṅkāras in Rasagaṅgādhara*, Calcutta: Sanskrit Pustak Bhandar, 1986, p.2.

④ Jagannātha, *Rasagaṅgādhara*, p.4.

⑤ 黄宝生:《印度古典诗学》,第411-412页。

⑥ Kavi Karṇapura, *Alaṅkārakaustubha*, Delhi: Parimal Publications, 1981, pp.7-10.

创作主体的重要性。这种观念并非绝无仅有,例如,《项链》的作者维底亚达罗便认为:“作诗的人就是诗人,诗人的羯磨(karma)便是诗。”(I.10)①再如,《曲语生命论》的作者恭多迦以曲语为准绳理解文学作品的产生过程与本质特征,更是强调作家创造性的一个典型。这一点将在后文详细论及,此处不再赘述。

关于文学本质的认识,还可从文学与非文学作品的差异点切入。事实上,《火神往世书》便是如此。它的庄严论部分首先从语言因素入手界定诗即纯文学的特征,例如:“经论和历史传说以词语(śabda)为重。诗以词语的意涵(abhidhā)为重。这是诗与经论、历史传说二者的区别。”②这其实是对文学作品与非文学作品的差异进行区分。

朱光潜对诗亦即文学重要组成部分的起源探讨,可以视为梵语诗学家对文学本质认识的一种现代补充或曰无意识回应。他指出:“总而言之,诗或是‘表现’内在的情感,或是‘再现’外来的印象,或是纯以艺术形象产生快感,它的起源都是以人类天性为基础。所以严格地说,诗的起源当与人类起源一样久远。”③

第二节 “优秀文学作品使人获得快乐”

前边说过,婆摩诃等诗学家的论述涉及诗(或曰文学)的定义、功能(目的或功用)、成因和分类等问题。前边对婆摩诃等人关于诗的定义即文学的本质特征进行了简要说明,这里以婆摩诃提出的“优秀文学作品使人获得快乐和名声”这一命题为例,对梵语诗学的诗功能说或曰文学目的论进行简介。

梵语诗学的文学功能说首先体现在《舞论》中。根据《舞论》的叙述,为了保护戏剧免遭毁灭,梵天命令工巧天建造一座具有特色的剧场。梵天说:“这种戏剧将提供人世教训。知识、技术、学问和技艺,方法和行为,无不见于这种戏剧中。一切经论、技艺和各种行为都囊括在这种戏剧中,因此,我才创造它。”(I.113－115)④戏剧提供“人世教训”并赠予观众“知识、技术、学问和技艺”,这显然是对戏剧文学世俗功能的一种阐释。

关于文学作品的功能,梵语诗学家们几乎都有所论及。

---

① Vidyādhara, *Ekāvalī*, Delhi: Bharatiya Book Corporation, 1981, p.17.

② Suresh Mohan Bhattacharyya, ed. *The Alaṅkāra Section of the Agni-purāṇa*, p.137.

③ 朱光潜:《诗论》,桂林:广西师范大学出版社,2004 年,第 6 页。

④ 黄宝生译:《梵语诗学论著汇编》(上册),第 43 页。

婆摩诃的文学功能说近似于西方古典诗学家贺拉斯所谓的“寓教于乐”说。寓教于乐的思想“乃是糅合了柏拉图关于诗须教育公民捍卫国家和亚里士多德的净化以及轻松舒畅的快感”[①]。贺拉斯指出:“诗人的愿望应该是给人益处和乐趣,他写的东西应该给人以快感,同时对生活有帮助……寓教于乐,既劝谕读者,又使他喜爱,才能符合众望。这样的作品才能使索修斯兄弟赚钱,才能使作者扬名海外,流芳千古。”[②]与此类似,婆摩诃认为:“优秀的文学作品使人通晓正法、利益、爱欲、解脱和技艺,也使人获得快乐和名声。”(I.2)[③]由此可见,婆摩诃“寓教于乐”的内涵似更丰富,其中的“教”涉及印度教文化传统认可的人生四大目的。法是宗教与社会规则,利是物质财富,欲是感官享受,解脱是摆脱生死轮回。快乐与作者、读者有关,而名声只与作者相关。

婆摩诃强调说:“那些优秀作家即使已经升入天国,他们完美无瑕的作品依然存在……因此,智者如果盼望自己的名声与坚实的大地共存,他就应该努力掌握诗的要义。”(I.6-8)[④]这种文学功能说与曹丕所言有点近似:“盖文章,经国之大业,不朽之盛事。”[⑤]再如刘勰所言:“形甚草木之脆,名逾金石之坚,是以君子处世,树德建言。”[⑥]婆摩诃提出的文学功能说,显示他看清了文学作品与一般经论的差别,进而视文学作品高于经论:“智力迟钝的人,也能在老师指导下学习经论;而诗只能产生于天资聪明的人。”(I.5)[⑦]他还打比方说:“如果掺入甜蜜的诗味,经论也便于使用,正如人们先舔舔蜜汁,然后喝下苦涩的药汤。”(V.3)[⑧]婆摩诃关于文学功能的看法得到了后世梵语诗学家的认可。

关于诗的功能,曼摩吒在《诗光》中说:“诗是为了成名,获利,知事,禳灾,顷刻获得至福,像情人那样提供忠告……吠陀等经典如同主人,以词为主;往世书等历史传说如同朋友,以意义为主。诗与它们不同,具有使词和意义依附于味的功能。它是诗人的工作。诗人擅长非凡的描绘,像情人那样以有味的方式进行劝导。”(I.2及注疏)[⑨]维底亚那特认为:“吠陀的教诲如同主人,以永恒的词音为主;往世书的言辞意义丰富,如同知

① 伍蠡甫:《欧洲文论简史》,北京:人民文学出版社,1997年,第36页。
② 伍蠡甫、将孔阳编:《西方文论选》(上卷),杨周翰译,第113-114页。
③ 黄宝生译:《梵语诗学论著汇编》(上册),第113页。
④ 同上,第113页。
⑤ 郭绍虞主编:《中国历代文论选》(1),上海古籍出版社,2001年,第159页。
⑥ 同上,第452页。
⑦ 黄宝生译:《梵语诗学论著汇编》(上册),第113页。
⑧ 同上,第140页。
⑨ 黄宝生译:《梵语诗学论著汇编》(下册),第599-600页。

己称心如意;如同情人情味丰富,吉祥的诗能禳灾等等。”(I.8)[①]这些观点与婆摩诃等人的看法没有太大区别。

与上述各家略有差异的是,格维·格尔纳布罗和鲁波·高斯瓦明等人对于文学功能的阐释沾染了虔信运动的宗教色彩。这一点将在后文涉及。

18世纪至19世纪的绝大多数梵语诗学家都接受曼摩吒或伐摩那的相关理论,只有少数人对伐摩那或曼摩吒的观点进行微调。例如,纳拉辛哈·格维在《南阇王名誉装饰》中认为,诗的优点是描述伟人的功德,颂扬国王,实现人生四大目的,给诗人和整个世界带来无尽快乐,等等。(I.8-9及注疏)[②]阿吉逾多罗耶·夏尔玛和罗斯摩那·格维还找出伐摩那或曼摩吒著作中某个词汇或句子,有意地进行“误读”。如阿吉逾多罗耶认为,曼摩吒的诗歌功能说涉及人生四要,即法、利、欲、解脱,这四者皆为诗人设计,只有“像情人那样提供忠告”是为读者知音而设计。这是对曼摩吒本意的曲解。

梵语诗学对于文学功能的看法,还可从欢喜论的微观角度进行审视。

“欢喜”(ānanda,或译“喜悦”)在梵语诗学著作中出现的概率很高。从整个梵语诗学发展史来看,“欢喜”是一个非常重要的审美范畴,它既牵涉到作家主体的审美经验,也涉及读者和观众的审美感受。它可被视为梵语诗学论述审美体验或文学娱乐功能的一个核心符号。因此,欢喜论是文学功能论的核心思想。历史地看,欢喜论似乎可以分为三个发展阶段。

欢喜论的第一个发展阶段是婆罗多与婆摩诃等早期文论家的审美愉悦论。它注重诗歌等书面作品的读者或戏剧的观众一方,这是一种典型的客体欢喜论。

《舞论》第一章叙述“戏剧吠陀”的诞生过程时,因陀罗为首的众天神对梵天说:“我们希望有一种既能看又能听的娱乐。”(I.11)[③]这婉转地表达了婆罗多的文艺欢喜论。

从婆罗多强调戏剧的娱乐性质和情味的娱乐功能来看,《舞论》已经包含了文艺欢喜论的思想种子。此后进入独立发展期的梵语诗学自觉继承了这一思想。例如,婆摩诃认为,文学作品在达成人生四目标的同时,也使人获得“快乐和名声”。(I.2)[④]这里的“快乐”自然是指文学作品的娱乐功能而言。

---

① Vidyānātha, *Pratāparudrayaśobhūśaṇa*, Madras: The Sanskrit Education Society, 1979, p.4.

② Abhinava Kālidāsa (Narasiṃhakavi), *Naṅjarājayaśobhūṣaṇ*, Baroda: Oriental Institute, 1930, p.2.

③ 黄宝生译:《梵语诗学论著汇编》(上册),第36页。

④ 同上,第113页。

关于诗亦即文学作品的娱乐功能，也有一些中后期梵语诗学家与婆摩诃的立场保持一致。例如，雪月认为："诗让人欢喜，成就名声，像情人那样提供忠告。"（I.3）①维底亚那特则认为："诗人应擅长非凡的描绘，使智者喜悦。"（I.8）②这说明，早期文论家的客体欢喜论仍旧影响着部分论者的思维。

欢喜论的第二个发展阶段是以新护为代表的主体欢喜论，即"梵喜论"。它以主观味论为核心，强调作家的审美经验而非读者、观众的审美感受，这种论述立场与视角的转换有着深刻的宗教哲学背景。

在新护看来，婆摩诃所并重的名声和快乐这二者，快乐更为重要。他在《韵光注》中认为，吠陀的教诲犹如主人，历史传说的教诲犹如朋友，唯独诗的教诲犹如爱人，因此，欢喜是诗的主要特征，也是诗最重要的功能。他说："正因如此，欢喜才被说成是主要目的。即使教导人生四要，最主要的成果也是欢喜。"③新护的这种思想和他在《舞论注》中对味的论述是一致的。

金克木以"喜以解味"四个字准确地概括了新护欢喜论的宗教美学实质。他指出："新护的理论主要是提出'喜'（阿难陀）以解'味'作为最高原则。这是一种精神境界。艺术品的'味'、'韵'必须能令人达到'喜'的境界，即'无我双亡'、主客合一。由此才能解释为什么'恐怖'、'厌恶'之类也能列入'味'。新护认为艺术的最高境界是同'瑜伽'修行者所达到的最高境界一致的。这就是说，要舍弃个人个性，人同宇宙合一，人神合一，'梵我合一'。"④

与梵合一意味着灵魂的"欢喜"，戏剧和诗歌的创作和欣赏也是朝向这一境界努力的体现。因此，胜财在《十色》里说："品尝是通过接触作品内容而产生的自我喜悦。"（IV.52）⑤新护说："味被展示后，以一种不同于经验、回忆等等的方式被品尝。这种品尝与人性中的喜、忧和暗接触，含有流动、展开和扩大的形态。而由于喜占优势，充满光明和欢喜，表现为知觉憩息，类似品尝至高的梵。"⑥在这里，品尝味成为追求梵我合一这一超越境界的宗教美学实践，这便是主体欢喜论的实质所在。

---

① Hemachandra, *Kāvyānuśāsana*, Bombay: Nirṇaya Sāgar Press, 1934, p.3.

② Vidyānātha, *Pratāparudrayaśobhūśaṇa*, Madras: The Sanskrit Education Society, 1979, p.4.

③ K. Krishnamoorthy, ed. *Dhvanyāloka-locana*, *With an Anonymous Sanskrit Commentary*, Chapter First, Delhi: Meharchand Lachhmandas, 1988, p.17.

④ 金克木：《梵竺庐集丙：梵佛探》，南昌：江西教育出版社，1999年，第141页。

⑤ 黄宝生译：《梵语诗学论著汇编》（上册），第464页。

⑥ 同上，第482页。

归根结底，新护欢喜论的美学基础还在《奥义书》等宗教哲学经典。例如，《泰帝利耶奥义书》指出："语言和思想不能到达而从那里返回，如果知道梵的欢喜，他就无所畏惧。"[①]"梵的欢喜"或曰"梵喜论"是新护味论有别于婆罗多味论的基础所在，也是新护欢喜论的本质体现。

"梵喜论"不仅见于新护的著作，也见于其他的相关著作。例如，《火神往世书》指出："在吠檀多中，至高无上的梵不可毁灭，永恒如斯，无生而又威严。它是有意识的、光彩熠熠的自在天。梵的本性是欢喜。"(CCCXXXVIII.1－4)[②]这种联系吠檀多哲学的文学欢喜论对后来的味论诗学影响很大。

欢喜论的第三个发展阶段是虔诚味论。毗湿奴派文论家将以读者、观众为中心的客体欢喜论，和以作家为轴心的主体欢喜论，发展到以毗湿奴大神为核心的宗教欢喜论。这种宗教欢喜论与新护等人的欢喜论既有联系，又有区别。新护等人虽然没有脱离宗教体验来谈欢喜，但其审美体验的主体还是世俗作家本人，而以鲁波·高斯瓦明为代表的虔诚味论者几乎将读者、观众或作家完全边缘化，将毗湿奴大神视为欢喜论的唯一支柱。它似乎可以称作"神喜论"。

高斯瓦明把品尝虔诚味看成是超越人生四要的终极目标。他说："即使梵喜(brahmānanda)无限地扩展弥漫，也无法与虔诚喜海的极微一滴相提并论。"(I.1.38)[③]正所谓"大梵之喜千百万，不及虔诚极微喜"。表示梵我合一的宗教体验之神秘欢喜(ānanda)代替了表示人神合一的近乎世俗性爱的快感之喜(sukha)，这是虔诚味论区别于新护味论的一大特色。人生四要的终极目标被跨越人神界限的虔诚味体验所冲淡。换句话说，解脱无意义，人生意义在于此岸，不在彼岸世界，亲近既现实又虚幻的克里希那是对世俗快乐的追求，也是对虔信运动兴起后所激发的宗教新理念的积极建构和亲切认同。本来，新护在《舞论注》中，将虔诚味视为导向平静味的一个要素而非一种独立的味[④]。但是，高斯瓦明的姿态与此恰好相反，他不仅将虔诚味视为独立的味，还将平静味视为虔诚味之一。换句话说，婆摩诃以来的主体欢喜论与客体欢喜论受到了某种程度的颠覆，这的确反映了虔信运动对文学理论思潮的巨大冲击。

① 黄宝生译：《奥义书》，北京：商务印书馆，2010年，第240页。

② Suresh Mohan Bhattacharyya, ed. *The Alaṅkāra Section of the Agni-purāṇa*, p.147.

③ Rūpa Gosvāmin, *Bhaktirasāmṛtasindhu*, ed. & trans. by David L. Haberman, New Delhi: Indira Gandhi National Centre for the Arts, 2003, p.10.

④ J. L. Masson & M. V. Patwardhan, *Śāntarasa and Abhinavagupta's Philosophy of Aesthetics*, Poona: Bhandarkar Matilal Oriental Research Institute, 1969, p.139.

再看另外一位虔诚味论者的“神喜论”，道理也是如此。格维·格尔纳布罗认为：“诗人渴望的并非只是获取名声等等善果，他在描述吉祥的克里希那的美好游戏时，全神贯注沉浸其中，感受浓烈柔美的欢喜，他品尝无穷无尽的味，这才是最完美的果实。”(I.8)①这里的“美好游戏”指的是克里希那和罗陀的神圣欢爱，“欢喜”指的是诗人之乐即审美愉悦。

总之，梵语诗学欢喜论是其文学功能说的核心要旨，它与味论的发展密不可分，可从美学和文艺心理学等视角切入进行分析。欢喜论存在着重要的比较诗学研究价值。

综上所述，梵语诗学的文学功能论有一种相对忽视文学社会价值的倾向，这与中国、西方文学理论形成反差，但与日本古代文论的倾向有些近似。论者指出，日本古代文论家重点关注作家的创作心态、创作技巧与审美效果等，大多从心理学、语言学等角度探讨文学现象，属于“文学本体论”或“作家作品本体论”。“可见，文学的社会功用论的缺项，是日本文论的一个显著特点。”②另一方面，日本古代文论缺乏对于文学抽象本质的高度概括和文学本源论的探索，这些方面的探讨在梵语诗学中却是“强项”和重点。

第三节　“诗的灵魂是风格”

梵语诗学有一种别具一格的诗歌灵魂论。从世界三大古典诗学体系的发展来看，这是独一无二的特殊命题。毋庸讳言，诗魂论与印度宗教文化的经典学说息息相关。身体与灵魂的二分法在此充当了它的宗教、哲学与美学基石。

有学者指出，婆罗门教和佛教对待灵魂的不同态度，使印度古典诗学家分成鼓吹诗魂说或对此缄默不语的两派。婆摩诃和檀丁属于受佛教影响的一派，而稍后的伐摩那、欢增、王顶、胜财、安主和曼摩吒等人属于受印度教(婆罗门教)影响的一派③。这便是以“灵魂”一词解说文学作品的魅力或精华所在。对很多梵语诗学家而言：“更常见的是，声音和意义被视为组成诗歌的身体，诗歌的灵魂是味。”④只有放在印度宗教哲学背

---

① Kavi Karṇapura, *Alaṅkārakaustubha*, Delhi: Parimal Publications, 1981, p.20.

② 王向远：《日本古典文论选译·古代卷》(上)，“译序，”北京：中央编译出版社，2012 年，第 17－18 页。

③ Mool Chand Shastri, *Buddhistic Contribution to Sanskrit Poetics*, Delhi: Parimal Publications, 1986, p.22.

④ K. Krishnamoorthy, *Indian Literary Theories: A Reappraisal*, p.135.

景下来考察,这种独特的诗魂论才能得到合理解释。此外,印度的语言神圣观似乎也对诗魂论起到了某种推波助澜的效果。例如,波颠阇利提出"常声"说,伐致呵利提出"音梵"说("声梵"、"词梵"),它们与文学作品精华的神圣化和神秘化似乎不无关联。究其实,"梵"与表示灵魂的词即阿特曼(Ātman)存在着千丝万缕的微妙联系。

在梵语诗学史上,伐摩那第一次提出诗魂说。他说:"风格是诗的灵魂。所谓风格是指诗的灵魂。风格之于诗,恰如灵魂之于身体。什么是风格?风格是指特殊方式的词语组合。"(I.2.6－8 及注疏)[1]这就是说,诗犹如人的身体,其灵魂是风格。论者指出:"伐摩那首次提出'诗的灵魂'这一概念,却能启迪后来的梵语诗学家探索语言艺术中更深层次的审美因素。"[2]从此,梵语诗学史翻开崭新的一页。很多诗学家沿着他的足迹向前迈进,不断提出新的诗魂说,并展开激烈的辩论,极大地丰富了印度古典诗学的内容。

在伐摩那之后,随着梵语诗学的进一步发展,欢增、恭多迦、安主、毗首那特等人也接受了诗魂说,尽管他们关于何为"诗魂"存在很大分歧。

欢增认为,文学中的"韵"是所有优秀诗人作品成功的奥秘。在他看来,具有暗示性,能显示其他表达方式不能显示的魅力,这样的词才配得上韵的境界。似乎是模仿伐摩那的灵魂说,他假借别人的想法,把诗的灵魂与韵论巧妙地联系起来:"智者们通晓诗的真谛,认为诗的灵魂是韵。这种说法辗转相传,广为人知。"(I.1 注疏)[3]他还指出:"受到知音赞赏的意义被确定为诗的灵魂。相传它分成两种,称为表示义和领会义。"(I.2)[4]在他看来,领会义分成本事韵、庄严韵和味韵等三类,其中,味韵最为重要。诗的灵魂就是与情味体验相关的领会义。他虽然将韵或暗示义、领会义视为文学作品的灵魂,但又将其与审美情味紧密联系在一起。这的确突破了伐摩那在文学外部因素中思考作品灵魂的局限,显示出梵语诗学家向文学内部因素探索文学魅力奥秘所在的健康趋势。

欢增将"韵"视为文学作品的灵魂,对此后的梵语诗学家维迪亚达罗等人产生了影响。后者在其《项链》中指出:"智者说,诗以音和义为身体,以韵为灵魂……诗是音和

---

① Vāmana, *Kāvyālaṅkāra-sūtra*, pp.14－15.
② 参阅黄宝生:《印度古典诗学》,第 296 页。
③ 黄宝生译:《梵语诗学论著汇编》(上册),第 232 页。
④ 同上,第 234 页。

义结合的身体。身体怎会没有灵魂？韵就是诗的灵魂。”(I.13 及注疏)[①]维底亚那特也继承了欢增的诗魂说，他说：“音和义的结合称为诗的身体，而韵则是诗的灵魂。”(II.2－5)[②]

恭多迦的《曲语生命论》虽然没有直接提出曲语乃诗歌灵魂的说法，但其书名却明白无误地昭示了这一点。他在书中的不同地方以或隐或现的方式表达了曲语乃文学之魂的观点。例如，他在论述风格时写道：“绚丽风格以曲语的奇妙性为生命，其中展现夸张的表达方式。”(I.42)[③]在论述词语的合适性时，他指出：“词的合适也就是曲折性，分成多种……因为句子以合适的表达为生命，其中任何一处出现不合适，都无法令知音喜悦。”(I.57 注疏)[④]这里的话似乎将曲语与合适两大文论范畴的重要性等量齐观。

安主将欢增等人的“合适”思想提高到“诗的生命”即相当于“诗魂”的地位。他说：“合适是形成审美体验的魅力之因，是味的生命……合适是有味之诗坚固的生命根基。”(III－V)[⑤]他还写道：“他们认为，合适是诗的身体的命脉，它理应体现在构成诗的因素中。”(VIII)[⑥]安主强调合适是诗的生命，这与恭多迦将曲语视为文学作品生命力的立场极其相似。

不过，以庄严论为基础且在某种程度上强调作家主体性的曲语论，仍然偏向于文学的外部形式。主要以各种文学要素之间的相互协调为旨归的合适论，也无法令人信服地占据文学灵魂的地位，那么，毗首那特的诗魂论便格外地引人瞩目。因为，他的《文镜》将把印度古典诗学关于文学作品灵魂何为的思考引向人们熟悉的文论范畴。

《文镜》以“诗是以味为灵魂的句子”概括文学的本质，这是对传统诗魂论的创新与发展。论者认为，从原创角度看，在梵语诗学家的灿烂群星中，毗首那特不是最亮的一颗。“在欢增、曼摩吒和世主的耀眼光芒中，他显得黯淡无光。”[⑦]但如考虑到毗首那特对诗魂说的特殊贡献，这样的判断未必准确。

在《文镜》第一章里，毗首那特举出恭多迦、欢增和伐摩那等人的诗魂说并逐一驳斥。这可视为印度古典诗学史上关于诗魂说争鸣论辩的一种总结。在对上述各家诗魂

① Vidyādhara, *Ekāvalī*, New Delhi: Bharatiya Book Corporation, 1981, p.21.
② Vidyānātha, *Pratāparudrayaśobhūṣaṇa*, Madras: The Sanskrit Education Society, 1979, p.30.
③ 黄宝生译：《梵语诗学论著汇编》(上册)，第 544 页。
④ 同上，第 558 页。
⑤ Kṣemendra, *Aucityavicāracarcā*, pp.2－4.
⑥ Ibid., p.9.
⑦ P. V. Kane, *History of Sanskrit Poetics*, p.303.

说进行否定后，毗首那特提出了自己的诗魂说。他写道："那么，什么是诗的特征呢？诗是以味为灵魂的句子。我们将会讲述味的特征。味是灵魂，是精华，赋予诗以生命。缺少了它，也就被认为没有诗性。"（I.3 及注疏）[①]毗首那特在此革命性地改变了婆摩诃等前辈诗学家以"音和义的结合"界定诗亦即文学作品本质特征的做法。他抛弃了语言形式即文学外部因素的尺度，而以审美情味亦即文学内部要素来观察和思考文学的特性。论者指出，毗首那特对文学作品的定义可有不同理解：一是带味的句子，即味存在于句子之中；二是句子具有激起味的能力。从毗首那特的整个文论思想来看，这个定义的含义应属于后者，但从句子逻辑意义看，应属前者[②]。事实上，如考虑毗首那特深受味论影响的这层因素，他对文学作品本质的界定自然是强调其激发审美情味的一大特点。可以说，毗首那特以味论捍卫者的姿态，将文学作品的审美基点设定为作品而非读者或观众，这是一种客观味论。

毗首那特的诗魂论对于16世纪的虔诚味论者格维·格尔纳布罗产生了直接影响。格维在其《庄严宝》开头一章表达了对毗湿奴的虔敬崇拜后，按照王顶和维底亚那特的做法，以"诗原人"的话语模式把自己关于各种文学因素的思考表达出来："音和义是身体，韵是生命，味的确是灵魂。诗德是甜蜜等品质，庄严是项链等装饰。风格是完美的肌体轮廓，这就是至高无上的诗原人。若有诗病，那他就会成为跛子和聋子等等，不再是正常的人。"（I.1）[③]从这里的叙述看，格维虽然遵循欢增的观点，但却与他在何为诗魂的问题上拉开了距离。这似乎说明，毗首那特对其影响更为深刻。

综上所述，从伐摩那于公元8世纪提出"风格是诗的灵魂"的观点，到9世纪欢增提出"诗的灵魂是韵"的观点，再到恭多迦和安主各自以曲语、合适为诗的生命力，最后到14世纪毗首那特提出"诗是以味为灵魂的句子"，梵语诗学的诗魂论经过了六个世纪的发展历程。无论是以表现文学外在美的风格为灵魂，还是以表现文学意境美的韵为灵魂，抑或以表现文学情感美的味为灵魂，甚至以表现语言诗意化的曲语或文学要素相互协调的合适为灵魂，这些关于文学本质特征的深入思考都有其"深刻的片面"之处，也有其"片面的深刻"之处。这些诗魂论都以自己独具特色的思考轨迹，为世界古典诗学大厦涂抹了或浓或淡的印度色调。只有将上述各种审美要素巧妙而又自然地融合起来，组成类似王顶所谓的"诗原人"，才能让读者体味全方位的文学魅力，品尝作品的深

① 黄宝生译：《梵语诗学论著汇编》（下册），第816页。

② 倪培耕：《印度味论诗学》，桂林：漓江出版社，1997年，第207页。

③ Kavi Karṇapura, *Alaṅkārakaustubha*, Delhi: Parimal Publications, 1981, p.5.

层次惊喜。

换个角度看，梵语诗学的诗魂论或“诗原人”意象体现了金克木所谓的概念人物化的思维方式。中国古代文学批评中的“生命之喻”与梵语诗学的概念人物化有些类似，它们都从人体结构出发观察和思考艺术现象。有学者指出，从哲学上看，这种“生命之喻”受到了中国古代“近取诸身，远取诸物”的象征思维方式的影响，“以人拟文”正是“近取诸身”的自然结果，而从文化背景看，“生命之喻”所接受的影响是多方面的，如古代的中医理论、汉代以后的相术和人物品评等。“艺术形式的拟人化批评，是在文学批评兴盛的魏晋南北朝时期形成的。”①在文学批评的“生命之喻”中，“风骨”是人们耳熟能详的审美范畴，它典型地反映出“生命之喻”与相术和人物品评的血缘关系②。该学者还指出，“生命之喻”反映了传统文学艺术形式观的核心，即对艺术结构有机统一的要求。“把艺术作品比喻为一个生命体，就意味着它应该具有内在的统一性，成为独立自足并蕴含着情感与生命运动节奏的整体。正是艺术的结构才使得艺术作品成为独特的有生命力的存在。‘有机的统一’这其实是中西方共通的古老的美学原则。”③不过，梵语诗学概念人物化的背后潜藏着印度古代宗教神话的影子，隐含着诗学家对于生命轮回与终极解脱的形而上追求，而中国文学批评的生命之喻受到宗教神话的影响较小，主要关注的是艺术结构的有机统一而非形而上的超越性思考，即便是风骨、形神、体、志、气、韵等也是如此。

值得注意的是，关于何为诗魂问题的思考，居然可见于当代印度的梵语诗学著作。这显示，印度文明的确是一脉相承而非产生过断裂的文明。

1977 年，印度学者勒沃普拉萨德·德维威迪出版梵语著作《诗庄严颂》。2001 年，他又推出该书的梵英对照本。该书提出一个重要的观点：“庄严是诗的灵魂，因为诗中只有庄严……味是诗的效果，诗中没有味。”④在六个重要的梵语诗学概念中，德维威迪将韵视为包含味、风格、合适等的诗学体系，而将庄严视为包含曲语的诗学体系，因此，梵语诗学便被分解为韵论和庄严论两个派别，其中，庄严占据文学的灵魂或曰核心位置⑤。他提出“庄严是诗的灵魂”，其目的不外是期望借此穿越千年的理论对话，以“深

① 吴承学：《中国古代文体学研究》，北京：人民出版社，2011 年，第 48 页。

② 同上，第 49 页。

③ 同上，第 55－56 页。

④ Rewaprasada Dwivedi, *Kavyalankarakarika*, “Author’s Note,” Varanasi: Kalidasa Samsthana, 2001, V.

⑤ Anand Kumar Srivastava, *Later Sanskrit Rhetoricians*, New Delhi: Eastern Book Linkers, 2007, p.100.

刻的片面"之为而收"片面的深刻"之效。其原因已如上述。

第四节 "戏剧再现三界的一切情况"

在古希腊哲学家柏拉图看来,现实世界之外便是理念世界。文艺模仿的不是理念本身,而是理念的影子即现实世界。这是"拙劣"的模仿之模仿。他在《理想国》中写道:"模仿者对于自己模仿的东西没有什么值得一提的知识。模仿只是一种游戏,是不能当真的。想当悲剧作家的诗人,不论是用抑扬格还是用史诗格写作,尤其都只能是模仿者。"①他还将模仿视为低贱的父母所生的低贱的孩子。柏拉图进一步说道:"模仿的诗人还在每个人的心灵里建立起一个恶的政治制度,通过制造一个远离真实的影像,通过讨好那个不能辨别大和小,把同一事物一会儿说大一会儿又说小的无理性部分。"②亚里士多德的观点与此不同。他认为,艺术模仿的对象是现实。模仿是亚里士多德《诗学》的关键词之一。他在《诗学》的开篇就说,悲剧、喜剧、音乐和史诗创作总的说来都是模仿。人和动物的一个区别就在于人最善于模仿并通过它获得最初的知识。每个人都能从模仿的成果中获得快感。在他看来,喜剧倾向于模仿比今天的人差的人,悲剧则倾向于模仿"比今天的人好的人"③。

婆罗多在《舞论》的第一章论述戏剧的起源时涉及模仿说。他假借大梵天的口说,戏剧就是模仿。他从剧作家即创作主体的视角出发写道:"戏剧再现(anukīrtana)三界的一切情况。有时是正法,有时是游戏,有时是利益,有时是辛劳,有时是欢笑,有时是战斗,有时是爱欲,有时是杀戮……具有各种感情,以各种境遇为核心,我创造的这种戏剧模仿(anukaraṇa)世界的活动……在这种戏剧中,规定模仿七大洲……模仿世界上天神、仙人、帝王和家主们的行为,这便叫做戏剧。"(I.104－118)④这样,在印度古典诗学发展史上,婆罗多率先提出独具特色的一个诗学命题:trailokyasyāsya sarvasya nāṭyam bhāvānukīrtanam(戏剧再现三界的一切情况)。(I.106)⑤他的思想对于后来的梵语诗

① 〔古希腊〕柏拉图:《理想国》,郭斌和、张竹明译,第399页。
② 同上,第404页。
③ 〔古希腊〕亚里士多德:《诗学》,第38页。
④ 黄宝生译:《梵语诗学论著汇编》(上册),第42－43页。
⑤ Bharatamuni, *Nāṭyaśāstra*, Vol.1, p.10.

学家影响深远。例如，婆罗多指出："睿智地区分了以上种种有关装饰品、色彩、服装、花环等方面的运用规则后，人们便可在戏剧表演中模仿具体情境（avasthānukṛti）。"（XXIII.152－153）[①]胜财在《十色》中则说："戏剧是模仿各种情况。"（I.7）[②]在《舞论注》中，新护从观众或读者体验而非创作主体的新角度认为，戏剧的"再现"是一种特殊认知，是戏剧的同义词，不要将它与"模仿"混淆[③]。但他又认为："鉴于这种感知方式，它的形态不是模仿。如果认为它追随基本的世俗生活，在这种意义上说它是模仿，也没有错。如果实质一致，那只是用词不同罢了。"[④]这说明，新护虽然从观众或读者的视角否认再现与模仿的紧密联系，但也在某种程度上回归了婆罗多的模仿论立场。

虽然亚氏与婆罗多二人都提出模仿说或曰再现说，但其间也存在一些差异[⑤]。亚氏认为，模仿只是戏剧对于人们周围世界的回应，而婆罗多则在此基础上更进一层，他认为戏剧是对"三界"所有情况的模仿。这里的"三界"（trailokya）乃指天上、人间与地下。在婆罗多看来，戏剧不仅模仿凡人行为，还模仿天神与恶魔的举止。婆罗多甚至认为，人的内心也可"模仿"："不依靠内心，就不能模仿世人的本性，达到所要求的真性。"（VII.92 注疏）[⑥]再如："因此，演员通过不同角色模仿情（bhāvānukaraṇa）时，应重视相关的感情、形体动作和真情。"（XXVI.127）[⑦]新护也认为："味是对被表演为罗摩等等角色的常情的摹仿。"[⑧]因此，与亚里士多德的模仿说相比，婆罗多独特的诗学命题即"戏剧再现三界的一切情况"具有更为丰富的内涵。换句话说，婆罗多不仅主张模仿现象世界的大宇宙，还主张模仿内心世界的小宇宙。B.古普塔认为，婆罗多的模仿说与亚氏模仿说明显不同。"模仿（anukaraṇa）的成功不是以能否再现客观世界来判断，而是看它能否创造一个新的世界。"[⑨]换句话说，就婆罗多的模仿论而言，戏剧艺术（anukṛti）与真实的世界（loka）相疏离是必要的。这与亚氏强调模仿自然与人生世界形成鲜明对比。婆罗多意在强调模仿一个超越于真实世界之上的艺术世界。这就显示出婆罗多与

① Bharatamuni, *Nāṭyaśāstra*, Vol.2, p.784.

② 黄宝生译：《梵语诗学论著汇编》（上册），第 441 页。

③ 同上，第 473 页。

④ 同上，第 475 页。

⑤ 本节论述，参阅拙著：《梵语诗学与西方诗学比较研究》，第 131－135 页。

⑥ 黄宝生译：《梵语诗学论著汇编》（上册），北京：昆仑出版社，2008 年，第 67 页。

⑦ Bharatamuni, *Nāṭyaśāstra*, Vol.2, p.916.

⑧ 黄宝生译：《梵语诗学论著汇编》（上册），第 476 页。

⑨ Bharat Gupta, *Dramatic Concepts: Greek & Indian, A Study of the Poetics and the Nāñyaśāstra*, New Delhi: D. K. Printworld, 1994, p.98.

亚氏的模仿说之区别的一个方面。婆罗多戏剧理论中的宗教神秘成分在此得到充分展示。亚里士多德对柏拉图的模仿说进行"拨乱反正",清除了笼罩在"模仿"上的神秘色彩,将"模仿"拉回到人间凡境。因此,他与婆罗多的模仿说存在差异自然不难理解。

在亚里士多德心目中,悲剧是"对一个严肃、完整、有一定长度的行动的模仿"。模仿方式是借助人物的行动。"悲剧是对行动的模仿,它之模仿行动中的人物,是出于模仿行动的需要。"[①]亚氏的模仿(mimesis)只有在"制作"(making)的语境中才能把握真义。模仿在创造一个情节、一件艺术品时具有可操作性。正是情节的建构形成模仿。模仿视人为活生生的演艺中的人。综上所述,亚氏的模仿说强调的是对人间行动的模仿,其世俗性和生活真实度非常强烈。反观婆罗多,他的戏剧模仿不是对人间世俗行为的照相似的模仿。"戏剧所模仿的是充满想象的世界。"这种再现三界的模仿"绝不是我们日常所见的真实再现。"[②]

《舞论》第六章中提出了戏剧表演的世间法(lokadharma)和戏剧法(nāṭyadharma)概念。他在该书第十四章中对这两种戏剧表演方法做了进一步阐释。世间法和戏剧法的二分法在亚氏那里是没有的,说它是婆罗多的独创恐不为过。这是婆罗多再现说或模仿论的理论抽绎或思想升华,具有丰富的当代比较诗学价值。

婆罗多的世间法指按照生活的自然形态进行表演,这便包含了模仿论的因素。婆罗多的戏剧法是对现实生活进行提炼、变形或抽象的基础上把握表演即模仿的尺度,这是模仿或曰表演艺术的更高境界,也是对其"戏剧再现三界一切情况"的诗学命题具体化。他写道:

> 表演朴素,不加变化,依据本性自然地表演,情节中包含着人们各行各业的活动,没有优美的形体动作,以各色男女为主,这被称为戏剧表演的世间法。超越寻常的语言叙述,引入异乎寻常的神力,语言运用非同凡响,形体表演优美可爱,具有舞蹈的特色,音调有装饰性,以天国的场景和天国的男角为主,这被称为表演的戏剧法。在表演中,如果将一个世间既有的物体进行拟人化表演,赋予其人的欲望情感,这是所谓的戏剧法。隔得很近,但对方却听不见另一方所说的话;或未说话,但对方却能听见,这是戏剧法。将山岳、车辆、天车、盾牌、铠甲、武器和旗帜等进行拟

① 亚里士多德:《诗学》,第95页。

② M. S. Kushwaha, ed. *Dramatic Theory and Practice Indian and Western*, Delhi: Creative Books, 2000, p.22.

人化表演,这是戏剧法。在表演中,演员扮演了一个角色后,再扮演另一个角色,因其精通于扮演这两个角色,或因其为扮演这两个角色的唯一一位演员,这是戏剧法……在舞台演出中应该经常运用戏剧法。没有形体表演,又怎能激发观众的激情?所有人天生有情,一切表演皆为情故,因此,多姿多彩的形体表演皆被称为戏剧法。(XIV.62－75)①

婆罗多二分法背后的指导思想与亚里士多德有些重叠,这是因为,正如朱光潜指出的那样:"亚里士多德不仅肯定艺术的真实性,而且肯定艺术比现象世界更为真实。"②亚氏的模仿说与婆罗多的模仿说一样,都涉及艺术的起源问题,但亚氏的模仿说还远不止于此,它也有对作家和艺术家创造性的强调。亚氏的模仿说首先要求"求其相似",其次要求艺术超越这一初级阶段,达到对事物本质的反映。也就是说,作家应当从独特的个别描摹之中,表现出一般性,以体现事物的本质和规律。悲剧等创造性模仿,近似于婆罗多的"戏剧法"规定,都是对现实对象的某种抽象和超越,然其强调模仿中的虚构和抽象超越,近似于陆机在《文赋》中所谓"课虚无以责有"。艺术的创造性模仿,比现实更集中,因此就比现实更高、更美。在这里,《诗学》与《舞论》中的模仿说达到了殊途同归的美学效果。仔细分析会发现,亚氏的模仿说往往是与戏剧、史诗等各类文体紧密相连的,后来发展为欧洲文论中影响深远的典型论;而婆罗多的模仿说最初只与戏剧的表演相联系,涉及语言、形体表演等方面,并未更多涉及诗歌创作,后来的梵语诗学家未能将他的模仿说推陈出新至全新的、近似于典型论那样的理论高度。

如果将中国的艺术起源论与亚氏模仿论、婆罗多蕴含戏剧法的摹仿论进行比较可以发现,亚氏的模仿论重点在于主张作品中艺术的再现和客观的叙事,中国的"物感说"强调情志的表现和情感的抒发③,婆罗多的模仿论则重在戏剧表演中情味的唤起和超越世界的构筑。从比较诗学走向总体诗学或普遍诗学,这种跨越中西直线比较模式的思考应是最基础的一步④。

① Bharatamuni, *Nāṭyaśāstra*, Vol.2, pp.477－480.

② 朱光潜:《西方美学史》(上卷),第72页。

③ 关于模仿说与"物感说"的比较,参阅曹顺庆:《中西比较诗学》,第118页。

④ 以上论述,参阅拙著:《梵语诗学与西方诗学比较研究》,第135页。

第五节 “天才是诗的唯一原因”

印度古典诗学存在一派被称为“诗人学”(Kaviśikṣā)的理论。一般而言,它主要涉及“诗因”(诗歌成因或诗人成因)、诗人的学养知识、创作规范、诗人的分类、诗歌神授观等方面的问题。“诗人学”著作包括王顶的《诗探》、安主的《诗人的颈饰》等。其中,《诗探》是最重要的代表作。“诗人学”重点阐述诗人应具备哪些修养和知识,它为文学创作提供参考和实用指南,因此,称其为“诗人论”也未尝不可。“诗人学”包含了很多重要的、主要涉及诗歌而非戏剧表演的诗学命题,如王顶提出的“天才(能力、才能)是诗的唯一原因(成因)”、“才能不同于想象力与学问”,伐摩那提出的“想象是诗的种子”,世主提出的“才能是诗人的唯一成因”;等等。在王顶等人的著作中,天才和才能、能力、想象力等有时同义。接下来以王顶等人的诗学命题为核心,对梵语诗学的诗人论进行简介。

一、诗歌成因论

总体而言,在论述诗歌的成因时,梵语诗学家基本上分为两派。第一派突出强调诗人的才能(天才、能力或想象力)的特殊重要性,这以婆摩诃、伐摩那、楼陀罗吒、欢增、王顶、安主及《火神往世书》的作者等为代表。

婆摩诃似乎是最早撒播“诗人学”种子的两位诗学家之一。他认为,经论可以通过学习掌握,而诗歌创作要求天赋才能。他把文学作品视为先天禀赋和后天努力相结合的产物,但整体来看,婆摩诃还是偏向强调天赋才能的重要性。从这个角度看,梵语诗学家所探讨的诗歌成因问题,其实也是探讨“诗人是如何炼成的”这样一个长盛不衰的经典话题。

伐摩那可视为王顶之前论述“诗人学”最为全面的梵语诗学家。伐摩那指出:“想象是诗的种子。诗的种子是人前世带来的卓越的潜印象(saṃskāra),因此,缺少了它,诗就不可能完成。即使完成了,这种诗也自然会受人嘲笑。”(I.3.16 注疏)[①]这里的“想象”(pratibhā)也可译为“才能”。后来的虔诚味论者格维·格尔纳布罗对伐摩那的“种子说”进行了微妙的改造,自然也接受了天赋才能优越观。他说:“有种子的诗人就应

① Vāmana, *Kāvyālaṅkāra-sūtra*, p.35.

视为懂得所有经典。如有天才且充满情味,他是上等诗人。诗人心中有前世带来的优秀种子,诗的品级就会上升。"(I.3－4)①

楼陀罗吒也对诗的成因进行了探索。他认为,诗人应通晓好的行为仪轨和知识门径。能力、学问与实践这三者仍然是楼陀罗吒关注的核心。他把能力分为天生的和后天习得的两种。前者更为优秀,后者来自学问:"吠陀颂诗、语法、技艺、世俗规范、词语、词义的认识、能分辨是否在诗中使用它们,这就是全部学问。"(I.18)②因此,诗人应该勤奋地掌握一切知识,通晓世上学问,经常接近善士,向优秀诗人请教,并坚持不懈地刻苦练习写作。

《火神往世书》指出:"人生在世,生命难得,而知识更难获取。诗性(kavitva)难得,而作诗的天才(śakti)更难具备。学问(vyutpatti)难得,而真知灼见(viveka)尤为难具。"(CCCXXXVI. 3)③这就是说,熟练地掌握语言奥秘并具备过人表达力的作者,才是真正意义上的诗人。

论者指出:"如果说檀丁比较注重学问和实践,那么,欢增比较注重天赋。"④欢增强调诗人的天赋才能,他指出:"诗人的才能掩盖缺乏学养造成的缺点,而缺乏才能造成的缺点,则一目了然。"(III.5)⑤

王顶在《诗探》中探索了诗人的成因。他认为,人的智力(buddhi)有三种:记忆、思想和智慧。它们既可以是天赋的,也可以通过学习经典获得。诗人必须具备这三种智力。夏摩提婆认为沉思冥想(samādhi 三昧或禅定)是诗歌创作成功的首要因素,而曼迦罗认为实践是创作成功的首要因素。王顶则认为沉思冥想是诗人的内在努力,实践是外在努力,这两者共同照亮"天才"(śakti,亦可译为"能力")。王顶认为:"天才是诗的唯一原因。天才不同于想象力和学问。天才是行动者,想象力和学问是行动。有天才,则有想象力和学问。想象力照亮诗人心中积聚的词音、词义、修辞技巧和表达方式等等。"⑥这说明,"天才"亦即能力相当于一种整体的艺术能力,它高于"想象力"即才能(pratibhā)。这种天才是王顶高度推崇的东西。

---

① Kavi Karṇapura, *Alaṅkārakaustubha*, Delhi: Parimal Publications, 1981, pp.11－12.

② Rudrata, *Kāvyālaṅkāra*, p.12.

③ Suresh Mohan Bhattacharyya, ed. & trans. *The Alaṅkāra Section of the Agni-puraṇa*, p.137.

④ 黄宝生:《印度古典诗学》,第 246 页。

⑤ 黄宝生译:《梵语诗学论著汇编》(上册),第 283 页。

⑥ Rājaśekhara, *Kāvyamīmāmsā*, Baroda: Oriental Institute, 1934, p.11.此处译文参考黄宝生译:《梵语诗学论著汇编》(上册),第 369 页。

安主在《诗人的颈饰》中认为，诗人的才能来自两个方面："接下来教导不会作诗者如何获得诗才。首先是神助，其次是个人努力。"（I.5 注疏）[①]他认为："学习作诗的人分为三类：略加努力就能作诗者，艰苦努力方能作诗者和根本不会作诗者。"（I.14 注疏）[②]这说明，只有少数人有幸获得诗歌创作才能。

在论述诗歌或诗人的成因时，第二派梵语诗学家认为，诗人的天赋才能（想象力）与后天的知识学习、写作实践具有同等的重要性，这以檀丁、曼摩吒和世主等为典型代表。

与婆摩诃几乎同时代的檀丁是最早撒播"诗人学"种子的两位诗学家之一。檀丁指出："天生的想象力，渊博而纯洁的学问，不倦的实践，这些是诗的成功原因。"（I.103）[③]他认为，诗人即使缺乏想象力，依靠学习和努力，侍奉语言女神，就会获得成功。檀丁的思想奠定了"诗人学"探讨诗之成因的基础，触及了诗人修养的主要方面。

关于诗的成因，曼摩吒说："才能，通过观察世界、学习经典和诗歌等等而获得的学养，在诗歌专家指导下进行的实践，这三者是诗产生的原因。"（I.3）[④]曼摩吒解释道，才能是特殊的天赋，是诗艺的种子。没有它，无法创作。才能、学养和创作实践三者结合起来，诗的创作才能成功。

世主在《味海》中指出："才能（想象力）是诗人的唯一成因。"[⑤]尽管世主不否定学问和实践的重要性，但也强调才能的地位不可忽视。

12 世纪的耆那教学者伐格薄吒指出："诗人首先谈论的是，想象力（才能）是诗的成因，而学问是诗的装饰（特色），练习则使诗作丰富多彩。"（I.3）[⑥]他告诫诗人在作诗时，要拜师学艺，只有虚心接受指导，他的才能才会得以孕育。

14 世纪的甘露喜对诗的成因做了阐释："思考语音、诗律、词汇等方面的经典，观察世界，熟谙诗人学，这是诗的三大成因。"（II.6－7）[⑦]他还强调语言的重要："在语言等方

---

① Paṇḍit Durgāprasāda & Kāśīnāth Pāṇḍurang Parab, ed. *Kāvyamālā*, Part IV, Bombay: Nirṇaya Sāgar Press, 1937, p.149.

② Ibid., p.150.

③ 黄宝生译：《梵语诗学论著汇编》（上册），第 163 页。

④ 黄宝生译：《梵语诗学论著汇编》（下册），第 600 页。

⑤ Jagannātha, *Rasagaṅgādhara*, p.9.

⑥ Jñānapramodagaṇi, *Jñānapramodikā: A Commentary on Vāgbhaṭālaṅkāra*, Ahmedabad: L. D. Institute of Indology, 1987, p.4.

⑦ Amṛtānandayogin, *Ālaṅkārasaṅgraha*, Madras: The Adyar Library, 1949, pp.6－7.

面深入思考，这是诗人成功的原因。在这方面成就显著者叫做诗人。”（II.1）[1]这和檀丁等人的思路有些相似。

二、诗人修养和创作规范等

虽然王顶等诗学家认为天才或才能是诗人创作优秀诗歌的唯一原因，但他们也没忘记论述天才如何才可成为“唯一原因”的某些基本前提。这便是其关于诗人储备知识学养的相关介绍。伐摩那、王顶和安主等对诗歌主题、描写素材和创作中可资借鉴的习惯用语等进行了详细的探索，这是地道的写作指南或诗人手册。

伐摩那说：“诗的成功因素包括世界、知识和其他各种因素。”（I.3.1）[2]世界是指世间众生之轮回运转。就知识而言，门类很多。“庄严论以语法、词典、诗律学、艺术、爱经和刑杖论为前提性知识。”（I.3.3）[3]这是因为，诗的创作以语法为前提。诗人应该借助词典确定该词含义。诗律学可以消除创作时遇到的诗律方面的困惑。学习艺术经论可以认识艺术真谛。不懂音乐、舞蹈、绘画等艺术的真谛，就不能熟练地创作艺术作品。“应该了解讲述爱的方式的《爱经》，因为，爱的方式是很多诗的创作主题。”（I.3.4－8及注疏）[4]从刑杖论还可领悟情节的复杂性。伐摩那认为：“诗的成因还包括应该认识的内容、创作练习、请教长者、字斟句酌、想象和专注。”（I.3.11）[5]

王顶在《诗探》中详细介绍了诗的主题来源（如吠陀经典、法论、历史传奇、往世书、政事论、戏剧论、爱经、文学和现实生活等）、诗歌素材或描写对象（如天国、人间、地下等）等。他指出，诗人应该通晓语法、字典、诗律和修辞，熟悉六十四种技艺。诗人必须保持思想、语言和身体的纯洁[6]。

安主认为，诗人素质包括下列事项：祭祀辩才女神和群主（象头神）、学习别人的作品、学习往世书、睿智博学、喜好独处等等。他告诫诗人说，为了成为“诗人之王”，必须善于区分上、中、下三类诗人及其作品。“如同国王为一统天下而区分不同的种姓和职业，诗人应该区分上中下三等诗作。”（IV.2）[7]在论述诗人的知识修养时，安主开出了一

---

① Amṛtānandayogin, *Ālaṅkārasaṅgraha*, p.6.

② Vāmana, *Kāvyālaṅkāra-sūtra*, Varanasi: Chowkhamba Sanskrit Series Office, 1971, p.27.

③ Ibid., p.28.

④ Ibid., p.32.

⑤ Ibid., p.33.

⑥ 参阅黄宝生：《印度古典诗学》，第395－398页。

⑦ Paṇḍit Durgāprasāda & Kāśīnāth Pāṇḍurang Parab, ed. *Kāvyamālā*, Part IV, p.162.

张内容丰富的“学习清单”:“通晓下述事项是成为诗人之王的标志:逻辑、语法、婆罗多戏剧学、政事论、欲经、《摩诃婆罗多》、《罗摩衍那》、解脱术、灵魂术、炼金术、金药学、天文学、箭术、通晓象马人的吉祥符、赌术、魔术、巫术和其他各种技艺。”(V.1 注疏)①

13 世纪的耆那教学者阿摩罗旃陀罗与其导师阿利辛赫著有《诗如意藤》(Kāvyakalpalatā),也名《诗人的奥秘》(Kavitārahasya)。它共分四章。第一章为“诗律魔力”,依次介绍各种诗律的运用,同义词或近义词的运用,语言运用,描写的规则和惯例如怎样描写国王、大臣、王子、军队、战斗、狩猎、城市、村庄、花园和湖泊等。例如,他写道:“接下来讲述各种描写的对象,大诗人在大诗等等作品中描写它们:国王、大臣、祭司、王后、王子、将军、地方、村落、城镇、湖泊、大海、河流、花园、山岳、森林和静修院,等等。”(I.5.45)②第二章题为“词语魔力”,依次介绍词语的惯用义、词源、谐音、词语的表示义、转示义和暗示义等。第三章是“双关魔力”,依次介绍双关和画诗(图案)等。第四章是“意义魔力”,依次介绍明喻、隐喻和奇想等庄严亦即修辞技巧的运用规则、各种主题、数词和复合词等。阿摩罗旃陀罗逐一介绍了哪些词语或描写对象适用于哪一个具体的数目。例如,他认为,“四”适合用来描述《梨俱吠陀》等四大吠陀、东西南北四方位或四个种姓即婆罗门、刹帝利、吠舍和首陀罗。(IV.6.258 - 260)③印度学者评价此书时说:“在传统所认可的著作中,我们还没有见到过哪部书对这些主题和问题进行如此详细的讨论。因此,这部著作自有其独创性,或许没有任何作者更为详细、更好地讨论过这些主题……因此,阿摩罗旃陀罗隐士的著作既丰富了一般意义上的知识,也实实在在地增添了梵语诗学的智慧财富。”④

关于诗人的写作训练或创作规范,伐摩那等也有多寡不一的介绍甚或严格的规定。例如,伐摩那指出,诗人热心致力于创作练习,就能获得优秀的创作能力。诗人还应请教老师关于作诗的方法,字斟句酌地修改增删诗中句词。他认为,诗人创作时应该聚精会神,而心思的高度专一又与地点、时间有关。创作的地点是清净的,时间在四更夜即夜晚第四个时段。“四更夜里独处一室,诗人内心平静专注,不受外界干扰。”(I.3.20 及

---

① Paṇḍit Durgāprasāda & Kāśīnāth Pāṇḍurang Parab, ed. *Kāvyamālā*, Part IV, p.163.

② Amaracandrayati, *Kāvyakalpalatāvṛttih with Two Commentaries: Parimala and Makaranda*, Ahmedabad: L.D. Institute of Indology, 1997, p.41.

③ Ibid., p.223.

④ Amaracandrayati, *Kāvyakalpalatāvṛttih with Two Commentaries: Parimala and Makaranda*, "Introduction", p.2.

注疏)①

关于诗人的分类,也是"诗人学"感兴趣的一个重点内容,其分类依据仍与天才或才能密不可分。

在已知的梵语诗学家中,伐摩那是最早对诗人进行分类的人。他按照禀赋和才能,将诗人分为两类。他说:"诗人分成两类: 食欲不振型和草食型。"(I.2.1)②他依照"有无鉴别能力"对诗人分类。在伐摩那看来,前一类诗人即食欲不振型(arocakī)天资聪颖,可接受教诲,因为他具有敏锐的鉴别能力。相反,草食型(satṛṇābhyavahārī)诗人却不是这样。"相反的意思是,草食型诗人不能接受教诲。他们没有区分判断的天赋,因为他们这种天生的禀性不能根除。"(I.2.2 – 3 及注疏)③伐摩那对天赋稍差诗人的观点与檀丁不同。

王顶指出,能力赋予诗人想象力,即使身处人间,也能看到天国仙境。想象力又分为创作想象力和批评想象力两种。前者适合诗人,它又可分为天生的、获得的和学会的三类。"这三种想象力也就形成三种诗人: 天生的诗人、实践的诗人和学会的诗人。"④批评想象力适合批评家。他还将诗人分为经论诗人、文学诗人和双重诗人三大类。且将经论诗人分成三类,文学诗人分成八类。王顶也把文学诗人的八种类型视为八种特色。他认为,具备其中两三种特色的诗人是低等诗人,具备五种左右的是中等诗人,具备所有八种特色的才是大诗人。王顶还讲述了诗人的十种形态: 习作诗人,内心诗人,托名诗人,随从诗人,胶着诗人,大诗人,诗王,入魔诗人,无间诗人,移神诗人。王顶心目中的诗人似乎包含一切用语言创作的人⑤。

综上所述,梵语诗学对于作家这一创作主体做了较为全面而深刻的论述。它所提出的某些问题虽属见仁见智之说,但其穿越时空的现代意义不可忽视。从比较诗学研究的角度看也是如此。

通观梵语诗学和西方诗学关于诗歌成因或诗人必备条件的探讨,大多集中在诗人创作才能、想象力、后天习得技巧等因素上。王顶和檀丁等梵语诗学家视想象力为天赋才能的代名词,并对想象力大加推崇。这体现了梵语诗学家对文学创作形象思维规律

① Vāmana, *Kāvyālaṅkāra-sūtra*, p.36.

② Ibid., p.12.

③ Ibid., p.13.

④ 黄宝生译:《梵语诗学论著汇编》(上册),第 371 页。

⑤ 此处介绍参阅黄宝生:《印度古典诗学》,第 394 页。

的准确而精深的把握。他们高度重视想象力在诗歌成因中核心地位的立场，在西方诗学家那里屡见不鲜[①]。一般认为，柏拉图的灵感说就包含了神秘的想象论，诗歌想象是一种高贵的迷狂状态。黑格尔与檀丁、王顶一样，干脆把想象力等同为才能或天才。柯勒律治在论述诗才时说："良知是诗才的躯体，幻想是它的衣衫……而想象则是它的灵魂。"[②]他把想象力视为诗才的灵魂，这既和王顶等梵语诗学家相似，又是对黑格尔等人的思想回应。

从文学创作规律来看，拥有天生的丰富想象力固然重要，但如完全排斥学问修养和长期充分的创作实践，肯定是不现实的。将这三者结合起来是恰当的选择。与梵语诗学家赞成才能、学问和实践三结合模式相似，很多西方诗学家也表达了同样或相近的观点。例如，古罗马文论家贺拉斯在著作中写道："有人问：写一首好诗，是靠天才呢，还是靠艺术？我的看法是：苦学而没有丰富的天才，有天才而没有训练，都归无用；两者应该相互为用，相互结合。"[③]而中国美学家朱光潜的看法与此基本一致，他指出："媒介知识的储蓄，传达技巧的学习，以及作品的锻炼——是天才借助于人力者最重要的功夫。但是我们不要忘记，这三步功夫只是创造的基础。没有做到这三层功夫，和只做到这三层功夫就截止，都不足以言文艺的创造。艺术家一方面要有匠人的手腕，一方面又要有诗人的心灵，二者缺一，都不能达到尽美尽善的境界。"[④]

与檀丁、王顶和安主等一样，一些波斯古典诗学家也关注诗人的知识素养和天赋才能等，在其著述中给予详细的论述[⑤]。这些内容值得在当代比较诗学研究的语境中进行分析。

三、诗歌神授观

《诗探》第三章叙述关于"诗原人"诞生的神话传说，它典型地体现了梵语诗学的诗歌神授观。这也是梵语诗学家的天才论得以奠基的宗教神话前提。

王顶在《诗探》中叙述道，从前，语言和智慧女神娑罗私婆蒂渴望儿子，在雪山修炼苦行。梵天心中满意，对她说，愿意帮助她创造一个儿子。于是，娑罗私婆蒂就生下了

① 本节相关介绍，参阅拙著：《梵语诗学与西方诗学比较研究》，第 403－429 页。
② 伍蠡甫、蒋孔阳编：《西方文论选》（下卷），第 34 页。
③ 伍蠡甫、蒋孔阳编：《西方文论选》（上卷），第 116 页。
④ 朱光潜：《文艺心理学》，合肥：安徽教育出版社，2006 年，第 204 页。
⑤ 参阅穆宏燕：《波斯古典诗学研究》，第 190－218 页。

这个被命名为“诗原人”的不凡儿子。后来，女神为了管束哭闹不已的诗原人，就创造出一个“文论新娘”（Sāhityavidyāvadhū）来管束他。文论新娘带着诗原人走遍东西南北，见识了各种不同的诗歌风格。最后，在维达巴地区，诗原人和文论新娘采取印度传统的健达缚方式结婚。然后，夫妇俩返程回到雪山。湿婆大神的妻子高利女神和娑罗私婆蒂坐在一起。她俩接受致敬后，祝福两位新人永远以这种“充满威力的形体”居住在诗人们的心中。“这样，为他俩创造了诗人的世界和天国。诗人们以诗的身体居住凡间，以神的身体永享幸福。就这样，自在的梵天创造了诗原人，知道这一切的人，今生和来世幸福。”[①]这就是说，王顶认为诗人既要具有文学创作能力，又要具备文学理论修养[②]。王顶在此创造的诗原人神话，其核心目的是为诗歌神授观寻求坚实的依据，它自然也为诗人创作的天才说埋下了伏笔。

印度学者认为：“诗原人被视为整个文学的象征，这一概念也许来自吠陀原人的比喻。”[③]“原人”的概念包含了很多印度古代宗教哲学和语言学的传统文化因素。自然，“诗原人”的概念也就沾染了浓厚的神秘色彩。王顶关于诗原人诞生的描述包蕴了丰富的诗学思想。借用金克木和郁龙余等人的说法，这是梵语诗学的概念人物化或“拟人喻义”法。

诗原人的概念体现了梵语诗学的诗歌神授观。西方古典诗学中也有同样的思想痕迹。柏拉图认为：“诗歌本质上不是人的而是神的，不是人的制作而是神的诏语；诗人只是神的代言人，由神凭附着。最平庸的诗人也有时唱出最美妙的诗歌，神不是有意借此这个道理吗？”[④]这就是说，诗人是神的代言人，诗歌在性质上也和占卜预言相同，都是神灵附体所发的诏令。柏拉图的灵感说背后有希腊宗教神话的影子在飘忽。柏拉图的文学神授观和王顶笔下的娑罗私婆蒂的作为并无二致。在《诗探》第三章里，王顶叙述道，在诗原人诞生之后，娑罗私婆蒂得到蚁蛭即大史诗《罗摩衍那》作者的帮助，找到了丢失的儿子。这时，女神的行为体现了典型的诗歌神授观：“她见到儿子，乳汁流淌，将她抱在膝上，亲吻他的头。她也在心中祝福大仙人蚁蛭，暗中赐给他诗体语言。”蚁蛭回去的路上看到了一只鸟儿因为正在与之交欢的伴侣被猎人射杀而悲鸣不已，不胜悲哀，于是说出了一首著名的输洛迦诗句。王顶接着叙述道：“女神具有天眼，赐予这

① 参阅黄宝生译：《梵语诗学论著汇编》（上册），北京：昆仑出版社，2008 年，第 363－368 页。
② 黄宝生：《印度古典诗学》，北京：北京大学出版社，2000 年，第 393 页。
③ Ramaranjan Mukherji, *Literary Criticism in Ancient India*, Calcutta: Sanskrit Pustak Bhandar, 1966, p.6.
④ 伍蠡甫、蒋孔阳编：《西方文论选》（上卷），上海：上海译文出版社，1979 年，第 19－20 页。

种输洛迦诗体作为恩惠：'即使没有受过教育的人，只要学会输洛迦，他就成为诗人。'这样，大牟尼蚁蛭用通俗语言创作了史诗《罗摩衍那》。岛生(毗耶娑)也学会输洛迦，用它创作了十万颂的《摩诃婆罗多》。"[①]大史诗的创作拜女神娑罗私婆蒂恩惠所赐，这和柏拉图的诗歌神授观非常相似，因为，柏拉图认为，借助附体的神灵，"最平庸的诗人也有时唱出最美妙的诗歌"。印度和西方古典诗学均出现诗人天才说，这说明了人类思维跨越时空地域的某些共性。

值得注意的是，波斯古典诗学也有明显的诗歌神授观，值得在比较诗学视角下进行考察[②]。

第六节 "诗的内容要有独立的自我"

文学创作，无论是哪个朝代，哪个地域，一般都存在前后因袭或借鉴超越的现象。换句话说，每一位作家的创作都不是空穴来风，除了时代风气和自身因素外，决定其文学成就的还有前代或同时期作家的影响。无论是梵语诗学，还是西方诗学，对于文学创作中的因袭借鉴或模仿，都有许多不同程度的探讨。这便构成又一个值得比较分析的诗学命题[③]。

关于作家在文学创作中如何借鉴的问题，梵语诗学家的某些观点具有非常重要的理论价值。在这方面，他们提出了一些重要的诗学命题，如欢增的"诗的内容要有独立的自我"、"诗的内容确实要富有新意"，王顶提出的"音和义的表达要富有创意"等等。接下来以欢增和王顶的论述为例，对这些命题的含义进行简介。

婆摩诃重视作家创作才能的发挥，并有否认文学借鉴的倾向。他说："依傍他人写诗，有什么乐趣？用词依傍他人，不能取悦智者，正如新鲜的花环也会被人抛弃。运用自己的才能创作，这是首要原则。重复他人的话语，那是依赖他人的辩才。"(VI.4－6)[④]与其吉光片羽的论述相比，在他之后的欢增是最先明确阐述文学借鉴问题的梵语诗学家。他在《韵光》的第四章中论述了文学创作中的继承与创新的问题。他认为，诗

① 黄宝生译：《梵语诗学论著汇编》(上册)，北京：昆仑出版社，2008年，第364－365页。
② 参阅穆宏燕：《波斯古典诗学研究》，第153－187页。
③ 本节相关介绍，参阅拙著：《梵语诗学与西方诗学比较研究》，第430－436页。
④ 黄宝生译：《梵语诗学论著汇编》(上册)，第146页。

人只要掌握味和韵的原理,发挥自己的创造才能,即使是古已有之的题材,也能推陈出新,写出新意。他说:"如果与味和情等等结合,注意保持合适性,并利用时间和地点的不同(这里不把其他那些能力有限的诗人考虑在内),即使一百万个语主一齐努力,诗的内容也不会耗尽。如同世界的原初物质。"(Ⅳ.9－10)[①]在欢增看来,"诗的内容"即诗人的作品之所以不会"耗尽"、不会缺乏,是因为创作主体可以发挥自己的主观能动作用,向作品中注入生动活泼的"新意"。他说:"诗的内容只要具有独立的自我,即使借鉴前人的作品,也会有很大的魅力,犹如与月亮相似的女性脸庞。即使运用前人的词义安排方式,如同运用前人的音素等等安排方式,只要诗的内容确实富有新意,也无可非议。"(Ⅳ.14－15)[②]所谓"独立的自我",与"内容确实富于新意"可以等量齐观。因此,欢增的文学借鉴观大体上以强调作家充分发挥主体作用为前提。可以说,他抓住了创作借鉴中的核心问题。

欢增还认为:"只要诗的内容可爱,吸引人们注意,认为它生动活泼,即使受到前人作品影响,这样的优秀诗人也不会受到指责。让词语与各种内容和甘露味一起展现吧!诗人不必担心自己的创作会不会受指责。即使优秀的诗人不愿意借用别人的东西,语言女神会按照他的意愿提供内容。"(Ⅳ.16－17)[③]这是因为,优秀诗人依靠前生积累的功德和不倦实践,老练成熟。这是大诗人成功的奥秘所在。可以看出,欢增强调诗人的天赋才能。正因如此,他才信心满满地把文学借鉴观的重心向作者的主观意识倾斜。

欢增的文学借鉴观对王顶产生了深刻的影响。王顶不同意诗歌描写内容已经枯竭的说法。针对诗人在前人作品"影响的焦虑"中如何创作的问题,他写道:"王顶持有不同的看法,认为文学之眼依靠不可言状和不可思议的沉思,自己就能区分内容的新旧。"他还假借别人的话说:"大诗人即使睡着,他的语言女神也展现词音和词义,而其他诗人即使醒着,也双目失明。大诗人对于前人已经看到的事物,天生盲目,而对于前人没有看到的事物,则目光如神。大诗人凭肉眼能看到连三眼神(湿婆)和千眼神(因陀罗)也看不到的事物。整个世界都呈现在大诗人的思想之镜中。词音和词义竞相来到大诗人面前,要求观看。它们能看到沉思入定的瑜伽行者看到的事物。"[④]这些话说明,王顶显然受到了欢增诗学观的启迪。

---

① 黄宝生译:《梵语诗学论著汇编》(上册),第352页。
② 同上,第353页。
③ 同上,第354页。
④ 同上,第418－419页。

王顶继承梵语诗学形式分析的传统，对他认为属于“内容创新”的一类诗人条分缕析地进行说明。他写道：“以新意义转化旧内容，具有创造性，这是转化诗人。亲吻旧内容，但使用自己的优美词句，增添一些新的魅力，这是亲吻诗人。吸收旧内容，纳入自己的作品结构，描写出色，这是吸收诗人。着眼创新，将旧内容融化在自己的语句中，以致辨认不出，这是融化诗人。形象奇妙，富有意义和情味，在以往优秀诗人的作品中未曾见过，这是如意珠诗人，首屈一指。”[①]从这些论述或定义来看，它们显然是对欢增所谓“内容富有新意”主张的进一步具体化，这也符合梵语诗学或印度古代文化传统的系统化、程式化倾向。

王顶有一种辩证合理的模仿借鉴观，他赞成合理适度的艺术借鉴。黄宝生指出：“王顶认为词语和诗意的借用是创作中的正常现象。关键在于不能直接照搬，而应该在词语和诗意上有所创新。”[②]这是中的之言。

关于词音和词义的“借用”或借鉴问题，王顶有一些独到的看法，但其本质上仍是对欢增借鉴观的具体深化。王顶使用的“借用”一词为 haraṇa[③]。该词有获得、搬运、拿走、夺走、盗走、破坏等意思。印度学者对该词的英译为 appropriation[④]，该词有擅自调用、盗用、挪用、占用、侵吞等意思。黄宝生将其译为“借用”，显然是经过深思熟虑的，因为这种译法充分地考虑了印度古代乃至中国古代文化的某些传统特征。就中国古代而言，诗歌创作中的“用典”被视为一种修辞手段，它与欢增、王顶所谓的“借用”无疑存在某些相似性。

王顶将借用分成可取和不可取两类。他指出：“使用别人作品中的词音和词义，称作借用。借用分为两种：不可取和可取。其中，词音的借用分为五种：词、音步、半颂、诗律和作品。”[⑤]他还将词义或意义的借用分为有来历、掩盖来历和无来历等三类，共计三十二种。他认为，在词语借用中，如果借用前人作品中含有双关或其他创造性技巧的词，是不可取的。借用同样的词语而赋予新意，则是可取的；在意义借用中，如果新作与原作相比，原作的诗意更动人，则借用是失败的。如果新作的诗意更动人，则借用是成功的。他还说：“同样的词语表达另一种意义，不是借用，受到欣赏。而借用同样的意

① 黄宝生译：《梵语诗学论著汇编》(上册)，第 421 页。

② 同上，第 357 页。

③ 参阅 Rājaśekhara, *Kāvyamīmāmsā*, 1934, p.61.

④ Rājaśekhara, *Kāvyamīmāṃsā*, New Delhi: D. K. Printworld, 2000, p.179.

⑤ 黄宝生译：《梵语诗学论著汇编》(上册)，第 409 页。梵语诗歌的每一节为一颂，一般为两行，共分为四个音步。

义，则是十足的借用。没有不偷的诗人，没有不偷的商人，善于掩盖，不受指责，便是成功者。有的诗人是创新者，有的诗人是转化者，有的诗人是掩盖者，有的诗人是采集者。只要音和义的表达富有创意，推陈出新，便可称作是大诗人。"[①]从其中的一句话即"借用同样的意义，则是十足的借用"来看，王顶似乎并不欣赏一部作品完全"借用"另一部作品内涵的做法，这里的"借用"似有贬义。再看这句话，便可明白王顶最为反感的还是这么一种情形："如果将别人的作品以这种或那种理由说成是自己的，则不单是借用，而是明显的过错。这种情况适用于单节诗和整篇作品。即使是花钱买诗，也是借用。"[②]这里的"花钱买诗"其实并非"借用"，也是一种"明显的过错"。

综上所述，可以得出如下的印象：首先，欢增和王顶认可并提倡后世作家借鉴前人或同时代人的作品，但作品内容必须在具有"独立的自我"，必须在"富有创意"的前提下进行借鉴。这是一种十分中肯而可行的文学借鉴观。其次，欢增和王顶认为文学创作的内容永远不会枯竭，并且一些禀赋特别优秀的天才作家即他们所谓的"大诗人"或"优秀诗人"，并不愿意借鉴别人，因为他们的天赋才能即神奇的"想象力"（pratibhā）会使其创作得心应手、左右逢源。因此，欢增和王顶一方面提倡合理的文学借鉴，另一方面又为一些天才作家的独创喝彩。

西方文论史上也有类似的思想痕迹。一些西方论者认为，文学借鉴或文学模仿是一种不值得提倡和支持的创作行为。因为，这种创作行为缺乏独创性，是文学生产力下降的标志，与文学发展的规律背道而驰，与文学创作的目的大相径庭。因此，他们与欢增、王顶一样，提倡独创性写作。约瑟夫·艾狄生将文学天才分为两个等级。其中，第二等级的天才是那些"根据规则而成长，并使自己伟大的天赋服从于艺术的修正和限制的人"。在他看来，这第二等级的天才身上蕴藏着"巨大的危险"："他们自身的能力太为模仿所局限，全部依照范本形成自身，没能让自己的天赋完全发挥作用。模仿最优秀的作家的摹品是不能和出色的原初作品相媲美的；而且，我相信，我们可以发现，在思维方式上或表达方式上没有独特之处，没有完全属于自己的东西的作者，极少能在世界上成为一位非凡人物。"[③]

总之，欢增和王顶的文学借鉴观无疑有着非常值得关注的内容，也值得我们在现代

① 黄宝生译：《梵语诗学论著汇编》（上册），第418页。

② 同上，第417页。

③ 拉曼·塞尔登编：《文学批评理论：从柏拉图到现在》，刘象愚等译，北京：北京大学出版社，2003年，第153页。

语境中进行考察。但是,如果将他们的借鉴观、尤其是将王顶的某些观点绝对化并作为当代文学批评、学术判断的根本指南,则是对印度乃至中国古代文化传统的隔膜。前边所说的"用典"便是一例。就印度而言,其尊崇先贤、尊崇经典的集体无意识深刻地影响着几乎每一位梵语诗学家,古代人对所谓版权的概念并不如现代人那么清晰,以至于雪月、曼摩吒和毗首那特等人的著作存在大量借鉴或"借用"前辈学者的理论甚或其著作之段落、例句等情形,但其往往并未如同现代著述一样一一加注。有的学者在行文时偶尔点明或清晰或模糊的出处,如欢增在其著作的开头写道:"按照智者们传承的说法:'诗的灵魂是韵'。"(I.1)①王顶在著作中提到了很多前贤之名,但其继承欢增文学借鉴观却并未明示。凡此种种,使得一些当代学者认为部分梵语诗学著作存在所谓的抄袭、剽窃现象。事实上,只要回到文化传统深处,便能明白古代诗学家如此这般著述的缘由。例如,雪月的《诗教》这一书名便说明了其实用的指南性,而曼摩吒的《诗光》被后人一再称为"教科书"也并非是"空穴来风"。印度学者指出,对雪月的批评并不合理。"这样描述《诗教》会更加合适:它是一部好的教科书(good text-book),用大师们的语言清晰地解释了梵语诗学的方方面面,以便为研究著名权威的著作提供极佳的导论。"②这或许是前述学者将 haraṇa 译为"借用"的题中应有之意。

有的学者对涉及《维摩诘所说经》的汉译佛经传统进行思考,这可从另一角度说明或澄清上述问题:"实际上,玄奘也是十分尊重鸠摩罗什的翻译的。在他译的《说无垢称经》中,常常直接沿用什译中的一些语句。鸠摩罗什也是尊重前译的,在他译的《维摩诘所说经》中,有时也直接沿用支译中的语句。沿用前人译文中的一些成熟的语句,在中国古代佛经翻译中,已成为一种翻译惯例。这说明古代高僧们襟怀坦荡,即使批评旧译,也不抹煞旧译中的可取之处。他们将译经视为共同的事业,唯一的目的是努力向社会提供最完善、最准确的译文。这与现代翻译界重视所谓的'个人著作权',忌讳沿用他人的译文语句,不可同日而语。"③

再看看当代印度学者贝泰对于两部内容接近的梵语诗学著作即代吠希婆罗的《诗人如意藤》与阿摩罗旃陀罗的《诗如意藤注疏》的比较,我们对王顶"借用"的理解也许会更有体悟。根据贝泰的研究,代吠希婆罗的著作中有很多例句和论述见于《阿摩罗旃陀罗》的著作。S.K.代认为:"代吠希婆罗在论述主题和谋篇布局上非常近似阿利辛

① 黄宝生译:《梵语诗学论著汇编》(上册),第 232 页。

② V. M. Kulkarni, *Studies in Sanskrit Sāhityaśāstra*, Patan: B.L. Institute of Indology, 1983, p.154.

③ 黄宝生译注:《梵汉对勘维摩诘所说经》,"导言",北京:中国社会科学出版社,2011 年, 第 23 页。

赫和阿摩罗旃陀罗的著作，很容易明白，他大量地沿用前人著作。”①不过，在贝泰看来，代吠希婆罗与阿摩罗旃陀罗著作之间的复杂渊源还可以从另外一个角度进行解释。他指出：“尽管承认代的部分观点是正确的，但也必须声明，代吠希婆罗也在十二个论题上做出了自己有目共睹的贡献，在那些主题的论述中，他没有过多地借鉴阿摩罗旃陀罗。两部著作中的相似成分，或许是代吠希婆罗沿用了阿摩罗旃陀罗的例诗，抑或是他们两人都拥有对我们而言现已失传的相同文献。即便如此，代吠希婆罗显然的确知悉阿摩罗旃陀罗的著作，但又绝对没有盲从。这一点可由他的著作中的不同论题和相当独立且有智慧的论述得以证实。这至少在某种程度上说明，代吠希婆罗拥有自己独立的观点。”②这说明，代吠希婆罗《诗人如意藤》对阿摩罗旃陀罗《诗如意藤注疏》的“借用”是可取的。

由此可见，欢增和王顶的文学借鉴观不仅对我们从事文学创作和文学评论有着某种借鉴意义，也对如何评价古代乃至当代学术著述及其相关争议有着深刻的启示意义。

第七节 “语言是戏剧的身体”

有的学者指出：“语言是文学的第一要素，是构成文学作品的基本材料。对戏剧而言，语言有着特殊意义……在戏剧文本中，‘语言’不仅是戏剧文本创作的材料和形式，也是展示故事、思想和精神的重要媒介……可以说，没有语言就没有文学的戏剧史。”③这说明语言对于戏剧而言是至关重要的因素。

作为梵语诗学源头的梵语戏剧学代表作，《舞论》对于语言的关注也是有目共睹的。其中的缘由正如婆罗多指出的那样：“应该高度重视语言，因为它是戏剧的身体（tanu），形体、妆饰和真情（的综合表演）揭示语言的意义。经论（śāstra）由世上的语言构成，并以语言为基础，因此语言至高无上，语言乃万物起源（kāraṇa）。语言表演与名词（nāma）、动词（ākhyāta）、不变词（nipāta）、前缀（upasarga）、后缀（taddhita）、复合词（samāsa）、连声（sandhi）和格尾（vibhakti，或译“词尾”、“语尾变化”）等相关。”

① S. K. De, *History of Sanskrit Poetics*, Vol.1, p.259.

② Amaracandrayati, *Kāvyakalpalatāvṛttih*, p.20.

③ 顾春芳：《戏剧学导论》，北京：北京大学出版社，2014 年，第 396 页。

(XV.2－4)[1]此处似乎也可感受到婆摩诃、檀丁等早期诗学家重视语言问题的动力之一。

婆罗多之所以提出"语言是戏剧的身体"这一诗学命题,是因为他始终将戏剧表演视为语言表演、形体表演、真情表演和妆饰表演等四类表演组成的一门综合性艺术。亚里士多德认为:"情节是悲剧的根本,用形象的话来说,是悲剧的灵魂。"[2]而在婆罗多看来,戏剧的身体是语言,其灵魂似乎是味。婆罗多不厌其烦地讨论戏剧的语言表达,显示了他对语言问题的高度重视。

婆罗多以《舞论》第15至19章的五章篇幅(约占该书36章的五分之一),较为详细地讨论了戏剧语言的表演问题,包括词音、词态等各种语法规则、诗律、诗相、庄严、诗病、诗德、台词吟诵或曰剧中人物运用梵语和各种俗语的具体规定、角色的称呼等。例如,他对戏剧人物使用梵语、俗语和其他方言的具体规定是:"游方僧、仙人、佛教徒、纯洁的婆罗门,这些苦行者应说梵语。在种种特殊情况下,王后、妓女、女艺人也用梵语吟诵台词。在谈判中达成结盟或谈判破裂引发战争,行星和恒星循环运转,鸟儿鸣叫,王后如欲知晓这些现象蕴含的吉兆和凶兆,她以梵语吟诵台词。为了取悦世人,妓女在表演技艺时,轻松自如地以梵语吟诵台词。女艺人们学习技艺表演或为国王逗乐助兴,按规定在戏剧表演中说梵语。因为与天神联系紧密,按经典的规定,四方天女们所说的语言都是吉祥的,世人(在表演天女时)也照样说梵语。(剧作家)可以按照自己意愿吩咐下凡人间的天女运用俗语吟诵台词。如遇合适时机或有正当理由,成为凡人妻子的天女也可说俗语。在戏剧表演中,野蛮人(barbara)、山民、安德拉人和达罗毗荼人的部族语言不应用来吟诵台词。诸位婆罗门俊杰啊!对所有上述纯粹的部落而言,戏剧表演中应运用修罗塞纳语。不过,表演者可任意选用方言吟诵台词,因为一些戏剧是以不同地区的方言写成的。"(XVIII.36－46)[3]

关于台词吟诵的某些规则,婆罗多指出:"(在台词吟诵时),行家不会制造不合语法的词语,不会破坏诗律,不在不须停顿处停顿,也不在表演沮丧的吟诵时运用'明亮'的语调。行家应按照音调和庄严等台词吟诵的规则,吟诵那些没有诗病、富含诗相、具有诗德的诗。梵语台词吟诵中遵循的这些庄严和停顿的规则,同样也适用于女主角以

① Bharatamuni, *Nāṭyaśāstra*, Vol.2, pp.482－484.

② 亚里士多德:《诗学》,第65页。

③ Bharatamuni, *Nāṭyaśāstra*, Vol.2, pp.602－604.

俗语吟诵台词的场合。演员在表演十色时，其台词吟诵须得遵循与音调、(时间的)停顿(kalā)、(音乐的)节拍(tāla)和节奏(laya)相关的规则。"(XIX.75－77)①

《舞论》其他各章也或多或少地涉及语言表演。由于诗相、庄严、诗德、诗病等已在前边的范畴论部分涉及，此处只对其诗律部分进行简介，并简略涉及其他后世论者的相关思想。

婆罗多的戏剧语言观和诗律观表现在这样一段话中："语法规则论述详细、含义丰富，人们可以利用它创作诗体作品(vṛttinibandha)或较为自由的散文体作品(padabandha)。有语尾变化的词语(pada)分为诗体(nibaddha)语言和散文体(cūrṇa)语言，现在请听我说明诗体语言的特征……由此出现一种名为波哩多(vṛtta)的诗律(chandas)，它有四个音步(pāda)，音步有其(长短不一的)各种音节，表达种种含义。波哩多诗律由音步组成，包括 26 种，有规则(sama)、半规则(ardhasama)和不规则(viṣama)三类。诗律中包含了构成诗体作品的波哩多诗律，多种多样的波哩多诗律以语言为基础。没有缺少诗律的语言，正如不乏语言的诗律，因此，语言和诗律二者的结合使戏剧增光添彩。"(XV.35－42)②这说明，婆罗多将包含各种诗律的语言视为美化戏剧表演、增强其表达效果的最佳方式。

婆罗多在论述戏剧语言的表演中重视诗律，其实早有所本。这是因为，印度古代有一种与吠陀文献密切相关的著作，统称"吠陀支"。它们共分六支即礼仪学、语言学、语法学、词源学、诗律学和天文学。其中的诗律学按照梵语发音也称禅陀(Chanda)。同中国古代文论和波斯古典诗学的诗律(韵律、格律)论一样，印度古代的诗律论也非常丰富且价值不菲，值得研究。

梵语中的诗律学源远流长。很早的时候即波你尼时期，便有一位名叫宾伽罗(Piṅgala)的仙人，创作了为后世瞩目的诗律学经典《阐陀经》(Chandas Sūtra，直译为《诗律论》)，它属前述的六吠陀支之一③。当代印度学者已经将其译为英文和印地语并于 2008 年出版。金克木曾经在《梵语文学史》将这部著作称为《宾伽罗经》。他评价此书道："这是最古的系统著作，一般认为它较吠陀诗歌古注中论韵律的晚，但比《舞论》和《火神往世书》中同类部分为早。这以后有许多论古典诗韵律的手册，有的晚出的本

① Bharatamuni, *Nāṭyaśāstra*, Vol.2, pp.635－636.

② Ibid., pp.510－512.

③ Pingala, *Chandasutra*, New Delhi: Gurukula Vridavan Snatak Sodha Sansthan, 2003.

子成为流行的作诗依据。”[①]如此说来，美国汉学家梅维恒（Victor H. Mair）等人的观点似乎值得商榷：“关于印度诗律与诗学的讨论自然要从《舞论》开始。尽管这是一部戏剧著作，但书中有着现存最早的对梵语诗律的系统阐述。”[②]

婆罗多的诗律论与宾伽罗的《阐陀经》似乎存在某些联系。例如，《舞论》论及的两类诗律即波哩多（vṛtta）和阇底（jāti）诗律便发端于《阐陀经》对此的相关论述[③]。不过，真正从戏剧学、诗学和音乐学等几个不同角度综合论述诗律的著作，似乎得追溯到《舞论》。

《舞论》介绍了梵语诗律。按照婆罗多的介绍，梵语诗歌一般每节分成两行，每行两个音步（pāda）。梵语诗律分成波哩多和阇底两类：前者是音节有规则的组合，后者是音节瞬间有规则的组合。音节以元音为标志，短元音为短音节，长元音或复合元音为长音节，在复辅音、鼻化音或送气音前面的短元音也算长音节。同时，每个音步，尤其是第二、第四音步末尾的音节，即使是短音节，也可视为长音节。短音节为一个音节瞬间（即一个单位的发音时间），长音节为两个音节瞬间。婆罗多指出：“诗律（vṛtta）分为半规则、不规则和规则三类。诸位婆罗门俊杰啊！诗律（chandas）中的音步如缺少或多出一个音节，则分别称为不足和多余；如多出两个音节，则为所谓的过多；如缺少两个音节，则为所谓的过少。行家们认为，所有诗律可以分为三类：天神的、人间的、半神的……长音节和短音节在所有诗律中均可见到。”（XV.96 - 103）[④]

关于波哩多诗律，婆罗多具体介绍了每音步六音节至二十六音节的诗律。他还将其艺术地运用于《舞论》第 32 章中关于各种声乐（dhruvā）的论述之中[⑤]。这说明，古代印度的音乐与声律之间存在着极其密切的联系。

婆罗多还介绍了阿利耶（āryā）诗律，它属于阇底诗律，分成五种。这类诗律体现在音步具有一定的音节瞬间数量和长短音组合方式[⑥]。

值得注意的是，巴利语中也有与梵语既相似也不尽一致的各种诗律。巴利语诗律

① 金克木：《金克木集》（第二卷），北京：三联书店，2011 年，第 449 页。

② 〔美〕梅维恒、梅祖麟：“近体诗律的梵文来源，”王继红译，载张西平主编：《国际汉学》（第十六辑），郑州：大象出版社，2007 年，第 205 页。

③ Kapil Deva Dvivedi and Shyam Lal Singh, trans. *The Prosody of Pingala: A Treatise of Vedic and Sanskrit Metrics with Applications of Vedic Mathematics*, Varanasi: Vishwavidyalaya Prakashan, 2008, pp.117 - 119.

④ Bharatamuni, *Nāṭyaśāstra*, Vol.2, pp.526 - 527.

⑤ see Bharatamuni, *Nāṭyaśāstra*, Vol.3, pp.1236 - 1298.

⑥ 本节关于婆罗多诗律论的介绍，参阅黄宝生：《印度古典诗学》，第 119 - 120 页。

可以分为同一(sama)、半同一(addhasama)和不同一(asama)等三类:“如果所有诗步中的音节完全相同,称为同一诗律。如果第一和第三诗步以及第二和第四诗步相同,称为半同一诗律。如果所有诗步中的音节不相同,称为不同一诗律。”①其中相当于规则诗律的同一诗律为十七种,相当于半规则的半同一诗律为十一种,而相当于不规则的不同一诗律的情况则更复杂②。从国外学者的介绍来看,上述三类诗律中有很多沿用的是梵语诗律的名称,这似乎说明巴利语诗律有机地继承了古典梵语诗律,也可能是两者共同继承了宾伽罗的《阐陀经》。

在婆罗多看来,各种诗律应该与各种戏剧情味的表演相辅相成、交相辉映,以获得最佳的艺术效果。他说:“艳情味应该使用隐喻和明灯以及阿利耶诗律。英勇味应该使用阇揭底诗律、阿底阇揭底诗律和商迦哩底诗律。在描写战斗或喧闹时,可以使用优特迦哩底诗律。悲悯味可以使用舍迦婆哩诗律和阿底陀哩底诗律。英勇味使用的诗律,暴戾味也可以使用。其他的味使用的诗律都应该适合内容。诗中的音节有三种:短音节、长音节和复合音节,都应该适合味、情和情由。”(XⅦ.111－115)③他还指出:“前面提到规则、半规则和不规则的三种波哩多诗律,也应该适合内容,词语高尚和甜蜜。”(XⅦ.120)④由此可见,戏剧味的唤起或表演除了需要各种庄严、诗德、诗相外,还得借助于各种复杂的诗律,这些诗律成为戏剧语言展现其特殊魅力的“催化剂”或最佳“二传手”。

婆罗多的戏剧诗律论为以后的梵语戏剧学和诗学著作开了先河。此后很多戏剧学和诗学著作或多或少都涉及诗律,并对他的论述有所借鉴或沿用。例如,13世纪的“诗人学”著作《诗如意藤注疏》第一章题为“诗律魔力”(Chanda: siddhipratāna),它介绍了各种诗律的运用。

与婆罗多不同,梵语诗学家主要关注诗律对于诗歌创作的重要意义。例如,伐摩那谈到诗的成功因素时指出:“庄严论以语法、词典、诗律学、艺术、爱经和刑杖论为前提性知识。”(I.3.3)⑤这是因为,诗律学可以消除创作时遇到的诗律方面的困惑。格薄吒对作品的分类与诗律相关:“作品分为有诗律的和无诗律的两类。诗体是第一种即有

① 〔法〕迪罗塞乐:《实用巴利语语法》,黄宝生译,北京:中西书局,2014年,第234页。
② 具体内容参阅:〔法〕迪罗塞乐:《实用巴利语语法》,第233－241页。
③ 黄宝生译:《梵语诗学论著汇编》(上册),第73－74页。
④ 同上,第74页。
⑤ Vāmana, *Kāvyālaṅkāra-sūtra*, p.28.

诗律的作品，无诗律的作品是散文体和混合体。”（II.4）[①]

在梵语诗学发展史上，安主的《绝妙诗律》具有非常独特的价值。它既是“诗人学”的一个重要侧面，也是诗律论的全面总结。“安主的《绝妙诗律》体现了他在诗律方面具有很高的独创性。”[②]全书共分三章。第一章选取了二十七种最流行的诗律，并以自己和迦梨陀娑等人的诗句为例进行逐句阐发。例如，阿奴湿图朴（anuṣṭupa）诗律的特征是：“所有音步中的第五个音节是短的，第二个和第四个音步中的第七个音节是短的，所有音步第六个音节是长的。由于不同的组合变化，阿奴湿图跋诗律的种类不可计数。”（I.14－15）[③]这种诗律悦耳动听，大史诗《摩诃婆罗多》中的绝大多数颂诗采用这一诗律。第二章解说了普通诗律的优点与缺点，并结合第一章的诗律进行阐释。第三章讲述如何在描写特定对象时选取合适的诗律。这反映了安主一以贯之的合适论思想对其诗律学的渗透。安主认为，以一种诗律创作，是诗人才能不足的表现。他提倡诗人以几种诗律创作。在他看来，选用合适诗律、缺乏诗病、充满诗德的诗流光溢彩。总之，安主的《绝妙诗律》既探讨了形而上的诗歌创作技艺即如何正确运用诗歌韵律的重要文体，又突破了这个范围，进而上升到形而上的诗学理论高度。

诗律论不仅存活于古代的梵语诗学中，近代以来的印度学者也对此予以关注。例如，多摩多罗·密湿罗（Dāmodara Miśra）于1833年写成专论各种梵语诗律的《语言装饰》（Vāṇībhūṣaṇa）。杜尔迦娑诃耶（Durgāsahāya，1775—1850）写成《诗律辩》（Vṛttavivecanam），对非常流行的四十五种梵语诗律进行阐释。该书旨在为初学者提供诗歌写作指南，自然对保存传统文化具有积极意义。

第八节　“写诗应努力学习语法”

印度古代的语言学成就在古代世界独树一帜。印度语言学（语法学）为“五明”（声明、工巧明、医方明、因明、内明）之首，被誉为“学问之源”。梵语诗学与梵语语言学密

① Jñānapramodagaṇi, *Jñānapramodikā: A Commentary on Vāgbhaṭālaṅkāra*, p.18.

② Kṣemendra, *Suvṛttatilaka*, “Introduction”, by Rabindra Kumar Panda, Delhi: Paramamitra Prakashan, 1998, p.10.

③ Ibid., p.28.

切相关。“在前婆摩诃时期,梵语语法学是诗学的一个组成部分。”①梵语语法理论对于语言的探讨、特别是对于语言和意义关系的探讨和争论,奠定了梵语诗学的基础之一。婆罗多《舞论》的戏剧语言论,对于梵语诗学家重视诗歌语言的艺术表达问题,无疑产生过举足轻重的影响。

波你尼奠定了梵语语法学的基础。他规定的词格、词性、词数和复合词乃至连声规则被后世学者继承,也在很多梵语诗学著述中有所反映。在他之后,公元前2世纪的波颠阇利(Patañjali)著有《大疏》(Mahābhāṣya),他接过波你尼的探索旗帜,继续思考语言问题。波颠阇利指出,表达意义是词的惟一目的。他由此提出著名的“常声”(sphoṭa)说,常声说直接启迪了梵语诗学韵论的产生。常声说在7世纪著名的语法学家伐致呵利(Bhartṛhari)那里得到了长足的发展。深受吠陀语言神圣论的影响,伐致呵利在他的《句词论》(Vākyapadīya)中,推崇语言,将语言的本质等同于梵,提出“声梵”(śabdabrahman)的概念,并将语言与世界的创造联系起来加以理解。例如,他在《句词论》开篇写道:“无始、无终和不灭的梵,词(音)的本质转化为各种对象(义),创造世界。”(I.1)②他还依据“梵我同一”的观念指出:“语言是说话者的内在自我,人们称他为伟大的如意神牛。谁通晓语言,就能达到至高灵魂(梵);掌握语言活动本质,就能享有梵甘露。”(I.131-132)③

文学是语言的艺术,文学理论即诗学自然与语言修辞结下不解之缘。梵语语言学家的思路直接影响了梵语诗学理论的产生和发展。例如,就庄严论而言,对于叠声、比喻、夸张、奇想等修辞法的分析是题中应有之义。对于曲语论来说,对于词性、词格、词数的曲折性即艺术性使用是主要议题。就韵论而言,它整个体系的建立主要依赖语言学支撑。欢增等诗学家为韵论天才地注入了新鲜血液,以至于后来难以察觉语言学对韵论的影响痕迹。“我们的语法学家的观察很了不起,但我们的文学批评家的思考的确更为杰出。”④正是因为对语言问题的深入思考,婆罗多、婆摩诃、檀丁、欢增等梵语诗学家才完成了其理论建树,并提出了很多重要的诗学命题。这些诗学命题既彰显了梵语语言学或语法学对诗学理论的渗透,也反映了梵语文学创作首先是

① V. M. Kulkarni, *Studies in Sanskrit Sāhityaśāstra*, Patan: B. L. Institute of Indology, 1983, p.122.

② 转引自黄宝生:《梵学论集》,第266页。

③ 同上,第267页。

④ Tarapad Chakrabarti, *Indian Aesthetics and Sciences of Language*, Calcutta: Sanskrit Pustak Bhandar, 1971, p.149.

语言美化的一种艺术规律。具体而言，婆罗多提出的“语言是戏剧的身体”和婆摩诃提出的“写诗应努力学习语法”等诗学命题，分别涉及作为综合性表演艺术的戏剧和单纯以语言文字来创作的诗歌等两种古代文类，具有非常重要的理论参考价值和创作指导意义。

梵语诗学独立发展的早期阶段，对于语言的艺术运用尤为强调。婆摩诃自然是这一趋势的典型代表。他认为：“写诗的人应该思考词音、词义、诗律、传说故事、世界、方法和技巧。渴望写诗的人首先应该通晓词音和词义，请教这方面的专家，研究别人的作品。无论如何，甚至不要用错一个词（或写错一行诗），因为劣诗犹如坏儿子，败坏父亲名誉。”（I.8－11）①他还非常形象地指出：“以经典为海水，以词汇为漩涡，以诵读为海底，以词根和词缀为鳄鱼，以潜心钻研为渡船，以其他知识为经常在水中游戏的大象，勇敢坚定者看到海岸，智慧不足者心生怨恨。一个人如果不能渡过深不可测的语法之海，他就无法自由地运用词宝。想要写诗，就应该努力学习语法。”（VI.1－4）②因此，婆摩诃不仅对各种词音庄严和词义庄严进行辨析，还对一些具体的语法规则和语言现象进行介绍和分析，以为学诗者提供写作指南。他提倡运用“曲折语言”即艺术化的诗歌语言，反对使用令人费解的僻义词、不雅词、粗俗词、无意义词，他说：“不要使用学者用语，不要使用其他技术用语，不要像吠陀颂诗那样表述，不要使用吠陀颂诗用语。应该使用固有的、动听的和合适的词，因为传达意义的魅力胜过其他庄严。一般地说，可以使用《释补》和《如意》确定的词，而不要使用产生于‘语法规则分解’的词。”（VI.27－29）③这些观点有些令人困惑，其中似乎潜藏着矛盾。婆摩诃接着介绍了各种语法规则，然后总结道：“有谁能原原本本讲述波你尼语法的所有规则，因此，我的探讨到此为止。如果有人能到达波涛汹涌的词海彼岸，那确实是奇迹。人们经常接受其他人的学问，不违背他们的观点。而波你尼语法的观点在这世上值得信赖。公正地说，他的观点不是属于某个人的判断标准。”（VI.62－63）④

从上面的话来看，婆摩诃诗歌语言观存在某些自相矛盾之处。一方面，他不提倡使用“学者用语”、“其他技术用语”或“吠陀颂诗用语”，另一方面又规定可以使用“《释补》和《如意》确定的词”，并详细介绍各种语法规则，这在一定程度上限制了更多的诗

① 黄宝生译：《梵语诗学论著汇编》（上册），第113－114页。

② 同上，第146页。

③ 同上，第148－149页。

④ 同上，第149页。

人“到达波涛汹涌的词海彼岸”或“渡过深不可测的语法之海”。按照婆摩诃的要求,诗人们如欲自由地运用“词宝”,必将面临严峻的挑战。从另一个角度来说,婆摩诃的诗歌语言观之所以会出现这种自我作对的现象,归根结底还是其庄严论一味强调语言重要性的必然产物。这有些类似于20世纪初的新批评或形式主义文论的处境、命运与结局。庄严论的核心地位后来被味论、韵论所取代,形式主义文论和新批评后来逐渐失宠,其中的道理自然类似。印度古典诗学和西方现代文论所存在的这种“片面的深刻”,的确令人深思、发人深省。

与婆摩诃同时代的檀丁将语言的重要性推到无以复加的地步:“完全是蒙受学者们规范的(梵语)和其他的语言(俗语)的恩惠,世上的一切交往得以存在。如果不是称之为词的光芒始终照耀,这三界将完全陷入盲目的黑暗。”(I.3－4)①这不禁使人想起伐致呵利的“词(声)梵”说。檀丁还写道:“智者们认为正确使用的语言如同如意神牛,而错误使用的语言则表明使用者是蠢牛。因此,哪怕是诗中微小的瑕疵,也不容忽视。尽管身体美丽、有了一点麻风白斑,也令人嫌弃。”(I.6－7)②这种思想与婆摩诃如出一辙,因此,檀丁也在著作中对诗歌语言进行详尽的探讨,其所具有的理论价值和创作指南意义不可忽视,但其具有的“片面的深刻”也不难理解。

总起来看,婆摩诃和檀丁之后的梵语诗学家非常重视诗歌语言问题的多角度探讨。解析一部梵语诗学发展史,某种程度上就是清理语言学对诗学渗透的历史。

西方诗学自古希腊始,便有讲究修辞技巧和谈论语言问题的传统。在西方诗学发展史上,从柏拉图和亚里士多德起,延至现代的T.S.艾略特、雅各布森、保罗·德曼等人,都对语言问题穷追不舍,且将其上升到哲学高度进行探讨。西方诗学与语言学的历史关联跟梵语诗学的情况基本相似,但其间也存在一些差异。就梵语诗学而言,它所关注的是修辞(庄严)技巧、语言风格和音义关系等问题,而西方古典诗学则将修辞学与演说论辩术联系起来进行探讨,西方近、现代诗学也探讨音义关系问题,但更多地着眼于形式主义、新批评的文学内部研究,着眼于结构主义或解构主义、甚至是现象学或存在主义的美学思考,此即语言论转向的实质所在。因此,从一个大的历史范围来看,语言在西方诗学发展进程中所扮演的角色更为丰富③。

---

① 黄宝生译:《梵语诗学论著汇编》(上册),第153页。

② 同上,第154页。

③ 参阅拙著:《梵语诗学与西方诗学比较研究》,第27－28页。

第九节 “读者产生情由等等的普遍化”

印度学者认为:“普遍化是印度美学的原创性观念。”①就梵语诗学家馈赠世界古典诗学乃至东、西方现当代文学理论、文学批评或比较诗学的珍贵礼物而言,那耶迦和新护等人提出的关于审美体验或艺术情感的“普遍化”原理应该排在首位。对于梵语诗学和西方诗学的审美鉴赏论来说,最有比较价值的基础学说也是印度的“普遍化”原理②。

黄宝生先生指出:“新护批判地吸收前人观点中的合理成分,提出自己的见解。他认为具有鉴赏力的观众在观赏戏剧时,是以普遍化的方式把握戏剧内容的……新护对艺术审美心理的深刻探索代表味论达到的最高成就。在新护之后,梵语诗学家大多采纳新护的味论。”③普遍化原理首先表现为相关的一些诗学命题,其中,“读者产生情由等等的普遍化”或曰“读者(观众)情感普遍化”便是颇有代表的一例。这里的“情由等等”指婆罗多在《舞论》中论述的联合产生味的3种有效情感因素:情由(vibhava)、情态(anubhava)和不定情(vyabhicaribhava)。新护指出:“在读者心中产生的是诗中情由、情态和不定情的普遍化。这种普遍化仅仅发生在故事中。”④关于读者或观众情感普遍化的产生流程,他解释说,戏剧欣赏的本质是“所有观众共享的普遍化的快乐。通过品尝合适的歌曲和器乐,观众忘却世俗事务,心地变得清净,如同明镜。他能融入通过观看姿势等等表演产生的喜悦和忧伤中……这种认知不陷入时空的特殊性,摆脱正确、错误、怀疑和可能等等知识范畴”⑤。

梵语诗学“普遍化”原理最先的阐释可以追溯到新护的前辈学者那耶迦。在他之前,欢增已经提出韵论。欢增确认诗歌语言具有表示、转示和暗示三重功能。那耶迦没有照搬,而提出表示、展示和品尝三重功能,用以阐述艺术审美的三个阶段。在第一阶段,戏剧或诗歌本书提供原始意义。第二阶段,戏剧和诗歌运用各自的艺术特点如形

---

① Angraj Chaudhary, *Comparative Aesthetics: East and West*, p.56.

② 本节关于普遍化理论的介绍,参阅拙著:《梵语诗学与西方诗学比较研究》,第241-257页。

③ 黄宝生译:《梵语诗学论著汇编》(上册),第471页。

④ 同上,第472页。此处的“读者”也可视为观众的代名词,而“诗”指戏剧或戏剧中的诗歌表演。

⑤ 同上,第473页。

体、语言、妆饰、庄严、诗德等,使读者或观众摆脱精神愚痴,进入艺术境界。由此,戏剧和诗歌中的情由、情态和不定情在观众和读者心中获得普遍化。戏剧诗歌中蕴涵的常情也随之普遍化,并获得展示。在第三阶段,观众或读者品尝到戏剧和诗歌展示的常情,也就是品尝到味。这种品尝充满光明和欢喜,不同于日常经验,具有知觉憩息的性质,犹如品尝至高的梵。"也就是说,以品尝'味'为旨趣的审美经验类似以领悟'梵'为旨趣的宗教神秘体验。"①在那耶迦这里,味论普遍化原理已经初具雏形,并且,他开始摆脱婆罗多客观的戏剧味论,进入到主观神秘的诗学味论领域。这是梵语诗学合乎逻辑的发展。

新护对那耶迦的味论提出了批评,但基本接受了他的普遍化原理。新护没有接受那耶迦的"三德"说,但同意品尝味类似品尝梵的观点。因此,新护批判地吸收了那耶迦味论的合理内核。在吸收前人成果以建构自己的味论体系时,还表现出另外一个特点:"新护在印度第一个用文学批评理论术语处理宗教问题,并第一个用宗教术语研究文学理论问题。这是他和欢增的最大区别,也是他和早期所有文论家最大的区别。"②在新护看来,味就是情,一种以品尝为特征的、完全摆脱障碍的感知对象。他将不受阻碍的艺术感知称作"惊喜"。他指出,味的障碍有7种,如不适合感知,缺乏感知手段,陷入自己的快乐等等。论述味的障碍后,新护进一步确定味的性质。他说:"因此,味是由一种有别于表示功能的展示功能展示的,以情由、情态和不定情的普遍化为核心,能排除根深蒂固的精神愚痴……而由于喜占优势,充满光明和欢喜,表现为知觉憩息,类似品尝至高的梵。"③新护接下来还引述了那耶迦的话:"味是诗的目的(或意义),是由各种情结合而呈现的至高意识领域,是一种以品尝为核心的经验。"④新护接受了印度古代瑜伽哲学等影响,并表述在他的味论观中。他认为:"无论如何,味就是情,一种以品尝为特征的、完全摆脱障碍的感知对象。"⑤

关于品尝味或曰味的体验的本质,新护还论述道:"味的品尝以超俗的'惊喜'为特征,不同于回忆、推理以及任何日常的自我知觉……这种品尝产生于超俗的情由、情态和不定情的结合。这种品尝不同于通过感觉(现量)、推理(比量)、言词证据(声量)和

---

① 黄宝生:《印度古典诗学》,第311页。此处关于那耶迦和新护味论的介绍参考该书。

② J. L. Masson & M. V. Patwardhan, *Aesthetic Rapture: Rasādhyāya of the Nāṭyaśāstra*, Vol.1, Poona: Deccan College, 1970, p.7.

③ 黄宝生译:《梵语诗学论著汇编》(上册),第482页。

④ 同上,第483页。

⑤ 同上,第486页。

类比(喻量)等等日常的认识手段感知爱等等常情。”[①]换句话说,新护使用了佛教的“遮诠法”(apoha vāda)阐释味体验的本质,其实就是对味的普遍化原理的论述进行铺垫。

新护的普遍化原理涉及一个关键词即“潜印象”(vāsanā,samskāra)。他说:“由于观众自身具有爱的潜印象,观众的自我也介入这种爱。这样,观众不是以与己无关的态度感知这种爱……因此,艳情味是经过普遍化而成为持续或单一的知觉对象的常情爱。常情的普遍化依靠情由、情态和不定情。”[②]

新护理解的味的品尝,既不完全执著于自我或客观对象,也不是出于实际的功利需求。“观众是沉入自己的常情潜印象。这些潜印象是通过情由、情态和不定情的普遍化而被唤醒的,因此,不会出现障碍。这是我们反复强调的。所以,情由、情态和不定情不是味产生的原因。”[③]也就是说,观众或读者沉迷于自己的常情潜印象,而潜印象又是通过情由等的普遍化而被唤醒的。这便是新护关于味论普遍化原理的基本思路和核心。在他之后,很多人还论述过味的问题,如毗首那特和世主等人。他们的味论思想与新护的普遍化味论相去不远。

根据倪培耕的介绍,现代印度文论家大多认为,西方没有哪种文论观念或思潮能够完全涵盖印度普遍化味论的内容,即使它涉及美感享受也没有印度普遍论那么程序化和系统化。味论普遍化原理是一种艺术传播和接受理论,普遍化是一个过程,是特殊变成一般、非普遍变成普遍的过程。这个过程一般分两步。首先是作品中表达情感活动的艺术内容如情由、情态等,摆脱自身的时空樊篱,由特殊变为一般;其次是欣赏者摆脱自己现实的具体情感关系,采取一种使个性消解的审美态度。只有这两个过程一并实行,作家在作品中表现的情感内容才能成为读者或观众的品尝之味。显然,前一个过程是传播过程,后一个是接受过程。传播与接受问题历来受到印度与西方文论家的重视。“印度普遍论包含了这两方面的内容,但西方还没有哪个理论能包含这两个过程,它们往往侧重于某一个方面。”[④]

新护的普遍化原理最具东、西诗学比较价值。从审美接受的角度看,味论普遍化原理在德国古典美学代表人物康德那里也能发现相似的思想痕迹。康德在《判断力批判》中写道:“审美趣味是一种不凭任何利害计较而单凭快感或不快感来对一个对象或

① 黄宝生译:《梵语诗学论著汇编》(上册),第 491 – 492 页。
② 同上,第 493 页。
③ 同上,第 492 页。
④ 倪培耕:《印度味论诗学》,第 245 页。此处介绍参阅该书相关内容。

一种形象显现方式进行判断的能力。这样一种快感的对象就是美的。"[①]他还认为:"审美判断既然在主体意识中不涉及任何利害计较,就必然要求对一切人都有效。这种普遍性并不靠对象,这就是说,审美判断所要求的普遍性是主观的。"[②]在康德这里,普遍可传达的东西不能是认识对象,而只能是审美判断中的心境。这与味论普遍化原理有些相似。因为,这种审美心境是审美活动的主要内容,它之所以可以普遍传达,是根据人类具有"共同感觉力"(几近于新护所谓"潜印象")的假定,即所谓"人同此心,心同此理"。康德给美下了一个新护式的定义:"美是不涉及概念而普遍地使人愉快的。"[③]

印度学者认为:"'普遍化'的观念与巴娄(Edward Ballough)的'审美距离'说(aesthetic distance)和李普斯(Theodor Lipps)的'移情'说(Einfühlung)相似。这种'移情'的观念在梵语中称为'超越文字的感知'(tanmayībhavana),审美活动被视为心灵共鸣(hṛdayasamvāda)。"[④]巴娄认为,"审美距离"是一种特殊形态的精神过程,对艺术的传播和欣赏是必要的。只有观众和读者消解自己的实用意识,并使艺术摆脱个人功用目的,审美距离才可能产生。显然,这种消除个人功利的审美态度与新护等人的美学主张存在一些相似。例如,新护在《舞论注》中说过:"作为一个有鉴赏能力的读者,他的心具有纯洁的直觉。"[⑤]这种"纯洁的直觉"只有具备了审美距离才可能形成。这种"距离说"在中国美学家朱光潜那儿也有相似的思考:"艺术家之所以为艺术家,不仅在能感受情绪,而尤在能把所感受的情绪表现出来;他能够表现情绪,就由于能把切身的情绪摆在某种'距离'以外去观照……凡艺术家都须从切身的利害跳出来,把它当作一幅画或是一幕戏来优游赏玩。这本来要有很高的修养才能办到。"[⑥]朱光潜还认为:"无论是创造还是欣赏,我们都不能同时在所表现的情感中过活,一定要站在客位把这种情感当作一幅图画去观赏。"[⑦]这里所谓"很高的修养"或"站在客位"皆指审美距离的形成或曰普遍化能力的培育。

艾略特继承 T. E. 休姆的反浪漫主义立场,提出了著名的"非个性化"(非个人化)理论。这种思想并非新颖,因为,艾略特很可能在熟悉印度文学理论后借鉴了新护

① 朱光潜:《西方美学史》(下卷),第 361 页。此处对康德等人美学观的介绍,参考该书相关内容。
② 转引自朱光潜:《西方美学史》(下卷),第 362 页。
③ 同上,第 365 页。
④ K. Krishnamoorthy, *Indian Literary Theories: A Reappraisal.* p.22.
⑤ 黄宝生译:《梵语诗学论著汇编》(上册),第 484 页。
⑥ 朱光潜:《文艺心理学》,第 18-19 页。
⑦ 同上,第 19-20 页。

等人的理论，从而在其“非个性化”理论背后填充了东方诗学的营养元素。新护说过：“读者（或观众）在理解了这些诗的文字意义之后，立即产生另一种超越诗句特定时限的感知。这是一种内心的、直接的感知……因此，它具有普遍性，不是有限的，而是广大的。”[①]这是指审美体验即品尝诗味的一种特殊心理程序，涉及诗歌情感的普遍化问题，即艾略特所谓的“逃避情感”的问题。印度学者指出：“T.S.艾略特拒绝接受华兹华斯诗歌表现个性的观点，他的思想特征在于诗歌非个性化或逃避个性，这明显受到印度美学理论的影响。”[②]

文艺符号学家苏珊·朗格的思想与味论普遍化思想也有联系。苏珊·朗格指出：“艺术是人类情感的符号形式的创造。”[③]她认为，所有的艺术只有在创造形式符号来表现情感这一点上才有共性。换句话说，只有通过抽象而普遍的形式才能表现艺术情感。她说：“只有作品是真实的，它所表达的情感才能成为普遍的；作品往往受其符号的约束。把艺术符号化的作用就是为观众提供一种孕育感情的方法，而这比对感情做出判断是更为基本的。”[④]有学者指出，她的理论与味论存在紧密的联系：“无疑，苏珊·朗格是现代美学家中最坚定地将情感放在艺术哲学中心地位的人。印度理论家对她的文艺理论应该感到非常有趣，这不仅因为她的理论和味论有着某种亲缘关系，还因为她在讨论戏剧时特别提到了味的概念。”[⑤]

第十节　“艳情味是最甜蜜、最愉快的味”

欢增在《韵光》中指出：“艳情味是最甜蜜、最愉快的味，因此，甜蜜的诗德附属蕴含艳情味的诗。而在分离艳情味和悲悯味中，甜蜜的诗德尤为突出，因为心在这里变得湿润柔软。”（II.7－8）[⑥]欢增在此提出了梵语诗学史上的一个重要命题：“艳情味是最甜蜜、最愉快的味。”这一命题触及古今中外共同的文学主题，也触及人类心灵最敏感、最丰富的领域，同时还体现了梵语诗学与印度教文化传统的特殊关系。

---

① 黄宝生译：《梵语诗学论著汇编》（上册），第485页。
② M. S. Kushwaha, ed. *Indian Poetics and Western Thought*, Lucknow: Argo Publishing House, 1988, p.20.
③ 苏珊·朗格：《情感与形式》，刘大基等译，北京：中国社会科学出版社，1986年，第51页。
④ 同上，第458页。
⑤ V. K. Chari, *Sanskrit Criticism*, Honolulu: University of Hawaii Press, 1990, pp.239－240.
⑥ 黄宝生译：《梵语诗学论著汇编》（上册），第251页。

在婆罗多指出的八种味中,艳情味无疑占有非常重要的位置。在详细论述八种味的特征时,他首先论述艳情味。他将毗湿奴视为艳情味的保护神,这一姿态对后来的虔诚味论者产生了直接而深远的影响。他说:"艳情味产生于常情爱,以漂亮的服装为特征,正如世上清洁、纯净或好看的东西都用艳情比拟。这样,服装漂亮的人被称作有艳情的人。"(VI.45)[①]他还说:"艳情味与所有的情相关联。还有,充满幸福,怀抱渴望,利用季节和花环等等,男女结合,这被称为艳情味。"(VI.46)[②]在婆罗多看来,艳情味以男女为因,以美丽少女为本。它有两个基础:会合与分离。换句话说,艳情味可以分为会合艳情味(sambhogaśṛṅgāra)与分离艳情味(vipralambhaśṛṅgāra)两类。艳情味应当用眼的灵活、眉的挑动、媚眼或疲倦、忧虑、疯狂等情态来表演。分离艳情味与悲悯味性质不同。

如前所述,婆罗多对"艳情味"的推崇,充分体现了印度文化的特色。因为,印度教人生四目标之一就是欲(kāma)。这一姿态预示了以后的梵语诗学家如楼陀罗跋吒和波阇等高度重视艳情味的审美倾向。例如,楼陀罗跋吒将自己的著作命名为《艳情吉祥痣》,波阇则将其著作命名为《艳情光》,般努达多将其著作称为《艳情味花簇》,等等。值得注意的是,楼陀罗吒和胜财等人将艳情味分为三类或四类,扩大了艳情味所涵盖的艺术表现范畴。

大约生活在10世纪的楼陀罗跋吒著有《艳情吉祥痣》,他将婆罗多的戏剧味论运用于诗学领域,但其重点却在艳情味领域。"楼陀罗吒的《诗庄严论》和楼陀罗跋吒的《艳情吉祥痣》标志梵语诗学主流由庄严论向味论转折。"[③]该书分为三章,分别论述了味、情、艳情味等各味、男女主角和四种风格等。楼陀罗跋吒写道:"婆罗多等人已经充分地论述了戏剧中味的本质,将说明味在诗中的地位(本质)。"(I.5)[④]楼陀罗跋吒接下来集中笔力论述艳情味。他说:"艳美、刚烈、崇高和雄辩四种风格,是不同状态的味的特征。从正法中获得利益,从利益中获得爱欲,从爱欲中产生愉快的果实,从美好的味中,男主角品尝到更美好的艳情。常情爱产生恋情,男女间具有各种表现艳情的姿态。艳情味分会合与分离两种。会合艳情味是男女相聚,分离艳情味是他们的别离,这两种

---

① 黄宝生译:《梵语诗学论著汇编》(上册),第47页。

② 同上,第48页。

③ 黄宝生:《印度古典诗学》,第303页。

④ R. Pischel, ed. *Rudraṭa's Śṛṅgāratilaka and Ruyyaka's Sahṛdayalīlā*, Varanasi: Prachya Prakashan, 1968, p.2.

艳情味又分为隐秘的和公开的两类。”(I.19 – 22)[①]从这里的论述来看,楼陀罗跋吒与楼陀罗吒的观点基本一致,两人都将艳情味分为会合与分离两类,再各自分为隐秘的和公开的两类。

胜财认为:“艳情味分成失恋(ayoga)、分离(viprayoga)和会合(sambhoga)三种。失恋艳情味是一对青年心心相印、互相爱慕,但由于隶属他人或命运作梗,不能结合。”(IV.58 – 59)[②]由此可见,楼陀罗吒的“初恋”和胜财的“失恋”基本上是一回事,不同的是,前者是四种分离艳情味中的一种,后者是三种艳情味的一种。显然,后者的外延更广,尽管两者的内涵基本相似。

在所有论述艳情味的梵语诗学家中,波阇的观点引人注目,因为他既提出了独特的艳情味论,又以艳情味为主题写出了梵语诗学史上规模最大的著作。他的味论属于别开生面的新学说。印度学者说:“对波阇而言,味只有一个,那就是艳情或自爱或自尊。”[③]“艳情”一词一般意味色情,就像里比多经常与性欲联系在一起那样。但须注意的是:“在波阇的阐释中,‘艳情’一词不再仅仅表示色情,因为它本身就是高峰,它能将人带到完美的高峰。在此意义上,波阇著作的题目(即《艳情光》)意味着‘艳情’光耀人心。这就是为什么鲁耶迦将波阇味论赞赏地称做‘艳情不二论’(śṛṅgāra advaita),或叫做纳西西斯一元论,因为波阇的‘自爱艳情’不是来自常情爱(rati)的升华,相反,常情爱和所有其他情感都来自‘自爱艳情’。”[④]波阇对味的这一独特思考受到《奥义书》哲学思辨的影响。《奥义书》哲学将“自我”视为最高存在。波阇也是这样,将“自爱”亦即“自爱艳情”即自我意识视为味的起源或归宿。

波阇的艳情味区别于婆罗多到新护的味论,有极强的个人色彩和丰富的宗教色泽。他提出了梵语诗学史上独一无二的唯一艳情论即“自爱、自尊或艳情”(abhimānohaṅkārah śṛṅgāra)。他说:“诗达到可爱的境地,在于有味相伴……如果诗人充满艳情,诗中的世界便有味;如果诗人缺少艳情,诗中的世界就乏味。”(V.1 – 3)[⑤]波阇对味的看法受到新护和欢增等人的影响。仔细分析还可发现,他的味论独具特色。

---

① R. Pischel, ed. *Rudraṭa's Śṛṅgāratilaka and Ruyyaka's Sahṛdayalīlā*, p.5.

② 黄宝生译:《梵语诗学论著汇编》(上册),第464页。

③ V. Raghavan, *The Number of Rasas*, 1940, p.131

④ Krishna Chaitanya, *Sanskrit Poetics: A Critical and Comparative Study*. Delhi: Asian Publishing House, 1965, p.409.

⑤ 转引自黄宝生:《印度古典诗学》,第325 – 326页。

所谓“自爱、自尊或艳情”就是他的唯一艳情论的基础。

波阇所谓的“自爱、自尊或艳情”实际上是指原始的味。“自爱”(ahaṅkāra)也就是自我意识。“自尊”(abhimāna)也就是自觉。这里的“艳情”(śṛṅgāra)不是通常所说的艳情味,而是广义的味。波阇在具体论述中,对艳情味的意义界定也是前后不一的,有时将艳情说成是自爱的一种性质,有时说成是自爱的一种类型,有时等同于自爱。波阇将味的运动方式分为三个阶段。第一阶段,自爱作为原始的味,潜伏在人心中。这种自爱是与生俱来的,由前生的经验积累而成。第二阶段,自爱与外界对象发生接触,便表现为自尊。这时,自爱呈现为各种情。这些情,由于情由、情态和不定情的结合而达到高潮。这些达到高潮的情,被称为各种味,也就是通常所说的艳情味、滑稽味和英勇味等等。第三阶段,各种情在达到高潮之后,转变成喜爱(preman),返回原始的味即自爱。三个阶段完成一个循环。

按照波阇的观点,“自爱、自尊或艳情”是最高意义的味。它原本潜伏在观众(或读者)心中,艺术作品中的情由、情态和不定情触动自爱,激起自爱中的情。通常所说的各种味实质上不是味,只是出于习惯(或礼貌)才称作味。因为在上述第二阶段,即使爱、笑、怒等等常情达到高潮,它们仍然处在观众(或读者)的沉思领域。味是超越对常情的沉思而进入心中的品尝。所谓心中的品尝就是达到高潮的各种情转变成喜爱,返回自爱、自尊或艳情。因此,波阇实际上认为自爱、自尊或艳情是唯一的味。这就是唯一艳情味论或曰泛艳情味论。波阇将“自爱”(或曰自我意识)视为味的起源和归宿,使文学味论转化到哲学思辨[①]。

波阇高度重视包罗万象的艳情味,干脆把自己的诗学著作命名为《艳情光》。在该书中,波阇用了一半篇幅即第十八到三十六章探讨艳情味。其中,第十八到二十一章按照法、利、欲、解脱即人生四要的顺序论述四种艳情味,第二十二到三十六章论述分离和会合艳情味。将艳情味与人生目的联系起来,这是婆罗多以来的传统。《舞论》在论述神魔剧时说:“三种艳情的内容分别与行为有关,分成法、利和欲三种。”(XX.76)[②]按照正法获得利益,实施苦行,这是法艳情;男女结合,以种种方式求取财富,这是利艳情;男女欢爱,产生快乐,这是欲艳情。胜财也赞成这一观点。波阇艳情味论的独特之处不仅在于他对前人简略谈到的三艳情逐一分章进行详细分析,还在于他提出了第四种艳情

① 以上对波阇唯一艳情论的介绍,参阅黄宝生:《印度古典诗学》,第325-327页。

② 黄宝生译:《梵语诗学论著汇编》(上册),第79页。

味即解脱艳情味。波阇在《艳情光》中指出:“体验到至高幸福就是解脱。”(XXI.1)[①]

一般说来,艳情味与“人生三要”即法、利、欲的结合可以理解,但与断除欲念、越出轮回尘世的解脱相联系,实在有些令人费解。不过,考虑到波阇心目中的艳情味本来是一种过渡到宗教哲学意义的味,那么,它与解脱的联系也并非怪诞。相反,解脱的宗教境界所昭示的至高喜悦恰恰是波阇艳情味的终极目的。这和曾经备受争议的平静味最终在味的谱系中赢得一席之地的道理一脉相通[②]。

① Bhoja, *Śṛṅgāraprakāśa*, Vol.3, Mysore: Coronation Press, 1969, p.761.

② 拙著:《印度文论史》(上),成都:巴蜀书社,2015年,第323页。

第四章　古代文体论

中国古代文体学研究硕果累累,而与印度古典诗学相关的文体学研究成果似乎不多,这或许是与国内学界缺乏深厚而广泛的梵语诗学研究基础有关。这里,我们在黄宝生先生等前辈学者相关研究的基础上,对印度古典诗学中的文体论进行初步介绍和探讨。需要说明的是,按照现代学者的观点,文体包含文学类型、主观或客观风格、文学语言特征等因素,本章所谓"文体"主要指其中的文学类型而言①。

第一节　引　论

探讨印度古代文体论,先得对"文体"一词的大致内涵和梵语诗学家的文体论发展脉络进行阐释和梳理。这里先以两位学者的观点为例进行简要说明。

一、文体的基本内涵

在郭英德看来,"文体"一词在中国古代文论语境中含义丰富,或指体裁,或指风格。即使在中国现代文学理论批评中,该词的多重内涵仍然存在。这种情况与英语中的 style 一词表达文风、体裁、语言习惯或语言特色等相似。他还认为,一种文体的基本结构好似人体,应该包括从外至内依次递进的四个层次:体制(文体的外在形状、面貌、架构)、语体(文体的语言系统、语言修辞和语言风格)、体式(文体的表现方式)和体性(文体的表现对象和审美精神)。"文体的这四个结构层次,体制与语体,偏重于外,往往通过观察、分析便可以直观地把握;体式与体性,偏重于内,只能通过仔细的辨析和比较才能深入地体察。"②具体到文体划分的问题,郭英德认为,中国古代对各种文体每句的字数、全篇的句数和篇幅长短,往往有着特定的规范要求,格律诗和骈文等要求严格,

---

① 感谢上海师范大学刘耘华教授提醒笔者注意文体概念的辨析,此处观点基本拜他所赐。

② 郭英德:《中国古代文体学论稿》,北京:北京大学出版社,2006 年,第 4 页。

而古诗和赋等较为自由。"以此为据,我们可以在诗中划分出四言诗、五言诗、七言诗、杂言诗、词、曲等文体,在文中划分出骈文和散文,乃至赋、诏、签、疏、传等文体,在戏曲中划分出杂剧、戏文和传奇,在小说中划分出话本小说和章回小说等不同的文体类型。"①

中国古代文体论的复杂性,在其他一些学者那里也有表述。例如,吴承学指出:"文体学不仅是文学体裁的问题,也是古代文学的核心问题,是本体性问题。中国文体学的'体',是一个典型的中国本土文学概念,它是指文学艺术赖以存在的生命形式,具有极大的包含性与模糊性。"②正如他所指出的那样,在西方文论中,"文类"、"风格"与"形式"词义各异,在理论上分工明确,而中国古代的相应概念却统一在"文体"之上,"体"是本体与形体的奇妙统一。英文中的 style、genre、types of literature 等不能准确概括"体"的全部内涵。"所谓对古代文学本体的回归,就是要突出中国文学特有的语言形式与审美形式的特点,从中国文学固有的'文体'角度切入来研究中国文学。"③他还总结道:"由此可见,中国古代的'文'、'体'和现代的文学、文体观念与实践的确存在着较大的差异。如果我们用现代'文'的观念生搬硬套地去研究古代文体学,势必简单化也狭隘化了无比丰富的现象。"④

套用吴承学的观点,如果我们以现代西方文体论或以中国古代文体论的视角强制性地解说印度古典诗学中的文体论,也势必会将丰富而深奥的文化现象简单化。因为,印度古代文体论萌芽和发端于印度文化土壤,自有强烈的印度特色,只有回到孕育印度诗学的历史语境,再适当吸收与结合现代的学科资源,才可较为准确地切入印度古代文体论的腹地。

二、早期文体论

印度古代诗学家对于文体也有很多论述。与中国古代文论家对语言作品分类不一的情形类似,他们对复杂的书面作品也尝试过各种不同的分类。

王顶将语言作品分成诗和经论两大类。经论又分成天启的和凡人的。天启的经论包括四种吠陀,四种副吠陀(史传吠陀、军事吠陀、音乐吠陀和医学吠陀),六种吠陀支

① 郭英德:《中国古代文体学论稿》,第 7 页。
② 吴承学:《中国古代文体学研究》,第 2－3 页。
③ 同上,第 3 页。
④ 同上,第 22 页。

(语音学、礼仪学、语法学、词源学、诗律学和天文学)。王顶将诗学(庄严论)列为第七吠陀支。凡人的经论包括往世书、哲学、弥曼差和法论。他认为,诗是第十五种知识基础,所有知识的共同基础。"诗含有散文、韵文、诗人技法和有益的教训。各种经论都追随诗。"①这分明是鼓吹提高文学作品的地位。王顶把文学知识(sāhityavidyā,或译"文学理论"或"诗学")与"音义结合"(sāhitya)的概念联系起来进行思考,具有重要的理论价值。有的学者认为:"音义结合的概念来自语法,它早在王顶时期就成为一个诗学概念。从目前所知的情况来看,《诗探》是最早将 sāhitya 和 sāhityavidyā 视为诗和诗学的著作。"②

安主指出:"智者认为,语言作品分为四种形式:经论(śāstra)、诗(kāvya)、经论诗(śāstrakāvya)和诗论(kāvyaśāstra)。"(III.2)③

泰米尔诗学家朵伽比亚尔在其著作中指出了七大文类:诗歌(Pattu)、散文(Urai)、系列论文(Nul)、箴言(Vaymoli)、谜语(Pisi)、讽喻作品(Angatham)、格言(Muthu Sol)④。诗歌和散文均被分为四类。谜语和讽喻作品均被分为两类。究其实,朵伽比亚尔依据创作主题而划分的爱情诗(阿哈姆)和战争诗(普拉姆)也可在某种程度上视为两种特殊的文类。

上述三人将语言作品或书面作品进行宽泛划分的方式,与中国古代文体论有点近似。

公元 1 世纪左右,上承两大史诗和早期俗语文学的古典梵语文学开始成型和发展。印度古代文学中的戏剧、抒情诗、叙事诗和小说等纯文学形式都产生于这一时期。在梵语诗学中,这些纯文学被统一称为 kāvya(诗),其中的戏剧即表演艺术被称为 dṛśyakāvya(可看的诗),其他的纯文学则被称为 śrayakāvya(可听的诗)。但就 kāvya 一词就包孕如此丰富的内容而言,堪于比肩的只能是西方的 poetry 一词了,因为后一词是基于摹仿和多种文类的概括,包括了史诗、悲剧、喜剧、抒情诗和小说等⑤。就"可听的诗"中之梵语诗歌而言,它又可分为主要指叙事诗的 mahākāvya(大诗)和主要指抒情诗的 khaṇḍakāvya(小诗)两大类。印度文学在古典梵语文学时期开始脱离宗教,步入

① 黄宝生译:《梵语诗学论著汇编》(上册),第 360 页。
② V. Raghavan, *Bhoja's Śṛṅgāraprakaśā*, Madras: Punarvasu, 1963, p.87.
③ Kṣemendra, *Suvṛttatilaka*, p.79.
④ S. Ilakkuvanar, *Tholkappiyam in English with Critical Studies*, Madurai: Kurai Neri Publishing House, 1963, p.231.
⑤ 参阅陈跃红:《同异之间:陈跃红教授讲比较诗学方法论》,北京:中央编译出版社,2014 年,第 242 页。

了自觉发展的新时期。除了往世书神话传说和其他一些颂神作品外,古典梵语文学大体上已和宗教文献相分离,称为独立发展的文化形态。作为文学自觉的另一个重要标志是戏剧学和诗学著作的涌现,它们由此形成世界古代诗学史中独树一帜的印度诗学体系[①]。

历史地看,婆罗多的《舞论》并未就整个纯文学形式进行分类,因其论述对象只是作为表演艺术或空间艺术而存在的戏剧。但是,婆罗多对戏剧的分类无疑是印度古典诗学史上的第一次文体分类。在他之后,婆摩诃将纯文学即“诗”的概念发展到包括戏剧、诗歌、故事等各个艺术门类的新阶段。这是印度古典诗学史上关于文体类型的第二次重要分类,其对后世诗学家之文体论述的影响不可小觑。由此可见,梵语诗学自独立发展始,已经将注意力放在诗歌艺术和散文艺术两者上,但其重点还是对前者的多方探讨。换句话说:“梵语诗学探讨的侧重点始终是诗歌艺术。”[②]

在梵语诗学独立发展的早期阶段,主要的梵语诗学家对文学作品的分类几乎都有涉猎。他们主要是按照作品诗律运用与否、创作语言、题材和体裁等进行分类,其中尤以考量作品诗律运用和体裁类型为主。这显示了早期梵语诗学家对于文学作品的诗性、艺术性的高度重视,自然也宣告了文学理论自觉阶段的正式到来。

婆摩诃对纯文学的分类非常有趣,他既持二分法和三分法,也持四分法和五分法,但从整个梵语诗学文体论的发展脉络看,他的二分法和五分法似乎更有影响,也更为科学合理。婆摩诃指出:“诗是音和义的结合,分成散文体和韵文体两类,又分成梵语、俗语和阿波布朗舍语三类。又分成叙述天神等等事迹、虚构故事情节、与技艺有关和与经论有关四类。又分成分章的(大诗)、表演的(戏剧)、传记、故事和单节诗(短诗)五类。”(I.16－18)[③]他其实是按诗律运用、作品语言、创作题材和作品体裁等四个视角对纯文学进行全面归纳。客观地看,他的五分法最具现代文体学的研究价值。

檀丁持文学三分法和四分法,其依据分别是诗律和创作语言。他认为,诗即纯文学包括诗体、散文体、韵散混合体(即戏剧和占布)等三类。他取消了婆摩诃论及的单节诗即短诗,这是因为:“单节诗、组诗、库藏诗和结集诗,这些分类没有提及,因为可以视为分章诗(大诗)的组成部分。”(I.13)[④]这说明,檀丁在传记和故事的认识上,与婆摩诃

① 此处相关介绍,参阅黄宝生:《印度古典诗学》,第197－199页。
② 同上,第217页。
③ 黄宝生译:《梵语诗学论著汇编》(上册),第114页。
④ 同上,第154页。

存在一些微妙的差异。檀丁认为传记和故事并无实质性区别。他说:“词的连接不分音步,这是散文体,分成传记和故事两种……因此,故事和传记只是同一体裁的两种名称。其他的叙事作品也都属于这一类。”(I.23、28)①檀丁的文学四分法与婆摩诃略有出入,他指出:“贤士们说,这些作品又按语言分成四种:梵语、俗语、阿波布朗舍语和混合语。”(I.32)②

檀丁认可诗与散文或韵文体与散文体的融合(即“占布”),这和中国古代文体论的某些思路近似。吴承学指出,中国古代文论家所谓“文以载道”、“诗以言志”,或“以文入诗”、“以诗入词”等,实际上预设了文、诗、词和古诗、律诗之间的疆界,以及它们之间的跨越与渗透。“就‘比高下’而言,在古人建构的文体大国里,文体与文体之间并不是一种平等的关系,各体之间有着尊卑、雅俗的等级之分。如在文、诗、词、曲之间,在诏、策、奏、启之间,都存在着一个不同价值的序列。各体之间尊卑、雅俗的等级界限也不是一成不变的,同样存在着‘越界’的相对性与可能性。词相对于诗是俗体,相对于曲又是雅体;词本身在发展初期是俗体,在文人介入后的成熟期又是雅体。”③虽然说檀丁及后世诗学家对于散文体与韵文体作品之间尊卑级差的理解与中国古代文人不同,但其认可它们之间的有机融合,却是不争的事实。

伐摩那对婆摩诃的文学二分法既有继承,也有扬弃。他先按照诗律运用与否的原则把文学作品分为两类:“诗包括散文体和韵文体。”(I.3.21)④他所理解的诗包括散文体诗和韵文体诗。他认为,散文分为芳香诗律型、花粉型和花蕾型三类。就芳香诗律型散文而言,它包含着部分韵文体诗。花粉型散文没有绵延的复合词、所用词语甜美可爱、柔和舒缓。花蕾型散文与花粉型散文相反,具有绵延悠长的复合词。根据诗律不同,韵文体诗分很多种。诗又可分为单节诗(短诗,即抒情诗)和分章的诗(大诗,即叙事诗)。“大诗是以短诗为基础写成的,这好比先编好花环,才能编织花冠。短诗就像极微的火星那样难以发出耀眼的光芒。”(I.3.28-29)⑤这后一种二分法的依据显然是与作品体裁有关。伐摩那还有一个被后人认可的观点:“所有的诗中,十色最为优美。”(I.3.30)⑥“十色”是指《舞论》中划分的十种戏剧。不仅如此,他还认为,短诗等其他体

---

① 黄宝生译:《梵语诗学论著汇编》(上册),第155页。
② 同上,第156页。
③ 吴承学:《中国古代文体学研究》,第15页。
④ Vāmana, *Kāvyālaṅkāra-sūtra*, p.37.
⑤ Ibid., pp.40-41.
⑥ Ibid., p.41.

裁都源自十色:"一切诗都产生于十色。"(I.3.31－32)①这说明,伐摩那极端推崇戏剧,这在早期梵语诗学家中是罕见的个案。这种姿态对后世诗学家的文学二分法似乎有所启迪。

楼陀罗吒在《诗庄严论》中指出:"诗(kāvya)、故事(kathā)和传记(ākhyāyikā)等作品可分两类:想象诗(utpādyakāvya)和非虚构诗(anutpādyakāvya)。这两类诗各自可分为大诗(mahākāvya)和小诗(laghukāvya)。"(XVI.2)②这种特殊的二分法在婆摩诃和檀丁那里是没有的,它既考虑到作品体裁,也考虑到作家艺术想象力的发挥程度。在楼陀罗吒看来,想象诗的题材和人物来自诗人的想象,而在非虚构诗中,题材和人物角色全都取自历史传说和往世书等。"非虚构诗"在本质上还是一种"想象诗",因为历史传说和往世书往往也是想象的产物。由此可见,楼陀罗吒将文学视为虚构与非虚构的产物,的确是对古典文类学或文体学的重要贡献,但它仍旧有别于现代意义的文类二分法。

关于文学作品的分类,公元7世纪开始定型的《火神往世书》按照诗律运用与否的原则写道:"诗有散文体、韵文体和混合体三种。词的连接不分音步,这是散文体。散文体诗分为花粉型(cūrṇaka)、花蕾型(utkalikā)和诗律连声型(vṛttasandhi)三类。"(CCCXXXVI.7－8)③这里分明可见檀丁和伐摩那的影响痕迹。该书把"散文体诗"亦即散文分为传记、故事、小故事(khaṇḍakathā)、大故事(parikathā)和短故事(kathānikā)等五类,把"韵文体诗"亦即诗分为大诗(mahākāvya)、结集诗(kalāpa)、完整诗(paryābandha)、精选诗(viśeṣaka)、组诗(kulaka)、单节诗(muktaka,短诗)和库藏诗(koṣa)。作者还解释了"混合体诗"即占布的特征:"所谓混合体诗指各种诗,它分两类:可听的诗和表演的诗(戏剧)。"(CCCXXXVI. 33)④以上分类显然是就作品体裁而言。

婆摩诃和檀丁等上述早期诸家的文体论对于中后期梵语诗学家影响深刻,例如,12世纪的伐格薄吒对作品的分类与檀丁等相去不远。伐格薄吒指出:"作品分为有诗律的和无诗律的两类。诗体是第一种即有诗律的作品,无诗律的作品是散文体和混合体。"(II.4)⑤关于作品的分类,13世纪至14世纪的小伐格薄吒没有偏离檀丁等人的传

① Vāmana, *Kāvyālaṅkāra-sūtra*, p.42.

② Rudrata, *Kāvyālaṅkāra*, p.413.

③ Suresh Mohan Bhattacharyya, ed. *The Alaṅkāra Section of the Agni-purāṇa*, pp.137－138.

④ Ibid., p.142.

⑤ Jñānapramodagaṇi, *Jñānapramodikā: A Commentary on Vāgbhaṭālaṅkāra*, p.18.

统思想。他说："诗分诗体、散文体和混合体三类。"(Ⅰ)[①]小伐格薄吒认为，散文体和诗体的结合，就是混合体，而混合体诗在婆罗多和胜财认可的十色表演中得以运用。

三、中后期文体论

自9世纪欢增创立韵论诗学开始，印度古典文体论进入其中后期发展阶段，但它呈现出与此前不同的一些特征。首先，欢增以韵为标准对文学作品中的诗歌进行分级，由此形成了文体论的一种特殊形态，即暗含级差高低的文类划分法，它又分为三分法和四分法两种。

欢增以韵为准绳，把诗(文学)分为三类，即韵诗(dhvani kāvya)、以韵为辅的诗(guṇībhūtavyaṅgaya kāvya)和画诗(citra kāvya)。他对画诗持贬低立场。从古典文体论角度看，欢增的作品三分法丰富了文学理论的探讨内容，也深刻地影响了曼摩吒、底克希多和世主等后来的诗学家。18世纪至19世纪的绝大多数梵语诗学家认可欢增的三分法，而阿吉逾多罗耶等少数人接受世主的四分法。由于曼摩吒、毗首那特和底克希多等人的论述，画诗遂蜕变为一种独特的文类。这一点将在后边论及。

9世纪后的梵语诗学似乎在文体论上出现了一股健康的新气象，这便是兼论戏剧与诗歌、散文等各种文体。一些梵语诗学家倾向于以"可看的诗"与"可听的诗"这一包容面更广的二分法来概括各类文学作品。这种二分法无疑提高了戏剧在古典梵语文学中的地位，它与中国古代文体论明显地拉开了距离。这也显示了印度文化土壤对古典文体论的深刻影响。

檀丁似乎是文体二分法的始作俑者之一。他说："罗希耶、恰利迦和舍蜜雅等等歌舞是可看的，而其他则是可听的。这样，它(诗)又依次分成两类。"(Ⅰ.39)[②]

《火神往世书》在解释"混合体诗"即占布的特征时认为，混合体诗可分两类：可听的诗和表演的诗(戏剧)。与此类似，波阇在《艳情光》第十一章论述味时，谈到了两类诗即二十四种可以观看和二十五种可以聆听的作品，合计四十九种。可以观看的诗指用于表演的戏剧，包括胜财的"十色"和其他十四种"次色"。如欲深入研究印度古代文类，波阇的二分法不容忽视。具体说来，波阇提到的二十四种(实际为二十五种)可以聆听的诗如下(二十四种戏剧的名称见后文第四节)：

① Vāgbhaṭa, *Kāvyānuśāsana*, Bombay: Tukaram Javaji, 1915, pp.14－15.

② 黄宝生译：《梵语诗学论著汇编》(上册)，第156页。

1. 传记（Ākhyāyikā），2. 插话（Upākhyāna），3. 叙事诗（Ākhyāna），4. 明语（Nidarśana），5. 隐语（Pravahlikā），6. 曼图藜迦诗（Mandhullikā），7. 宝川诗（Maṇikulyā），8. 故事（Kathā），9. 长故事（Parikathā），10. 短故事（Khaṇḍakathā），11. 小故事（Upakathā），12. 大故事（Bṛhatkathā），13. 占布（Campū），14. 篇目诗（Parvabandha），15. 章节诗（Kāṇḍabandha），16. 分章大诗（Sargabandha），17. 文诗（Āśvāsabandha），18. 连载诗（Sandhibandha），19. 武诗（Avaskandhabandha），20. 诗论（Kāvyaśāstra），21. 经论诗（Śāstrakāvya），22. 库藏诗（Koṣa），23. 合集诗（Saṅgāta），24. 结集诗（Saṅhitā），25. 文学论（Sāhityaprakāśa）①。由此可见，波阇的这类可以聆听的诗范围广泛，因其包含了文学理论著述。如欲深入研究印度古代文类，波阇的文体论似乎不容忽视。对于研究东、西方比较诗学（古典文类学比较）的人来讲，这个道理同样适用。

波阇之后，很多诗学家的文体论首先取二分法。例如，在为作品分类时，雪月指出："诗包括可观看的和可听闻的。可以观看的诗又分为吟诵的和歌唱的。吟诵的诗包括十二类。"（VIII.1－3）②可观看的诗是指戏剧。吟诵诗（pāṭhya）指表演的戏剧，而歌唱的诗（geyakāvya）指歌剧，亦即次色。他还说："可听的诗包括大诗、传记、故事、占布和短诗。"（VIII.5）③

14 世纪的毗首那特把文学分为可看的和可听的两类，认为可看的是可以用来表演的戏剧，他在印度古典诗学史上首次将其命名为"色"。他说："诗又按照可看的和可听的分成两类。其中可看的是表演的。它被赋予形态而称作'色'。"④他还指出："可听的是只能用耳朵听取，分成诗和散文两种。"⑤他认为，与散文相比，狭义诗的特点是运用诗律，以梵语、俗语或方言写成，分成单节诗、两节组诗、三节组诗、四节组诗和五节组诗，各个诗节组合成章，表现一个主题，没有各种戏剧中的情节关节⑥。毗首那特先逐一论述了婆罗多和胜财均认可的十色，然后再在波阇等人的基础上，逐一论述 18 种次色即次要戏剧。他还把诗分为传说诗、章回诗等等。

① Bhoja, *Śṛṅgāraprakāśa*, Vol.2, p.461.

② Hemachandra, *Kāvyānuśāsana with Alaṅkāracūḍāmaṇi and Viveka*, Patan: Hemchandracharya North Gujarat University, 2007, p.163.

③ Ibid., p.167.

④ 黄宝生译：《梵语诗学论著汇编》（下册），第 930 页。

⑤ 同上，第 999 页。

⑥ 同上，第 1000－1001 页。

14 世纪的格维旃陀罗对于文学的分类相对简单，从中仍然可见檀丁、波阇等人的深刻影响。格维旃陀罗指出："可看的诗分为三类：诗体、散文体和混合体。它也可以分为色和次色两类……可听的诗分为占布和次占布两类。"（Ⅲ.48－49）[①]他还认为："诗体、散文体和混合体被视为三类文体的话，无诗律的混合体在智者心中也属于诗体。"[②]（Ⅲ.41）

此外，在梵语诗学家以二分法兼论戏剧与诗歌、散文等各类作品时，一些戏剧学家则继承婆罗多的戏剧分类法，对戏剧类型进行更加复杂的解释。总体来看，他们的理论贡献比之诗学家的文体论逊色不少，但其论述的历史文献价值仍然不可轻视。这一点将在后文论及。

第二节　戏 剧 论

婆罗多的《舞论》泽被后世，其戏剧论包罗万象，成为胜财、沙竭罗南丁、沙罗达多那耶和辛格普波罗等梵语戏剧学家，及楼陀罗吒、楼陀罗跋吒、波阇、曼摩吒、毗首那特等诗学家共同遵循的典范。此处便以《舞论》为主，兼及胜财等人的著作，对梵语戏剧学和诗学著作中的戏剧起源论、情节论、角色论、效果论、表演论（包含戏剧舞蹈和戏剧音乐论）和基础论等涉及戏剧各个要素的相关内容进行简要说明。由于戏剧情味论、语言论和风格论等已经在前边两章不同程度地涉及，此处不再涉及。关于主要和次要戏剧的分类则在后边单独介绍[③]。

一、戏剧起源论

《舞论》虽是戏剧学论著，但其叙事模式却与大史诗《摩诃婆罗多》有些类似。《舞论》第一章《舞论起源》以作者"我"引出叙述者婆罗多，再由婆罗多讲述戏剧起源，并演绎出一系列的戏剧原理和表演规则，最后一章即第三十六章再由婆罗多讲述戏剧如何下凡人间并广为流传的大结局。这种类似框架故事的叙事结构体现了印度文化经典的

① Viśveśvara Kavicandra, *Camatkāracandrikā*, pp.59－60..

② Ibid., p.59.

③ 本节相关介绍，参阅黄宝生：《印度古典诗学》，第 79－178 页；曹顺庆主编：《中外文论史》（第二卷），成都：巴蜀书社，2012 年，第 969－1002 页。

传统特色。

且看《舞论》第一章开头的叙述："向祖宗（梵天）和大自在天（湿婆）两位大神鞠躬致敬，我现在开始讲述梵天阐明的舞论。从前，有一次，在学习间隙的时间，恪守誓愿、精通戏剧的婆罗多完成祈祷，他的儿子们围在身边。以阿底梨耶为首的牟尼灵魂高尚，已经调伏感官和智慧。他们走近婆罗多，问道：'您已经编撰了与吠陀相称的戏剧吠陀，婆罗门啊！它是怎样产生的？它是为谁编撰的？它有多少部分？规模多大？怎样使用？请您如实讲述这一切。'"（I.1－5）①

婆罗多开始对阿底梨耶等讲述"戏剧吠陀"（nāṭyaveda）的诞生过程："你们身心纯洁，凝思静虑，请听梵天怎样创造戏剧吠陀！"第一、第七摩奴时期都已过去，人类历史到达三分时代（世界由创造到毁灭须经历圆满、三分、二分和迦利时代等四个时期）。因陀罗（帝释天）为首的众天神对梵天说，他们希望获得一种既能看又能听的娱乐方式即所谓"第五吠陀"。梵天答应后，开始运用瑜伽，回忆四吠陀，苦心构思，创造了一种以四吠陀和六吠陀支（礼仪学、语言学、语法学、词源学、诗律学和天文学）为来源的"戏剧吠陀"。"他从《梨俱吠陀》中撷取吟诵，从《娑摩吠陀》中撷取歌唱，从《夜柔吠陀》中撷取表演，从《阿达婆吠陀》中撷取情味。就这样，灵魂高尚的梵天创造了与吠陀和副吠陀密切相关的、具有娱乐性质的戏剧吠陀。"（I.17－18）②创造了戏剧后，梵天让天王因陀罗寻觅传播戏剧到人间的众天神，但因陀罗认为，众天神不适宜表演戏剧，只有牟尼们善于表演和记忆戏剧。《舞论》此时以故事主人公婆罗多的语气叙述道："莲花生（梵天）听了帝释天（因陀罗）的话，对我说道：'纯洁的人啊！你和一百个儿子成为戏剧家吧！'我遵命向祖宗（梵天）学习戏剧吠陀，并如实教会儿子们正确运用。"（I.24－25）③

婆罗多开始教导儿子们表演雄辩、崇高和刚烈等3种风格的戏剧。不过，湿婆大神所跳的艳美风格的舞蹈必须由女性完成，为此，梵天用思想创造出精通戏剧妆饰的众天女，交给婆罗多差遣。完成戏剧排练后，婆罗多带领自己的表演队伍来到梵天面前，献词完毕，开始演出，模仿天神打败恶魔。以梵天为首的众天神对演出表示满意。梵天为首的众天神因此向婆罗多的剧团提供各式捐助。接下来，戏剧表演提迭和檀那婆等恶魔的失败场景。这引起了恶魔们的不满，他们扰乱婆罗多剧团的表演，但被天王因陀罗

① 黄宝生译：《梵语诗学论著汇编》（上册），第35页。
② 同上，第36－37页。
③ 同上，第37页。

以名为“粉碎”的一面旗帜所制服。为了制服新的捣乱者，保护戏剧免遭毁灭，梵天命令工巧天建造一座具有特色的剧场，还安排众天神保护剧场和剧团成员，如赠送戏剧语言的语言女神娑罗私婆蒂保护女主角，“唵”音保护丑角，湿婆保护其他角色，而梵天亲自守护舞台中央。

如此这般安排后，梵天还好言好语地安抚众提迭（恶魔）。他虽为安抚，实为说明戏剧的模仿功能。这也是印度古典诗学的模仿伦。梵天指出：“戏剧再现三界的一切情况……具有各种感情，以各种境遇为核心，我创造的这种戏剧模仿世界的活动。依据上、中、下三种人的行为，这种戏剧将产生有益的教训。”（I.104－110）[①]这便是印度古代以神话传说的形式展现的戏剧模仿论，是可与亚里士多德《诗学》的模仿论进行比较的诗学观。所谓“模仿三界”既包含了梵语戏剧的宗教神性，也暗示了梵语戏剧的现实主义色彩。梵天安抚完提迭们后，又对众天神和婆罗多说，在剧场里，必须按照戏剧规则进行祭供。不祭供舞台，就不能进行戏剧表演。

以上是《舞论》第一章对戏剧起源的叙述。从中不难推断，印度古代的戏剧表演产生很早，戏剧文学发达，学者们对戏剧表演及其规则非常重视。婆罗多和因陀罗等将戏剧称为“戏剧吠陀”或“第五吠陀”正好说明，带有神圣色彩的戏剧文学在古代印度备受推崇，戏剧表演者和剧作家地位可观。梵天等天神对戏剧的保护也可作如是观。

如果记住《舞论》第一章所说的“戏剧吠陀”是在梵天、湿婆等众天神所在的天国表演的话，我们对《舞论》最后一章讲述“戏剧下凡”到人间大地的故事便丝毫不会感到惊奇。这显示婆罗多努力向大众推广戏剧的美好心愿，也似乎意味着戏剧文学必然从宫廷和学者们的“阳春白雪”演变为普通人等皆能欣赏的“下里巴人”。换句话说，一段神话传奇中蕴含的仍然是婆罗多为代表的印度古代文论家的文学思想，神圣符号的深处潜藏着理性而世俗的文学主张。

在该书第三十六章开头，牟尼们听完婆罗多关于“戏剧吠陀”诞生及其相关原理、规则的叙述后，继续请教戏剧如何从天国下凡人间的问题。婆罗多告诉他们，虽然他设计了演出前的准备工作，用颂诗赞美和敬拜天神，祭供天神，但沉醉于戏剧吠陀的儿子们却在带有戏谑嘲弄风格的表演中不小心得罪了众仙人。众仙人认为他们的戏剧作品粗俗、邪恶，不值得赞扬。众仙人为此诅咒婆罗多的儿子们在内的所有演员将成为首陀罗，其家族和后代也成为首陀罗而侍奉他人。众天神获悉婆罗多儿子们受仙人诅咒后，

① 黄宝生译：《梵语诗学论著汇编》（上册），第 42 页。

精神沮丧,往众仙人那里打听情况。众仙人说,戏剧虽然不会毁灭,但他们的诅咒必将实现。婆罗多对沮丧的众天神说,他不会任由戏剧毁灭的,他恳请众天神将戏剧转交天女们表演,然后再举行赎罪仪式。

在此危难之际,一位名叫友邻的国王为问题的解决带来了转机。友邻王请求婆罗多将戏剧传播到大地上。一旦戏剧上演,众仙人的诅咒将失去效力。于是,婆罗多吩咐儿子们即众婆罗门与友邻王合作,前往友邻王所在的尘世大地表演戏剧,实践梵天宣示的戏剧规则。"然后,众婆罗门前往大地,在友邻王的宫中,多次按照规则,安排妇女们演出。在那里,我的儿子们与人间女子生育儿子,创作各种戏剧作品。他们生育儿子,按照规则搬演戏剧,然后,得到梵天的允许,又返回天国。就这样,由于那个诅咒,戏剧得以流传大地。这个婆罗多(演员)家族也将闻名于世。"(XXXVI.67－70)①

在《舞论》最后一章的结尾处,婆罗多对自己这部旨在提供"娱乐指南"的戏剧学著作的神圣功能进行总结,同时也表达了对"戏剧吠陀"或曰"第五吠陀"永远传承于世的美好祝愿:"这部经典(舞论)用于增进人类的智慧。它包含三界的行为,成为一切经典的典范。它出自梵天之口,充满吉祥。它纯洁,优美,净化人心,涤除罪恶。谁专心聆听梵天宣讲的这部经典,演出和观看戏剧,他就会达到通晓吠陀者、举行祭祀者和乐善好施者同样的目的。在一切王法中,它被称为伟大的功果;在一切布施中,它被尊为圣洁的布施……人们认真观赏音乐和戏剧,能达到与婆罗门仙人相同的神圣目的。"(XXXVI.72－78)②

至此,婆罗多对戏剧起源和下凡人间的叙述圆满完成。从该书三十六章的整个结构来看,这种将戏剧原理和规则论述包含在内的框架结构,浑然一体而又天衣无缝,典型地体现了印度传统的叙事特色。

《舞论》的戏剧起源论对后世戏剧学家和诗学家影响深刻。例如,辛格普波罗在《味海月》的开头赞美湿婆大神和雪山神女这对神圣配偶,然后赞美语言女神。接着,他依据《舞论》相关记载,追溯戏剧的神圣起源,对梵天创造戏剧这一"第五吠陀"的传说进行叙述。在描述梵天赐予婆罗多"戏剧吠陀"的场景时,他写道:"尊者啊!我们想要一种圣典(吠陀)。它可以听闻,可以观看,令人愉悦,导向正法和荣誉,展示一切技艺。它是至高无上的第五部圣典(吠陀),可以教导所有种姓。他向梵天如此这般地请

① 黄宝生译:《梵语诗学论著汇编》(上册),第109页。

② 同上,第110页。

求传授所有知识。因此,从这些知识精华中,戏剧吠陀得以创造。为了教授这种吠陀,生主(梵天)对婆罗多大师说道:'你要和儿子们一道,想法阐释这部吠陀。'婆罗多和儿子们一道,就此开始疏解这部经典。"(I.46－49)①这一疏解和阐释的成果便是《舞论》。这种叙述,显然是遵循婆罗多的思路,也说明了辛格普波罗立意阐发前人经典的初衷。

二、戏剧情节论

《舞论》第二十一章论述戏剧情节。情节是戏剧的重要因素。"情节"(itivṛtta)一词,意思是"如此发生"或 vastu,意谓"本事"。婆罗多从不同的视角论述戏剧情节。

婆罗多首先把戏剧情节分为主要情节(ādhikārika)和次要情节(prāsaṅgika,胜财称之为 anusaṅgika)。婆罗多指出:"剧作家尽心竭力,主要遵循规则,努力获得成果。与成果相连的情节是主要情节。以辅助他人为目的的情节,则被称作次要情节。"(XXI.4－5)②

其次,婆罗多提出了情节发展的五阶段论。情节发展的五个阶段(avasthāna)是;开始(ārambha)、努力(prayatna)、希望(prāptisambhava)、肯定(niyataphalaprāpti)和成功(phalayoga)。开始是"渴望获得重大成果,与种子有关"。努力是"追求成果,尚未见到成果,渴望至极"。希望是"凭借情态,愿望的成果初见端倪"。肯定是"凭借情态,发现成果肯定能获得"。成功是"最终见到行动的结果圆满实现"。"这是渴望成果者从事一切活动依次经历的五个阶段。这些性质不同的阶段放在一起,互相配合,获得成功。"(XXI.9－16)③

婆罗多还提出情节发展的五原素说。五个原素(arthaprakṛti)分别是:种子(bīja)、油滴(bindu)、插话(pratākā)、小插话(prakarī)和结局(kārya)。种子是"在开始时少量播撒,然后多方扩展,最终结出果实"。油滴则是"在有关目标断裂时,予以维系,直至作品结束"。插话是"次要情节,为主要情节服务,但仍像主要情节一样处理"。小插话是"其结果仅仅为主要情节服务,本身没有连续性"。结局是"作出种种努力,达到主要情节的目的"。(XXI.23－27)④这五种"情节原素"是指获得成果的手段。其中,种子、油滴和结局为所有戏剧所必需,插话和小插话则视具体情况而定。婆罗多还提出"插

① Śiṅgabhūpāla, *Rasārṇavasudhākara*, p.18.

② 黄宝生译:《梵语诗学论著汇编》(上册),第 83 页。

③ 同上,第 83－84 页。

④ 同上,第 84 页。

话暗示”(patākāsthānaka)的概念:“正在思考某事,偶然之间,联系到与此事相似的另一事,这是插话暗示。”(XXI.31)①他还将插话暗示分为四种类型。

婆罗多还提出情节发展的五关节说。这五个关节(sandhi)分别是:开头(mukha)、展现(pratimukha)、胎藏(garbha)、停顿(vimarśa)和结束(nirvahaṇa)。所谓开头是“种子产生,各种对象和味产生”。展现是“开头安置的种子得以展露,但时现时隐”。胎藏是“种子发芽,成功或不成功,继续追求”。停顿是“在胎藏中发芽的种子因某种诱惑或纠缠而停顿”。结束是“开头等等关节中的对象与种子聚合,达到结果”。(XXI.39-43)②各部分的关节活动应该“根据各自的性质,依次支持各种关节分支”。(XXI.52)③婆罗多认为,一般情况下,戏剧作品应该含有全部关节。由于特殊原因,关节也可不全。

婆罗多认为,关节含有六十四种分支即关节分支(sandhyaṅga)和二十一种关节因素(sandhyantara)。婆罗多的划分和规定非常细致,但亦非常繁琐和复杂。大致而言,关节分支相对稳定,而关节因素则较为灵活。在婆罗多的叙述中,开头关节含有十二种分支,展现、胎藏和停顿关节各含有十三种分支,结束关节含有十四种分支,实际上共六十五种分支。

从婆罗多对关节分支和关节因素的论述看,他试图把情节结构分解成最小的独立单位。实际上,由于婆罗多对情节的分解过于细微,有些特定关节的分支也可以出现在其他关节。

戏剧的五个阶段、五种原素与五个关节是否可以对应,婆罗多对此未作说明。后期梵语诗学家一般将情节的五个阶段和五个关节进行对应。

婆罗多还规定了十种戏剧的幕数,从独幕至十幕不等。婆罗多指出:“一幕表演发生在一天之内的事件,以种子为主,保证必要的事件不受阻碍。聪明的戏剧家有时可以在一幕中安排许多事件,同时保证必要的事件不受阻碍。上场的所有角色按照剧情和味,完成与种子有关的剧情后下场。”(XX.24-26)④婆罗多还认为:“戏剧作品的结局应该像牛尾末端,一切高尚的情境应该出现在结尾。”(XX.46)⑤

① 黄宝生译:《梵语诗学论著汇编》(上册),第84页。
② 同上,第85页。
③ 同上,第85页。
④ 同上,第76页。
⑤ 同上,第77页。

婆罗多认为有些不宜在幕中直接表现的事件可以通过插曲提示。他提到“引入”(praveśaka)和“支柱”(viṣkambhaka)两种插曲。他还提到鸡冠(cūlikā)、转化(aṅkāvatāra)和幕头(aṅkamukha)等另外三种插曲。这五种插曲形式统称为五种“剧情提示方式”(arthopakṣepaka)。后期梵语戏剧学家普遍确认五种插曲形式。

胜财对戏剧情节的论述,涉及情节的分类、情节的元素、情节的发展阶段、剧情的提示方式等。对于情节的分类,除了按照人物活动的意义大小分为主要情节和次要情节外,胜财还按照内容的不同即“按照传说的、创造的和混合的三种区别”把情节分为三类,其中“传说的”是历史传说等等,“创造的”是诗人的想象,“混合的”是这两者的混合。按照观众领悟剧情的不同途径,情节又可分作两类:“一切戏剧情节分成两类:一类应该通过提示,一类应该通过看和听。”(I.113)[①]戏剧中无味的和不适宜表演的情节采用提示方式,而甜蜜和高尚的味和情采用观看方式。

从情节分类来看,胜财突破了婆罗多的论述范畴。胜财也论述了戏剧情节的五种元素,但其论述非常简略。他依据《舞论》的观点,也论述了戏剧中人物行动的五个阶段和五种情节关节。胜财说:“五种情节元素,伴随着五个发展阶段,分别产生开头等等五个关节。”(I.34)[②]当初婆罗多论述情节元素、情节阶段和情节关节时,并未说明三者之间的相互关系。因此,胜财这里对三者之间的关系的论述,实际上弥补了婆罗多的论述缺陷,推进了梵语戏剧理论的发展。由于五个关节与五个情节元素及其发展阶段息息相关,各个关节又有若干分支。婆罗多论述了六十五种关节分支,而胜财在论述胎藏关节的分支时比婆罗多少了一种,是为六十四种。胜财对婆罗多提出的二十一种关节因素弃而不论。他认为,这些关节因素可以纳入庄严或情味中:“以装饰为首的三十六种诗相和以抚慰为首的二十一种关节因素,也都包含在这些情及其修辞之中。”(IV.89)[③]总体上看,胜财在论述情节时主要依据《舞论》,但其探讨更为简洁,这无疑为剧作家提供了实践操作的便利。

此后的戏剧学家和诗学家基本上遵循《舞论》和《十色》,在理论上取得突破性创新的人很少,当然也有少数的例外。例如,辛格普波罗在《味海月》中介绍五种情节原素、五种情节关节时,大体遵循婆罗多、胜财的相关论述。或许出于简略的目的,辛格普波罗省略了婆罗多的情节关节五阶段说(avasthāna):开始、努力、希望、肯定、成功。辛格

---

① 黄宝生译:《梵语诗学论著汇编》(上册),第446页。

② 同上,第443页。

③ 同上,第467页。

普波罗还认为："情节是作品的身体，分为三类：著名的（khyāta）情节、虚构的（kalpya）情节、混合的（saṅkīrṇa）情节。罗摩的故事等等是著名的情节。诗人仅凭想象创造的情节是虚构情节，如《茉莉和青春》便是如此。混合情节皆有上述二者的成分，如描写罗婆和罗怙的言辞和愿望。"（III.6 - 7）[①]遵循这一方法，高斯瓦明对情节进行阐释："情节分著名的、虚构的、混合的三类。依据经论（śāstra）创作而成的是著名情节，诗人根据想象创作的是虚构情节，它们二者的融合是混合情节。然而，在戏剧中，虚构的情节最佳。"（I.12）[②]

对戏剧情节重要性的强调，是东、西方戏剧理论的共同特点，但它们之间也存在一些思想差异。

亚里士多德在《诗学》第六章中认为，悲剧必须包括情节、性格、言语、思想、戏景和唱段六个组成部分。他说，情节或曰事件的组合是成分中最重要的，因为悲剧模仿的不是人，而是行动和生活。情节是悲剧的目的。悲剧中最能打动人心的成分是属于情节的部分，即突转和发现。"情节是悲剧的根本，用形象的话来说，是悲剧的灵魂。"[③]婆罗多则认为："情节据称是作品的身体，分成五个关节。"（XXI.1）[④]亚氏格外推崇悲剧，且认为情节是悲剧的根本和目的，情节是悲剧的灵魂。婆罗多对情节的看法暗示他与亚氏在这一问题上存在着本质差别。在婆罗多这里，情节是戏剧的身体，味乃戏剧灵魂。换句话说，对于亚氏而言，情节第一，对于婆罗多而言，味无比重要。

亚氏与婆罗多对情节都有多种划分。两相比较，婆罗多的情节划分更为复杂。《诗学》第十一章认为，突转（peripeteia）、发现（anagnorisis）与苦难（pathos）构成了情节的三个成分。有人认为，在亚氏那里，戏剧家首先是情节的制造者。亚氏的简单划分为形形色色的行动、人物、动机和事件的出现提供了数不胜数的机会。而在婆罗多和胜财那里，情节必须"描画一个预先设定的弧线——一切都是既定的"。从开始到努力，到希望和失望，再到不确定和确定，最后抵达成功[⑤]。这深刻地反映了处于两种文明圈里的戏剧理论家的思想分野。

李渔等人也强调戏剧情节的重要性，但他们同时强调戏剧情节的传奇性质。如李

① Śiṅgabhūpāla, *Rasārṇavasudhākara*, p.303.

② Rūpa Gosvāmin, *Nāṭakacandrikā*, Varanasi: Chowkhamba Sanskrit Series Office, 1964, p.4.

③ 亚里士多德：《诗学》，第 65 页。

④ 黄宝生译：《梵语诗学论著汇编》（上册），第 83 页。

⑤ M. S. Kushwaha, ed. *Dramatic Theory and Practice Indian and Western*, p.25.

渔认为，有奇事，方有奇文。孔尚任也认为，事不奇则不传。李渔的表述显得简略，他只以“立主脑”和“减头绪”等为题进行阐释。这与亚里士多德对情节的论述不同，更与婆罗多的情节论拉开极大的差距。这似乎与李渔等人更重视戏剧题材要义而相对轻视戏剧技巧有关。

三、戏剧角色论

婆罗多在《舞论》中将人物角色分为上中下三等，而且还分性别进行论述。

婆罗多根据人的品质，将角色一分为三，并依性别一分为二。就男角而言，上等人物的性格特征是：“控制感官，富有智慧，精通各种技艺，谦恭有礼，庇护弱者，熟悉各种经典，稳重，仁慈，坚定，乐善好施。”而男性中等人物的性格特征是：“精通世俗行为，熟悉各种技艺和经典，具有智慧和甜蜜。”男性下等人物的性格特征是：“言语粗鲁，品德恶劣，本性卑贱，智力低下，动辄发怒，伤害他人，背叛朋友，造谣污蔑，傲慢无礼，忘恩负义，游手好闲，贪图女色，喜爱争吵，阴险狡猾，作恶多端，夺人财物。”就女性角色而言，上等人物的性格特征是：“性情温柔，不轻浮，面带微笑，不刻薄，善于听取德者之言，含羞，文雅，甜蜜，天生美貌和美德，稳重，坚定。”女性中等人物具有上述品质，但不突出，不充分，同时有少量缺点。女性下等人物的性格特征是“与男性下等人物相同”。(XXXIV.2－12)[①]婆罗多把阉人、国舅、侍女和丑角等称为混合类角色，并入下等人物。

婆罗多又将上等和中等的男主角分为四类：坚定而傲慢、坚定而多情、坚定而高尚和坚定而平静。他还规定天神应该坚定而傲慢，国王应该坚定而多情，将帅和大臣应该坚定而高尚，婆罗门和商人应该坚定而平静。婆罗多将女主角分成女神、王后、淑女和妓女或女艺人四类。女神和王后的特征是坚定、优美、高尚和文静。淑女的特征是高尚和文雅。妓女或女艺人的特征是高尚和优美。婆罗多还规定了男主角的八种基本品质。

除了男女主角外，婆罗多还论述了配角，包括丑角、女使、国王随从等等。婆罗多将丑角分成四类，分别辅助天神、国王、大臣和婆罗门。女使在表现艳情味方面也很重要。婆罗多对男主角的性格分析主要适用于社会上层和中层人物，如国王、王子、大臣、婆罗门和商人。他对女主角的性格心理和外貌的描述，又侧重于艳情味。“这些规则在很

① 参阅黄宝生译：《梵语诗学论著汇编》(上册)，第98－99页。

大程度上限制了梵语戏剧向现实生活的深度和广度开掘。"①

胜财把戏剧主要角色分作男主角和女主角两类,每类都分上、中、下三等。男主角应该具有的基本素质是:有教养,甜蜜,慷慨,聪明,威严,精通经典,恪守正法等等。男主角又可分成多情、平静、高尚和傲慢四类。男性角色除了主角外,还有插话主角、清客、丑角和作为主角对立面的反面角色。这些人物的安排主要是为了衬托男主角的高大与完美。高大完美的男主角具有源自本性的八种优异品质:光辉、活力、温顺、深沉、坚定、威严、轻快和高尚。有意思的是,胜财对女主角的分类与婆罗多明显不同。婆罗多将女主角分成女神、王后、淑女和妓女或女艺人四类。胜财则认为:"女主角有三类:自己的女子,他人的女子,公共的女子,各有各的品德。"(II.24)②自己的女子即妻子守戒、正直,分为无经验、稍有经验和有经验三类。其中,后两类又可分别分为年长和年轻两类,这样,共有十二类女主角。他人的女子分成已婚女子和未婚少女。前者不能用于主味,后者的爱情可以随意安排各种味。"公共的女子是妓女,精通技艺,大胆,狡猾……除了笑剧,在表现神圣国王的戏剧中,妓女不应被人爱恋。"(II.33－35)③显然,这里所谈论的女主角作为男主角的附属而存在,反映出印度古代社会的男权中心观对戏剧学的深刻影响。上述女主角有八种状态。胜财还提到女仆、女工、奶姐妹等各种女使者。他还论述了青年女性的二十种"天赋之美"。这包括感情、激情和欲情等三种肢体产生的美、光艳、魅力、热烈、柔顺、自信、高尚和坚定等七种自发产生的美以及十种天性产生的美:游戏、娇态、淡妆、慌乱、兴奋、怀恋、佯怒、冷淡、妩媚和羞怯。这二十种美各有自身的内涵。胜财对女主角的论述突破了婆罗多的论述范畴,大大地丰富了戏剧学的内容。

婆罗多依据人性品质把男女主角分为上、中、下三等。罗摩月和德月接受了他的观点,他们认为,男性三等人物的特征是:"男性上等人物控制感官,乐善好施,精通各种世间经典,稳重坚定,熟悉正理论。中等人物具有中等品性。下等人物邪恶低贱。"(IV.4)④女性三等人物的特征是:"女性上等人物含羞温柔,坚定稳重,面带微笑,不轻浮,出身高贵,聪慧伶俐,柔情似水。女性中等人物具有男性中等人物的品性。女性下

① 黄宝生:《印度古典诗学》,第116页。

② 黄宝生译:《梵语诗学论著汇编》(上册),第449页。

③ 同上,第450页。

④ Rāmacandra & Guṇacandra, *Nāṭyadarpaṇa*, Delhi: Parimal Publications, 1986, p.154.

等人物则是天神也无法驯服。”(IV.6)①他们对戏剧中男性主角拥有的四种不同品性的论述与婆罗多的观点稍有差别,因为婆罗多并未明确规定国王具有所有四种品质。他们说:“男主角有哪些类型呢?天生坚定而傲慢,将帅大臣坚定而高尚,商人和婆罗门坚定而平静,国王却表现出包括坚定而多情在内的四种品质。”(I.7)②罗摩月和德月赞同胜财的观点,把女主角分为自己的、他人的和公共的三类,自己的即妻子又分为没有经验的、稍有经验的和有经验的三类。

辛格普波罗将男主角分为上、中、下三等,其中,上等男主角具有十五种品质或特征,这一点区别于婆罗多和胜财,后二人只论及八种品质。辛格普波罗认为,中等男主角具有上等男主角的大部分品质,而大量缺乏这些品质的属于下等男主角。与婆罗多相似,辛格普波罗也将男主角分为坚定而高尚、坚定而平静、坚定而多情、坚定而傲慢等四类。与婆罗多、胜财不同,辛格普波罗还按照对待爱情的态度,将男主角分为丈夫(pati)、情人(upapati)和嫖客(vaiśika)等三类,这和沙罗达多那耶的《情光》类似。丈夫又分为忠贞、欺骗、无耻和谦恭等四类,嫖客分为优秀、平庸和下贱等三类,情人则无分类。关于使者、伴友、仆人和丑角,辛格普波罗只是一带而过,并未详细讨论。他的论述重心显然是在男、女主角上。关于女主角,辛格普波罗的分类和胜财一致,都将其分为自己的女子、别人的女子和妓女三类。其中,自己的女子即妻子分为十三类,别人的女子分为未婚男少女和已婚女子两类,妓女分为有爱情的(raktā)和无爱情的(viraktā)两类。辛格普波罗还将三类女主角分为上、中、下三等。他将女配角分为使者、伴友、女仆等十一类,这在此前的戏剧学论述中不太多见。

对于虔诚味论者高斯瓦明来说,男主角是唯一的,即克里希那大神。高斯瓦明在《剧月》中写道:“通过自己的描述,克里希那等神圣的主角将得以生动地表现。尽管神圣,却表现人的行为姿态;介于神与凡人之间,却具有罗怙的特点;尽管普通,在践行正法、利益等人生四要时,克里希那的特征更加生动。这便是说,一切方式的描写都表现了主人公的品质。描述男主角的优美和崇高,他的形象更有光彩。戏剧中的艳情味最重要。”(I.7-10)③这些描述体现了虔诚味论对于戏剧学理论的渗透痕迹。

婆罗多规定了青年女性的二十种“庄严”即美的特征。他写道:“戏剧行家们应该

① Rāmacandra & Guṇacandra, *Nāṭyadarpaṇa*, Delhi: Parimal Publications, 1986, p.155.

② Ibid., p.10.

③ Rūpa Gosvāmin, *Nāṭakacandrikā*, Varanasi: Chowkhamba Sanskrit Series Office, 1964, pp.2-3.

知道,美(alaṅkāra)是情味的基础,它充分体现在青年女性身上,产生于女子(女主角)的脸庞和形体的动作变化。首先是肢体产生的三种美,此外是天性产生的十种美,还有自发产生的七种美。它们被称为情味的依托。"(XXIV.4－5)[①]他还依据爱情状态将女主角分成八类:"妆扮以候型、苦于分离型、恋人温顺型、争吵分开型、恋人移情型、恋人爽约型、恋人远游型、寻找恋人型。在房中欢爱的时机已经成熟,渴望激情相悦,兴高采烈地梳妆打扮,她是妆扮以候型。恋人因各种事务所羁绊而脱不开身,见不到他前来赴约而感到苦恼,她是苦于分离型。"(XXIV.210－213)[②]

婆罗多关于女主角八种爱情状态的论述,对胜财、楼陀罗吒、楼陀罗跋吒、沙罗达多那耶、维底亚那特、辛格普波罗、沙揭罗南丁、罗摩月和德月等人影响深刻。他们在著作中纷纷沿用这种模式,论述女主角的爱情状态。

婆罗多还对女性未能如愿的爱情作了描述。婆罗多将这种以死亡为悲惨结局的爱情分成十个阶段,并对女主人公在每个阶段的具体表现和女主角如何表演都做了详细说明。他写道:"没有经历欢爱的女子,将表现出种种爱的情态,它们分为十个不同的阶段。首先是渴望,第二是忧虑,第三是回忆,第四是赞美,第五是烦恼,第六是悲叹,第七是疯癫,第八是生病,第九是痴呆,第十是死亡。"(XXIV.168－171)[③]

以上关于青年女性的二十种"庄严"、女主角的八种爱情状态和女性以死亡为结局的十个爱情阶段,在后来很多诗学与戏剧学著作中都有相似的描述。由此可见,《舞论》对于女主角的描述极大地影响了后世戏剧学家和诗学家,也影响了印地语、孟加拉语等印度语言的中世纪诗学萌芽和发展。当然,如果站在现代女性主义立场进行观察,婆罗多对男女主角的描述或规定,自然是以女性为主。这似乎有男权中心主义的痕迹。一些当代女性主义者对此进行抨击的原因似乎不难理解。

婆罗多要求根据演员的素质、步姿、语言、形体和动作分配角色。例如,扮演天神的演员应该体型完美,声音悦耳。扮演国王或王子的演员应该五官端正,肢体完美,聪明睿智,沉着坚定。如果剧中人物本身具有多臂、多头、怪脸或兽面,那演员就应该使用泥土、木材、树胶或兽皮制作的模具和面具。

婆罗多还指出,演员在进入戏剧舞台前应该化装,用颜料和装饰品掩盖自己的本色。这样,"犹如一个生命抛弃自己的身躯,进入另一个身躯,演员心中记着'我是那个

① 拙著:《印度文论史》(下),第1076页。

② 同上,第1090页。

③ 同上,第1087页。

人物’，用语言、形体、步姿和动作表演那个人物的情态”。(XXXV.13－14)[①]因此，少年演员可以扮演老年角色，老年演员也可扮演少年角色，这称作“离色”(virūpa)。男演员可以扮演女角色，女演员也可以扮演男角色，这称作“随色”(rūpānusāriṇī)。男演员扮演情况和年龄相仿的男角色，女演员扮演情况和年龄相仿的女角色，则称作“顺色”(anurūpa)[②]。

关于角色的划分，亚里士多德与婆罗多既同且异。亚氏提到三种类型的角色，即“比我们好”、“比我们差”和“等同于我们”的人。戏剧主要模仿其中第二类角色，悲剧主要模仿第一类角色。亚氏对三类角色没有进一步地解说。婆罗多则依据人品将剧中男女人物分为上、中、下三等，并对男性和女性三等角色分类解说。亚氏对女主角及其品格避而不谈，也几乎不涉及次要角色的作用。这反映了印度理论家形式主义倾向显著的特色。

对于李渔等人来说，角色的划分无外乎生、旦、净、丑、外、末等几种类别。李渔说：“科诨二字，不止为花面而设，通场角色，皆不可少。生旦有生旦之科诨，外末有外末之科诨。净丑之科诨，则其分内事也。然为净丑之科诨易，为生旦外末之科诨难。”[③]与婆罗多的规定相似，中国古典戏剧理论对生、旦、净、丑等角色的表演规定也非常严格。

四、戏剧效果论

《舞论》第二十七章探讨戏剧演出成功的标准和如何定义理想观众。婆罗多将戏剧的成功分成所谓“人的成功”和“神的成功”两类。“应该知道戏剧的成功产生于语言、真情和形体表演，依靠各种情和味，分成神的成功和人的成功两类。”(XXVII.2)[④]判断的标准是各种真情在观众那里引起的语言反应和情感反应。与此近似，罗摩月和德月认为：“各种表演包含着味，各种情可以视为戏剧的产物。”(III.49 注疏)[⑤]

婆罗多所谓“人的成功”包括十种具体表现：1. 微笑，指演员运用双关语逗趣，观众微笑；2. 半笑，指演员笑容隐晦，语言含蓄，观众领会而笑；3. 大笑，指丑角插科打诨使观众大笑；4. 叫好，指观众为演员的美言妙语而叫好；5. 惊叹，指观众欣赏戏剧表演中

---

① 转引自黄宝生：《印度古典诗学》，第 144 页。

② 参阅同上。

③ 秦学人、侯作卿编：《中国古典编剧理论资料汇编》，北京：中国戏剧出版社，1984 年，第 261－262 页。

④ 黄宝生译：《梵语诗学论著汇编》(上册)，第 93 页。

⑤ Rāmacandra & Guṇacandra, *Nāṭyadarpaṇa*, p.148.

的奇妙之事或体验喜悦之情而惊叹不已；6. 悲叹，戏剧情节悲悯，观众含泪叹息；7. 哄然，指戏剧表演令人惊奇，观众哄然；8. 汗毛竖起，指观众充满好奇心，汗毛竖起；9. 起身，指看到戏剧表演中的战斗、厮杀等情状，观众晃头摇肩，含泪喘息；10. 赠物，指观众抛给衣服和指环。（XXVII.4－14）

所谓"神的成功"也可理解为非凡的成功亦即卓越的表演，它有两种具体表现：1. 演员充分表达真情和各种情态；2. 剧场座无虚席，无声无息，一切正常。（XXVII.16－17）

在婆罗多看来，妨碍戏剧表演成功的因素主要来自天意、敌人和演员自身等三个方面。婆罗多认为，戏剧表演"既不可能完美无瑕，也不可能一无是处。因此，对其中的缺点不应苛求"。（XXVII.47）①他告诫演员要认真处理语言、形体、化妆、味、情、歌曲、器乐等各方面的问题。

《舞论》中对"理想观众"的定义是：品行端正，出身纯正，性格沉稳，博学多知，珍惜名誉，热爱正义，公正不倚，年龄成熟，头脑聪明，心地纯洁，平等待人，精通戏剧艺术、器乐、化妆、方言俗语、各种技艺、四种表演方式、词汇、诗律和各种经典，要敏锐地领会戏剧中的各种情味。（XXVII.50－53）婆罗多还写道："相传戏剧观众应该感官不混乱，心地纯洁，善于判断，明辨是非，充满爱心。"（XXVII.54）②

婆罗多辩证而客观地认为，"理想观众"必须具有的这些特征不可能集中在一人身上，因为知识无涯，生命有限。不同层次、性别和年龄的观众欣赏趣味也不尽一致："青年爱看爱情，智者爱看教义。财迷爱看追逐财富，清净之人爱看解脱，守戒之人爱看戒律。勇士爱看厌恶味、暴戾味、战斗和厮杀，老人一向爱看宗教故事和往世书传说，妇女、儿童和俗众始终爱看滑稽味和妆饰。善于模仿剧中角色情态的观众应该被认为是优异的观众。"（XXVII.59－62）③

婆罗多认为，如果对演员的演技亦即戏剧表演的效果产生意见分歧，应该请各种专家共同评判。"行家们应该懂得吟诵、角色、味、歌唱、器乐和妆饰。"（XXVII.80）④这个专家评判组的成员亦即所谓"行家们"包括下列人员：祭司、舞蹈家、诗律家、语法家、国王、弓箭手、画家、妓女、乐师和王侍。"相传这些是十位评判员，由他们观看演出，指出

① 黄宝生译：《梵语诗学论著汇编》（上册），第95页。
② 同上，第96页。
③ 同上，第96页。
④ 同上，第97页。

优缺点。”(XXVII.68)[①]婆罗多的这些规定即使在今天看来,也仍然具有一定的现实指导意义。当代的电视节目,常常举办各种形式的竞赛性歌舞表演,这就需要主办方挑选合格而尽职的裁判组。婆罗多此处的专家组亦即“行家们”几乎囊括了各个领域的行家。值得注意的是将妓女和王侍等也包括在内,这种接纳草根阶层参与艺术评判的开放心态值得今人借鉴。

婆罗多规定,如果演员比赛评奖,评判组成员应该坐在离舞台既不远也不近(约十二腕尺)的位子,专心观看,秉公评判,由秘书协助记下表演者的优点和缺点。最后,请国王将奖金或奖旗授予优秀演员。如果两位演员同样优秀,由国王决定谁获奖。如果国王对两位演员同样欣赏,可以同时获奖。(XXVII.74－79)这种评判体系和当今各种歌舞竞赛或体育比赛的裁判体系有些近似。

婆罗多还对戏剧演出的时间作了具体的规定。他说:“戏剧家们应该知道各种最佳演出时间。相传戏剧演出分为日场和夜场。”(XXVII.85)[②]如有恩主要求,则可打破常规,随时随地进行表演。这些规定表现了婆罗多戏剧论的某种灵活性。

关于戏剧表演的成功标准,婆罗多的结论是:“应该知道,和谐、美观和演员的出色表演是三大优点。聪明,活泼、漂亮,熟悉音乐节拍,通晓味和情,年龄适当,有好奇心,执着,坚定,能歌善舞,不怯场,有勇气,这些是对演员的要求。优美的器乐,优美的歌曲,优美的吟诵,各种动作符合经典规定,优美的妆饰,优美的花环和服装,出色的油彩化妆,所有这一切和谐一致,戏剧家们认为这是庄严(美)。”(XXVII.96－101)[③]从这些规定来看,婆罗多重视成分复杂的观众修养问题,重视演员的表达技巧,但更为强调各种戏剧成分或表演因素的综合效果。这充分体现了戏剧作为综合性艺术的特点,也展现了婆罗多宽广的视野。

婆罗多还从比较的视角探讨戏剧表演的评价标准。他高度重视包括观众在内的人之主体性,说:“人、吠陀和内明(adhyātma)是(评价戏剧的)三大标准。戏剧表现的主题(artha)主要以吠陀和内明为基础。戏剧来源于吠陀和内明,它具有语言和诗律。它以人的赞赏为演出成功的标准。戏剧产生于人的本性,因此,人是评价戏剧表演成功与否的最高标准……人有不同的性情,戏剧以人的种种性情为基础,因此,戏剧作家应将

① 黄宝生译:《梵语诗学论著汇编》(上册),第96页。
② 同上,第97页。
③ 同上,第98页。

人视为(确定戏剧表演规则的)权威。”(XXVI.119－126)①由此可见,婆罗多所谓“人的成功”或“神的成果”,归根结底还是以人为基础和旨归。

五、戏剧表演论

《舞论》等梵语戏剧学著作大量涉及舞台表演的相关技艺,其中包括两类戏剧表演方法、表演化妆和道具服饰、演员各个部位的形体表演亦即各种或简单或复杂的戏剧舞蹈姿势、戏剧音乐配置等,内容丰富,分析细致。这些内容中的舞蹈和音乐部分成为此后梵语音乐、舞蹈著作的主要来源之一,启发了《音乐宝藏》(也译《乐海》或《乐舞渊海》)和《表演镜》等梵语艺术论著的不断问世,它们的相关内容构成了印度古代艺术论的主体。

婆罗多将戏剧表演分为语言、形体、真情和妆饰四大类,每类表演都体现戏剧法。妆饰表演(āhāryābhinaya)按梵语也可译为“外部表演”。也就是说,语言、形体和真情的表演属于人体自身的内部表演②。这种戏剧表演四分法深刻影响了后来的学者。例如,喜主在13世纪成型的《表演镜》中写道:“形体表演就是用身体进行表演,语言表演是利用语言创作的诗和戏剧等进行表演。妆饰表演是以项链和腕环等装饰身体(以进行演出),真情表演是通晓情感者表演真实的感情。”③罗摩月和德月认为:“语言表演是以模仿语言来模仿情感。肢体表演是以肢体的行为和姿态来表达情味。真情表演是表达变声等等情态。妆饰表演是模仿色彩等等表现外在事物的形貌特征。”(III.50－51)④沙揭罗南丁改造了婆罗多的戏剧表演四分法,他将之分为语言(vākya)、真情(sūcā)、象征(aṅkura)、形体(śākhā)和联想(nivṛtyaṅkura)等五类。沙揭罗南丁对象征表演的定义是:“在叙述中以其他的语言进行说明,观众心中由此想起人物形象,这叫象征表演。”(CXLIII)⑤他对联想表演的定义是:“某人在别人的表演中回忆起从前的经历,这是联想表演。”(CXLIV)⑥

《舞论》第十四章提出了戏剧表演的世间法和戏剧法理论。这是印度古代戏剧表演理论的精华。婆罗多强调戏剧应常用戏剧法,例如,他在另一处介绍道具制作原理时

---

① Bharatamuni, *Nāṭyaśāstra*, Vol.2, pp.913－916.

② 黄宝生:《印度古典诗学》,第145页。

③ 〔印〕喜主:《印度著名的梵语舞蹈学著作——表演镜》,拙译,载《东南亚南亚研究》2015年第4期,第91页。

④ Rāmacandra & Guṇacandra, *Nāṭyadarpaṇa*, pp.149－150.

⑤ Sāgaranandin, *Nāṭakalakṣanaratnakośa*, Varanasi: Chowkhamba Sanskrit Series Office, 1972, p.144.

⑥ Ibid., p.145.

说："某些道具体现了世间法，另一些道具体现了戏剧法。按照（表演）对象本来面貌（svabhāva）制作道具，叫做世间法；制作道具时，对（表演）对象的本来面貌进行变异（vibhāva），则叫戏剧法。"（XXIII.197－201）[①]

《舞论》第二十三章论述表演化妆和道具服饰。婆罗多指出："所谓装饰表演是指有关化妆与舞台服装等的规则。期望戏剧表演取得成功的人须得高度重视它。戏剧演员在各种状态下的本性首先通过装饰得以表现，后易于通过形体动作等成功地进行表演。妆饰（nepathya）包括四类：模型（pusta）、服饰（alaṅkāra）、化妆（aṅgaracanā）和活物（sañjīva）。"（XXIII.2－4）[②]模型即道具，有山、车、飞车、盾牌、铠甲、旗帜和树等，分为三种。服饰包括花环、装饰品和服装。化装是用油彩涂身。活物分为三种：无足动物，如蛇类；两足动物，如鸟类；四足动物，如家畜和野兽。关于道具的制作方法，婆罗多指出："世界上生活着形貌体态表现各异的生物，关于这些（表演）对象的形态的模仿，就是戏剧表演中运用的道具。宫殿、房屋、车辆和各种武器，都不能按其现实形态制成戏剧表演所需的道具……制作道具的内行不用铁和石头制作戏中所需道具，因为铁石沉重，会使人疲惫不堪。应该利用树脂、木柴、兽皮、布料、坚果外壳、竹子和花叶等制作戏剧道具，因其在表演中能轻松运用。"（XXIII.197－201）[③]

《舞论》第六、七章论述味和情时，对表现八种常情、三十三种不定情和八种真情的形体动作作了一般的规定，其第二十四至二十六章均不同程度地涉及所谓"真情"即心理情感的复杂表演。这些论述似乎不难瞥见《爱经》等古代经典对婆罗多的历史影响。《舞论》对于各种语言表演的论述已在前边做过介绍。

婆罗多对舞蹈之于戏剧表演的重要功能给予高度赞赏："舞蹈确实与某种具体的事物无关，但它却（给戏剧表演）带来魅力。天性使然，所有世人几乎都喜欢舞蹈。舞蹈还因被视为吉祥而备受称道。在结婚、生子、娶嫁、欢乐或祭祖等场合，舞蹈因使众人愉悦而备受称赞。"（Ⅳ.268－270）[④]《舞论》第四章主要介绍献花式等一百零八种舞蹈基本动作（karaṇa）、永恒式和圆舞式等三十二种舞蹈组合动作（aṅgahāra）和人体四个部位的舞动方式（recaka）。关于舞蹈基本动作与组合动作的关系，婆罗多写道："我将讲述与基本动作相关的舞蹈表演。优秀的再生族啊！我将讲述演员们如何运用手和脚

---

① Bharatamuni, *Nāṭyaśāstra*, Vol.2, p.791.

② Ibid., pp.755－756.

③ Ibid., p.791.

④ Bharatamuni, *Nāṭyaśāstra*, Vol.1, pp.149－151.

表演组合动作。所有的组合动作源自基本动作（的组合）。我将讲述这些基本动作的名称及其表演方式。手与脚的联合表演就是舞蹈的基本动作。两个舞蹈的基本动作组成一个摩德勒伽，两个、三个或四个摩德勒伽组成一个组合动作。三个基本动作组成一个羯罗孛迦，四个基本动作组成一个桑多迦，五个基本动作组成一个僧伽多揭。因此，六个、七个、八个或九个舞蹈基本动作构成一个组合动作。”（Ⅳ.28－33）①上述舞蹈基本动作和组合动作不仅是《舞论》后边各章论述身体各个部位舞蹈动作的基础，也是后世各种梵语舞蹈学著作的思想源头和模拟范本。

婆罗多还将舞蹈分为刚舞（tāṇḍava）和柔舞（sukumāra，lāsya）两类：“一般而言，刚舞的表演与赞颂神灵有关，而柔舞的表演则产生艳情味。”（Ⅳ.273）②他还进一步说明道：“如果戏剧中某一幕的表演赞美大神（湿婆），应该表演具有阳刚气质的大自在天（湿婆）创造的刚舞。如戏剧中出现有关男女爱情的歌曲，应该表演女神（波哩婆提）创造的优美的柔舞。”（Ⅳ.320－321）③从其论述来看，前述各种舞蹈基本动作和组合动作似乎都应归于刚舞的范畴。婆罗多还将舞蹈分为单人舞与群体舞两类。他说：“群体舞分为四类：集体舞、牵手舞、双人舞和群体中的独舞。称之为集体舞，因其形似圆团；称之为牵手舞，因其形似灌木；称之为双人舞，因其如蔓藤纠缠；称之为独舞，因其在群体起舞时单人独舞。”（Ⅳ.292－293）④关于舞蹈表演与戏剧情境的搭配，婆罗多规定道：“当戏剧中的一对夫妻表现出浓浓爱意时，应该表演舞蹈，它激发喜悦。戏剧中表演恋人即将到来或（美好的）季节等等即将来临，应该表演与歌曲主题相关的舞蹈……女主角从使女话中感受到季节等等正在来临，心中充满焦虑，此时不可表演舞蹈。如果（戏剧中的）女主角在表演过程中逐渐恢复了平静，自此可在戏中余下部分的表演中表演舞蹈。”（Ⅳ.314－319）⑤

《舞论》第八至第十三章对各种形体动作亦即舞蹈姿势进行更加细致的描述，同时对舞蹈表演进行更为细致的归类与阐发。该书第八章写道：“形体表演可以分为身体表演、面部表演及手势、主要肢体和次要肢体联动的姿势表演等三类。整体来说，戏剧表演与头、手、臀、胸、腰和脚等六种主要、次要的身体部位相关。头、手、胸、腰、臀和脚

① Bharatamuni, *Nāṭyaśāstra*, Vol.1, p.84.
② Ibid., p.153.
③ Ibid., p.169.
④ Ibid., pp.160－161.
⑤ Ibid., pp.167－169.

是六种主要肢体，而眼睛、眉毛、鼻子、嘴唇、面颊和下巴等是（六种）次要肢体。肢体表演、舞蹈表演和含蓄表演，这三者被戏剧导演们视为戏剧表演的三大要素（vastu）。身体各个部位的动作就是肢体表演，通过肢体表演传达意义，这是含蓄表演，而包含着基本动作和组合动作的表演就是舞蹈表演。"（VIII.11－15）①婆罗多在《舞论》第二十四章中还将形体表演进一步分为六类，他说："形体表演分为六类：吟诵表演、阐发表演、情感表演、肢体表演、歌舞表演和客观表演。"（XXIV.41）②

从具体的介绍来看，婆罗多将形体动作分为身体（肢体或躯体）、面部和姿势三类。肢体包括手、胸、胁、腹、腰、大腿、小腿和脚。面部包括头、眼光、眼珠、眼睑、眉、鼻、颊、唇、颏和颈。姿势包括站姿、步姿、坐姿和睡姿。由此可见，梵语戏剧形体表演的确具有程式化的色彩。

先看看形体表演中的面部动作。按照婆罗多的描述，头的动作有十三种；眼神（dṛṣṭi）有三十六种（其中包括八种味眼神、八种常情眼神及二十种不定情眼神）；眼珠的动作分为圆转、斜转等九种；眼睑的动作分为张开、合拢等九种；眉的动作有七种；鼻的动作有六种；颊的动作有六种；唇的动作有六种；颏的动作有七种，与唇、舌和齿相关；颈的动作有九种。婆罗多还按观看方式将眼光分为正视、斜视、凝视等八种。

再看看形体表演中的各种肢体动作。首先是非常复杂但却重要的手势表演。手的动作分成单手和双手两类。单手动作有旗帜、三旗、剪刀等二十四种，双手动作有合掌、鸽子、螃蟹等十三种。这些单手或双手的表演通常不是孤立的，而是与眼睛、眉毛和面颊等其他形体动作相结合的。此外，婆罗多还描述了二十九种舞蹈手势。他还介绍了胸的动作五种，胁的动作三种，腹的动作三种，腰的动作五种，股（大腿）的动作五种，胫（小腿）的动作五种，足的动作五种。

婆罗多进而论述综合性形体动作，他将之先后称为综合表演（sāmānyābhinaya）与复杂表演（citrābhinaya）。前者似乎倾向于讨论各种复杂感情如何得以恰当地表达，后者似乎强调身体各个部位的表演与情感表达的水乳交融。关于前者即综合表演（或译"一般表演"、"普通表演"），婆罗多指出："所谓综合表演来自语言、形体和真情。必须高度重视真情表演，因为戏剧表演以此为基础。"（XXIV.1－3）③关于复杂表演（或译"特殊表演"、"殊胜表演"），婆罗多指出："以肢体等等随时随地进行的各种表演的特点

① Bharatamuni, *Nāṭyaśāstra*, Vol.1, p.316.
② 拙著：《印度文论史》（下），第1078页。
③ Bharatamuni, *Nāṭyaśāstra*, Vol.2, p.796.

尚未得到论述,这种种表演就是复杂表演。举起双手作旗帜状和万字状,头部仰视,以各种眼神表演如下事物:拂晓、天空、夜晚、黄昏、白昼、六季、乌云、林区、宽阔水域、大片区域、行星和星座。双手和头部姿态同上,眼睛俯视,地上的事物因此得以表演。”(XXVI.1－5)①

当代学者指出,音乐剧是西方歌剧出现后“综合化程度最高的一种戏剧形态”。音乐剧以戏剧为基础,以音乐为灵魂,以舞蹈为表现方式。“与话剧、歌剧、舞剧不同,音乐剧中的叙事与抒情是通过歌唱与舞蹈的合二为一来表现的。舞蹈是音乐剧的重要组成部分。”②这也说明了梵语戏剧与音乐、舞蹈三者之间的联动关系。“器乐、歌曲和舞蹈是梵语戏剧艺术的有机组成部分。至于它们在戏剧演出中所占的比重,看来是有弹性的,取决于剧团的表演风格。”③事实上,《舞论》在这方面早有先见之明,它以整整六章的篇幅,对戏剧表演中的音乐成分进行了细致的描述。婆罗多说:“歌曲中的所有主题,首先以种种戏剧表演来表达,复以舞蹈进行揭示。”(IV.299)④他还写道:“声乐(gāna)、器乐(vādya)和舞蹈(nāṭya)各有魅力,戏剧表演者应该将其当作火环连贯运用。”(XXVIII.7)⑤他的这些论述和规定,成为后来学者必须遵循的典范,也成为其创新的思想基础。例如,神弓天的《乐海》(或译《音乐宝藏》)这样写道:“声乐(gīta)、器乐(vādya)、舞蹈(nṛtta)这三者一道被称为舞乐(saṅgīta),舞乐又分为雅乐(mārga)和俗乐(deśī)两类。”(I.21)⑥这里的“雅乐”或曰“神乐”其实是指带有宗教神秘色彩的传统古典音乐,而“俗乐”似指各个方言区的民间音乐。

总之,婆罗多等古代学者对戏剧音乐、舞蹈等的描述,对于后世梵语艺术论者的著述,对于印度古代至当代戏剧表演艺术的传承和发达,均产生了奠基性的影响。

六、戏剧基础论

除上述各种戏剧因素外,《舞论》还涉及剧场的建造、类似于道教和佛教“开光”的敬神仪式和序幕等环节,它们均可视为舞台表演的物质和精神基础。这方面的内容较为丰富,值得一提。

---

① Bharatamuni, *Nāṭyaśāstra*, Vol.2, pp.889－890.

② 顾春芳:《戏剧学导论》,第133、136页。

③ 黄宝生:《印度古典诗学》,第175页。

④ Bharatamuni, *Nāṭyaśāstra*, Vol.1, p.163.

⑤ Bharatamuni, *Nāṭyaśāstra*, Vol.2, p.944.

⑥ Śārṅgadeva, *Saṅgītaratnākara*, Varanasi: Chaukhamba Surbharati Prakashan, 2011, p.6.

《舞论》第二章专论三种剧场的建造。该章开篇即写道:“睿智的工巧天(viśvakarman)按照建筑经论(niveśaśāstra)的规定,设计了三种剧场(prekṣāgṛha)。这些剧场有矩形(vikṛṣṭa)、方形(caturaśra)和三角形(tryaśra)三种。每一种剧场又分为大型、中型和小型三种。这三种剧场的长度可由腕尺(hasta)或杖(daṇḍa)来计算,分别为一百零八、六十四和三十二腕尺(杖)。其中,大剧场长一百零八腕尺(杖),中等剧场长六十四腕尺(杖),小剧场长三十二腕尺(杖)。大剧场是为天神们修建的,中等剧场是为国王们而建,小剧场为其他的人(普通百姓)而建……为世人所建的剧场(maṇḍapa)长六十四腕尺,宽三十二腕尺。”(II.7 - 17)①婆罗多认为,人们不应建造规模更大的剧场,因为大型剧场的表演效果不佳。“剧场太过宽大,演员们高声的吟诵也会变得不甚清晰,听来不甚悦耳。剧场太过空旷,演员意味深长的情感表达(rāga)不能充分地展现。因此,在所有剧场中,中等剧场最为理想,因为演员在中等剧场里的吟诵与歌唱,观众听来更为爽心悦耳。”(II.19 - 21)②

接着,婆罗多具体地介绍剧场地基选择和丈量的程序。他指出,行家应先精心寻找一块适合建造剧场的土地,然后开始丈量。应将剧场建在地势平坦、地基坚实稳固、色泽黝黑的土地上。应先犁地,平整土地,清除土中的骨头、木桩、碎片、杂草和灌木等。此后,应在弗沙星日(puṣyanakṣatrayoga,鬼宿)取出白色的线绳丈量地基,这种绳子应以棉条、草葛、树皮和麻藤等制成。“绳子断为两段,剧场主人必死无疑;绳子断为三截,意味着国家会发生动乱;绳子断为四截,戏剧表演大师将与世长辞;绳子即使从手中滑落,也会遭遇某种损失。因此,最好是谨小慎微地一直紧握绳子,在丈量剧场地基时分外小心。”(II. 29 - 31)③

按照仪轨对地基进行丈量和划分后,可在吉祥的日子为剧场奠基。一般应在望朔月的第十七或十九日(mūla,尾宿)举行奠基仪式,然后开始修建墙壁。墙壁完工后,应选择阴半月某个吉祥的时刻安放梁柱。梁柱的安放以毕宿(rohiṇī)或牛宿(śravaṇā)最为合适,建筑师为此斋戒三日。梁柱的安放在太阳初升的吉祥时刻进行。首先安放的婆罗门梁柱以酥油和芥子进行祭拜净化,祭品为白色,须向婆罗门奉献煮好的牛奶米

① Bharatamuni, *Nāṭyaśāstra*, Vol.1, pp.40 - 43.如以腕尺和杖等两种度量单位来设计的话,理论上的剧场应为十八种。腕尺指肘部到中指尖的距离,约为十八至二十五英寸或二十四指节或四十五至五十六厘米。四腕尺为一杖。

② Ibid., p.43.

③ Ibid., pp.45 - 46.

饭；然后安放刹帝利梁柱，祭品为红色，应向婆罗门供奉砂糖米饭；吠舍的梁柱安放在西北方，祭品为黄色，应向婆罗门供奉酥油米饭；首陀罗梁柱安放在东北方，祭品为黑色，应向婆罗门供奉杂饭。"首先，须向婆罗门梁柱的底部抛洒白色的花环、香膏及金耳饰，再向所谓的刹帝利梁柱底部投掷铜片，向吠舍梁柱底部投掷银片，向首陀罗梁柱底部投掷铁块。"（II.50－52）[①]从上边的规定来看，剧场建造既体现了印度古代的风水观或星象观，也反映了种姓制度对于戏剧表演等文化生活的无形渗透。

按照婆罗多介绍，行家依次建造矩形剧场的梁柱、门、墙壁和后台（化妆室），并在前舞台（raṅgapīṭha）两侧修建侧房（mattavāraṇī）。每个侧房应有四根房柱，其长度与前舞台的房柱持平，其高度为一个半腕尺。观众席（raṅgamaṇḍapa）的高度与两个侧房高度持平。后舞台应有六根木柱支撑。后台修建两扇门。后舞台竣工后，应运用各种技艺，在剧场中制作木雕（dārukarma）。这些木雕包括各种四角形图案、老虎和蛇等猛兽的图案和各种娑罗花图案。这些木雕还包括门扉、门洞、祭台、风洞和窗格上的种种图案。这说明，印度古代的剧场建造与建筑、雕塑或美术创作结下了不解之缘。

婆罗多接着介绍方形剧场的特征。它的长度和宽度持平，均应为三十二腕尺。此前提及的与矩形剧场相关的建造方法、剧场特征和祭祀仪式，均适用于方形剧场。方形剧场须四边相等，然后用绳子进行必要的内部细分。墙体所有表面须以质地坚硬的砖块砌成。前舞台的十个方位由建筑师支起柱子，它们足以支撑剧场屋顶。柱子外边应修建呈阶梯状从低到高排列的座位。这些方便观众赏戏的座位用砖块和木头搭建，每一排座位均比前一排高出一腕尺，这使每一排座位上的人都能俯视前舞台。此外，还应在剧场内合适的地方另外竖起六根房柱，以牢牢地支撑剧场屋顶，还应在这些柱子周围设计八根房柱。这些柱子上刻有美女雕像。然后，建筑师动手修建后台（化妆室）。应有一道进入前舞台的门，演员进入时会面对观众。还应修建面对舞台的第二道门。前舞台的长和宽均应以八腕尺为准。方形剧场地面应修饰平整，台基同样如此。侧房应按前边提到的标准修建。台基两边各有四根支柱。前舞台要么高于地基，要么与地基持平。矩形剧场的前舞台高于地基，而方形剧场的前舞台与地基持平。

关于三角形剧场的特征，婆罗多的介绍非常简略："建筑师应将这种剧场建为三角形。剧场内部的前舞台也建为三角形。作为入口的门应建在剧场的一角。第二道门应

① Bharatamuni, *Nāṭyaśāstra*, Vol.1, p.50.

建在剧场的后边。建筑师修建方形剧场的墙壁、房柱等所采用的方法,全都适用于三角形剧场的修建。”(II.101－104)①

剧场建造完毕,应按照类似于开光的复杂仪轨对保护戏剧的舞台众神、因陀罗旗等一一祭拜致敬,这便是《舞论》第三章的基本内容。这些仪轨既是古代印度宗教礼仪和戏剧文学传统的集中记载,也是古代文明世界的“花开一枝”。因此,它们无疑具有很高的文化人类学研究价值。

婆罗多在该章开篇写道:“新建成的剧场具有一切吉相,应使神牛们在此居住七日。在此期间,婆罗门(祭司)也在此念咒颂诗。然后应祭拜剧场和前舞台。戏剧大师斋戒三夜,在别的地方(家外)清心寡欲地调伏感官,在咒语吟诵中以圣水净身后穿上新衣,在夜里祭拜剧场和舞台。”(III.1－3)②祭司祭拜的对象包括湿婆、梵天、毗湿奴、因陀罗、语言女神、吉祥女神、乾达婆、仙人等。祭司双手合十,向各方神灵恭敬吁请道:“尊神们啊！请在夜晚保佑我们！请你们及其信众支持我们的戏剧演出!”(III.10)③

婆罗多规定,舞台祭祀应在鬼宿和尾宿(mūla)等吉利的星宿日举行,应向众神祭供均为红色的香料、须曼花和果实,还应敬献去壳的炒米、稻米等成熟的东西。然后,按照仪轨在地上画出一个祭坛,其每边相等。四个边上各建一道门。以祭坛中心为基点划出纵横两线,在两线划出的区域内供奉众神。以莲花为座的梵天应供奉在中央。东方供奉湿婆、那罗延、因陀罗、语言女神、吉祥女神等,东南方供奉火神(vahni)、乾达婆等,南方供奉阎摩、祖先等,西南方供奉罗刹和众精灵,西方供奉海神,西北方供奉风神、金翅鸟(garuda,毗湿奴的坐骑)和其他鸟类,北方供奉财神、戏剧之母(nāṭyasyamātṛ,或译“戏剧女神”)、药叉和密迹天,东北方供奉南丁(nandin,湿婆神坐骑)、群主、梵仙和众精灵。按照仪轨,众神各得其所,尽享供奉。此后,须按合适的仪轨向其献祭。例如,应向天神们祭供白色的花环与香膏,向火神、太阳神和乾达婆祭供红色的花环与香膏。关于献祭仪式时吟诵的咒语(mantra),婆罗多做了详细的说明,例如:“(对梵天——)神中之神！至高无上！莲花生啊！至尊先祖！神啊,请接受我在咒语吟诵中敬献的所有祭品(bali)！(对湿婆——)神中之神！至高之神！群内之主！灭三城者！神啊,请接受我在咒语吟诵中敬献的祭品吧!”(III. 46－49)④

① Bharatamuni, *Nāṭyaśāstra*, Vol.1, p.61.

② Ibid., p.63.

③ Ibid.

④ Ibid., p.70.

如此这般地向天界(dīvya)、空界(antarikṣa)和地界(bhauma)的众天神和乾达婆等念诵咒语和供奉祭品后,应将以花叶装饰的盛满水的罐子放在舞台正中,并将金片置入其中。依次向所有的神灵们献祭后,应祭供因陀罗旗(jarjara),并如此吟诵咒语:"为清除障碍,梵天为首的众神将您创造。您如金刚石般坚硬,威力巨大,身体壮硕。梵天与所有众神一道保护您的顶端,诃罗(湿婆)保护您的第二节,毗湿奴保护您的第三节,鸠摩罗(室健陀)保护您的第四节,伟大的蛇神保护您的第五节。愿所有神灵永远保佑您吉祥平安、繁荣幸福!您生于最好的牛宿(abhijit),您诛杀敌人。愿您为我们的国王带来胜利与繁荣!"(III.77－80)①向因陀罗旗祭供后,吟诵咒语,举行祭礼,将祭品投入火中。祭礼完毕,应挥动点燃的火把作净化仪式,为国王吟诵祝福。随后,演员应打破罐子,吹响螺号,敲响大鼓、小鼓和腰鼓,开始表演战斗场面。

按照婆罗多的说法,演员的皮肤被划开、撕破而流出鲜红的血,伤口清晰,这是表演成功的吉兆(nimitta)。合乎仪轨地向舞台祭供,会给国王、国家和城市的子民带来吉祥。反之,如对舞台祭供不力,神灵不会忠于职守地保护剧场和表演,戏剧表演就会失败,国王会遭遇不测。"如果随意抛弃祭供舞台的仪轨而进行表演,(演员)很快会遭到损失,他(再生时)会堕入畜生道(tiryagyoni)。向舞台祭供相当于(按吠陀经典进行的)祭祀。如不向舞台祭供,就不能表演戏剧。崇拜神灵者,神灵会敬重他;礼敬神灵者,神灵会尊敬他。因此应不辞辛劳地祭供舞台(神灵)。暴风煽动的烈火燃烧迅速,但也不及不合仪轨的舞台献祭烧掉戏剧表演那么神速。"(III. 95－98)②以上便是婆罗多所规定的祭祀舞台众神的仪轨,它们在新建的剧场中举行。

在《舞论》第五章中,婆罗多以众仙人向自己提问的方式写道:"我们已经聆听并明白了戏剧的起源、因陀罗旗的产生、排除障碍和对舞台神的献祭。聆听和理解了其中所有的真谛(tattva)后,伟大而光辉的婆罗门啊!我们还想知道与舞台表演正式开始前的序幕(pūrvaraṅga)相关的所有情况。请您教导我们吧!"(V.2－4)③婆罗多对他们的答复就是该章叙述的主线亦即序幕的规则和主要流程:"优秀的再生族啊!因为这些是舞台表演开始前的活动,遂被称为序幕。序幕将在弦乐(tantrī)和鼓乐(bhāṇḍa)的合奏与台词吟诵中依次进行:安放(pratyāhāra)、就位(avataraṇa)、试唱(ārambha)、调试(āśrāvaṇā)、区分(vaktrapāṇi)、调弦(parighaṭṭanā)、手势(saṅghoṭanā)、合奏

① Bharatamuni, *Nāṭyaśāstra*, Vol.1, pp.74－75.

② Ibid., p.77.

③ Ibid., p.174.

(mārgāsārita),区分长、中、短三种节拍(āsārita)。幕后歌(bahirgīta)是由处于幕后的歌手在弦乐和鼓的合奏中演唱的。待幕布开启后,须在所有乐器(kutapa)的伴奏下练习舞蹈表演和台词吟诵。”(V.7－12)①余下的九项序幕表演分别是:启幕(utthāpana)、绕祭(parivartanā)、祝辞(nāndī)、祭旗(śuśkāvakṛṣṭā)、入戏(raṅgadvāra)、艳情步(cārī)、暴戾步(mahācārī)、对话(trigata)、提示(prarocanā)。

从婆罗多接下来的某些叙述来看,所谓的序幕表演其实仍旧保持向舞台众神祭拜礼敬的特色和实质。例如:“安放乐器取悦妖精(yātudhāra)及蛇神(pannaga),歌手就位使天女们心花怒放,试唱使乾达婆欣喜,调试乐器使各方的提迭们高兴,区分乐器的声音风格永远使檀那婆欢喜,调试琴弦则让罗刹群高兴,练习节拍手势令密迹天欢喜,鼓乐齐鸣令众药叉高兴,唱歌永远令天神们欣喜,演唱伐罗陀摩那迦歌使楼陀罗及其信众高兴。梵天因启幕而喜,护世天王们因绕祭而乐。献诗令月神欣喜,粗俗低劣的达鲁瓦歌令蛇神欢乐,而祭旗让祖先们兴奋。毗湿奴为入戏而喜,群主为祭供因陀罗旗而乐。乌玛为艳情步而喜,众精灵则为暴戾步而乐。”(V.45－54)②

关于单一序幕或混合序幕,婆罗多还有这样的规定,即不应有太多的音乐与舞蹈表演。“(如在序幕表演中)出现太多的声乐、器乐和舞蹈表演,演员和观众都会感到疲倦。疲倦者既不能感受也无法产生味(rasa)和情(bhāva),因此,戏剧其余部分的表演就不能激发(观众心中的)情感(rāga)。”(V. 163－165)③因为序幕表演也含有祭拜舞台保护神的特殊意涵,婆罗多很自然地以这样的措辞为该章结尾:“依据前述仪轨(vidhi)表演序幕者,不会遭遇厄运,且(在死后)会升入天界。谁抛弃这些仪轨,随心所欲地表演序幕,他就会遭遇可怕的损失,(死后会)堕入畜生道。火借大风吹动而燃烧的势头,不及错误表演的戏剧被烧掉那么迅速。”(V.175－177)④

综上所述,《舞论》为代表的梵语戏剧著作或艺术论著所论及的戏剧表演,其物质基础和精神基础确实丰富,因为其中蕴含着印度教文化的博大精深和独特魅力。无论是从宗教学,还是从文艺学、美学或艺术学的角度看,它们的理论研究价值或现代传承与转化的实践意义都是客观的存在。假如把它们放在世界古代戏剧学理论与实践的大视野中进行考察,或许会使我们受益良多。遗憾的是,迄今为止,对印度等东方国家古

① Bharatamuni, *Nāṭyaśāstra*, Vol.1, pp.175－176.
② Ibid., p.188.
③ Ibid., pp.208－210.
④ Ibid., pp.213－214.

代经典的翻译还存在很多空白或不足，这不同程度地影响了比较戏剧学或比较文艺学亦即广义的比较诗学在当代中国语境下的顺利进行。期待这种状况能在不远的未来有所改观。

第三节　十　色　论

婆罗多将戏剧分为十类，胜财后来即以“十色”(Daśarūpaka)命名其戏剧学著作。在表示戏剧的意义上，“色”(rūpa)与 rūpaka、naṭya 同义。“色”在梵语中含有形式、形象、外貌和颜色的意思，泛指一切可见事物。婆罗多认为戏剧是视觉为主的表演艺术，因此准确地把握了戏剧和诗歌的重要区别。

婆罗多所说的十种戏剧类型分别是：传说剧(Nāṭaka)、创造剧(Prakaraṇa)、神魔剧(Samavakāra)、掠女剧(Īhāmṛga)、争斗剧(Ḍima)、纷争剧(Vyāyoga)、感伤剧(Utsṛṣṭikāṅka)、笑剧(Prahasaṇa)、独白剧(Bhāṇa)和街道剧(Vīthī)。他是依据戏剧风格进行分类的。

胜财继承婆罗多的观点，他说：“戏剧是模仿各种情况，由于它的可见性，被称作‘色’(rūpa)。由于它的展现性，被称作‘有色的’(rūpaka)。它分为十种，以味为基础。”(I.7－10)[①]谈到戏剧的分类标准时，胜财说：“戏剧分类的依据是情节、角色和味。”(I.16)[②]

下边以婆罗多、胜财和新护等的相关规定和阐释为主，对“十色”进行逐一简介[③]。

“传说剧”一词的梵语原文是 Nāṭaka，汉译佛经中音译为“那吒迦”。此词也用作梵语戏剧的通称，可以直接译为“戏剧”。婆罗多规定，传说剧由五幕至十幕组成，以著名的传说为情节，以著名的高尚人物为主角。它描写受到神灵庇护的王公贵族的事迹，与威严、财富和欢乐等有关。国王的行为产生于幸福或痛苦，表现为各种情味。战斗、亡国、死亡和围城等等不能在舞台上直接表演，只能通过幕间插曲间接提示。不能表演主角遭到杀害。主角的逃跑、媾和或被俘可以用间接的方法表现。车、象、马等通过演员

---

① 黄宝生译：《梵语诗学论著汇编》(上册)，第 441 页。

② 同上，第 442 页。

③ 本节对十种主要戏剧类型即“十色”的介绍，主要参阅黄宝生：《印度古典诗学》，第 67－78 页；同时参阅曹顺庆主编：《中外文论史》(第二卷)，第 970－977 页。

的外貌、服饰、步姿和动作来表现。尽管剧中可以运用各种味和情，但在结尾应该运用奇异味。胜财推崇传说剧的核心地位："首先讲述传说剧，因为它是一切戏剧的原型，能表现一切味，具备所有的戏剧特征。"(Ⅲ.1)[①]胜财认为，情节是著名的传说，主角是王仙或天神，传说剧以英勇味或艳情味为主，结局是奇异味。舞台上不表现长途旅行、杀戮、战斗或王国的失陷、用餐、沐浴、交欢等等场面。无论如何不能直接表现主角的死亡。新护在《舞论注》中指出，天神不能作为传说剧的主角，而只能作为配角。因为天神作为主角，难以与观众沟通心灵。女主角可以是天女。传说剧的最终结局不应该是抛弃一切，遁入苦行。传说剧是古典梵语戏剧的主要类型，如迦梨陀娑的《沙恭达罗》、薄婆菩提的《后罗摩传》等便是此类戏剧。

在婆罗多看来，创造剧由五幕至十幕组成。诗人运用自己的智慧，创造情节。它描写婆罗门、商人、大臣、祭司、侍臣等的事迹。没有高贵的主角，没有天神的事迹，没有国王的享乐，主要表现宫廷之外的人物。剧中有仆从、食客、商会主和妓女的活动，而较少表现良家妇女。妓女不应该在大臣、婆罗门、祭司、侍臣和商主的居处活动。妓女和良家妇女不能相遇。如果出于特殊原因，妓女和良家妇女相遇，各自的语言和行为应该迥然有别。其他的戏剧特征与传说剧基本相同。胜财认为，创造剧的情节发生在人间。主角是侍臣、婆罗门或商人，身处逆境，勇敢镇静，以法、利和欲为人生目标。女主角有两种：一种是良家妇女，另一种是妓女。良家妇女在宅内，妓女在宅外，两者从不相遇。剧中有时只有良家妇女，有时只有妓女，有时两者都有。创造剧据此分成三类，后者称作混合类，其中充满浪人。其他有关情节关节、插曲和味等，与传说剧相同。新护指出，创造剧的情节是凭想象力虚构的。它也可以从前人的作品中撷取素材，但必须有自己的创新。新护认为传说剧和创造剧用以满足两种不同口味的观众：一种是喜爱传说(或历史)题材的观众，另一种是喜爱虚构题材的观众。创造剧的主角不是高贵人物，无论他怎么富裕，也不能享有国王的奢华。他还将创造剧分成二十一类。创造剧也是古典梵语戏剧的主要类型，如首陀罗迦的《小泥车》和薄婆菩提的《茉莉和青春》等。它们主要表现宫廷之外的世俗生活，主角多是社会中层人物。

婆罗多认为，神魔剧由三幕组成。它以天神和阿修罗为题材，主角著名而高尚。它表现三种激动、三种欺骗和三种艳情。三种艳情分别与行为有关，分为法艳情、利艳情和欲艳情。法艳情是恪守责任，修炼苦行，以各种方式实现愿望的利益。利艳情是男女

① 黄宝生译：《梵语诗学论著汇编》(上册)，第454页。

结合以求取财富为目的。欲艳情是赢得少女欢心，男女欢爱。剧中共有十二个角色。按照胜财的规定，神魔剧的情节著名，与天神和阿修罗有关。它具有各种风格，但缺少艳美风格。它以神和魔为角色，共有十二个。它含有所有的味，尤其是英勇味。新护指出，神魔剧属于表现人生三大目的的多幕剧。主角著名而高尚，如崇高的湿婆、沉静的梵天、傲慢的人狮。神魔剧缺少艳美风格，因为它不含有歌舞。这种神魔剧可能是早期梵语戏剧类型，后来不太流行。

按照婆罗多的规定，掠女剧与男性天神有关，他们为天女而战斗。情节可信，结构紧凑。剧中男性性格傲慢。作品的构成以女性的忿怒为基础，包含骚动、激动和争斗。剧中表现的爱情引起妇女不和、遭劫掠和受折磨。而在剧中即将呈现杀戮的情景时，要以某种借口平息战斗。它以天女为女主角。婆罗多没有规定掠女剧的幕数。胜财认为，掠女剧由四幕组成。情节是混合的，即部分依据传说，部分由剧作者创造。主角和反面角色可以是神，也可以是人。剧中应该表现某种程度的类艳情，即违背天女意愿，采用劫掠之类手段夺取天女。剧中人物要设法避免战斗，尤其是不能表现伟大人物遭到杀害。新护认为，掠女剧与纷争剧一样，是独幕剧。掠女剧并不流行。

婆罗多指出，争斗剧由四幕组成。主角著名而高尚。它含有除艳情味和滑稽味之外的所有味和各种情。情节著名，其中可见地震、日蚀、月蚀、流星陨落、战斗、搏击和争斗等，充满幻术和魔术。它表现许多人物之间的纷争。剧中有天神、阿修罗、罗刹、精灵、药叉、蛇和人。角色为十六个。它主要体现崇高和刚烈风格。胜财认为，争斗剧由四幕组成。情节著名，具有艳美风格之外的所有风格。角色为十六个，性格傲慢，包括天神、乾达婆、药叉、罗刹、大蛇、精灵和鬼等。它含有滑稽味和艳情味之外的六种强烈的味。主味通常是暴戾味。剧中含有幻术、魔术、战斗、愤怒和激动等动作以及月蚀和日蚀。新护指出，争斗剧类似传说剧，主要的不同在于前者不表现艳情味和滑稽味。这类戏剧并不流行。

婆罗多指出，纷争剧是独幕剧。主角著名。剧中有少量女角色。它表现一天的事情。它像神魔剧一样，有许多男角色，但规模较小，因为只有一幕。主角不是天神，而是王仙。剧中含有战斗、格斗、摩擦和冲突。剧中表现强烈的味。胜财指出，纷争剧是独幕剧，情节引人注目。主角著名且性格傲慢。它像争斗剧一样，表现强烈的情味，有许多男角色，表现一天的事情。剧中的战斗不以妇女为动因。

在婆罗多看来，感伤剧的男角是人而非天神，以悲悯味为主。在激烈的战斗结束后，充满妇女的哀泣和悲伤的语言。它含有各种困惑迷乱的动作，而结局成功圆满。剧中着力表现雄辩风格。在胜财看来,感伤剧以悲悯味为主,角色是普通人。剧作者应该运用智慧发展著名的情节,通过语言表现战斗。它有妇女的悲泣。在现存梵语剧本中,没有感伤剧的古老样本。新护认为,婆罗多将感伤剧排列在纷争剧之后,是因为纷争剧以暴戾味为主,感伤剧以悲悯味为主,前者是原因,后者是结果。因为感伤剧以悲悯味为主,主角不是天神。

婆罗多将笑剧分为纯粹笑剧和混合笑剧两类。纯粹笑剧含有尊敬的苦行僧和有学问的婆罗门之间的可笑争论以及低等人的可笑言词。混合笑剧含有妓女、侍从、阉人、无赖、食客和荡妇,外貌、衣着和动作不文雅。新护认为,这两类笑剧都以滑稽味为主。胜财认为,笑剧主要表现六种滑稽味,分成纯粹的、变异的和混合的三类。纯粹笑剧含有异教徒和婆罗门等角色以及男仆、女仆和食客,通过服装和语言进行表演,言词可笑而滑稽。变异笑剧出现阉人、侍臣和苦行者。混合笑剧是指与街道剧混合,出现无赖一角。笑剧是比较流行的古典梵剧。

婆罗多认为,独白剧是独幕剧,只有一个角色,分成两类。一类是角色讲述自己的事情,另一类是角色讲述别人的事情。角色是无赖或食客,表现各种境遇,含有许多动作。胜财指出,独白剧是独幕剧,由一个食客讲述自己或他人的无赖行为。他与想象中的人物对话,有问有答。通过他展示独白剧的英勇味和艳情味。情节是虚构的。它主要体现雄辩风格。独白剧也是比较流行的古典梵剧。

婆罗多认为,街道剧是独幕剧,有两个或一个角色,与上等、中等或下等人物有关。它表现所有的味,含有妙解、联系和跳动等十三种分支,体现雄辩风格。十三种分支是梵语戏剧序幕通用的戏剧技巧。胜财认为,街道剧是独幕剧,体现艳美风格。它表现艳情味,同时也涉及其他味。它含有序幕和各种分支,由一个或两个角色演。胜财也介绍了街道剧的十三种分支,它们是梵语戏剧序幕通用的技巧。

婆罗多还把上述十种戏剧一分为二:文戏和武戏。他指出:"戏剧演出分为两类:文戏和武戏,依托各种情和味。传说剧、创造剧、独白剧、街道剧和感伤剧,这些戏剧称为文戏,依托人间生活……男角色多,女角色少,具有崇高风格和刚烈风格,这样的戏剧称为武戏。争斗据、神魔剧、纷争剧和掠女剧,行家们将这些戏剧称为武戏。"(XXXV.30－35)[①]这种分类与戏剧风格有关。

婆罗多的戏剧十分法即"十色观"对后来的学者影响深刻。胜财等人几乎毫不例

---

① 黄宝生译:《梵语诗学论著汇编》(上册),第103页。

外地接受了这种类型划分法,但大多数人增加了戏剧类型的数量,这便是下文要谈到的"次色"(uparūpaka)。

胜财认可婆罗多的十种戏剧。谈到分类标准时,胜财指出:"戏剧分类的依据是情节、角色和味。"(I.16)[①]这句话可以看作是对《十色》一书内容的提示。由上可见,胜财在论述十种戏剧时,某些内容与婆罗多显然不同。这体现了他对婆罗多戏剧观既继承又超越的姿态。

罗摩月和德月、沙揭罗南丁、沙罗达多那耶、毗首那特、辛格普波罗等后来的梵语戏剧学家和诗学家都认可"十色",其论述与婆罗多、胜财大同小异。此处略举一例。

沙揭罗南丁在《剧相宝库》中指出:"智者将诗分为可以聆听和可以表演的两类。可以聆听的诗包括单节诗、组诗、库藏诗和分章的大诗。表演的诗分为传说剧、创造剧、笑剧、感伤剧(aṅka)、纷争剧、独白剧、神魔剧、街道剧、争斗据和掠女剧。我将依次讲述戏剧的特征。"(II.注疏)[②]这说明,他接受了婆罗多的戏剧十分法(只是戏剧排列的位置不同而已)。在论述戏剧特征时,沙揭罗南丁异乎寻常地以传说剧为代表,概括"十色"的一般特征。他说:"戏剧(Nāṭya)实现正法等等(人生四要),祛除一切痛苦。传说剧(Nāṭaka)描述仙人们的行为举止。《梨俱吠陀》中有吟诵,《娑摩吠陀》中有歌唱,《夜柔吠陀》中有表演,《阿达婆吠陀》中有情味。知识、技艺、学问和艺术,行为和方法,无不见于这种传说剧中。传说剧充满情味,充满快乐,具有高尚的语言,描述伟人的行为事迹,有庄严。智者通晓戏剧,也能熟练地勤修解脱之道,不再迷恋世间万物。"(III－VII)[③]《舞论》中认为知识和技艺等见于戏剧,而此处则说它们见于传说剧中。这种较为特殊的论述方式在接下来关于传说剧特征的叙述中仍然可见:"传说剧模仿世界上天神、家主、国王和仙人从前的事迹。以著名的传说为情节,以著名的高尚人物为主角,描写受到神灵庇护的王仙家族的事迹,与种种威严、财富和欢乐等等有关,由幕和插曲组成,这就是传说剧。国王的行为产生于幸福或痛苦,表现为各种情味,这叫做传说剧。"(VIII－XI)[④]这种文字模仿其实象征着沙揭罗南丁对婆罗多戏剧观的自觉皈依。

在西方诗学史上,《诗学》最早涉及戏剧的分类。亚里士多德把戏剧分为悲剧和喜剧两种。戏剧二分法就此形成。亚氏还进一步将悲剧分为复杂剧、苦难剧、性格剧和以

① 黄宝生译:《梵语诗学论著汇编》(上册),第 442 页。

② Sāgaranandin, *Nāṭakalakṣaṇaratnakośa*, Varanasi: Chowkhamba Sanskrit Series Office, 1972, p.2.

③ Ibid., pp.3－4.

④ Ibid., p.5. 此处采用黄宝生译文:《梵语诗学论著汇编》(上册),第 43、75 页。依据原文有少量文字改动。

冥土为背景的剧作等四种类型,但其二分法的核心地位未变。西方古典戏剧理论家大都遵循亚氏分类法。狄德罗时代,西方诗学家开始拓展亚氏分类法,提出“严肃戏剧”或“正剧”的概念。《舞论》将戏剧分为十类,称之“十色”。胜财等人对戏剧类型的划分一再扩展。这与西方古典诗学家的姿态形成对比。

中国古典戏剧理论家在戏剧类型的划分上则是另外一种姿态。吕天成在《曲品》中说:“杂剧北音,传奇南调。杂剧折惟四,唱止一人;传奇折数多,唱必匀派……传奇既盛,杂剧寖衰,北里之管弦播而不远。”何良俊在《曲论》里也说:“金、元人呼北戏为杂剧,南戏为戏文。”明代王骥德在《曲律》中说:“剧之与戏,南北故自异体,北戏仅一人唱,南戏则各唱。一人唱则意可舒展,而有才者得尽其春容之致;各人唱则格有所拘,律有所限,即有才者,不能恣肆于三尺之外也。”①中国古典戏剧自元杂剧而下 800 多年,发展为一套程式化的表演体制。各家论述的杂剧与传奇似乎可视为中国式的古典戏剧分类法,它与亚里士多德的二分法、婆罗多的十分法不同。中国理论家按照时间先后、地域特征和演出风格等划分戏剧(戏曲)。明清传奇是由早于元代杂剧而形成的宋元南戏发展而来,它和元代杂剧一样采用曲牌联套的音乐体制,文词创作学习元代杂剧,以元剧语言风貌为“本色”,形成不同于元剧的另外一番面貌②。

第四节　次 色 论

前述婆罗多论述、胜财等人认可并继续加以阐发的“十色”可以说是十种正规的梵语戏剧类型。换句话说,除了这十种戏剧外,印度古代还存在其他各种类型的梵语戏剧。14 世纪的毗首那特在《文镜》第六章中首次将十色之外的这些梵语戏剧统称为“次色”(uparūpaka)③。14 世纪之前,这些“次色”有时被称作“乐诗”(rāgakāvya)或“舞诗”(nṛttakāvya),有时被称作“歌剧”(geyarūpaka)或“舞剧”(nṛttarūpaka)。

对于这些次色,梵语诗学家和戏剧学家罗列的名目各不相同。“即使是同名的品种,各家描述的特征也不尽一致。但总的说来,次色(即非正规的梵语戏剧)和色(即正

① 郭绍虞主编:《中国历代文论选》(三),上海:上海古籍出版社,2003 年,第 180 页。
② 参阅谭帆、陆炜:《中国古典戏剧理论史》,上海:华东师范大学出版社,2005 年,第 269 页。
③ 黄宝生译:《梵语诗学论著汇编》(下册),第 930、995 页。

规的梵语戏剧)的主要区别在于前者以歌舞为主,而后者以歌舞为辅。"[1]沙罗达多那耶在介绍戏剧时,对色和次色的区分比较独特:"在三十种戏剧中,十色以味为灵魂,二十种次色以情为灵魂。"(VIII.3)[2]

在《舞论》中,婆罗多并未论述过十色之外的次色,但他提到了一种名为"那底迦"的戏剧。那底迦是一种比较流行的古典梵语戏剧,是宫廷喜剧。戒日王的《妙容传》、《璎珞传》便是此类戏剧。婆罗多指出:"剧作者应该知道,那底迦是创造剧和传说剧的结合,而又别于创造剧和传说剧,情节独创,主角是国王。内容与后宫和音乐有关,与传说剧和创造剧不同。女性角色居多,有四幕,以优美的表演为特征,结构紧凑,含有舞蹈、歌曲和吟诵,以爱情的享受为核心。"(XX.60-65)[3]从这些叙述来看,婆罗多显然意识到那底迦的独特之处,但为了达到凑齐"十色"的数目而不惜削足适履,拒绝承认那底迦的独立性。

尽管婆罗多对那底迦持保守心态,但他对那底迦的论述却引起了后人的注意,例如,胜财没有忽视那底迦。由于未能摆脱婆罗多的影响,他也未能将那底迦视为一种独立的戏剧类型。

在胜财之后,梵语诗学家和戏剧学家逐渐认识到那底迦的独立性问题,他们将之视为十色之外的一种次要戏剧。随着毗首那特明确提出次色的概念,那底迦的文类身份得以正式确认。下面对《火神往世书》以及新护、沙揭罗南丁、波阇、雪月、罗摩月和德月、沙罗达多那耶、毗首那特等人的著作为例,对其涉及次色的内容进行简介。

《火神往世书》持"二十七色"之说(即二十七种戏剧)。它所提到的戏剧包含了经典的十色和14世纪毗首那特提到的十七种次色。该书指出:"人们认为,戏剧包括传说剧、创造剧、争斗剧、掠女剧、神魔剧、笑剧、纷争剧、独白剧、街道剧、感伤剧(Aṅka)、多吒迦(Toṭaka)、那底迦(Nāṭikā)、萨吒迦(Sāṭaka)、希尔波迦(Śilpaka)、迦尔纳艾迦(Karṇā-eka)、杜尔摩利迦(Durmallikā)、波罗斯他那(Prasthāna)、跋尼迦(Bhāṇikā)、跋尼(Bhāṇi)、戈希底(Goṣṭhī)、诃利舍迦(Hallīśaka)、迦维耶(Kāvya)、希利迦迪多(Śrīgadita)、那迪耶罗萨迦(Nāṭya-rāsaka)、罗萨迦(Rāsaka)、乌罗比耶迦(Ullopyaka)、

① 黄宝生:《印度古典诗学》,第78页。本节关于次色的介绍,多参考该书相关内容。

② Śāradātanaya, *Bhāvaprakāśa*, p.321.

③ 黄宝生译:《梵语诗学论著汇编》(上册),第78页。

波勒刹那(Prekṣaṇa)等二十七种。这些戏剧具有一般的和具体的特征,一般的特征涉及所有戏剧,而具体的特征表现在特定的戏剧中。”(CCCXXXVII.1－4)[①]此处以 Aṅka 一词代替了婆罗多表示感伤剧的 Utsṛṣṭikāṅka,毗首那特在《文镜》中沿用了这一名称。

新护在《舞论注》中提到九种次色,它们是：1. 东必迦(Ḍombika)：它有令国王动心的甜蜜情歌,还有柔美的音乐和舞蹈。2. 跋尼迦(Bhāṇikā)：演员用舞蹈表演毗湿奴等大神化身下凡的事迹,戏风刚健。3. 息格迦(Śidgaka)：戏风以柔美为主,刚健为辅。4. 波罗斯他那(Prasthāna)：它的刚健风格弱于息格迦。5. 诃利舍迦(Hallīsaka)：演员用舞蹈表演黑天的事迹。黑天站在中央,众牧女围绕他跳舞。6. 罗萨迦(Rāsaka)：与诃利萨迦相似,但剧中的黑天采用分身法,同时与每个牧女配对跳舞。7. 薄那(Bhāṇa)：演员扮作狮子和野猪等跳舞。8. 罗摩格利多迦(Rāmākrīḍaka)：剧中描绘各种季节。9. 波来罗那(Preraṇa)：以表演滑稽味为主[②]。

沙揭罗南丁在《剧相宝库》中论述了二十五种戏剧,如加上他所提及的传说剧,便是二十六种,除了传统的十色外,另外十六种为次色。他将独白剧分解为十支,而婆罗多论述此剧时并无分支。他还将街道剧分为十四支而非婆罗多的十三支。具体说来,沙揭罗南丁先后提及如下二十六种戏剧：1. 传说剧、2. 那底迦、3. 多罗吒迦(Troṭaka)、4. 创造剧、5. 纷争剧、6. 感伤剧、7. 争斗剧、8. 神魔剧、9. 掠女剧、10. 独白剧、11. 笑剧、12. 街道剧、13. 戈希底、14. 希尔波迦(Śilpaka)、15. 波罗斯他那、16. 迦维耶、17. 诃利舍迦、18. 希利迦迪多(Śrīgadita)、19. 跋尼迦、20. 跋尼(Bhāṇī)、21. 杜尔摩利迦(Durmallikā)、22. 波勒刹那迦(Prekṣaṇaka)、23. 萨吒迦(Sāṭṭaka)、24. 罗萨迦(Rāsaka)、25. 那迪耶罗萨迦(Nāṭya-rāsaka)、26. 乌洛比耶迦(Ullapyaka)。上述十六种“次色”中的多罗吒迦(Troṭaka)、波勒刹那迦(Prekṣaṇaka)、萨吒迦(Sāṭṭaka)、乌洛比耶迦(Ullapyaka)似乎分别对应于《火神往世书》的“十七次色”中的多吒迦(Toṭaka)、波勒刹那(Prekṣaṇa)、萨吒迦(Sāṭaka)、乌罗比耶迦(Ullopyaka)。《火神往世书》中的一种“次色”即迦尔纳艾迦(Karṇā-eka)是沙揭罗南丁《剧相宝库》中唯一没有提到的剧种。这种或纵向或横向的比较似乎会给尝试考察印度戏剧发展史和梵语戏剧理论史的学者带来一些有趣的信息。

波阇在《艳情光》中提到十色和十四种次色。这些次色中包含了那底迦(nāṭikā)和

---

① Suresh Mohan Bhattacharyya, ed. *The Alaṅkāra Section of the Agni-purāṇa*, p.143.此处所谓“一般特征”似指戏剧表演的时间、地点、味、情、情由、情态、舞台表演等,而“具体特征”似指单个戏剧的一幕幕场景等。

② 参阅黄宝生：《印度古典诗学》,北京：北京大学出版社,2000 年,第 78 页。

沙吒迦(saṭṭaka),沙吒迦是一种俗语戏剧。这二十四种戏剧的名目如下：1. 传说剧、2. 创造剧、3. 纷争剧、4. 掠女剧、5. 神魔剧、6. 争斗剧、7. 感伤剧、8. 独白剧、9. 笑剧、10. 街道剧、11. 那底迦(Nāṭikā)、12. 萨吒迦(Sāṭṭaka)、13. 希利迦迪多(Śrīgadita)、14. 杜尔摩利迦(Durmallikā)、15. 波罗斯他那(Prasthāna)、16. 迦维耶(Kāvya)、17. 跋罗迦(Bhāṇaka)、18. 跋尼迦(Bhāṇikā)、19. 戈希底(Goṣṭhī)、20. 诃利舍迦(Hallīśaka)、21. 那尔多那迦(Nartanaka)、22. 波勒刹那迦(Prekṣaṇaka)、23. 那迪耶(Nāṭya)、24. 罗萨迦(Rāsaka)①。波阇的二十四种戏剧和沙揭罗南丁的二十六种戏剧名称大体相似,只有跋罗迦(Bhāṇaka)、那迪耶(Nāṭya)和那尔多那迦(Nartanaka)不见于后者的《剧相宝库》。

雪月说:"诗包括可观看的和可听闻的。可以观看的诗又分为吟诵的和歌唱的。吟诵的诗包括十二类：传说剧、创造剧、那底迦、神魔剧、掠女剧、争斗剧、纷争剧、感伤剧、笑剧、独白剧、街道剧和沙吒迦。"(VIII.1－3)②可观看的诗是指戏剧。吟诵诗(pāṭhya)指表演的戏剧,而歌唱的诗(geyakāvya)指歌剧,亦即次色。雪月在婆罗多的十色之外增加了那底迦和俗语剧沙吒迦(saṭṭaka)两种。这和波阇对戏剧的分类是一致的。雪月认为,沙吒迦的特征是:"不用插入幕间提示,只用一种既非俗语也非梵语的语言叙述,与那底迦相似,这是沙吒迦。"(VIII.3 注疏)③沙吒迦是新护首先提出的俗语剧种,波阇认可了这一剧种。此处雪月对沙吒迦的说明,其实就是沿用波阇在《艳情光》第十一章中的相关解释。这说明,俗语戏剧在当时开始得到理论家们的重视。雪月的歌剧即次色分为十二类,其中包括新护在《舞论》中提到的九种次色中的部分剧种。雪月提到的歌剧是：东必迦(Ḍombikā)、薄那(Bhāṇa)、波罗斯他那(Prasthāna)、辛迦(Śinga)、跋尼迦(Bhāṇikā)、波来罗那(Preraṇa)、罗摩格里多(Rāmākrīda)、诃利舍迦(Hallīśaka)、罗萨迦(Rāsaka)、戈希底(Goṣṭhī)、希利迦迪多(Śrīgadita)、乐诗(Rāgakāvya)。(VIII.4)④雪月此处的辛迦(Śinga)实为沙揭罗南丁提到的辛格迦(Śingaka)。雪月似乎对波阇的十二类次色进行了筛选,保留八种,增加了四种⑤。他对十二类次色逐一进行说明。例如,他认为,国王以语言掩饰内心情欲,行为举止温和适

① Bhoja, *Śṛṅgāraprakāśa*, Vol.2, p.461.

② Hemachandra, *Kāvyānuśāsana with Alaṅkāracūḍāmaṇi and Viveka*, p.163.

③ Ibid., p.166.

④ Ibid., p.166.

⑤ 关于波阇的十二种次色,参见 Bhoja, *Śṛṅgāraprakāśa*, Vol.2, p.461.

度,这是东必迦。令人捧腹却蕴含谜意,这是波来罗那。有六十四对舞伴,女演员众多,有各种舞蹈旋律,节奏温柔而有力,这是罗萨迦。一位高种姓女子当着众多女友的面,演唱丈夫的功过,这是希利迦迪多。乐诗的定义是:“运用各种不同的音速(laya)和曲调(rāga),充满各种情味,故事易于表演,这是乐诗。”(VIII.4 注疏)①从这一定义来看,此前和此后一些诗学家提到的迦维耶(kāvya)似乎是乐诗的化身,它近似于一种音乐剧。此外,某些次色中的舞蹈和音乐成分比之十色有过之而无不及。这是印度古代戏剧艺术的有机组成部分。

罗摩月和德月在《舞镜》中认可十二色即十色和两种次色,后者便是那底迦和波罗迦罗尼(prakaraṇī)。他们把戏剧称为“表演的诗”(abhineyasya kāvya)。他们对那底迦的描述是:“那底迦为四幕,有许多女性角色,有国王和王后。表现对象是虚构的,以艳美风格为主,以前述创造剧和传说剧为基础。有女仆、女主角、王后等四类女演员。那底迦中,由于王后的行为,国王与女主人公的幽会被阻止。不过,还有别的歌舞娱乐,王后提防着国王。王后老练,女主角单纯,二人都遵循正法。这类剧也表现愤怒、平静、冲突、情欲和欺骗等等。”(II.5 - 7)②关于波罗迦罗尼,他们说:“波罗迦罗尼与那底迦相类似,不过它以创造剧的特征为主。”(II.8)③换句话说,那底迦是传奇剧和创造剧的混合体,但以传说剧的成分为主。波罗迦罗尼也是传说剧和创造剧的混合体,但创造剧的因素占优。罗摩月和德月对各色戏剧的论述和婆罗多等的论述大致相近。

沙罗达多那耶在《情光》中论述了十色和二十种次色。就现存梵语戏剧学著作而言,沙罗达多那耶提到的“次色”数量似乎是最多的一种。这三十种戏剧大部分见于沙揭罗南丁和波阇等人的著述。具体说来,《情光》提到的戏剧是: 1. 传说剧、2. 创造剧、3. 独白剧、4. 笑剧、5. 争斗剧、6. 纷争剧、7. 神魔剧、8. 街道剧、9. 感伤剧、10. 掠女剧、11. 多吒迦、12. 那底迦、13. 戈希底、14. 萨拉跋(Sallāpa)、15. 希尔波迦、16. 东必迦(Ḍombikā)、17. 希利迦迪多、18. 跋尼、19. 波罗斯他那、20. 迦维耶、21. 波勒刹迦(Prekṣaka)、22. 萨吒迦、23. 那迪耶罗萨迦、24. 洛萨迦(Lāsaka)、25. 乌洛比耶迦、26. 诃利舍迦、27. 杜尔摩利迦、28. 摩利迦(mallikā)、29. 迦尔波瓦璃(kalpavallī)、30. 波利贾多迦(parijātaka)。(VIII.3)、(IX.2)④上述三十种戏剧中,大部分见于沙揭

---

① Hemachandra, *Kāvyānuśāsana with Alaṅkāracūḍāmaṇi and Viveka*, p.167.

② Rāmacandra & Guṇacandra, *Nāṭyadarpaṇa*, pp.76 - 78.

③ Ibid. p.78.

④ Śāradātanaya, *Bhāvaprakāśa*, pp.321 - 374.

罗南丁和波阇等人的著述。波勒刹迦和洛萨迦似乎分别是波阇和雪月等人提到的剧种波勒刹那迦(Prekṣaṇaka)和罗萨迦(Rāsaka)。沙罗达多那耶提到的另外四种戏剧似乎不见于前人的著述,这四种戏剧是:萨拉跋、摩利迦、迦尔波瓦璃、波利贾多迦。

毗首那特在《文镜》中提到十八种次色。他在论及次色时,将那底迦放在首位进行介绍。他提到的十八种次色依次为:那底迦、多罗吒迦、戈希底、萨吒迦、那迪耶罗萨迦、波罗斯他那、乌拉毕耶、迦维耶、波伦伽那、罗萨迦、桑拉波迦、希利迦迪多、希尔波迦、维拉希迦、杜尔摩利迦、波罗迦罗尼、诃利舍、跋尼迦。他将波罗迦罗尼视为那底迦:"波罗迦罗尼也是那底迦,男主角是商人,女主角出身与男主角相同。"(VI.306)①

由此可见,印度古典诗学中的次色论非常丰富多彩,值得深入研究。当然,由于它涉及印度古代文艺的很多方面,要想在此领域有所发掘和发现,必须进行深入的探索。

第五节　韵文体论

从文体学或文类学视角看,梵语诗学极具现代学术价值,因为它几乎论及所有的文学艺术门类,这也是印度古典文体论相当丰富的一种证明。

正如前述,早期庄严论派的代表人物婆摩诃对文学的分类非常引人注目,他既持二分法和三分法,也持四分法和五分法,但历史地看,他的二分法和五分法似乎更有影响。他先按诗律有无将诗(文学)分为散文体和韵文体两类,又按照作品体裁分为分章大诗、戏剧、传记、故事和单节短诗五类。客观地看,他的五分法最具现代文体学的研究价值。婆摩诃文体论的现代意义在于,他将文学分为包含诗歌(分章大诗和单节短诗)、戏剧、传记和故事等体裁,其实在某种程度上接近了现代文体论中的四分法,即诗歌、戏剧、小说和散文,因为婆摩诃的传记和故事在某种程度上既可视为散文,也可视为小说。

一些梵语诗学家将韵文体或曰诗体作品分为大诗、短诗、库藏诗、结集诗、组诗等多种形式。这里先看看一些代表性诗学家对大诗的看法。

关于大诗,婆摩诃指出:"大诗是分章的作品,与'大'相关而称为'大'。它不使用粗俗的语言,有意义,有修辞,与善相关。它描写谋略、遣使、进军、战斗和主角的成功,

① 黄宝生译:《梵语诗学论著汇编》(下册),第999页。

含有五个关节，无须详加注释，结局圆满。在描写人生四大目的时，尤其注重关于利益的教导。它表现人世的真相，含有各种味。前面已经描写主角的世系、勇武和学问等等，那就不能为了抬高另一个人物而描写他的毁灭。如果他不在全诗中占据主导地位，不获得成功，那么，开头对他的称颂就失去意义。”（I.19－23）①从这些描述来看，大诗的确是叙事诗的代名词而已，因为它的篇幅不短，有完整的故事情节。值得注意的是，这种大诗带有典型的印度文化特色，因其旨在表述法、利、欲、解脱等人生四大目的或曰人生四要，表现各种审美情味，且故事的结局圆满，主人公的毁灭不能得以呈现。这与亚里士多德在《诗学》中陈述的悲剧观形成鲜明反差。

檀丁关于大诗的描述是：“分章诗也称大诗。它的特征是作品开头有祝福和致敬，或直接叙事。它依据历史传说和故事或其他真实事件，展现人生四大目的果实，主角聪明而高尚。它描写城市、海洋、山岭、季节、月亮或太阳的升起、在园中或水中的游戏、饮酒和欢爱。它描写相思、结婚、儿子出世、谋略、遣使、进军、胜利和主角的成功。有修辞，不简略，充满味和情，诗章不冗长，诗律和连声悦耳动听。每章结束变换诗律。这种精心修饰的诗令人喜爱，可以流传到另一劫。只要整篇作品优美，令知音喜悦，即使缺少上述某些组成部分，也不构成缺点。先描写主角的品德，后描写敌人的失败，这是天然可爱的手法。先描写敌人的世系、勇武和学问等等，后描写主角战胜敌人，更胜一筹，也令我们喜欢。”（I.14－22）②和婆摩诃的描述相比，檀丁对大诗的描述更为细致，因其涉及大诗的创作素材或题材、诗律、连声、情味、修辞、读者的审美愉悦等多方面的因素，还涉及如何正面表现主角美好形象的两种创作技巧。他的描述不同程度地涉及作家、作品、读者和现实世界四个维度的内容。

楼陀罗吒认为，诗、故事和传记等可以分为想象诗（utpādyakāvya）和非虚构诗（anutpādyakāvya）两类，而它们各自又可分为大诗（mahākāvya）和小诗（laghukāvya）。这种分类区别于婆摩诃和檀丁，说明他的着眼点不仅在于艺术想象的重要性，也在于叙事诗和抒情诗（小诗）的差异性。

《火神往世书》指出，大诗是分章的作品，用梵语写成。大诗依据历史传说、奇异故事或其他真实事件进行创作。它描述谋略、遣使、进军、战斗和胜利。大诗人（mahākavi）在大诗中应该努力而生动地描写季节、月亮和树林等时令气候和自然景

① 黄宝生译：《梵语诗学论著汇编》（上册），第114－115页。

② 同上，第154－155页。

观，描写男欢女爱和各位大神，描写各种情味、风格和诗德。（CCCXXXVI.22－28）[①]如此看来，该书对于大诗的描述基本依据檀丁等前人，没有多少新意。

《毗湿奴法上往世书》指出，大诗描写行军、遣使、战斗和主人公最后的胜利，描写主人公带着肉身升天，大诗分散文体和韵文体，语言清晰，表现艳情味至平静味等九种味。（XV.11－14）[②]

毗首那特对大诗的定义和阐释似可视为梵语诗学发展中后期的一种代表性观点。他认为，大诗分章，章数不太多，也不太少，一般为八章以上。每一章的结尾应该提示下一章的内容。就题名而言，整部大诗应根据诗人、故事内容或主角等因素而定，而其中每一章的题名应根据该章故事内容而定。就人物而言，它有一个身为天神或刹帝利的高贵主角，性格坚定而高尚。或有出身同一家族的很多高贵的国王。就表现的审美情味而言，其主味应该是艳情味、英勇味和平静味，其他的味作为辅助。就情节来说，它类似戏剧，有所有的情节关节，这些情节取自传说或其他题材。它所追求的目标是人生四要或其中之一。大诗的开头有致敬、祝福或内容提示，有时则是对恶人的谴责和对善人的赞颂。就诗律而言，它的每一章运用一种诗律，而在结尾处运用另一种诗律。有时也存在一章中混用不同诗律的情况。就大诗描写对象或创作题材而言，主要涉及晨曦、暮霭、太阳、月亮、早中晚等时辰、黑暗、狩猎、山林、季节、森林、大海、情人间悲欢离合、牟尼仙人、天国、城市、祭祀、战斗、进军、结婚、商议和生子等相关细节。（VI.315－325）[③]毗首那特还把这种分章的大诗分为三类：一为仙人创作的传说诗，以大史诗《摩诃婆罗多》为代表；二为以俗语创作且运用斯根达迦诗律或伽利多迦诗律的章回诗，以《架桥记》和毗首那特自己创作的《莲马记》为代表；三是以阿波布朗舍语创作的章回诗，它运用各种适合阿波布朗舍语的诗律，以《英勇的迦尔纳》为代表。由此可见，毗首那特对大诗的各种要素和特征均有关注。他在14世纪即古典梵语文学衰落期的相关论述，显然是建立在檀丁等前人论述的基础上，也是对丰富的梵语叙事诗传统的一次成功总结。

在大诗之外，梵语诗学家提到的“韵文体诗”还包括很多种。例如，婆摩诃提到了

① Suresh Mohan Bhattacharyya, ed. *The Alaṅkāra Section of the Agni-puraṇa*, pp.140－141.

② Priyabala Shah, ed. *Viṣṇudharmottarapurāṇa*, *Third Khanda*（*Vol.1*）, Vadodara：Oriental Institute, 1994, p.34.

③ 黄宝生译：《梵语诗学论著汇编》（下册），第1000－1001页。

单节诗或曰短诗，他说："单节诗限于偈颂体和输洛迦体等等。"（I.30）[①]值得注意的是，檀丁否认单节诗等其他韵文体独立存在的可能性，这是因为："单节诗、组诗、库藏诗和结集诗，这些分类没有提及，因为可以视为分章诗（大诗）的组成部分。"（I.13）[②]

《火神往世书》把"韵文体诗"分为大诗（mahākāvya）、结集诗（kalāpa）、精选诗（viśeṣaka）、组诗（kulaka）、单节诗（muktaka，短诗）和库藏诗（koṣa）等六类。（CCCXXXVI.22－32）[③]这似乎是波阇之外对于韵文体作品最为详细的分类之一。该书承认了结集诗、组诗和库藏诗等的独立地位。毗首那特将"可听的诗"中的"诗"分为大诗、小诗和库藏诗，其中，大诗包括传说诗和章回诗两种。

上述各类诗顾名思义，便可知其大概。从规模和篇幅上看，结集诗等其他类型的诗似乎是介于单节诗和大诗之间的文体。例如，《火神往世书》指出，组诗中包含很多输洛迦，每句由三颂（三个输洛迦）组成。单节诗每句只有一个输洛迦，每一颂都富有魅力。[④] 毗首那特则指出："库藏诗是诗集，其中的诗互相独立，分类编排，富有魅力。分类是将相同类型的诗排在一起，例如，《珍珠串》。"（VI.329－330）[⑤]关于小诗，他则语焉不详，只以一句话进行交代："小诗与诗部分相似。例如，《云使》等等。"（VI.329）[⑥]小诗主要指近似于现代抒情诗的纯粹诗歌。"古典梵语抒情诗导源于吠陀诗歌和两大史诗中的抒情成分。它大致可以归为四类：颂扬神祇的赞颂诗、描绘自然风光的风景诗、描写爱情生活的爱情诗和表达人生哲理的格言诗。"[⑦]由此可见，除了二者的篇幅和规模悬殊外，创作主题或描写题材是否单一，也是区分小诗和大诗的重要依据。

总之，从上述各家对于大诗和结集诗、库藏诗等的描述来看，印度古典诗学关注大诗即篇幅庞大的史诗，对于篇幅较小的抒情诗重视不够。这一点体现了印度诗学民族性格的独特一面。这似乎既与古典梵语史诗和长篇叙事诗发达且有利于理论归纳有关，也与印度偏爱鸿篇巨制的文化传统和民族习性有关。

---

① 黄宝生译：《梵语诗学论著汇编》（上册），第 115 页。

② 同上，第 154 页。

③ Suresh Mohan Bhattacharyya, ed. *The Alaṅkāra Section of the Agni-puraṇa*, pp.140－142.有的版本还增加了一类即完整诗（paryābandha）。

④ Ibid., pp.141－142.

⑤ 黄宝生译：《梵语诗学论著汇编》（下册），第 1001－1002 页。

⑥ 同上，第 1001 页。

⑦ 黄宝生：《印度古典诗学》，第 199 页。

第六节　散 文 体 论

在梵语诗学文体论的两分法或三分法中，散文体作品虽然不是重点论述对象，但也几乎是所有重要的诗学著作必然探讨的主题之一。其中，尤以关于传记、故事的探讨为主。某种程度上，传记和故事构成了散文体作品的主体。例如，雪月将“可听的诗”分为五类，他说：“可听的诗包括大诗、传记、故事、占布和短诗。”（VIII.5）①很明显，其中的传记和故事便属于散文体作品。

在婆摩诃以题材为依据的文体五分法中，传记和故事是戏剧和诗歌以外的两类散文体作品。他指出：“传记采用散文体，分章，内容高尚，含有与主题协调的、动听的词音、词义和词语组合方式。其中，主角讲述他自己经历的事迹。它含有法刻多罗和阿波罗法刻多罗格律的诗句，提供某些预示。作为特征，它也含有某些表达诗人意图的描述，涉及劫女、战争、分离和成功。”（I.25－27）②关于故事，婆摩诃指出：“故事不含有法刻多罗和阿波罗法刻多罗格律的诗句，也不分章。用梵语撰写的故事是可爱的，用阿波布朗舍语撰写的也同样。其中，主角的事迹由其他人物而不由主角自己叙述，出身高贵的人怎么能表白自己的品德？”（I.28－29）③如此看来，传记和故事都带有一些大诗即叙事诗的特点，因其有人物主角、事件经历、线索情节等要素。檀丁也承认这一点：“劫女、战斗、相思和成功等等与分章诗（大诗）相同，不是散文体的特殊性质。”（I. 29）④不同的是，在婆罗多看来，传记还含有某些带有格律的诗句，正是这一点，造成了他和檀丁在散文体作品认识上的分野或歧异。

檀丁认为传记和故事并无实质性区别。他说：“词的连接不分音步，这是散文体，分成传记和故事两种。其中的传记，据说由主角自己叙述，而另一种（故事）由主角或其他人叙述。这里，主角依据实际情况表白自己的品德，不是缺点。但我们看到，实际上没有这样的限制。在传记中，也有由其他人叙述。由自己或其他人叙述，这怎么能作为分类的理由？如果说传记的特征是使用法刻多罗和阿波罗法刻多罗诗律，章名为

① Hemachandra, *Kāvyānuśāsana with Alaṅkāracūḍāmaṇi and Viveka*, p.167.
② 黄宝生译：《梵语诗学论著汇编》（上册），第 115 页。
③ 同上。
④ 同上。

‘优契婆娑’,那么,在故事中有时也是这样。在故事中,为何不能像使用阿利耶诗律等等那样使用法刻多罗和阿波罗法刻多罗诗律?我们看到故事使用章名‘楞波’等等,而使用‘优契婆娑’又何妨?因此,故事和传记只是同一体裁的两种名称。其他的叙事作品也都属于这一类。”(I.23－28)①他还认为:“故事使用所有语言,也使用梵语。”(I.38)②

综上所述,檀丁的描述与婆摩诃似乎有针锋相对的色彩,他既不承认婆摩诃以主角自述即第一人称视角和他人代述即第三人称视角为传记和故事的分类依据,也不认可故事不包含格律或诗律的规范。因此,他将传记和故事视为同一体裁的作品便似乎是水到渠成。客观地看,婆摩诃的分类法注意到了传记和故事的叙述者视角,有其合理的一面;但其以有无诗律、是否分章来区分这两种文类的做法似乎值得商榷。檀丁对婆摩诃的相关规定予以全面否定,似有矫枉过正或过犹不及之嫌。

论者指出,从檀丁和婆摩诃二人的文体论分歧可以发现,他们对传记和故事的理论概括还很肤浅,停留在语言形式的表层。这大约符合当时这两类作品体裁混淆不清、界限模糊的实际情形。7世纪时的一部梵语辞书《长寿字库》似乎抓住了前述两类文体的区别所在,即传记的内容是真实的,而故事的内容是想象的。“也就是说,前者是传记,后者是故事(小说)。”③

在婆摩诃之后,一般的诗学著作均认可他的散文体二分法,接纳了传记和故事这两类文体。这显示梵语诗学文体论日趋成熟。例如,《火神往世书》的作者把散文体作品分为传记、故事、小故事(khaṇḍakathā)、大故事(parikathā)和短故事(kathānikā)五类。他认为,在传记中,主角称颂家族世系,描写劫女、战斗、分离和失败。由主角或他人讲述的那些优美篇章应该视为传记。重新讲述往事,这是故事。不分章节,或结局在叙述的最后出现,这是另一种故事。作品若采用四个音步,这是小故事。小故事和大故事含有悲悯味和四种分离艳情味。短故事以恐怖味开始,故事中间以悲悯味取胜,最后是奇异味。(CCCXXXVI.11－18)④由此可见,该书的散文体论并未在整体上超越婆摩诃与檀丁的思想框架,但其对故事的三分法似有新意,因其不见于前述二人的论述之中。

毗首那特的《文镜》对散文体作品进行了总结性论述。他先把“可听的诗”分为诗

① 黄宝生译:《梵语诗学论著汇编》(上册),第155页。
② 同上,第156页。
③ 黄宝生:《印度古典诗学》,第248页。
④ Suresh Mohan Bhattacharyya, ed. *The Alaṅkāra Section of the Agni-purāṇa*, pp.138－139.

体和散文体两种，在论述了诗体作品后指出，散文体作品没有诗律，分为四种：没有复合词，有部分诗律，充满长复合词，有短复合词。（VI.330－332）[①]由此可见，他综合了婆摩诃与檀丁的看法，但又有所发展，以复合词对其亚类进行划分。不过，他的描述中存在矛盾之处，因为他提到的其中一种作品有部分诗律，这与散文体无诗律的规定相悖。

毗首那特与婆摩诃相似，将散文体分为传记与故事二类。他先论故事："故事使用散文，情节有味。其中，有时使用阿利耶诗律，有时使用法刻多罗或阿波罗法刻多罗诗律。开头用诗体致敬，也讲述恶人等等的行为。例如，《迦丹波利》等等……故事叙述分成章回。在每一章开头提示本章内容，使用阿利耶诗律、法刻多罗或阿波罗法刻多罗诗律。"（VI.332－333）[②]由此可见，毗首那特认可故事中包容诗律的合法性，也认可其分章和第三人称全能视角叙述的合法性。这是对婆摩诃相应观点的全面颠覆，近似于檀丁的故事观。

关于传记，毗首那特指出："传记与故事相象，其中也讲述诗人的家世以及其他诗人的事迹。有时插有诗体……有些人说：'传记由主角本人讲述。'但这不对，因为檀丁说过：'实际看到的情况是也由别人讲述，没有这种限制。'"（VI.334－336）[③]这些叙述说明，毗首那特基本上采纳檀丁的传记观，对婆摩诃即文中所谓"有些人"的观点予以排斥。毗首那特接下来的叙述更确切地证明了这一点："其他散文叙事作品可以纳入故事和传记中，不再单独讲述。檀丁说过：'其他的叙事作品都可以包含其中。'其他的叙事作品，例如，《五卷书》等等。"（VI.334－336）[④]

综上所述，梵语诗学家对散文体作品的相关论述较为简略，且檀丁的影响似乎更为普遍。其中的原因已如前述，它大约与古代印度传记和故事这两种文体的界限较为模糊有关。这说明，檀丁的文体论具有非常重要的历史文献价值和诗学意义。不过，若从现代文体论的角度看，婆摩诃的相关思想不乏理论洞察力和比较诗学意义。

第七节　混合体论

从现存文献看，在梵语诗学史上，婆摩诃首次提出文学作品的二分法，即依据诗律

① 黄宝生译：《梵语诗学论著汇编》（下册），第1002页。
② 同上。
③ 同上。
④ 同上，第1002－1003页。

运用有无将其划分为散文体和韵文体两类，继而按照语言将作品分为梵语、俗语和阿波布朗舍语三类。檀丁则依据诗律运用有无的原则，首次将诗即纯文学作品划分为诗体（韵文体）、散文体、混合体三类。他指出："传说剧等等混合体已在别处（指在《舞论》等戏剧学著作中）详细论述。有一种诗和散文混合体称为'占布'。贤士们说，这些作品又按语言分成四种：梵语、俗语、阿波布朗舍语和混合语。"（I.31－32）①这说明，檀丁发展了婆摩诃的文体论，即增加了散文体和韵文体之外的混合体亦即所谓"占布"，同时又增加了混合语作品。这既是对当时文学作品多样化事实的理论归纳，也体现了文学实践推动理论思辨不断走向成熟和深入的历史规律和美学原理。

檀丁的文体三分法对于后世学者影响尤巨，许多诗学家接受了"混合体诗"或曰"占布"这一概念，自然也接受了他的文体三分法（诗律为依据）和四分法（语言为依据），有的则对其思想有所发展。例如，关于散文体和诗体相搭配的混合体作品"占布"，波阇和雪月等人均在其著作中予以认可。

伐格薄吒的《伐格薄吒庄严论》指出："语言作品分为有诗律的和无诗律的两类。第一类即有诗律的作品是诗体，无诗律的作品是散文体和混合体。"（II.4）②这种观点与檀丁的三分法大同小异。

毗首那特指出："散文和诗混合的作品，称作占布。例如，《提舍王传》。散文和诗混合，赞颂国王，称作维鲁陀。例如《颂王珍宝花环》。混合使用多种语言，称作迦伦跋迦。例如，我的使用十六种语言的《赞颂宝石串》。其他一些作品只留下名称，不超越这些分类，因而不再单独讲述。"（VI.336－337）③这说明，毗首那特继承了檀丁的"占布"概念，还将其混合体诗的概念衍生为三种即"占布"、维鲁陀和迦伦跋迦。这自然也是对当时混合体作品发展现状的一种理论抽绎。

14世纪后半叶的印度教隐士甘露喜（Amṛtānanda Yogin）著有《摄庄严论》（*Alaṅkārasaṅgraha*）。关于文学作品的分类，他在檀丁的基础上进行了适度的发挥："诗体、散文体、混合体，这是三种诗。有诗律的是诗体，许多句子的集合（vākyakadambaka）是散文体。以诗体和散文体为灵魂的是混合体，它称为戏剧等等。"（I.12－13）④甘露喜将戏剧称为混合体作品，是符合古典梵语戏剧基本面貌的判断。这也是对"占布"这一概

① 黄宝生译：《梵语诗学论著汇编》（上册），第156页。

② Jñānapramodagaṇi, *Jñānapramodikā: A Commentary on Vāgbhaṭālaṅkāra*, p.18.

③ 黄宝生译：《梵语诗学论著汇编》（下册），第1003页。

④ Amṛtānandayogin, *Ālaṅkārasaṅgraha*, p.2.

念外延的合理拓展。

《火神往世书》如此描述混合体作品的特征："所谓混合体诗指各种诗，它分两类：可听的诗和表演的诗（戏剧）。混合体诗使用所有语言。"（CCCXXXVI. 33）[①]这种观点与檀丁的观点出入很大，因其将混合体作品视为整个文学门类的综合体。它与甘露喜的适度延伸相比，其力度更大。

14 世纪的维希吠希婆罗 · 格维旃陀罗在《魅力月光》中指出："可看的诗分为三类：诗体、散文体和混合体。它也可以分为色和次色两类……可听的诗分为占布和次占布两类。"（III.48 – 49）[②]他还认为："诗体、散文体和混合体被视为三类文体的话，无诗律的混合体在智者心中也属于诗体。"（III.41）[③]这种文体观与前人皆有差异，但其认可"占布"概念和混合体作品的立场无异于前人。

第八节　图案诗论

顾名思义，"图案诗"（Citra kāvya）也可译为"画诗"，还可英译为 figurative poetry。"按照古典主义的看法，图案诗由庄严组成，而在当前以西方为准绳的观点看来，图案诗是图画式或意象式的。图案诗之所以是象征性的，也是因为它以音庄严中的图案等为形式，它通过图解或图案来表达。"[④]

图案诗这一概念大约是 11 世纪的曼摩吒正式提出的，而画诗这一概念是 9 世纪的欢增首创，但其中表示这一概念的梵文词 citra 却大有来历。该词首先出现在檀丁的《诗镜》中，它是檀丁所论述的四种音庄严中的一种，译为"图案"。图案是指将梵语单词或字母排列为某种特殊的格式或图形。檀丁列举了牛尿、半旋和全旋三种图案。他说："一首诗两行诗句中的音节上下交叉的读法与两行诗句的读法相同，这称为牛尿，行家们认为这很难创作……一首诗的四个音步能按照音节自左至右旋读，这称为半旋。一首诗的四音步能按照音节自左至右和自右至左旋读，这称为全旋。"（III.78 – 80）[⑤]从

① Suresh Mohan Bhattacharyya, ed. *The Alaṅkāra Section of the Agni-purаṇa*, p.142.

② Viśveśvara Kavicandra, *Camatkāracandrikā*, pp.59 – 60.

③ Ibid., p.59.

④ Kalanath Jha, *Figurative Poetry in Sanskrit Literature*, "Preface", Delhi: Motilal Banarsidass, 1975.

⑤ 黄宝生译：《梵语诗学论著汇编》（上册），第 214 页。关于这三种图案的例诗，详见该页及下一页。

檀丁所举几例看,图案虽为音庄严即语言修辞格之一,但其实也可视为一种特殊类型的文体即图案诗或画诗。这里的所谓图案诗与檀丁的音庄严既有联系,又有区别。它和欢增诗歌品级论中提到的画诗内涵有别,但又不无联系。这种特殊类型的诗歌在中国也不乏其例,如汉语诗歌中的回文诗和宝塔诗等便是。因此,本节将图案诗视为一种独特文类进行简介。

在檀丁之后,楼陀罗吒论述的五类音庄严中也包括了图案亦即图案诗。他所谓的图案包括车轮、剑刃、棍杵、弓箭、箭矢、枪尖、犁铧、马车、马、象、顺时针、逆时针、半旋、大鼓、全旋十五种。换句话说,他论述了十五种类型的图案诗。值得一提的是,他的十五种图案中,有很多是独创的,或至少是此前的诗学著作如《诗镜》中所未见的,其中有的为后世诗学家直接采用,这显示了楼陀罗吒论及的图案诗具有深远的影响。例如,曼摩吒在《诗光》第 8 章论述音庄严时,直接借用了后者的一些图案诗。

曼摩吒将图案诗视为六种音庄严(曲语、谐音、叠声、双关、图案、貌似重复)之一。他在定义图案时说:"字母排列成剑等等图案,这是图案(Citra)。字母采用特殊的编排方式,形成剑、鼓和莲花等等图案,这是图案诗(Citrakāvya)。对于这种很难写作的诗,这里只是指出它的方向。"(X.85)[①]英译者将此句译为:"Where the letters assume the form of such objects as the sword and the like, it is the Figure Pictorial. In case where the letters arranged in particular ways appear in the form of (*a*) the sword, (*b*) or the drum, (*c*) or the lotus and so forth, we have Pictorial Poetry (*i. e.* Poetry with the Pictorial Figures). As this sort of poetry is extremely difficult, we are citing only a few examples."[②]曼摩吒明确无误地首次提出"图案诗"的概念,说明梵语诗学家已经清醒地意识到图案这类特殊的音庄严应该被赋予一种独立的文类形式。这便是文学创作的丰富实践推动理论自觉和美学思考逐渐走向成熟的又一佳例。

曼摩吒虽然提出了"图案诗"的概念,但却对此类诗歌持贬低姿态。这与他依据欢增韵论而提出的诗歌品级论不无关联。他们均将画诗视为诗歌三个等级中的下品诗。对于图案诗的认识必然影响他们对画诗的价值判断,而对画诗的贬低反过来又会加剧其对图案诗的轻视。这便是看似不同实则暗相契合的图案诗和画诗成为"难兄难弟"

---

① 黄宝生译:《梵语诗学论著汇编》(下册),第 741 页。

② Mammaṭa, *Kāvyaprakāśa*, Varanasi: Bharatiya Vidya Prakashan, 1967, p.344.

的必然命运。因此，曼摩吒在接连举出剑图案、鼓图案、莲花图案和全旋图案时说："这类图案(诗)还有其他各种图案。它们只是展示技巧，称不上真正的诗，这里不再举例说明。"(X.85)①

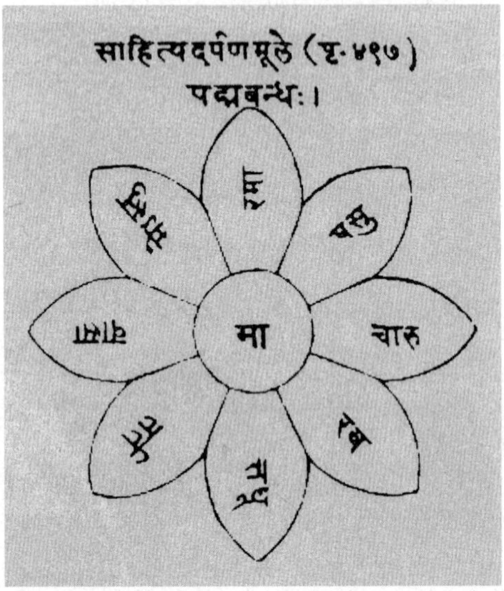

在曼摩吒之后，毗首那特也论及图案。他将其视为八种音庄严(貌似重复、谐音、叠声、曲语、通语、双关、图案、隐语)之一。他指出："字母排成莲花等等图案，因此称作图案。等等是指剑、鼓、轮、牛尿等等。字母以特殊的书写方式嵌入图案，与字母以特殊的结合方式传入耳朵，具有同样的魅力，因而归入音庄严。"(X.13)②为此，毗首那特以自己创作的一首莲花诗(padmabandha)为例进行说明③。

> 但愿吉祥女神不厌弃我，她美如爱神之母，
> 姣好可爱，胜过爱神之妻，从不与恶人相处。(X.13)④

按照毗首那特的解释，在这首以八瓣莲花图案组成的莲花诗中，四个方向的花瓣中的两个字母(音节)需要朝里和朝外读两次，四个次方向花瓣中的两个字母(音节)无须如此，而莲花中心的字母(音节)需要重复读八次。"剑等等图案以此类推。由于它们成为诗中的赘疣，这里不再细述。"⑤

由此可见，毗首那特对图案诗是反感的，因此称其为"诗中的赘疣"。这说明，他虽然持味论立场，但在认识图案诗这一点上，显然比主张韵论的欢增和曼摩吒有过之而无不及。这自然导致他们不约而同地贬低画诗的地位和价值。因为，正如前述，毗首那特将"味"视为文学的灵魂和精华，必然以味论来评判诗歌等级。他似乎认为画诗缺乏暗

① 黄宝生译：《梵语诗学论著汇编》(下册)，第 743 页。
② 同上，第 1067－1068 页。
③ 该图案诗见 Viśvanātha, *Sāhityadarpaṇa*, New Delhi: Panini, 1982, p.638.
④ 黄宝生译：《梵语诗学论著汇编》(下册)，第 1068 页。
⑤ 莲花诗的图案和解说，均参阅黄宝生译：《梵语诗学论著汇编》(下册)，第 1068 页。

示义和可以品尝的审美情味。他认为音画诗和义画诗“不成其为诗”[①]。

例外的是，16世纪的阿伯耶·底克希多在《画诗探》中为画诗存在的合理性提供了某种辩护。他认为：“诗中无暗示义也优美，这是画诗（Citrakāvya）。画诗分为三类：音画诗、义画诗和音义画诗。”（I.11）[②]实际上，他对音画诗持贬低姿态，只对所谓义画诗进行阐释。这说明，作为图案诗的代名词或衍生物，作为音庄严的典型代表之一，音画诗并未在梵语诗学史上真正赢得地位。

尽管由于艺术价值相对较低，图案诗或音画诗在印度古典诗学史上地位不高，但它却是古典梵语文学创作中的一种真实存在。按照凡是存在皆有其合理性这一规律进行思考，可以发现它的背后潜藏着印度古典梵语文学的一些创作密码，也蕴藏着镌刻印度文学发展史的某种基本规律，即尊重经典、回归经典和珍视经典。例如，1965年，印度学者R.帕塔卡整理了梵语文学和诗学中出现的一些图案诗，并将其汇编成册出版，以展示印度文学历史悠久的一个重要侧面。该书题为《画诗喜》，共收集了剑、刀、牛、象、蛇、莲花、全旋和吉祥符等五十五种图案诗，其中少数来自檀丁和波阇等人的梵语诗学著作，另有部分诗作为编者自创。[③]

从比较诗学意义上讲，创作图案诗或画诗似乎是古今中外许多诗人的共同爱好，也是某些诗学家所关注的文学议题之一。例如，在英文中，我们会发现一种名为Anagram（换音造词，回文构词）的修辞格，它依靠变换字母顺序以构成另一个有意义的词语，该新词和原词一般有某种逻辑联系。如：dais（讲台）来自said，rose（玫瑰花）来自表示爱神厄洛斯的Eros[④]。再如名为Palindrome（回文）的辞格，它刻意追求字母顺序的回环往复，使同一语句可顺读，也可倒读。运用这一辞格，可以加强语气，增强诗歌的语言感染力，达到生动形象、幽默诙谐的艺术效果。例如：Madam, I'm Adam（女士，我叫亚当）；Able was Iere Isaw Elba（不到俄岛我不倒）；A man, a plan, a canal, Panama（伟大的人，伟大的计划，伟大的巴拿马运河）[⑤]！

在波斯古典诗学中，也存在类似于梵语诗学图案诗论的例子。穆宏燕将波斯古典

---

① 莲花诗的图案和解说，均参阅黄宝生译：《梵语诗学论著汇编》（下册），第922页。

② Appaya Dīkṣita, *Citramīmāṃsā*, Varanasi：Chowkhamba Sanskrit Series Office, 1971, p.27. 值得注意的是，黄宝生先生在翻译底克希多该书书名Citramīmāṃsā时，将其中的Citra恰当而传神地译为“画诗”。这也暗示该词似可视为一种特殊的文类。

③ Ramarupa Pathak, *Citrakavyakautuka*, Delhi：Motilal Banarasidas, 1965.

④ 徐鹏：《英语辞格》，北京：商务印书馆，1996年，第456页。

⑤ 同上，第461页。

诗学家提到的这类特殊辞格称为"形庄严"。她归纳介绍了颠倒法、反转法、圆形法和四方形法等多种旨在追求语言形式变化和娱乐游戏性质的修辞格[①]。这些波斯语辞格和梵语图案诗的艺术旨趣有着惊人的一致。

在古代汉语和现代汉语中,我们也会发现类似于梵语诗学图案诗或音画诗的一些例子。这便是所谓回环或回文的辞格。有学者指出,回环依靠词语次序的颠倒来显示其艺术效果,具有形式美、音乐美,有着特定的表达效果。严格的回环也称回文,是指上下分句中的词语排序完全相反,如:曹禺《王昭君》中的一句:"我为人人,人人为我。"再如苏轼的《菩萨蛮》:"井梧双照新妆冷,冷妆新照双梧井。"宽式的回环指词语排序基本相反,但可略有变化,如《老子》:"知者不言,言者不知。"自古至今,一些文人学士将回环视为文字游戏,使本来活泼诙谐的艺术修辞格变得僵化,形成许多"造作的回文",艺术效果和审美价值大打折扣[②]。这便是中国式的"图案诗"或"画诗"。该学者认为,严格的回文行将绝迹,宽式的回环仍可发展。古代回文颇有市场,唐代曾将"回文对"列为诗的"八对"之一,历史上还出现过不少回文诗、回文词、回文曲,但它们大多矫揉造作,故步自封,"实在是难能而不怎么可贵"(这也是曼摩吒慨叹图案诗是种"很难写作的诗"的主要缘由)。相对于面临绝迹的严格的回文诗,回环诗保留了一线生机。这是因为:"宽式的回环,保留了古代回文形式美的特点,但又有适当的变化。由于这种格式能够宽泛地容纳多方面的内容,特别是便于表现事物之间的辩证关系,所以才逐渐为人们广泛运用,大有进一步发展的趋势。"[③]

综上所述,图案诗或画诗论是一个古代诗学命题,也是一个饶有趣味的当代比较诗学话题,值得人们深入思考。简单的忽视、轻视甚至反感,只会使一种沟通古今中外文学心灵的重要现象与我们失之交臂。从此意义上讲,梵语诗学图案诗论给予我们的启迪非常丰富。

第九节　阿 哈 姆 论

著名泰米尔语学者 A.K.罗摩奴阇认为:"阿哈姆(Aham)和普拉姆(Puram)是古代

① 参阅穆宏燕:《波斯古典诗学研究》,第 420－426 页。

② 本段内容,参考濮侃:《辞格比较》,合肥:安徽教育出版社,1983 年,第 138－141 页。

③ 同上,第 140－141 页。

含义丰富的词汇。要理解它们,必须深入了解泰米尔语诗学和泰米尔文化的精髓。"[1]作为泰米尔语文化经典《朵伽比亚姆》所论及的两种特殊文类,阿哈姆和普拉姆均萌芽、生长并扎根于泰米尔文化土壤之中。

公元前5世纪至公元2世纪,是泰米尔语文学史上的第一个时期,称作桑伽姆时期。桑伽姆时期是泰米尔语文学史上的黄金时期,也是泰米尔语文学的光辉起点。"桑伽姆"是古代泰米尔诗人和学者的文学组织。桑伽姆时期曾涌现出很多的泰米尔诗人和学者。这一时期,出现了《八卷诗集》和《十卷长歌》两部泰米尔诗歌总集,奠定了印度泰米尔古典诗歌的基础,对后世泰米尔语文学影响极大。按照泰米尔文学传统,桑伽姆时期的诗歌大致可分两类:一为阿哈姆主题,即爱情诗;另一为普拉姆主题,即非爱情诗[2]。

桑伽姆时期大量出现的泰米尔语诗歌,为泰米尔诗学的萌芽打下了坚实基础。在泰米尔语文学发达的基础上,出现了一些泰米尔语法书,其中以朵伽比亚尔(Tolkāppiyar)的《朵伽比亚姆》(Tolkāppiyam,或写作 Tholkāppiyam、Tolkāpiyam)最为著名,它是现存最古老的泰米尔语法书。"值得注意的是,《朵伽比亚姆》是一种生活的规范,也是文学的基本原理。"[3] Tolkāppiyam(Tholkāppiyam)意为"古书"。Tol 意为"古代的",而 kāppiyam 意为"保护"。这就是说,朵伽比亚尔讲述语法,意在"保护语言的纯洁性"[4]。"朵伽比亚姆"应该是该书原名,它可以理解为"保存古老文化遗产的一本书"[5]。

《朵伽比亚姆》共分三卷,每卷再分九章,因此,全书共计二十七章。其中,第一卷483颂,第二卷463颂,第三卷625颂,共计1 571颂。第一卷为《正字篇》(Eluthu),主要讲述泰米尔语的字形、拼写和发音规则。第二卷《词源篇》(Sol)讲述泰米尔语的构词法、词类以及词语在句中的变格规则等。第三卷《主题篇》(Porul)主要论述描写题材、感情、诗人修养、诗律等诗学原理,这是书中最重要的部分。

---

① G. N. Devy, ed. *Indian Literary Criticism: Theory and Interpretation*, Hyderabad: Orient Longman, 2002, p.346.

② 参阅季羡林主编:《印度古代文学史》,第141－145页。

③ S. Ilakkuvanar, *Tholkappiyam in English with Critical Studies*, Madurai: Kurai Neri Publishing House, 1963, p.433. 此处的 grammar 一词可释义为:语法(学)、文法(学)、语法规则、语法书、语法现象、(艺术、科学、技术等的)基本原理、入门书,等等。参见《新英汉词典》编写组编:《新英汉词典》(增补本),上海:上海译文出版社,2004年,第544页。

④ J. M. Somasundaram Pillai, *A History of Tamil Literature*, Madras: Azhahu Printers, 1968, p.50.

⑤ S. Ilakkuvanar, *Tholkappiyam in English with Critical Studies*, p.1.

从《朵伽比亚姆》的论述来看，Porul（主题）是一个非常独特的诗学范畴，它包括泰米尔语文学的两类“主题”，即阿哈姆和普拉姆。实际上，这两大主题也可在比较宽泛的立场上视为两种具有浓厚泰米尔文化特色的文类。

《朵伽比亚姆》第三卷第一章论述阿哈姆即爱情诗的一般描写规则。该章开头便说，爱情诗所描写的爱共分七类：单相思（Kaikkilai）、相聚（Kurinji）、别离（Palai）、（女性的）思念（Mullai）、（男女间的）怄气（Marutham）、（女性的）憔悴（Neythal）和（男性的）畸恋（Perundhinai）①。在阿哈姆中，这七类爱还可分为三类，即单相思、真爱（Aindhinai）和畸恋。男性的假爱包括四种，即骑在帕尔米亚树干做成的木马上、爱上年老色衰的女人、贪色、强奸②。真爱指相聚（punarthal）、别离（pirithal）、思念（irutthal）、怄气（irangal）和憔悴（udal）五种情形，并且，这五种情形又与五种不同地区的习俗（thinai）相对应，还与印度的六季（春、热、雨、秋、冬、寒）以及一天的六个时辰相对应。不同地区的风俗必须为每一种真爱的描写服务。不同地区的风俗再分为十四类，即天神、上等人、下等人、鸟、野兽、城镇、水、花、树木、食物、鼓、琴、音调和职业等。换句话说，这些爱情诗对有关的时令、地域等背景都有相应的描写，以恰如其分、细致入微地表现男女之间的悲欢离合和喜怒哀乐。

朵伽比亚尔还对阿哈姆诗歌做了一个特殊的规定：“在阿哈姆的描写人的五种爱情题材中，不会提及具体的人名。普拉姆题材中提到的具体人名，在阿哈姆题材中会部分出现，但不会直接提及。”③

朵伽比亚尔认为，前述五种真爱与法、利、欲紧密相关，其中的相聚本质上属于吠陀时期的八种婚姻形态之一，即乾达婆（Gandharva）式自由恋爱④。在论及如何描写暗恋中男女双方的各种情态时，他写道：“眼神促使双方走到一起。诗人们说：如果他们之间暗送秋波，这就会出现爱恋的征兆。高贵和勇敢是男性的特征。诗人们说，胆怯、羞涩和朴素主要属于女性的特征。据说，爱恋中出现的下述特征非常自然：渴望、焦灼、痛苦、抚慰、打破羞涩、怀疑他人知悉两人隐情、产生对方移情别恋的幻觉、宽恕、昏厥和死亡。”⑤朵伽比亚尔还对暗恋中双方的其他表现形态做了阐述。最后，他指出了暗恋

---

① S. Ilakkuvanar, *Tholkappiyam in English with Critical Studies*, pp.153, 497.

② Ibid., p.161.

③ Ibid., pp.161－162.

④ Ibid., p.175. 关于乾达婆婚姻的介绍，参见黄心川主编：《南亚大辞典》，成都：四川人民出版社，1998 年，第 132－133 页。

⑤ S. Ilakkuvanar, *Tholkappiyam in English with Critical Studies*, p.176.

的两种结局:“婚姻分为两种:别人知悉暗恋后的结合和别人知道恋情前的结合。”①

关于婚恋描写的相关规则,朵伽比亚尔写道:“据说,贞洁(Karpu)便是未婚夫将获得某些人赠予的未婚妻,而那些人有权利通过普通的仪式这么做。即使没有人同意,新郎和新娘也会以私奔的方式结合。”②接下来,他对诗歌中如何描述妻子忠于丈夫做了详尽的描叙,还对如何描写女伴和男傧的情态、丈夫的表现等做了说明。在论及妻子的贞洁时,作者的描叙是:“常言道,妻子的职责是保护丈夫的名声,她得尊重小妾,后者被视为她儿子的养母,而妾的面子也是她自己的面子,因为,丈夫的命令是经典中流传下来的。丈夫们不会把妻子带到军营。在阿哈姆之外的诗歌里,这条规则对于女性并不适用。”③

朵伽比亚尔还论及爱情描写的各种规范,涉及未婚妻、新娘、妻子、女伴、新郎和丈夫等各种角色的表现方式。这些规范说明,和梵语诗学一样,泰米尔语诗学也存在程式化、体系化的一面,而这正是印度古典诗学扎根于文化土壤的必然体现。

第十节　普 拉 姆 论

《朵伽比亚姆》第三卷第二章讲述普拉姆即非爱情题材诗歌的特征和描写惯例。A.K.罗摩奴阇认为:“正如我们所见,在古典诗歌中,阿哈姆指爱情诗,而普拉姆则指所有其他类型的诗歌,它通常描写战争、风俗信仰和社会生活。普拉姆是古代泰米尔语的公共题材诗歌,歌颂国王的骁勇与辉煌,哀悼英雄的牺牲,同情诗人的贫寒。挽歌、赞美诗、谴责及描述战争和悲剧性事件的诗都是普拉姆型诗歌。”④

与阿哈姆即爱情诗分为七类相似,战争题材的非爱情诗也分七种,它们按照七种不同象征意义的花卉名称进行划分:苇芝(Vetci)象征掠夺,万吉(Vanji)象征进攻,乌里奈(Ulinai)象征围城,东柏(Thumbai)象征交战,瓦海(Vahai)象征胜利,甘吉(Kanji)象征守城,巴丹(Padan)象征凯旋。其中,苇芝对应于阿哈姆中的相聚(Kurinji),它有十

① S. Ilakkuvanar, *Tholkappiyam in English with Critical Studies*, p.188.

② Ibid., p.189.

③ Ibid., p.199.

④ G. N. Devy, ed. *Indian Literary Criticism: Theory and Interpretation*, Hyderabad: Orient Longman, 2002, pp.346 – 347.

四种描写法;万吉对应于阿哈姆中的思念(Mullai),有十三种表现形态;乌里奈对应于阿哈姆中的怄气(Marutham),有二十种表现形态;东柏对应于阿哈姆中的憔悴(Neythal),有二十种表现情态;瓦海对应于阿哈姆中的别离(Palai),有十八种表现情态;甘吉对应于阿哈姆中的畸恋(Perundhinai),有二十种表现情态;而巴丹对应于阿哈姆中的单相思(Kaikkilai),有二十六种表现方式。之所以出现这七种一一对应的表现方式,是因为阿哈姆和普拉姆在时令和地域的选择上出现重合,如描写象征进攻的万吉与阿哈姆中的别离时,都须描写冬季,描写对象都以森林为背景。为国王唱赞歌,为赞赏年轻勇士而戴着脚镯跳舞,纪念为国捐躯的勇士们而树立石碑并镌刻名字等二十一种表现情态,都见于七种普拉姆诗歌的描述中①。

关于阿哈姆诗歌和普拉姆诗歌的主旨与意义,印度学者总结道:“如果说阿哈姆着力表现爱,普拉姆描写的所有行为都是维持家族的必需,都体现了爱。不过,七种普拉姆中的五种主要表达战争主题。自古以来,在所有国家,爱情与战争都是生活中的一体两面。它们都需要胆略与勇气。哪里有爱情,哪里便有战争;哪里有战争,哪里便有爱情。这二者如影随形。古代的泰米尔纳杜也不例外。即使在今天,生活中的这一体二面仍然是文学主题。”②

综上所述,朵伽比亚尔所论及的阿哈姆和普拉姆的确属于两种特色鲜明的印度古代诗歌。由于国内学界迄今尚未将其著作完整地译介过来,对于这两种特殊文类的认识,也还处在初级阶段。期待这一状况在未来有所改观。

① 本段介绍参阅 S. Ilakkuvanar, *Tholkappiyam in English with Critical Studies*, pp.164 - 165.

② Ibid., pp.450 - 451.

第五章　现当代诗学名家论

印度现当代诗学的演进与印度历史发展紧密相关。在民族独立运动高涨的时代背景下，梵语诗学作为印度传统经典的重要组成部分，必然成为部分尊重传统文化之印度学者的关注对象。由于长期译介西方诗学，印度学界多了一种理论思辨和体系建构的工具。1947 年印度获得政治独立，这使其文论发展进入当代时期。与印度现代诗学的发展情况类似，印度当代诗学也是在西方诗学的影响下发展起来的。这不可避免地影响到它的内容和实质。20 世纪中期以来，西方学界各种新的思潮此起彼伏，结构主义、解构主义、西方马克思主义文论、新历史主义、后殖民主义、女权主义等等不断地吸引东方学者的目光。总之，印度现当代诗学，主要是围绕梵语诗学和西方诗学两根支柱发展起来的。迄今为止，现当代印度诗学走过了一个半世纪的发展道路。对于印度现当代诗学的翻译和研究，国内学界已经做出了很多贡献，但与其极为丰富的内容相比，翻译和研究的力度还显得不太理想。此外，由于时间距离较近，也由于深受西方诗学影响，印度现当代诗学中独具民族特色的范畴原理还有待学界深入思考，进行科学合理的总结归纳和抽绎整理。因此，关于印度现当代诗学的基本内容和历史成就，本章拟在可资利用的文献基础上，选择一些有代表性的诗学家及其著述进行简介。为此这里在写作体例上与前几章有所区别，主要介绍印度本土文论家，而对印度海外文论家如 G.C.斯皮瓦克等不予介绍。

第一节　罗宾德拉纳特·泰戈尔

罗宾德拉纳特·泰戈尔（Rabindranath Tagore，1861—1941）于 1913 年获得诺贝尔文学奖，是亚洲人获得的第一个诺贝尔文学奖。“在所有印度艺术家中，或许是泰戈尔提出了最全面的美学思想。”[①]下边参考国内外相关研究成果，对泰戈尔诗学观进行

① K. K. Sharma, *Rabindranath Tagore's Aesthetics*, New Delhi: Abhinav Publications, 1988, p.1.

简介。

一、文学本质论

论者指出，泰戈尔在文学创作基础上形成了比较完整的具有“主体性特征的诗学体系”，其包括如下内容：“以人格论为核心的文学表现论，以情味论为核心的文学美感论，以韵律论为核心的文学创作论，以欢喜论为核心的文学目的论，以和谐论为核心的审美价值论。”[①]换句话说，泰戈尔诗学观与其人格论、情味论、欢喜论、韵律论、和谐论等存在某种微妙而复杂的联系。进一步说，泰戈尔诗学观包含了文学本质论、创作论、鉴赏论等复杂内容。他还从比较文学视角论述了文学现象，在当时的印度文论界具有首创意义。

美国文论家艾布拉姆斯（M.H. Abrams）在1953年出版的《镜与灯》一书中归纳了人们观察和思考文学的四个要素，即作家、作品、世界和读者，由此形成了关于文学本质的各种认识。“可以说，文学是通过文本的中介联系着作者、世界、读者等方面的感性的复杂存在，是一个凝聚着审美经验的语言文本，这就是文学的事实……人们对文学的本质的认识就是立足于这些文学事实基础之上的。”[②]由此可见，所谓文学本质论牵涉文学各个方面的问题，但为了叙述的方便，似乎也可将四要素中的作家归为文学创作论，将其中的读者纳入文学鉴赏论。如此一来，文学本质论便可集中讨论文学特征、文学起源、文学功能和目的、现实生活和文学真实关系等方面的问题，它们不同程度地涉及上述四要素中的作品和世界两个维度。

关于文学的特征，泰戈尔将其与独创的“人格”概念联系起来进行论述。他说：“艺术的主旨，也在于表现人格，而不在于表现抽象的与分析性的事情，它必须运用绘画与音乐的语言……因此我们发现，一切抽象的观念，在真正的艺术中都是格格不入的。这些抽象观念如果想让艺术接受，就必须披上人格化的外衣。这就是为什么诗歌力图选择有生命力品质的词汇的缘故。”[③]

“人格”是泰戈尔哲学的重要范畴，也是其重要的文论概念之一。表示这一概念的英语词为personality，泰戈尔赋予其丰富的文学内涵。在泰戈尔看来，情感是人格的核

① 侯传文：《话语转型与诗学对话：泰戈尔诗学比较研究》，北京：中国社会科学出版社，2010年，第12页。
② 阎嘉主编：《文学理论基础》，成都：四川大学出版社，2006年，第2页。
③ 泰戈尔：《什么是艺术》，刘建译，刘安武、倪培耕、白开元主编：《泰戈尔全集》（第22卷），石家庄：河北教育出版社，2000年，第162－163页。

心和基础，也是艺术的本源。在文学中人是主体。“正是人与人交往的本性及其结果，才使得人成为文学的主体，因此，文学的标志和目的只能是作为人的‘我’，绝不是被我看到了的一切外在的事物。”①可以看出，泰戈尔对文学特征的认识带有鲜明的时代气息，强调人的核心地位，自然也是对人类情感在文学表现中地位的高度重视。

泰戈尔的文学人格论还具有人性与神性统一的一面。泰戈尔的“人格”毕竟不是印度宗教的“小我”，他的宗教也是“人的宗教”，是以人格追求为核心的宗教。印度学者认为，泰戈尔的神灵观是积极入世的：“他呈现给我们的是人化的神。鄙视并抛弃世界幻灭的观念，高度称颂行动，向宗教灵魂许以圆满的生命。”②还有学者认为，泰戈尔人格论和印度中世纪的虔信运动虽然都追求人神合一的境界，但两者又有本质的区别。虔信派以神为中心，其人神合一是人合于神；泰戈尔人格论中的人神合一是神合于人。“总之，可以说，泰戈尔的人的宗教，就是一种以人为核心、以精神为主旨的宗教。”③泰戈尔人格论是对印度传统文化的现代超越，也是对西方浪漫主义文论观的东方回应，还是其对文学特性认识的美学、哲学基础。这也是现代印度文论转型的生动一例。

正如前述，梵语诗学关于“诗”即文学的最早定义，源自语言的声音与其意义的结合。与此不同，泰戈尔把文学定义为语言形式和情感内容的有机融合。他认为，文学应该是“感情和形式的结合”④。文学的任务是“使心灵结合，这种结合就是最终目的”⑤。这说明，他既是梵语诗学的继承者，又是20世纪初自觉超越经典的理论先驱。

与文学特性相关的是文学的起源问题。关于文学艺术的起源，泰戈尔将其与人的情感“过剩”（surplus）联系起来进行解释。他说，“为艺术而艺术”的观念也源于这种“过剩”：“人有着情感精力的蕴藏，这种精力并不完全用于人的自我生存。这种过剩在艺术创作中寻求发泄的机会，人的文明正在建立在过剩之上。”⑥他还指出：“在我们的心与世界的关系中，哪儿有过剩的因素，哪里就产生艺术。”⑦论者认为，泰戈尔的文艺

① 泰戈尔：《瀛洲纪行》，黄慎译，刘安武、倪培耕、白开元主编：《泰戈尔全集》（第19卷），石家庄：河北教育出版社，2000年，第272页。

② S. Radhakrishnan, *The Philosophy of Rabindranath Tagore*, Baroda: Good Companions Publishers, 1961, p.3.

③ 刘建：《泰戈尔的宗教思想》，载《南亚研究》2001年第1期。

④ 泰戈尔：《文学的意义》，倪培耕译，刘安武、倪培耕、白开元主编：《泰戈尔全集》（第22卷），石家庄：河北教育出版社，2000年，第286页。

⑤ 同上，第287页。

⑥ 泰戈尔：《什么是艺术》，刘建译，刘安武、倪培耕、白开元主编：《泰戈尔全集》（第22卷），第158页。

⑦ 同上，第168页。

起源观存在某种局限:"泰戈尔认为一切真正的艺术都起源于情感的观点否定了艺术是对现实生活的表现的唯物主义观点,没有在客观世界上去阐明艺术的真正源泉,只是在人的主观意识和精神世界的狭隘范围里去说明艺术的终极根源。"①不过,当我们将泰戈尔继承并超越梵语诗学的文学本质论这一事实纳入思考范围就会发现,他的文艺起源观有着历史的进步性,因其契合印度现代诗学转型的时代氛围。

泰戈尔指出:"艺术的功用,便在于建设人的实在世界——真与美的活生生的世界。"②他认为,人类世界的文学艺术都应该着力表现真与美,文艺之神应该成为真实与美的化身,表现真实世界的快乐本质和永恒本质"乃是诗歌和文学的目标……文学要说明的真实就是享受,真实就是永恒"③。泰戈尔对梵语诗学一味强调灵魂愉悦的文学功能说进行了有力的补充和革命性的改造,将审美愉悦与认识世界有机地结合起来,从而达到了现代诗学转型的新境界。

论者指出,文学的本质还与现实世界有关,这就是艺术真实与生活真实的关系。泰戈尔将现实生活视为文学创作的源泉和作品的基础,将文学作品视为作家对现实生活的艺术加工和再创造结晶。"可以说,了解了泰戈尔关于生活真实和艺术真实的关系的全部见解,也就可以更深入地了解泰戈尔的文学思想。"④在泰戈尔看来,"自然真实"即现实世界和文学真实差异明显。"正因为如此,文学不完全是自然的镜子……作品的内容似乎比外界虚假,但从本质来说,它比自然更真实。"⑤换句话说,在深受浪漫主义文艺思潮影响的泰戈尔眼中,文学不能成为现实的"复制品",作家必须发挥自己的艺术创造力和想象力,创造比自然真实更为真实的艺术真实。

二、文学创作论

泰戈尔将作家的创造力发挥和文学的抒情写意功能联系起来。他认识到文学是对客观世界的能动描叙而非自然反射,文学家是对现实生活的艺术加工者。他把作家具有艺术创造力的非凡才能称为"世界人类心灵"。他说:"文学家的这种人性就是创造力,它把作家的个性变成自己的,它使短暂永恒,使片段完整。心灵的工厂建立在世界

---

① 唐仁虎等著:《泰戈尔文学作品研究》,北京:昆仑出版社,2003年,第461页。
② 泰戈尔:《什么是艺术》,刘建译,刘安武、倪培耕、白开元主编:《泰戈尔全集》(第22卷),第169页。
③ 泰戈尔:《美感》,倪培耕译,刘安武、倪培耕、白开元主编:《泰戈尔全集》(第22卷),第82-83页。
④ 参阅唐仁虎等著:《泰戈尔文学作品研究》,第502-515页。
⑤ 泰戈尔:《文学思想家》,倪培耕译,刘安武、倪培耕、白开元主编:《泰戈尔全集》(第22卷),第60页。

上面,世界人类心灵工厂建立在心灵之上。文学通过这个途径应运而生。”①

泰戈尔受到欧洲浪漫主义文学观的影响,但其“世界人类心灵”的观点似乎与梵语诗学家的天才观有着某种内在的联系。例如,婆摩诃、伐摩那、欢增、王顶和世主等人均强调作家天赋才能的优越性和重要性。欢增指出:“优秀的诗人不愿意借用别人的东西,语言女神会按照他的意愿提供内容。”(IV.17)②世主指出:“才能(想象力)是成为诗人的唯一因素。”③

大体来看,泰戈尔的文学创作论首先涉及两个方面的问题,即作家情感如何表达和语言技巧如何运用,这近乎欧洲浪漫主义和俄国形式主义所关注的问题,也是梵语诗学味论派和庄严论各自所论述的重点。可以说,泰戈尔抓住了作家创作的两个至关重要的方面。

泰戈尔明确指出:“表达才是文学。”④此处的“表达”是指作家情感的抒发和表现而言。这显示,泰戈尔深受梵语诗学味论的影响,因为,味论是以人的基本情感为主轴而抽绎的文论体系。他常以味论分析文学,例如,他在谈论比较文学时指出:“一个作家在自己的作品里用自己的感情体验人类的感情,体验整个人类的痛苦,这样他的作品在文学里就占有一定的地位。我们应该如此去理解文学。”⑤他还说:“美的表现不是文学或艺术的主要目的,我国修辞经典(指庄严论亦即梵语诗学)说过有关这方面绝妙的话:‘诗歌是带情味的句子。’”⑥

梵语诗学家不仅重视情味在创作中的重要性,还关注作家如何表达自己的快乐、如何向读者传递审美愉悦的问题。例如,曼摩吒说:“诗人擅长非凡的描绘,像情人那样以有味的方式进行劝导。”(I.2 及注疏)⑦似乎是回应梵语诗学家的文学愉悦观。泰戈尔说:“印度古代的诗学家坦言相陈:欢喜是文学的灵魂,它与私利无涉。”⑧他还指出:“在文学里有着人的畅通无阻、五光十色的巨大游戏世界。我们的经典把创造者说成

---

① 泰戈尔:《文学思想家》,倪培耕译,刘安武、倪培耕、白开元主编:《泰戈尔全集》(第 22 卷),第 63 页。

② 黄宝生译:《梵语诗学论著汇编》(上册),第 354 页。

③ Jagannātha, *Rasagaṅgādhara*, p.9.

④ 泰戈尔:《文学的材料》,倪培耕译,刘安武、倪培耕、白开元主编:《泰戈尔全集》(第 22 卷),第 52 页。

⑤ 泰戈尔:《世界文学》,倪培耕译,刘安武、倪培耕、白开元主编:《泰戈尔全集》(第 22 卷),第 96 页。

⑥ 泰戈尔:《〈文学的道路〉序言》,倪培耕译,刘安武、倪培耕、白开元主编:《泰戈尔全集》(第 22 卷),第 186 页。此处的“修辞经典”应指 Alaṅkāraśāstra(意为庄严论、修辞论,实指梵语诗学)。

⑦ 黄宝生译:《梵语诗学论著汇编》(下册),第 599－600 页。

⑧ Sisir Kumar Das, ed. *The English Writings of Rabindranath Tagore*, Vol.2, New Delhi: Sahitya Akademi, 1996, p.351.

是游戏家,也就是说,他在自己的创作里认识了自己五光十色的情味。”①

泰戈尔常用enjoyment(欢喜、愉悦)等词表达审美快感。在有的学者看来,泰戈尔的“欢喜论”有着深厚的传统文化基础。他的欢喜论超越了古典诗学立场,带有强烈的时代气息。欢喜指的是作者和读者的心灵愉悦。这就是泰戈尔欢喜论的美学逻辑,这与“他的主体性诗学思想体系是一致的”②。

在文学创作过程中,作家必须表达情感是一回事,而如何表达又是另一回事。这便涉及作家的语言能力和相关技巧等问题。泰戈尔身为作家,必然会以其丰富的创作实践对此加以论述。

泰戈尔指出,作家必须高度重视文学语言和创作技巧的运用。他说:“此外,文学的创作技巧也具有十分重要的意义……文学也应该通过优美的形式来表现自己,它应借助于比喻、韵律和暗示方式来表现,不能像哲学和科学毫无修饰地表现。”③他还进一步指出:“给优美性赋予形象,就要在语言中维护难以表达的特性。文学中难以表达的特性正如女人的美丽和羞涩那样无限,它是不可仿效的,又是比喻所不能限制住的或掩盖住的。”这显示梵语诗学韵论对泰戈尔的深刻影响。欢增指出:“在大诗人的语言里,确实存在另一种东西,即领会义。”(I.4)④这种领会义近乎暗示义即韵,是文学创作的灵魂所在。泰戈尔所谓“文学中难以表达的特性”似指欢增高度重视的韵,而其强调文学创作应该运用的“暗示方式”无疑也证明了这点。泰戈尔指出:“在艺术创作里,存在着情味的真实的表达问题,这个问题就是通过有形表达无形的问题,就是通过无形看到被掩藏的有形的问题……真的,这就是创作的本质。”⑤这种思想与欢增强调以暗示方式(韵)表达情味的思路相当一致。

泰戈尔认为,作家为了弥补文学创作中语言表现力的不足之处,应该借助于图画与音乐这两种手段。所谓图画方式是指明喻、暗喻和隐喻等修辞的运用,而音乐方式是指作诗押韵,遣词造句讲究乐感。“所以,图画和音乐是文学的两个主要助手。图画赋予感情以形式,音乐赐予感情以活力,图画恰如身体,音乐犹如生命。”⑥由于高度重视修

① 泰戈尔:《〈文学的道路〉序言》,倪培耕译,刘安武、倪培耕、白开元主编:《泰戈尔全集》(第22卷),第185页。

② 侯传文:《话语转型与诗学对话:泰戈尔诗学比较研究》,第80页。

③ 泰戈尔:《文学的本质》,倪培耕译,刘安武、倪培耕、白开元主编:《泰戈尔全集》(第22卷),第49页。

④ 黄宝生译:《梵语诗学论著汇编》(上册),第234页。

⑤ 泰戈尔:《创作》,倪培耕译,刘安武、倪培耕、白开元主编:《泰戈尔全集》(第22卷),第228页。

⑥ 泰戈尔:《文学的本质》,倪培耕译,刘安武、倪培耕、白开元主编:《泰戈尔全集》(第22卷),第50页。

辞方式在情感表达中的作用,泰戈尔还将文学称为"比喻学"①。从这些论述来看,泰戈尔强调情感表达必须与恰当的语言修辞、合适的诗歌韵律相结合,否则会使文学表达失去艺术魅力。

泰戈尔还认为,文学表达的对象不仅包括心灵,还包括非常丰富细腻的人物性格。这些对象也需要借助图画式和音乐式的创作方法。他说:"然而,人物性格的刻画也许更为重要。实际上,外界自然和人类性格每时每刻都在人的内心里取得形式和发出乐声,然后,作家通过语言的创作,把它们化为形象的图画和动听的歌儿,这就是文学。"②泰戈尔强调刻画人物性格,显然是受到了西方文论的影响。欧洲近现代小说创作发达,这使熟悉欧洲文学的泰戈尔无法忽视新的文类创作在印度面临的紧迫问题,因此提出上述观点。

泰戈尔还指出,文学创作必须考虑读者受众的问题。他说:"纯粹为自己写的作品,不能被称为文学……但人们不得不承认,作家创作的首要目标是读者社会。"③这种创作观既体现了泰戈尔对梵语诗学经典观念的现代超越,也反映了西方诗学的时代浸润,还说明了他范围广泛的文学创作和颇有成效的社会实践对自己文学观的无形渗透。

三、文学鉴赏论

泰戈尔强调,文学艺术的目的不是表现美,而是表达内心的情味。论者据此认为:"可见,在泰戈尔的观念里,文学创作和欣赏的主要目的是寻找情味的东西。"④由此可见,泰戈尔的情味论既是一种文学创作论,同时也不同程度地涉及文学鉴赏或审美体验的问题。他的文学创作论与其鉴赏论之间存在微妙而复杂的联系。

总体来看,泰戈尔的读者鉴赏论或审美体验论在内容上弱于其文学创作论,这似乎也与他高度重视作家情感表达的主体性诗学立场不无关联。例如,他说:"文学创作和文学感受的最大敌人便是模模糊糊的观点,因为文学进行着情味形象的创造。不管是什么创作,它的基本点是表达。"⑤换句话说,泰戈尔更多地是关注作家、作品和世界而非读者的审美体验。尽管如此,他在以读者为起点和核心的文学鉴赏或审美体验问题

① 泰戈尔:《文学的职责》,倪培耕译,刘安武、倪培耕、白开元主编:《泰戈尔全集》(第22卷),第318页。
② 泰戈尔:《文学的本质》,倪培耕译,刘安武、倪培耕、白开元主编:《泰戈尔全集》(第22卷),第51页。
③ 泰戈尔:《文学的材料》,倪培耕译,刘安武、倪培耕、白开元主编:《泰戈尔全集》(第22卷),第52页。
④ 唐仁虎等著:《泰戈尔文学作品研究》,北京:昆仑出版社,2003年,第475页。
⑤ 泰戈尔:《文学思想》,倪培耕译,刘安武、倪培耕、白开元主编:《泰戈尔全集》(第22卷),第241页。

上还是有所论述,有的论述还非常深刻。

1905 年,泰戈尔在《历史小说》一文中指出:"我们在历史里将修正诗歌中可能出现的错误。那些只读诗而没有时间读历史的人是不幸的,但有人只读历史,而没有时间读诗,他的命运很可能更加凄惨。"[①]他的意思大约是:历史小说或诗歌等文学作品会给人以审美愉悦,升华读者的思想境界。

泰戈尔说过:"人也在自己的内心创造着自己,在种种感情和情味里认识自己,人也是游戏家。这种游戏的历史抒写和镂刻在人的文学和艺术里。"[②]这种思想既可视为对作家创造富含情味作品的强调,也是对读者以轻松的"游戏"姿态参与情味体验的说明。正如有的学者所言,泰戈尔并不认为读者是文学作品消极被动的接受者,相反,他认为读者是"作品意义实现的积极参与者和合作者,读者和作者一样,也是作品意义的'创造者'。泰戈尔这一观点和现代文学理论所认为的文学作品是由生活、作者、作品和读者共同完成的观点有相似之处"[③]。

泰戈尔在《舞台》一文中写道:"在婆罗多的《舞论》里就有对戏剧舞台的描述,但没有有关舞台布景的叙述,然而这没有特别的坏处。"[④]之所以这么说,是因为泰戈尔充分信任戏剧观众的想象力和审美鉴赏力。他认为,读者阅读文学作品时,内心始终处于审美活动之中。他还以梵语戏剧《沙恭达罗》为例进行说明。他认为,戏剧中的国王豆扇陀躲在大树背后偷听沙恭达罗女友们谈话的细节安排得很好。"你可以尽情地偷听她们的交谈,尽管在我面前没有真正的大树,我却可以把握住这个生活细节。我具备这个创造力……因为我们没有直接目睹,想通过图画来提供细节,这种添枝加叶的做法是对我们的想象力的极端不信任。"[⑤]泰戈尔将那些虚假的布景视为阻碍观众想象力的因素。这说明,他既认可迦梨陀娑的艺术创造力,也信任观众的艺术想象力。

亚里士多德与婆罗多是东西方戏剧学领域的先驱人物。"希腊与印度同为文明的摇篮,亚里士多德和婆罗多同为这两大文明最早的戏剧美学理论家。"[⑥]泰戈尔对这两

① 泰戈尔:《历史小说》,倪培耕译,刘安武、倪培耕、白开元主编:《泰戈尔全集》(第 22 卷),第 135 页。

② 泰戈尔:《〈文学的道路〉序言》,倪培耕译,刘安武、倪培耕、白开元主编:《泰戈尔全集》(第 22 卷),第 185 页。

③ 唐仁虎等著:《泰戈尔文学作品研究》,北京:昆仑出版社,2003 年,第 486 页。

④ 泰戈尔:《沙恭达罗》,陈宗荣译,刘安武、倪培耕、白开元主编:《泰戈尔全集》(第 22 卷),第 32 页。

⑤ 同上,第 34 页。

⑥ R. L. Singal, *Aristotle and Bharata: A Comparative Study of Their Theories of Drama*, Punjab: Vishveshvaranand Vedic Research Institute, 1977, p.175.

位戏剧理论家的思想有所了解。例如："对痛苦的强烈认识也含有快感，因为它以极其深刻的形式提供自我存在的信息。只有无益的怀疑在其中起着阻碍作用。倘若不存在这种怀疑，我就可称痛苦为'美'。痛苦使我们清醒，不使自己朦胧起来，深沉的痛苦是'最高的神'，那最高的神存在于悲剧之中，那就是最好的享受。"[①]这似乎是对"净化说"的回应，体现了泰戈尔对西方古典文论自由接纳的姿态。

关于东方文学有无悲剧，学术界历来存在争议。印度学者认为："从纯粹的美学观点看，正统悲剧的缺失是梵语戏剧本身的悲剧，是一个不可避免的悲剧。"[②]希腊戏剧中的冲突观念"不是印度戏剧的基础"[③]。梵语戏剧也有出色的悲剧意识，但那不是西方意义上的悲剧。"梵语戏剧指向一种不同的目标，指向另一种净化。"[④]从泰戈尔关于《暴风雨》和《沙恭达罗》的比较来看，他并未完全认可西方式的悲剧理念。不过，他仍然以拥抱古往今来一切优秀文明成果的开放姿态接纳悲剧概念。这同样可视为泰戈尔代表现代印度诗学转型的一个例证。因此可以理解，他为何断言深沉的痛苦是存在于悲剧中的"最高的神"，为何将体验艺术中的痛苦视为"最好的享受"。

第二节　奥罗宾多·高士

奥罗宾多·高士（Aurobindo Ghose，1872—1950）是一位诗人、文学理论家、宗教哲学家和著名的民族独立运动战士。印度学者认为："奥罗宾多、泰戈尔和A.K.库马拉斯瓦米是印度文艺复兴时期三位最有影响的文学批评家。他们拥有渊博的东西方文学和文化传统知识，精通几门语言，并且具有自觉的民族主义意识。"[⑤]另一位印度学者认为，奥罗宾多是"现代印度文学理论批评的创始人"[⑥]。奥罗宾多创立了"文学理论批评的印度学派"[⑦]。中国学者指出："在印度现代文学史上，奥

---

① 泰戈尔：《〈文学的道路〉序言》，倪培耕译，刘安武、倪培耕、白开元主编：《泰戈尔全集》（第22卷），第185页。

② G. K. Bhat, *Tragedy and Sanskrit Drama*, Bombay: Popular Prakashan, 1974, p.107.

③ Bharat Gupta, *Dramatic Concepts: Greek & Indian*, *A Study of the Poetics and the Natyasastra*, p.214.

④ M. S. Kushwaha, ed. *Dramatic Theory and Practice Indian and Western*, p.25.

⑤ G. N. Devy, *After Amnesia: Tradition and Change in Indian Literary Criticism*, Bombay: Orient Longman, 1992, p.112.

⑥ C. D. Narasimhaiah, *English Studies in India: Widening Horizons*, Delhi: Pencraft International, 2002, p.98.

⑦ Ibid., p.99.

罗宾多是仅次于甘地、泰戈尔而具有广泛影响的人物。”①奥罗宾多自 1877 年到 1893 年,他在英国接受完整的西方教育。之后他回到印度,一生著述丰富,涉及宗教、哲学、文学等多个领域,主要文论著作为《未来诗歌》(*The Future Poetry*)。“奥罗宾多的未来主义文论是对诗歌发展史的一种独特阐释……奥罗宾多的贡献在哲学与诗歌理论方面均体现出来,这很有价值。他是一位天才,可以跻身于群星荟萃的世界最博学的杰出人士之列。”②

一、“未来诗歌”论

了解奥罗宾多的文学理论,必须先对他的宗教哲学思想有个大致了解。他的“未来诗歌”(future poetry)理论就建立在他的宗教哲学体系上。奥罗宾多的哲学体系被称为“精神进化论”或“整体吠檀多”。其根本特点是,一方面继承印度教传统哲学思想即吠檀多不二论,另一方面又吸收了西方现代哲学思想和科学真理。他将东、西方哲学进行调和,创立了自己的“精神进化论”体系。“这个体系,一言以蔽之,就是从纯精神出发,由纯精神转化为物质,再由物质转化为纯精神的过程。”③

奥罗宾多继承了传统吠檀多不二论的思想,提出了“超心思”(overmind, overmental consciousness)的概念。顾名思义,“超心思”就是一种超越人的心理思维的意识,一种超自然意识。在他看来,本体界和现象界都是“精神”的表现方式。精神的形式有高低层次之分。梵是精神的最高形式,其次往下是超心思、心思、生命和物质。物质被视为精神的最低级愚钝的形式。“梵通过超心思,经心思、生命,下降到物质;物质再按照生命、心思、超心思的顺序还原于梵(神圣的存在)——这就是奥罗宾多所设计的整个世界演化的模式。不难发现,在奥罗宾多的哲学中,世界的演化过程是一个圆圈。梵是演化的起点,也是演化的终点。”④奥罗宾多的精神进化论从个体的人延伸到人类社会。这种精神进化论与 19 世纪达尔文的生物进化论似乎有些联系。这体现了奥罗宾多继承印度传统文化并接纳西方时代思潮的开放视野。正是在这种特殊的进化思想以及瑜

---

① 石海峻:《20 世纪印度文学史》,青岛:青岛出版社,1998 年,第 21 页。

② Amrita Paresh Patel & Jaydipsinh K. Dodiya, eds. *Perspectives on Sri Aurobindo's Poetry, Play and Criticism*, Delhi: Sarup & Sons, 2002, p.124.

③ 巫白慧主编:《东方著名哲学家评传》(印度卷),济南:山东人民出版社,2000 年,第 498 页。此处介绍参考该书相关内容。

④ 同上,第 508 页。

伽实践的基础上，奥罗宾多的“未来诗歌”论得以萌芽和开花。“奥罗宾多亲证‘超心思’，并建立一种可以称为‘超心思诗学’的诗学。”①

1914年至1921年间，奥罗宾多在当时尚属葡萄牙殖民地的本地治里主编英文刊物《雅利安》，发表自己的各种著述。他的文论著作《未来诗歌》最初就是在1917年12月到1920年7月间，以三十二期连载的方式陆续发表在该刊的。因此，《未来诗歌》也可以说是一部文论集。奥罗宾多生前曾经对这些发表过的论文进行两次修订。总体来看，《未来诗歌》基本上概括了奥罗宾多融汇东、西的文论思想。

《未来诗歌》的主体分两部分。第一部分为奥罗宾多对“未来诗歌”的理论阐释，也包括他对英国诗歌发展史的回顾和评价。第二部分篇幅较小但依然重要，主要是依据“未来诗歌”理论探讨诗歌语言、韵律、诗歌审美功能等问题。

奥罗宾多的“未来诗歌”主要指诗歌而非其他文学体裁，但是，他在论述诗歌理论时也不时涉及戏剧、小说或散文等体裁。受精神进化论的影响，奥罗宾多明确表示：“像人体任一部分一样，诗歌也在进化（evole）之中。”②他还认为，“诗歌的进步”（the progress of poetry）是“人类文化心灵进步的一个标志”③。“进化”与“进步”等词语影射了奥罗宾多的“诗歌进化论”亦即文学进化论。他的许多论述便渗透了这种“诗歌进化论”思想。受进化论的影响，奥罗宾多在论及诗人的视野亦即诗歌境界（poetic vision）时说：“但是，与其他事物一样，诗歌的境界也必须遵循人类心智进化的规律，它根据时代和环境而上升下降，或高或低。通常，它遵从突然上升再急剧下降的先后顺序。”④如果把形而上的诗歌境界比作形而下的物质，那么，它最初是从情感和想象阶段起步，再上升为知性智慧，但只有到了最高的精神启示阶段，诗歌才能完全达到获取最深刻的诗性力量的境界。这自然包含了一个上升的进化程序。在这种理想化的描叙或论述中，“未来诗歌”的面貌开始若隐若现。

奥罗宾多曾经感叹道：“因此，很难预言，未来诗歌究竟是何面貌?”⑤不过，他认为，过去时代的诗人创作已经成就斐然，未来的诗歌似乎有机会致力于拥有一个“更有意识的目标”或曰“更自觉的目标”。这个目标亦即理想的“未来诗歌”就是回归传统的吠

① Amrita Paresh Patel & Jaydipsinh K. Dodiya, eds. *Perspectives on Sri Aurobindo's Poetry, Play and Criticism*, Delhi: Sarup & Sons, 2002, p.126.

② Sri Aurobindo, *The future Poetry*, Pondicherry: Sri Aurobindo Ashram, 2000, p.205.

③ Ibid., p.268.

④ Ibid., p.38.

⑤ Ibid., p.217.

陀颂诗(Mantra,也可译为"祭诗"、"赞歌"、"真言"等)所代表的神圣境界。他把礼赞神灵的吠陀颂诗视为"揭示诗歌意义和情感的最高形式"。他说:"诗歌只有在它表达至高真理和最有力地表达这一真理的韵律及语言时才成其为吠陀颂诗。"①这种"至高真理"的旨趣在于人与梵的有效沟通与交流。

由此看来,奥罗宾多心目中的未来诗歌典范不在当代,而在远古吠陀时代。表达内心真实的"至高真理"的吠陀天启成为未来诗歌的模仿对象。奥罗宾多在给别人的信中解释了 mantra 的含义和"超心思"的意趣:"mantra 是表达来自超心思灵感或高度灵感的力量与光芒的词语……你必须记住,超心思是一种超人意识,一直或完全能在超心思灵感中创作,意味着至少在人类层面有了一些本质的升华。"②为此,奥罗宾多特别强调"精神实现"(spiritual realisation)即梵的亲证或梵我一如在未来诗歌创作中的核心地位。"未来诗歌就应该向这种精神实现敞开视野,勾勒艺术的美,奉献天启般的语言。"③在他看来,这种未来诗歌具有更为宏大的视野,有助于人与神的心灵交流。因此,人的思想感情、行为意识得以升华,灵魂心智得以完善,他将更加真实地洞见自己的本性和世界的意义,这将提升整个人类的神圣潜质和精神价值,宇宙自我的秘密也将得以揭示。"那些在自己生命和文化中完全实现这一切的民族将是迎来黎明的民族,那些完全具备这一境界并讲述天启的诗人,不管他们操何语言、为何种族,都会成为未来诗歌的创造者。"④

奥罗宾多之所以规定未来诗歌必须具有上述"神圣潜质",与身为瑜伽行者的他看重精神修炼和灵魂进化有关。从某种意义上说,他的美学就是一种包裹在神学外衣中的宗教美学。他曾经在《神圣人生论》中写道:"发现最高的美就是发现神……揭示和创造最高的美就是在我们的灵魂中体现神的生动形象和威力。"⑤奥罗宾多认为,具有非凡视野和最高境界是理想的未来诗人的重要天赋。他说:"视野(vision)是诗人的标志性力量……诗人(kavi)在古人看来就是先知和真理的阐释者。"⑥vision 一词在奥罗宾多那里意味着视野或境界。杰出的诗人具有洞察和阐释自然与人生的宏阔视野和超

① Sri Aurobindo, *The future Poetry*, Pondicherry: Sri Aurobindo Ashram, 2000, p.218.

② K. S. Srinivasa Iyengar, ed. *Sri Aurobindo: A Centenary Tribute*, Pondicherry: Sri Aurobindo Ashram Press, 1974, p.157.

③ Sri Aurobindo, *The future Poetry*, p.307.

④ Ibid., p.308.

⑤ Sri Aurobindo, *The Human Cycle*, Pondicherry: Sri Aurobindo Ashram, 1992, p.135.

⑥ Sri Aurobindo, *The future Poetry*, p.31.

凡境界,其诗作富于卓越的启示。

奥罗宾多认为,只有诗人的灵魂才能发现事物,眼睛、心和思维的大脑只是灵魂运用的工具而已。他还认为,诗人与哲学家或先知的区别在于,后者讲述语言的真理和神的法则,而诗人则以美的意象或力量揭示真理。奥罗宾多对诗人及其诗歌的论述既是他的宗教美学观的反映,也是他对文学创作规律的准确把握,同时也是他的未来诗歌论的重要组成部分。

在味论派代表新护看来,名声和快乐两者,快乐更为重要。他说:"正因如此,欢喜才被说成是主要目的。即使教导人生四目标,最主要的成果也是欢喜。"[①]梵语诗学家对于文学功能的看法和审美愉悦的重视,在奥罗宾多这里得到继承并有所发展。他认为,富有启示意味并具有洞察力的诗歌应该"表达五种永恒力量的完美和谐:真、美、乐、生命与精神"[②]。他说,"欢喜"是诗歌愉悦和美的源泉。"欢喜"并非内在情感或外在形式引发的浅层快乐,它是精神层面的"持久快乐",是一种"精神处于创造和体验之中的纯粹欢喜"[③]。毗首那特把味(rasa)视为诗歌的灵魂。在奥罗宾多心里,欢喜才是"诗歌之美的灵魂"[④]。在这里,欢喜与精神灵魂紧密相连。未来诗歌越是表现那种普遍的欢喜,它就越能成为诗歌愉悦和美的源泉,也就越能升华人类生活的境界。

奥罗宾多还认为,感受诗的愉悦的并非知识,也非想象,更非耳朵,而是灵魂。"语言越是直接浸入灵魂深处,就越是好诗。因此,只有增加耳朵等中介的愉悦,并把它转变为灵魂深处的欢喜,诗歌才能算是完成、或是圆满完成了自己的任务。"这种"神圣欢喜"(divine ananda)就是一种精神愉悦,它只能由诗人的灵魂来感受。"当诗人超越了自己作品的人类困境时,他也就成功地向那些准备接受的读者输送了欢喜。这种欢喜不是神圣的嬉乐,而是影响深远的启迪心智的力量。"[⑤]就奥罗宾多强调精神愉悦的文论观而言,印度学者的相关论述不少,有的学者甚至将其与泰戈尔诗学观进行比较:"奥罗宾多的真言诗歌论将神的声音视为创作纯粹诗歌的一种现实。他还从古代印度诗歌中汲取智慧。泰戈尔和奥罗宾多这两位富有创意的诗人,时刻不忘本土传统,这种

① K. Krishnamoorthy, ed. & trans. *Dhvanyāloka-locana*, *With an Anonymous Sanskrit Commentary*, *Charpter First*, Delhi: Meharchand Lachhmandas, 1988, p.17.

② Sri Aurobindo, *The future Poetry*, p.222.

③ Ibid., p.259.

④ Ibid., p.263.

⑤ Ibid., p.12.

传统将‘欢喜’(enjoyment)视为文学的灵魂。自然,这是一种超脱功利的愉悦(disinterested enjoyment)。”①

由于格外强调文学的精神愉悦功能,奥罗宾多认为,未来的诗歌将会更加注重内在的灵魂动机、象征观念和潜藏深意的语言及行为描写。未来的戏剧、叙事文学和史诗创作也将面临同样的变革。例如,“未来戏剧”(the drama of the future)与以前的浪漫剧或悲剧的区别在于,它不再聚焦生活的实质或场面浩大的人物表演,而是着力表现内心世界的心灵剧。未来的戏剧不再纠结于现实主义或理想主义,它将破除此岸与彼岸、人类与神灵、梦幻与现实的差异。这将带来未来戏剧表演方式的变革。“未来戏剧不再阐释命运或业报轮回(Karma),也不再阐释人类生活简单或复杂的自然困境。它将揭示自为命运的、生活及轮回主宰的灵魂以及灵魂背后的宇宙精神的力量和运动。”②

对于未来诗歌之于人类的积极贡献,奥罗宾多充满信心。这首先来自他对东方文艺之于世界文明积极贡献的肯定。他说,印度和中国、日本等远东国家的艺术和诗歌曾经创造了一种广大而宁静的精神氛围,使人们的灵魂体验得到美妙的平衡,具有重要的精神价值。因此,奥罗宾多深信,印度土地上催生的未来诗歌“会使人类心灵得到更加复杂的美学和精神愉悦”,并体现一种“精神的宁静和欢喜”。这种未来诗歌将使“人与自然之间达成一种新的亲密关系”③。正是这种未来诗歌理念,使他对诗歌功能的认识和对诗人的要求非同寻常。他说:“用美点染生活只是艺术和诗歌最肤浅的功能,将生活变得特别优雅高贵并十分富于意趣是它们更高的功能,但是,它们的最佳作用在于,诗人成为先知而向人类揭示他的永恒自我、向神灵展现永恒自我。”④说到底,这种诗歌的最佳作用还是隶属于奥罗宾多精神进化论上的最高一环。

二、“未来诗歌”视阈中的西方文学

奥罗宾多认为,未来诗歌将更好地表达人类一体的存在意识,给人以精神和生命

① Gautam Ghosal, *The Rainbow Bridge: A Comparative Study of Tagore and Sri Aurobindo*, New Delhi: D. K. Printworl Ltd., 2007, p.65.

② Sri Aurobindo, *The future Poetry*, pp.284-285.

③ Ibid., p.272.

④ Ibid., p.274.

的愉悦以及更为强健的生命力。未来诗歌会使人类生活变得更加神圣和完美，并消除个人与民族的差异。他说："未来诗歌的领域将包括真实地表现人们更为宏阔的心理体验。"①这种观念不可避免地将奥罗宾多的未来诗歌论导向一种世界主义意识。"奥罗宾多生于孟加拉，但却属于整个印度，甚至属于全人类。在他那里，东方与西方、南方与北方忘记了差异。"②他坚信，所有的人类生活是一致的，"新的人类心灵"会不断趋向人类生活的整体一致。未来诗歌会向人们真实充分地展现人类、自然、世界和神的协调一致。他说："了解自己的国家并不意味轻视，而是拓展我们国家的视野，使其人民获得更大力量。探究其他国家的灵魂是拓宽我们的边界，丰富和美化我们居住的这个地球。"③正是在这种世界意识中，奥罗宾多以印度、中国等东方文化为参照，对英国文学为代表的西方文学进行打量。由于他具有非常渊博的西方文学和文化知识，又深谙印度传统文化精华，他在《未来诗歌》中自觉采纳比较研究法，对西方文学、特别是英国诗歌进行研究，对某些文学现象进行理论思考。

黑格尔在《美学》中说过："每种艺术作品都属于它的时代和它的民族，各有特殊环境，依存于特殊的历史的和其他的观念和目的。"④无独有偶，黑格尔之后的法国学者泰纳（H.A. Taine，1828—1893，又译丹纳）在他的《英国文学史·序言》中宣称，文学创作及其发展决定于三种力量或三个元素：种族、环境和时代。"有助于产生这个基本的道德状态的，是三个不同的根源：种族、环境和时代。"⑤种族或曰民族包含人的先天的、生理的遗传因素，环境指地理因素，时代包含文化因素。奥罗宾多也受到了这种文学观念的影响，他认为："诗人的作品不仅来自自己和他所处的时代，还来自他所属的民族的思想状态。这个民族为他创造了精神、知识和美学传统及环境。"⑥

先就时代而言，奥罗宾多认为，古代人注重人与世界的和谐满足，关注内心的真实，如中国的"道"和印度的"个我"（Atman），或如希腊人，同时关注人类的自然和深沉，并进行认真严肃的思考。"相反的是，现代人并不刻意探究自己的灵魂深处。"他们并不关注人的内心真实与生活的欢乐美好，转而关注生活的效果。由于深陷困境，他们心神

① Sri Aurobindo, *The future Poetry*, p.251.
② K. S. Srinivasa Iyengar, ed. *Sri Aurobindo: A Centenary Tribute*, p.1.
③ Sri Aurobindo, *The future Poetry*, pp.251 - 252.
④ 〔德〕黑格尔：《美学》（第一卷），朱光潜译，北京：商务印书馆，1996年，第19页。
⑤ 伍蠡甫、蒋孔阳编：《西方文论选》（下卷），第236页。
⑥ Sri Aurobindo, *The future Poetry*, p.41.

不宁，生活失去了和谐宜人的意趣。“这种差异导致了一种根本性的美学差异。”①奥罗宾多此处论述的古今时代差异造成的“美学差异”，其实是对20世纪初西方文明遭遇信任危机的文化现象的思考。1917年到1920年间，奥罗宾多以系列论文构思他的未来诗歌观，其时正值第一次世界大战后期。触目惊心而又变幻莫测的时代风云在他的美学思考中留下了深深的痕迹。关于时代对文学发展的影响，奥罗宾多还有一些思考，如他认为：“在希腊，高度发达的知识主义时代扼杀了诗歌。”②他还说，现时代里，文学批评与自然科学大行其道，这对诗歌创作产生了深刻的影响。这种“时代精神”（the spirit of the age）不利于诗歌的健康繁荣。诗人的自然活力与影响力将受到制约。有一些人预测，现代人的诗歌和美学想象力正日益让位于科学化，诗歌不得不衰落而让位于科学。奥罗宾多赞同这一观点。他说：“理性时代”（an age of reason）不会“青睐伟大诗歌的创作。纯粹知识不能创造诗歌……诗歌的确也是真理的阐释者，但它却以内在美的形式出现”③。应该说，这些话包含着“真理的颗粒”，它的价值至今仍未贬值。只要看看法兰克福学派的某些学者对资本主义时代文艺发展困境的论述就可以明白这点。

再就种族（民族）与环境对文学的影响而言，奥罗宾多也有很多思考。他以东方文艺为参照，结合对英国诗歌的历史梳理得出结论：中国和日本的诗歌是内心深处的直觉创造，体现了灵魂的欢喜。英国诗人们却没有借助灵魂的力量和境界创造出“潜藏于生活深处的欢喜”④。在论及诗歌的语言风格时，他提到了生命风格、情感风格、智慧风格和想象风格等四种依次上升的进化式风格。想象风格是一种高级的理想风格，乔叟、斯宾塞、弥尔顿、济慈和雪莱等英国诗人的语言风格或多或少属于这类。但在奥罗宾多看来，这一风格并非完美。他说：“实际上，英国诗歌通常属于这类风格。但是，这类风格也不具备吠陀颂诗那种天启性诗歌语言的最高境界。英国诗歌具有某些天启的因素，但其更高境界被某些更外在的东西所遮蔽。”⑤奥罗宾多对乔叟自近代以来的英国诗歌传统进行了历史研究。在论述布莱克、华兹华斯、拜伦到雪莱和济慈等人为代表的浪漫主义诗歌时，他认为，他们都写出了一些优秀作品，但很多诗作仍未达到相当神

① Sri Aurobindo, *The future Poetry*, p.258.
② Ibid., p.209.
③ Ibid., p.211.
④ Ibid., p.265.
⑤ Ibid., p.29.

圣的精神境界。以最年轻和最有天赋的浪漫主义诗人济慈为例:“他进入理想美的神秘庙宇,但却无暇寻找道路进入最神秘的圣殿。在他那里,精神探索戛然而止。”①奥罗宾多把布莱克到济慈的英国浪漫主义诗人称为“黎明时分的诗人”(the poets of the dawn),影射他们的诗歌是英国诗歌“进化”道路上的第一步。他因此戏言道:“这个黎明未等来白昼,它仅仅只是一个早晨而已。”②稍后,他在专论这批“黎明诗人”时认为,济慈和雪莱的创作能力未得充分发挥,拜伦则远离正道,布莱克孤芳自赏,华兹华斯等人的感性思维使其偏离了诗人无比高贵的先知角色。“这六人都围绕着天启而徘徊,缺失了一些必需之物,自动或被动地裹足不前。人们不得不等待一个敬重其他次要神灵的时代到来。”③毋庸讳言,这另外一个时代即维多利亚时代的诗人如罗塞蒂等人似乎也有不少“缺陷”:“这些诗人取得了不小成就,但也损失不轻。因为,他们的诗歌具有更加进化的因素,但进化成分越多,失却的东西也就越多。”他们的语言和诗艺更加丰富,但和优秀的印度古典诗歌相比,却“缺失了精神实质和天启的预言性”④。上述这种东西对比以分出艺术水准高下的做法,其实是奥罗宾多精神进化论作祟的结果。英语诗歌是世界文学宝库的重要组成部分,虽然它也存在一些问题,但其审美价值经得起时间的考验。本来,具有宝贵的世界意识,奥罗宾多应该得出更多有价值的结论,但他的精神进化论却似乎阻碍了他的步伐。

当然,并非奥罗宾多关于西方文学的所有论述都是负面的。例如,奥罗宾多对莎士比亚和惠特曼等西方作家曾经给以高度评价。当然,这种积极评价的背后,还是他的精神进化论充当了规范和尺度。关于美国现代诗人惠特曼,奥罗宾多大加赞赏。他认为,惠特曼在诗歌创作方法上掀起一场革命。他是民主、自由、人类灵魂、自然界和全人类的先知。“他是一位大诗人。因为自己的力量、境界的不凡、风格的突出、个性与普世性的卓越,他是最杰出诗人中的一员。他的声音是荷马以来最荷马的声音。”⑤奥罗宾多在回顾英国文学传统时认为,作为一位伟大的戏剧诗人,莎士比亚不仅在自己的时代即伊丽莎白时代,也在整个英语文学史上独树一帜。“他的精神气质、创作方法和品格也相当独特。”他与其他英语诗人有着诸多不同:“正是生命精神中纯粹的创造性愉悦

① Sri Aurobindo, *The future Poetry*, p.106.

② Ibid.

③ Ibid., p.147.

④ Ibid., p.149.

⑤ Ibid., p.165.

(creative Ananda)才成就了莎士比亚。"[1]他认为,在莎士比亚身上,人类性格得以充分发育。"与其他所有诗人不同,莎士比亚在意念中完成了鲁莽的众友仙人的传奇功绩。他的境界力为他创造了一个'莎士比亚世界'(Shakespearian world)……即使他确有缺点和谬误,这也不能贬低他,因为他的创作风格确实具有一种神圣的力量,使得那些缺点和谬误可以忽略不计。"[2]看得出,莎士比亚的伟大首先还在于他具有与众不同的宏阔的人类视野。这种视野属于奥罗宾多心目中精神进化的高级境界。奥罗宾多因此认为,作为诗人,莎士比亚通过笔下人物成功地展现了自己,并写出了与个人想象不同的"具有普遍意义的世界"[3]。这个具有普遍意义的世界就是"莎士比亚世界"的核心。

三、简单评价

1918 年到 1919 年间,在写作《未来诗歌》中的系列论文时,奥罗宾多为了反驳当时一位欧洲学者威廉·阿切尔(William Archer)对印度文化的蔑视,写成了《印度是否文明》、《印度艺术》和《印度文学》等论文。这些论文中的一部分后来结集出版时取了一个寓意深刻的题目《为印度文化辩护》(*A Defence of Indian Culture*)。奥罗宾多慷慨陈词道:"在文学领域和思想领域,印度非常活跃且颇多建树……还什么东西印度不曾拥有?印度究竟缺少什么?"[4]他认为,一战带给西方文明的危机和欧洲学者对印度文化的无知和轻视,使人们不得不思考这样一个问题:"人类未来是否只能建立在理性与科学的基础上?"[5]那位欧洲学者声称,印度艺术是野蛮、丑陋和不成熟的。奥罗宾多对此感慨万分:"鸿沟太宽了,难以搭起任何跨文化之桥。"[6]他认识到,忽略印度艺术特点,就会产生误解。"印度的建筑、绘画、雕塑不仅从印度哲学、宗教、瑜伽和文化的精华中汲取创作灵感,还集中体现了它们的内涵。"[7]这使他产生了一种为印度文化辩护的强烈愿望,这和当时在美国正面宣传印度艺术价值的学者 A.K.库马拉斯瓦米有些相似。

奥罗宾多在论述自己的精神进化论时,将其延伸到社会思想和文学艺术领域,期望

① Sri Aurobindo, *The future Poetry*, p.79.

② Ibid., p.80.

③ Ibid., p.118.

④ Sri Aurobindo, *The Renaissance in India and Other Essays on Indian Culture*, Pondicherry: Sri Aurobindo Ashram, 2002, p.245.

⑤ Ibid., p.67.

⑥ Ibid., p.260.

⑦ Ibid., p.269.

在现实世界实现“神圣人生”境界。“超心思诗学”的最高境界即吠陀颂诗所象征的“未来诗歌”境界也可作如是解。一言以蔽之，他艺术地改造了达尔文的生物进化论，以精神进化论为标准衡量西方文学的“进化”或“衰退”，以印度思想的等级体系对抗某些欧洲学者关于东、西方文化的文明与野蛮，进步与落后的二元对立话语。这是殖民时期东方学者关于文化解殖的尝试。

奥罗宾多以“未来诗歌”体系打量英语诗歌，并为印度文化进行辩护，实质上是对怀有殖民主义思想的某些西方学者的“文化拷问”。如此一来，奥罗宾多的未来诗歌论必然存在一些自相矛盾之处。他憧憬建立一种“共同的世界文化”，期望出现更多表达人性和谐与世界大同的、具有天启境界的“未来诗歌”，以促进东西方文化的平等交流和人类世界的心灵融合，但是，他在具体论述中，从维护印度文化的立场出发，以印度的标尺和典范亦即奥罗宾多式标准衡量并贬低除莎士比亚等少数诗人以外的英国诗歌，这是矫枉过正的表现。换句话说，不管奥罗宾多承认与否，他以印度的等级体系对抗西方的等级体系时，产生了一种新的等级制。他断言英语诗歌缺少神圣天启的精神境界，实际上来自英语文化传统与吠陀《奥义书》传统的比较。“奥罗宾多试图将印度学家建立的等级体系颠倒过来，然而，这一体系框架仍然存在。在这一框架中，《未来诗歌》的原则是，未来的英语诗歌必须符合古代印度诗歌传统。”说到底，这是一种“将英国浪漫主义诗歌传统印度化的试验”①。这种做法体现了奥罗宾多微妙复杂的矛盾心态。这也是殖民地知识分子面对西方文化所遭遇的尴尬，无奈的背后是“剪不断、理还乱”的深厚民族情结。

总体上说，奥罗宾多在殖民时期提出的未来诗歌论有其积极的历史意义和美学价值。他的出发点在于维护印度文化的尊严，消解西方文化的话语霸权。但是，当他以“未来诗歌”的新等级体系矫枉过正地考察或“裁剪”西方文学时，这种与吠陀和《奥义书》传统相关的印度标尺便显出了笨拙的一面。联系当下某些印度学者提倡以梵语诗学原理阐释西方文学和某些中国学者提倡以中释西的文学批评模式，奥罗宾多的得失可以视为一面有效的镜子。当然，完全放弃东方学者的文化立场而全盘西化，却也并非上佳选择。因此，如何保持自己的文化立场，并海纳百川地吸纳世界文化的精华且为我所用，这应该是奥罗宾多给予当代中印学者的深刻启示。

---

① G. N. Devy, *After Amnesia: Tradition and Change in Indian Literary Criticism*, p.114.

第三节 M.希利亚南

19世纪末20世纪初,部分西方人士如前述的威廉·阿切尔等人对印度文艺作品、印度美学等所知甚少,因此产生了误解,进而导致他们以轻视的眼光或蔑视的心态看待印度文学、艺术或印度文论、美学。奥罗宾多和专论印度艺术美学的A.K.库马拉斯瓦米等人于20世纪初写下系列论文或著作,以回应西方学者的歪曲或误解,从而向西方阐发真正的印度精神,展示印度文艺的真实魅力。有学者在评价库马拉斯瓦米的文化心态和著述立场时指出:"面对那种盛行一时的直截否认存在印度艺术的殖民主义观念,库马拉斯瓦米顽强地捍卫印度艺术的地位,此时,重要的辩护方式已心中有数。库马拉斯瓦米的核心策略便是其关于印度艺术的先验论主张:印度艺术本质上纯属印度,它的参照物是西方艺术堕落的物质主义。将印度艺术置于西方艺术的对立面,前者被抬升至纯粹而又绝对的地位。针对将印度艺术边缘化的欧洲中心论,库马拉斯瓦米有效地建构了一种反话语(counter-discourse)。"①库马拉斯瓦米猛烈地挑战部分西方中心论者对印度艺术,乃至对整个东方艺术的蔑视或贬低,他反对那些以希腊、罗马艺术原则来衡量印度艺术的做法,声称印度艺术本质上必须以印度的审美标准来评价,这便将印度艺术从西方审美判断的尺度下解放出来。他的"反话语"带有文化战略的意味或意识形态的解殖色彩,旨在"契合民族主义的理想诉求,对印度艺术从根本上进行重新评价……库马拉斯瓦米翻译《画经》是经过仔细斟酌的,是出于意识形态的考量。这是历史化的行为,已经嵌入民族身份认同诉求的特定殖民语境。"②

正是在这种时代背景下,与泰戈尔、奥罗宾多同时代的M.希利亚南(M.Hiriyanan,1871—1950)加入了跨文化对话的行列。希利亚南于1919年至1950年左右,先后撰写了《印度美学》、《味和韵》与《艺术体验》等论文(有的论文发表在其辞世以后),对印度传统美学和梵语诗学进行了现代阐释,以达到与西方对话的目的。美国学者认为:"在我看来,从心理学和文学范畴专论味的最佳著述是M.希利亚南的《艺术体验》。"③印度

---

① Parul Dave Mukherji, ed. *The Citrasūtra of Viṣṇudharmottarapurāṇa*, "Introduction", New Delhi: Indira Gandhi National Centre for the Arts, 2001, XXII-XXIII.

② Ibid., XXXVI-XXXVII.

③ Edwin Gerow, *Indian Poetics*, p.246.

学者瓦赞嫣(Kapila Vatsyayan)认为,希利亚南为青年学者研究印度美学开辟了道路。"几十年来,《艺术体验》是一盏灯,为许多认真研究印度美学的人带来了光明……他是刻意在哲学、美学和生活之间确立联系的第一位先驱者。"[①]这说明,《艺术体验》确达到了向西方知识界传播印度美学话语的目的,也发挥了传承印度文化精粹的作用。

《艺术体验》是一本论文集,共收录十五篇论文,它们包括:《印度美学之一》(1919)、《诗何可期》(1923)、《艺术沉思》(1946)、《艺术体验之一》(1941)、《艺术体验之二》、《印度美学之二》(时间不详)、《艺术与道德》(时间不详)、《味的数量》(1940)、《有味庄严的问题》(1949)、《味和韵》(1929)、《味的哲学》(1941)、《庄严论的一些概念》(1942)、《梵语诗学》(1944)、《艺术的创作过程及其目的》(1944)、《最初与最后之体验》(1948)。纵观全书内容,两篇《印度美学》和两篇《艺术体验》无疑代表了希利亚南艺术美学的核心观点。

美学作为一门独立的科学,是近代社会的产物。德国学者鲍姆加登在1750年首次以Aesthetica为自己的美学著作命名,美学史家将此视为美学诞生的标志。此后,康德到黑格尔的相关美学著述,完成了西方古典美学的历史使命。19世纪中叶以后,西方美学的发展出现了重大的现代转型,到了20世纪,西方美学进一步取得了流派众多、思想活跃的现代形态。美学具有艺术哲学的性质,它与哲学、心理学、艺术学等其他人文科学之间关系紧密。美学研究对象包括客观的审美对象、主观的审美意识、集中体现审美意识物质形态化的各种艺术门类(包括诗歌、散文、小说等文学作品和戏剧)等三大领域[②]。到希利亚南的20世纪初,由于美学在西方学术界已走过近两个世纪的发展历程,也由于西方的东方学家并未着力向西方知识界介绍梵语诗学、印度绘画、音乐和艺术理论,部分西方知识分子对于印度是否存在艺术、是否有自己独立发展的美学体系或艺术理论表示怀疑,有的干脆在无知的状态下对印度、中国等东方国家的艺术、艺术理论等持否定、蔑视的立场。

希利亚南的《印度美学》(之一)被收入1919年的首届全印东方学会议论文集。在该文开头,他先导出马克斯·穆勒(Max Müller)等西方的东方学家关于印度哲学、印度艺术等方面的误解。穆勒虽然声称古代印度人富于高度发达的哲学思辨天赋,印度是

① M. Hiriyanan, *Art Experience*, "Foreword", New Delhi: Indira Gandhi National Centre for the Arts, 1997, VI.

② 参阅王朝闻主编:《美学概论》,北京:人民出版社,1985年,第1-7页;李醒尘:《西方美学史教程》,北京:北京大学出版社,2005年,第2-3页。

“哲学家的国度”，但同时又断言“印度人的思维中并不存在自然美的概念”①。希利亚南认为，这是一种没有实际意义的观点，因其缺乏逻辑学、心理学和形而上学的哲学思辨后得出的有力证据。“对于研究印度古代的学者们来说，这便是一个需花大力气的广阔领域，可以预料的是，获得的成果不仅对印度思想史，而且对普世哲学（Universal Philosophy）也大有裨益。不论如何肤浅，此文的目的便是显示印度人在哲学的一个分支即美学，亦即关于自然美与艺术美的特征的探索方面取得的进步。”②“普世哲学”一说也暗示了希利亚南对印度宗教、哲学、美学思想具有普遍适用价值的文化自信。

希利亚南先对印度哲学的特性做了说明。在他看来，印度哲学最显著的特征是强调知识对现实生活的影响，对真理的发现总是与现世生命问题的解决息息相关。“因此，印度哲学与其说是一种思维方式，不如说是一种生活方式……由于追求这一实用目的，伦理学在印度哲学中占据了非常重要的位置。”③这就是说，哲学思辨的真与伦理学的善紧密相关。由此可见，印度哲学、印度美学和伦理学都没有绕开现实生活的这一环。他破除了西方学者加诸于印度哲学思想上的“神秘”光环。

不过，希利亚南接下来对印度美学的思考和“揭秘”又回到了玄学思辨的领域，这也说明他是从主体的审美意识而非客观的审美对象来论述印度哲学或美学的一般特征。在他看来，吠陀经典等远古时代的哲学与超自然现象的思考有关，而《奥义书》哲学的精髓在于追求生命解脱。在《薄伽梵歌》中，心灵安静与生命之爱是相互和谐的，生命的首要目的不是思想智慧的发展，也不是意志力的增强，而是“情感的孕育”。换句话说，追求生命解脱和孕育艺术情感是印度哲学的两大特征。“在我看来，早期印度哲学的这两个特征，向我们展示了影响艺术理论的重要因素，梵语诗学著作向我们揭示了这一点。”④然后，希利亚南从吠檀多哲学的角度论述了审美快感产生的程序，这便是人必须摆脱、超越欲、业等障碍和世俗功利，进入无明状态，感受至高无上、神圣纯洁的灵魂喜悦。这种喜悦只能通过“心灵之眼”（inward eye）进行感知。“真正的美无法用语言表述，也不可客观地感知，它只能意会而已。”⑤

希利亚南在该文最后画龙点睛道：“迄今为止，东方学研究还大体局限于语言、历

① M. Hiriyanan, *Art Experience*, New Delhi: Indira Gandhi National Centre for the Arts, 1997, p.1.
② Ibid., pp.1－2.
③ Ibid., p.2.
④ Ibid., p.5.
⑤ Ibid., p.10.

史和类似领域,但还有其他不可视为教益较少或趣味不多的领域。将来不仅必须在已经探索的领域进行深入研究,还得大量开拓研究领域。"[①]这既是对某些西方知识分子对印度艺术和美学误解的回应,也是对印度知识界发出的急切呼吁。

《印度美学》(之二)显然是对前一篇论文主题的补充和延伸。该文的开头仍旧以西方的哲学、美学思考引出论述的主题,即艺术如何表达自然或艺术美与自然美的关系问题。希利亚南在思考艺术美与自然美的关系时,仍以吠檀多和数论哲学的思想分野为基点展开论述。在他看来,艺术体验的两个特征是:无功利性和快乐。"正如理想主义者所思考的那样,由于这些优点,艺术体验被视为与人生终极目标同一。"[②]这种"同一"是指,艺术体验的心灵愉悦与实现人生四要的最高目标即解脱,在本质上同一。这其实是对新护味论的继承和借鉴。

在论及艺术内容与形式时,希利亚南认为,艺术内容来自现实生活,但必须以恰当的方式进行理想化的表达。艺术形式必须服从艺术内容。艺术的真实本质不能以逻辑的眼光来认识。将意义视为诗歌的内容,意味着情感必然是唯一的真实内容。艺术情感必须与意义达成一致。在论及艺术表达的方法时,希利亚南强调艺术家必须采取欢增所代表的韵论派立场,以曲折的方法求得最佳的艺术表达效果。这是因为,艺术情味不可直接传达,唯有求助于暗示义的代名词韵的艺术表达。由此可知,韵是"真正艺术的秘诀"[③]。韵的展现也是艺术表达过程中非逻辑思维的必然要求。

在论及艺术与道德的关系时,希利亚南指出,艺术体验与道德判断有差异,但又存在联系,艺术体验必须超越道德认知。他说:"这就是说,艺术创造必须对读者(观众)产生道德影响,同时又不使其知晓正在接受影响。"[④]如不施加道德影响,艺术家就会降格以求,他所创造的艺术次品最终会腐蚀人心,销蚀高尚的理想目标。

集中体现希利亚南关于审美意识本质的思考还在《艺术体验》(之一)。该文对艺术体验亦即审美快感的本质特征进行了归纳,有的观点是对上述两篇《印度美学》的重复或补充。希利亚南指出,艺术体验所获得的审美愉悦要高于普通生活或日常生活中的快乐。印度哲学家、特别是吠檀多派哲学家将艺术体验视为生命解脱的理想状态。但是,这二者并不完全相等,因为艺术体验的精神愉悦遇到的某种障碍,不会出现在解

---

① M. Hiriyanan, *Art Experience*, p.17.

② Ibid., p.52.

③ Ibid., p.56.

④ Ibid., p.60.

脱状态中。艺术体验的快感非常短暂,而解脱之喜则永恒持久。审美主体即获得快感者有时会忘却对同类的道德责任,而追求解脱者不会忘却对同类的责任即人类关怀。“最后,艺术体验的非个性化喜悦(impersonal joy)是人为地来自外部世界,而理想的解脱状态则自然地发自内心。”①希利亚南这样归纳艺术体验的本质:“同解脱的理想状态一样,艺术体验是一种终极价值,因其别无他求,为己所求。仍类似于解脱的理想状态,艺术体验以独特的愉悦为特征,因此高于普通的快感。”②希利亚南先区分审美体验和宗教解脱的差异,再论证审美愉悦与宗教境界的相似,显示出他背靠传统的宗教哲学思想来解说印度美学观的机变与睿智。由此,他论证了艺术体验的目标即审美愉悦的可操作性,也回答了西方学者对印度美学是否存有质疑或误解。

希利亚南的《艺术体验》(之二)主要介绍印度的艺术欣赏论,其思想资源是梵语诗学味论、韵论、合适论等。该文第一句显示出希利亚南借鉴梵语诗学资源的倾向:“印度的艺术理论中,最重要的是味论。”③该文篇幅是前一篇《艺术体验》的三倍多,共分三个部分。第一部分主要介绍味的本质和诗歌欣赏中的艺术快感。希利亚南借鉴曼摩吒《诗光》等梵语诗学著作的观点认为:“艺术欣赏的客观中立(indifference)不仅超越了真实与虚假的区别,也超越了喜爱与憎恨的边界。因其魅力,欣赏对象成为非个人化的东西,它们自身也因此令人愉悦。”④他还指出,艺术欣赏是积极主动的行为,审美主体的艺术沉思超越自我,使其不计个人利害,摆脱了普通快感的世俗色彩或局限,从而有效地改变了快乐的本质,达到一种类似于“般涅槃”(paranirvṛti)的至高快乐之境。他还认为,或喜或悲的主题在艺术欣赏中,都能产生精神愉悦。可以看出,这些观点与前述文章的基调并无太大差异。该文第二、第三部分主要以《韵光》的味论、韵论与合适论为基础,继续论述诗歌欣赏或艺术体验中获得的审美愉悦的本质。希利亚南不仅引述了欧洲诗人弥尔顿等人的观点,还以潜印象论、知音论、诗魂论等进行印证。他认为,梵语诗学中的“知音”(sahṛdaya)很难译为英文。在对融合韵论、合适论的味论进行多方解说后,希利亚南以意味深长的几个句子结束了全文:“此处的另一观点更加重要,这便是人们发现,有一种诗需要一种更为深入的理解,从而产生超乎寻常所知的一种高级审美体验。我们可以说,正是这一发现,构成了印度对普遍的艺术哲学(the general

---

① M. Hiriyanan, *Art Experience*, p.29.

② Ibid., p.31.

③ Ibid., p.33.

④ Ibid., p.36.

philosophy of art)的主要贡献之一。”[①]希利亚南言外之意是,印度美学和梵语诗学也是人类世界和艺术世界的一种“普遍的艺术哲学”,印度艺术、印度美学的世界意义和普遍价值毋庸置疑。

收入该书中的其他一些论文,也从不同视角表述了希利亚南上述观点和立场。这使《艺术体验》一书的针对性更强,从而有力地配合了 A.K.库马拉斯瓦米和奥罗宾多等人向西方传播印度文化软实力的美好意愿,也传达了那一时期印度知识界强烈而清晰的文化自觉意识。

总之,《艺术体验》充分显示了希利亚南以传统宗教哲学、梵语诗学、艺术理论为资源,传播印度文化正能量的机智和决心。它也反映了现代印度知识分子对于东、西文化交流的一种复杂心态。书中的一些观点看似科学,实则偏激或疏于论证的严密,甚或出现自相矛盾之处,这都反映了希利亚南与奥罗宾多的某种相似的文化立场。民族主义意识支配下的文化解殖本身便暗藏了某种风险。这也是我们今天面对复杂多变的国际局势时,思考东、西文化交流模式应该参考的个案。

第四节　S. K. 代

S.K.代(Sushil Kumar De,1890—1968)是 20 世纪初最为著名的两位梵语诗学史研究专家之一。他生前曾经是达卡大学和加尔各答梵文学院的教授,后为贾达夫普尔大学梵文系教授和加尔各答皇家亚洲学会荣誉研究员。芝加哥大学教授 E.C.迪莫克(Edward C. Dimock)曾经评价说:“代是印度学者中最为博学而睿智的人之一。对于那些想要理解丰富而复杂的印度次大陆文化的人来说,他所探讨的是一个具有重要意义的主题。”[②]某种程度上可以说,没有代和迦奈(P.V.Kane)对梵语诗学史披荆斩棘、筚路蓝缕的探索,印度学者对于梵语诗学的整体研究将会滞后很多年。相比而言,同为权威的梵语诗学史专家,代的相关著述要多于迦奈,其研究成果得到了后世学者的一致认可。

总体而言,在梵语诗学领域,代的历史贡献首先是独立撰写了两卷本著作《梵语诗

① M. Hiriyanan, *Art Experience*, p.47.

② S. K. De, *Sanskrit Poetics as a Study of Aesthetic*, “Preface,” Bombay: Oxford University Press, 1963.

学史》。其次，他先后出版了两种关于梵语诗学范畴和理论家的研究著作，引起后世学者的高度关注。他还在校勘的基础上编订了恭多迦的《曲语生命论》，为此书保留了一种珍贵的文献基础。代的著述涵盖了梵语文学、诗学、宗教等几个领域。

作为印度文学重要而特殊的组成部分，印度文学理论的发展走过了漫长的两千年时光。对于印度诗学的历史梳理和相关思考，也应视为印度文学史研究的一个重要方面。在探索印度诗学史方面，印度学者已经走过了近一个世纪的历程。就英语著作而言，20 世纪 20 年代，代和迦奈几乎同时出版同名著作《梵语诗学史》，对印度古典诗学进行了历史而系统的梳理。比较二人的著作可以看出，两人都以时间先后为序，对主要的诗学家及其著述进行介绍。迦奈在书的第二部分按照诗学流派分类研究，并涉及梵语诗学名称由来等内容的探索。代的《梵语诗学史》内容更为庞杂，信息量更为丰富。对于专业的梵语诗学史研究者而言，代的著作在信息方面似乎更胜一筹。

代的《梵语诗学史》第一卷中除"结论"外，其主体内容分为十章：1.《开端》，2.《婆罗多》，3.《从婆摩诃到欢增》，4.《韵论者和欢增》，5.《从王顶到摩希摩跋吒》，6.《曼摩吒与阿罗吒》，7.《从鲁耶迦到维底亚那特》，8.《从毗首那特到世主》，9.《晚期论味与"诗人学"的著者》，10.《次要的梵语诗学著者》。在十章中的前九章里，代对每部重要的诗学著作均作了文献梳理，并对每部著作的后人注疏也做了详细的介绍，使后世学者能按图索骥，搜寻相关的学术资料，进行深入研究。第十章先简略地介绍了一百二十三位有名有姓的次要诗学家的著作信息，接着记录了五十种其作者不见记载或不确定的梵语诗学著作，最后提到了 19 世纪末 20 世纪初出版的五种梵语诗学著作。代在第一卷最后指出："如果我们对梵语诗学未知的开端和婆罗多存而不论，它的发展史便大体上涵盖了公元 800 年至 1800 年的 1 000 年时间。"[①]他还认为，梵语诗学史不只存在一种发展趋势，它其实有许多支流和相反的流派，后者也相当重要，但却从未形成一种独立的流派。"独立成型或偏离主流的不同渠道最终汇合为一条清澈的主流。"[②]

该书第二卷同样也分为十章，标题依次为：1.《从开端至婆罗多》，2.《婆摩诃、优婆吒和楼陀罗吒》，3.《檀丁和伐摩那》，4.《洛罗吒、商古迦和其他诗学家》，5.《韵论者和欢增》，6.《新护和反对派》，7.《曼摩吒和新流派》，8.《晚期新流派诸家》，9.《晚期味论者》，10.《"诗人学"论者》。从论述内容来看，代在第二卷开头部分介绍婆罗多的戏

① S. K. De, *History of Sanskrit Poetics*, Calcutta: Firma K. L. Mukhopadhyay, 1960, p.321.

② Ibid., p.330.

剧学传统理论后，主要从庄严论、风格论、味论、韵论、“诗人学”等几个主要流派入手，对梵语诗学的重要理论进行严肃的探讨。从两卷的谋篇布局看，代的思路很清晰。他先从文献学角度梳理梵语诗学发展史，再以重要人物和主要流派为支点，对梵语诗学进行理论透视，从而达到历史考据与理论洞察相结合的学术旨趣。从印度诗学现代转型的角度看，代的《梵语诗学史》采取西方的线性历史观，对印度古典诗学进行考察，这一学术立场与尼赫鲁等人在西方知识视野下“发现”印度文化价值何其相似！总之，代具有开创性意义的两卷本《梵语诗学史》是世界梵学界了解或研究梵语诗学必定绕不开的里程碑著作。

从梵语诗学史来看，曲语论的重要地位不可忽视。再从现代诗学发展和比较诗学研究的角度看，曲语论更是引人瞩目。作为系统梳理梵语诗学史的专家，代充分地认识到这一点，为此，他编订了恭多迦的《生命曲语论》，并为此书撰写了长篇序言进行阐释和评价。他高度赞赏恭多迦曲语论的历史贡献，指出，恭多迦是一位极有创新精神的梵语诗学家。代同时意识到，恭多迦“发动了一场猛烈却短命的造反运动，想利用一种颇有创意的方式调和新旧观念，回归庄严论立场”。不幸的是，和摩希摩跋吒的推理论一样，恭多迦的曲语论没有得到后来理论家们的认可。“面对被人广泛接受的欢增等人的韵论，恭多迦想复兴和发展婆摩诃的旧理论，他显然是在为一场注定失败的事业而奋斗。”①对于命运坎坷的曲语论来说，这些评价是贴切的。

1961 年 10 月，芝加哥大学为纪念泰戈尔诞生 100 周年而举办系列讲座，代受邀主讲四次，后编订成册即《梵语诗学的美学研究》，并于 1963 年由印度孟买的牛津大学出版社和美国的加利福尼亚大学出版社联合出版。该书包括四篇论文：《诗歌表述的问题》、《诗歌想象》、《审美愉悦》、《创造和再创造》。这些论文体现了代对梵语诗学长期探索的思考结晶，也体现了他向西方学界介绍印度文化精华的具体成果。例如，他对庄严的解释是：“那么什么是庄严？这是一个十分重要的问题，婆摩诃、优婆吒和楼陀罗吒均未提供准确的答案。从他们的论述看，这个术语似乎暗指（connote）一种赋予普通表述的不同凡响的机会，使其将普通语言（即普通的‘音义结合’）转化为诗性语言（即诗性的‘音义结合’），这一术语还表示（denote）作为诗性表述方式的修饰成分的全部

① Kuntaka, *Vakroktijivita*, “Introduction”, by Sushil Kumar De, Calcutta: Firma K. L. Mukhopadhyay, 1961, XLVII.

集合。换句话说，庄严暗指表述的基础原则，表示实现这种表述的方式；这个术语既表示修饰本身，又表示修饰的方式。"①这种判断有其合理性，显示出作者极为深厚的古典诗学修养，也体现了他宏观思考和微观探索并重的研究特色。关于恭多迦，代指出："很明显，恭多迦是为数甚少的明确强调诗人想象力的梵语诗学家之一，他将其视为诗性语言独特魅力的来源。"②关于鲁波·高斯瓦明的《鲜艳青玉》，代的结论是："这部书因此在本质上是一种体现毗湿奴教信仰的宗教著作，它披着文学的外衣，将克里希那视为理想的主人公(ideal hero)，但又告诫人们：对于主人公克里希那来说可以当真的，并不适用于一般的世俗主人公。"③由此可见，代对梵语诗学的阐发充满了泰戈尔式的现代气息，折射了印度诗学现代转型的题中应有之义。

代关于梵语诗学研究的个人论文集《梵语诗学的一些问题》初版于 1959 年，1981 年再版。该书包括十四篇论文和《韵光注》第四章的梵文，其中很多篇写于 20 世纪初。从这些论文标题看，代论及诗歌的语言表述、婆摩诃的诗德观、欢增与韵论派、曼摩吒的《诗光》、《舞论》和《十色》中的平静味、般努达多、婆罗多和前婆罗多时期的梵语诗学等。文集中的一些论文显然取材于《梵语诗学史》，有的如第一篇《诗歌表述的问题》成为代后来在芝加哥大学举办讲座的底本。该文集与《梵语诗学的美学研究》一样，体现了代非常深厚的学术根基。略举一例：曼摩吒在《诗光》中指出："这是有组成部分的隐喻，而无组成部分的隐喻是单纯的隐喻。花环隐喻与前面一样。"④该句原文如此：Sāṅgam etat, niraṅgaṁ tu śuddhaṁ, mālā tu pūrvavat。(X.94.c-d)⑤有学者质疑该句中的 pūrvavat(与前面一样)并非指"花环隐喻"(mālopama)，而是指"有无组成部分的区别"(sāṅgam-niraṅga-bheda)。换句话说，花环隐喻并非指单纯隐语，而是包括有组成部分和无组成部分的隐语两类。在《花环与前面一样》(mālā tu pūrvavat)一文中，代对曼摩吒的隐喻分类法和上述学者的质疑进行探讨。他认为，该学者的怀疑有些道理，其建议确实令人印象深刻，但却缺乏足够的证据让人接受其解决方案。他认为，此前很多注疏者对曼摩吒《诗光》此句的疏解不能被推翻⑥。

综上所述，代在梵语诗学史梳理和梵语诗学、梵语文学、印度教毗湿奴派研究等方

① S. K. De, *Sanskrit Poetics as a Study of Aesthetic*, Bombay: Oxford University Press, 1963, p.23.

② Ibid., p.35.

③ Ibid., p.61.

④ 黄宝生译：《梵语诗学论著汇编》(下册)，第 753 - 754 页。

⑤ Mammaṭa, *Kāvyaprakāśa*, pp.371 - 372.

⑥ S. K. De, *Some Problems of Sanskrit Poetics*, Calcutta: Firma KLM Private Ltd., 1981, pp.131 - 138.

面做出了杰出的贡献。正因如此,当代学者在研究梵语诗学时,无不将目光首先投向他的诸多研究成果。代可视为20世纪上半叶梵语诗学研究最杰出的代表之一。与其名著一道,他的名字将永远镌刻在世界梵学界的心灵深处。

第五节　V. 拉克凡

在现代梵语诗学研究者中,V.拉克凡(V. Raghavan,1908—1979)是最有成就者之一。他的几部著作可以视为20世纪上半叶梵语诗学研究的标志性成果。V.K.查利(V.K. Chari)称赞他是"当今梵语研究领域最杰出的人物,是梵语诗学最权威的拥护者"①。梵语诗学研究专家T.南迪(Tapasvi Nandi)将V.拉克凡和S.K.代、P.V.迦奈两位梵语诗学史专家相提并论,还恭敬地称此三子为"现代三大仙"②。V.拉克凡精通梵语、英语和泰米尔语。他是一位诗人、戏剧家和短篇小说家,也是一位睿智的梵语文学和诗学研究者。他的研究生涯从20世纪30年代延伸到70年代。

拉克凡于1940年出版(1967年修订再版)了《味的数量》(*The Number of Rasas*)。作为20世纪最早的一部英语版味论诗学专著,该书共分十个部分,其中前四个部分探讨平静味,第五部分是新护《舞论注》里关于平静味的原文摘录。其他五个部分分别探讨传统九味以外的其他各味、类味、味的苦乐性质、新的不定情、真情以及主味和次味等等。由此可见,拉克凡探讨的重点虽在平静味,但其探讨范围并不局限于此,且其论述很有力度,这充分显示了拉克凡的深厚研究功力。

在论述平静味时,拉克凡首先讨论是谁第一个提出平静味的问题。他认为,佛教经典《美难陀传》和耆那教经典《正修门经》(*Anuyogadvārasūtra*)等可能催生了第九种味即平静味的问世。不过,他也推测,7世纪时由戒日王创作的梵语戏剧《龙喜记》(或译《蛇喜记》)或许是最早涉及平静味的文本。"显然,非常可能的是,正是《龙喜记》在戏剧世界的出现,才使平静味的探讨出现在论述戏剧和庄严的著作中。"③拉克凡对平静

① V. Raghavan, *Sanskrit Drama: Its Aesthetics and Production*, "Foreword", by K.R. Srinivasa Iyengar, Madras: Paprinpack, 1994.

② Tapasvi Nandi, *Sahṛdayāloka: Thought-currents in Indian Literary Criticism*, Vol.1, Part 1, "Namaskaromi", Ahmedabad: L.D. Institute of Indology, 2005, p.2.

③ V. Raghavan, *The Number of Rasas*, pp.24－25.

味是否成为一种味的不同观点进行列举，并就哪种常情（如宁静、精进、厌恶、爱欲、灭寂等）能成为平静味之常情的问题进行探讨。

在对平静味进行详尽讨论后，拉克凡开始一一列举梵语诗学发展史上先后出现的各种味（《舞论》论及的八味除外），它们包括：亲爱味（preyas rasa）、慈爱味（vātsalya rasa）、友爱味（sneha rasa）、清净味（śraddhā rasa）、贪婪味（laulya rasa）、田猎味（mṛgayā rasa）、赌博味（akṣa rasa）、虔诚味（bhakti rasa）、甜蜜味（madhurya rasa）、虚幻味（māyā rasa）、贪婪味（kārpaṇya rasa）、羞耻味（vrīḍanaka rasa）和混合味（citra rasa）等。

拉克凡认为，波阇的自爱味（ahaṅkāra rasa）系统包含了梵语诗学最大数目的味，因为，唯一艳情味包孕了崇高味和傲慢味等各种味。拉克凡对虔诚味和平静味的关系进行了仔细梳理。在讨论各种类味和各种不定情、真情之外，拉克凡还梳理了梵语诗学家关于味的苦乐本质的论述。在讨论主味和次味时，拉克凡提到了《后罗摩传》第三幕结尾中的一句台词："悲悯就是唯一的味。"①据此，他推断这是以悲悯味为主味的例证。拉克凡还认为，新护以平静味为主味，波阇以自爱艳情味或喜爱味（preman rasa）为主味，《火神往世书》以艳情味为主味，而毗首那特亦即《文镜》作者的祖先纳拉亚南则以奇异味为主味。通过这些例子，拉克凡得出结论："味就是味。它没有别名。它只有一种。味如同梵或常声。艳情味、英勇味等的变化和差异完全是虚假的，或者说它们充其量都只是整体中的一部分。"②

1942年，拉克凡出版《梵语诗学概念研究》（*Studies on Some Concepts of the Alaṅkāraśāstra*），此书涉及诗相、庄严、自性、风格、合适、魅力和梵语诗学名称的历史考证等重要命题。他在书中引用了S.K.夏斯特里对梵语诗学基本原理进行总结的直观图，并对它进行阐释。拉克凡认为，夏斯特里勾勒的第一个话语圈涉及庄严、诗德、风格和曲语，它们属于语言层面"形式研究"，而第二个话语圈涉及味论、韵论、推理和合适，它们属于文学内在本质的"内容研究"③。他对夏斯特里话语模型图的现代阐释，丰富了梵语诗学综合研究的内容，拓展了研究的视野和空间。

拉克凡关于梵语诗学名称由来的探讨，也值得重视。通过对历史上出现的各种名称的梳理，他的结论是："在早期阶段，庄严论（Alaṅkāraśāstra，也可译为'梵语诗学'）叫

① Bhavabhūti, *Uttararāmācarita*, Delhi: Chaukhamba Sanskrit Pratishthan, 2002, p.96.

② V. Raghavan, *The Number of Rasas*, p.208.

③ V. Raghavan, *Studies on Some Concepts of the Alaṅkāraśāstra*, p.256.

做‘创作学’(Kriyākalpa)”①。而“创作学”这一名称是《欲经》中六十四艺中的一种②。

1942年3月16日,在为《梵语诗学概念研究》写的“前言”中,拉克凡提到他关于梵语诗学家波阇的研究著作:“在我的著作《波阇的〈艳情光〉》中,我论述了音义结合、语言、诗病、诗德、曲语、庄严、韵和味。”③该书即《波阇的〈艳情光〉》于1963年再版。它厚达九百多页,作者在介绍波阇的巨著《艳情光》时,借机阐发自己的诗学见解,内容涉及整个梵语诗学体系。可以说,这部著作是梵语诗学研究的一座“里程碑”。拉克凡在论述《艳情光》的每一个主题时,都以渊博的学识和开阔的视野将其纳入整个梵语诗学史进行思考。如论述波阇的庄严论时,拉克凡便以婆摩诃、檀丁、楼陀罗吒和恭多迦等人的庄严论为参照,考察每一种庄严的原创、继承或沿用。拉克凡由此得出结论:“正如恭多迦把他的著作叫做《曲语论》,波阇似乎可以把自己的著作(即《艳情光》)叫做《庄严光》。”④这一判断基本上符合波阇的泛庄严论立场。在论述波阇的味论时,拉克凡仍然采取上述历史比较法,对其泛味论立场进行理论思考。他认为,波阇的唯一艳情味论有泛味论倾向,但也走向另一个极端,如他否认味的叫法,声称各种味是出于礼节才称其为味。在论述中,拉克凡还表现出求真务实、不惧权威的一面。例如,他对著名梵语诗学家S.K.代在《梵语诗学史》中关于波阇味论的断言进行质疑⑤。

拉克凡还得风气之先,采取比较研究的方法,对波阇味论和弗洛伊德的原欲论进行跨文化研究。他认为:“波阇的自爱艳情可以称为精神分析学中的本我即伊德或里比多。里比多分为本我里比多(ego-libido)和客体里比多(object-libido)……本我里比多或内倾里比多就是波阇的灵魂自愉的自爱。当它向外部客观世界流溢时,就会成为各种形式的自尊。在这种自尊里,同一种本我里比多就是客体里比多。里比多就是包罗各种形式的爱的一般自爱(general ahankāra)。”⑥他认为,弗洛伊德与波阇理论之间有相通之处,但事实是:“波阇的理论更为透彻,更富哲理色彩,而很少纠缠性欲问题。”⑦弗洛伊德的里比多指涉的是与客体相联系的性本能,它包括性爱、自爱、对父母朋友的爱及对具体或抽象的爱。波阇则将各种情(bhāva)视为一种“喜爱”(preman),

---

① V. Raghavan, *Studies on Some Concepts of the Alaṅkāraśāstra*, p.267.

② Vātsyāyana, *Kāmasūtra*, Mumbai: Nirṇaya Sāgara Yastrālaya, 1891, p.33.

③ V. Raghavan, *Studies on Some Concepts of the Alaṅkāraśāstra*, “Preface”, 1942.

④ V. Raghavan, *Bhoja's Śṛṅgāraprakāśa*, Madras: Punarvasu, 1963, p.417.

⑤ Ibid., p.431.

⑥ Ibid., p.503.

⑦ Ibid.

所有的情和包容各种情的喜爱都是自爱的一种体现。“因此，波阇自爱中的里比多要比弗洛伊德的里比多蕴涵的东西丰富得多。”①

关于梵语诗学和文学研究，拉克凡还有两本论文集值得一提。一本是《新护及其著作》(*Abhinavagupta and His Works*)，另外一本是《梵语戏剧美学及创作》(*Sanskrit Drama: Its Aesthetics and Production*)。两书均在拉克凡逝世后出版。前一部是拉克凡于1932年到1970年间陆续写出的论文，围绕新护的著作及其文学理论、宗教哲学思想等进行论述。《梵语戏剧美学及创作》于1993年出版，书中收录文章的撰写时间跨越了20世纪30年代到70年代。这本论文集回顾了梵语戏剧的发展史，总结了梵语戏剧美学，并论及梵语戏剧的演出方法、古代戏剧舞台建造等问题，还论述了一些地方戏剧。

综上所述，拉克凡是印度现代史上研究梵语诗学的杰出代表。他的成就为同时代人和后人研究梵语诗学指明了方向。

第六节　普列姆昌德

普列姆昌德(Premchand，1880—1936)，中国读者最熟悉的印地语和乌尔都语作家。有学者指出，他是印度现代文学史上继泰戈尔之后又一位具有国际影响的作家。“普列姆昌德成为中国学界研究的重要课题，也对中国当代一些作家的创作产生了较大的影响。”②他一生创作了十五部中、长篇小说(包括未完两部)，约三百篇短篇小说和一百多篇文学评论。1953年，中国开始译介其小说，几十年来，已出版他的小说和文论中译本十余种③。20世纪上半叶，普列姆昌德以作家身份对很多文学现象发表看法，体现出马克思主义文艺理论的色彩。他是现代印地语文论家中有代表性的一员。这里对他的文学本质论、文学情味论、文学目的论、文学创作论或现代文体论等进行简介。

在论及文学的本质时，普列姆昌德认为：“文学不是理智的产物，是心灵的产物。在知识和训诫不能成功之处，文学能赢得胜利。”④这和西方古典诗学家贺拉斯“寓教于乐”的思想有些相近。他还说：“文学的基础是生活……但是，文学的乐趣相比之下则

① V. Raghavan, *Bhoja's Śṛṅgāraprakāśa*, Madras: Punarvasu, 1963, p.503.

② 黎跃进：《东方文学史论》，北京：昆仑出版社，2012年，第541页。

③ 唐仁虎、刘曙雄、姜景奎编：《印度文学文化论》，北京：北京大学出版社，2000年，第157-173页。

④ 唐仁虎、刘安武译：《普列姆昌德论文学》，桂林：漓江出版社，1987年，第78页。

高尚神圣,它的基础是美和真。”[①]这些话说明,文学的本质是建立在生活真实基础上且源自心灵创造的美和真。普列姆昌德认为,文学本质上是时代的反映和历史的记录,更是人类情感的永恒记录,是真正的心灵史。因为,文学家常常为自己的国家和时代所影响。但他们属于自己的祖国,更属于全人类。“对于人类来说,人是最难解的谜……人类文化之所以能够发展,是因为人类希望理解自己。像心理学和哲学一样,文学也致力于探寻这一真理,区别仅仅在于文学在其中加入了趣味性,使其成为令人感到乐趣的东西。所以心理学和哲学只是学者们的,而文学则是全人类。”[②]《摩诃婆罗多》和《罗摩衍那》的时代已经过去,但是,这些作品让人常读常新。这是因为:“文学是真正的历史,因为文学中有自己的国家和时代的图画,而空洞的历史中是不可能有的……因为文学是自己的国家与时代的反映。”[③]普列姆昌德还认为,文学是社会理想的表现。任何一个民族最可宝贵的财富就是它的文学理想。永恒的文学不是破坏,而是建设。“文学家应当是理想主义者。情操的陶冶也是很必要的。如果我们的文学家不能达到这个理想的境界,那么就不能指望我们的文学繁荣……文学的复兴是民族的复兴。”[④]普列姆昌德对文学本质的论述渗透着印度民族复兴的美好愿望。这和他作为着力描写下层人民苦难的现实主义小说家的身份倒是非常吻合的。

普列姆昌德的文学本质论与文学情味论(某种程度上近似于文学鉴赏论)联系紧密。他说:“文学的基础是感情的美,离开了这一点,一切都不能被称为文学。”[⑤]所谓“感情的美”实质上就是他的情味论基础。普列姆昌德对梵语诗学味论推崇备至,常常自觉运用味论阐释文学。这是他与泰戈尔的相似之处。他说:“文学的‘情味’据说有九种……文学在每一种情味中发现美……所以我们认为文学中只有一种情味,那就是艳情。从文学的观点看,任何一种情味都不是情味,不含艳情和不美的作品是不能被归入文学的。”[⑥]乍一看,这种论断似乎和波阇的唯一艳情味论有点相似,也和鲁波·高斯瓦明对特殊艳情味无比推崇的姿态有点相仿。普列姆昌德认为,印地语诗人、戏剧家帕勒登杜在诗歌的九种情味中又加上了四种情味。“诗人帕勒登杜的诗不像剧本

① 唐仁虎、刘安武译:《普列姆昌德论文学》,第76页。
② 同上,第124－125页。
③ 同上,第80页。
④ 同上,第83页。
⑤ 同上,第87页。
⑥ 同上,第76－77页。

那样有创造性，因为在诗歌领域中，各种情味已经没有留下什么需要他创新了，可是他的地位仍然很高。"①他还认为，阿拉伯的《一千零一夜》没有道德说教的意味。"这部书包括了各种情味。但是，占主导地位的是奇异情味，而奇异情味是不容说教存在的。"②

早在1932年，普列姆昌德认为："实际上，真正的乐趣从美和真中才能得到，而表现和创造这种乐趣则是文学的目的。"③按照他的看法，文学是时代的反映，文学兴趣正在急剧改变。文学除了反映男欢女爱、悲欢离合之外，还应该"考虑并解决生活中的问题"。文学应该担负起责任来，培育读者大众健康的兴趣，使其产生精神愉悦和爱美的意识，鼓舞他们战胜困难。"文学是艺术家的精神和谐的表现形式。谐和创造美，而不会毁灭美。文学培育我们忠诚、正直、同情正义与平等的感情……文学使我们的生活变得自然和自由。换言之，文学会使我们的心灵纯洁。这就是文学的主要目的。"④普列姆昌德还把文学创作与变革印度惨淡的社会现实相联系。他认为，只有当作家反抗压迫剥削制度时，才会不满足于纸上谈兵，而会去建立"与美、健康的兴趣、自尊和人性不相抵触的制度"。"文学家的目的不仅仅是装饰文娱晚会和为娱乐准备材料，请不要把文学的水平降低到这等程度。它也不是尾随在爱国思想和政治后面的真理，而是举着火炬走在它们前面的真理。"⑤普列姆昌德主张面向广大人民创作。由此可见，普列姆昌德的文学主张其实是一种马克思主义文艺观，与毛泽东的文艺思想有几分相似。

客观地看，普列姆昌德的文学目的论存在一个转变的过程。早在1925年，他以王尔德"为艺术而艺术"的唯美主义文艺观为基点进行理论推衍："文学的最高理想是为了艺术才创作文学。谁也不会对'为艺术而艺术'的理论有异议。以人的本性为基础的文学才能成为有长久生命力的文学……如果为宣传某一社会、政治和宗教的观点而创作文学，那么文学就会从自己崇高的地位跌落下来。这是毫无疑问的。"⑥而到了1936年，他却认为："文学的倾向不仅不局限于表现唯我主义或个人主义，而且它越来越成为心理学的和社会的。"⑦这说明，时代的发展深刻地影响了普列姆昌德的文学目

① 唐仁虎、刘安武译：《普列姆昌德论文学》，第25页。
② 同上，第37页。
③ 同上，第76页。
④ 同上，第136－137页。
⑤ 同上，第141页。
⑥ 同上，第45页。
⑦ 同上，第142页。

的论。因为，20 世纪 30 年代后期，现实主义文学与进步主义文学合流，成为席卷全印的文学运动。这场文学运动与甘地主义和马克思主义在印度的广泛传播密切相关。这一运动深刻地触及了普列姆昌德的文学观念。身为印度进步作家协会的领导人，他的文学思想转变是非常自然的。印度学者注意到普列姆昌德文学思想的矛盾之处。他们认为，普列姆昌德的全部作品都在批判“为艺术而艺术”的论点。“普列姆昌德把‘为艺术而艺术’的理论和国家繁荣昌盛的状况联系起来，本身就否定了‘为艺术而艺术’的普遍性……他在思想领域里解决这个矛盾不如在小说创作中解决得那么好……他的现实主义艺术色彩一天比一天更浓，他的文学成了国家和民族的兴起的文学。”①这样的评价对普列姆昌德来说基本上合适。

普列姆昌德主要以长篇小说和短篇小说闻名于世，因此，他的文学创作论也主要围绕这两种文学体裁而展开。换句话说，他的创作论也是一种现代文体论。

1922 年，他在《长篇小说创作》一文的开头承认长篇小说的西方源头：“与受欧洲的其他任何一种文学体裁的影响比较起来，印度人受欧洲的长篇小说的影响更大。长篇小说现在已经成为我们的文学不可分割的组成部分。”②他主张情节简单化与其他因素联合运用，以增强读者的阅读趣味：“情节应当简单。情节太乱、太复杂、太冗长，读者看着看着就会厌烦。读者会厌烦地扔掉这样的长篇小说……如果情节的优美、性格的刻画和事件的奇异等一切都糅合在一起了，那么趣味自然就有了。”③他对人物性格刻画相当重视，并有相关论述。

普列姆昌德提倡理想主义与现实主义的创作方法齐头并进。他说：“印度古代文学也是赞成理想主义的。我们应该遵循理想的原则。当然也应该加进现实，以便不致离现实太远。”④他认为，长篇小说比起其他文学体裁更有包容力，它能容纳社会、伦理、科学和古代历史等所有内容。他说，成功的长篇小说作家能在读者心中唤起人物角色所具有的那些情感，使读者和角色之间产生感情共鸣。“能让读者看完以后内心感到振奋，能唤醒读者的善良之心的长篇小说才是成功之作。”⑤由此，他提倡作家沉入艰辛的生活现实，经历人生坎坷，创作出激励人心的阳光之作。

---

① 刘安武编选：《印度现代文学研究》（印地语文学），唐仁虎译，北京：中国社会科学出版社，1980 年，第 295 页。

② 唐仁虎、刘安武译：《普列姆昌德论文学》，第 27 页。

③ 同上，第 34－35 页。

④ 同上，第 39 页。

⑤ 同上，第 58 页。

普列姆昌德认可短篇小说的西方来源。他说："我们应该大大方方地承认，像长篇小说一样，短篇小说艺术也是我们从西方学来的——至少今天的成熟形式是从西方学来的。"[①]他发现，与长篇小说相同，短篇小说有的以情节编织为主，有的以刻画人物性格取胜。他说："我们希望短篇小说有趣味、新颖，内容也有所发展，同时还要有意义……只有能使人达到娱乐的目的，或者能使人得到精神上的满足的短篇小说，才算得上成功之作。最好的短篇小说是那种以心理的真实为基础创作出来的作品。"[②]

普列姆昌德在论述文学创作时，提到了作家的素质问题。他说："对于文学家来说，需要有一颗富有感情的心、优美的写作风格和独特的天才。如果缺少三者中的任何一点，文学家的地位都会下降。无论风格多美，如果文学家心里没有同情，那么他的文学创作就不会有感染力。"[③]普列姆昌德反对滥用文学修辞，提倡朴实的文风。他打比方说："正如调料多了，食物的味道会减色，食用价值会减少一样，滥用修辞也会损坏文学作品。自然的东西是真的。很不自然的艺术会失去趣味性。"[④]

普列姆昌德还对文学批评之于文学创作的意义做了说明："批判在文学中的意义是无需赘言的。优秀文学的创作依赖于非常严肃的批评。在欧洲，这个时代被称为批评的时代……而在印地语中，要么根本没有批评，要有也是满纸恶意或者不真实的赞扬，就是说是表面的、肤浅的、没有深度的东西。深入作品之中对作品进行本质的心理学的分析的批评家太少了。"[⑤]

综上所述，普列姆昌德涉及了文学理论的核心问题，也涉及文学批评的一些重要问题。他不仅谈文学，还借机引入现实政治探讨，这使其文论思想具有浓厚的现实主义色彩。这是他的文论观区别于泰戈尔和奥罗宾多等人的显著特征。这是身为现实主义作家的普列姆昌德的本性使然。他与鲁迅等中国作家的文论思想值得比较[⑥]。总之，普列姆昌德的文论思想值得研究。

---

① 唐仁虎、刘安武译：《普列姆昌德论文学》，第126页。

② 同上，第128页。

③ 同上，第145页。

④ 同上，第154页。

⑤ 同上，第60页。

⑥ 参阅唐仁虎《鲁迅和普列姆昌德的文艺观》，唐仁虎、魏丽明等著：《中印文学专题比较研究》，太原：北岳文艺出版社，2007年，第349－369页。

第七节　拉默金德尔·修格尔

印地语文论家拉默金德尔·修格尔(Rāmacandra Śukla,1884—1940)又译“拉姆昌德拉·舒克勒”,是现代印度诗学转型期的一位杰出代表。学术界认为,修格尔是印度独立前最重要的文学评论家。“修格尔吸纳梵语智慧、印地语文学和西方美学中最有价值的东西,他的批评宣言因而开拓了思考和探索的新途径。”[①]尽管其文学观点多受后世学者质疑,但他对印地语文学评论的“开创性贡献”不容置疑。他至今仍受印地语文学界、文论界的尊重,被尊为“大师”(acarya)。他被视为“现代印地语文学评论的开创者”[②]。

理解修格尔的文论观,必须先对现代印地语文论发展的背景做点简介。

格谢沃达斯(Keshavadāsa,1555—1617)是印度中世纪时期的印地语诗人和文学理论家。“在印地语文学史上,他是第一个文学理论家。”[③]他是“法式派”文论的代表人物。他先后写出了早期印地语诗学代表作《知音喜》和《诗人喜》。《诗人喜》涉及庄严论、味论和诗人学等各种重要的诗学主题或原理。客观地看,《诗人喜》基本是对梵语诗学重要思想的重述,并无重要的理论突破。与梵语诗学对文学创作的复杂影响一样,《诗人喜》等著作对印地语文学创作的深刻影响,无疑也是一把“双刃剑”。

R.C.普拉萨德(Ram Chandra Prasad)认为,格谢沃达斯等人的著述反映了“法式文学”对文学理论的深刻影响,他们可以称为印地语文论的“法式派”(Rīti School)。“法式文学理论批评”的主流从1650年一直延伸到1850年左右。普拉萨德认为,“法式派”文论家主要遵循曼摩吒,以韵诗为创作旨归。他们的文学批评以梵语诗学原理为准绳,是对梵语文化传统的一种拓展或延伸。1650年至1850年的两个世纪产生了印地语文论家的很多著述,它们代表了“印地语文学批评史上不可或缺的、必要的一章,是虔信运动时期文学批评的发展,为该领域在19和20世纪取得成就做好了准备”[④]。

---

① Ram Chandra Prasad, *Literary Criticism in Hindi*, Nauchandi and Meerut: Sarita Prakashan, 1976, p.78.

② 薛克翘、唐孟生、唐仁虎、姜景奎:《印度近现代文学》(下册),北京:昆仑出版社,2014年,第1193页。本节介绍参阅该书相关内容。

③ 刘安武:《印度印地语文学史》,第159页。

④ Ram Chandra Prasad, *Literary Criticism in Hindi*, p.19.

两个世纪的印地语文论发展为修格尔的出现奠定了基础。

19 世纪最后 30 年里，印地语文论界出现一些新的变化。一些人接受英语教育后，开始接触西方诗学，尝试以西方诗学原理批评印地语文学。19 世纪末是现代印地语文论发展的起步阶段亦即第一阶段，文论家们打破中世纪“法式派”文论的陈规陋习，在文学批评中积极借用西方诗学话语，从而进入印地语现代文学批评史上的所谓“帕勒登杜时期”（Bharatendu period）。在综合利用西方诗学与梵语诗学分析戏剧文学方面，帕勒登杜（Bhāratendu Hariścandra，1850—1885）是首创者之一。

19 世纪末 20 世纪初，印地语文论开始进入第二个发展阶段即综合东、西方文论进行批评实践的早期阶段（与第三阶段即印度独立后印地语文论综合派的成熟阶段相区别）。20 世纪初，印地语文论界关注的重点内容包括传统的梵语诗学研究、比较诗学研究、对印地语文学史的研究和现代文学的阐释性批评等。

修格尔是现代印地语文论发展第二阶段的杰出代表。他在印地语文论界开创了综合东、西方文化传统进行文学评论的先例。“只有到了拉默金德尔·修格尔这里，这种新的综合派才找到最积极的支持者……因此，他可以用新的方法阐释古代文学理论，也可以在综合东、西方诗学的基础上赋予味论以新的涵义。”①修格尔知识渊博，才华横溢，分析严谨，审慎客观。他既赞赏梵语诗学味论，也欣赏西方的精神分析论。这使他的著述充满了东、西文论交融的特点。

1920 年至 1940 年是修格尔文学批评生涯的黄金时期。他的代表作大多产生于这一时期，其中包括《师尊杜勒西达斯》（*Gosvāmī Tulasīdāsa*, 1923）、《加耶西作品导读》（*Jāyasī Granthāvalī Kī Bhūmikā*, 1924）、《〈黑蜂之歌〉精华导读》（*Bhramaragītasāra kī Bhūmīkā*, 1925）、《印地语文学史》（*Hindī Sāhitya kā Itihāsa*, 1929）、《诗歌中的神秘主义》（*Kāvya mem Rahasyavāda*, 1929）、《如意宝珠》（*Cintāmaṇi*，1939—1945，也译“神宝石”）、《苏尔达斯》（*Sūradāsa*, 1943）和《味探》（*Rasamīmāmsā*, 1949）等。《味探》（或译《味论评析》）对梵语诗学味论进行了鞭辟入里的分析，颇见学术功力。

1929 年初版、1957 年再版的大部头印地语著作《印地语文学史》在印地语文学界影响很大，长期以来，它也是印地语系学生的必读书。在书中，修格尔对印度语文学的分期、中世纪虔诚文学的分类以及一些文学现象的命名，都做了很多规范性的论述，这为后来的学者提供了极大的便利。修格尔在书中表现出理论家应有的思想深度与力

① K. M. George, ed. *Comparative Indian literature*, Vol.2, Trichur: Kerala Sahitya Akademi, 1984, p.1074.

度，例如："文学批评可以采取判断式与归纳式两种形式。判断式批评旨在检视作者的优劣……归纳式批评却涵括社会影响、政治、群体与文化氛围等诸多其他因素。这的确就是所谓的历史批评，这种形式的批评旨在确立一部作品与其同时代作品的联系，确立作品在现存传统中的地位。细致地审视作家内在动机、自传情节及其气质因素，这便成为心理学批评。"①

究其实，修格尔在印地语文学史上的地位主要来自其著作《印地语文学史》、《味探》和他对杜勒西达斯、加耶西和苏尔达斯等人的研究。"无疑，他是最杰出的文学批评天才之一。他的《印地语文学史》在印地语文学史上树立了一个典范。"②著名印地语文论家、梵语诗学研究者纳根德罗认为，在群星灿烂的印度现代文论家中，修格尔占有重要的位置。他完全尊重传统理论但又不为其所缚。复杂而带有玄学色彩的味论没有阻碍他独立思考的步伐，相反，他对味的阐释充满了自由的意味。"他在心理欲望的范围内阐释味，主要依赖心理学原理而非哲学思想。因此，拉默金德尔·修格尔大师是第一位最杰出的现代印地语批评家，他远远地走在了时代前面。"③

印度学者西沃丹·辛赫·觉杭（Śivadāna Singh Cauhāna）这样评价拉默金德尔·修格尔："修格尔是印地语中作为时代观察者的批评家……他将诗人和他们的作品以及文学的一般倾向放在社会的背景中进行考察，发展了新型的印地语文学批评……他用自己富于独创性的才华，最深刻地分析了理论批评的各个方面，通过自己一系列的新见解，给印地语文学批评以新的观点和深刻的意义。"④修格尔的"诗歌平民主义"和"共鸣"原则值得一提。他非常关注欧洲的现实主义、浪漫主义和社会现实主义三大文学批评思潮，但反对"为艺术而艺术"的主张，提倡文学创作和文学批评应该贴近现实生活。不过，修格尔对现代印地语文学批评史上著名的"阴影派"持负面看法，这值得关注。

总之，修格尔的批评实践和理论建树，对于印地语文学批评意义深远，为发展和丰富印地语文论作出了杰出的贡献。比丹波尔·达特·伯达特沃尔博士高度评价修格尔之于现代印地语文学理论批评的历史贡献："某种程度上，正是从修格尔大师这里，才

---

① Ram Chandra Prasad, *Literary Criticism in Hindi*, p.79.

② Nagendra, ed. *Literary Criticism in India*, Nauchandi and Meerut: Sarita Prakashan, 1976, p.76.

③ Nagendra, *Literary Criticism in India and Acharya Shukla's Theory of Poetry*, New Delhi: National Publishing House, 1986, p.54.

④ 刘安武编选：《印度现代文学研究》（印地语文学），刘安武译，北京：中国社会科学出版社，1979 年，第 201 页。

能追寻印地语文学新批评的起源。"[①]修格尔"对文学的各个方面进行了理论上的分析，创造了一套完整的文学理论，同时他对杜勒西达斯作了根本性论述，对苏尔达斯和加耶西作了广泛的研究，并用新的手法写了印地语文学的历史"[②]。

修格尔对于印地语文论的发展影响深远。古拉伯·拉耶(Gulab Rai)、R.D.米什拉(Rama Dahina Mishra,1886—1952)等遵循拉默金德尔·修格尔等人开创的道路，为发展印地语文学批评做出了贡献。

第八节 "阴影派"文论诸家

20世纪初期的印地语文论界对西方诗学的影响存在不同的看法。尽管如此，西方诗学已经内化为印地语文论的有机成分，并对其发展产生了深远的影响。

印度文学虽然接受了西方的影响，但其精神实质还属于印度传统的精神主义，这以泰戈尔和印地语"阴影派"诗人杰耶辛格尔·伯勒萨德为典型代表。伯勒萨德"可以被誉之为著名的印地语浪漫主义诗歌流派的奠基诗人。在现代诗人中，伯勒萨德无疑是广泛地受到人民的喜爱"[③]。到了20世纪30年代，进步主义文学兴起，马克思主义文艺批评随之兴起。20世纪40年代期间，进步主义文学遇到发展的危机，现代主义、神秘主义等文学浮出水面。这以诗歌领域最为典型。随着二战即将结束，印度文学尤其是诗歌，在西方文学主潮的影响下，开始急剧地向内转，诗人们对社会历史问题的关注转向对人的自我的分析与透视。马克思主义、弗洛伊德精神分析轮、T.S.艾略特等象征主义诗学观及存在主义均对印度方言文学和文论产生了很大的影响。上述这些文学思潮在印地语文学中都有反应，同时也通过印地语文学理论表现出来。印地语"阴影主义"(Chāyāvāda,也译"影象主义")文论或曰"阴影派"文论就是在此背景下出现的。

阴影主义是印地语文学中的浪漫主义和神秘主义。它更直接的影响来自泰戈尔的颂神诗。印度学者更是认为："诚然，影象主义的崛起有多种辅助原因。其

① Ram Chandra Prasad, *Literary Criticism in Hindi*, p.146.

② 刘安武编选：《印度现代文学研究》(印地语文学)，刘安武译，第202页。

③ 刘安武编选：《印度现代文学研究》(印地语文学)，彭正笃译，第305页。

中,罗宾德拉纳特(即泰戈尔)的孟加拉诗歌影响和华兹华斯及雪莱的英文诗歌影响最为主要。"[①]阴影主义和伯勒萨德的主要文学生涯在同一跨度,大约在1918年至1937年,因此,阴影主义也被称为伯勒萨德文学。"阴影"(Chāyā)一词来自梵语,它不仅表示朦胧虚幻的表达方式,也指沉思内省的精神体验[②]。

印地语阴影派文论家大都跨越了现代印度和当代印度两个时段,他们大多取法修格尔式融汇东、西的著述方式,越到后来,这种情况越是普遍。如遵循修格尔模式的拉姆达利·辛格(Ramadhari Singh,1905—1974)的著述便是如此。辛格的代表作包括《诗歌引论》(*Kāvya Ki Bhūmikā*, 1958)和《纯诗探索》(*Śuddha Kavitā ki Khoj*, 1966)等。

印地语阴影派文论家的几位代表人物是香蒂伯利耶·德维威迪(Shantipriya Dwived,1906—?)和拉默·古马尔·沃尔马(Ram Kumar Varma,1905—?)等人。他们的文论著述大多跨越了印度现代和当代史两个时段。他们珍视浪漫主义诗人对自然和美的追求,强调诗歌的美学愉悦功能。香蒂伯利耶·德维威迪著有《诗人与诗歌》(*Kavi aur Kāvya*,1936)等,沃尔马著有《文学批评》(*Sāhitya Samālocanā*, 1929)、《格比尔的神秘主义》(*Kabīr kā Rahasyavāda*, 1930)和《文学论》(*Sāhitya Śāstra*, 1956)等。在《格比尔的阴影主义》中,沃尔马不仅考证格比尔的生活轨迹,还试图探索他作品中的神秘主义、苏菲主义和"精神婚姻"(spiritual marriage)等宗教玄学式的"阴影主义"因素。

除了上述诸家外,阴影派主要作家即阴影主义四大诗人均以文论著述形式加入阐释阴影主义的行列。其中,杰耶辛格尔·伯勒萨德(Jaya Shankara Prasad,1889—1937)唯一的文论集是《诗歌与艺术》(*Kāvya aur Kāla tathā Anya Nibandha*,1939)。尼拉腊(Nirala,1896—1961)著有《本德和他的诗集〈嫩芽〉》(*Pant aur Pallava*,1948),其评述风格接近华兹华斯和雪莱等浪漫主义诗人。苏米德拉南登·本德(Sumitra Nandan Pant,1900—1977)的著述主要在独立以后,代表作为《艺术与梵语》(*Kalā aur Samskṛti*, 1965)和《再论阴影主义》(*Chāyāvāda kā Punarmūlyāṅkana*,1965)。玛赫黛维·沃尔玛(Mahadevi Varma,1907—1987)也信奉神秘的浪漫主义。她着意于刻画灵魂深处的黑暗一面。除了几部诗集外,她还有《现代诗人》(*Ādhunik Kavi*,1956)等文论著作。

---

① 季羡林主编:《印度文学研究集刊》(第二辑),薛克翘译,上海:上海译文出版社,1986年,第370页。
② 参阅石海峻:《20世纪印度文学史》,第50、154-155页。

当代印地语文论史研究者R.C.普拉萨德指出,阴影主义诗歌及其文论思想的一个特点是,它不只是表述"一种现代风格而已。事实上,它意指一种新式的现实体验"[①]。他进而认为:"如果说欧洲浪漫主义是法国大革命和政治思潮的诗歌产物,印地语中的阴影主义则是印度精神复兴新潮的一种产物。"[②]不过,阴影主义这一新潮,却受到了拉默金德尔·修格尔的贬斥。他认为,阴影主义是对外来思潮的奴性模仿。因此,上述六位印地语文论家的一个共同任务是,反驳拉默金德尔·修格尔对阴影派诗歌和文论思想的批评。他们从印度民族独立、社会历史、宗教文化(包括虔诚派文学)、印度与西方交流等各个角度为阴影派诗歌和阴影主义进行有力的辩护。香蒂伯利耶·德维威迪更是明确地将阴影主义视为"民族意识的觉醒":"由于民族觉醒拓展了我们的生活视界,我们便熟悉了各种文化交流的源头,开头是孟加拉语,然后是梵语,接着是大量借鉴英语文化。正是有了阴影主义,克利方言诗歌才可有其繁荣局面。"[③]

正如有的学者所言,一百年左右的现代印地语文论主要是在西方诗学影响下、结合本土传统发展起来的。它关注更多的并非本土,而是西方舶来的理论,很多人在印度土地上嫁接西方诗学以适应文学批评的现实需要。与孟加拉语文论家相比较,印地语文论家虽然出现了修格尔和纳根德罗等著名学者,但在创造一种有影响的文论体系上,泰戈尔和奥罗宾多等孟加拉语文论家似乎占了上风。纳根德罗承认:"我们知道,我们的文论家们没有能建立起一套独立的批评价值体系。"[④]在此文化语境和理论背景下,被誉为"民族意识的觉醒"的阴影派文论家的大胆实践在印地语文论史上留下了清晰的足迹,他们的锐意探索值得肯定。

第九节　后修格尔时代印地语文论三大家

R.C.普拉萨德指出:"在后修格尔时代,塑造着印地语文学批评形象且引领其发展方向的三位批评家是学者南德杜拉利·瓦杰帕伊、赫加利·伯勒萨德·德维威迪教授

① Ram Chandra Prasad, *Literary Criticism in Hindi*, p.95.

② Ibid., p.106.

③ Ibid., p.119.

④ Nagendra, ed. *Literary Criticism in India*, p.96.

和纳根德罗博士。"[①]换句话说，此三人乃当代印地语文论发展第三阶段的杰出代表。"正是因为瓦杰帕伊、德维威迪、纳根德罗和德维罗阇等人，20 世纪东西方融合的精神才表现得最为清晰。因为他们，印地语文学理论批评达到了成熟期。"[②]他们这种融汇东西文论精华的文学批评，标志着印地语文论发展第三阶段的正式开始，时间在 20 世纪 50 年代至 60 年代。

一、南德杜拉利·瓦杰帕伊

南德杜拉利·瓦杰帕伊(Nandadulāre Vājpeyī，1906—1967)又译"南德杜拉雷·瓦杰培伊"，1941 年进入位于印度教圣地瓦拉纳西(古代称迦尸)的贝拿勒斯印度教大学(简称为 BHU)任教。他的著述富有诗学的洞察力，这使他成为当代最著名的印地语文论家之一。

瓦杰帕伊的印地语文论代表作是《现代文学》(*Ādhunik Sāhitya*，1950)、《新文学与新问题》(*Nayā Sāhitya: Naye Praśna*，1955)、《诗人尼拉腊》(*Kavi Nirālā*，1965)和《大诗人苏尔达斯》(*Mahākavi Sūradāsa*，1952)等。《普列姆昌德》是他唯一的文论著作。"他的文学评论是从研究'阴影主义'诗人和诗歌开始的，后来扩展到整个现代印地语文学领域，其评论不仅包括小说和小说家、诗歌和诗人，也包括戏剧和剧作家。"[③]

早在 1945 年的著作《印地语文学》中，瓦杰帕伊便指出，批评家的首要任务是研究文艺作品，并愉快地欣赏其中的艺术美。他还利用诺斯罗普·弗莱的原型理论和批评范式言说自己的文论思想。他在对拉默金德尔·修格尔的观点进行驳斥时指出："我们的判断永远不要被某些先入为主的条条框框牵着鼻子走。尽管所有的批评法则和原理都有内在的局限，艺术却不会这样。"[④]瓦杰帕伊并不赞成机械地以强调社会因素为基础的马克思主义思想解读微妙复杂而又魅力独具的作品。他在《现代文学》中指出："'文学只有摆脱资本主义社会环境的腐蚀，才值得我们欢迎。'此类马克思主义者的主张实质上是粗暴而又空洞的。"[⑤]

在瓦杰帕伊看来，真正理解文学作品，必须首先感受诗歌等的情感魅力。他以诗歌

---

① Ram Chandra Prasad, *Literary Criticism in Hindi*, p.154.

② K. M. George, ed. *Comparative Indian literature*, Vol.2, Trichur: Kerala Sahitya Akademi, 1984, p.1075.

③ 薛克翘、唐孟生、唐仁虎、姜景奎：《印度近现代文学》(下册)，第 1195 页。

④ Ram Chandra Prasad, *Literary Criticism in Hindi*, p.156.

⑤ Ibid.

研究为例，强调文学批评应该采取多管齐下的综合分析法，即分析诗歌背后潜藏的精神动机和灵魂，分析作品的艺术结构和原创性，研究创作技法，对诗人所处时代进行社会学考察，对诗人的个人生活及其可能加诸于文学作品的影响进行精神分析，研究诗人的哲学、社会和政治观念，研究诗人的生活信条与信念[①]。

瓦杰帕伊认为，在现代文学评论中，可以借鉴梵语诗学味论，但又不可随意神化经典的味论，视其为非凡的理论，以欺骗读者的视听。“他（瓦杰帕伊）认为，诗歌由两个方面组成，一方面是诗人的情感，这是内在的美；另一方面是表达方式，这是外在的形式美。这两者是文学评论的主要方面。他还认为，现代文学批评家应当反对为艺术而艺术的观点，努力探索诗歌精神境界的发展，探索诗人的人格魅力。”[②]

瓦杰帕伊在《新文学与新问题》中回顾了伯勒萨德等人的阴影派诗歌对他的感染，他承认自己曾经是伯勒萨德等人诗歌的阐释者。他对那些将阴影派诗歌等同于虔诚派文学的观点进行了驳斥。他对阴影派进行了有力的辩护，高度赞赏阴影主义文学，称其比中世纪虔诚派诗歌更有魅力或感染力。瓦杰帕伊还对印地语诗歌中的现代进步运动和文学作品中的现代性等问题进行了探索和思考。他还对阿格叶等“七星派”（Tāra Saptaka School）诗人的实验主义姿态进行了批判。

二、赫加利·伯勒萨德·德维威迪

赫加利·伯勒萨德·德维威迪（Hazārī Prasāda Dvivedī，1907—1979）又译“赫贾利·普拉萨德·德维威迪”。他出生于比哈尔邦的农村，20 世纪 30 年代起，先后任教于泰戈尔国际大学（Viswa Bharati University）、贝拿勒斯印度教大学和旁遮普大学。他是一位具有多方面贡献的“大师”级文学家。他既创作小说等文学作品，也致力于文学评论和文学理论研究。他的主要作品包括文集《无忧树花》、《莲花》[③]。他学识渊博，其著作充满自由的人道主义气息。他还先后以印地语出版《印地语文学导论》（*Hindī Sāhitya ki Bhūmikā*，1940）、《早期印地语文学》（*Hindī Sāhitya kā Ādikāla*，1952）、《文学的本质》（*Sāhitya kā marma*，1952）等代表性著作。其他重要的著作还包括《印地语文学史》、《论格比尔》、《论那特派》和《论苏尔文学》等。

1940 年出版的《印地语文学导论》是德维威迪第一部真正重要的文论著作。这部

---

① Ram Chandra Prasad, *Literary Criticism in Hindi*, p.157.

② 薛克翘、唐孟生、唐仁虎、姜景奎：《印度近现代文学》（下册），第 1195 页。

③ 同上，第 1196 页。

书可以说奠定了他日后从事文学研究和文学评论的理论基础。在书中,德维威迪确定了文学批评的历史性话语体系。他认为,评价一位作家的地位,必须考察其作品在社会、文化等方面的价值,以及在一个民族中流传的时间是否久远。换句话说,作家及其作品是否具有永恒价值,还得由时间或历史来检视、验证。他从人道主义立场出发,历史地评价文学家及其作品,在印地语文论界树立了新的榜样。《论格比尔》给德维威迪带来了巨大的声誉。他在该书中从宗教、文化、社会等各个侧面对中世纪虔诚派诗人格比尔给予了充分肯定,认为他是过去一千多年来"最伟大的革命者之一"。这个评价很高,但也比较客观和公正。在这一点上,他比前辈学者拉默金德尔·修格尔有所进步。德维威迪对苏尔达斯及其《苏尔诗海》的研究也取得了突破性的成果。他在《论那特派》中,从大量资料入手,考证了印度中世纪一个著名宗教派别的发展史。德维威迪的《印地语文学史》也利用了许多新资料,得出了很多新见解,成为印地语文学研究者的重要参考书①。

德维威迪继承了修格尔等人融汇东西、兼收并蓄的开放心态,这使他的文学批评具有自己的特色:"德维威迪教授的真正贡献在于,他阐释了一种调和两种极端思想的综合方法……他的批判思想是一种典型的道德意识。"②

德维威迪不仅重视在文学鉴赏中考察印度传统文化,还非常推崇T.S.艾略特的文学观,倡导回到文学传统,以便更好地理解当代文学。德维威迪指出:"文学史不仅是作家及其作品的成长发展史,也是活生生的人类社会的持续前进和有机演化的一种记录……只有人类最重要。我们考察文学史,因其有助于我们理解生命的流动。"③他还指出,作家不应该长久地龟缩在个人的虚幻世界中,而应该毅然决然地离开象牙塔,以理想主义新视野和新作品承担起改变世界和引领社会风尚的神圣职责。德维威迪似乎接受了欧洲文论家如泰纳等人乃至马克思主义思想的影响,强调对文学作品产生的种族、时代和社会环境等复杂因素进行全面的考察④。

三、纳根德罗

纳根德罗(Nagendra,1915—1999)是20世纪印度最著名的印地语和英语文论家之

① 此处相关介绍,参阅薛克翘、唐孟生、唐仁虎、姜景奎:《印度近现代文学》(下册),第1196－1197页。
② Ram Chandra Prasad, *Literary Criticism in Hindi*, p.168.
③ Ibid., p.162.
④ Ram Chandra Prasad, *Literary Criticism in Hindi*, Nauchandi and Meerut: Sarita Prakashan, 1976, p.167.

一,也是一位著名的梵语诗学研究专家。他是当代印地语文论三大家中年龄最小的一位,但却是三人中名气最大、组织联合攻关最力、其著作引用最为广泛的一位。他曾经是德里大学印地语系主任,也是印度文论界的时代风尚引领者。"纳根德罗在印地语文学批评史上做出的贡献具有特别重要的意义。"[①]R.C.普拉萨德认为:"只说纳根德罗博士是我们时代最重要的批评家(the central critic)之一,显然是太过简单……由于深厚的西方文学修养及其对印度文学的特殊兴趣,纳根德罗博士不仅深度关注当代文艺问题,也坚持寻求综合东西方传统美学和文学思想。"[②]纳根德罗的研究特色是,在理论方法上不固守某一流派或某一思想,而是打破各种文论观、美学观之间的人为障碍,将其兼收并蓄,已达到为己所用的目的。纳根德罗注定"在他的时代留下最深刻的印迹"[③]。事实上,纳根德罗单单以其文论方面的诸多鸿篇巨制,便足以在印地语文论史和当代印度文论发展史上留下深刻的足迹。

纳根德罗的印地语文论著作包括:《思考与认识》(*Vicāra aur Anubhūti*,1944)、《印度诗学导论》(*Bhāratīya Kāvya Śāstra ki Bhūmikā*, 1955 年初版,1976 年第三版)、《味论原理》(*Rasa Siddhānta*, 1964)、《梵语诗学流变》(*Bharatiya Kavyashastra Ki Parampara*,初版时间不详,1964 年再版)、《印地语文学史》(*Hindī Sāhitya kā Itihāsa*, 1973)、《印度美学导论》(*Bhāratīya Saundarya Śāstra ki Bhūmikā*, 1976)等。纳根德罗还出版过英文著作《印度文学理论批评》(*Literary Criticism in India*,1976)、《再论苏尔达斯》(*Sūradāsa: A Revaluation*, 1979)、《文学的感情基础》(*Emotive Basis of Literatures*,1986)和《印度文学理论批评与修格尔大师的诗歌理论》(*Literary Criticism in India and Acharya Shukla's Theory of Poetry*)等。他还编写过英文版的《梵语诗学辞典》(*A Dictionary of Sanskrit Poetics*,1987)。总体看来,纳根德罗的著述丰富,观点新颖,成就卓著,代表了当代印地语文学批评的最高成就。如此看来,纳根德罗不仅应该在印地语文学批评史上享有盛名,在印度当代文学批评史上也是应该特别予以重视的一位。

纳根德罗的诗学观典型地体现了西方现代诗学和印度古典诗学完美融合的趋势。他认为,判断一件文学作品是否优秀要看作家是否将人格融入其间。纳根德罗在东西方诗学比较的基础上认为,西方诗学的批评实践更为丰富、历史悠久,而印度传统的梵

---

① K. M. George, ed. *Comparative Indian literature*, Vol.2, p.1075.

② Ram Chandra Prasad, *Literary Criticism in Hindi*, pp.168 – 169.

③ Ibid., p.181.

语诗学在这方面似有不足。因此，他尝试论述一种融汇东西的美学原理。他的诗学观带有某些精神分析的色彩。纳根德罗对拉默金德尔·修格尔、T.S.艾略特和阴影派文论家的相关思想等都有自己的独立见解。

综合来看，除了关于梵语诗学名著的编订、注疏和阐释外，纳根德罗的诗学观和文学批评集中体现在以下几个主要方面。

首先是对梵语诗学味论的现代阐发，这是一种继承泰戈尔、M.利亚南和S.K.代等前辈学者的学术新趋势。

有学者指出，现代味论诗学发展可以分为三个阶段：第一阶段为19世纪上半叶印地语、马拉提语、孟加拉语等语种的梵语诗学著作翻译。第二阶段为19世纪下半叶至20世纪初期，很多学者以西方现代文论观结合传统思想阐释梵语诗学味论。第三阶段从20世纪初至今，很多学者以现代心理学、美学乃至马克思主义文艺观等西方思想资源重新阐释味论，试图构建新的味论体系。第三阶段的著名味论研究者包括泰戈尔、拉默金德尔·修格尔和纳根德罗等融汇东、西方文论资源的学者。第三阶段为现代味论诗学发展的黄金时期，研究著作丰富，研究方法多样，视角不一，论述的范围更广①。

纳根德罗认为，中世纪的印地语"法式文学"弊端不少。文学作品的真正功能在于取悦读者，使读者得到审美愉悦。为此，他以很多论文来阐释梵语诗学味论。1964年出版的《味论原理》是纳根德罗利用精神分析法阐释味论本质的代表作，涉及普遍化原理和净化说等东西方文论思想。纳根德罗在1966年出版的《批评家的信念》一书中强调了诗歌创作中的三大要素即情感、想象力和思想意识，但他认为情感或曰情味孕育最为重要。

纳根德罗遵循新护的主观味论，试图建立味论诗学新体系，他的研究涉及味的本质、特征和普遍化原理等各个方面。他强调，味是主观情感的审美表现，味又是主观的审美效应。味的体验最终指向快乐，而非快乐与痛苦的并存状态②。纳根德罗的味论融合了梵语诗学与西方现代文论的精华。例如，他在《文学的感情基础》一书中指出："普遍化来自情感语言。这种语言因作者的情感体验而孕育普遍化。作者体验的有效或无效根植于人类心灵感知，这种心灵感知是普遍的现象。"③他还认为，味是文学的感情基础。味就是"欢喜"，是"人格的充分体现"和"人类体验的完美表达"。味论具有普

---

① 参阅倪培耕：《印度味论诗学》，第40－41页。

② 同上，第41－48页。

③ Nagendra, *Emotive Basis of Literatures*, New Delhi: B. R. Publishing Corporation, 1986, p.46.

适性,可以用来评价所有国家或时代的文学作品。纳根德罗还清醒地意识到:“正如为了适合人类关系的新理解,人文主义的概念一再自我修正,为了理解文学的新发展,味论也可以且应该拓宽自己的基础。”①

其次,纳根德罗组织印度各主要区域性语言的专家联合攻关,首次以英文论文集形式对印度各语种的文学理论批评发展进行了历史梳理,从而为印度国内外学者撰写印度文学通史奠定了良好的基础。

纳根德罗对印度文学和印度文学批评的阐释直接启发了他主编《印度文学理论批评》一书,该书于1976年出版,它对印度文学发展史的内容做了重要补充。为此,纳根德罗组织了阿萨姆语、孟加拉语、印地语、泰米尔语、马拉提语、旁遮普语和古吉拉特语等十四种印度现代语言的文论研究者,编写了这本总结印度文论发展史的著作②。纳根德罗为此书写了一篇长达三十六页的序言,对印度文论自古至今的两千年发展做了粗线条的论述。通观全书,有的语种如印地语和孟加拉语的文论发展写得详细,但有的语种写得粗糙。迄今为止,印度学界尚未出现第二本类似的英文版文论史著作。依据对印度文学的概念辨析和历史分析,纳根德罗还对印度文论进行系统而历史的分析。他认为,印度文论分为各区域性语言的文本批评和理论研究两类。它们均受到梵语诗学和西方诗学的双重影响。其中,文学文本的批评实践包括中世纪批评和现代批评,而现代批评又分为三个阶段:1860年至1900年、1900年至1930年、1940年迄今③。

第三,纳根德罗顺应印度文论界的时代潮流,对“印度文学”进行了概念辨析。

纳根德罗的《文学的感情基础》分为三编,即对梵语诗学味论进行现代阐释的“文学的感情基础”、探讨印度文学概念和历史发展的“印度文学”、对印地语文学进行个案研究的“印地语文学”。在第二章中,纳根德罗认为,虽然存在泰米尔文学、泰卢固文学或马拉提文学等各种区域文学的具体文本,但印度文学的统一性(unity)不容置疑。他说:“正如尽管宗教、思想意识和生活方式复杂多样而印度文化是统一的那样,不难发现,语言和表达方式众多的印度文学在本质上是统一的。某种程度上,印度文学的本质统一绝对不亚于它的复杂多样。”④他把印度各区域性方言文学的发展分为四个时期,即古代到15世纪、15世纪到17世纪中期、17世纪中期到英国殖民统治建立以及此后

① Nagendra, *Emotive Basis of Literatures*, New Delhi: B. R. Publishing Corporation, 1986, pp.74-75.

② Nagendra, ed. *Literary Criticism in India*, Nauchandi and Meerut: Sarita Prakashan, 1976.

③ Nagendra, *Emotive Basis of Literatures*, pp.120-149.

④ Ibid., p.88.

的现代文学时期。他认为,印度各种现代语言的文学发展有着共同的政治、社会、历史和文化背景,拥有共同的文学遗产,同样感受到西方的巨大影响,表达的主题也很类似。“尽管以不同语言写成,印度文学只有一种(Indian Literature is one, though written in many language)。”[①]印度的民族统一性建立在文化统一性基础之上。在他看来,印度文学与印度文化、印度民族的概念相联系。印度文学这一术语可以从两个层面来解释:它是印度不同语言文学的总称,也是对印度生活多样性基本统一的文学反映。印度文学这一术语中的“印度”也有地理、社会、宗教、政治和文化等各种不同的含义,但每种内涵的基础是印度性。纳根德罗给印度文学这一概念下的定义是:“印度文学是印度集体无意识或印度世界观的艺术表达。”[②]

纳根德罗还主编了一本由包括K.M.乔治在内的二十三位方言学者参与撰写的《印度文学》,对十四种印度语言文学的历史发展进行梳理[③]。这其实是对其主编的《印度文学理论批评》一书探索旨趣的拓展。

第四,纳根德罗对比较文学这一西来学科进行了理论分析,并提出了自己的一些看法。

1977年,纳根德罗与I.N.乔杜里主编的论文集《比较文学》出版。他在书中认为,至少在技术层面上说,比较文学是一个相对新颖的术语。“顾名思义,比较文学就是比较意义上的文学研究。”[④]纳根德罗不愿过多评价西方的比较文学危机说,他认为,比较文学既是一种研究方法,也是一种可以发展的学术概念。作为一种研究方法,比较文学可以比较同一种语言如印地语文学内部相同或不同的文学形式或思潮,也可以在两种或三种不同语言如孟加拉语、乌尔都语、奥里雅语和古吉拉特语文学中进行比较;它也可超越特定的国家界限进行比较,如马克思主义文艺批评在印度各语言文学与在俄语和欧洲语言文学之间的比较研究;甚至也可研究文学与其他知识领域的关系。“因此,比较文学研究可以局限于一种或两种语言文学内部,它也可以涵括一个国家如印度或跨越民族边界的不同语言文学,甚至它也可以在诸如艺术、心理学、哲学、宗教、历史与其他社会科学的知识领域的语境中观察文学。”[⑤]纳根德罗对克罗齐等人关于比较文学

① Nagendra, *Emotive Basis of Literatures*, p.93.

② Ibid., p.109.

③ Nagendra, ed. *Indian Literature*, Delhi: Prabhat Prakashan, 1988.

④ Nagendra & I. N. Chaudhuri, eds. *Comparative Literature*, Delhi: Delhi University, 1977, p.13.

⑤ Ibid., p.14.

的质疑进行辩驳后指出，比较文学为给人类提供某种核心的共同价值观铺平了道路。“比较文学会成为研究全部人类文明的序曲，最后，由于强调基本的人类价值，它还会导向和孕育一种真正的审美意识，其本质超越了空间与时间的局限。”[①]他还说：“一般而言，比较文学有两大目标：在更广阔的视野中研究文学，以正确地欣赏文学；发展一种普遍适用的审美判断标准，以孕育人类价值。”[②]从上述观点看，纳根德罗是以欢迎姿态论述比较文学及其方法论体系的。这是印度当代学者以开放心态兼顾东西诗学传统的典范。

值得一提的是，上述印地语文论三大家的理论建树虽然在印度文论界获得一致认可，但就国内学界而言，对其文论著作的重点翻译和系统研究还显得远远不够。这方面需要我们予以足够的重视。

第十节　乌尔都语文论三大家

印度学者认为：“乌尔都语是少数几种拥有自己的批评概念并与梵语、古典阿拉伯语或波斯诗学术语有别的语言，虽然它极大地受惠于后三种语言。”[③]尽管这样，近、现代才开始出现严格意义上的乌尔都语文学批评。18 世纪末到 19 世纪初，随着西方教育在印度的逐步发展和推广，乌尔都语地区逐渐感受到西方思想的冲击。1857 年印度民族大起义失败后，时局演变和社会文化变革影响到一些乌尔都语文学批评家。

就乌尔都语现代文论家而言，首先应该提到的是阿尔塔夫·侯赛因·哈利（Altaf Husain Hali, 1837—1914）。“从历史的观点来看，近代的文学批评始于哈利。哈利最主要的作品是他那有名的《诗歌导言》……哈利当时特别着重阐明诗歌环境问题，可以说在乌尔都文学史中他第一次详细探讨了这个问题。诗歌环境问题亦即诗与社会的关系……哈利为一个优秀的诗人规定了以下三个必备条件：想象力、对世界的研究与观察、热情奔放。”[④]换句话说，哈利主张，诗歌要描写自然而真实的情感，描写对生活的感

① Nagendra & I. N. Chaudhuri, eds. *Comparative Literature*, p.24.

② Ibid., p.81.

③ K. M. George, ed. *Comparative Indian literature*, Vol.2, p.1137.

④ 〔巴基斯坦〕阿布赖司·西迪基：《乌尔都语文学史》，山蕴编译，北京：中国社会科学出版社，1993 年，第 359 页。本节关于近现代乌尔都语文论三大家的介绍，主要参考该书相关内容。

受;诗歌必须为社会服务。论者指出,哈里主要受英国古典主义诗人弥尔顿的影响,他的诗歌理论是乌尔都语文学批评史的一个转折点。他以文学世俗化理论为武器,有力地冲击了保守主义势力,以与艺术想象的虚幻世界抗衡。“从哈利的文学批评可以看出,他确实受西方文学的某些影响。他把西方诗歌和文学批评的某些思想介绍到了乌尔都文学中。尽管如此,他并不崇洋媚外,他的伟大在于他那典型的东方性格同他的思想中东西方传统的平衡与融合……按照伊巴达特·勃赖尔维博士的说法,‘哈利是乌尔都文学的第一个批评家,他提出了比较完整的、系统的文学批评思想’。”①

哈里之后的希伯利(Shibli)亦即毛拉那·希伯利·努马尼也是乌尔都语文学理论批评史上的大家之一。论者指出,他热爱东方文学,研究阿拉伯和波斯文学使他从对西方的自卑感中解脱出来。和哈利相比,阿拉伯和波斯文学传统对希伯利的影响更大。希伯利的文学观与波斯古典诗学存在一致之处。《波斯诗歌》和《阿尼斯与德尔比的比较》是集中反映其文论思想的代表作。有人认为希伯利是乌尔都语文学中第一位浪漫主义批评家,他使乌尔都语文学批评带上了浪漫主义色彩。这在一定程度上是正确的。希伯利论述诗歌时强调:“事实上诗只有两个要素:模仿力与想象力。只要具备这两者之一,就可以称为诗。其他的一些优点,如通俗易懂、清晰流畅、结构之美等等并不是构成诗歌的基本因素,而是区别好诗与坏诗的标准。”②希伯利也强调了明喻与隐喻的重要性。他认为文字美是诗歌美的必要条件,内容是灵魂,文字是身体。希伯利也强调诗歌的社会功用。他指出:“写出来的诗歌如果只是为了欣赏,那么可以运用夸张的手段,但是作为一种可以对民族的命运产生影响力的有力量的诗,可以使国家发生巨变,可以唤起阿拉伯民族的觉醒的诗,如果不是正确地反映了客观现实的话,那它将发挥不了任何作用。”③

在乌尔都语文论发展史上,穆罕默德·侯赛因·阿扎德(Muhammad Husain Azad, 1832—1910)最早探索乌尔都语诗歌发展史。在研究者看来,他主张诗歌应该具有感染力,诗歌必须描写生活真实,反对在诗歌中运用隐喻和夸张等手法。他主张利用西方思想改进乌尔都语诗歌。他多次强调和哈利相似的思想:诗人可以改变民族和国家的命运。《生命之水》是阿扎德的杰作,但该书也存在缺乏批评的客观性和卖弄才情、炫耀辞藻等诸多遗憾或不足。“这部作品的重要性在于,它是乌尔都文学中摒弃了文学家

① 〔巴基斯坦〕阿布赖司·西迪基:《乌尔都语文学史》,第361页。
② 〔巴基斯坦〕阿布赖司·西迪基:《乌尔都语文学史》,第369页。
③ 同上,第370页。本段介绍主要参考该书第361-362、367-371页。

传略的形式的第一部文学批评史……这本书与其说是文学批评,还不如说是考据,而考据恰恰是毛拉那·阿扎德的薄弱环节。这本书里有许多材料是道听途说得来的……可到目前为止,还没有一本有价值的文学史,能完全取代《生命之水》在文学批评史上的地位。"①

上述三位文论家的世俗主义立场基本相似,他们强调文学与社会现实的联系。这体现了西方文学思潮对乌尔都语批评家的深刻影响。"哈利、阿扎德和希伯利之后,开始了乌尔都现代文学批评时期,这个时期的批评家受到西方文学批评的影响。"②例如,一些乌尔都语作家和批评家接受了西方的浪漫主义思想。阿布杜拉赫曼·比杰努利(Abdur Rahman Bijnori)就是如此,他是浪漫主义批评家的代表,其《伽立布诗歌之美》被誉为比较文学著作典范,该书采取平行研究的方法,对米尔扎·伽立布、哈菲兹与歌德等作家进行东西比较。

可以这样评价哈利等三大家对乌尔都语文学理论和批评实践所做出的集体贡献:"总之,哈利、阿扎德、希伯利是乌尔都近代文学批评的先驱者。与他们同时代的人和他们的学生们把近代文学批评运动向前推进,使之进一步发展,并在这方面做出了显著的贡献。"③在他们之后,此前的文学家个人传略式批评弃之不用,代之以讨论文学的一般原理,人们更加重视具体的文学批评,更加重视研究文学家本人,研究文学家或作品与社会、政治和时代的复杂关联。这的确显示了西方文学思潮对乌尔都语文论家的深刻影响。

哈利等上述三位批评家的诗歌主张也影响到伊克巴尔(Muhammad Iqbal,1877—1938)和纳兹尔·艾哈默德(Nazir Ahmad)等人的诗歌创作和文艺思想。论者指出,伊克巴尔有着高度的艺术责任感,反对诗人充当艺术的奴仆。伊克巴尔认为:"人类的所有艺术都必须服从生活这一最终目标,一切事物的价值都应根据它依从生活的容量确定。高尚的艺术应能唤起我们的意志力并促使我们勇敢地面对生活考验。"④伊克巴尔还在一首题为《诗人》的诗歌中,将眼睛与身体的关系比为诗人与民族的关系,认为"诗人应该像人的眼睛一样,自然传递和表达民族这个躯体的情感和精神"⑤。这些话显示

① 〔巴基斯坦〕阿布赖司·西迪基:《乌尔都语文学史》,第363页。
② 同上,第129-130页。
③ 同上,第371页。
④ 转引自刘曙雄:《穆斯林诗人哲学家伊克巴尔》,北京:北京大学出版社,2006年,第37-38页。
⑤ 参阅刘曙雄:《穆斯林诗人哲学家伊克巴尔》,第38页。

出伊克巴尔对上述文论家的思想呼应。

在哈利、阿扎德和希伯利等文论三大家之后，乌尔都语文学批评界还出现了很多代表性人物及其著述。例如，纳瓦布·伊姆达德·伊玛姆·阿萨尔（1849—1934）的《揭示真理》（又名《诗苑之春》）、瓦希杜丁·萨利姆（1869—1928）的《学术术语的确定》（1929）、迈赫迪·乌尔阿发迪（1874—1921）的《迈赫迪文集》、前述的阿布杜拉赫曼·皮杰努利的《伽立布诗歌之美》、阿布杜马吉德·德利亚巴迪（1893—?）的《毛拉那·穆罕默德·阿里》、纳亚兹·法塔赫普里（1886—1966）等[①]。

20世纪30年代以来，进步文学运动等文学和社会思潮影响到乌尔都语文学批评，出现了S.E.侯赛因（Syed Ehtesham Husain, 1912—1972）等著名的文论家。总体来看，当代乌尔都语文学批评主要围绕马克思主义为核心的进步主义批评（Progressive criticism）和新批评等不同的研究模式而展开。

论者指出："在印度的传统文学中，乌尔都语也许是唯一没有完全扎根于梵语诗学概念和方法影响的语言，它始终坚持发展自己的文学批评原理。"[②]正因如此，乌尔都语文论家坚持把自己的本土意识与东、西方诗学原理结合起来，以形成自己独特的文学批评概念和体系。在此过程中，柏拉图和亚里士多德诗学的阿拉伯语译著发挥了重要的作用。从这个角度看，哈利、希伯利、阿扎德等乌尔都语文论现代三大家的思想立场似乎带有典范的意味。这也是印度次大陆现代诗学转型的大势所趋。

第十一节　S. K. 达斯

S.K.达斯（Sisir Kumar Das，1936—2003）是印度当代学界的元老之一，生前是印度德里大学现代印度语言与文学研究系泰戈尔讲席讲授，曾任印度比较文学学会会长。他是一位诗人、戏剧家、文学评论家，其比较文学和文学评论代表作包括《西方海员东方海》（1969）、《先生和夫人：威廉堡学院的历史》（1976）、《热恋中人：论中世纪宗教诗歌》（1984）、《戴锁链的艺术家：般吉姆·钱德拉·查特吉生平》（1984）、两卷本印度文学史即《印度文学史，西方影响与印度回应：1800—1910》（1991）、《印度文学史，自

① 参阅阿布赖司·西迪基：《乌尔都语文学史》，第373－396页。

② K. M. George, ed. *Comparative Indian literature*, Vol.2, p.1142.

由斗争的胜利与悲剧：1910—1956》(1995)、《印度的西风颂：文学交流研究》(2001)等，主编三卷本《泰戈尔英语作品》(1994、1996、1996)，撰写过关于泰戈尔与中国文化关系的论文，并以孟加拉语翻译过中国诗人艾青的诗歌。就理论建树而言，达斯的贡献主要集中在比较文学理论印度化和印度文学史的探讨方面。

一、"比较印度文学"的探讨

作为一种研究方法和西来学科，在印度，比较文学在泰戈尔心中首先得到回应。他把比较文学称为印度意义上的"世界文学"(viśvasāhitya)。歌德最早提出世界文学的概念，但歌德的理想后来被西方学者的民族中心主义所代替，此后，它在印度找到了知音。泰戈尔从印度的文化理念出发，改造西方的文学观念，这一做法深刻地影响了当代印度学者的思维。印度独立以前，学者们虽有比较文学实践之实，但却鲜见相关理论思考。独立以后，随着民族自信心进一步增强，随着第一个比较文学系于1956年在加尔各答成立，印度学者开始对比较文学进行理论思考。其中，达斯的相关思考比较有代表性。

陈鹏翔、古添洪、乐黛云和曹顺庆等中国学者曾经论述比较文学中国学派、比较文学三阶段发展、比较文学变异学、跨文化或跨文明研究、重建中国文论话语、跨文化双向阐释、西方文论中国化等重大问题，这使中、印两国学者的理论探讨显出更多的差异。如中国学者强调："跨文化研究(跨越中西异质文化)是比较文学中国学派的生命源泉，立身之本，优势之所在，是中国学派区别于法美学派的最基本的理论和学术特征。"①反观印度学界，他们虽然也探讨比较文学夸异质文明研究的问题，但其核心话语却是围绕所谓"比较印度文学"(comparative Indian literature)而生成的②。达斯和加尔各答贾达夫普尔大学比较文学系教授、国际比较文学学会前副会长阿米亚·德武(Amiya Dev)等学者甚至把它视为比较文学"印度学派"的标志之一。印度学者冠以"comparative literature(比较文学)"的著述大都探讨如何寻求各地方语言文学中存在的印度性。这与中国学者强调的跨异质文学比较区别很大。

---

① 曹顺庆等：《比较文学学科理论研究》，成都：巴蜀书社，2001年，第15页。

② 有的学者如石海峻将 comparative Indian literature 译为"比较意义上的印度文学"(或"印度文学比较")，这也是正确的译法。参阅石海峻：《20世纪印度文学史》"前言"，青岛：青岛出版社，1999年，第5页。笔者之所以译为"比较印度文学"，主要是试图说明印度文学内部比较区别于东西方文学外部比较的特殊性，后文将 comparative Western literature 译为"比较西方文学"也是着眼于此。

达斯在《为何比较印度文学》一文中认为:“我们的比较文学必须成为比较印度文学,因为没有任何其他东西能够成为我们文学研究的基础。这不是沙文主义,只是对文学与人民关系的一种确认。”①他还指出:“比较对我们而言是正确的理由,因为我们既是多语言,又是第三世界国家。”②在达斯看来,多语言是印度社会和文学的一个事实。印度文学史即为一部多语种文学史。印度属于第三世界的事实提醒印度学界,不能轻易效法或奴性地模仿西方比较文学模式。“第三世界语境已对我们施加了某种心理限制……为了使印度文学破除这些心理桎梏,我们必须从内部考察自己的文学,从而使我们不带偏见和成见地考察世界其他地区的文学……我们的长途跋涉不是从比较文学走向比较印度文学,而是从比较印度文学走向比较文学。”③

达斯为比较印度文学这一概念正名的诚心可鉴,实际上,多语言和第三世界语境只是印度学者自说自话,其目的和动机不难理解。事实上,它的根本目的在于寻找“印度性”,为多语言、多宗教、多人种、社会问题复杂的印度寻找文化纽带,从而达成民族团结、国家统一的目标。换句话说,比较印度文学研究本身带有意识形态的色彩,文学研究与政治责任在这里悄然结合。

论者认为,印度文学存在一种“泛印度意识”。这种意识暗示一种内在的印度性:“这种泛印度意识来自某些原型观念,这些观念是印度文化、历史和思想的产物。”④还有学者认为:“最容易理解的是印度文学体现的差异性,最难明白的是它的一致性,这是一种内在和观念的东西……我们的问题是,十五种或更多的语言怎么能够创造一种文学?我们怎么协调语言的复杂性与文学的单一性?”该学者认为,比较文学应该为多语种国家文学的民族性定位:“印度性也就体现在这个国家的复数文学中。”⑤在这种借比较印度文学寻找印度性、民族性的过程中,达斯和德武等学者强调保持比较文学研究印度特色的旨趣一目了然。

对于当今程度不同地存在语言和社会问题的国家而言,达斯和德武等学者将比较

① Amiya Dev & S. K. Das, eds. *Comparative Literature: Theory and Practice*, Shimla: Indian Institute of Advanced Study, 1989, p.100.

② K. A. Koshy, ed., *Towards Comparative Indian Literature*, Aligarh: Aligarh Muslim Universtity, 1987, p.19.

③ Amiya Dev & S. K. Das, eds. *Comparative Literature: Theory and Practice*, p.102.

④ I. N. Choudhuri, *Comparative Indian Literature: Some Perspectives*, Delhi: Sterling publishers private limited, 1996, p.32.

⑤ K. M. George, ed. *Comparative Indian literature*, Vol. 1, “Preface”, Trichur: Kerala Sahitya Akademi, 1984.

文学研究印度化的立场不失其借鉴意义。例如,中国文学内部存在一些支流文学如藏族文学、蒙古族文学、维吾尔族文学、彝族文学、土家族文学、苗族文学、壮族文学等,如果将这些支流文学即少数民族文学与汉族主流文学进行比较研究,或者在这些少数民族文学之间进行比较研究,将会给我们提供一种新的视角,使我们更好地书写一部完整的多民族中国文学史。总之,达斯等人的相关理论思考对于中国学界未尝不是“可以攻玉”的“他山之石”。

二、印度文学史的梳理

达斯和德武等学者论述比较印度文学这一方法的重要意义,主要是着眼于寻找印度性,以构建大一统的印度文学观念而展开的。达斯以比较文学方法研究印度文学史便是这一思路的逻辑展开。

1979 年,坎纳达语学者 V.K.戈卡克(Vinayak Krishna Gokak)认为,印度语言主要包括两大语系,即梵语和达罗毗荼语,但“印度性”将印地语、孟加拉语、泰米尔语等各种语言文学联系在一起。“印度人就是全部继承而非部分继承印度文化传统的人。这种整体的文化意识是印度性的本质特征。”①他承认,印度性和西方影响构成印度现代文学的基础。“事实上,印度现代文学的独立发展主要来自印度古代文学、印度经典、印度区域文化传统及西方的影响。”②古吉拉特语学者乌玛商卡尔·乔希(Umashankar Joshi)认为是西方学者最先提出“印度文学”的概念。“德国诗人兼学者施莱格尔(August Wilhelm von Schlegel)于 1823 年提出‘印度文学’的概念,不过他主要指的是当时刚传到西方的梵语作品。”③西方学者对“印度文学”的命名,其实就是一种“印度的发现”。他还认为,正是由于中世纪印度方言文学的兴起,才促使当代学者思考“印度文学”这一概念的重要性。中世纪虔诚文学的普遍发展,使得印度学者不可能对任何一种印度现代语言文学孤立地进行研究。“必须在印度文学的整体语境中进行研究。中世纪文学使一门新的学科即比较印度文学(comparative Indian literature)成为必需。”④这就把印度文学研究与自西方传入的比较文学方法联系在一起。上述关于印度

① Vinayak Krishna Gokak, *The Concept of Indian Literature*, Delhi: Munshiram Manoharlal Publishers, 1979, p.112.

② Ibid., p.111.

③ Umashankar Joshi, *The Idea of Indian Literature*, New Delhi: Sahitya Akademi, 1990, p.7.

④ Umashankar Joshi, *The Idea of Indian Literature*, p.27.

文学的概念辨析,对理解达斯的印度文学史研究有着十分重要的意义。因为,他们的论述实质上与达斯、德武等人无异。

乌玛商卡尔·乔希指出:"什么是印度文学?什么是比较印度文学?这两个概念的结合显然是非常紧密,即使没有所谓的比较文学这一学科,依照我们印度现今所处的文化语境,也必须创造一个诸如此类的概念。"①S.K.达斯的思路与此接近。他于1991年、1995年先后出版迄今最有比较研究品味的两卷本印度近现代文学史巨著。此二书篇幅达1 800多页,资料翔实,考据充分,结构安排匠心独具,史论结合非常到位(每卷均分为篇幅大约相等的文学史论述和文学大事记等两个部分),的确属于20世纪印度文学史研究的翘楚之作,同时也是独具一格的比较文学著作。迄今为止,许多印度学者纷纷引用该书观点及其相关成果,其影响力由此可见一斑。德武称其为无可争辩的"学术巨著"②。德里大学英语系教授、印度比较文学学会副会长哈里希·特里维迪认为,达斯的两卷本著作是"近来一个时期这一学科领域努力尝试而产生的最雄心勃勃的宏大叙事"③。

S.K.达斯所著《印度文学史》第一卷论述范围自1800年至1910年,其副标题为"西方影响与印度回应",第二卷论述范围自1910年至1956年,其副标题为"自由斗争的胜利与悲剧"。第一卷先以"序言"的形式对印度文学的概念、印度文学史基本框架及其分期进行简介,然后以1800年至1835年、1835年至1857年、1857年至1885年、1885年至1910年四个时间段为框架,探索近代印度文学史的大致脉络。第二卷先后论及印度方言文学的互动、民族独立运动与印度作家、达利特(贱民)文学、女性文学等。

此两卷本具有这样几个特点。首先,它们注重对印度文学概念及其相关问题的思考。第一卷"序言"写道:"不对印度现存各种文学传统和印度语言复杂性进行全局把握,很难书写一部印度文学史。"④达斯强调印度文学史的书写必须把握印度语言复杂、印度文化传统多元化的两大特色。他认为,自古以来,印度便存在一种精神和文化方面的统一性。"印度文学是这种印度精神的表述。印度文学是印度人民重要的语言记

① Umashankar Joshi, *Indian Literature: Personal Encounters*, Calcutta: Papyrus, 1988, p.1.

② Jancy James, Chandra Mohan, Subha Chakraborty Dasgupta and Nirmal Kanti Bhattacharjee, eds. *Studies in Comparative Literature: Theory, Culture and Space, In Memory of Sisir Kumar Das*, New Delhi: Creative Books, 2007, p.18.

③ Ibid., p.72.

④ S. K. Das, *A History of Indian Literature: Vol.1. 1800-1910, Western Impact: Indian Response*, New Delhi: Sahitya Akademi, 1991, p.1.

录，也是许多世纪以来不仅为政治危机所影响，也为社群感情所阐释的一种事实。”[①]达斯反对某些西方学者将阿萨姆语、孟加拉语、印地语和古吉拉特语等各种印度语言的文学机械叠加为印度文学的立场。他认为，首先应该将印度文学视为相互联系的印度语言族群的表述，才能从探索这些联系的角度开始建构印度文学的观念。“印度文学史家的工作须得从这里开始。”[②]达斯认为，文学史并非要取代文学批评，也不能取代文学研究，而是“提供确立文学创作及其他人类活动的联系的一种方法，并为文学理论家和文学评论家提供合适的各种文献资料”[③]。

该书第二个特点是，达斯始终坚持在语言、宗教、文化、历史、政治等各种复杂因素交织的层面或维度上考察现代印度文学史的发展轨迹，体现了文化研究向文学研究渗透的时代风气。从语言上看，达斯不仅考察梵语文学、文化经典对印度现代文学的深刻影响，还考察了印地语、孟加拉语、泰米尔语等各种印度语言文学的发展演变，同时也对印度英语文学的萌芽和发展进行了细致的研究。从宗教文化角度看，达斯考察了印度教文化、伊斯兰教文化、基督教文化等对印度现代文学的深刻影响，还论及近代印度文学中的“梵语化”和“波斯化”现象。从历史和政治角度看，作者不仅追溯了印度民族大起义和印巴分治等重大历史事件对印度文学的深刻影响，还关注达利特文学的兴起、印地语文学和乌尔都语文学的“竞争”关系、19世纪以来印度文学中的现代性诉求、20世纪初印度文学中的女性题材创作和女性形象塑造、甘地等政治家和民族独立运动领袖对印度现代文学的影响等重要主题。

该书第三个特点是，达斯对印度文学接受西方文化的影响给予关注，力图在印度与西方文化互动的时代背景下，追溯印度文学的现代发展轨迹。为此，达斯在第一卷中对麦考雷在印度推广英语教育体制的有关言行及其积极意义进行解说，并对印度英语文学的外来因素进行分析。其他很多地方的分析也体现了重视东西文化互动考察的痕迹。

该书还有一个特色，就是对印度现代各种文类起源和发展的考察。达斯不仅追溯了印度各种现代语言中的诗歌、小说、散文、戏剧、传记、旅行文学、口传文学或民间文学等的发展轨迹，还介绍了印度翻译和文学理论的发展，并对印度英语文学这一特殊的印

---

① S. K. Das, *A History of Indian Literature: Vol.1. 1800 – 1910*, *Western Impact: Indian Response*, p.4.

② Ibid., p.8.

③ Ibid., p.12.

度文学形式给予高度重视，体现了作者无比开阔的学术视野和自由包容的思维立场。达斯不仅对一般的文学史进行整体考察和纵向梳理，还对某些重要的现代作家如泰戈尔等人进行重点考察，体现了点面结合的旨趣。

此外，两卷本《印度文学史》有一半的篇幅由印度文学大事记组成，其编写体例在一般的文学史著述中不太多见。这种重视史料收集和现象梳理的方法，为关注印度文学史的学者们提供了便利。

综上所述，达斯的两卷本《印度文学史》充分体现了比较文学方法向印度文学史研究渗透的趋势。对于了解印度文学发展轨迹和考察相关领域研究动态而言，该书必将成为学者们无法绕开的经典。

第十二节　纳姆瓦尔·辛格

印地语文论家、尼赫鲁大学印地语系退休教授纳姆瓦尔·辛格（Nāmawara Singh，1927—　）又译"纳姆沃尔·辛赫"，出生于印度北方邦瓦拉纳西地区的农村家庭。论者指出，辛格是继拉姆维拉斯·夏尔马之后"最有影响的马克思主义评论家，也是至今健在的最有影响的印地语文学评论家之一"①。夏尔马（Ramvilas Sharma，1912—2000）是印度印地语文论界老资格的马克思主义文论家，也被论者称为"拉姆昌德拉·舒克勒（即前述的修格尔）之后影响最大的文学评论家"②。

辛格的文论著述包括《阴影主义》（*Chāyāvāda*，1955，也译作"论影象主义"）、《历史与评论》（*Itihāsa aur Ālocanā*，1960）、《现代文学的若干趋势》（*Ādhunika Sāhitya ki Pravṛttiyam*，1964）、《新小说论》（*Kahāni: Nai Kahāni*，1966）和《诗歌新鉴》（*Kavitā ke Naye Pratimāna*，1968）等。他的其他文论著作和文集还包括《争论与对话》（1989）和《卡尔·马克思：文艺思考》（2005）等。

在对印地语文学史的梳理和对1918年至1936年的印地语"阴影主义"（影象主义）或曰"阴影派"诗歌创作实绩的评价方面，辛格是公认的一位重要人物。辛格早期文论代表作《阴影主义》写于1954年，次年出版，后于1968年、1979年、2007年几度再

① 薛克翘、唐孟生、唐仁虎、姜景奎：《印度近现代文学》（下册），第1198页。
② 同上。

版。在书中，辛格对阴影派诗歌的历史发展、成就和地位做出了较为全面而客观的评价。

辛格认为，阴影派诗歌在一定程度上反映了印度民族精神的觉醒。“阴影主义是民族觉醒的诗歌表现形式，它一方面要求从旧的保守势力下解放出来，另一方面要求从外国的统治下解放出来。”[①]这种评价界定了阴影派诗歌的实质和内涵，至今仍旧是印度文论界奉为圭臬的有力判断。阴影主义、神秘主义和浪漫主义无疑有着重要的区别：“神秘主义有一种对未知的求知欲，影象主义（即阴影主义）是表示图像的细腻，而浪漫主义中则有从旧的清规戒律中解放出来的愿望。”[②]辛格指出，阴影派诗歌是印地语文学传统的一个重要环节，它的产生有着特殊的社会环境和文学背景。其中，泰戈尔的孟加拉语诗歌和华兹华斯、雪莱的浪漫主义英语诗歌对它的影响最为重要。阴影派除了推动印地语文学的发展，还促进了印地语文学评论的发展。辛格还认为，客观来看，阴影派诗歌的积极一面是，它倡导仁爱精神，热爱自然与人生，给人美感。“影象主义不是使我们陶醉于诗情而变得消沉，而是使我们幡然醒悟而变得积极。它使我们的思想开阔，认识加深，感情得到净化和升华。”[③]

辛格认为，阴影派诗歌的局限在于，它与普通民众现实生活距离很远，影响范围有限。辛格主张印地语文学以开放的心态吸纳当代世界文学的创作技法，反对某些阴影派诗人的无病呻吟和多愁善感。辛格说：“世世代代的文学、艺术、文明都是从民众生活中获得永不枯竭的源泉，在民众的生活中产生和发展的。离开了这个源泉，任何文学、艺术、文明都无法生存。影象主义的局限性为后世诗歌同这个永不枯竭的源泉建立联系提供了教训。进步文学就是对这一教训的总结。”[④]辛格对阴影派诗歌的评价虽然带有时代的痕迹，但整体上说是正确的。

辛格的另一部文论代表作是文集《诗歌新鉴》（也译《诗歌的新榜样》）。根据薛克翘先生的介绍，该书讨论了“阴影主义”、“后阴影主义”、“实验主义”和“新诗歌”等各种不同流派的诗歌创作，并对其成就进行评价，还与不同的诗学观进行论争。例如，辛格在其中一篇题为《感受的复杂与紧张》的文章中，对前述著名印地语文论大家纳根德

① 转引自薛克翘、唐孟生、唐仁虎、姜景奎：《印度近现代文学》（下册），第1199页。

② 纳姆沃尔·辛赫：《论影象主义》，薛克翘译，季羡林主编：《印度文学研究集刊》（第二辑），上海译文出版社，1986年，第367页。

③ 同上，第374页。

④ 同上，第375－376页。

罗的诗学观提出异议。纳根德罗对此没有任何过激反应,但却引起一些学者的注意。1977 年,印度学者主编并出版了一部论文集《评论家纳姆瓦尔》,对辛格诗学观的成就与不足进行了全面的分析。1995 年,其他学者主编并出版论文集《关于纳姆瓦尔的讨论》,重点批评了辛格的某些文学思想。在印度学者看来,这其实是印度传统诗学派与马克思主义文艺观的思想碰撞。在辛格的其他文论著作中,他仍然坚持以马克思主义文艺观分析和评价当代印地语文学,并取得了令人瞩目的成就①。

辛格的文学思想是当代印度马克思主义文艺观的一个缩影。许多学者受到马克思主义影响,从而在著述中自觉运用历史唯物主义和阶级分析手法进行研究。此处略举两例。

前述的拉姆维拉斯·夏尔马的代表作为《拉姆昌德拉·舒克勒大师与印地语文学评论》(1955)、三卷本《尼拉腊的文学修养》(1968—1972)、《新诗与存在主义》(1978)、三卷本《印度古代语族与印地语》(1979—1981)、《英国在印度的统治和马克思主义》(1982)和《马克思与落后社会》(1985)等。他坚持历史唯物主义和辩证唯物主义立场,格外重视考察文学作品表现的社会问题及作家的世界观等,常常从阶级矛盾入手分析作品②。

B.夏尔玛(Brahmanand Sharma,1923—2000)是以梵语进行著述的诗学家。他有诗学论著五本存世,其中包括《味论》(梵英对照本)、《本事庄严探》、《新味探》和《诗真谛光》等。他说,他的目的是"给梵语诗学增添一些新的内容"③。另一位梵语诗学研究者拉塔瓦拉巴·特里波提(Radhavallabh Tripathi,1945—　)对夏尔玛的评价是:"B.夏尔玛曾经试图按照马克思主义原理阐释味论。他将味的体验(rasānubhūti)等同于认识真理(satyānubhūti),对他而言,味的体验即为现实的体验。"④

夏尔玛的《味论》带有浓厚的马克思主义色彩。该书分为五章,多处采用《韵光》的论辩体进行诗学阐释。第一章《真理解说》主要论述认识真理与欣赏诗歌等文学作品之间的区别、梵语诗学中的诗歌与经济、社会现实等的关系、语言和意义的关系、翻译与言意关系的变化等问题。第二章《味的考察》对味、情、普遍化等重要诗学范畴进行了

---

① 本节对辛格的相关介绍,参阅薛克翘、唐孟生、唐仁虎、姜景奎:《印度近现代文学》(下册),第 1198－1199 页。

② 参阅薛克翘、唐孟生、唐仁虎、姜景奎:《印度近现代文学》(下册),第 1198 页。

③ Brahmanand Sharma, *Reassessment of Rasa Theory*, "Preface", Jaipur: Champa Lal Ranka & Co., 1985.

④ S. C. Pande, ed. *The Concept of Rasa with Special Reference to Abhinavagupta*, Shimla: Indian Institute of Advanced Study, 2009, p.97.

介绍,并将情味描写分为阶级情味和个人情味两类。第三章《论味的特征等》对味的超凡脱俗的宗教精神尺度进行现代解构,认为情感普遍化只是认识真理的一种方式而已,味不等于精神体验。第四章《论艳情味等》继续按照唯物史观解读传统的味论,认为阶级斗争中也存在英勇味、暴戾味,艳情味有助于阶级斗争,平静味和虔诚味等不是诗意体验,而是精神体验。第五章《味病论》论述味病,篇幅较为短小[①]。

第十三节　勒沃普拉萨德·德维威迪

印度独立以后,与梵语诗学经典的翻译(英译和各种印度语言的翻译)、研究密不可分的一个重要内容便是,部分功力深厚的梵语学者以梵语写作并出版自己的相关成果,这是当代印度梵语诗学研究界向世界文论界发出的一种复杂而又微妙的文化信号,这种信号的核心密码便是:强烈的民族文化自觉意识。这一信号也有力地挑战了 P.V.迦奈和 S.K.代等人在 20 世纪 20 年代关于 17 世纪世主的《味海》"终结"梵语诗学发展的断言。

2007 年,一位印度学者出版《晚期梵语诗学家》一书,详略不一地介绍了 17 世纪末至 19 世纪末的一百三十五位梵语诗学家、七十一位梵语诗学注疏家的著作和五种佚名诗学著作,并重点介绍了十位当代梵语诗学家[②]。某种程度上,该书消除了世界梵学界普遍将 17 世纪的世主视为"终结"梵语诗学发展的"神话"。该书还列举了 20 世纪以来印度学界十位以梵语进行著述的著名诗学研究者,排名第一的勒沃普拉萨德·德维威迪属于梵语诗学领域里当代大师级学者。

贝拿勒斯印度教大学梵语文学、诗学研究专家勒沃普拉萨德·德维威迪(Rewaprasada Dwivedi,1935—　)曾经被印度总统授予"荣誉证书",还获得"印度文学院奖"等多项高级别的奖励或荣誉称号。他是当之无愧的健在的梵语诗学研究第一人。当代著名梵语诗学研究者 R.穆克吉评价说,德维威迪是"一位提出文学批评新理论的原创型思想家(original thinker)"[③]。至 2007 年为止,德维威迪出版了大约 110 种关于梵语文学、诗学研究的著作。

① Brahmanand Sharma, *Rasalocana*, Ajmer: Pracya Vidya Pratishthan, 1985.

② Anand Kumar Srivastava, *Later Sanskrit Rhetoricians*, Delhi: Eastern Book Linkers, 2007.

③ Bhoja, *Śṛṅgāraprakāśa*, Vol.1, "An Appreciation", New Delhi: Indira Gandhi National Centre for the Arts, 2007, p.22.

1977 年，德维威迪出版了梵语著作《诗庄严颂》。2001 年，他又推出该书的梵英对译本。该书可以视为德维威迪重要代表作之一。该书体现出德维威迪的诗学风格或特色："他的诗歌哲学带有理想主义色彩，以合理的方式阐释诗学原理。他的哲学不是强调主观因素，而是以客观对象为主。"①正是沿着这一思维的轨迹运行，德维威迪在书中提出一个重要的观点："庄严是诗的灵魂，因为诗中只有庄严……味是诗的效果，诗中没有味。"②他指出："在'诗庄严'这一概念中，'庄严'这一术语代表了诗的每一种对象或特征（dharma），而非指代某一种特征。"（37）③循着这一思路，他说："诗中只有庄严，因此庄严是诗的灵魂。存在于其他身体的因素（dharma），怎么能称为自己身体中的灵魂？"（46）④有人认为，灵魂与诗、味的关系，如同大海与鱼、水的关系。德维威迪反对这一观点。他强调说："'诗中充满味'，这种说法以情由和情态等等的结合为依据。'诗中有味'，其实是被称为'有味表达'（rasokti）的一种庄严罢了。"（240）⑤总之，在六个重要的梵语诗学概念中，德维威迪将韵视为包含味、风格、合适等的诗学体系，而将庄严视为包含曲语的诗学体系，因此，梵语诗学便被分解为韵论和庄严论两个派别，其中，庄严占据文学的灵魂或曰核心位置⑥。

德维威迪另一部重要的诗学代表作是《舞教》（*Nāṭyānuśāsanam*）。该书 1983 年初版，1996 年再版，2008 年出了第三版。它采取梵语经文和印地语译文前后并置的著述体例。该书主要论述戏剧，分为五章⑦。他的诗学论文集《庄严即梵》出版于 2005 年。该书从波阇等人的宗教哲学和泛庄严论诗学观出发，得出一个重要的结论：文学与哲学本质无异，庄严即梵⑧。

2007 年，德维威迪出版了篇幅达 500 多页的印地语力作《梵语诗学批评史》，对公元前 3 世纪至 21 世纪初（到 2005 年为止）的梵语诗学发展演变进行探索。该著介绍了五十二位古代梵语诗学家和十七位 20 世纪梵语诗学家及其代表作。《梵语诗学批评史》对梵语诗学和印地语文论发展史做出了全新的探索，这使 1923 年前后出版的两部

① Anand Kumar Srivastava, *Later Sanskrit Rhetoricians*, p.99.

② Rewaprasada Dwivedi, *Kavyalankarakarika*, "Author's Note", Varanasi: Kalidasa Samsthana, 2001, V.

③ Rewaprasada Dwivedi, *Kavyalankarakarika*, p.11.

④ Ibid., p.13.

⑤ Ibid., p.83.

⑥ Anand Kumar Srivastava, *Later Sanskrit Rhetoricians*, p.100.

⑦ Réwāprasāda Dwivedī, *Nāṭyānuśāsanam*, Varanasi: Kalidasa Samsthana, 2008.

⑧ Rewāprasāda Dwivedī, *Alaṃ Brahma* (*Fresh & Strking Theses on Sanskrit Poetics*), Varanasi: Kalidasa Samsthana, 2005, pp.1-4.

英文版《梵语诗学史》在八十多年后,终于找到了合格的“接力手”,为书写完整而全面的印度文学史、印度文论史乃至印地语文学史打下了坚实的基础。该书分为五章。第一章为《原理、规则和流派》,介绍了梵语诗学的基本原理和几个主要流派。第二章为《居住地域》,按照建志补罗、迦湿弥罗(克什米尔)、陀罗尼和迦尸等诗学家集中居住过的四个古代地域,将梵语诗学分为四个流派。其中,第一个地域有婆罗多和檀丁等人,第二个地域包括婆摩诃、伐摩那、优婆吒、欢增、新护、安主、恭多迦、摩希摩跋吒和曼摩吒等人,第三个地域包括胜财、达尼迦和波阇等人,第四个地域集中了阿伯耶·底克希多、墨图苏登·娑罗私婆蒂、世主等人。第三章《千年纪实》将婆罗多以来的梵语诗学发展分为三个一千年即三个时期进行考察。第四章题为《梵语诗学大师》,主要介绍印度独立以前的四十九位著名梵语诗学家,包括婆罗多、檀丁、婆摩诃和 18 世纪的纳拉辛哈·格维等人。第五章题为《现代文论》,先介绍印度独立以来的十六位著名梵语诗学家(作者将自己排在第二位),再介绍 16 至 20 世纪的四位虔诚味论者,其中包括鲁波·高斯瓦明[①]。由此可见,德维威迪与 20 世纪初两位梵语诗学史专家相比,占有的资料更为丰富,视野更加开阔,论述更有特色。该书是 20 世纪以来印度学者关于梵语诗学研究的印地语著作中的翘楚之作。期待国内的印地语学者能尽早地将此书译为中文出版,以便研究印度文学史或东方文学史、东方文论史的学者们及时地了解这一巨著的基本内容。

第十四节　特迦斯薇妮·尼南贾娜

作为第三世界的一个代表性国家,印度在国际比较文学界和翻译理论界发出的最响亮声音当属特迦斯薇妮·妮南贾娜(Tejaswini Niranjana, 1958—　)等人的文化翻译论。

按照中国学者近年来对翻译的认识,它可以指以符号转换为手段、意义再生为任务的一项跨文化交际活动。“翻译是把一套语言符号或非语言符号所负载的信息用另一套语言符号或非语言符号表达出来的创造性文化活动,它包括语际翻译、语内翻译和符

---

① Rewaprasada Dwivedi, *Sanskrit Kavyasastra ka Alocanatmaka Itihasa*, Varanasi: Kalidasa Samsthana, 2007.

际翻译。”[①]这个定义与尼南贾娜等印度学者心目中的翻译概念存在一些差异。

印度学者的翻译论述主要是在后殖民主义和解构主义等西方思想浸淫下，对文学翻译进行文化、政治、经济等多个维度或层面的理论思考。他们并不真正关注文学语言符号的跨文化转换，而更多地关注社会历史、人生体验等各个领域的隐喻意义上的文化翻译。尼南贾娜等偶尔涉及文本的跨文化翻译，但其重点不在分析语言信息的准确传递与否，而在阐释翻译背后的心理机制和历史文化动因。例如：“由遏制性力量形成的翻译被转化为一种破坏性的、撒播性的翻译。重译引发的解构拓展了后殖民空间，因为它把历史带给了合法性。”[②]对于尼南贾娜等人来说，跨文化翻译中的错译和误译乃是最佳的分析对象。此乃文化翻译的要义之一。这和某些中国学者的译介学理论有些相似。

尼南贾娜是位于南印度安德拉邦首府的海德拉巴大学英语系教授，美国芝加哥大学客座教授。作为“庶民学派”(Subaltern Studies School)后期重要代表人物之一，她是一位作家兼翻译理论家。她关于翻译问题的思考集中体现在1992年出版的《为翻译定位：历史、后结构主义和殖民与语境》(下简称《为翻译定位》)。顾名思义，尼南贾娜的翻译论的确与历史、解构主义和后殖民理论结下了不解之缘，是一种不折不扣的文化翻译论而非语言文学翻译论。同时，它也可视为一种借助翻译研究之名包裹起来的文化批评理论或国际文化政治论。若套用某些中国学者的术语，它还可以称为一种“文化诗学”。这在《为翻译定位》中表现得非常明显。该书分为六章，标题分别是：“引言：翻译中的历史”、“再现文本与文化：翻译研究与人种学”、“寓言和历史主义批判：解读保罗·德曼”、“政治与诗学：保罗·德曼、本雅明和译者的任务”、“解构批判和历史：德里达论本雅明”和“混乱的翻译：后结构主义与后殖民文本”。由这些标题也可猜出尼南贾娜书中强烈的解构主义色彩和东西文化对话意识。

尼南贾娜在《为翻译定位》的开头写道：“在后殖民语境下，成问题的翻译成了引发再现、权力和历史性等问题的意味深长的地方。”[③]这样，该书的基调就此定下，主要是讨论翻译与文学再现、政治权利和殖民历史等的关系。她接着写道：“作为一种实践形式，翻译建构了殖民主义掌控下不对称的权力关系……一般而言，翻译依赖于西方哲学

① 曹明伦：《翻译之道：理论与实践》，石家庄：河北大学出版社，2007年，第129页。

② Tejaswini Niranjana, *Sitting Translation: History, Post-structuralism, and the Colonial Context*, Berkeley: University of California Press, 1992, p.186.

③ Ibid., p.1.

有关实在、再现和知识的概念。”[①]据此，她认为，在殖民语境下的翻译产生并支撑着一种话语体系，并逐步渗透，进而强化了表述殖民地人民和本土文化的话语霸权。因此，翻译参与了文化殖民的非强制性程序。“翻译的功能是透明地表现既已存在的东西，尽管这种‘本原’是由翻译本身所造就的。”[②]

在对翻译的历史和政治含义进行说明之后，尼南贾娜指出：“至此，非常清楚的是，我使用‘翻译’（translation）一词并非只表示一种跨语际的翻译程序，而是称谓所有的问题。”[③]为此，她求助于拉丁语、希腊语、德语和法语等西方语言表示翻译的词汇如translatio、metapherein、Übersetzung和traducteur等，以表明翻译可以联合阐释与阅读的力量，造成语言转化、进而造成文化思维变迁的事实。这就使她对翻译的理解向德里达的解构主义思想靠拢。她说，她论述翻译，并非要去解决什么译者的困境，也并非另立翻译之说以缩小跨文化的隔阂。相反，她是借反思翻译问题对翻译符号流通其间的一些思想体系进行解构主义式拆卸。因为，在她看来，关于翻译的论述复杂多样，但都缺乏或压制了对翻译历史和不对称权力关系的自觉考察。她的任务就是历史而政治地考察和反思这一跨文化的翻译现象。换句话说，她是借文化和政治意义上的“定位”来为翻译进行历史还原式“定位”。

尼南贾娜对西方殖民印度的历史进行深度钩沉，同时涉及麦考莱、威廉·琼斯、黑格尔、詹姆士·穆勒等西方学者的印度话语。她的理论支撑点还是德里达和保罗·德曼等人的解构主义思想。她认为，德里达的双重书写理论有助于理论家对西方关于印度的历史叙事和翻译著作中明显存在的问题进行质疑。她的同胞霍米·巴巴（Homi Bhabha）的混杂性叙事理论也给予她不少启发。她说：“因此，混杂性可以视为后殖民理论的符码，它颠覆了本质主义的阅读模式，同时还指向一种新的翻译实践。”[④]她还指出：“也许，历史和翻译在再现、真理和在场的同样法则下运作，通过对差异的压制而创造条理分明、透明易解的文本，由此参与殖民统治的进程。”[⑤]此处言及的“差异”应指翻译文本包含的跨文化信息，它被西方译者忽略隐藏或改头换面。

翻译研究（Translation Studies）是20世纪中后期西方兴起的一门学科分支。这种

---

① Tejaswini Niranjana, *Sitting Translation: History, Post-structuralism, and the Colonial Context*, p.2.

② Ibid., p.3.

③ Ibid., p.8.

④ Ibid., p.46.

⑤ Ibid., p.43.

翻译研究是在文化研究大潮下兴起的,可以归入比较文学研究范畴。它与传统意义上的翻译研究有很大差别。谢天振教授认为,比较文学的翻译研究属于译介学研究。这是一种文化批评性质的翻译研究。译介学和传统翻译研究不同的地方在于:前者只关心译作的流传,不关心译作忠实与否;前者只关注两种文化的交流及相关文化现象,但不对之进行价值判断;前者的研究目的在于把任何译作都视为事实加以接受,并对翻译中文化意象的失落歪曲、不同文化的误解误释和文学翻译中的"创造性叛逆"等文化现象进行考察分析。"而从比较文学立场出发的翻译研究,也即我们这里所说的译介学研究,其实质是一种文学研究或文化研究,因为它并不局限于某些语言现象的理解与表达……因此,比较文学的翻译研究……更富美学成分。"①尼南贾娜对于跨文化翻译的见解无疑与译介学的某些理论非常合拍。例如,她认为:"忠实于原著的观念阻碍了翻译理论思考一种译作的力量。例如,人们很少研究从非西方语言译入英语的译作及其帮助形成的殖民霸权之间的紧密联系。"②这说明,西方文学研究中的文化转向(cultural turn)的确深刻地影响了处于印西学术交流前锋的尼南贾娜。

作为一位激进的理论家,尼南贾娜激烈批评印度经典的西方译本。她说,翻译中的互文性,某些译作的经典本质和它们参与殖民臣服的实践,殖民主义时期借自西方语言的非线性历史观念,这一切就是某些西方学者所谓的"帝国科学"的"一种系统科学分支"。由此可见:"翻译组成了一个互文性网络。"如威尔金斯翻译的《薄伽梵歌》和《摩奴法典》、威廉·琼斯翻译的《沙恭达罗》以及H.H.威尔逊翻译的迦梨陀娑作品等等。在尼南贾娜看来,这些译作"组成了一种经典,阐释殖民臣服,建构一种印度的性格、精神和生活方式。通过对影响不同语言关系的不对称权力关系的压制,形成了翻译中的'帝国科学'"③。尼南贾娜借这些西方的经典译本向早年的"帝国科学"开炮,她显然继承了赛义德(Edward C. Said)在其后殖民理论代表作《东方学》和《文化与帝国主义》中批判西方学者拥有东方主义逻辑的理论思维。果真要回到历史深处,那就得承认,威廉·琼斯和威尔金斯等人在东西方文化交流中做出的历史贡献值得肯定。尼南贾娜对威尔金斯等人的解构主义批判,当然有其"为翻译定位"的战略考量,这无可厚非。但是,真理超出一定的范围,也就不成其为真理。

尼南贾娜对德里达等西方解构主义观"一股脑地接受下来",从而"走火入魔"。其

① 谢天振:《译介学导论》,北京:北京大学出版社,2007年,第6页。
② Tejaswini Niranjana, *Sitting Translation: History, Post-structuralism, and the Colonial Context*, p.58.
③ Ibid., p.60.

实，通观《为翻译定位》全书可以发现，贯穿其中的解构主义思想体现了尼南贾娜作为第三世界国家印度的公共知识分子立场。她借文化翻译论反思东、西方历史互动表层下的汹涌暗流，揭示它对当代跨文化交流的启迪意义，这一点是值得肯定和赞赏的。但在很多时候，她也犯了把洗澡水和婴儿一块倒掉的错误。这是很多后殖民理论家的通病，尼南贾娜对翻译的定位思考，当然也无法避免这一弊病。

尽管存在这样那样的缺陷，《为翻译定位》一书在中国、印度和西方均产生了不同程度的影响，尼南贾娜的文化翻译论因而值得关注和思考。国内学界的后殖民研究和文化翻译研究鲜有不提及《为翻译定位》一书者①。该书的部分章节还被译为中文，尼南贾娜的个人论文集也有中译本出版。从这个角度看，尼南贾娜及其理论为中国比较文学发展和中印文化交流做出了特殊的贡献。

第十五节　阿贾兹·艾哈默德

印度学者在后殖民理论方面的著述为世界学界瞩目。学界所谓“后殖民三剑客”（赛义德、G.C.斯皮瓦克和霍米·巴巴）中的两位即斯皮瓦克和巴巴拥有印美双重国籍。这两位学者常在印度与美国之间穿梭往返，搭建美国与印度文化交流的无形桥梁。印度本土学者在后殖民理论批评方面的代表人物包括阿贾兹·艾哈默德、阿西斯·南迪等。

阿贾兹·艾哈默德（Aijaz Ahmad，1942—　）也译“阿吉兹·阿罕默德”，曾经求学于西方，目前在印度多个机构任职，是当代印度理论界的多面手。艾哈默德的代表作是《阶级、民族与文学论》，该书是他于 1987 年至 1991 年间发表的系列论文的汇编，1992 年出版。1994 年和 2004 年，该书两次再版。印度与西方、中国学者对此书内容多有引用或评述。该书近期出版了易晖的中译本即《在理论内部：阶级、民族与文学》。赵稀方指出，《阶级、民族与文学论》与罗伯特·扬的《白色神话：书写历史与西方》等书一道构成了“后殖民理论的经典著作”。艾哈默德的著作之所以成为经典，主要在于他对“后殖民理论的马克思主义批判”。有趣的是，《阶级、民族与文学论》旨在批判后殖民思想家的逻辑，但却成为“一本后殖民经典，被视为后殖民理论的马克思主义流

① 例如：费小平：《翻译的政治——翻译研究与文化研究》，北京：中国社会科学出版社，2005 年。

派,入选各种后殖民理论选本"①。

《阶级、民族与文学论》一书的标题 *In Theory: Class*, *Nation*, *Literature* 似乎可直译为《似是而非的阶级、民族与文学》,它暗含了作者对 V.S.奈保尔和萨尔曼・拉什迪等为代表的后殖民文学创作的质疑、反思、批判,体现了他与詹姆逊、赛义德、霍米・巴巴等西方后殖民批评家有意拉开距离的理论自觉。艾哈默德在 2013 年 9 月 16 日为《阶级、民族与文学论》中文版所写的"前言"中回忆说:"我曾经在美国大学任教,而在写作这本书的时候,我已经回到了印度。由此,我特别关心连接前殖民地国家的学术机构与帝国主义中心机构的依赖关系的传播链条。"②他还提到了孔子、孙中山、毛泽东、周恩来、鲁迅等,表现出对中国文化的浓厚兴趣。他虽未造访中国,但为自己的书"来华旅行"感到高兴。1992 年,他为《阶级、民族与文学论》初版所加的"引言"题为:"我们时代症候中的文学"(Literature among the signs of our times)。此处使用的 signs(特征、症候、迹象)一词似乎含有贬义,喻指 20 世纪后期西方"理论爆炸"语境下各种复杂的思潮。该书共收入八篇长短不一的文章,大多是艾哈默德在美国和印度参加学术研讨会所提交的论文,后来发表在各种英文期刊上。这使他的声音能为"理论爆炸"时代的东西方学术界及时地捕捉。论者认为:"阅读艾哈默德是一种崭新的思想体验,能够激发我们思考关乎自身发展的一些重要观念。"③

《阶级、民族与文学论》主要涉及几个方面的问题:对所谓"第三世界文学"的概念进行透析,对文学与阶级、政治、性别、种族、移民、意识形态等复杂因素的关联进行思考,对詹姆逊、赛义德、马克思、拉什迪等人的东方表述进行辨析,对印度文学的概念建构、印度文学史的书写等问题进行剖析。由此可见,正如《阶级、民族与文学论》的标题所显示的那样,意识形态和种族政治等文学的外部因素或社会学、政治学因素基本上占据了优先位置,关于语言、风格与情节等文学内部因素的思考被边缘化。

"第三世界文学"(Third Word Literature)是艾哈默德首先考察的一个西方概念或思想逻辑范畴。该文集的第一和最后一篇文章均与此主题的论述相关。这种首尾呼应

① 〔印〕阿吉兹・阿罕默德:《在理论内部:阶级、民族与文学》,易晖译,"总序"(赵稀方撰),北京:北京大学出版社,2014 年,第 1、12、17 页。

② 〔印〕阿吉兹・阿罕默德:《在理论内部:阶级、民族与文学》,易晖译,"中文版前言"(赵稀方译),北京:北京大学出版社,2014 年,第 2 页。

③ P. K. Rajan, ed. *Indian Literary Criticism in English: Critics*, *Texts*, *Issues*, Jaipur and New Delhi: Rawat Publications, 2004, p.168.

的思维体现出艾哈默德对此概念的强烈探索兴趣。他在第一篇文章即《文学理论与“第三世界文学”的某些语境》指出，在英美大学首先开设的“第三世界文学”与某些特殊的压力有关。由于英美大学的教育体制扭曲地反映了一种帝国霸权的关系，它对印度大学的教育体制具有无形而巨大的吸引力。经过一系列复杂的考量，第三世界文学最终被引入印度的大学课堂。艾哈默德据此透露他的另一篇文章《阶级语言与移民的意识形态》的写作动机：检视殖民主义和帝国主义时代“第三世界”(Third World)文化生产中意识形态动力所决定的各种各样的民族主义思潮①。他还指出，民族主义是我们时代最主要的政治力量，“第三世界文学”和“殖民话语分析”(Colonial Discourse Analysis)的理论立场试图颠覆后殖民地丰富而激进的文化生产史，而这一文化生产又源自马克思主义的政治文化。“我们必须在此传统基础上大量地储备更好的知识，而不是从马克思主义关于阶级、殖民地和帝国的评判退回到第三世界民族主义的空洞立场，因其属于政治和理论的倒退。”②

艾哈默德还认为，“第三世界文学”这一概念触及西方与非西方、白人与非白人等复杂问题，具有内在的矛盾张力。“第三世界文学”和“殖民话语分析”产生于激进理论时代，那一时代见证了印度尼西亚和南非反殖斗争中兴起于西欧和北美的“行动文化”(activist culture)。上述两个概念均视殖民性为时代体验的先决条件或固定概念。对居住于第一世界宗主国大都市大学不断增多的“第三世界知识分子”而言，民族身份具有某种自我表述、意义分析的逻辑特权③。他们遂以亲身体验表述“被殖民的他者”或曰“后殖民他者”。这就带来一种必然的效果：“重生且极大地拓展了的‘东方’，现已成为一种‘第三世界’。这一次，甚至对于同样处于‘西方’内部的‘东方’而言，它似乎再度成为一种‘谋生的职业’(career)。”④这里的思考明显带有赛义德对近、现代西方作家、学者东方主义心态的批判逻辑。

艾哈默德对“第三世界文学”的思考，与其对“第三世界”的相关思考有着紧密的联系，这在他对英语霸权、印度英语作家的印度书写和詹姆逊等人的理论的思考和批判中体现得更为鲜明。在艾哈默德看来，后殖民时代，文学生产的结构发生了某些基本的变化，“第三世界文学”的反经典作品也在此诞生。在印度等后殖民国家，英语等为载体

---

① Aijaz Ahmad, *In Theory: Class, Nation, Literature*, New Delhi: Oxford University Press, 2004, p.43.
② Ibid., p.44.
③ Ibid., p.93.
④ Ibid., p.94.

的文学文本畅通无阻。这既是英语文化霸权的体现，也是部分选择自动流放的印度海外英语作家的创作效应。这些英语作家声称代表印度或表述印度，但其民族体验的真实性却难以为艾哈默德认可。他说："因此可以说，在世界范围的'第三世界文学'中，阿妮塔·德赛和芭拉蒂·穆克吉成为同一思潮的两面。"[①]艾哈默德还注意到一种现象，来自印度等后殖民地的亚非英语作家的文本被西方大学收藏，但却被西方读者按照阅读拉美文学的模式进行解读，以期获得一种同质性的"第三世界文学"体验。诸如此类的学术活动似乎又产生了一种令人困惑的现象："这种行为无疑具有一种反讽效果：在西方语言基础上产生一种'第三世界文学'，而第三世界主义者的意识形态却又鲜明地反对西方国家的文化霸权。"[②]艾哈默德还对赛义德论及的东方主义行为即两百多年来西方关于亚非文学的积累、整理和翻译等过程中体现的某些畸形思维进行了揭示。

艾哈默德声称："我是一位马克思主义者。"[③]他将自己与美国的马克思主义文论家詹姆逊(Fredric Jameson)视为同道、引为知己。但是，艾哈默德对这位"知己"感到特别失望，他遂以詹姆逊自己的语言称其为"我的文明他者"(my civilizational other)[④]。为此，他在《詹姆逊的他者辞藻与"民族寓言"》一文中对詹姆逊关于"第三世界文学都是民族寓言(national allegory)"等论断进行辨析和批驳。艾哈默德首先否定"第三世界文学"的存在基础。他说："并不存在那种所谓的'第三世界文学'，那是一种可以在理论方面建构为内在一致的客体(object)。"[⑤]然而，现实情况是，英美大学和相关学术界对于印度等亚非国家或东方国家的文化所知甚少，美国文论家对于孟加拉语、印地语、泰米尔语和泰卢固语等现代印度语言文学所知甚微。艾哈默德明确指出，西方关于拉什迪《午夜之子》等作品代表南亚次大陆心声的断言是言过其实的，西方对印度英语作家的评价有拔高之势。由此可见，詹姆逊的"第三世界文学"或"民族寓言"论，都是基础不扎实的隔靴搔痒之说，而基于亚非新移民英语作家的东方题材作品便奢谈"第三世界文学的认知理论"，是一种"令人担忧的行为"(alarming undertaking)[⑥]。艾哈默德认为，詹姆逊的理论构想缺乏事实支撑。

论者指出："后殖民主义文化诗学及其第三世界批评，标志着西方20世纪文论乃至

① Aijaz Ahmad, *In Theory: Class, Nation, Literature*, p.75.
② Ibid., p.80.
③ Ibid., p.96.
④ Ibid.
⑤ Ibid., pp.96－97.
⑥ Ibid., p.98.

西方文论史的重大转变。"[①]还有论者认为,詹姆逊所论述的"第三世界文化后殖民理论在后殖民理论中是有相当的现实意义的"[②]。正因如此,驳斥詹姆逊等西方学者信奉的"第三世界文学"和"民族寓言"说,必先解构詹姆逊等人的"第三世界"思维。艾哈默德指出,"第三世界"在时间上是个虚拟的概念,在空间上也不成立。艾哈默德斩钉截铁却又妙趣横生的结论带有幽默之味或曰"滑稽味":"詹姆逊的文本不是'第一世界'文本,我的也不是'第三世界'文本。我们俩都不是对方的文明他者。"[③]他认为,"第三世界"已随着 1962 年中印边界冲突而迅速"坍塌",它是一个"极为误导人的概念"[④]。毋庸讳言,艾哈默德对"三个世界"或"第三世界"的理解有偏颇之处,但或许唯有如此,才可辩驳詹姆逊等西方学者同样以偏激和片面、刻板手法所建构或认可的"第三世界文学"论和"民族寓言"论。

《〈东方主义〉及其姊妹篇:爱德华·赛义德著作中的暧昧与大都市定位》是《阶级、民族与文学论》中的重要力作,集中体现了他的立场,也可视为印度本土学者看待后殖民经典理论的集体心态。他指出,詹姆逊和赛义德的思想都很重要,自己的思想与其联系紧密。他同时承认,与詹姆逊拉开距离即存在思想分歧容易理解,但与赛义德在理论上存在分歧却是说来话长。艾哈默德明白赛义德其实也是冒险地孤军奋战,他担心与之论战是否会破坏团结氛围,但严谨的学术批评是学者的事业,他因此决定写出自己的不同观点。他认为,在赛义德《东方学》中,人们可以读出他书写"反历史"(counter-history)的雄心抱负,而赛义德关于希腊悲剧时代以来便存在帝国主义欧洲中心论的思想不仅是"反历史"的,也在方法论上违背了他所敬重的福柯的"知识考古学"。艾哈默德指出,赛义德的严重局限在于,他似乎认为东方一直没有表述自己的能力,不会抵抗、拒斥、修正西方对自己的表述,或西方一直不允许东方表述自己[⑤]。赛义德的局限还在于,他代替东方发言或辩解,但却大量采用西方的经典文本[⑥]。换句话说,真正的东方似乎仍旧未经"勘察"。

艾哈默德以文化研究的方法考察印度文学的概念和相关问题。他认为,印度文学

① 张首映:《西方二十世纪文论史》,北京:北京大学出版社,1999 年,第 567 页。
② 朱立元主编:《当代西方文艺理论》,上海:华东师范大学出版社,1997 年,第 415 页。
③ Aijaz Ahmad, *In Theory: Class, Nation, Literature*, p.122.
④ Ibid., p.17.
⑤ Ibid., p.172.
⑥ Ibid., p.178.

这一概念虚幻不实。19世纪的温特尼茨等人书写印度文学史时，将梵语文学等同于印度文学，忽略了泰米尔语文学等印度方言文学。许多当代学者注意到这一点，但对19世纪东方学家研究模式的批评力度不够，认识模糊。看重梵文经典的印度教民族主义思潮对印度文学研究具有负面影响。相反，重视孟加拉语、泰米尔语等各种印度语言文学的印度文学研究，才是比较合理的方案。艾哈默德认为，导致印度文学研究畸形的几个原因包括：帝国主义研究模式的残余、殖民教育体制、殖民式历史书写①。在思考研究印度文学的途径时，艾哈默德求助于印度著名马克思主义史学家D.D.高善必(D. D. Kosambi)的治学方法。高善必认为，了解印度必须先了解印度人，以跨学科视野研究印度史。艾哈默德认为，印度所有文学批评家和理论家应该以高善必为师。"与其说搜集更多的文本和关于这些作品的更有条理的叙述，我们更需要弄清自己阅读文本的理论方法和政治目的。我们不仅得书写，还得改写；不仅发现，还得像高善必那样，进行全面的替换。"②这里所谓的"书写"、"改写"、"发现"或"替换"，自然是就印度文学研究或印度文学史书写而言。

综上所述，艾哈默德的相关思考涉及后殖民时代的文化解殖、第三世界文学、第三世界理论、印度文学的印度性、詹姆逊的"民族寓言"说、赛义德的东方主义思想等重要主题。他的相关论述具有相当的深度和力度，"对我们学术思想界旨在阐释这些概念的相关讨论而言，贡献巨大"③。《阶级、民族与文学论》纵横捭阖、旁征博引的风格，注重唯物求实和历史考察的马克思主义思维，将印度文学与世界文学融为一体的开阔视野，充分体现了印度理论家的特色与风采。《阶级、民族与文学论》的很多思考引起东西方学术界的诸多回音，原因自然不难理解。当然，由于艾哈默德复杂的学术背景，他虽取马克思主义批判立场，但其论述难免带有"片面的深刻"或"深刻的片面"的色彩，从而使自己与其批判对象詹姆逊等人的思想获得了某种内在的逻辑联系，而这正是后殖民理论家的宿命或缺陷所在。

第十六节　马拉室利·拉尔

20世纪下半叶，随着最新的西方思潮涌入，印度女性主义文学批评受到很大的影

① Aijaz Ahmad, *In Theory: Class, Nation, Literature*, pp.243－265.

② Ibid., pp.284－285.

③ P. K. Rajan, ed. *Indian Literary Criticism in English: Critics, Texts, Issues*, p.160.

响。近年来，在印度一些著名大学如加尔各答的贾达夫普尔大学（Jadavpur University），甚至还成立了妇女研究学院（School of Women Studies），独立招收相关领域的博士和副博士，举办学术研讨会，开设相关课程。在此基础上，印度本土学者向世界女性文学批评界奉献出很多独具特色的东方元素。2001 年，米拉克西・穆克吉在为自己于 1971 年出版的博士论文《再生的小说》再版而撰写的"前言"中指出，她当初研究印度英语小说时，只是考虑到拉贾・拉奥等小说家如何跨越语言、族群等边界，刻画印度的民族性，并未充分意识到这种艺术创造的过程包含了小说家的种姓意识和对印度形象的男权式建构（male construction of India）。她承认，要是当初便有女性主义理论、文化批评、新历史主义或后殖民理论等，她的书一定会受益。可惜那时这些方法还无法为她所用。"如果现在必须撰写我的博士论文，它肯定会是一部不同的书，它会在理论运用方面做得更好，在理论立场上会更显自信。"①穆克吉的遗憾已经由其他印度学者予以弥补。20 多年来，印度女性主义文学批评已经卓有成效。它是在吸纳西方女性主义思想的过程中成长起来的，但又具有自己的发展特色。"正是因为所有这些理由，印度女性主义文学批评并非是一种模仿性的评论，而是一种独立的研究领域，尽管这方面的一些著作可以具有接受自由派和激进派思想影响的痕迹。"②

所谓印度女性主义文学批评实指关于女性创作，尤其是印度女性创作的文学批评（兼涉古代至今的印度女性作品翻译）、关于文学经典，尤其是印度古典文学的女性主义阐发和分析、建构印度女性主义文论话语的探索。这里主要介绍一位印度女学者即曾任德里大学妇女发展中心主任的马拉室利・拉尔以印度本土文化视角建构的所谓"门槛定律"。拉尔除了与人合编并出版论文集《表达自我：女性与文学》外，还主编并于 1997 年出版了论文集《女性主义空间：印度与加拿大文化读本》③。其代表作为 1995 年出版的《门槛定律：印度女性英语作家》。

在印度女性主义批评开始步入正轨的时刻，拉尔出版了阐述自己理论的《门槛定律：印度女性英语作家》。该书先后在各处题记中引述埃列娜・肖沃尔特、斯皮瓦克等西方女性主义思想家和泰戈尔、托鲁・达特、阿妮塔・德赛等人的观点，显示了在东西

---

① Meenakshi Mukherjee, *The Twice Born Fiction: Themes and Techniques of the Indian Novel in English*, "Preface", Delhi: Pencraft International, 2001.

② P. K. Rajan, ed. *Indian Literary Criticism in English: Critics, Texts, Issues*, p.307.

③ Malashri Lal, ed. *Feminist Spaces: Cultural Readings from India and Canada*, New Delhi: Allied Publishers, 1997.

对话基础上构建理论话语的旨趣。

关于该书的写作目的，拉尔指出："本书旨在为印度女性研究，尤其是为涉及英语文学作品阐释的印度女性研究提供一种方法论。"[①]拉尔还指出："选择印度女性英语创作是有意而为。重新考察这一群体会提供引人入胜的理由，以便检视我所谓的'门槛定律'（Law of the Threshold），它使女性创作更显复杂……从托鲁·达特的19世纪末到芭拉蒂·穆克吉更为'解放的'世界，比起印度男作家来，印度女作家要承受更大的社会压力。"[②]

拉尔接着引述泰戈尔长篇小说《家庭与世界》的人物语言，并对"门槛定律"进行说明。她说："我所谓的'门槛定律'可以作为印度女性主义文学批评的一种原创性方法。它意味着一种'在内部'和'走出去'的强烈感觉。门槛既是一种真实的门闩（bar），也是一种象征性的阻隔（bar），它标志着关键性的变化。一般而言，男人跨过门槛并无危险且可在内外两个世界中穿梭。人们期望女性只待在家门限定的一个世界里。对女性而言，越过门闩一步就是一种越轨（transgression）的行为……门槛定律因而允许男人的多元化生存方式，但对女人而言只有一种。然而，传奇、神话、历史和文学提供了跨越门槛的女性事例，她们的生活结局有悲有喜。悉多的'罗斯曼那线条'（lakshmanrekha）几乎成为这一观念的原型。"[③]"罗斯曼那线条"来源于大史诗《罗摩衍那》中的一个著名典故，悉多走出罗摩弟弟罗斯曼那为保护她免遭魔王罗波那的劫掠而精心画好的保护圈，最终遭到厄运（这一情节后来以不同的面貌出现在中国的神魔小说《西游记》中）。这一神话故事情节与传统印度女性的命运息息相关，因而成为当代女性主义思想家的思想资源。

拉尔还指出，上述"门槛定律"将空间视为起源于家庭内部秩序在物理形态上的安排组合，但又延伸为玄学而抽象的思想观念，由此形成人类行为的图腾和禁忌。从印度女性的内部视角看，门槛以外的世界是专属于男人们经商、贸易、从政和战争的未知领域或神秘地带。按照父权制传统，女性必须接受各种男性权威的保护，使她远离外部世界的危险。印度的宗教传统和社会习俗将女性称为 Griha Lakshmi（家中的财富女神）。这是对女性角色的又一种禁锢，因为这种称呼"巧妙地将女性的神性和她在家庭空间

① Malashri Lal, *The Law of the Threshold: Women Writers in Indian English*, Shimla: Indian Institute of Advanced Study, 1995, p.3.

② Ibid., p.4.

③ Ibid., p.12.

的局限性进行并置”[1]。

在拉尔看来,在具体运用“门槛定律”分析作品时,一个文本可以视为存在于三个依次展开的“或然性空间”中。第一个空间是“内部空间”。这个内部空间便是门槛以内真实的场所,也是一种精神的空间,作者和读者对此必须有足够的认识。第二个空间是门槛本身,它是内部空间和外部空间施加影响而导致两者拉锯的地方。“门槛一带的紧张冲突根植于复杂的性别问题。”[2]门槛这一真实而又颇具象征色彩的场所,将女性的孤独无助和男性的话语压迫表现得淋漓尽致。第三个空间是家庭以外的世界。“这一空间适用于那些在其旅途中义无反顾并别无选择的女性。”[3]关于第三个空间之于女性的风险,拉尔给予了高度的关注。她指出:“因为社会对女性的注视(gaze),她的每个行为都成为决定性的行为,这好比没有公开的羞辱,就不会有撤退行为。这里潜伏着悲剧。门槛之外的失败的或不完美的表现,必然会导致女性声音消失和人格羞辱。”[4]论述至此不难发现,拉尔关于三个女性空间的理论,某种程度上是对泰戈尔《家庭与世界》所表达的女性主题的艺术改造或逻辑展开。

在总结以三个空间理论为核心的“门槛定律”时,拉尔坚持强调印度女作家的特殊立场。她说:“我想在此总结一下,为可能会成为评价印度式文学文本(Indocentric literary texts)的方法论的‘门槛定律’进行辩护。尽管世界绝大多数女性创作都涉及家庭关系的复杂问题,但印度女性英语作家无一例外地专注于这一领域的创作,而且她们还在自己创作的小说中融入了个人体验。”[5]拉尔还对自己提出“门槛定律”的动因进行诠释:“门槛从来不是一个直截了当下决心的简单地方,这便是我为何称其为‘门槛危机’(doorway crisis)。许多关乎个人体验的含义深邃的词汇融入其间,可以将它们排成一个系列:印度性的追问、西方化、本土文化、土著的信仰、语言的获得与社会思想。对于这些领域的思考,将与女性对自己性别立场及其决定性的生物因素的认识进一步联系起来。这一巨大的网络(vast net)要求某种合适可用的分析方法,这就促使我思考‘门槛定律’,我已经以内部空间、门槛危机和外部附属等三个基本要素,对此理论进行

① Malashri Lal, *The Law of the Threshold: Women Writers in Indian English*, p.13.
② Ibid., p.17.
③ Ibid., p.19.
④ Ibid., p.20.
⑤ Ibid., p.21.

了说明。”[1]拉尔稍后再次强调理论建构的初衷:“关于为何希望达成一致公认的印度式方法论原则(Indocentric methodology),理由现已足够充分。我之所以提出‘门槛定律’,是想在国际女性主义理论的广阔领域,沿着一条独立的道路(separate pathway)进行探索。”[2]

既已初步创立自己的女性主义批评理论,拉尔接下来便以此为方法论,对近现代六位印度女性英语作家的创作进行分析。她首先考察托鲁·达特(Toro Dutt, 1856—1877)的短篇小说《比安佳或曰西班牙少女》。论者对托鲁·达特的评价很高,视其为超越国家地域的世界公民。该作暗含自传色彩。“很明显,家庭的悲剧严重地挫伤了作者的敏感心灵,一种病态的因素融入了这部小说中。”[3]

拉尔指出,托鲁·达特是印度的第一位女性英语作家,应该成为女性主义批评家关注的对象。拉尔认为,《比安佳或曰西班牙少女》涉及托鲁经历了印度文化与西方文化场域转换后的心灵疏离(displacement),也经历了西方追求者与自己父亲在试图拥有她的过程中的煎熬苦痛。托鲁在书中假托主人公拷问了“传统性别心理学的基础”。该作记录了19世纪孟加拉女性解放之路的艰辛漫长。“这部短篇小说无意中触及性别、种族与阶级的问题。”[4]该小说出版付印前,托鲁的父亲删除了已故女儿在其中描述的某些敏感内容。拉尔由此得出结论:“作为依赖养育自己且思想进步的父亲的人,托鲁跨越了性别、阶级和印度教的边界线……在我看来,尽管这是不太完美的一种自我删除,它仍是耐人寻味的一个策略性文本(subterfuge text),它成了意味深长的自传。”[5]

论者指出:“一般公认,托鲁·达特和萨洛吉妮·奈都是两位最杰出的以英语写作的现代印度女性。”[6]为此,拉尔对奈都于1905年在伦敦出版的第一部诗集《黄金门槛》(*Golden Threshold*)进行了分析。她发现,奈都的人生体验和文学创作经历了“门槛定律”的许多考验。奈都在跨越家庭与世界之间的门槛后,也运用了诸如非女性化等策略。拉尔认为:“很难永远保持门槛上的艰难平衡。大约在1917年的某个时候,萨洛吉妮走出了家庭与世界那道无形无影却又令人痛苦的分界线,将自己的精力

① Malashri Lal, *The Law of the Threshold: Women Writers in Indian English*, p.22.
② Ibid., p.32.
③ A. N. Dwivedi, *Toru Dutt: A Literary Profile*, New Delhi: B. R. Publishing Corporation, 1998, p.50.
④ Malashri Lal, *The Law of the Threshold: Women Writers in Indian English*, p.37.
⑤ Ibid., p.54.
⑥ A. N. Dwivedi, *Toru Dutt: A Literary Profile*, p.115.

奉献于民族的事业。戈卡勒和甘地决定了她的抉择。文学界失去一位诗人,国家得到了一位爱国者。"①

循着这种"门槛定律"的思维,拉尔还对其他几位印度女作家的英语创作进行了颇有新意的点评。篇幅所限,此处不论。

综上所述,拉尔以自己独创的"门槛定律"表达了印度女性主义批评家的印度中心观。和梵语诗学批评的心理机制相似,这其实是对印度本土文化发展规律的深刻认识,是对印度传统影响印度女性生活体验的清醒认识,也是对西方文艺思潮横扫印度文论界的自然反应。拉尔在 2004 年回顾了当初的理论建构立场:"女性创作的文学为不断创新和自觉描写女性视角提供了一种方法……在创建体现印度视角的女性主义理论的过程中,必须把握多声部、多文学、多层面历史的复杂性。"②

① Malashri Lal, *The Law of the Threshold: Women Writers in Indian English*, p.78.

② Malashri Lal, Shormishtha Panja, Sumanyu Satpathy, eds. *Signifying the Self: Women and Literature*, New Delhi: Macmillan India Ltd., 2004, pp.164 – 165.

第六章　世界传播论

此处论及的印度诗学包括梵语诗学和戏剧学理论为代表的印度古典诗学,还包括以英语和印地语、孟加拉语、泰米尔语等各种印度现代语言为载体的印度现当代文学理论批评。自古至今,印度诗学通过各种方式,传播到中国、某些南亚国家、东南亚国家和欧美国家,使得印度文化软实力的特殊组成部分得以为世界各国学者所熟知或略知一二。在前几章关于印度古典诗学基本范畴、古典文类和现当代诗学名家介绍的基础上,本章拟对印度古典和现代诗学在世界范围内的翻译、研究和批评运用等情况加以简介。

第一节　印度诗学在中国

印度诗学在中国的传播,自然是指梵语诗学与中国藏族、蒙古族文论的历史关系,梵语诗学在当代中国学界的翻译、研究与批评运用,以及泰戈尔、奥罗宾多、普列姆昌德等为代表的印度现、当代文论在中国的译介与研究。

一、梵语诗学与中国藏族、蒙古族文论的历史关联

中国西藏地区因为地理原因,在语言文化和宗教信仰上深受印度佛教与梵语文化的影响。在这种单向度的长期影响过程中,梵语诗学进入中国,开始对藏族文论即中国古代文论的一个分支产生深刻影响。梵语诗学对藏族文论的影响,主要以公元 7 世纪檀丁所著《诗镜》为代表。

赵康指出,《诗镜》是七个多世纪以来作为指导藏族古典文学创作的一部重要理论著作,是藏族人民学习小五明之一——学诗时采用的基本教材。它被编为藏文《大藏经 · 丹珠尔》的声明部,标志着它已经被列为藏族的古代经典著作之一。"诚然,《诗镜》最初是从印度传入的,但在漫长的历史长河中,经过藏族先辈学者们的翻译、注释、研究、应用和充实,它已经完全和藏族的文化相融合,事实上已经成为具有浓厚藏族色彩的指导本民族文学创作的有力工具。故而我们研究藏族古

代文论,不可不研究《诗镜》。”①

根据赵康和佟锦华等学者的研究可以发现,13 世纪初,懂得梵文的藏族学者贡呷坚参在其《学者入门》一书中,对檀丁《诗镜》的内容作了大致的介绍和说明。到了 13 世纪后期,由于八思巴的大力支持,1277 年,雄顿·多吉坚赞把《诗镜》全部译为藏文。其后,一些学者开始讲授《诗镜》,还有很多学者纷纷写书对原文加以注释。这极大地促进了《诗镜》所代表的庄严论在藏族知识阶层的流传,培育了他们对梵语诗学理论的亲切感。有的作家以《诗镜》所介绍的众多庄严为依据,进行诗歌创作实践,形成了一个新的诗歌流派。还有的学者或注释《诗镜》,或围绕《诗镜》的概念进行理论阐发。例如,17 世纪的五世达赖罗桑嘉措写了《诗镜妙音乐歌》,同时代的学者格来纳杰写了《诗疏檀丁意饰》;18 世纪的噶玛司徒丹白宁杰写了《藏梵诗镜合璧》,同时代的康珠·登增却吉尼玛写了《诗镜妙音语海》;19 世纪的米旁纳杰嘉措写了《诗疏妙音喜海》。这些著作在注释原文的同时,列举了新的诗例,并补充和发展了《诗镜》原文。因此,檀丁《诗镜》不仅为藏族作家的创作指明了道路,也为藏族文论的形成和发展起到了重要的促进作用。

根据上述论者的介绍可以明白,《诗镜》作为外来文化的一个范本,它在进入中国藏族知识阶层时,必然会产生文化过滤乃至文化误读的现象。这种过滤或误读的结果就是《诗镜》中的文学原理将被部分地本土化,以适应在异文化土壤中发新芽、长新枝和结新果。《诗镜》主要是对文学修辞手法(形式)即庄严的详尽探讨,忽视了对于文学表达内容的论述。它在传入西藏地区后,萨班·贡呷坚参似乎已经意识到这一问题。檀丁认为,前人制定了各种语言风格的创作规则。“他们指出诗的身体和装饰。身体是传达愿望意义的特殊的词的组合。”(I.10)②贡呷坚参把檀丁所说的“身体”解释为“内容”,这自然是有意地曲解檀丁原文,以弥补《诗镜》没有论述文学内容的不足,同时也意在为藏族学者和作家顺利接受梵语诗学原理铺路。这为以后一些藏族诗学家开辟了一条成功的道路。

在《诗镜》流传西藏地区的过程中,学者们对文学形式与内容的关系问题展开讨论。他们一致认为,檀丁把内容归并在语言形式中进行论述是一个缺陷。这种共识使得藏族学者们开始有意识地对檀丁的诗学观进行改造调适,以适应藏族文学创作和文

① 赵康:《〈诗镜〉与西藏诗学》,载《民族文学研究》1989 年第 1 期。此处介绍参考该文。
② 黄宝生译:《梵语诗学论著汇编》(上册),第 154 页。

论发展的需要。在这种改造梵语诗学的过程中,本土的藏族文学理论得以丰富。

16世纪初,素咯瓦·洛卓杰波在其关于《诗镜》的著述中,提出了文学作品的内容、形式与修饰(修辞手法)三者之间的关系问题。他说:

以人的躯体、生命和装饰为例证,
总括为四大事的诸内容好比生命,
韵文、散文、合体等形式就像躯体,
意义、字音、隐语等修辞则如装饰。[1]

作者在诗里形象地表达了三者的关系。在这里,内容是生命,形式好比身体,语言修辞即檀丁所谓庄严是身体的装饰物。这种巧妙而合适的比喻,体现了文学内容、形式和修辞三者之间的辩证统一关系。这首诗暗示了文学作品内容的重要性,它决定了文学形式和语言修辞。"不言而喻,这对《诗镜》原作者在这个问题上的偏颇,作出了根本性的彻底纠正,对藏族文艺理论的发展作出了自己可贵的贡献。"[2]藏族学者从理论上纠正了檀丁只重文学形式和语言修辞,忽视思想内容表达的偏颇与缺陷。

藏族学者不仅从宏观层面考察《诗镜》的得失,还从微观角度思考檀丁提出的每种庄严,并在吸收利用的基础上,作了若干补充与发展。

单节诗、组诗、库藏诗和结集诗是檀丁提出的四种诗歌分类,但是他未作解释。藏族学者们通过创作实践和思考,对单节诗以外的三种诗的概念进行有别于印度传统诗学观的阐释。这种新的阐释使得中国本土化的梵语诗学原理更能为我创作所用。檀丁对明喻的定义是:"感受到这样或那样的相似性,这是明喻。"(Ⅱ.14)[3]这种说明不够精确,因为并非任何两个相似事物都可以构成明喻。18世纪的一位藏族学者指出:"喻体与本体应是不能混同的两种事物,而又有相似之点,这才是构成比喻的基本条件。"[4]这就弥补了檀丁论述的不足之处。另外,藏族学者还增加了部分《诗镜》中没有提到的庄严即修辞手法。例如,在"比喻"这一修辞中,纳雪巴增添了"不一致喻",素咯瓦增加了

---

① 转引自佟锦华:《藏族文学研究》,北京:中国藏学出版社,1992年,第191－192页。此处介绍参考该书第176－195页。

② 同上,第192页。

③ 黄宝生译:《梵语诗学论著汇编》(上册),第164页。

④ 转引自佟锦华:《藏族文学研究》,第193页。

“前无喻”。在“否定”修辞中,素咯瓦增添了“确定否定”和“不确定否定”。任崩巴还归纳提出了十一种新的“喻词”。藏族学者的这些增补不管是否完全可取,但都对《诗镜》所代表的梵语诗学中国化作出了积极的贡献。

此外,《诗镜》中有一些庄严是根据梵语的特殊语言结构和语音实践总结出来的。在实际运用中,藏族学者淘汰了某些不适合藏族语言特点和结构的“清规戒律”,而代之以合适的规律。这说明藏族学者的正确立场:“既注意语言的不同特点,避免生搬硬套,又注意其参考价值,灵活运用,集中地反映了藏族学者对待《诗镜》的正确态度。”①赵康也认为:“藏文古体诗没有生搬硬套印度诗的诗律。它吸收了三种诗的形体,肯定了输洛迦的形式,但坚持了本民族早有的颂体诗的格律。”②

综上所述,《诗镜》的基本原理和规则在中国西藏地区的跨文化旅行过程中,逐渐被吸收、消化而中国化。藏族作家积极地学习梵语诗学庄严论的精华,并运用在自己的创作中。藏族学者们则对《诗镜》的原理进行中国式改造,最终使梵语诗学原理产生了文化变异。换句话说,《诗镜》借助藏族文化的完美“嫁接”和顺利“摆渡”,完成了它在中国古代文论支脉中的“理论飘移”。

《诗镜》不仅影响了中国西藏地区的文学创作和文学理论,它还通过藏族文论对中国蒙古地区文论产生过影响。一位蒙古族学者指出:“《诗境论》作为印度诗歌理论的总结,对文学体裁、诗歌修饰、文学风格及语言运用等方面作了详细的论述。随着佛教文化在藏蒙地区的广泛传播,这部著作也受到了蒙藏高僧学者的高度重视,对蒙古族诗歌理论及诗歌创作产生了深远的影响……蒙古族高僧学者们把枯涩难懂的古印度诗歌理论富有创造性地运用在蒙古族诗歌实践上,对蒙古文论和文学创作的发展做出了不可磨灭的贡献。”③从比较文学影响研究的角度看,这是一条错综复杂而又妙趣横生的诗学影响链。《诗镜》所代表的梵语诗学是这一链条的起点。

蒙古民族创造了辉煌的历史和灿烂的文化。在漫长的历史过程中,蒙古族有识之士除了用本民族语言文字进行创作以外,还曾利用汉语、藏语、满语等兄弟民族的语言著书立说,极大地丰富了本民族的书面文化。因此可以说,蒙古族文论、汉文文论、藏族文论是蒙古族文学理论的三种重要元素。

根据学者们介绍可以明白,檀丁的《诗镜》首先传入西藏并得到广泛接受和长足发

① 佟锦华:《藏族文学研究》,第194页。

② 赵康:《〈诗镜〉及其在藏族诗学中的影响》,载《西藏研究》1983年第3期。本节论述参考该文。

③ 娜仁高娃:《〈诗镜论〉对蒙古族诗论的影响》,载《内蒙古师范大学学报》2003年第3期。

展,随着蒙藏文化关系的日益发展,它对蒙古族文学创作和文学理论产生了影响。一般认为,《诗镜》在蒙古地区的传播始于元朝时期,因为他在著作里熟练应用了《诗镜》的诸多庄严。实际上,《诗镜》在蒙古地区广泛流传还是从16世纪中叶开始的。三世达赖喇嘛·索朗嘉措来到蒙古地区以后,黄教在蒙古地区迅速发展。蒙藏文化关系随即日益密切,蒙古族学者们全面接受了藏族文化。不久,蒙古族高僧格列坚赞把《诗镜》译成了蒙古文,并收入《丹珠尔》。从16世纪中叶开始,很多蒙古族高僧到西藏各大寺庙学习深造,他们除了用蒙古语写作以外,还用藏文撰写著作,且用木刻版出版书籍,其中有关《诗镜》方面的论著甚多。他们继承蒙古原有的诗学理论,同时吸收梵语诗学和藏族诗学理论精华,建立了本民族的诗学体系。在这方面贡献较大的包括:札雅班智达·郎喀嘉措(1599—1662)、哲布尊丹巴·洛桑丹毕坚赞(1634—1722)、札雅班智达·洛桑赤列(1642—1715)、松巴堪布·益西班觉(1704—1788)、莫日根葛根·洛桑丹毕坚赞(1717—1766)、察哈尔格西·洛桑楚臣(1740—1810)、阿拉善·阿旺丹达(1759—1841)、热津巴·阿旺图丹(约1780—1865)、堪钦·嘉央嘎布(1861—1918)、喀尔喀堪布·阿旺洛桑克珠(1779—1838)等蒙古籍高僧。自从进入自觉发展的那天起,蒙古族文学就与梵语诗学庄严论开始"亲密接触"。与藏族学者当初的做法类似,蒙古族学者们也对檀丁的著作进行注疏改造。如18世纪蒙古族高僧学人松巴堪布对《诗镜》进行多方位阐释。察哈尔格西研究《诗镜》的论著给最初涉足《诗镜》的读者提供了通俗易懂的范本。阿旺丹达在《诗镜三品之引喻·智者项饰明点美鬘》一文里对《诗镜》的三章内容依次举例,并借机表达自己的诗学观点。"正因如此,《诗镜论》才不仅成为蒙古族藏文著作的理论依据,而且还成为蒙古族母语创作和翻译创作的理论根据。比如说乌拉特嘎拉丹旺楚克道尔吉在他所著的长诗《忏悔诗》中的一百多行诗,全部用叠字修饰法的尾首双关叠字修饰来押韵,形式和手法非常精彩。"①

综上所述,梵语诗学庄严论通过藏族文论,再影响蒙古族文论,这是印度古典诗学的独特魅力所在,也是古代东方诗学跨文化对话的题中之义。书写一部完整的中印文学交流史,如果缺少这斑斓多彩的一章,将是不完美的。

① 额尔敦白音:《〈诗镜论〉及其蒙古族诗学研究》,资料来源:蒙古学信息网:http://www.surag.net/index.do.参见额尔敦白音:《诗镜论及其蒙古族诗学研究》,载《蒙古学集刊》2004年第1期。另参见娜仁高娃:《〈诗镜论〉对蒙古族诗论的影响》,载《内蒙古师范大学学报》2003年第3期。

二、印度诗学译介

由于各种复杂因素,梵语诗学在中国古代并没有被译介进来。这或许是佛教思想垄断了印度文化对中国的吸引力。根据迄今为止的相关文献可以得出初步的结论:古代藏族和蒙古族文论虽然受到了梵语诗学的巨大影响,但是,由于没有任何相关译介,虽然汉译佛经中出现了“那吒迦”(传说剧)等字眼,但古代汉语文论未受梵语诗学的任何影响。这种情况要到20世纪中后期才得以初步改观。

近代以来,中印文化交流逐步恢复,但中国学界的兴趣主要集中在泰戈尔文学作品的翻译和介绍等方面,对印度古典诗学进行翻译和简介的兴趣似乎不大,但也有个别例外。许地山和柳无忌先后于1930年和1945年出版文学史性质的《印度文学》,其中许著初步涉及印度古典诗学的简介。

许地山将梵语戏剧学和早期梵语诗学庄严论称为“形式修辞学”。他说,作满(即婆罗多)所著《歌舞论》(即《舞论》)是直接从波你尼语法著作《八章书》得到启发而撰写的第一种“形式修辞学”著作。他还提到檀丁的《诗意》(即《诗镜》)和伐曼孥(即伐摩那)的《诗庄严疏》(即《诗庄严经》)。他认为,伐摩那所在的公元8世纪是雅语文学即古典梵语文学“达到最造作底时代”,此类著作直到公元12世纪还有。他说:“我们从这类著作底数量看来,便知道在雅语文学初步发展底时期,讲文章体裁和格律底著作一直随着雅语文学进行。它们使雅语文学受了很大的影响,在文体上受了体例、音韵等等拘束,将从前简单的辞句一变为很繁琐的文章。所以我们说雅语底特征便是应用人造的文句格律和音韵。”①稍后,在介绍梵语戏剧时,许地山写道:“印度戏剧里底打诨人或者带着希拉(希腊)的色彩,但戏剧的文义就纯然出自印度修辞家底手笔。印度没有真正的悲剧,国人虽多悲观者,却喜欢团圆主义底喜剧。这原故是因为看戏底都是王公贵人,演戏都在神诞或庆典底时节,他们是为歌舞升平,酬谢神恩而演戏,并不是为表示社会生活底现象而演戏,所以戏剧必以团圆终结。凡生活康裕底国王,和养尊处优底人物,都与悲剧不相契投,他们甚至厌恶悲剧。古印度底王庭也是如此。”②这种对印度戏剧美学观的解释,有其合理成分,但也有文化误读的因素。许地山接下来介绍了古典梵语戏剧类型。他说:“印度戏剧底名目很多,常见底为色(rūpakam),极所作(Prakaraṇa,

① 参阅许地山:《印度文学》,长沙:岳麓书社,2011年,第22页。

② 许地山:《印度文学》,第49页。

即创造剧)、歌舞(或那吒迦 Nāṭakas,即传说剧),一人述说(Bhāṇa,即独白剧),一幕剧(Vyāyoga,即纷争剧),三幕剧(Samavakāra,即神魔剧),游行赛会(Yatras,疑为误引),获狼戏(Īhāmṛga,即掠女剧),环击戏(Ḍima,即争斗剧),武剧(Aṅka,即感伤剧)等等。在这些戏剧里头,只有那吒迦可以算是合于近代所谓戏剧底条件。”①这里用来表示“武剧”的梵语 Aṅka 应指《舞论》中的 Utsṛṣṭikāṅka 一词。许地山未将婆罗多论及的笑剧(Prahasaṇa)和街道剧(Vīthī)列入,而提及“色”和“游行赛会”两类戏剧,显然是对《舞论》有所了解,但还不太熟悉。许地山还正确地把《沙恭达罗》归入“那吒迦”即传说剧一类。他还对梵语戏剧的情节结构、人物语言等做了简要说明:“印度戏剧底出数不等,从一出可以到十出,剧里底角色也没一定,时间与空间可以错乱或阙隔,曲本里所用底语言为雅语与俗语。剧中底妇人与下级种姓底男子都说俗语。早期剧本所用底雅语很简明,后来越写越繁复,甚至使听者不能一时了解,须要费时间去思索。”②从这些介绍来看,许地山对梵语戏剧学基本原理和规范有些了解。他的上述文字可视为 20 世纪中国知识分子对印度古典诗学最早的介绍。

值得一提的是,著名美学家朱光潜先生于 1933 年在法国出版博士论文《悲剧心理学》(英文版),其中提到了《舞论》。他是通过法国东方学家列维(S.Levi)和美国印度学家威尔逊(H. Wilson)等人了解印度古代文艺理论的。他在论述印度缺乏西方意义的悲剧时写到:“婆罗多的《舞论》据说是神传授的,它对印度戏剧发展的影响,甚至比亚里士多德在欧洲的影响还大,它提到几种戏剧形式,令人注意的是其中恰恰没有悲剧。‘那察迦’是最高的戏剧形式,这是一种英雄体的喜剧,有高贵的人物、英勇的行动和华丽典雅的语言。它很近于悲剧,但从不以悲剧告终。这部经典明确规定戏剧不能写成不幸的结局。每个剧本的情节都要经过五个发展阶段,而最后阶段总是幸运的成功。”③他还转述了威尔逊的相关思考,即印度古代戏剧“绝不会以悲剧结局告终,而按约翰逊博士的说法,在莎士比亚时代,只是悲剧结局就足以构成悲剧。虽然印度戏剧也会激起包括怜悯和恐惧在内的各种情绪,但却从来不最后给观众留下痛苦的印象。事实上,印度人没有悲剧”④。

1949 年新中国成立后,从友好热潮到边界冲突,再到 20 世纪 80 年代关系复苏,中

① 许地山:《印度文学》,第 22 页。
② 同上。
③ 朱光潜:《悲剧心理学》,合肥:安徽教育出版社,2006 年,第 221 页。
④ 同上,第 222 页。

印关系一波三折。尽管如此,中国学界对印度语言、文学、哲学、宗教、逻辑学等方面的研究颇有起色。在这种时代背景下,一些学者开始向中国学界介绍印度古典诗学,并着手进行相关名著的翻译工作。

在译介梵语诗学方面,金克木先生有着开创之功。"在中国,金克木先生是梵语诗学翻译介绍的先驱者。"[①]1960 年,他在北京大学开设梵语课时,便写出了后来于 1964 年出版的《梵语文学史》。这是中国第一部由梵语专家撰写的梵语文学史,其教材性和研究性并重。在该书最后部分即第三编第十二章《文学理论》中,作者对梵语戏剧和诗学理论进行介绍。1965 年,人民文学出版社出版的《古典文艺理论译丛》第十辑选收了金克木翻译的三部梵语诗学名著即《舞论》、《诗镜》、《文镜》的重要片段。这可以视为梵语诗学名著的首次汉译。1980 年,人民文学出版社又出版了金克木翻译的《古代印度文艺理论文选》。该书是在上述译丛基础上扩充而成的,增加了《韵光》和《诗光》的重要片段的译文。可以说,译者对梵语诗学代表作十九部书名的翻译基本上为后来的译者(主要是黄宝生)所沿用。唯一例外是《辨明论》(*Vyaktiviveka*),黄译为《韵辨》。在译文中,金克木为方便读者理解,注释颇为详尽。论者指出:"总体来看,金克木的译文还不算难懂。只是在某些重要术语的翻译造词上,有令人费解之处。"[②]如《舞论》中提到的味论术语"vibhava"和"anubhava"被他分别译为"别情"和"随情",后来,黄宝生将其分别改译为"情由"和"情态",于是,味的产生原理便显得更加清楚明白。总体来看,梵语诗学著作的金译达到非常高的学术水准。作为梵语诗学汉译的拓荒者,金克木做出了重要的历史贡献。

值得注意的是,20 世纪 80 年代,中国高校通行的含有东方文学性质的外国文学教材,基本上没有关于梵语诗学的介绍,如 1983 年出版的《外国文学简编》(亚非部分)便是如此[③]。这说明,梵语诗学还没有引起外国文学教学领域的重视。当然,少数学者还是敏锐地注意到梵语诗学的重要性,如有的戏剧理论家便关注到《舞论》的价值并进行介绍[④]。随着时间的推移,情况慢慢发生了变化。郁龙余和孟昭毅主编的《东方文学史》(分别于 1994 年和 2001 年出版两次)也以十多页篇幅介绍了梵语诗学。该部分由郁龙余撰写,他指出:"从学术思想上讲,印度古典文艺理论分为七个学派,即味论派、

---

① 黄宝生译:《梵语诗学论著汇编》(上册),"导言",第 2 页。
② 王向远:《东方各国文学在中国》,南昌:江西教育出版社,2001 年,第 52 页。
③ 朱维之等主编:《外国文学简编》(亚非部分),北京:中国人民大学出版社,1983 年。
④ 余秋雨:《戏剧理论史稿》,上海:上海文艺出版社,1983 年。

庄严派、风格论派、韵论派、曲语论派、相宜论派、惊奇论派。”最后两个学派似指合适论与魅力论。他还认为，味论和庄严论是“两大基本阵营，其他属小学派”①。

20世纪90年代初，在中国比较文学蓬勃发展的时代背景下，学术界某些人士意识到：“迄今为止，国内乃至全世界尚无一本全面反映东方文论概貌的文论选，这无疑是文学理论界一大憾事。填补这一学术空白，将具有重大的学术价值和意义。”②于是，一部译介东方文论名著的《东方文论选》于1996年出版。印度梵语诗学在其中占据了首要位置。梵语诗学部分除了收入金克木以前的全部译文外，还收录了黄宝生译出的婆摩诃《诗庄严论》全文四章、胜财的戏剧学著作《十色》全文四章，黄还另译《诗光》第二至第七章和新护的《舞论注》两篇。黄宝生的译文流畅易懂。此外，金克木和赵康合译《诗镜》全文三章和文国根依据藏文译的埃哲布《画像度量经》也被收入《东方文论选》。这样，严格意义上的梵语诗学名著全译或选译达到了八部之多。但客观来看，《东方文论选》关于梵语诗学的翻译和收录仍然不理想。因为，一些重要著作如《舞论注》未能尽译，许多梵语诗学，特别是一些极其重要的梵语诗学流派著作如曲语论代表作《曲语生命论》、风格论代表作《诗庄严经》、合适论代表作《合适论》、推理论代表作《韵辨》及梵语诗学终结的标志性著作《味海》等都未能译出。原因很简单，梵语诗学著作艰涩难译，非掌握梵语和精通印度古代文学、哲学者不能译。而中国梵语研究人才很少，以极少数人译丰富深奥的梵语诗学，难度可想而知。

不过，《东方文论选》出版前的1993年，黄宝生已经出版了中国第一部梵语诗学研究著作《印度古典诗学》。他在该书中对以上提到的未译著作作了一些句子或片段选译。这略微弥补了一些遗憾。但是，这毕竟不能代替专门的译本。

值得一提的是，台湾的慧敏法师在大陆学者翻译梵语诗学名著的同时，也翻译了《舞论》中的重要两章③。

2008年，黄宝生出版《梵语诗学论著汇编》（上、下册）。该书汇集了十部梵语诗学名著，其中四部即《舞论》、《舞论注》、《曲语生命论》和《诗探》属于选译，另外六部即《诗庄严论》、《诗镜》、《十色》、《韵光》、《诗光》和《文镜》属于全译。该书的出版是中国梵语诗学译介史上的重要事件。这些全译或选译著作涉及几乎所有重要的梵语诗学原理，为国内学界的相关研究乃至翻译提供了宝贵的文献资源。译者在该书“导言”中

① 郁龙余、孟昭毅主编：《东方文学史》，北京：北京大学出版社，2001年，第143页。

② 曹顺庆主编：《东方文论选》“后记”，成都：四川人民出版社，1996年。

③ 感谢北京大学东方文学研究中心陈明教授于2008年向笔者提供这方面的宝贵信息。

说:“应该说,我是凭着一股热情,想要为中国读者多提供一些梵语诗学原始资料。长期以来,国内梵语学者稀少。如果梵语学者多一些,其中能有几位专攻梵语文学和诗学,分担翻译,互相切磋,那么,这项工作也就能做得更多和更好。这样的理想只能留待将来了。”[①]译者的话无疑带有很多谦虚的成分,但也反映了当今国内学界译介梵语诗学的现实。迄今为止,一些重要的梵语诗学著作如《舞论注》和《曲语生命论》,《诗庄严经》、《合适论》、《韵辨》及《味海》等仍然未能译出。在肯定学界的相关翻译成就时,有的学者还指出:“印度古典文学理论在世界文论方面独树一帜,但往往受到忽视……今后需要提供给读者的是完整的译本。”[②]这话虽然写于《梵语诗学论著汇编》出版之前,但至今仍有某种现实的指导意义。因此,梵语诗学译介仍然是任重道远。

金克木的五种古典诗学名著选译具有注释详细等特点,但其译文也存在过于拘泥或执着于原文而致阅读不畅等缺陷。与之相比,黄宝生的译文在此方面做了最大限度的调整或改进。例如,关于《诗镜》第一章八至十颂的梵文,金克木的译文是:“不懂(诗)学的人怎么能分辨(诗的)德和病?难道一个瞎子会有资格判别颜色吗?因此,圣贤为了使人们精通(诗学),制定了各种不同体裁的语言(作品)的作法。他们指示了诗的形体和修饰。所谓(诗的)形体就是依所愿望的意义而(与其他相)区别的词的连缀。”[③]黄宝生的译文是:“不通晓经典怎么分辨诗德和诗病?盲人怎么有能力分辨颜色?因此,为了教导人们,智者们制定了各种语言风格的创作规则。他们指出诗的身体和装饰。身体是传达愿望意义的特殊的词的组合。”[④]两相对照,黄译的优势一目了然。

毋庸置疑,印度古典诗学既是印度古代文明的精华,也属于世界古典文明的精华。从现状看,国内的世界古典文明研究与国外同行相比,尚有不小差距。例如,国内某些顶尖的世界古典文明研究机构以西方古典学(古希腊、罗马文明为代表)、亚述学、埃及学和赫梯学为四大攻关学科,而古典印度学则无人关注[⑤]。更有甚者,一提起古典学,很多学者便想到西方古典学。反观西方或日本历史悠久的古典印度学,其中的冷热对比清晰可见。在此背景下,确实需要更多的学人关注、支持包括梵语诗学译介、研究在内的古典印度学或曰印度古典学,以促进中国的世界古典学走向健康、和谐的发展

① 黄宝生译:《梵语诗学论著汇编》“导言”,第3页。

② 刘安武:《印度文学和中国文学比较研究》,北京:中国国际广播出版社,2005年,第438页。

③ 金克木:《古代印度文艺理论文选》,北京:人民文学出版社,1980年,第23页。

④ 黄宝生译:《梵语诗学论著汇编》(上册),第154页。

⑤ 参阅曾江、郝欣:《我国世界古典文明史研究赓续向前》,载《中国社会科学报》2014年5月9日。

生态。

在泰米尔语古典诗学原理的简略介绍方面，季羡林主编的《印度古代文学史》做出了表率。这部分的工作由张锡麟完成①。此后，相关的介绍不太多见。

就印度现代诗学的翻译和一般性介绍而言，泰戈尔的文论著述无疑是其中有代表性的一例。1988 年，泰戈尔文论译文集出版②。2000 年，刘安武等主编的《泰戈尔全集》(共 24 卷)出版，其中第 22 卷基本包括了泰戈尔的文论代表作，译者包括倪培耕、刘建和陈宗荣等人。此外，该书第 19、20、21 等卷也有多篇译文不同程度地涉及其文论和美学，如第 20 卷中的《人的宗教》便是如此。据悉，董友忱和白开元等新译的《泰戈尔全集》(共 18 卷)于 2016 年上半年出版。据了解，与 2000 版《泰戈尔全集》相比，新版全集收录比较全面，散文部分更新较多，泰戈尔文论的内容也较前有所增加。该全集第 3、4、5、12、14 和 17 卷等分别涉及泰戈尔文论的翻译③。

普列姆昌德是中国读者最熟悉的印地语和乌尔都语作家。1987 年，他的文论被两位印地语学者译为中文结集出版④。译者还在书中对其文论思想进行了简要介绍。

就本书第四章提到的众多印度现、当代诗学名家而言，国内学界在翻译和简介方面做出了一些新的贡献。例如，薛克翘译出了印地语文论家纳姆瓦尔·辛格代表作《论阴影主义》(即《阴影主义》)中的“序言”、第一章和最后一章即第十二章⑤。关于哈利、阿扎德、希伯利等近代乌尔都语文论三大家的理论简介，则要归功于山蕴独立翻译的《乌尔都语文学史》。该书包含了对上述三大家及其他乌尔都语文论家的简介⑥。在对印地语文学史和印地语文论家的著述进行翻译方面，刘安武编选，刘安武、唐仁虎和刘宝珍等翻译的《印度现代文学研究》(印地语文学)值得赞赏。该书译出了一部题为《印地语文学的八十年》的文学史著作，还译出了研究印地语作家普列姆昌德和伯勒萨德的论文十二篇⑦。印度学者帕德玛·苏蒂的三卷本《印度美学理论》的第一卷(1988 年版)被译为中文出版⑧。

---

① 参阅季羡林主编：《印度古代文学史》，第 142－143 页。

② 泰戈尔：《泰戈尔论文学》，倪培耕译，上海：上海译文出版社，1988 年。

③ 感谢中国国际广播电台的孟加拉语专家、参与《泰戈尔全集》翻译的杨伟明博士向笔者详细提供相关信息。

④ 唐仁虎、刘安武译：《普列姆昌德论文学》，1987 年。

⑤ 季羡林主编：《印度文学研究集刊》(第二辑)，第 359－376 页。

⑥ 〔巴基斯坦〕阿布赖司·西迪基：《乌尔都语文学史》，第 371 页。

⑦ 刘安武编选：《印度现代文学研究》(印地语文学)，北京：中国社会科学出版社，1980 年。

⑧ 〔印〕帕德玛·苏蒂：《印度美学理论》，欧建平译，北京：中国人民大学出版社，1992 年。

薛克翘在新近出版的《印度近现代文学》中,依据最新版印地语文学史资料,以适量篇幅对拉默金德尔·修格尔至纳姆瓦尔·辛格等五位当代最著名的印度语文论家进行了简介①。印度本土后殖民理论家阿贾兹·艾哈默德的代表作也在近期翻译出版②。值得注意的是,印裔美籍后殖民理论家斯皮瓦克的论文曾多次被人翻译并收如相关译文集。近年来,其个人论文选译被结集出版③。

近年来,笔者独立翻译了印度当代学者的比较文学论文多篇并结集出版④。笔者还与其他两位学者合作主编了多位印度学者的翻译研究论文⑤。限于译者的水平和其他各种原因,这两本译文集的质量难免差强人意,但似可视为对当代印度学界这两个领域的研究成果的初步译介。此外,笔者在最近出版的《印度文论史》中收录了近几年陆续试译的几部梵语诗学著作片段⑥。笔者还于 2016 年 12 月出版独立翻译的《20 世纪印度比较诗学论文选译》。笔者独立翻译的《印度古典文艺理论选译》(上下卷)将于 2017 年底出版。

就内容丰富、名家众多的印度现当代文论而言,主要由于国内相关研究人才相对缺乏,精通印地语、孟加拉语、泰米尔语和梵语等印度语言且长期从事翻译的学者也不太多,对其翻译或简介的现状遂不容乐观。例如,著名文论家奥罗宾多的英文代表作《未来诗歌》至今未有中译本面世,拉默金德尔·修格尔和纳姆瓦尔·辛格等印地语文论家的著作也是如此。这无疑会给编写更为完善的印度文学史、印度文论史带来相当的难度。论者指出,总体看,除了泰戈尔和普列姆昌德等少数几个作家外,中国的印度现代文学译介还很不理想,译介面不宽,评论和研究薄弱,远不能反映印度现代文学的真实面貌。对于印度当代文学作品缺乏系统翻译。这就导致读者很难弄清其基本面貌。"造成这种状况有多种原因,其中人才的缺乏是直接的原因。我国当代从事印度文学翻译、评论和研究的人为数太少,和从事英美文学、法国文学、日本文学、俄罗斯文学等其他外国文学的人比较起来,显得不成阵容。"⑦这些话虽然是十多年前针对印度文学作品的翻译所说,但却完全可以借来形容或说明当下国内学界对印度古典诗学、现代诗

---

① 薛克翘、唐孟生、唐仁虎、姜景奎:《印度近现代文学》(下册),第 1192－1199 页。
② 〔印〕阿吉兹·阿罕默德:《在理论内部: 阶级、民族与文学》,易晖译,北京: 北京大学出版社,2014 年。
③ 陈永国等主编:《从解构到全球化批判: 斯皮瓦克读本》,陈永国等译,北京: 北京大学出版社,2007 年。
④ 拙译:《印度比较文学论文选译》,成都: 巴蜀书社,2012 年。
⑤ 尹锡南、尚劝余、毕玮主编:《印度翻译研究论文选译》,成都: 巴蜀书社,2013 年。
⑥ 拙著:《印度文论史》,成都: 巴蜀书社,2015 年。
⑦ 王向远:《东方各国文学在中国》,第 83－84 页。

学翻译和研究的惨淡现状。

三、印度诗学研究

许地山的《印度文学》简略地提到了印度古典诗学的几位早期代表人物，但真正翻译和研究它的第一位学者却非金克木莫属。他的《梵语文学史》第十二章题为《文学理论》，其中再分两节：一为《总结戏剧理论和实践的〈舞论〉》，二为《文学理论著作》。两部分内容涉及婆罗多、胜财、婆摩诃、檀丁、欢增、新护、曼摩吒、毗首那特和世主九位理论家，还提到《火神往世书》的庄严论部分。该书对梵语戏剧学和诗学的简略论述基本到位，例如："古典文学理论是一个独立的文学部门。这照印度传统说法，称为'庄严论'（'庄严'是妆饰之意），也可以说是广义的修辞学。严格说来，它不是以关于文学艺术的理论为主，而只是着重讨论文学技巧（主要是诗）的学问。这门学问可能起源很早，但著作大致是5世纪以后发展起来的。"[①]金克木关于新护的某些判断似乎值得商榷。他虽意识到欢增提出了韵论，但却将这种理论的体系构建和发扬光大悉数归于注疏《韵光》的新护，认为"对后来的影响极大"的新护"以这种理论为中心论及诗的各个方面。新护还以同一理论为《舞论》写了一部释论，在戏剧方面应用这一理论。他的两部释论实际都应算是独立的著作"[②]。这种说法显然不合事实，因为欢增才是建构韵论体系的人。新护的确为《韵光》和《舞论》进行疏解，但从现存文献和笔者在印度的学术考察、文献梳理来看，其注疏或曰释论似乎并不存在单独的本子。

1980年，金克木出版了《古代印度文艺理论文选》。论者认为，该书"既是一个译本，也是一部独特的研究著作"[③]。金克木为该书写的"译本序"以"古代印度文艺理论"指称梵语戏剧学和诗学著作，他列举了现存、已刊、具有"理论意义和历史意义"且有较大影响的二十种著作，基本包括了印度古典诗学的精华，但也遗漏或忽略了波阇的《艳情光》等重要的诗学著作。

在列举了以上二十种著作后，金克木对他所翻译的五种著作进行了颇有深度的阐释性导读。关于《舞论》，他指出，这是全面而系统地论述了戏剧演出的各个方面，是戏剧工作者的实用手册。它承认现实生活是戏剧的来源，戏剧应模仿现实生活。它所论述的情味问题，已经触及某些现代美学思想。该书存在分析计数和类比推理等传统方

① 金克木：《梵竺庐集甲：梵语文学史》，南昌：江西教育出版社，1999年，第364页。
② 同上，第367页。
③ 王向远：《东方各国文学在中国》，第52页。

法。关于《诗镜》，他指出，这是古代印度早期文学理论的一个总结，是一本作诗手册。它总结前人，影响后代，对中国西藏地区发挥了具有历史意义的影响。金克木对《韵光》给予了最高的评价，认为它在印度古代文论发展史上占有极其重要的地位，打破了以前注重修辞手法的形式主义传统，但尚未彻底突破形式主义，更谈不上关注文学的社会意义。他还认为，《韵光》的两大特点是词义分析和神秘主义，它从文学和语言方面通向了神秘主义路径，它是文学理论“从形式主义转入神秘主义的中间站”①。他还指出，如果说《诗镜》是“诗论的开端”，《诗光》便是古典诗学的“终结”，而《文镜》只是“把这个总结扩大范围（包括了戏剧理论），重复做了一次”②。

针对论者将印度古典诗学分为庄严、风格和味、韵四个流派的做法，金克木表示异议。他认为这种分期不恰当，没有“看到历史的发展”。因为，庄严和风格这前二派是“前一阶段重心”，味和韵这后二派是“后一阶段重心”。他接着阐述了自己关于梵语诗学史分期的看法。他指出，婆摩诃《诗庄严论》、檀丁《诗镜》、伐摩那《诗庄严经》乃至较早的婆罗多《舞论》组成了古典文论发展前期的基本内容，其特征是注重作诗法的实践，讲究形式和修辞，理论观点模糊。欢增于9世纪写作的《韵光》才开始了古典文论发展的后期阶段，它区别于前期探索“诗的形体”，转而强调探索“诗的灵魂”。后期阶段的梵语诗学由探索近似于文学本质的“诗的灵魂”而分为四派：味、风格、韵和曲语。金克木继而指出，无论是前期重视“形体”或后期重视“灵魂”，都没有深入到诗的“内容”（vastu），整个是“形式主义的文学理论”。这是因为，所谓诗的“形体”与“灵魂”，实质上是“早就有的，认为诗是词和义结合的理论中，在语言和意义两方面的有所偏重的发展。古代文人的封建社会处境决定他们只能在这里面兜圈子。他们所谓诗或文学的实例出不了封建时代文学，这是理所当然的。值得注意的倒是，在这些现在看来多半是腐朽的诗中，他们竟能认真分析并作出现在看来也不是毫无意义的探索”③。

综上所述，金克木对印度古典诗学的探索带有强烈而自觉的创新意识，提出了很多有价值的观点，但由于他偏重于马克思主义文艺观，因此潜意识中以唯物论方法思考印度古代理论家在语言和宗教哲学层面所做的各种探索，这便使他有意无意地忽略了印度传统对古代文论家的“文化磁场”效应，转而以现代唯物论视角思考问题。这使他在锐意思考并得出很多颇有新意的观点时，又似乎被某种思维框架所局限和困扰着。很

① 金克木：《古代印度文艺理论文选》“译本序”，北京：人民文学出版社，1980年，第14页。
② 同上，第16页。
③ 同上，第19页。

明显,他的某些考古式观察和论述没有脱离当时社会条件和学术氛围的限制,例如,他指出,《舞论》没有什么反抗和斗争的气息,但也反映了上层社会的政治黑暗和风俗腐败等现象,说明当时的戏剧工作者与人民存在密切的联系。他认为《诗镜》关注文学修辞,但忽视探讨文学的内容、本质、作用及文学的社会意义①。实际上,该书并未完全忽略文学的本质、作用等的探讨。当然,作为印度文学研究专家,金克木也能在某种程度上摆脱自身和社会环境的局限,深刻地认识到印度古典诗学的历史意义和理论价值。例如,他虽然认为《诗光》和《文镜》等总结的一套文学理论有很大局限,其方向是错误的,基础是狭窄的,方法是繁琐的,但又承认这套"作为反面的镜子"的理论在某些具体问题的讨论上"有其历史意义"②。他指出,梵语诗学家关于风格、诗德、修饰(庄严)、味和韵的探讨越来越充满玄妙,因而"走向末流。但是在分析情调、比喻、言外之意等方面,他们的经过千余年的努力也并非全是徒劳"③。

金克木曾撰《略论印度美学思想》一文,对印度美学分期及其四种思维模式或审美逻辑进行阐释,还对味、情、庄严、韵、艳情等诗学范畴进行解说④。这篇学术含金量很高的论文后来被收入《东方文论选》和《梵竺庐集》(丙卷)。值得一提的是,金克木还对梵语语言学、艺术学、美学和诗学关键词等进行了整理,制定了两个梵汉术语译名对照表⑤。黄宝生等当代学者大体上遵从了他所创设的这些规范。这说明,金克木对于印度古典诗学翻译和研究的规范化有着奠基之功。

到了20世纪80至20世纪90年代,印度古典诗学的介绍和研究成为中国学界一个新的学术生长点。这主要包括对梵语诗学的系统介绍和研究,对梵语诗学的专题研究,以及围绕梵语诗学展开的比较诗学研究等三个方面。

1988年,黄宝生出版了《印度古代文学》一书,该书第十二章《梵语文学理论》以十页的篇幅介绍和论述了梵语戏剧学和诗学的重要著作和核心理论,它比金克木的相关论述有了进步。该书的相关论述借鉴和参考了印度和西方学者的相关英文著作,并参考了金克木的《梵语文学史》。该书指出,梵语文学的系统理论总结始自戏剧学。在梵语诗学史上,《舞论》的主要贡献是提出了味论。《舞论》初步总结了诗歌理论,为后来

① 金克木:《古代印度文艺理论文选》"译本序",第7-9页。
② 同上,第17页。
③ 同上,第20页。
④ 参阅金克木:《梵竺庐集丙:梵佛探》,南昌:江西教育出版社,1999年,第134-150页。
⑤ 同上,第81-85、151-153页。

梵语诗学的进一步发展奠定了基础。伐摩那认为语言风格是诗歌的灵魂，这一说法难以成立，但其提出诗歌灵魂这一概念，能启发后人更加深入地探索诗歌艺术的审美因素。该书认为，与庄严论和风格论相比，味论和韵论显然是更深地揭示了诗歌的审美因素，代表了梵语诗学所能取得的最高成就。之后出现的曲语论和合适论，虽各有所长，但其理论重要性不及味论和韵论。该书将世主的《味海》视为梵语诗学的终结标志，并认为梵语诗学拥有自己的一套话语体系，足以在世界诗学领域独树一帜。这一体系以韵和味为核心，以庄严、风格、曲语和合适为外围。梵语诗学是值得深入研究的非常丰富的文学理论遗产[①]。上述观点成为黄宝生后来研究印度古典诗学的理论基础。从这些核心观点看，黄宝生既有机吸收了中印西三方的研究成果，又能有所创新，提出自己独到的看法，从而极大地提高了金克木所开创的这一领域研究的水平。

季羡林主编的《印度古代文学史》中第三编第十章《梵语文学理论》也是由黄宝生撰写，他以十页的篇幅简要勾勒了梵语戏剧学和诗学的发展脉络，其基本观点来自前述《印度古代文学》一书[②]。

1993 年，黄宝生出版了中国第一部系统而独立地研究印度古典诗学的专著《印度古典诗学》。它是中国东方文论研究和外国文学研究等领域的里程碑式著作。著者积数十年印度文学和哲学研究之功力，再积数年苦心研读大量梵语诗学原著和印度学者的相关研究著作，厚积薄发，著成此书。该书分上、下两编，即“梵语戏剧学”和“梵语诗学”两编。上编主要介绍戏剧学专著《舞论》，下编则以庄严论、风格论、味论、韵论、曲语论、合适论、推理论、诗人学等流派为线索，对梵语诗学进行全面介绍分析。此书以文本细读为基础，围绕梵语诗学原著的精髓，对整个梵语诗学大厦进行宏观鸟瞰和微观阐释相结合的介绍和分析。该书偶尔透露出一种比较诗学的痕迹，即以中国诗学为参照进行阐释。该书基本上囊括了主要的梵语诗学原著，成为一部兼具工具书性质的开创性著作。

除了对梵语诗学进行系统研究外，黄宝生还以很多单篇论文继续进行探索。可以说，梵语诗学在中国当代学术语境中逐渐受到重视，是与他的巨大贡献分不开的。

同一时期里，有学者在对东方美学进行历史归纳时，将梵语诗学基本原理视为印度美学的重要组成部分加以分析[③]。有的学者在进行中外文论史梳理时，将梵语诗学的

① 此处介绍，参阅黄宝生：《印度古代文学》，北京：知识出版社，1988 年，第 162 – 171 页。

② 参阅季羡林主编：《印度古代文学史》，第 349 – 358 页。

③ 邱紫华：《东方美学史》（下卷），北京：商务印书馆，2003 年，第 908 – 933 页。

历史发展列入其中①。有的学者在介绍东方艺术时,涉及印度古典音乐理论与梵语诗学味论的关系②。还有学者以现代数学、物理学和音乐律学相结合的方式,以“印度人奇妙的律学理论”为题,对《舞论》和《音乐宝藏》(即《乐海》)等梵语艺术论著的某些重要原理进行简介,拓展了中国读者的文化视野③。

在梵语诗学的专题研究方面,倪培耕于1997年于漓江出版社出版的《印度味论诗学》值得重视。该书在介绍印度学者关于味论诗学的研究成果方面有其独特价值。论者指出:“在我国,这方面的研究还严重缺乏,因而书中内容对我国读者来说还是新鲜的,对于我国读者加深对印度‘味’论诗学的理解,具有重要的参考价值。”④倪培耕还为春风文艺出版社出版的《世界诗学大辞典》承担了印度诗学部分的独立编写,为传播印度诗学做出了自己的贡献。

与很少有人对梵语诗学进行专题研究相反,国内学界围绕梵语诗学进行比较研究者却显得相对热闹。这与中国比较文学蓬勃发展的学术背景密切相关。比较诗学研究在中国首先是以中西比较鸣锣开道的,20世纪80年代至90年代以来,随着梵语诗学名著的译介和传播,学者们注意到中西诗学比较之外的另外两种维度,即中印比较和印西比较,这其中又以前一种比较更能吸引学者们的注意力。

由于中国古代文论是一种丰富的理论资源,也由于中印诗学拥有各自的味论、韵论、修辞论(庄严论)乃至戏剧学理论,因此,很多学者倾心于中印诗学比较。例如,1989年,季羡林撰写了《关于神韵》一文,对中印韵论进行比较。他的结论是:“尽管中印在韵的方面有如此惊人相似之处,但是两国的思想方法仍有其差异。像印度那样的分析,我们是没有的。我们是靠一些形象的东西来说明问题。”⑤黄宝生以《禅和韵》为题对中印韵论异同进行了探索⑥。杨晓霞对中印韵论也有过比较论述⑦。李思屈也就中印韵论异同做过探索⑧。龚刚论述了中印味论的异同⑨。刘九州论述中印味论的文

---

① 曹顺庆:《中外文论比较史》(上古时期),济南:山东教育出版社,1998年。

② 俞人豪、陈自明:《东方音乐文化》,北京:人民音乐出版社,1995年,第176－177页。

③ 李玫:《东西方乐律学研究及发展历程》,北京:中央音乐学院出版社,2007年,第120－128页。感谢四川音乐学院的夏凡教授给我提供该书的相关信息。

④ 王向远:《东方各国文学在中国》,第54页。

⑤ 季羡林:《比较文学与民间文学》,北京:北京大学出版社,1991年,第346页。

⑥ 黄宝生:《禅和韵》,载《南亚研究》1993年第1期。

⑦ 杨晓霞:《中印韵论诗学的比较研究》,载《东方丛刊》2006年第4期。

⑧ 李思屈:《中国诗学话语》,成都:四川人民出版社,1999年,第260－265页。

⑨ 龚刚:《中印诗味面面观》,载《外国文学评论》1997年第1期。

章还受到侯传文的学术质疑，这体现了中印诗学比较正在引起学界的注意①。关于中印修辞论（庄严论）的比较研究，以汤力文的文章最为典型②。还有的学者不满足于中印诗学比较，将中国、印度与西方诗学三者进行比较，以期能够有所新的发现。例如，有的学者比较中印西三大诗学体系的异同③。有的学者比较中印西戏剧理论的异同④。

在中印诗学比较方面，郁龙余的两部相关著作最为突出⑤。他的研究特色是系统性强，注重诗学理论的文化背景分析。他先从中印文学和文化比较入手，再过渡到中印诗学比较层面，这使他的研究触及中印哲学文化的深层比较，从而极大地提高了该书的学术品位。郁龙余等著的《中国印度诗学比较》是迄今为止关于中印诗学比较的惟一一部系统研究著作。该书分十二章，论述范围涵盖了中印古典诗学的产生环境、中印诗学家身份、中印诗学阐释方法和传播形式、中印审美思维异同和中印艺术诗学等重要命题。其论述重点在中印古典诗学的核心话语如味论、韵论、庄严论（修辞论）等的比较研究上。

通观上述学者的相关研究可以发现，进行中印诗学比较研究者多半具有从事印度文学研究的背景，这以季羡林、黄宝生、郁龙余、侯传文等人为代表。他们往往围绕中印共同的诗学话语理论展开思考。不过，由于翻译的速度没有跟上，很多重要梵语诗学著作不能及时用作中印诗学比较的基本素材。

因无确实的证据，梵语诗学对中国古代的主流汉语文论有无影响，曾经引起一些学者的猜测。有学者指出："然而，只是我们至今无法断然认定《文心雕龙》、《诗品》之味论与印度情味论乃至情味话语之间的亲缘关系。倒是刘勰、钟嵘通过接受各种版本《涅槃经》等佛典，接受印度文化与文论的情味论乃至情味话语的影响，十分可能。"⑥该学者还认为："或许不说印度佛教文化的情味论乃至情味话语对刘勰、钟嵘滋味说的影响，而说刘勰、钟嵘滋味说对印度佛教文化情味论乃至情味话语的借用与化用，更容易

① 侯传文：《中印"韵""味"比较谈》，载《外国文学研究》1989年第3期；刘九州：《中印"味说"同一论》，载《外国文学研究》1986年第3期。

② 汤力文：《中印修辞论中的风格论和意境追求》，载《深圳大学学报》2000年第2期。

③ 李淳：《浅论中、西、印三大诗学体系》，载季羡林主编：《印度文学研究集刊》（第四辑），上海：上海译文出版社，1999年，第244－256页。

④ 吴文辉：《东西古典戏剧理论着重点的差异》，郁龙余主编：《中国印度文学比较论文选》，杭州：中国美术学院出版社，2002年，第168－201页。

⑤ 郁龙余：《中国印度文学比较》，中国社会科学出版社，2001年；郁龙余等著：《中国印度诗学比较》，北京：昆仑出版社，2006年。

⑥ 徐扬尚：《中国文论的意象话语谱系》，北京：中国社会科学出版社，2012年，第137页。

让人接受。"[①]佛教思想对于中国古代文论、美学等的影响非常巨大,但与印度教(其前身为婆罗门教)色彩浓厚且独成体系的婆罗多、新护等人的情味论相比,佛教经典(此处专指汉译佛经)中是否存在独成体系的情味话语,似乎值得继续探讨。[②] 总之,该学者的推测和论断可视为有价值的一家之言,其学术探索的睿智和勇气值得肯定。

梵语诗学对藏族文论和蒙古族文论的影响,主要以7世纪檀丁的《诗镜》为代表。这是中印诗学比较的新课题。20多年来,这方面的研究成果逐渐涌现出来。前述的赵康、佟锦华、额尔敦白音和娜仁高娃等是这方面的代表人物。

在梵语诗学与西方诗学比较研究方面,黄宝生无疑是拓荒者。1991年,他发表了国内第一篇相关论文[③]。该论文着眼于梵语诗学和西方现代诗学的比较,在中西和中印诗学比较研究视野之外,新辟天地,提出了很多发人深思的新观点。由于梵语和西方语言的亲和力,梵语诗学和西方诗学的比较具有重要的学术价值。

曹顺庆先生主编的《中外文论史》将古今中外文论熔于一炉进行比较研究,包含梵语戏剧学和梵语诗学的印度古典文论在书中的比较研究部分占据了显赫的位置。这部分的主要执笔者为侯传文、曹顺庆和笔者等[④]。

笔者不揣浅陋,在黄宝生和印度学者的研究成果启发下,对印度和西方诗学比较研究进行了一番较为系统的全面探索[⑤]。拙著似可差强人意地视为非常肤浅的"引玉"之砖。

关于梵语诗学对世界诗学的影响研究,是世界梵学界忽视的重要课题。可喜的是,国内学者有人在此领域做出了开创性的贡献。裴晓睿对梵语诗学在泰国文学和诗学的形成、发展演变过程中所发挥的历史作用进行了比较详尽的梳理和研究[⑥]。

再简单地说说国内学界对印度现当代诗学的相关研究简况。由于前述翻译不力或用力不均等复杂因素,学界对印度现当代诗学的研究成果只聚焦于泰戈尔和普列姆昌德等极少数理论家。这种状况亟待改善,但任重道远。

众所周知,1924年泰戈尔访华前后,中国学者对于泰戈尔的译介和研究出现了第

① 徐扬尚:《中国文论的意象话语谱系》,北京:中国社会科学出版社,2012年,第139页。

② 这方面的相关思考,参阅拙著:《印度文论史》(上),成都:巴蜀书社,2015年,第121－134页。

③ 黄宝生:《印度古典诗学和西方现代文论》,载《外国文学评论》1991年第1期。

④ 参阅曹顺庆主编:《中外文论史》(共四卷),成都:巴蜀书社,2012年。

⑤ 拙著:《梵语诗学与西方诗学比较研究》,成都:巴蜀书社,2010年。

⑥ 裴晓睿:《印度诗学对泰国诗学和文学的影响》,载《南亚研究》2007年第2期;裴晓睿:《印度味论诗学对泰国文学的影响》,载王邦维主编:《东方文学研究集刊》(2),太原:北岳文艺出版社,2005年,第87－98页。

一次高潮。这一期涉及泰戈尔诗艺与美学观的论文有郑振铎的《太戈尔的艺术观》,张闻天的《太戈尔之诗与哲学观》,王统照的《太戈尔的思想与诗歌的表象》等。闻一多在《时事新报·文学副刊》(1923年12月3日)发表文章《泰戈尔批评》认为,泰戈尔诗歌最大的缺陷是没有把握现实,《吉檀迦利》等诗集是祈祷词,没有感情。“印度的思想本是否定生活的,严格地讲,不宜于艺术的发展。”泰戈尔的诗歌之所以伟大,是因为其哲学思想,“论他的艺术实在平庸得很”①。闻一多对泰戈尔的评价大体上反映了部分中国知识分子对印度宗教文化的隔膜。总之,20世纪初中国学界的泰戈尔研究只是一种各取所需的感性评价,大多还没有上升到理性客观的学术判断,对于泰戈尔文论的研究也还无法真正展开,其主要原因是,泰戈尔的创作尚在进行中,其作品中译文还非常有限。

20世纪下半叶、特别是世纪之交,随着泰戈尔作品的中文翻译开始增多,关于泰戈尔文论与美学思想的译介和论述也随之增多。首先值得一提的是倪培耕等译《泰戈尔论文学》(上海译文出版社,1988年)。这方面的论文包括倪培耕的《泰戈尔美学思想管见》(载《外国文学评论》1987年第3期)、孟昭毅的《泰戈尔与比较文学》(载《南亚研究》1994年第1期)、宫静的《泰戈尔和谐的美学观》(载《文艺研究》1998年第3期)、侯传文的《论泰戈尔的韵律诗学》(载《外国文学研究》2004年第1期)等。此外,唐仁虎等著《泰戈尔文学作品研究》(昆仑出版社,2003年)和郁龙余等著《中国印度诗学比较》(昆仑出版社,2006年)均涉及泰戈尔文论的研究或比较研究。

正是在上述关于泰戈尔文论和美学研究的适宜氛围中,出现了该领域的代表性成果即侯传文的《话语转型与诗学对话:泰戈尔诗学比较研究》②。该书显示出研究内容的系统性和研究方法的创新性。泰戈尔诗学比较研究是以比较诗学为主要方法,以本体研究与比较研究相结合为基本思路的学术研究。从整体看,全书论述的重点还在泰戈尔诗学纵向历史比较和横向东西比较研究的四章。环顾印度、中国和西方学术界,尚未出现如此以系统考察和比较研究相结合的模式探索泰戈尔文论思想的研究著作。因此,该书开拓和深化了传统的泰戈尔研究领域。

关于普列姆昌德的文论观,学界也有人进行研究,例如,有学者将其与鲁迅的文论思想进行比较研究③。

---

① 姜景奎主编:《中国学者论泰戈尔》(上),银川:阳光出版社,2011年,第83－85页。

② 侯传文:《话语转型与诗学对话:泰戈尔诗学比较研究》,北京:中国社会科学出版社,2010年。

③ 参阅唐仁虎、魏丽明等著:《中印文学专题比较研究》,太原:北岳文艺出版社,2007年,第349－369页。

关于泰戈尔、奥罗宾多、V.拉克凡、A.K.库马拉斯瓦米等印度现代文论家和S.K.达斯、特迦斯薇妮·尼南贾娜、阿西斯·南迪等当代文论家，笔者曾从比较文学视角，对其复杂的文论思想进行过初步的探讨①。

四、梵语诗学批评运用

就中国学界而言，梵语诗学批评早已登上历史舞台。首创者仍然是黄宝生。他认为，好的作品经得起时间考验，也经得起读者从各个角度来阅读品味。读者可以凭自己的生命体验和艺术学养来品味，也可以按东西方任何一种诗学观念来欣赏。他还认为，作为继承文化遗产的一种方式，梵语诗学批评是值得肯定的②。基于这样的观点，黄宝生在20世纪90年代发表文章，以梵语诗学主要理论话语（庄严论、味论和韵论）为工具，对著名现代诗人和学者冯至的诗集《十四行集》进行阐释③。在文章中，作者根据梵语诗学的基本理论进行评价，发现冯至的诗歌中采用了谐音、比喻、奇想等庄严（修辞）手段。冯至诗歌除了具有深远含蓄的韵外，还利用恰当的情由和情态的描绘，达到了新护等强调的感情普遍化的境界，从而唤起悲悯味等美学情感。应当说，这篇论文作为中国第一篇梵语诗学批评运用的范文，其尝试是成功的。

由于笔者对很多印度学者利用梵语诗学原理进行文学批评印象深刻，遂以梵语诗学六派理论（庄严论、味论、韵论、曲语论、合适论和风格论），对当代土家族诗人冉仲景的诗歌进行全面分析④。在博士学位论文基础上改写的著作中，笔者专列一章“东方诗学视野中的英国作家印度书写”，以梵语诗学六派理论和“虚实相生”、“以言去言”等中国古代文论原理为标准，对英语文学经典文本如《印度之行》、《基姆》等进行评价⑤。笔者还以味论分析了印度诗人泰戈尔据以获得1913年诺贝尔文学奖的代表作《吉檀迦利》⑥。通过这些批评运用，笔者发现，梵语诗学的确有着批评运用的现代价值。

倘若将梵语诗学的有机成分不断地运用在文本分析和理论互释中，从而能不断地验证哪些原理适合跨文化语境的运用，哪些原理适合本土文学鉴赏，哪些原理适合分析

---

① 参阅拙著：《印度比较文学发展史》，第81－149、340－351、438－462页。

② 参阅拙文：《中印对话：梵语诗学、比较诗学及其他》，载《思想战线》2006年第1期。

③ 黄宝生：《在梵语诗学的烛照下：读冯至〈十四行集〉》，载《冯至先生纪念论文集》，北京：社会科学文献出版社，1993年。

④ 拙文：《梵语诗学视野中的中国少数民族诗歌》，载《中央民族大学学报》2006年第6期。

⑤ 参阅拙著：《英国文学中的印度》，成都：巴蜀书社，2008年，第364－407页。

⑥ 拙著：《华梵汇流：尹锡南讲印度文学与中印文学关系》，北京：中央编译出版社，2014年，第98－114页。

古代文本与理论,哪些又适合现代文本与理论的阐释。有了这些学术实践,不仅是梵语诗学,连中国古代文论的现代运用也将找到一条可行之路。此外,梵语诗学对审美情感和意境等方面的关注,使文本阐释多了一个审美维度。目前盛行的文化批评强调身份政治、性别政治等意识形态的非美学因素,对于文学内部因素的审美观照有些忽视,重视审美情味和语言装饰的梵语诗学正可在文学评论中派上用场。

第二节　印度诗学在南亚与东南亚

印度学者指出:“迄今为止,多少个世纪以来,《舞论》已经在印度的不同地方、尼泊尔和中国西藏等地传播,并有不同的抄本。”①这说明,印度古典诗学对南亚地区产生了历史影响。不仅如此,它还对泰国、越南等东南亚国家的文学、诗学形成和发展产生了历史影响。限于资料匮乏,本节只能以斯里兰卡和泰国对梵语诗学为代表的印度古典诗学的接受为例略作说明。

先以两本产生于古代斯里兰卡的诗学著作为例进行解析。

印度和斯里兰卡的友好关系至少可以追溯到公元前3世纪左右。阿育王曾经派自己的儿子和女儿带着礼物出使当时的斯里兰卡,给那里的国王送去了礼物。从语言上讲,僧伽罗语与印地语、古吉拉特语、马拉提语、孟加拉语等有着亲密的联系。“僧伽罗语保存着现代印度语言中已经失传或早已过时不用的有趣词汇。”②从这个角度看,古代斯里兰卡学者以僧伽罗语或巴利语写作或改编梵语诗学著作,似乎是水到渠成的事情。无论其理论价值和创新因素有多少,这都是印度古代文论话语走向世界的典型例子。这种古代文明世界的“理论飘移”也是佛教文化之外的印度文化软实力“和平征服”世界的又一个成功典范。

公元7世纪,斯里兰卡佛教学者戒云(Śilāmegha 或称戒云军即 Śilāmeghasena)著有对檀丁《诗镜》进行改写和编译的僧伽罗语诗学著作《妙语庄严》(*Suabhāsalaṅkara*),全书分三章,共400颂,与檀丁的著作相似,该书只有经文即正文,无注疏。当代印度学者将其译为梵文后题为 Svabhāṣālaṅkāra。“《妙语庄严》是一本很薄的书,包含了檀丁《诗

① Kapila Vatsyayan, *Bharata: The Nāṭyaśāstra*, New Delhi: Sahitya Akademi, 1996, p.164.

② Lokesh Chandra, *Sanskrit as the Transcreative Dimension of the Languages and Thought Systems of Europe and Asia*, New Delhi: Rashtriya Sanskrit Sansthan, 2012, pp.23-24.

镜》的半数经文，很明显，它以《诗镜》为基础。《妙语庄严》只有极少数经文是原创的，绝大多数经文可以视为对《诗镜》经文的直接翻译，其余部分与《诗镜》也相差无几。很难发现两者论述的原理有何根本差异。"[①]尽管《妙语庄严》是对《诗镜》的改写、编译，但其历史文献价值不可忽视。毋庸置疑，它体现了梵语诗学早期阶段的外向传播趋势。

《妙语庄严》基本按照《诗镜》的顺序介绍诗学原理。戒云在第一章中介绍诗的功用、特征、分类和成因等，这使该章成为诗歌总论。戒云在开头即引用檀丁《诗镜》第一章的第一、第三颂(I.1－3)："愿四面神(梵天)面庞莲花丛中的雌天鹅，全身洁白的辩才女神，永远在我的心湖中娱乐……完全是蒙受学者们规范的和其他的语言的恩惠，世上的一切交往得以存在。"(I.1－3)[②]同样，对诗的特征和类别等的介绍，戒云也直接引述檀丁的话。对于诗德、风格等的相关介绍，戒云也基本依据《诗镜》进行改写。

《妙语庄严》第二章专论义庄严。在这一章中，除了《诗镜》提到的谐音、叠声、图案、隐语四种音庄严和"祝愿"这一义庄严外，戒云囊括了檀丁所论及的其他所有义庄严，其论述也大致依照《诗镜》，只是排序有所不同而已。戒云介绍了自性和明喻等三十三种义庄严。

《妙语庄严》第三章介绍叠声的分类，檀丁所论述的几种诗病，诗歌意义的分类和言义关系问题。他的介绍也大致依据檀丁的相关思想。戒云似乎只认可檀丁四种音庄严中的一种即叠声。

综上所述，《妙语庄严》基本没有什么创见。虽然如此，其历史文化价值仍然存在，因为这种基本没有变异的思想继承，对于印度诗学原汁原味的外向传播起着至关重要的作用。从这个意义上说，将僧伽罗语版《妙语庄严》视为公元7世纪梵语诗学的特殊组成部分，似乎并无不妥。现在的问题是，戒云是如何得知《诗镜》的，他与同时代的檀丁有否交情？这一切只能期盼未来相关领域的"考古学家"揭秘了。

再看一例。

公元13世纪的斯里兰卡佛教学者僧伽罗吉多(Saṅgharakkhita)著有巴利语诗学著作《妙觉庄严》(Subodhālaṅkara)，全书共有371颂，与婆摩诃和檀丁的著作相似，该书只有经文即正文，无注疏。当代印度学者将其经文转写为梵文后题为《智庄严论》

---

① Saṅgharakkhita, *Bauddhālaṅkāraśāstra*, "Introduction", Part 1, Delhi: Lalbahadur Sastra Kendriya Sanskrit Vidyapitha, 1973, XI.

② Ibid., p.1.译文见黄宝生译：《梵语诗学论著汇编》(上册)，第153页。前一数字表示该颂在《诗镜》中的位置，后边的数字表示该译文在《妙语庄严》中的位置。下同。

(*Bauddhālaṅkāraśāstra*)。“在整个巴利语文学史上,我们只能发现一位诗学著作的作者名字,他是僧伽罗吉多大师。”[①]事实上,佛教发展史上产生过很多巴利语佛教诗歌,也出现过一些巴利语语法著作,其中三个学派便包含了声律论。因为佛教的宗教特性使然,探讨文学创作的诗学著述为数不多。“僧伽罗吉多(Samgharakkhita,约13世纪)著有巴利语诗律学著作《诗律论》(*Vuttodaya*)和修辞学著作《妙觉庄严论》(*Subodhālaṅkara*)。”[②]

《智庄严论》的原文分五章,第一章为诗歌总论。僧伽罗吉多对诗的定义与婆摩诃、檀丁等人的古典定义基本一致。他说:“诗是音和义的结合,无诗病。诗分诗体、散文体和混合体三类。”(I.8)[③]该章还论及作品分类、词功能、合适等诸多重要方面。

《智庄严论》第二章讲述诗病,第三章讲述十种诗德,第四章介绍三十四种义庄严,但未涉及音庄严。《诗镜》将庄严分为自性和曲语两类。与此思路一致,僧伽罗吉多写道:“庄严分为自性和曲语两类。第一类即自性是描写各种情况下的事物形象。”(IV.166)[④]僧伽罗吉多关于三十四种庄严的阐释和《诗镜》基本一致,只是部分庄严的巴利语名称略有差异而已。

《智庄严论》的第五章专门论味。僧伽罗吉多主要介绍了常情、不定情、情由、情态和艳情味到平静味的九种味。他基本依据婆罗多和胜财等的观点进行论述。例如,他对常情的介绍是:“爱、笑、悲、怒、勇、惧、厌、惊、平静,这是九种常情。”(V.344)[⑤]他对味产生的描述和艳情味的分类均效法婆罗多和胜财。与新护否认平静味常情的多样化相反,僧伽罗吉多这样定义平静味的特征:“悲悯、布施和欢喜等等,是平静味的三种常情。情由、情态等等的结合,催生了平静味。”(V.371)[⑥]

论者认为,僧伽罗吉多与檀丁论述的庄严在种类和排序方面均有差异,如僧伽罗吉多提到的某些庄严并非来自《诗镜》,他也并未论及檀丁提到的四种音庄严即谐音、叠声、图案和隐语。两人对诗病和诗德的某些看法也存在差异,在诗病的三分法上,僧伽罗吉多与婆摩诃和檀丁区别明显,与伐摩那也有差异。僧伽罗吉多重视味,而檀丁重视

---

① Saṅgharakkhita, *Bauddhālaṅkāraśāstra*, “Introduction”, Part 1, II.

② 相关内容可参阅郭良鋆:《佛陀和原始佛教思想》,北京:中国社会科学出版社,1997年,第17－18页。

③ Saṅgharakkhita, *Bauddhālaṅkāraśāstra*, Part 1, Delhi: Lalbahadur Sastra Kendriya Sanskrit Vidyapitha, 1973, p.3.

④ Ibid., p.58.

⑤ Ibid., p.119.

⑥ Ibid., p.128.

风格和庄严。即使在同一种庄严的论述上，两人仍然存在某些差异[①]。例如，檀丁对夸张的解释是："旨在以超越世间限度的方法描写某种特征，这是夸张，堪称最优秀的庄严。"（II.214）[②]僧伽罗吉多对夸张的定义和分类却有所区别："对于特征的表现，就是夸张。夸张分为描写超越世间的对象和世间对象两种。"（IV.174）[③]这说明僧伽罗吉多改造了檀丁的"夸张"。

综上所述，僧伽罗吉多的巴利语著作《智庄严论》是对梵语诗学庄严论、特别是对《诗镜》为代表的庄严论的改写与适度发挥。《智庄严论》是一部重要的诗学著作，它不仅对印度古典诗学的跨国传播起到了良好的示范作用，也对保存印度文明的传统精华做出了自己的贡献。该书问世以后，出现了大约四种关于它的注疏，其中二种为斯里兰卡佛教徒所撰，字体为缅甸语转写的巴利文。1948 年，孟加拉语《智庄严论》在加尔各答出版，它是由一位名叫阿耶宛娑（Ayyavamsa）的佛教徒翻译的。历史上，《智庄严论》还对泰国古典文论的萌芽和发展起到了重要的奠基作用。这说明该书具有重要的历史文献价值。

公元 13 世纪至 14 世纪，印度诗学继续产生国际影响。印度古典诗学对中国少数民族地区文学创作和诗学建构产生影响的同时，还对某些与印度历史文化联系紧密的东南亚国家的文学理论和创作产生了潜移默化的影响。这进一步扩大了印度诗学的国际辐射范围。根据国内学者的研究成果看，在古代东南亚地区，泰国诗学受印度古典诗学的影响最为典型[④]。

由于印度历史上与东南亚国家的特殊文化关系，一些东南亚国家的语言文化不可避免打上了印度文化的烙印。泰国诗学受到印度古典诗学的影响极大，几可比拟于日本文论受到中国文化的巨大影响。裴晓睿利用自己精通泰国语言文化的优势，对梵语诗学味论和庄严论在泰国诗学中的传播、接受、批评运用进行了详尽的研究。

---

① Saṅgharakkhita, *Bauddhālaṅkāraśāstra*, "Introduction", Part 1, IV – VIII. 该学者认为，僧伽罗吉多从《火神往世书》或波阇的《辩才天女的颈饰》中引述了某些不见于《诗镜》的义庄严，事实上，根据笔者的考证似乎可以得出这样的结论：僧伽罗吉多提到的混淆（bhrāntimān）、连珠（ekāvalī）和互相（anyonya）等义庄严取自檀丁之后、波阇之前的楼陀罗吒的《诗庄严论》。

② 黄宝生译：《梵语诗学论著汇编》（上册），第 184 – 185 页。

③ Saṅgharakkhita, *Bauddhālaṅkāraśāstra*, Part 1, p.61.

④ 关于印度古典诗学影响泰国诗学的详细介绍，可参阅裴晓睿：《印度诗学对泰国诗学和文学的影响》，载《南亚研究》2007 年第 2 期，第 73 – 78 页。该文扩充版参见曹顺庆主编：《中外文论史》（第四卷），第 3383 – 3403 页。裴晓睿教授的开拓性贡献值得重视。期待这一重要领域能有更多研究成果问世。此处关于梵语诗学影响泰国诗学的相关介绍，主要参考她的上述论文。

裴晓睿指出,泰国古典文学理论的形成与经过巴利文转述的梵语诗学庄严论、味论密切相关。学术界至今没有发现梵语诗学著作在古代直接传入泰国并被接受的证据。历史上,最初在泰国产生影响的印度诗学并非以梵语为载体和媒介,而是斯里兰卡的巴利语诗学著作。在缅甸、老挝等其他东南亚国家也是如此。巴利语庄严论是泰国庄严论的滥觞。对泰国诗学影响最大的印度诗学著作是巴利文的《智庄严》,这便是前述僧伽罗吉多的《妙觉庄严》(*Subodhālaṅkara*)。《智庄严》传入泰国之初是作为学习佛教经典的工具书来用的,它的内容与檀丁的《诗镜》非常接近。《智庄严》在锡兰(斯里兰卡的古称)和缅甸也非常流行。在缅甸,这部著作叫做《庄严手册》。从印度诗学在泰国的传播史看,没有哪一种梵语诗学理论能以完整的文本传入。进入近现代以来,梵语诗学经典不断被介绍到泰国,人们对梵语诗学才有了较为全面的了解。

裴晓睿认为,梵语诗学几派理论虽已传入泰国,但庄严和诗德的影响比较有限,最有影响力的当属味论。这和中国西藏地区只接受梵语诗学庄严论的情形相似。其中原因值得探索。在长期的文学创作和批评实践中,泰国人逐步总结出适合泰国文学批评的四种味论:惊艳味、调情味、嗔怨味、悲哀味。这就是说,梵语诗学味论是以被扬弃的方式向泰国诗学渗透的,在跨文化传播中产生了选择性变异。这一情形和《诗镜》在藏族文论中产生的文化变异相似。这可解释为何泰国味论诗学及相关阐释与梵语诗学明显不同。这是比较文学影响研究的重要课题。论者指出:"客观地说,要准确清晰地描绘印度的罗摩故事在东南亚地区的传播路线是十分困难的。"①与此相似,深入研究印度古典诗学对泰国在内的东南亚国家文论建构的历史影响,并非易事。

根据裴晓睿的介绍可以发现,泰国学者已经习惯以味论诗学评论泰国古典文学。梵语诗学家论述的九种味和泰国诗学家认可的四种味都蕴涵在不同类型的作品中。这中间既有源自印度、爪哇文学题材的作品,也有泰国本土的文学作品。目前,虽然由于西方文论风行泰国文学评论界,人们进行味论诗学批评的动力和兴趣大大下降,但仍有学者认可味论诗学在泰国古典文学批评中的重要价值。1991 年,泰国学者古苏玛·拉萨玛尼出版《以梵语文学理论分析泰国文学》一书,这是颇有影响的泰国版味论诗学批评专著②。从时间上看,拉萨玛尼的梵语诗学批评与黄宝生在中国率先进行的类似实践几乎是同步的。这显示了两国学者高度敏锐的学术自觉。此外,据笔者了解,某些越

① 张玉安、裴晓睿:《印度的罗摩故事与东南亚文学》,北京:昆仑出版社,2005 年,第 56 页。

② 以上介绍,主要参考裴晓睿:《印度诗学对泰国诗学和文学的影响》,载《南亚研究》2007 年第 2 期。

南当代批评家也倾向于采用梵语诗学味论进行文学批评实践。

由于语言和资料等问题,我们无法在此探讨当代南亚和东南亚国家的学者关于梵语诗学翻译、介绍和深入研究的概况。不过,我们也找到了一点“蛛丝马迹”。例如,斯里兰卡学者在 1970 年出版了一部颇有影响的梵语诗学研究著作。该书分为七章,各章标题依次为: 引言、梵语诗学史概述、庄严派、诗德与风格派、味论与韵论、曲语论、合适论[1]。该书旨在以 150 页左右的篇幅勾勒梵语诗学大纲,遂着重介绍梵语诗学中的六大流派或理论,这基本上是正确的,但它遗漏了“诗人学”一派,也没有涉及虔诚味论,还缺乏对某些重要文本的深入分析。尽管如此,该书优点非常明显,其导读性质非常适合学者们登堂入室,以探索梵语诗学的幽深神秘和博大精深。

第三节　印度诗学在西方

美国学者厄尔·迈纳(Earl Miner,1927—2004)又译“孟尔康”。他指出,不同的文学植根于不同的历史背景。因此,比较诗学只能建立在“跨文化研究的基础上”[2]。他对梵语文学和诗学给予很高评价:“梵语文学为我们研究世界性或中立性的现象提供了最有利的资料。至少西方的一些核心问题都源于这一文化,它的诗学包罗万象。”[3]他的话可以代表很多眼界开阔、心态积极之西方学者的共同立场。这些话虽然写于 20 世纪后期,但西方学者对包含梵语诗学在内的印度古典文化却是羡慕已久,威廉·琼斯、马克斯·穆勒等是其中的代表人物。

一、梵语诗学译介

从 19 世纪下半叶开始,部分西方学者加入印度古典诗学的发掘、整理、校勘和编订的队伍中,为保存和研究梵语经典做出了历史贡献。例如,1886 年,楼陀罗跋吒的《艳情吉祥痣》和鲁耶迦的《知音喜》(*Sahṛdayalīlā*)首先由德国东方学家皮舍尔(R. Pischel)编订后在欧洲出版。1899 年,孟买的《古诗丛刊》(*Kāvyamālā*)将其编为第三卷再版。1968 年,印度学者潘迪耶(Kapildeo Pandeya)以此为底本,将《艳情吉祥痣》全文

① G. Vijayavardhana, *Outlines of Sanskrit Poetics*, Varanasi: Chowkhamba Sanskrit Series Office, 1970.

② 〔美〕厄尔·迈纳:《比较诗学》,王宇根等译,北京: 中央编译出版社,1998 年,第 343 页。

③ 同上,第 326 页。

译为印地语后第三次出版。法国东方学家列维(Sylvain Levi,1863—1935)于1922年在尼泊尔发现沙揭罗南丁的《剧相宝库》抄本,该书后来由英国学者狄龙(M. Dillon)编订并于1937年出版,然后为印度学界所知。

印度独立以前,世界梵学界最有意义的事莫过于《舞论》的发掘和整理出版了。19世纪下半叶,印度陆续发现《舞论》的抄本。1894年,印度学者首次编订出版《舞论》三十七章,是为《古诗丛刊》第四十二辑。1929年,作为《迦尸梵文丛书》第六十辑,另外两位印度学者编订整理的三十六章《舞论》出版。此前,西方学者先后校订出版了《舞论》的部分章节。《舞论》在印度与西方的先后整理出版,是印度古典诗学翻译和研究史上的一件大事。它既促进了梵语经典研究的进一步深入,又提高了它的国际知名度。

除了英文翻译外,印度古典诗学还出现了另外一些西方语言的译本。例如,1890年,德国学者波特林克(O. Bohtlink)在莱比锡出版了《诗镜》的德文译本。德国学者雅各比(Hermann Jacobi)翻译过鲁耶迦的《诗庄严精华》。维底亚那特的《波罗多波楼陀罗名誉装饰》曾由欧洲梵文学家费里奥扎(Pierre Sylvain Filliozat)译为法语出版,时间不详。

西方学者对于梵语诗学的兴趣在印度独立后仍然存在,出现了更多的译本和研究著作。例如,鲁波·高斯瓦明的虔诚味论代表作《虔诚味甘露海》有印度和美国学者的两种英译本先后问世,印度学者只译出了该书四章中的第一章①,美国学者则译出了全书②。

印度独立后的梵语诗学研究呈现出国际合作的趋势。所谓国际合作是指印度学者和西方学者的合作研究,这以美国学者马松(J. L. Masson)和印度学者帕塔瓦丹(M. V. Patwardhan)两人为典型。他们合作研究并先后出版了《平静味和新护的美学原理》(1969)③、《审美愉悦:〈舞论〉中的味论部分》④。马松因为翻译《韵光》和《韵光注》第一章而获得哈佛大学博士学位。后来,这二人还与哈佛大学著名梵文学者英高思(Daniel H.Ingalls,1916—1999)一道完成了《韵光》及《韵光注》全文的翻译⑤。这是

---

① Rūpa Gosvāmin, *Bhaktirasāmṛtasindhu*, Vol.1, Vrindaban: Institute of Oriental Philosophy, 1965.

② Rūpa Gosvāmin, *Bhaktirasāmṛtasindhu*, New Delhi: Indira Gandhi National Centre for the Arts, 2003.

③ J. L. Masson & Patwardhan, M. V., *Śāntarasa and Abhinavagupta's Philosophy of Aesthetics*, Poona: Bhandarkar Matilal Oriental Research Institute, 1969.

④ J. L. Masson & M. V. Patwardhan, *Aesthetic Rapture: The Rasadhyaya of the Nāṭyaśāstra*, *Vol.1 & Vol.2*, Poona: Deccan College, 1970.

⑤ Daniel H. H. Ingalls, Jeffrey Moussaieff Masson, and M. V. Patwardhan, Trans. *The Dhvanyāloka of Ānandavardhana with the Locana of Abhinavagupta*, Massachusetts: Harvard University Press, 1990.

世界梵学界的一大壮举，也是一个首创，因为印度国内学界迄今尚未出现《韵光》及《韵光注》的全译本。英高思在1990年出版的《韵光》及《韵光注》英文版“引言”中，以长达39页的篇幅对欢增、新护及其著作进行了阐释。他认为：“印度的著述风格在西方罕见……从一个大的范围来说，在西方文学批评的经典(希腊罗马)传统中，没有什么能与欢增、新护提出的味和韵相对应的概念。”①

此外，还有一种特殊的学术动向，即一些侨居西方的印裔学者也加入到译介印度古典诗学的队伍中，向西方学界传播印度古代文化的魅力。例如，从印度诗学的发展演变看，《朵伽比亚姆》的重要价值和特殊地位不容否认。因此，侨居美国、任教于芝加哥大学的达罗毗荼语教授A.K.罗摩努迦(A.K.Ramanujan，1929—1993)出版了他的《朵伽比亚姆》英译本，并在这部题为《爱情与战争诗》(*Poems of Love and War*)的译本中以导论形式阐释了这部古代泰米尔语著作②。罗摩奴阇还在其他文章中对《朵伽比亚姆》的文论思想进行了多方解说，以利于西方学者正确理解泰米尔语古代文论的思想。他在译介中也不时透露自己的一些文学观或文化观③。

总之，欧洲学者参与发掘、校勘、编订和出版梵语经典，是值得称道之举。如研究欧洲或西方的印度学、东方学起源与发展，缺少关于西方学者、特别是近、现代欧洲学者对发掘、译介、研究印度古典诗学的介绍，自然是有缺陷的。

二、梵语诗学研究

与成果丰富的西方汉学领域相似，西方的印度学研究也英才辈出，成就卓著。几个世纪以来，欧美世界著名的印度学家不胜枚举，其中不乏很多著名的印度古典诗学研究者。他们的诸多研究成果为世界梵学界所瞩目，其中不同程度地涉及印度古典诗学研究且颇有学术品味的著作或论文为数不少。限于资料和语言解读等复杂因素，此处仅以部分英文或由德语等其他欧洲语言译为英文的代表性著作举例说明。这里选取的重点考察对象为两位主要活跃在20世纪初和三位活跃在20世纪中后期的梵学家，他们分别来自德国、英国、加拿大、意大利和美国。

---

① Daniel H. H. Ingalls, Jeffrey Moussaieff Masson, and M. V. Patwardhan, Trans. *The Dhvanyāloka of Ānandavardhana with the Locana of Abhinavagupta*, “Introduction”, p.38.

② A. K. Ramanujan, Trans. *Poems of Love and War*, Delhi: Oxford University Press, 1985.

③ A. K. Ramanujan, *The Collected Essays of A.K. Ramanujan*, New Delhi: Oxford University Press, 1999, p.395.

德国著名东方学家温特尼茨(Maurice Winternitz,1863—1937)著有三卷本享誉世界梵学界的《印度文学史》。作者在1922年为该书第三卷第一部分所写的"前言"中说,该套丛书大约于1899年开始撰写,原本计划以单本形式推出,但随着研究的深入和资料的大量增加,遂决定改弦更张,将之扩充为三卷本[①]。该书第三卷亦即三卷本的第四部分主要介绍古典梵语诗歌(ornate poetry,kāvya Poetry)、戏剧诗(含梵语戏剧、诗歌)和梵语故事文学。

在介绍古典诗歌时,温特尼茨以约三十页(英译本)的篇幅对梵语诗学、戏剧学和诗律学的基本内容和原理进行说明和阐发。该部分以这样的句子开头:"作为一门科学,诗学即庄严论很早就已得到发展。"译文是:Poetics(alaṅkāraśāstra)has been cultivated in India from a very early date as a science[②].这里将表示庄严论的梵文视为古希腊意义上的"诗学",显示温特尼茨对印度古典诗学的高度认同。在论及味时,他写道:"印度诗学中味论的基本原则显然是最先在《舞论》中出现的。rasa这个词的原始含义是'味道'。"该句的译文是:The basic principle of rasas or 'sentiments' in Indian poetics and aesthetics must have been developed for the first time in the Nāṭyaśāstra. The word rasa primarily means 'taste'[③].由此可见,温特尼茨是以深厚的梵学功底和精深的欧洲古典学修养为基础,对梵语诗学基本原理进行阐发的。他还指出,《舞论》具有百科全书性质,它给人的印象,似乎是综合了不同的文本而形成的[④]。味论是"精彩的印度美学体系"的基础,也是"情感心理学"的重要原理[⑤]。他说:"婆摩诃、檀丁和伐摩那等三位庄严论者代表着早期诗学流派。"[⑥]这一流派是指庄严论派。温特尼茨此处显然是将优婆吒和楼陀罗吒两位同样重要的早期庄严论者排除在外。他还认为:"印度的诗律学与诗学一样古老,其开端可以追溯到吠陀文学。"[⑦]他还以西方美学家的思想解读世主的美学观:"智王世主是最后一位重要的诗学家,他在公元17世纪撰写了《味海》。他拒斥韵论,以康德的方式阐发美的理念:'描述(表现)激发无功利性的愉悦,这

① M. Winternitz, *History of Indian Literature*, Vol.3, *Classical Sanskrit Literature*, "Foreword", Delhi: Motilal Banarsidass, 1963.

② M. Winternitz, *History of Indian Literature*, Vol.3, *Classical Sanskrit Literature*, Trans. by Subhadra Jha, Delhi: Motilal Banarsidass, 1963, p.5.

③ M. Winternitz, *History of Indian Literature*, p.10.

④ Ibid., p.6.

⑤ Ibid., p.10.

⑥ Ibid., p.11.

⑦ Ibid., p.31.

便是美。’”①

从该部分内容看，温特尼茨提到的戏剧学家、诗学家和诗律学家达三十多位，他们包括婆罗多、婆摩诃、檀丁、伐摩那、优婆吒、欢增、恭多迦、王顶、新护、胜财、曼摩吒、安主、波阇、伐格薄吒、小伐格薄吒、鲁耶迦、楼陀罗跋吒、维底亚达罗、维底亚那特、般努达多、毗首那特、阿伯耶·底克希多、胜天、世主、代吠商羯罗、宾伽罗、雪月等。由此可见，他几乎囊括了所有重要的印度古典诗学家，美中不足的是，他对梵语戏剧学的阐释显得不足。从脚注看，他在研究中吸收和借鉴了S.K.代、P.V.迦奈及H.雅各比等印度和西方梵文学者的大量研究成果。毋庸置疑，温特尼茨对印度古典诗学的介绍，增加了其三卷本《印度文学史》的学术“含金量”，对于促进德国甚至整个西方的印度古典学研究发挥了重要的历史作用。

英国东方学家、爱丁堡大学梵语与比较语言学教授A.B.基斯（Arthur Berriedale Keith，1879—1944）在其于1929年出版的著作《梵语文学史》中，综合参考S.K.代、PV.迦奈和H.雅各比等东西方梵学家的研究成果，以近三十页的篇幅介绍了梵语诗学基本概况。他也是最早系统介绍梵语诗学的西方学者之一。该书在西方多次再版。其第二部分第十八章题为《诗歌理论》，主要介绍和阐发印度古典诗学，下设四个小节：《诗歌理论的开端》、《早期诗学流派》、《韵论》及《韵论的批评者和拥护者》，其重心在庄严论和韵论。基斯如此设计该章结构，显然是将戏剧学排除在梵语诗学史的考察范围之外。他在论述时观点鲜明。例如，关于诗学观相左的婆摩诃与檀丁是否同代、是否相互认识的问题，梵学界向来持不同主张。基斯认为，婆摩诃可能认识檀丁，但却引述檀丁不认识并予以拒斥的另一位诗学家麦达温（Medhāvin）的观点。这便可以解释，为何婆摩诃会将檀丁的三十二种明喻缩减为四种②。基斯对连接庄严论和味论的楼陀罗吒持贬低姿态，视其为“无甚理论创新”之辈③。这一判断似乎带有个人色彩，因其与楼陀罗吒理论对后世的深远影响并不相符。同样的判断出现在基斯对“诗人学”集大成者王顶的论述上。他认为，或许在某些地方王顶有些原创性，但就理论建构而言，王顶并非是重要人物④。基斯还对鲁耶迦的庄严分类依据颇有微词，认为其“缺乏逻辑”，不

① M. Winternitz, *History of Indian Literature*, pp.30－31.

② A. Berriedale Keith, *A History of Sanskrit Literature*, London：Oxford University Press, 1953, p.375.

③ Ibid., p.384.

④ Ibid., p.385.

足为凭,体现了梵语诗学论述方面的“典型缺陷”(characteristic defect)①。上述判断有些道理,但也存在简单化之嫌,究其原因,或许与基斯对梵语诗学缺乏更加深入的系统研究有关。

加拿大梵学家 A. K. 渥德尔(Anthony Kennedy Warder,1924—2013)认为,在人类思想发展史上,印度的贡献不可忽视,但一些西方学者心存“文化傲慢”,将与希腊或英语文学相异的印度文学视为劣等文学。因此,他指出:“随着比较文学的日益普及,尝试将印度文学理论批评的技术分析和术语引入英语圈是有好处的。印度文学应该以自己的方式将之向世界文学研究者,特别是那些印度研究专家进行传播,印度文学批评原理如那些探讨观众戏剧体验本质的理论尤其应该如此。”②渥德尔不仅向西方学界大声疾呼研究印度文学、文论的重要意义,还身体力行地从事印度文学和文论的研究。

沃德尔两卷本《印度古典文学》的第一卷副标题是“文学理论批评”(Literary Criticism),它专论印度古典诗学。该书于 1972 年在西方出版,1989 年在印度新德里再版。该书约 220 页,共分八章,依次为:《古典诗及其语言》、《印度美学》、《印度剧作法:戏剧结构》、《印度诗学》、《文类:戏剧》、《文类:史诗与抒情诗》、《文类:传记与小说》(含占布与小故事)、《古典诗的观众与读者及其社会功能、作家》。由此可见,这本书是西方梵学界论述印度古典诗学最为全面而系统的一部,因为它涉及梵语诗歌的概念、印度美学、戏剧学、诗学、文类学、读者论、作家论等各个层面的重要问题,体现了鲜明的现代视角。由于该书结构合理,论述全面,信息量大,它自然有别于此前或此后的西方同类著作,也区别于部分涉及印度古典诗学的西方著作。

渥德尔在书中的论述表现出鲜明的个人色彩。例如,他认为,印度学者倾向于将诗歌语言、风格和审美本质的研究与关于戏剧技巧和理论的研究截然分开。在他看来,这两种研究应该是相互交融的,印度古典诗学的源头便是如此:“《舞论》将戏剧创作视为一种综合性学问,我们此处所谓‘诗学’显然只是其中很小的一个分支。”③他还认为:“除了《舞论》外,佛教徒批评家(Buddhist critic)婆摩诃的《诗庄严论》是现存最早的诗学著作……婆摩诃的大致立场与《舞论》不无关联。”④他在书的最后总结道:“印度文明

① A. Berriedale Keith, *A History of Sanskrit Literature*, London: Oxford University Press, 1953, p.399.

② A. K. Warder, *Indian Kāvya Literature*, Vol.1, *Literary Criticism*, “Preface”, Delhi: Motilal Banarsidass, 1989, IX - X.

③ Ibid., p.77.

④ Ibid., p.82.

的理想目标并非只是精致美好，对于人类而言，它们甚至在很大程度上值得珍惜，不可或缺。这或许是诗歌为什么仍然耐人品读的主要缘由。正因诗歌如此耐人寻味，我们才可抛弃这样一种观念：古典诗歌（kāvya）只是某个阶级的文学，它不属于印度，也与人类无缘。”①这些观点说明，渥德尔的著作值得研究印度古典学的学者们高度重视。

意大利梵学家G.格罗尼（Ganiero Gnoli）的代表作是1956年在罗马出版的《新护的审美体验论》一书，它于1985年在印度出了第三版。这是一本集翻译和研究于一体的重要著作，对印度和西方梵学界产生了很大的影响。黄宝生翻译的《舞论注》第二部分即以该书所载梵文为底本，这说明它在促进中国梵语诗学翻译和研究的事业中发挥了积极的作用。新护的《舞论注》对《舞论》第六章进行了详细疏解，这便是著名的《味经注》。格罗尼为此撰写了一篇近四十页的长篇“序言”，对此进行说明。书后还附录了《味经注》的原文和译文。

在序言中，格罗尼表现出高度的理论自觉和独立思考意识，也体现出他对梵语诗学巅峰之作的尊敬。他指出：“《舞论》是一部心理上具有很深洞察力的著作。”②关于跋吒·那耶迦，他认为，其理论核心是普遍化（sādhārāṇikāraṇa）原理，它也是“印度美学的主要贡献之一”③。他还认为，欢增的韵论是印度在美学问题思考上做出的“最卓越贡献之一，甚至值得我们当代所有的人关注。一千多年后，我们时代最敏锐的批评家之一保尔·瓦雷里才理想地与之对接”④。为此，格罗尼大段引用瓦雷里的观点与欢增和新护的理论进行现代印证和比较研究。他还认为，第一个使用魅力（camatkāra）概念的或许是新护的祖师爷乌特巴拉代吠（Utpaladeva）⑤。柏拉图似乎也有相似的思想。在总结新护等梵语诗学家的审美观时，格罗尼指出：“作为一种活动和独立的精神体验，艺术无关现实利益，这一构想本来是康德为西方而酝酿的，但在10世纪的印度却已成为研究和争论的主题。”⑥格罗尼的上述思想体现出西方梵学界的一种开放心态。

华盛顿大学梵学家埃德温·格洛（Edwin Gerow）是美国梵学界研究梵语诗学的杰出代表之一。他的代表作是《印度庄严汇编》（或译《印度修辞格汇编》）和《印度

---

① A. K. Warder, *Indian Kāvya Literature*, Vol.1, *Literary Criticism*, p.217.

② Raniero Gnoli, *The Aesthetic Experience According to Abhinavagupta*, “Preface”, Varanasi: Chowkhamba Sanskrit Series Office, 1985, p.14.

③ Ibid., p.21.

④ Ibid., p.30.

⑤ Ibid., p.46.

⑥ Ibid., p.52.

诗学》。

《印度庄严汇编》完成于1962年,1971年出版,它收录了一百多种庄严,并对每种庄严的来源和含义都做了详细的说明和阐释。这些庄严来自八部著作:婆罗多的《舞论》、婆摩诃的《诗庄严论》、檀丁的《诗镜》、伐摩那的《诗庄严经》、优婆吒的《摄庄严论》、《火神往世书》、楼陀罗吒的《诗庄严论》和曼摩吒的《诗光》。这种筛选有些道理,但忽略波阇、鲁耶迦、世主等人的庄严,似乎有些不妥,因为有些庄严是上述八部著作中没有论及的。例如,似乎是鲁耶迦首次提及的四种庄严即"转化"(pariṇāma)、"多样"(ullekha)、"奇妙"(vicitra)和"选择"(vikalpa)便没有进入格洛的视野。尽管如此,该书或许是世界梵学界第一部系统阐释庄严的著作,具有开创意义,其历史意义和学术价值不可否认。

格洛为该书所写的八十页"导言"值得重视。在"导言"中,格洛对V.拉克凡、S.K.代和雅各比等印度、西方梵学家的观点进行辩驳,意在更深入地探索梵语诗学的某些核心命题。"导言"共分七个部分。第一部分探讨梵语诗学的特性,涉及它的审美心理、语言修辞和庄严的概念辨析等三个问题。第二部分主要探索梵语诗学的庄严体系建构史,格洛对楼陀罗吒首次建构较为完备的庄严体系表示赞赏,并对相关问题进行思考。第三部分具体考察按照一定体系分类的各组庄严。第四部分从梵语诗歌、戏剧和宗教诗的角度探讨了诗学庄严的适切性或合理性问题。第五部分是结论,第六、第七部分为该书编订庄严的范围和方法说明。在结论中,格洛指出:"庄严论体现了很小的一个进步:从诗歌走向诗歌的概念化(conceptualization of poetry)。它旨在说明和组织形式(forms),按照其合适的含义自由地构成诗歌。因此,这一领域的兴趣比较狭窄,历史地看,它也是相当精确的:某种形态(modality)的语言,由其本身决定是否为美。由外部目的所左右的语言的美或许是次要问题,但语言的概念化却未得到诗学家们相应的关注。"①这说明,格洛对整个庄严论派地位的评价是有所保留的。

真正体现格洛梵学成就的还是他不久后出版的《印度诗学》一书。该书具有很多创见,可视为20世纪西方梵学界在该领域最重要的代表作之一。该书共分为十六章,先介绍印度诗学"史前史"、诗学概念的历史性特征,再依次论及婆摩诃、檀丁、婆罗多到曼摩吒、世主等主要的诗学家。可见它是以诗学家为线索进行主题串联的。

格洛在书中认为,前述代和迦奈的两部梵语诗学史互为补充。代关注各派文学理

① Edwin Gerow, *A Glossary of Indian Figures of Speech*, The Hague, Paris: Mouton, 1971, p.83.

论如味、庄严等在诗学文本中的历史演变，而迦奈则关注梵语诗学史上许多复杂但却尚无定论的理论命题。“没有这两种诗学史的帮助，任何有关梵语诗学的严肃探索将无法展开。”①格洛认为，伐摩那虽然第一个认识到诗歌的美学效应，但其努力却收效甚微，反响不大。这是因为：“在印度诗学史上，他的理论是耐人寻味的一个死胡同。”②格洛高度评价楼陀罗吒关于庄严的体系建构，他说：“楼陀罗吒是第一位成功的体系建构者。”③格洛同意其他学者的观点，认为欢增的“划时代著作标志着味论第二阶段的到来”④。他还指出：“《韵光》为戏剧诗提供了智慧而严肃的辩护，填平了古典文论与中世纪文论之间的鸿沟，它结束了前者，而成为中世纪文论思想的基础。”⑤格洛指出，王顶和波阇的理论不容易归类。这是因为：“其著作如此怪异（bizarre），它们很难被纳入任一学科史，尤其是诗学史的范畴。它们显然是包罗万象的诗学知识（poetic lore）百科全书，整体上看，没有什么连贯甚或结构可言。”⑥例如，波阇似乎推崇包罗万象的《火神往世书》而非当时被认可的诗学著作。《艳情光》是“最后一部往世书，并可能是曼摩吒真正的百科全书式著述的先驱”⑦。格洛认为，维底亚达罗的《项链》没有多少新的创见，只是把欢增、曼摩吒和鲁耶迦等人的观点拿来系统地进行编撰，大抵是为进入梵语诗学的初学者提供新的指南罢了。“《项链》的主要优点在于它高度的系统性，它在某种程度上因为摩利纳塔的注疏而得名。”⑧摩利纳塔（Malllinātha）是印度中世纪著名的注疏家，他还曾经为鲁耶迦等人的著作进行注疏。格洛还认为，毗首那特的《文镜》是“印度诗学中第二部最著名的著作”⑨。格洛指出，高斯瓦明高度重视艳情味，把它与印度教徒对毗湿奴大神的虔诚崇拜联系起来，从而把宗教情感与戏剧味论、诗学味论联系在一起，给味论带来了一种“全新的转折”：“这种以美学原理阐释宗教神学的非常大胆的做法，事实上阐述了宗教与其伦理世界的全新关系，这些做法史无前例，也是印度美学传统焕发勃勃生机的一个例证。”⑩以上这些观点尽管多属见仁见智之论，但大多都令人

---

① Edwin Gerow, *Indian Poetics*, p.218.
② Ibid., p.236.
③ Ibid., p.239.
④ Ibid., p.250.
⑤ Ibid., p.258.
⑥ Ibid., p.259.
⑦ Ibid., p.271.
⑧ Ibid., p.280.
⑨ Ibid., p.281.
⑩ Ibid., p.285.

耳目一新,体现了西方学者在印度诗学研究方面的新思维。它成为印度和西方梵学界引用较多的一部著作,道理似乎也在于此。

在上述学者之外,美国汉学家梅维恒和梅祖麟合著的长篇论文《近体诗律的梵文来源》探讨了梵语诗学家檀丁等的诗病论对中国古代汉语诗律形成的影响。该文发表于英文杂志《哈佛亚洲研究学报》(*Harvard Journal of Asiatic Studies*)1991 年第 2 期,后被译为中文。梅维恒等在结论中指出:"总而言之,在公元 488 年到 550 年间,沈约等人受到梵语诗病理论的影响,为使汉语诗歌也能取得与梵语格律同样美妙的语音效果,他们做了种种尝试,并最终创立了声律规则。特别值得一提的是,(1) 梵语 laghu(轻音)和 guru(重音)使沈约了解到诗律中的二元对立思想,并给他提供了现成的术语;(2) 由于 śloka 的神圣价值,促使中国诗律学家在他们的诗歌里努力创制格律或类似格律的构造;(3) 梵语诗学中的诗病理论为沈约等人提供了理论构架来系统地阐述支配声调的诗律。"①作为一种探索,梅维恒等学者的一家之言值得重视,他们在中国学者陈寅恪等人研究基础上力求创新,其推理和结论不无牵强或值得商榷之处,但其勇气可嘉,且对从事中印古代诗学比较的学者不无启迪。

综上所述,20 世纪以来,西方梵学界关于印度古典诗学的专题研究和综合研究已经卓有成效,即使是一些文学史著作如前述温特尼茨的著作也未忽视印度古典诗学的考察。他们的很多成果不仅为西方学者引用,还得到很多印度学者的高度重视,这是印度古典诗学世界传播的题中应有之义,也是印度与西方学术互动从未中断的自然结果。吹毛求疵地看,限于语言解读、研究方法、文献匮乏和信息交流等各种复杂因素,西方梵学界对于印度古典诗学与西方诗学、中国古代文论、波斯古典诗学等的比较研究关注不够,对于梵语诗学的历史影响及其向外部世界的现实传播也未给予足够的重视。

进入 21 世纪以来,西方梵学界不断推出新的研究成果。例如,曾经任教于芝加哥大学、现任哥伦比亚大学南亚研究系梵文教授的谢尔顿·波洛克(Sheldon Pollock)在前期研究基础上,推出了最新力作《人类世界中神的语言:前现代的梵语、文化与权力》。从标题和结构来看,这是一本从语言、文化、政治等复合视角考察印度历史演变规律的巨著。值得注意的是,书中大量引用婆罗多、婆摩诃、檀丁、波阇、王顶等梵语戏

① 〔美〕梅维恒、梅祖麟:《近体诗律的梵文来源》,王继红译,载张西平主编:《国际汉学》(第十六辑),郑州:大象出版社,2007 年,第 226 页。

剧学家、诗学家的著作,以说明印度古代语言和文化发展过程中的许多复杂现象和特殊规律。例如,在论及波阇时,波洛克认为,波阇的两部诗学著作《辩才天女的颈饰》和《艳情光》引用前人大量著述,全面梳理文学的各种基本要素并给予说明,旨在构建统一的包罗万象的文学体系(cosmopolitan literary system)。"波阇的体系曾经被视为脱离,甚至是极大地偏离早期思想……这种观点是错误的。波阇的美学理论与其整个思想结构一样,都旨在重建和合理化,并非是一种颠覆。他的文论著作代表了一种综合性诗学(summa poeticae),汇集和记载了此前 7 至 8 个世纪里关于何为文学的相关思考。"[①]波洛克在书后还附录了波阇的《艳情光》和《辩才天女的颈饰》、王顶的《诗探》等诗学著作片段的翻译[②]。

此外,一些侨居西方的印裔学者不仅加入译介印度古典诗学的行列,还联合印度国内学者一道,在西方推出研究成果。例如,2006 年,尼赫鲁大学英语系教授 M.帕兰迦佩和印裔美国学者 S.维苏瓦林迦联合主编的英文论文集《新护新论》出版。该书收录了 K.克利希那穆尔提、K.卡布尔和英高思、谢尔顿·波洛克等印度和西方学者关于新护的研究论文。书中指出:"事实上,将庄严与西方所熟悉的形式结构意义上的 figure of speech(修辞)划等号,这是错误的,或是误导人的。"[③]再如,西班牙马拉加大学(University of Malaga)和韩国首尔大学(Seoul National University)的两位学者分别论述了西方与西方诗学中的悲剧美学观、佛教视野下的叔本华美学观,其论文在印度尼赫鲁大学和英国开放大学的两位学者主编的论文集《比较美学论:东方与西方的互动》中面世[④]。诸如此类的研究,必将对印度古典诗学的现代阐释,对其研究走向的深入发挥积极的作用,也必将激发国际梵学界的研究热情。

三、梵语诗学批评运用

20 世纪以来,与印度、泰国、中国等国的学者一样,西方也出现了运用梵语诗学理论阐释东西方文学、文论的学者。例如,1934 年,E.M.W.提里亚德在其著作中运用恭

① Sheldon Pollock, *The Language of the Gods in the World of Men: Sanskrit, Culture, and Power in Premodern India*, Delhi: Permanent Black, 2007, p.105.

② Ibid., pp.581 - 596.

③ Makarand Paranjape and Sunthar Visuvalingam, eds. *Abhinavagupta: Reconsiderations*, New Delhi: Samvad India Foundation, 2006, p.376.

④ Mazhar Hussain and Robert Wilkinson, eds. *The Pursuit of Comparative Aesthetics: An Interface between East and West*, Hants and Burlington: Ashgate, 2006, pp.29 - 38, 39 - 53.

多迦的曲语论和欢增的韵论阐释诗歌理论①。虽然其阐释对象是西方文学,特别是英语诗歌,且其阐释存在"误读"现象,但他对梵语诗学的重视和运用,的确是在梵语诗学跨文化运用这一领域开风气之先的西方人。

1979年至1980年,《美国东方学会杂志》第九十九卷第四期及第一百卷第三期刊登了美国学者埃德温·杰罗(Edwin Gerow)的一篇文章,探讨梵语戏剧情节结构与味的关系。杰罗通过味论分析梵语戏剧《沙恭达罗》。他认为,常常为人所忽视或被看作机械公式的印度情节理论是对味论的精心补充。就《沙恭达罗》而言,他的观点是:"诗人(迦梨陀娑)将人类经验的其他主要情调织入艳情味和英勇味的主要经纬中的巧妙手法,进一步增强了人们把这部戏剧当作一个揭示现实世界和人的灵魂的范例的感觉。在其余六味当中,有五味似乎极其重要:它们是补充和传达我们对剧中各个环节中的爱的理解的情调。"②杰罗进一步认为,《沙恭达罗》是一部成功地表达了人物性格和宗教道德意识的情节剧。"味论当然表现了这种有关戏剧成功的观点。在这部戏剧中,迦梨陀娑的天才是要表示一种味(如艳情味)与一种占主要地位的对抗性味(如英勇味)的和谐统一。"迦梨陀娑巧妙地插入戒指和诅咒的情节,表明了这样一个艺术原理:"不管人物会有什么样的磨难,艳情味和英勇味的基本关系是和谐,而不是对立。"③

1993年,西方学者W.S.哈尼在他的著作《文学理论与梵语诗学:语言、意识与意义》中,重点进行了西方现代诗学与梵语诗学的比较研究。哈尼著作的特点之一是,借用梵语诗学理论对德里达、罗兰·巴特等人的理论进行印证和阐发,这可以视为梵语诗学理论在西方语境中的现代运用。它与中国学者的文本运用不同。这是一种梵语诗学在跨文化语境中的理论互释,在这里是以梵语诗学阐释西方诗学。哈尼明确地承认这点。例如,他说:"因此,梵语诗学能阐释德里达怎么通过语言游戏和语法论辩的结合达到交流的目的。"④这说明,西方学界在关注梵语诗学的同时,还有意识地将它用在自己的诗学理论阐释上。它与中国、泰国学者的梵语诗学批评运用有着殊途同归、异曲同工之妙。

---

① Hari Prasad Pandey, *Tiliyard and Kuntaka: A Comparative Stylistic Studies*, New Delhi: Bharatiya Kala Prakashan, 1998.

② 〔美〕埃德温·杰罗:《〈沙恭达罗〉的情节结构与味的发展》,刘建译,载季羡林主编:《印度文学研究集刊》(第二辑),上海:上海译文出版社,1986年,第354页。

③ 同上,第356页。

④ William S. Haney, *Literary Theory and Sanskrit Poetics: Language, Consciousness, and Meaning*, New York: The Edwin Mellen Press, 1993, p.8.

余论　印度诗学的民族特色

第一节　引　言

2004年仙逝的美国著名比较文学学者厄尔·迈纳(Earl Miner)虽然毕生致力于跨越日本、印度和西方诗学的比较研究，但却在1996年悲观地断言道："跨文化文学研究困难重重，甚至从根本上讲不可能实现。"[①]其理由是无人可以精通所有世界文学作品。但他也承认，尽管这种困难的比较存在重重危机，但潜在收益很丰厚，因此有必要冒险。"在缺少我们所熟悉的'影响'或'文学关系'的这种召唤或比较研究中，危险将与利益共存。"[②]这位学者此处所谓的缺乏"影响"或"文学关系"的比较研究，其实是指他自己所擅长的比较诗学研究。由此可见，他在某种程度上否定了自己的悲观论调，超越了自己的思想局限，昭示了重重危险与美好愿景并存的比较诗学研究的灿烂前途。究其实，这似乎与他对日本、印度和西方诗学的文化特性或民族特色有所把握与理解有关。假如我们未来从事涉及印度诗学的比较研究，该学者的思想逻辑自然是我们的"助推剂"。因此，有必要对前述印度诗学话语谱系的民族特性进行简略的归纳与抽绎。

张岱年先生指出："中国哲学在根本态度上很不同于西洋哲学或印度哲学；我们必须了解中国哲学的特色，然后方不至于以西洋或印度的观点来误会中国哲学。所以在讲中国哲学的理论系统之前，应先对于中国哲学之特色有所探讨。"[③]他还说："想了解中国哲学，必先对于中国哲学之根本性征有所了解，不然必会对于中国哲学中许多思想感觉莫名其妙，至多懂得其皮毛，而不会深悟其精义。"[④]与此类似，研究印度诗学也先得探究其文化特征或民族特色，因为独特的文化土壤决定了古代至今的印度诗学话语谱系特质。

---

① 〔美〕厄尔·迈纳：《尼罗河畔的讽喻和跨文化文学比较的其他危险》，载〔美〕大卫·达姆罗什、陈永国、尹星主编：《新方向：比较文学与世界文学读本》，尹星译，北京：北京大学出版社，2010年，第117页。

② 同上。

③ 张岱年：《中国哲学大纲：中国哲学问题史》（上册），北京：昆仑出版社，2010年，第5页。

④ 同上，第10页。

作为世界诗学的重要组成部分，梵语诗学为代表的印度古典诗学和中国古典文论、西方古典诗学都产生于特定的文化土壤中，是各自文化母体的产儿。印度古典诗学话语谱系具有非常鲜明的民族特性。自泰戈尔和奥罗宾多开始的印度现代诗学，更多地体现出东方民族性与西方现代性相结合的特征，印度现代诗学话语谱系的时代转换是东、西政治、经济和文化大规模交流互动的必然产物。

关于印度古典诗学亦即梵语诗学的民族文化特色，有些学者认为，它多宗教色彩，兼重逻辑分析和直觉感悟，重体系建构，派别众多，喜欢旧瓶装新酒，以注疏之名行创新之实①。他们还指出，梵语诗学的阐释方法与梵语诗学本身一样，充满异质性，其中最引人注目的就是"尊神重析"。"尊神，就是对神灵的尊崇；重析，就是对分析、解释的注重。印度诗学阐释方法有三个基本形式，一是神谕天启，二是析例相随，三是拟人喻义。"②还有学者指出，关注文学本体的审美精神、形而上追求的超越精神和语言中心意识，是印度传统诗学话语或曰印度古典文论的基本特征。"其审美精神中既有对外在的形体美的关注，也有对内在的诗的灵魂的探讨以及对美感即审美享受的重视；其超越精神主要表现为解脱和虔诚的终极性超越，也有非功利的超俗性和重意蕴的超象性追求；其语言中心意识主要表现为以修辞学为核心的庄严论的发达，以及基于语言学的对诗的理解和认识。印度传统诗学中的审美精神与唯美主义、超越精神与神秘主义、语言中心意识与形式主义具有内在的联系而没有绝对的界限。"③

受到上述学者研究的启发，这里将广义印度古典诗学（包含文学、戏剧及其他艺术理论）的民族特色归纳为以下几点：依神演绎、依经立论、形式至上（语言中心与形式分析）、情味中心、科际渗透。印度现代诗学的民族特色则以现代转型和以印释西为主要表现方式。

第二节　印度古典诗学的民族特色

"依神演绎"既是印度人尊神敬灵的一种集体无意识和宗教立场，也是其建构诗学理论话语谱系最传统、最方便、最有效的方式。梵语诗学的这种理论建构方式，在世界

① 郁龙余等著：《中国印度诗学比较》，第5页。
② 同上，第94页。
③ 侯传文：《印度传统诗学民族话语初探》，载《南亚研究》2010年第3期，第145页。

古代各大诗学体系中是最突出的。

“依神演绎”的第一种表现形态是借助神灵的超自然力，确立文学艺术的神圣性。例如，婆罗多绘声绘色地讲述梵天创造“戏剧吠陀”的神话传奇，以确立戏剧艺术的神圣地位：“梵天对众神说：‘就这样吧！’打发走天王（因陀罗）后，他通晓真义，心力专注，回忆四大吠陀……因此，灵魂伟大、世人尊敬且通晓一切的梵天从《梨俱吠陀》中摄取吟诵，从《娑摩吠陀》中获取音乐，从《夜柔吠陀》中提取表演，从《阿达婆吠陀》中撷取味论，从而创造了与吠陀和副吠陀紧密相关的戏剧吠陀。”（I.13－18）①喜主在13世纪成型的《表演镜》的开头颇有寓意地写道：“我们向代表真情的湿婆致敬！他的形体是这个世界，他的语言是所有作品，他的妆饰是月亮和星星等。”②这是借湿婆大神亦即舞蹈之神确立戏剧表演的分类依据。14世纪的耆那教学者甘露瓶在其《乐歌奥义精粹》中神化了舞蹈艺术的起源：“柔舞被视为起源于性力（śakti），因为高利女神以自己的身体体验过它的表演；而变化多端、动作刚劲的刚舞则由楼陀罗（湿婆）运用自己的身体所创造。”（V.10）③

“依神演绎”的第二种表现形态是，借助神灵确立文艺理论的神圣性。例如，婆罗多在《舞论》开头即写道：“我俯首向先祖（pitāmaha，梵天）与大自在天（maheśvara，湿婆）这二位大神致敬后，将讲述由梵天阐发的《舞论》。”（I.1）④这便是婆罗多为论述戏剧、音乐和舞蹈三者及其相互关系的文艺论著《舞论》赋予神圣色彩的“宗教自觉”或理论自觉。甘露瓶在《乐舞奥义精粹》中写道：“应因陀罗的请求，梵天首先将舞论（nṛtyavidyā）传授给极裕仙人（vasiṣṭha），极裕仙人是知识的化身。正确地学会舞蹈后，极裕仙人将之传给自己的一百个儿子，然后令其在梵天面前进行表演。在创造之主（梵天）的命令下，仙人与儿子们一道出发，在因陀罗面前表演舞蹈。”（V.4－6）⑤这也是对艺术理论神圣化的一种具体表现。

“依神演绎”的第三种表现形态是，借助神灵的权威构建独创性或系统性的文艺理论。王顶《诗探》的第三章叙述关于“诗原人”诞生的神话传说，它典型地体现了诗歌神

① Bharatamuni, *Nāṭyaśāstra*, Vol.1, pp.9－10.

② 〔印〕喜主：《印度著名的梵语舞蹈学著作——表演镜》，拙译，载《东南亚南亚研究》2015年第4期，第90页。

③ Vācanācārya Sudhākalaśa, *Saṅgītopaniṣat-sāroddhāra*, New Delhi: Indiara Gandhi National Centre for the Arts, 1998, p.138.

④ Bharatamuni, *Nāṭyaśāstra*, Vol.1, p.1.

⑤ Vācanācārya Sudhākalaśa, *Saṅgītopaniṣat-sāroddhāra*, p.136.

授观，反映了王顶将诗歌和诗学理论神圣化的理论旨趣。按照王顶的说法，梵天帮助语言和智慧女神娑罗私婆蒂创造一个儿子即“诗原人”，后来，女神为自己的儿子即诗原人创造出“文论新娘”(Sāhityavidyāvadhū)。“诗原人”或“文论新娘”这两个概念，将诗歌及诗学理论一并神圣化。值得注意的是，王顶还借助女神的口阐述自己的文学主张：辩才女神向儿子说道：“音和义是你的身体，梵语是你的嘴，俗语是你的双臂，阿波布朗舍语是你的双股，毕舍遮语是你的双脚，混合语是你的胸脯。你有同一、清晰、甜蜜、崇高和壮丽的品质(诗德)。你的语言富有表现力，以味为灵魂，以韵律为汗毛，以问答、隐语等等为游戏，以谐音、比喻等等为装饰(庄严)。”[①]这里的叙述实际上综合了自婆罗多以来各家关于诗学话语的核心观点。他的巧妙之处是，以人体比喻的形式将各种诗学概念的地位和功用展现出来，从而构建了自己的理论。同样的道理，梵语诗学家争论不休的诗魂问题，也体现了他们借助神灵思考文艺现象亦即依神演绎的旨趣。

纵观梵语诗学史，将“依神演绎”的第三种表现形态发挥到极致的是以鲁波·高斯瓦明等为代表的虔诚味论。《虔诚味甘露海》和《鲜艳青玉》纯以毗湿奴大神为主角，展开一种地地道道的宗教美学论，从而将新护等人的主观味论彻底改造或演化为关注灵魂深处的一种神秘味论。

有学者指出，“依经立义”是中国古代文论话语谱系的产生机制。“究其实，作为中国古代文化与文论的意义生产方式，‘依经立义’是随着汉代经学的产生与兴盛而出现的。”[②]与中国文论话语谱系的产生机制相比，梵语诗学的“依经立论”有过之而无不及。究其实，这种“依经立论”的话语机制与“依神演绎”存在思想逻辑上的一致。这是因为，印度古人一般视文化经典乃至世界万物为梵的神圣表现或神灵的天造地设。

“依经立论”的第一种表现形态是，以《舞论》等前人著作的某一理论为前提，不断引申发展，构建自己的诗学体系。以新护为例。他围绕所谓“味经”(Rasasūtra)而展开全面而深刻的阐发，常常为后人津津乐道。《舞论》对味的经典定义是：“情由、情态和不定情的结合产生味。”(VI.31 注疏)[③]新护将此定义称为“味经”。“我们也就可以简便地将这部分注释称作‘味经注’。在‘味经注’中，新护对婆罗多的味论作了创造性

① 黄宝生译：《梵语诗学论著汇编》(上册)，北京：昆仑出版社，2008 年，第 363 页。

② 李建中、张金梅：《依经立义：作为中国文论研究方法的建构》，载《思想战线》2009 年第 6 期(第 35 卷)，第 86 页。

③ Bharatamuni, *Nāṭyaśāstra*, Vol.1, p.82.

的阐释。”[①]新护的“味经注”提出了自己别具一格却又颇具现代美学意义的理论体系。新护味论博采众长而又自成体系，是“依经立论”的最佳范例，但如缺乏“味经”的经典效应，新护的创新便将成为“无米之炊”。从这个角度看，恭多迦成为曲语论的集大成者并有所推陈出新，安主对合适论加以系统整理并多所创新，均可视为此种表现形态，因为曲语与合适并非他们两人首创，而是许多前人著作以不同形式探讨过的概念。

“依经立论”的第二种表现是，依据前人的某一理论或命题进行辩驳，从而铺展自己的思想体系。这以摩希摩跋吒的《韵辩》最为典型。该书开头即显示出对韵论的批驳姿态：“向至尊无上的辩才女神致敬！为了说明一切韵都包含在推理中，我创作了《韵辨》。”（I.1）[②]摩希摩跋吒对韵论的批驳首先是从韵论派关于韵的定义开始的。他先引用欢增的定义，然后依据自己的推理得出结论：“经过分析，这种韵恰好属于推理而非别的什么。”（I.6 注疏）[③]摩希摩跋吒通过对韵论的批驳，构筑了自己的推理论话语体系。

“依经立论”的第三种表现是，依据前人著作，尤其是《舞论》而展开自己的整个著述逻辑。这以新护的相关阐发以及《十色》、《表演镜》、《乐海》等戏剧和艺术论著最为典型。新护对《舞论》的相关阐发被后人称为《舞论注》，他阐发《韵光》的内容则被称为《韵光注》。这种称谓居然让很多当代学者误以为真的存在一部单独的《舞论注》或《韵光注》，由此可见新护将“依经立论”的阐释方法发挥到极致[④]。再以《舞论》的经典效应为例。《十色》的标题来自《舞论》第二十章的标题，《十色》主要依据《舞论》关于戏剧的内容而展开论述。《表演镜》所述的舞蹈表演规范以《舞论》为主要依据，但也增添了不少新的内容，这体现了尊崇经典和顺应时代的完美结合。它依据经典的一面可从开头这段几乎是改写《舞论》第四章开头部分的文字看出：“很久以前，四面神（梵天）向婆罗多赠予戏剧吠陀。然后，婆罗多与天国乐师、众天女一道，在湿婆面前表演叙事舞（nāṭya）、纯舞（nṛtta）和情味舞（nṛtya）。接着，诃罗（hara，湿婆）回忆起自己曾经进行的崇高表演（舞蹈），遂命自己的侍从荡督（taṇḍu）向婆罗多传授。在此之前，出于对婆罗多的喜爱，他还让波哩婆提（pārvatī）为婆罗多传授柔舞（lāsya）。从荡督处通晓刚舞

① 黄宝生译：《梵语诗学论著汇编》（上册），第 470 页。

② Mahimabhatta, *Vyaktiviveka*, Benares: The Chaokhamba Sanskrit Series Office, 1936, p.1.

③ Ibid., p.9.

④ 相关信息，参阅拙著相关脚注中的说明：《印度文论史》，第 264－265 页。

(tāṇḍava)后，牟尼(婆罗多)向凡人们进行解说……舞蹈从此就以相互传授的方式在世间流传，并在人间扎根立足。莲花生(梵天)曾从梨俱吠陀、夜柔吠陀、娑摩吠陀和阿达婆吠陀中分别提取了吟诵、表演、歌曲和情味(rasa)，创作了这部经论(舞论)。"(2－7)[①]《表演镜》有所创新的一面在于，它增添了表演毗湿奴大参十种化身、各种种姓、亲属关系、九大行星等的手势，对单手、双手、脚等部位的表演也有不同的表述或规定。它还不无道理地引申道："眼随手势，心随眼神，情由心起，味由情生。"(37)[②]《乐海》和《乐歌奥义精粹》等音乐论著对《舞论》等前人著作的继承和引申也基本如此。

"形式至上"主要是指梵语诗学的语言中心倾向和浓厚的形式分析色彩，前者涉及诗学家们集中关注的文学语言形式(以西方现代诗学的内容、形式二分法来观照)，后者指其相关论述的逻辑展开方式。

梵语诗学的语言中心主义比之西方诗学有过之而无不及。它的庄严论、风格论、曲语论、韵论、推理论等几乎皆与语言密切相关，而这种对语言现象的诗学关切有着自己的思想资源，这便是宗教神话与语言学基础。就宗教神话而言，语言女神同为文艺女神、智慧女神，这本身便赋予语言无限的神秘色彩和至高无上的权威，而其又在语言学论著中得以体现，这便是公元7世纪出现的伐致呵利《句词论》。它提出了"词梵"或曰"音梵"、"声梵"说。事实上，自从吠陀时代开始，"词梵"即语音或"语言至上"理念已然形成。《梨俱吠陀》将语言拟人化为梵，四方世界从语言亦即梵产生的海水中摄取万物。在《夜柔吠陀》中，语言又被视为其卓越的性力，并拟人化为"语主"(Vācaspati)。梵书时代，语言被视为生主的另一半。通过语言，生主创造世界万物。到了《奥义书》时代，语言万能的观点更加深入人心[③]。在这种背景下，伐致呵利词梵说的来源可以得到合理的解释。他在书中写道："词(语音或语言)实质上是无始无终的永不湮灭的梵，它转化为各种事物(意义)，世界因此得以创造。"(I.1)[④]他的思想可视为檀丁语言神圣观的原型。例如，《诗镜》开头便说："完全是蒙受学者们规范的和其他的语言的恩惠，世上的一切交往得以存在。如果不是称之为词的光芒始终照耀，这三界将完全陷入盲目的黑暗。"[⑤]婆摩诃与欢增等重视语言修辞的深层动机均可作如是解。

---

① 〔印〕喜主：《印度著名的梵语舞蹈学著作——表演镜》，拙译，载《东南亚南亚研究》2015年第4期，第90页。

② 同上，第91页。

③ Bhartṛhari, *Vākyapadīya*, "Introduction", Delhi: Motilal Banarsidass, XI.

④ Bhartṛhari, *Vākyapadīya*, Delhi: Motilal Banarsidass, 1971, p.1.

⑤ 黄宝生译：《梵语诗学论著汇编》(上册)，第153页。

梵语诗学在具体论述中表现出普遍而强烈的形式分析色彩,这在世界古代诗学中最为引人注目。关于这一点,前辈学者已经达成共识且多有介绍,此处不拟多费笔墨。略举两例便可说明这一特色。先看《舞论》。该书第四章先集中介绍各种舞蹈基本动作、组合动作与舞蹈手势的名称,再一一释义和分析;第六章先介绍八种味的名称,再对它们的各种特征进行细致分析;该书第七章先提出八种常情、三十三种不定情和八种真情,再逐一地细致分析;该书第八至十三章论述各种部位的舞蹈姿态时,也如法炮制;该书第十七章介绍三十六种诗相和第二十章介绍"十色",均是如此。再看欢增的《韵光》。该书先提出所谓"非旨在表示义"和"旨在依靠表示义暗示另一义"两类韵,再对其加以细分,并以例句详细说明。黄宝生先生对欢增关于各种韵的形式分析进行图表式解说[①]。如无这种导读说明,一般读者或许很快就迷失在欢增的形式分析"迷雾"中了。

梵语诗学家的这种形式分析,在《表演镜》和《乐海》等艺术论著中也屡见不鲜。这正是印度古代诗学话语(含艺术诗学话语)谱系建构的民族特色,它区别于古希腊诗学和中国古代文论,只有深受印度佛教文化浸润的《文心雕龙》等极少数著作可见这一形式分析的微妙和精妙。设若在历史上的中印佛教文化交流外,再加上诗学对话或文论家互动的一个全新项目,中国古代文论肯定会是另一番面貌,因为中国古代文论家肯定会出现一批胸怀宽广、海纳百川的杰出人士。真是那样的话,宇文所安等西方汉学家也不会轻易断言《文心雕龙》是中国文论中的特例了。当然,历史不可能假设,没有进行诗学对话的中国古代文论也未失却理论上的独特品格与文学批评的普遍意义,笔者只是借此呼吁当代中国与印度的文学理论界能够尽快地"亲密接触",展开诗学对话,以进一步增进中印心灵相知,造福两国友谊。

"情味中心"既指梵语诗学中存在高度重视表现情感体验的味论倾向,也指味论深刻影响戏剧、诗歌、音乐、舞蹈、绘画等不同文艺门类理论建构的思想痕迹。

印度学者认为:"印度美学史上没有哪个词汇显得比味更重要。"[②]准确译出味的含义,几乎不太可能。"因为其用途非常广泛,味是意义最不确定的梵语词汇之一。在梵语诗学发展史上,也许没有任何其他概念比味更具争议性。"[③]还有学者指出:"味论是

---

① 黄宝生:《印度古典诗学》,第 351 页。

② Bharat Gupta, *Dramatic Concepts: Greek & Indian, A Study of the Poetics and the Natyasastra*, p.260.

③ K. Krishnamoorthy, *Essays in Sanskrit Criticism*, p.74.

印度文学理论批评的高峰……味的历史如此悠久,它贯穿了整个梵语诗学。”①厄尔·迈纳认为:“印度批评家们发明的‘rasa’(情感编码)这一概念极为合适……情感编码存在于诗人的观念之中,存在于诗作的字里行间,存在于听众和读者之中。”②顺着赞赏味论的思想逻辑前行,他发现了梵语诗学注重“情感表现”的理论特征③。上述观察均说明了味的重要价值。

作为梵语诗学的核心理论话语,味论经历了从戏剧味论到诗学味论、从边缘话语到中心话语的演变。在婆罗多《舞论》中,戏剧是与音乐、舞蹈三分天下的一个领域。即便如此,味论也可视为其戏剧论的重要基石。婆罗多说:“因为离开了味,任何意义都不起作用。”④在他之后的许多个世纪里,占据核心地位的是庄严论,不过,从楼陀罗吒开始,味论逐渐开始成为诗学家关注的对象。欢增将韵视为诗(文学)的灵魂,但却同时将味视为韵的精髓。新护的味论是梵语诗学的理论精华,后来的毗首那特将味视为诗的灵魂,这显示味论已经占据此前由庄严论等所占据的核心位置。再到后来,鲁波·高斯瓦明等人推波助澜,掀起一股虔诚味论的热潮。味论始终是诗学家们的关注焦点,即便是韵论的重要地位也似乎没有贬低味论的理论意义与批评运用价值。在近现代时期乃至当代印度文学评论界,味论也成为泰戈尔等人所重视的梵语诗学理论精华。这一切均说明了味论从古至今的重要价值,自然也表明了印度诗学重视心灵表现的内倾视角,同时还揭示了印度古典诗学始终关注个体小宇宙而非外部大宇宙的深层心理机制。

味论对于诗学建构的影响自不待言,也无需多费口舌加以说明。味论对于戏剧、音乐、舞蹈、绘画等不同艺术门类研究的影响也是有迹可循的。这进一步说明了味论在印度古代美学话语体系中的核心地位。例如,《舞论》第八章如此写道:“我已经说明了十三种头部表演方式。接下来我将说明眼神(dṛṣṭi)的特征。美丽、害怕、嬉笑、悲伤、惊奇、凶暴、勇敢、反感,这些是表现味的眼神……这二十种用于表现不定情的眼神与上述眼神一道,构成了所谓的三十六种眼神。我将讲述与种种情味相关的眼神的表演方式及其特征、功能。”(VIII.37－43)⑤该书还指出:“结合脸色的表演,眼睛的表演方可表

① B. M. Chaturvedi, *Some Unexplored Aspects of the Rasa Theory*, New Delhi: Vidyanidhi Prakashan, 1996.

② 〔美〕厄尔·迈纳:《比较诗学》,第129－130页。此处所译“情感编码”即“味”。

③ 〔美〕厄尔·迈纳:《比较诗学》,第313页。

④ 黄宝生译:《梵语诗学论著汇编》(上册),第45页。

⑤ Bharatamuni, *Nāṭyaśāstra*, Vol.1, pp.319－320.

达种种情味，戏剧表演正是立足于此。为表达情味，应该结合眼睛、嘴唇、眉毛和眼神而运用脸色表演。以上便是与情味相关的脸色表演。”（VIII.163－164）[①]上述话语显然说明了情味在戏剧表演中的核心地位。再看《表演镜》中关于舞蹈表演与情味的描述，道理也是如此：“婆罗多牟尼（仙人）等认为，与四类表演相联系的舞蹈（naṭana）有三种：叙事舞（nāṭya）、纯舞（nṛtta）和情味舞（nṛtya）。叙事舞和情味舞可以在特殊的节日进行表演……表演令人肃然起敬的昔日传奇故事，便是叙事舞；不带感情色彩的表演，便是纯舞；暗示情味等等的表演，便是情味舞。情味舞常常在王宫中表演。”（11－16）[②]就音乐表现各种情味而言，《舞论》开了一个很好的头。例如，该书第二十九章开头部分便规定各种调式或音阶如何表现各种情味。而神弓天于公元13世纪所著《乐海》也将味论引入音乐领域，他在介绍具六和神仙等七种音调的用法时写道：“具六（ṣaḍja）和神仙（ṛṣabha）用于英勇味、奇异味和暴戾味，明意（dhaivata）用于厌恶味和恐怖味，持地（gandhāra）和近闻（niṣāda）用于悲悯味，中令（madhyama）和第五（pañcama）用于滑稽味和艳情味。”（I.3.60）[③]再看《毗湿奴法上往世书》第四十三章对绘画中表现情味的规定：“艳情味、滑稽味、悲悯味、英勇味、暴戾味、恐惧味、厌恶味、奇异味和平静味，这些被称为九种画味（nava citrarasa）。在艳情味中，应该用柔和而优美的线条描摹人物精致的服装和妆饰，显示其美丽可爱，风情万种。”（XLIII.1－2）[④]

所谓“科际渗透”是指印度古典诗学与中国古代文论一样，也在某种程度上可以视为一种广义诗学或曰文化诗学。这就是说，梵语诗学不仅专注于研究文学领域的创作规律和心理机制，也在某种程度上吸收其他各个领域的文化因子，同时又以文学规范的形式思考之、反映之。自然，梵语诗学的这种博采众长使其内涵丰富、受益匪浅，同时也使得它的某些重要理论不断地向其他领域渗透，前述舞蹈、音乐和绘画论著出现有关情味的内容，便是这种理论渗透的艺术结晶。

先以《舞论》为例。该书第二十五章的标题可婉转地译为《情爱仪轨》（*Bāhyopacāra*），直译则是《亲近妓女》，其实是叙述寻花问柳的浪子或嫖客如何顺利地

---

① Bharatamuni, *Nāṭyaśāstra*, Vol.1, p.338.

② 〔印〕喜主：《印度著名的梵语舞蹈学著作——表演镜》，拙译，载《东南亚南亚研究》2015年第4期，第90页。

③ Śārṅgadeva, *Saṅgītaratnākara*, p.45.

④ Parul Dave Mukherji, ed. *The Citrasūtra of Viṣṇudharmottarapurāṇa*, New Delhi: Indira Gandhi National Centre for the Arts, 2001, p.240.

与妓女寻欢作乐的细节，但却设定为舞台表演的方式。例如："精通所有艺术者，他叫优秀者(vaiśeṣika)。精通与妓女打交道者，他也叫优秀者。掌握所有艺术，通晓一切技艺，洞悉如何赢得女子芳心，这样的男主角便是优秀者。(XXV.1－2)"[①]这里的"优秀者"也可直译为"寻欢客"或"嫖客"。该章结尾处写道："概言之，男主角的三十三种美德可以分为自身所有的美德、妆饰产生的美德和天性产生的美德。情爱(kāma)来自仪轨(upacāra)的恰当运用，也源自男女双方的分离之苦，这就好比烈火遇到干柴。以上便是优秀者与女主角(妓女)打交道的相关情爱仪轨，应恰到好处地运用于传说剧与创造剧中。诸位优秀的婆罗门啊！以上便是行家应遵循的与妓女相关的仪轨。"(XXV.77－79)[②]如熟悉《欲经》等印度古代经典则不难明白，《舞论》有机地吸收了印度古人的类似于中国"房中术"的相关知识。《舞论》中涉及剧场建造、道具、化妆、诗律等内容，似乎也可在吠陀支或副吠陀中搜寻相关知识背景。

再以生活在10到11世纪之间的新护为例。他可视为"味论的集大成者"[③]。新护出生在克什米尔一个信仰湿婆教的家庭，学识渊博，撰写了四十余部与湿婆教有关的宗教哲学著作。P.V.迦奈认为："新护是中世纪印度最著名人物之一。他是一个十分睿智的人，是一位百科全书式学者。"[④]新护自觉地吸收宗教哲学、语言学等领域的古代思想资源，使其诗学著述沾染了"百科全书式"色彩。这自然也为后人研究他的理论设置了诸多"知识障碍"。

王顶的《诗探》之所以成为"诗人学"的代表作，不仅与他的诸多理论建树和综合前人的能力有关，似乎也与他以该书最后几章即第十四至十八章归纳印度古代人文地理、自然景观的描述惯例有关，而这些内容正是对印度文化习俗和思维心理的极佳把握。

博采众长而又内涵丰富的梵语诗学对于其他领域的艺术渗透，除了前述音乐、舞蹈、绘画等领域外，还向往世书系列等近似于百科全书编纂的领域渗透。最方便而又恰当的例子便是《毗湿奴法上往世书》和《火神往世书》对《舞论》等梵语诗学或戏剧学著作的大量吸收、过滤和改写。

---

① Bharatamuni, *Nāñyaśāstra*, Vol.2, p.873.

② Ibid., p.888.

③ 黄宝生：《印度古典诗学》，第304页。

④ P. V. Kane, *History of Sanskrit Poetics*, p.236.

第三节　印度现代诗学的民族特色

前边已简略地介绍了印度古典诗学的一些主要民族特色。接下来对印度现代诗学发展过程中表现出的两种特色即“现代转型”和“以印释西”进行简介。先说说现代转型或曰现代转换。

随着印度与西方政治、经济和文化互动的步伐加快，印度诗学（包括英语和印度各方言诗学）的发展进入了一个新的发展阶段，其关键词便是“现代转型”。其真正含义是，部分重要诗学家或美学家开始容纳西方诗学或美学观，或以西方的基本概念或范畴理解印度诗学观或评价印度文学，或将印度与西方理论相提并论、等而用之。

正如前述，泰戈尔和室利·奥罗宾多两人受到印度古典文化和西方文化的双重洗礼，他们的诗学理论体现了现代转换的真实内涵，这和同一时期王国维《人间词话》融汇中西的“境界说”有些相似。王国维运用西方文艺理论，提出写境和造境的概念。“词以境界为最上。有境界则自成高格，自有名句。五代、北宋之词所以独绝者在此。有造境，有写境，此理想与写实二派之所由分。然二者颇难分别。因大诗人所造之境，必合乎自然，所写之境，亦必邻于理想故也。有有我之境，有无我之境。”[①]有学者评价说：“王国维对造境与写境的区分以及对它们关系的论述，也是运用西方文学观念对中国古代文学和文学思想发展的总结。”[②]叶朗指出，王国维的新贡献在于借用西方的美学概念对“情”与“景”作了明确的解释，他的“理想派”与“写实派”显然是引自西方美学的新概念[③]。还有学者指出：“显然，王国维以艺术创作的方法将文艺分成造境与写境两种境界、理想与写实两大流派，与我国传统的‘虚实’论有关，然而更主要的是由于吸收了西方新的美学观念。这种新观念在当时文艺界已经成为常识。”[④]

先看泰戈尔。“人格”是泰戈尔重要的文论关键词。表示这一概念的英语词为personality，泰戈尔赋予其丰富的文学内涵。泰戈尔的人格论具有人性与神性统一的特

① 王国维：《人间词话》，上海：上海古籍出版社，1998 年，第 1 页。
② 张少康：《中国文学理论批评史》（下），北京：北京大学出版社，2005 年，第 459 页。
③ 叶朗：《中国美学史大纲》，上海：上海人民出版社，1985 年，第 622、630 页。
④ 王国维：《人间词话》，“导读”，第 25 页。

点。“总之,可以说,泰戈尔的人的宗教,就是一种以人为核心、以精神为主旨的宗教。”[①]泰戈尔人格论是对印度传统文化的现代超越,也是对西方浪漫主义文论观的东方回应。由此可见,泰戈尔对文学特征的认识带有鲜明的时代气息,体现了现代诗学转型的题中应有之义。

再看奥罗宾多。他的文论集《未来诗歌》提出了“未来诗歌”的概念。印度学者认为,该书是“我们时代印度文学理论批评最为智慧的表达,是高度体现一个民族、一个国家的著作,它还进一步吸收了其他文化、其他时代的经验,从而昭示着更加光明的未来”[②]。奥罗宾多在书中指出:“如果我的建议没错的话,未来诗歌应该解决一个关于语言艺术的新问题。这是一种关乎宇宙精神和人类灵魂深处的语言,它不仅是另一种更加完美的境界,还是出自个人灵魂体验和精神视野的核心语言。”[③]他还指出:“未来诗歌区别于过去诗歌的一个重要情境是,无论它以何种语言写成,它将越来越多地受到所有人类的普遍心灵(common mind)和主题的感染。人类正被导向各个不同民族与国家的思想和文化的基本融合,这一趋势是无与伦比的。”[④]由此可见,这是一种建立在精神进化论基础上的文学理论,带有强烈的时代气息与个人色彩,但却渗透着印度传统智慧的影响,体现了东、西方文化心灵结合的趋势,也是现代诗学转型的例证。

如果挑选一个既体现印度与西方诗学融汇、又反映“以西释印”的单向阐释倾向的典型例子,那一定非 S · 库普斯瓦米 · 夏斯特里的相关论述莫属,他的观点已为中国和印度学者一再引用。夏斯特里在 1945 年出版的著作中提出了梵语诗学话语模型图,将几个主要诗学流派以两个大小不同的圆圈进行归纳和论述。他这样写道:

> 我们认识到这一事实:文学艺术作品或文学艺术语言涉及两个重要方面:形式与内容。每一位艺术家都必须特别重视文学形式和文学内容。那么,何谓文学形式?何谓文学内容?这一问题再次促使我们思考词语(声音)和意义统一的问题。何谓文学形式?印度批评家们已经分析了文学形式,他们的定则是文学形式由词语(声音)和意义构成,或曰由词语(声音)及其某种意义构成……必须记住,不是这里提到的词语和概念的简单组合,而是词语和意义的艺术性组合、无病、魅

① 刘建:《泰戈尔的宗教思想》,载《南亚研究》2001 年第 1 期。

② C. D. Narasimhaiah, *English Studies in India: Widening Horizons*, p.112.

③ Sri Aurobindo, *The Future Poetry*, p.302.

④ Ibid., p.312.

力、风格、诗德和庄严等因素构成了文学的形式。

那么,何谓内容?优美的意义,有魅力的意义,构成了内容。认真审视我们的艺术杰作、我们的评论心态和方式就会发现这样一个重要的事实:一方面是各个要素的形式统一,一方面是各个因素的内容统一。这种统一的可能性源自韵论原理,它概括了文学评论中所有可行方式的统一。

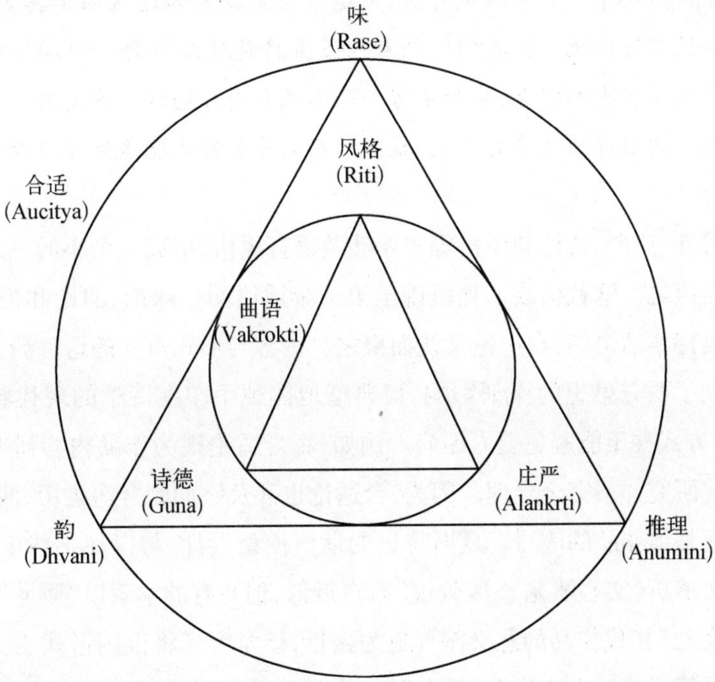

上一图表可以成为解释所有要素的地位的一把钥匙。韵、味、推理等三者代表梵语文学理论批评的三大主要思想流派。韵是暗示义(Vyanjana),味不仅是印度文学的一种主要批评方法,也必然是研究欧洲文学的某种方法。一派重视味论并接受韵论,另一派重视推理论并接受味论……

上一图表也体现了一种历史的联系。大一点的圆圈含有一个大三角形,代表合适(Aucitya),它可称为哲学意义上的“适应”(adaptation)。“适应”在象征完美统一的意义上进行理解,其每一部分彼此之间或部分与整体之间都达到了完美统一。显然,韵、味和推理指的是文学内容亦即艺术作品的思想,而诗德、庄严和风格指的是文学形式。

……就语言表达而言,内部的圆圈(指前一图表中风格、诗德、庄严和曲语所组成的小圆圈——译者按)涉及曲语和诗德。庄严和风格被包含在内。合适体现了味、韵、推理的美妙统一,更重要的是,它体现了形式和内容二者的统一。味、韵、推理涉及内容,因而相对于形式而言,其涵盖面更广,更加重要,包容性更大。

如果语言想达到其表述的目的,就必须具有某种暗示的成分。因此,思想自然要比语言更为丰富。从哲学意义上看,这也是真实的。如果人们必须思考,他必然以语言进行思索。如果这是真的,且迄今为止我们知道这确乎真实,是否可以说:思想和语言可以统一?我们已经看到答案将是什么样的。印度哲学家们认为,思想总是比语言更加宏观、更加丰富……形式和内容的这一完美统一,是我们在文学艺术领域内取得的最卓越成就,我们利用韵论原理才能达到这一效果[①]。

由此可知,庄严、诗德和风格等主要涉及语言风格,组成一个小的三角形,恭多迦的曲语论统而摄之。这就构成了梵语诗学第一个话语圈。味论、韵论和推理论组成第二个大的梵语诗学话语圈,合适论又统而摄之。内容与形式对立的这一研究路数,显示夏斯特里受到了西方思想的深刻影响,最典型地体现了印度诗学的现代转型。这种"以西释印"的方式并不能避免受人诟病。例如,将合适论视为作品内容研究、将曲语论视为语言形式研究并不完全合理。因为,合适论也涉及字词的合适运用,曲语论也涉及对故事插曲或整篇作品的改写。夏斯特里的话语模型设计,与以往某些中国学者以内容形式二分法解析《文心雕龙》"风骨说"有点近似,但与有的学者以"雕龙"指代文学作品形式、以"文心"指代作品的意义阐释更为接近,该学者还将俄国形式主义、英美新批评和结构主义等形式派文论称为"雕龙"派,将现象学批评、阐释学、接受美学和读者反应批评等称为"文心"派[②]。这种近似于"强制阐释"的姿态,至多不过是一种文学隐喻而已,但如以此作为文学理论双向阐发的基础,似乎是值得商榷的。

总之,泰戈尔、奥罗宾多和夏斯特里等人的现代转型,既意味着印度现代诗学主动接轨西方话语谱系,也昭示着东、西文化碰撞将带给东方智者许多心灵感悟甚或"灵魂阵痛"。正是在这一背景下,自泰戈尔时代起,从西方话语强势下伺机"突围",便成了印度理论家与评论家的共同命运和诗学自觉。因此,"以印释西"成为印度文学理论家、批评家的自觉选择。这种选择与印度诗学的现代转型几乎同时发生。

---

① V. Raghavan and Nagendra, eds. *An Introduction to Indian Poetics*, Bombay: Macmillan and Company Ltd., 1970, pp.24 – 26.

② 汪洪章:《〈文心雕龙〉与二十世纪西方文论》,上海:复旦大学出版社,2005 年,第 18 页。

这里所谓的“以印释西”大致包含两层意思：以梵语诗学话语谱系评价西方文学即梵语诗学的现代运用或曰“梵语诗学批评”[①]，以印度式姿态改写西方话语谱系以适应印度文学发展的现实需要。

梵语诗学的现代运用似乎始自泰戈尔。泰戈尔不仅自觉吸收西方浪漫主义诗学等外来因素，还以印度古典诗学为工具，尝试建构自己的文学主张。他利用味论评价西方文学，在文论著述中自觉维护梵语诗学的尊严。在梵语诗学现代运用方面，他是印度现代诗学界的一个典范。例如，他在论及莎士比亚时指出：“莎士比亚以自己的天才力量把我们许多人感受的共同点凝聚在福斯塔夫的性格里，他没有把那些片段的感受硬性地黏合，而是把它们融化在想象的情味里进行加工创作。”[②]他还说：“尽管荷马史诗的故事情节是希腊的，但它所包含的诗歌创作的理想是具有普遍意义的。因此，酷爱文学的印度人也从希腊诗歌中汲取了情味。”[③]他还以味论阐发了西方的史诗(epic)概念。他在《历史小说》一文中认为，梵语诗学家只谈到九种基本的味，实际上，在另外许多未确定的味中还可命名一个“历史味”(itihasa rasa)，它是史诗的生命。他认为，史诗是包含“英勇味”与“历史味”的结晶体。

泰戈尔之后，梵语诗学批评有增无减，不断地向前发展。进入20世纪90年代后，印度文学评论界的理论自觉趋势越发明显。1991年1月，由印度文学院与迈索尔“韵光文学理论中心”联合主办了一次历史性的学术研讨会，主题与后来结集成册的书名相同：*East West Poetics at Work*(东西诗学批评实践)，非常鲜明地体现了印度学者化古典为实用、从清谈到实践的思路。K.克利希那穆尔提在会议上指出，过去30年间，批评家们对梵语诗学的兴趣日增，这主要是因为“英语教师们非常睿智地开始运用梵语文论阐释西方经典”[④]。这次研讨会是梵语诗学批评史上的标志性事件。与会大多数学者提交的论文多以梵语诗学原理阐释印度与西方的文学作品。这些论文的特点是，打破了以往集中于味论和韵论运用的格局，将合适论、曲语论等其他理论运用在文本批评中。这次集团亮相吹响了梵语诗学批评运用的进军号。学者们不仅以论文，也以著

---

① 关于梵语诗学现代运用的具体情况，参阅拙文：《梵语诗学的现代运用》，载《外国文学研究》2007年第6期。

② 泰戈尔：《文学的意义》，倪培耕译，刘安武、倪培耕、白开元主编：《泰戈尔全集》(第22卷)，第296－297页。

③ 泰戈尔：《文学的革新》，倪培耕译，刘安武、倪培耕、白开元主编：《泰戈尔全集》(第22卷)，第233页。

④ Ragini Ramachandra, ed. *Literary and Cultural Explorations at Dhvanyaloka*, Mysore: Dhvanyaloka Publication, 2007, p.150.

作的形式，积极响应和参与这一旨在抵抗“文化殖民”的心灵解殖运动。

以印度式姿态改写西方话语谱系即转换文化视角心态下的西方文论印度化，当以“比较印度文学”和“门槛定律”等诗学概念的提出最为典型。当然，特迦斯薇妮·妮南贾娜和伽亚特里·C·斯皮瓦克等印度海内外学者的文化翻译论，斯皮瓦克、拉纳吉特·古哈、帕尔塔·查特吉等“庶民学派”所提倡的“底层研究”或曰“庶民研究”等，也是其转换视角的理论思潮，值得学界关注、深思。

阿米亚·德武在印度学界首次提出比较文学“印度学派”的口号，以与比较文学法国学派和美国学派的研究模式相区别。他说：“二十五年前，艾金伯勒为辩驳比较文学法国学派的文学性时说过：‘比较不是理由’（Comparaison n'est par raison）。或许在印度学派（Indian school）即将诞生之际，我们应该提出一个不同的口号：‘比较正是理由’（Comparaison c'est vrai raison）。因为，我们的主张是，在一个多语种国家，特别是在一个既为多语种又属第三世界的国家，文学研究必然是以比较方式而展开。实际上，我们正在从事两种不同领域的比较文学研究：比较印度文学和比较西方文学（comparative western literature）。”①有些学者曾经认为，单一的印度文学并不存在。印度只存在泰米尔语文学、马拉提语文学、孟加拉语文学等区域性语言文学。与此相对，S.K.达斯认为，印度文学既是单数，也是复数。他以“Indian literatures”和“Indian literature”两个并列术语指称“印度文学”②。“比较印度文学”这一概念，正是在单数与复数的印度文学并存基础上产生的。它强调的是印度各个方言区文学的内部比较，这种“比较印度文学”既微妙地区别于西方意义上的比较文学，也区别于中国学者强调的跨越东西方异质文明的比较文学，显示了真正的印度特色，达到了转换视角的目的。当然，印度学者呼吁并积极投身其中的“比较印度文学”，并未对其从事跨越印度与西方文明的比较文学研究构成多大的障碍，这与他们常常身处东西文化交流最前沿和普遍熟练掌握英语等因素有关。印度学界的文化软实力优势，正是令中国比较文学界着迷之处。

与部分印度学者反感完全套用西方文论阐释印度文学相似，前述女性主义批评家、德里大学的马拉室利·拉尔认为，完全套用西方女性主义或曰女权主义思想分析印度文学，尤其是当代印度女性文学作品的效果值得怀疑。她说：“在阐释印度生活与文学时，西方的‘女权主义理论’模式似乎不能产生令人满意的结果。”③她的理由是：“英美

① Amiya Dev, *The Idea of Comparative Literature in India*, Calcutta: Papyrus, 1984, p.24.

② Amiya Dev & S. K. Das, eds. *Comparative Literature: Theory and Practice*, p.101.

③ Malashri Lal, *The Law of the Threshold: Women Writers in Indian English*, p.24.

女性主义批评中关于文学经典的争论，或者是法国女性主义批评界关于基本生物属性（essential biologism）的普遍论辩，与印度文学毫不相干。”[①]拉尔在印度女性主义文学批评家中，第一个扛起女性文学理论建构的“大旗”，这面旗帜上以英语词汇 Law of the Threshold（门槛定律）昭示着印度女学者的理论自觉和敏锐的创新意识。拉尔还明确提出确立印度为中心的方法论（Indocentric methodology），创建印度女性英语文学的批评范式，以区别于西方女性批评的英美学派和法国学派。

“门槛定律”有其局限之处。拉尔明确贴出“印度中心观”的思维标签，本身具有抵抗性建构立场。这种建构姿态与对西方思潮的解构姿态遥相呼应或互为表里，其所具有的“双刃剑”效应不难明白。例如，在分析梵语古典文学中的女性题材或女性形象塑造等方面，“门槛定律”的效力或许不如引进的某些西方女性主义思想资源。正确的视角和思维应该是，既清醒地认识到东方文学创作的特殊规律和作品产生的文化土壤，自觉探索新的批评路径，同时又以开放心态过滤西方文论精华，以变异、嫁接或移植的方式引入新的批评工具。唯有采取立足本土、融汇东、西的文化立场，文学批评才能呈现健康新气象。印度女性主义文学批评应该如此，中国女性主义文学批评亦不例外。如将眼光延伸至整个印度文学批评界或整个中国文学批评界，道理亦不例外。

由此可见，对于当代中国文学理论和文学批评而言，奥罗宾多、夏斯特里等印度现代理论家的“拿来主义”心态，印度当代诗学界“以印释西”或“以印化西”的视角转换，都具有正面的示范意义和反面的警醒意义。或许泰戈尔既“西体印用”也“印体西用”的心态更值得研究，因其本身蕴含着文学理论与批评实践这两个维度上的矛盾与张力。如何理解和评价“失语症”、“汉语批评”、“强制阐释”、“双向阐发”、西方文论中国化甚或是比较文学中国学派等思想主张，印度当代学者的作为与举措恰如一面明镜。

现实是复杂而微妙的，问题是诱人而棘手的，答案是多元而开放的。

---

① Malashri Lal, *The Law of the Threshold: Women Writers in Indian English*, p.29.

参 考 文 献

一、中文著作(含中文译著)

〔巴基斯坦〕阿布赖司·西迪基:《乌尔都语文学史》,山蕴编译,北京:中国社会科学出版社,1993年。

〔印〕阿吉兹·阿罕默德:《在理论内部:阶级、民族与文学》,易晖译,北京:北京大学出版社,2014年。

〔古希腊〕柏拉图:《理想国》,郭斌和、张竹明译,北京:商务印书馆,2002年。

曹明伦:《翻译之道:理论与实践》,石家庄:河北大学出版社,2007年。

曹顺庆:《中西比较诗学》,北京:北京出版社,1988年。

曹顺庆主编:《东方文论选》,成都:四川人民出版社,1996年。

曹顺庆:《中外文论比较史》(上古时期),济南:山东教育出版社,1998年。

曹顺庆等著:《比较文学学科理论研究》,成都:巴蜀书社,2001年。

曹顺庆主编:《中外文论史》(一至四卷),成都:巴蜀书社,2012年。

陈永国等主编:《从解构到全球化批判:斯皮瓦克读本》,陈永国等译,北京:北京大学出版社,2007年。

陈跃红:《比较诗学导论》,北京大学出版社,2005年。

陈跃红:《同异之间:陈跃红教授讲比较诗学方法论》,北京:中央编译出版社,2014年。

〔美〕大卫·达姆罗什、陈永国、尹星主编:《新方向:比较文学与世界文学读本》,北京:北京大学出版社,2010年。

〔法〕迪罗塞乐:《实用巴利语语法》,黄宝生译,北京:中西书局,2014年。

丁鲁:《中国新诗格律问题》,北京:昆仑出版社,2010年。

〔美〕厄尔·迈纳:《比较诗学》,王宇根等译,北京:中央编译出版社,1998年。

顾春芳:《戏剧学导论》,北京:北京大学出版社,2014年。

郭良鋆:《佛陀和原始佛教思想》,北京:中国社会科学出版社,1997年。

郭绍虞主编:《中国历代文论选》(一至四册),上海:上海古籍出版社,2003 年。
郭英德:《中国古代文体学论稿》,北京:北京大学出版社,2006 年。
〔德〕黑格尔:《美学》(第一卷),朱光潜译,北京:商务印书馆,1996 年。
黄宝生:《印度古代文学》,北京:知识出版社,1988 年。
黄宝生:《印度古典诗学》,北京:北京大学出版社,2000 年。
黄宝生译:《梵语诗学论著汇编》(上、下册),北京:昆仑出版社,2008 年。
黄宝生主编:《梵语文学读本》,黄宝生译,北京:中国社会科学出版社,2010 年。
黄宝生译:《奥义书》,北京:商务印书馆,2010 年。
黄宝生译注:《梵汉对勘维摩诘所说经》,北京:中国社会科学出版社,2011 年。
黄宝生:《梵学论集》,北京:中国社会科学出版社,2013 年。
侯传文:《话语转型与诗学对话:泰戈尔诗学比较研究》,北京:中国社会科学出版社,2010 年。
季羡林主编:《印度文学研究集刊》(第二辑),上海:上海译文出版社,1986 年。
季羡林主编:《印度古代文学史》,北京:北京大学出版社,1991 年。
季羡林:《比较文学与民间文学》,北京:北京大学出版社,1991 年。
季羡林主编:《印度文学研究集刊》(第四辑),上海:上海译文出版社,1999 年。
季羡林:《季羡林全集》(第十七卷),北京:外语教学与研究出版社,2010 年。
姜景奎主编:《中国学者论泰戈尔》(上),银川:阳光出版社,2011 年
金克木:《古代印度文艺理论文选》,北京:人民文学出版社,1980 年。
金克木:《梵竺庐集甲:梵语文学史》,南昌:江西教育出版社,1999 年。
金克木:《梵竺庐集丙:梵佛探》,南昌:江西教育出版社,1999 年。
金克木:《金克木集》(第二卷),北京:三联书店,2011 年。
〔美〕拉曼·塞尔登编:《文学批评理论:从柏拉图到现在》,刘象愚等译,北京大学出版社,2003 年。
林庚:《新诗格律与语言的诗化》,北京:经济日报出版社,2000 年。
李玫:《东西方乐律学研究及发展历程》,北京:中央音乐学院出版社,2007 年。
李思屈:《中国诗学话语》,成都:四川人民出版社,1999 年。
李醒尘:《西方美学史教程》,北京:北京大学出版社,2005 年。
黎跃进:《东方文学史论》,北京:昆仑出版社,2012 年。
刘安武编选:《印度现代文学研究》(印地语文学),北京:中国社会科学出版社,

1980年。
刘安武:《印度印地语文学史》,人民文学出版社,1987年。
刘安武:《印度文学和中国文学比较研究》,北京:中国国际广播出版社,2005年。
刘安武、倪培耕、白开元主编:《泰戈尔全集》,石家庄:河北教育出版社,2000年。
刘建、朱明忠、葛维钧:《印度文明》,北京:中国社会科学出版社,2004年。
〔美〕刘若愚:《中国文学理论》,杜国清译,南京:江苏教育出版社,2006年。
刘曙雄:《穆斯林诗人哲学家伊克巴尔》,北京:北京大学出版社,2006年。
穆宏燕:《波斯古典诗学研究》,北京:昆仑出版社,2011年。
倪培耕:《印度味论诗学》,桂林:漓江出版社,1997年。
〔印〕帕德玛·苏蒂:《印度美学理论》,欧建平译,北京:中国人民大学出版社,1992年。
濮侃:《辞格比较》,合肥:安徽教育出版社,1983年。
秦学人、侯作卿编:《中国古典编剧理论资料汇编》,北京:中国戏剧出版社,1984年。
邱紫华:《东方美学史》(下卷),北京:商务印书馆,2003年。
石海峻:《20世纪印度文学史》,青岛:青岛出版社,1998年。
〔美〕苏珊·朗格:《情感与形式》,刘大基等译,北京:中国社会科学出版社,1986年。
〔印〕泰戈尔:《泰戈尔论文学》,倪培耕译,上海:上海译文出版社,1988年。
谭帆、陆炜:《中国古典戏剧理论史》,上海:华东师范大学出版社,2005年。
唐孟生:《印度苏非派及其历史作用》,北京:经济日报出版社,2002年。
唐仁虎、刘安武译:《普列姆昌德论文学》,桂林:漓江出版社,1987年。
唐仁虎、刘曙雄、姜景奎编:《印度文学文化论》,北京:北京大学出版社,2000年。
唐仁虎等著:《泰戈尔文学作品研究》,北京:昆仑出版社,2003年。
唐仁虎、魏丽明等著:《中印文学专题比较研究》,太原:北岳文艺出版社,2007年。
佟锦华:《藏族文学研究》,北京:中国藏学出版社,1992年。
童庆炳:《中国古代文论的现代意义》,北京:北京师范大学出版社,2001年。
王国维:《人间词话》,上海:上海古籍出版社,1998年。
汪洪章:《〈文心雕龙〉与二十世纪西方文论》,上海:复旦大学出版社,2005年。
王向远:《东方各国文学在中国》,南昌:江西教育出版社,2001年。
王向远:《日本古典文论选译·古代卷》(上),北京:中央编译出版社,2012年。
王朝闻主编:《美学概论》,北京:人民出版社,1985年。

巫白慧主编:《东方著名哲学家评传》(印度卷),济南:山东人民出版社,2000年。
吴承学:《中国古代文体学研究》,北京:人民出版社,2011年。
伍蠡甫、蒋孔阳编:《西方文论选》,上海:上海译文出版社,1979年。
伍蠡甫:《欧洲文论简史》,北京:人民文学出版社,1997年。
谢天振:《译介学导论》,北京:北京大学出版社,2007年。
许地山:《印度文学》,长沙:岳麓书社,2011年。
徐鹏:《英语辞格》,北京:商务印书馆,1996年。
徐扬尚:《中国文论的意象话语谱系》,北京:中国社会科学出版社,2012年。
徐扬尚:《比较文学中国化》,北京:中央编译出版社,2013年。
薛克翘、唐孟生、唐仁虎、姜景奎:《印度近现代文学》(下册),北京:昆仑出版社,2014年。
〔古希腊〕亚里士多德:《修辞学》,罗念生译,北京:三联书店,1991年。
〔古希腊〕亚里士多德:《诗学》,陈中梅译,北京:商务印书馆,2002年。
阎嘉主编:《文学理论基础》,成都:四川大学出版社,2006年。
杨铸:《中国古代绘画理论要旨》,北京:昆仑出版社,2011年。
叶朗:《中国美学史大纲》,上海:上海人民出版社,1985年。
以群:《文学的基本原理》,上海:上海文艺出版社,1984年。
尹锡南:《英国文学中的印度》,成都:巴蜀书社,2008年。
尹锡南:《梵语诗学与西方诗学比较研究》,成都:巴蜀书社,2010年。
尹锡南:《印度比较文学发展史》,成都:巴蜀书社,2011年。
尹锡南译:《印度比较文学论文选译》,成都:巴蜀书社,2012年。
尹锡南、尚劝余、毕玮主编:《印度翻译研究论文选译》,成都:巴蜀书社,2013年。
尹锡南:《华梵汇流》,北京:中央编译出版社,2014年。
尹锡南:《印度文论史》,成都:巴蜀书社,2015年。
余虹:《中国文论与西方诗学》,北京:三联书店,1999年。
郁龙余:《中国印度文学比较》,北京:中国社会科学出版社,2001年。
郁龙余、孟昭毅主编:《东方文学史》,北京:北京大学出版社,2001年。
郁龙余主编:《中国印度文学比较论文选》,杭州:中国美术学院出版社,2002年。
郁龙余等著:《中国印度诗学比较》,北京:昆仑出版社,2006年。
余秋雨:《戏剧理论史稿》,上海:上海文艺出版社,1983年。

俞人豪、陈自明:《东方音乐文化》,北京: 人民音乐出版社,1995 年。
〔美〕宇文所安:《中国文论: 英译与评论》,王柏华、陶庆梅译,上海: 上海社会科学院出版社,2003 年。
张岱年:《中国哲学大纲: 中国哲学问题史》(上册),北京: 昆仑出版社,2010 年。
张首映:《西方二十世纪文论史》,北京: 北京大学出版社,1999 年。
张少康:《中国文学理论批评史》(上、下),北京: 北京大学出版社,2005 年。
张西平主编:《国际汉学》(第十六辑),郑州: 大象出版社,2007 年。
张玉安、裴晓睿:《印度的罗摩故事与东南亚文学》,北京: 昆仑出版社,2005 年。
中国社会科学院外国文学研究所:《冯至先生纪念论文集》,北京: 社会科学文献出版社,1993 年。
周振甫:《文心雕龙今译》,北京: 中华书局,2004 年。
朱光潜:《西方美学史》,北京: 人民文学出版社,1993 年。
朱光潜:《诗论》,桂林: 广西师范大学出版社,2004 年。
朱光潜:《悲剧心理学》,合肥: 安徽教育出版社,2006 年。
朱光潜:《文艺心理学》,合肥: 安徽教育出版社,2006 年。
朱立元主编:《当代西方文艺理论》,上海: 华东师范大学出版社,1997 年。
朱维之等主编:《外国文学简编》(亚非部分),北京: 中国人民大学出版社,1983 年。

二、中文期刊论文(含网站文章或译文)

陈历明:《翻译推动新诗文体嬗变》,载《中国社会科学报》2015 年 11 月 24 日。http://www.npopss-cn.gov.cn/n/2015/1124/c230113-27850523.html
额尔敦白音:《〈诗镜论〉及其蒙古族诗学研究》,蒙古学信息网: http://www.surag.net/index.do.
龚刚:《中印诗味面面观》,载《外国文学评论》1997 年第 1 期。
郭书兰:《印度古典舞蹈》,载《南亚研究》1981 年第 3-4 期。
侯传文:《中印"韵""味"比较谈》,载《外国文学研究》1989 年第 3 期。
侯传文:《印度传统诗学民族话语初探》,载《南亚研究》2010 年第 3 期。
黄宝生:《印度古典诗学与西方现代文论》,载《外国文学评论》1991 年第 1 期。
黄宝生:《禅和韵》,载《南亚研究》1993 年第 1 期。
李建中、张金梅:《依经立义: 作为中国文论研究方法的建构》,载《思想战线》2009 年第6期。
刘建:《泰戈尔的宗教思想》,载《南亚研究》2001年第1期。
刘九州:《中印"味说"同一论》,载《外国文学研究》1986年第3期。
毛莉:《当代文论重建路径:由"强制阐释"到"本体阐释"》,载《中国社会科学报》2014年6月16日。
娜仁高娃:《〈诗镜论〉对蒙古族诗论的影响》,载《内蒙古师范大学学报》2003年第3期。
裴晓睿:《印度诗学对泰国诗学和文学的影响》,载《南亚研究》2007年第2期。
任鸣皋:《印度古典舞蹈手势》,载《南亚研究》,1981年第3-4期;1982年第1-2期。
汤力文:《中印修辞论中的风格论和意境追求》,载《深圳大学学报》2000年第2期。
王树英:《印度民间舞蹈》,载《南亚研究》1981年第3-4期。
王英志:《清人诗学概念命题阐释》,载《宁波师院学报》(社会科学版)1992年第1期。
〔印〕喜主:《印度著名的梵语舞蹈学著作——〈表演镜〉》,尹锡南译,载《东南亚南亚研究》,2015年第4期。
杨晓霞:《中印韵论诗学的比较研究》,载《东方丛刊》2006年第4期。
尹锡南:《中印对话:梵语诗学、比较诗学及其他》,载《思想战线》2006年第1期。
尹锡南:《梵语诗学视野中的中国少数民族诗歌》,载《中央民族大学学报》2006年第6期。
尹锡南:《梵语诗学的现代运用》,载《外国文学研究》2007年第6期。
曾江、郝欣:《我国世界古典文明史研究赓续向前》,载《中国社会科学报》2014年5月9日。
赵康:《〈诗镜〉及其在藏族诗学中的影响》,载《西藏研究》1983年第3期。
赵康:《〈诗镜〉与西藏诗学》,载《民族文学研究》1989年第1期。

三、英文著作

Ahmad, Aijaz, *In Theory: Class, Nation, Literature*, New Delhi: Oxford University Press, 2004.
Ashcroft, Bill, Gareth Griffiths, & Helen Tiffin, *The Empire Writes Back: Theory and Practice in Post-colonial Literature*, London and New York: Routledge, 1989.
Aurobindo, *The Future Poetry*, Pondicherry: Sri Aurobindo Ashram, 2000.

Aurobindo, *The Renaissance in India and Other Essays on Indian Culture*, Pondicherry: Sri Aurobindo Ashram, 2002.

Bapat, Shailaja, *A Study of the Vedānta in the Light of Brahmasūtras*, New Delhi: Bharatiya Book Corporation, 2004.

Bhat, G. K., *Tragedy and Sanskrit Drama*, Bombay: Popular Prakashan, 1974.

Chaitanya, Krishna, *Sanskrit Poetics: A Critical and Comparative Study*. Delhi: Asian Publishing House, 1965.

Chakrabarti, Tarapad, *Indian Aesthetics and Sciences of Language*, Calcutta: Sanskrit Pustak Bhandar, 1971.

Chakraborty, Satyanarayan, *A Study of the Citramimamsa of Appaya Diksita*, Calcutta: Sanskrit Pustak Bhandar, 1989.

Chandra, Lokesh, *Sanskrit as the Transcreative Dimension of the Languages and Thought Systems of Europe and Asia*, New Delhi: Rashtriya Sanskrit Sansthan, 2012.

Chari, V. K., *Sanskrit Criticism*, Honolulu: University of Hawaii Press, 1990.

Chaturvedi, B. M., *Some Unexplored Aspects of the Rasa Theory*, Delhi: Vidyanidhi Prakashan, 1996

Chaudhary, Angraj, *Comparative Aesthetics: East and West*, New Delhi: Eastern Book Linkers, 1991.

Choudhuri, I. N., *Comparative Indian Literature: Some Perspectives*, New Delhi: Sterling publishers, 1996.

Das, S.K., *A History of Indian Literature: Vol.1*, New Delhi: Sahitya Akademi, 1991.

Das, Sisir Kumar, ed. *The English Writings of Rabindranath Tagore*, *Vol.2*, New Delhi: Sahitya Akademi, 1996.

De, S. K., *History of Sanskrit Poetics*, Calcutta: Firma K. L. Mukhopadhyay, 1960.

De, S. K., *Sanskrit Poetics as a Study of Aesthetic*, Bombay: Oxford University Press, 1963.

De, S. K., *Some Problems of Sanskrit Poetics*, Calcutta: Firma KLM Private Ltd., 1981.

De, Sushil Kumar, *Early History of the Vaisnava Faith and Movement in Bengal from Sanskrit and Bengali Sources*, Calcutta: Firma K. L. Mukhopadhyay, 1961.

Dev, Amiya, ed. *Jadavpur Journal of Comparative Literature*, Vol.16 – 17, Department of Comparative Literature, Jadavpur University, Calcutta, 1979.

Dev, Amiya, *The Idea of Comparative Literature in India*, Calcutta: Papyrus, 1984.

Dev, Amiya & S. K. Das, eds. *Comparative Literature: Theory and Practice*, Shimla: Indian Institute of Advanced Study, 1989.

Devy, G. N., *After Amnesia: Tradition and Change in Indian Literary Criticism*, Bombay: Orient Longman, 1992.

Devy, G. N., ed. *Indian Literary Criticism: Theory and Interpretation*, Hyderabad: Orient Longman, 2002.

Dhayagude, Suresh, *Western and Indian Poetics: A Comparative Study*, Pune: Bhandarkar Oriental Research Institute, 1981.

Dwivedi, A. N., *Toru Dutt: A Literary Profile*, New Delhi: B. R. Publishing Corporation, 1998.

Dwivedi, R. C., ed. *Principles of Literary Criticism in Sanskrit*, Delhi: Motilal Baranarsidass, 1969.

Ganesh, R., *Alamkaarashaastra*, Bengaluru: Bharatiya Vidya Bhavan, 2010.

George, K. M., ed. *Comparative Indian literature*, Vol. 1 – 2, Trichur: Kerala Sahitya Akademi, 1984.

Gerow, Edwin, *A Glossary of Indian Figures of Speech*, Paris: Mouton, 1971.

Gerow, Edwin, *Indian Poetics*, Wiesbaden: Otto Harrassowitz, 1977.

Ghosal, Gautam, *The Rainbow Bridge: A Comparative Study of Tagore and Sri Aurobindo*, New Delhi: D. K. Printworl Ltd., 2007.

Gnoli, Raniero, *The Aesthetic Experience According to Abhinavagupta*, Varanasi: Chowkhamba Sanskrit Series Office, 1985.

Gokak, Vinayak Krishna, *The Concept of Indian Literature*, Delhi: Munshiram Manoharlal Publishers, 1979.

Goswami, Bijoya, *A Critique of Alaṅkāras in Rasagaṅgādhara*, Calcutta: Sanskrit Pustak Bhandar, 1986.

Gupta, Bharat, *Dramatic Concepts: Greek & Indian, A Study of the Poetics and the Nāṭyaśāstra*, Delhi: D. K. Printworld, 1994.

Gupta, Dharmendra Kumar, *A Critical Study of Daṇḍin and His Works*, Delhi: Meharchand Lachhmandas, 1970.

Haney, William S., *Literary Theory and Sanskrit Poetics: Language, Consciousness, and Meaning*, New York: The Edwin Mellen Press, 1993.

Hardy, Friedhelm, *Viraha Bhakti: The Early History of Krsna Devotion in South India*, New Delhi: Oxford University Press, 1983.

Hiriyanan, M., *Art Experience*, New Delhi: Indira Gandhi National Centre for the Arts, 1997.

Hota, Ajodhya Nath, *Sphota, Pratibha and Dhvani*, New Delhi: Eastern Book Linkers, 2006.

Hussain, Mazhar and Robert Wilkinson, eds. *The Pursuit of Comparative Aesthetics: An Interface between East and West*, Hants and Burlington: Ashgate, 2006.

Ilakkuvanar, S., *Tholkappiyam in English with Critical Studies*, Madurai: Kurai Neri Publishing House, 1963.

Ingalls, Daniel H. H., Jeffrey Moussaieff Masson, and M. V. Patwardhan, trans. *The Dhvanyāloka of Ānandavardhana with the Locana of Abhinavagupta*, Massachusetts: Harvard University Press, 1990.

Iyengar, K. S. Srinivasa, ed. *Sri Aurobindo: A Centenary Tribute*, Pondicherry: Sri Aurobindo Ashram Press, 1974.

J. L. Masson & M. V. Patwardhan, *Aesthetic Rapture: The Rasadhyaya of the Nāṭyaśāstra, Vol.1 & Vol.2*, Poona: Deccan College, 1970.

Jancy, James, Chandra Mohan, Subha Chakraborty Dasgupta and Nirmal Kanti Bhattacharjee, eds. *Studies in Comparative Literature: Theory, Culture and Space, In Memory of Sisir Kumar Das*, New Delhi: Creative Books, 2007.

Jha, Kalanath, *Figurative Poetry in Sanskrit Literature*, Delhi: Motilal Banarsidass, 1975.

Joshi, Umashankar, *Indian Literature: Personal Encounters*, Calcutta: Papyrus, 1988.

Kane, P. V., *History of Sanskrit Poetics*, Delhi: Motilal Banarsidass, 1971.

Keith, A. Berriedale, *A History of Sanskrit Literature*, London: Oxford University Press, 1953.

Koshy, K. A., ed. *Towards Comparative Indian Literature*, Aligarh: Aligarh Muslim Universtity, 1987.

Krishnamoorthy, K., *Essays in Sanskrit Criticism*, Dharwar: Karnatak University, 1964.

Krishnamoorthy, K., *The Dhvanyaloka and Its Critics*, New Delhi: Bharatiya Vidya Prakashan, 1968.

Krishnamoorthy, K., *Studies in Indian Aesthetics and Criticism*, Mysore: Mysore Printing and Publishing House, 1979.

Krishnamoorthy, K., *Indian Literary Theories: A Reappraisal*, New Delhi: Meharchand Lachhmandas, 1985.

Kulkarni, V. M., *Studies in Sanskrit Sahityasastra*, Patan: B. L. Institute of Indology, 1983.

Kushwaha, M. S., ed. *Indian Poetics and Western Thought*, Lucknow: Argo Publishing House, 1988.

Kushwaha, M. S., ed. *Dramatic Theory and Practice Indian and Western*, Delhi: Creative Books, 2000.

Lahiri, P. C., *Concepts of Rīti and Guṇa in Sanskrit Poetics in Their Historical Development*, Delhi: V. K. Publishing House, 1987.

Lal, Malashri, *The Law of the Threshold: Women Writers in Indian English*, Shimla: Indian Institute of Advanced Study, 1995.

Lal, Malashri, ed. *Feminist Spaces: Cultural Readings from India and Canada*, New Delhi: Allied Publishers, 1997.

Lal, Malashri, Shormishtha Panja, Sumanyu Satpathy, eds. *Signifying the Self: Women and Literature*, New Delhi: Macmillan India Ltd., 2004.

Masson, J. L. & M. V. Patwardhan, *Śāntarasa and Abhinavagupta's Philosophy of Aesthetics*, Poona: Bhandarkar Matilal Oriental Research Institute, 1969.

Meenakshi, K., *Literary Criticism in Tamil and Sanskrit*, Chennai: International Institute of Tamil Studies, 1999.

Mohan, Pandiri Sarasvati, *The Camatkāracandrikā of Viśveśvara Kavicandra: Critical Edition and Study*, Part 1, Delhi: Meharchand Lachhmandas, 1972.

Mukherjee, Meenakshi, *The Twice Born Fiction: Themes and Techniques of the Indian*

Novel in English, Delhi: Pencraft International, 2001.

Mukherjee, Sujit, ed. *The Idea of an Indian Literature: A Book of Readings*, Mysore: Central Institute of Indian Languages, 1981.

Mukherji, Ramaranjan, *Literary Criticism in Ancient India*, Calcutta: Sanskrit Pustak Bhandar, 1966.

Mukherji, Ramaranjan, *Global Aesthetics and Indian Poetics*, Delhi: Rashtriya Sanskrit Sansthan, 1998.

Nagendra, ed. *Literary Criticism in India*, Nauchandi and Meerut: Sarita Prakashan, 1976.

Nagendra, *Emotive Basis of Literatures*, New Delhi: B. R. Publishing Corporation, 1986.

Nagendra, *Literary Criticism in India and Acharya Shukla's Theory of Poetry*, New Delhi: National Publishing House, 1986.

Nair, Rama, *Indian Theories of Language: A Literary Approach*, Hyderabad: Cauvery Publications, 1990.

Nandi, Tapasvi S., *The Origin and Development of the Theory of Rasa and Dhvani in Sanskrit Poetics*, Ahmedabad: Gujarat University, 1973.

Nandi, Tapasvi, *Sahrdayaloka: Thought-currents in Indian Literary Criticism*, Vol.1, Part 1, Ahmedabad: L.D. Institute of Indology, 2005.

Narasimhaiah, C. D., ed. *East West Poetics at Work*, New Delhi: Sahitya Akademi, 1994.

Narasimhaiah, C. D., *English Studies in India: Widening Horizons*, Delhi: Pencraft International, 2002.

Niranjana, Tejaswini, *Sitting Translation: History, Post-structuralism, and the Colonial Context*, Berkeley: University of California Press, 1992.

Pande, S.C., ed. *The Concept of Rasa with Special Reference to Abhinavagupta*, Shimla: Indian Institute of Advanced Study, 2009.

Pandey, Hari Prasad, *Tiliyard and Kuntaka: A Comparative Stylistic Studies*, New Delhi: Bharatiya Kala Prakashan, 1998.

Pandey, Kanti Chandra, *Comparative Aesthetics*, Vol. 1, Varanasi: The Chowkhamba

Sanskrit Series Office, 1959.

Paranjape, Makarand and Sunthar Visuvalingam, eds. *Abhinavagupta: Reconsiderations*, New Delhi: Samvad India Foundation, 2006.

Patel, Amrita Paresh & Jaydipsinh K. Dodiya, eds. *Perspectives on Sri Aurobindo's Poetry, Play and Criticism*, New Delhi: Sarup & Sons, 2002.

Patnaika, P., *Rasa in Aesthetics: An Appreciation of Rasa Theory to Modern Western Literature*, New Delhi: D. K Print World, 1997.

Phadke, S. S., *Analysis of Figures of Speech in Bhasa's Dramas*, Goa: Panaji, 1990.

Pillai, J. M. Somasundaram, *A History of Tamil Literature*, Madras: Azhahu Printers, 1968.

Pollock, Sheldon, *The Language of the Gods in the World of Men: Sanskrit, Culture, and Power in Premodern India*, Delhi: Permanent Black, 2007.

Prakash, K. Leela, *Rudrata's Kavyalankara: An Estimate*, New Delhi: Indu Prakashan, 1999.

Prasad, Ram Chandra, *Literary Criticism in Hindi*, Nauchandi and Meerut: Sarita Prakashan, 1976.

Radhakrishnan, S., *The Philosophy of Rabindranath Tagore*, Baroda: Good Companions Publishers, 1961.

Raghavan, V., *The Number of Rasas*, Madras: The Adyar Library and Research Centre, 1940.

Raghavan, V., *Studies on Some Concepts of the Alaṅkāra Śāstra*, Madras: The Adyar Library, 1942.

Raghavan, V., *Bhoja's Śṛṅgāraprakāśa*, Madras: Punarvasu, 1963.

Raghavan, V. and Nagendra, eds. *An Introduction to Indian Poetics*, Bombay: Macmillan and Company Ltd., 1970.

Raghavan, V., *Sanskrit Drama: Its Aesthetics and Production*, Madras: Paprinpack, 1994.

Rajan, P. K., ed. Indian Literary Criticism in English: Critics, Texts, Issues, Jaipur and New Delhi: Rawat Publications, 2004.

Rajendra, C., *A Study of Mahimabhatta's Vyaktiviveka*, Calicut: University of

Calicut, 1991.

Ramachandra, Ragini, ed. *Literary and Cultural Explorations at Dhvanyloka*, Mysore: Dhvanyaloka Publication, 2007.

Ramanujan, A. K., Trans. *Poems of Love and War*, New Delhi: Oxford University Press, 1985.

Ramanujan, A. K., *The Collected Essays of A. K. Ramanujan*, New Delhi: Oxford University Press, 1999.

Rayan, Krishna, *Text and Sub-text: Suggestion in Literature*, New Delhi: Arnold-Heinemann Publishers, 1987.

Rayan, Krishna, *The Burning Bush: Suggestion in Indian Literature*, New Delhi: B. R. Publishing Corporation, 1988.

Sagrera, Antunio Binimelis, *A Study of Alaṅkāras in Sanskrit Mahākāvyas and Khaṇḍakāvyas*, New Delhi: Bharatiya Vidya Prakashan, 1977.

Sastri, Ghoshal, *Elements of Indian Aesthetics*, Varanasi: Chaukhamba Orientalia, 1978.

Sharma, Brahmanand, *A Critical Study of Indian Poetics*, Jaipur: Unique Traders, 1978.

Sharma, Brahmanand, *Reassessment of Rasa Theory*, Jaipur: Champa Lal Ranka & Co., 1985.

Sharma, K. K., *Rabindranath Tagore's Aesthetics*, New Delhi: Abhinav Publications, 1988.

Sharma, S. K., *Kuntaka's Vakrokti Siddhanta: Towards an Appreciation of English Poetry*, Meerut: Shalabh Publishing House, 2004.

Shastri, Mool Chand, *Buddhistic Contribution to Sanskrit Poetics*, Delhi: Parimal Publications, 1986.

Shukla, Chitra P., *Treatment of Alaṅkāras in Rasagaṅgādhara*, Vallabh Vidyanagar: Sardar Patel University, 1977.

Singal, R. L., *Aristotle and Bharata: A Comparative Study of Their Theories of Drama*, Punjab: Vishveshvaranand Vedic Research Institute, 1977.

Sreekantaiyya, T.N., *Indian Poetics*, Trans. by N. Balasubrahmanya, New Delhi: Sahitya Akademi, 2001.

Srivastava, Anand Kumar, *Later Sanskrit Rhetoricians*, New Delhi: Eastern Book

Linkers, 2007.

Swamy, M. Sivakumara, *Post-Jagannatha Alankarasastra*, New Delhi: Rashtriya Sanskrit Sansthan, 1998.

Swaroop, Sharda, *The Role of Dhvani in Sanskrit Poetics*, Moradabad: Braj Ashram, 1984.

Tirugnanasambandhan, P., *The Concepts of Alamkara Sastra in Tamil*, Madras: The Samskrit Academy, 1977.

Tiwary, R. S., *A Critical Approach to Classical Indian Poetics*, Varanasi: Chowkhamba Orient Alia, 1984.

Trikha, Raj Kumari, *Alaṅkāras in the Works of Bāṇabhaṭṭa*, New Delhi: Parimal Publications, 1982.

Vatsyayan, Kapila. *Bharata: The Nāṭyaśāstra*, New Delhi: Sahitya Akademi, 1996.

Vijayavardhana, G., *Outlines of Sanskrit Poetics*, Varanasi: Chowkhamba Sanskrit Series Office, 1970.

Walimbe, Y. S., *Abhinavagupta on Indian Aesthetics*, Delhi: Ajanta Publications, 1980.

Warder, A. K., *Indian Kāvya Literature*, *Vol. 1*, *Literary Criticism*, Delhi: Motilal Banarsidass, 1989.

Winternitz, M., *History of Indian Literature*, *Vol.3*, *Classical Sanskrit Literature*, Delhi: Motilal Banarsidass, 1963.

四、梵文著作(含梵英对译本)

Abhyankar, K. V. and Jayadev Mohanlal Shukla, eds. *Patañjali's. Vyākaraṇa-Mahābhāṣya*, *Āhnikas 1 – 3 with English Translation and Notes*, Poona: Bhandarkar Oriental Research Institute, 1975.

Amaracandrayati, *Kāvyakalpalatāvṛttih with Two Commentaries: Parimala and Makaranda*, Ahmedabad: L.D. Institute of Indology, 1997.

Amṛtānandayogin, *Ālaṅkārasaṅgraha*, Madras: The Adyar Library, 1949.

Anandavardhana, *Dhvanyāloka*, Varanasi: Chaukhambha Sanskrit Sansthan, 2009.

Appayadīkṣita, *Kuvalayānanda*, Varanasi: The Chowkhamba Vidya Bhawan, 1956.

Appayadīkṣita, *Citramīmāṃsā*, Varanasi: Chowkhamba Sanskrit Series Office, 1971.

Appayyadīkṣita, *Vrittivārttikam*, Varanasi: Sampurnanand Sanskrit Vishvavidyalaya, 1978.

Aśādhara, *Kovidānanda*, Delhi: Indu Prakashan, 1978.

Aśādhara, *Triveṇikā*, Delhi: Indu Prakashan, 1978.

Bhartṛhari, *Vākyapadīya*, Delhi: Motilal Banarsidass, 1971.

Bhāmaha, *Kāvyālaṅkāra*, Delhi: Motilal Banarsidass Publishers, 1970.

Bharatamuni, *Nāṭyaśāstra*, Vol. 1 – 3, ed. by Pushpendra Kumar, New Delhi: New Bharatiya Book Corporation, 2006.

Bharatamuni, *Nāṭyaśāstra*, Vol. 1 – 2, ed. by Manomohan Ghosh, Varanasi: Chowkhamba Sanskrit Series Office, 2009.

Bharatamuni, *Nāṭyaśāstra*, Vol.1 – 4, ed. by R. S. Nagar and K. L. Joshi, Delhi: Parimal Publications, 2009.

Bharatamuni, *Nāṭyaśāstra*, Vol. 1 – 4, ed. by N. P. Unni, New Delhi: NBBC Publishers, 2014.

Bharatamuni, *Nāṭyaśāstra*, trans. by Adya Rangacharya, New Delhi: Munshiram Manoharlal Publishers, 2007.

Bharatamuni, *Nāṭyaśāstra*, trans. by a board of scholars, Delhi: Sri Satguru Publications, No date.

Bhavabhūti, *Uttararāmācarita*, New Delhi: Chaukhamba Sanskrit Pratishthan, 2002.

Bhoja, *Śṛṅgāraprakāśa*, Vol. 1, New Delhi: Indira Gandhi National Centre for the Arts, 2007.

Bhoja, *Śṛṅgāraprakāśa*, Vol.2, Mysore: Coronation Press, 1963.

Bhoja, *Śṛṅgāraprakāśa*, Vol.3, Mysore: Coronation Press, 1969.

Bhoja, *Sarsvatī-Kaṇṭhābharaṇa*, Gauhati: Publication Board, Assam, 1969.

Bhoja, *Sarsvatī-Kaṇṭhābharaṇam*, Vol.1 – 3, New Delhi: Indira Gandhi National Centre for the Arts, 2009.

Bhānudatta, *Rasataraṅgiṇī*, New Delhi: Munshiram Manoharlal Publishers, 1974.

Bhānudatta, *Rasamañjarī*, Varanasi: Sampurnanand Sanskrit University, 1991.

Bhattacharyya, Suresh Mohan, ed. *The Alaṅkāra Section of the Agni-puraṇa*, Calcutta: Firma KLM Private Ltd., 1976.

Durgāprasāda, Paṇḍit & Kāśīnāth Pāṇḍurang Parab, ed. *Kāvyamālā*, Part IV, Bombay: Nirṇaya Sāgar Press, 1937.

Dvivedi, Kapil Deva and Shyam Lal Singh, ed. & trans. *The Prosody of Pingala: A Treatise of Vedic and Sanskrit Metrics with Applications of Vedic Mathematics*, Varanasi: Vishwavidyalaya Prakashan, 2008.

Dwivedi, Rewaprasada, *Kavyalankarakarika*, Varanasi: Kalidasa Samsthana, 2001.

Dwivedī, Rewāprasāda, *Nāṭyānuśāsanam*, Varanasi: Kalidasa Samsthana, 2008.

Gosvāmin, Rūpa, *Nāṭakacandrikā*, Varanasi: Chowkhamba Sanskrit Series Office, 1964.

Gosvāmin, Rūpa, *Bhaktirasāmṛtasindhu*, Vol. 1, Vrindaban: Institute of Oriental Philosophy, 1965.

Gosvāmin, Rūpa, *Bhaktirasāmṛtasindhu*, New Delhi: Indira Gandhi National Centre for the Arts, 2003.

Hemachandra, *Kāvyānuśāsana*, Bombay: Nirṇaya Sāgar Press, 1934.

Hemachandra, *Kāvyānuśāsana with Alaṅkāracūḍāmaṇi and Viveka*, Patan: Hemchandracharya North Gujarat University, 2007.

Jagannātha, *Rasagaṅgādhara*, Delhi: Motilal Banarsidass, 1983.

Jayadeva, *Candrāloka*, Varanasi: Chaukhamba Surbharati Prakashan, 2006.

Jñānapramodagaṇi, *Jñānapramodikā: A Commentary on Vāgbhaṭālaṅkāra*, Ahmedabad: L.D. Institute of Indology, 1987.

Kālidāsa, Abhinava (Narasiṃhakavi), *Naṅjarājayaśobhūṣaṇ*, Baroda: Oriental Institute, 1930.

Karṇapura, Kavi, *Alaṅkārakaustubha*, Delhi: Parimal Publications, 1981.

Kavicandra, Viśveśvara, *Camatkāracandrikā*, Waltair: Andhra University, 1969.

Krishnamoorthy, K., ed. *Dhvanyāloka-locana*, *With an Anonymous Sanskrit Commentary*, Chapter First, Delhi: Meharchand Lachhmandas, 1988.

Kṣemendra, *Aucityavicāracarcā*, Varanasi: The Chowkhamba Vidyabhawan, 1964.

Kṣemendra, *Suvṛttatilaka*, New Delhi: Paramamitra Prakashan, 1998.

Kuntaka, *Vakroktijivita*, Calcutta: Firma K. L. Mukhopadhyay, 1961.

Kuntaka, *Vakroktijivita*, Dharwad: Karnatak University, 1977.

Mahimabhaṭṭa, *Vyaktiviveka*, Benares: The Chaokhamba Sanskrit Series Office, 1936.

Mammaṭa, *Kāvyaprakāśa*, Varanasi: Bharatiya Vidya Prakashan, 1967.

Mammaṭa, *Śabdavyāpāravicāra*, Varanasi: Chowkhamba Vidyabhawan, 1974.

Mukherji, Parul Dave, ed. *The Citrasūtra of Viṣṇudharmottarapurāṇa*, New Delhi: Indira Gandhi National Centre for the Arts, 2001.

Mukherji, Ramaranjan, ed. *Vyaktiviveka of Rājānaka Mahimabhaṭṭa*, Kolkata: Sanskrit Pustak Bhandar, 2005.

Nandikeśvara, *Abhinayadarpaṇa*, Calcutta: Firma K. L. Mukhopadhyay, 1957.

Pāṇini, *Aṣṭādhyāyī*, Vol. 2, Delhi: Motilal Banarsidass, 1977.

Pāṭhak, Rāmarūpa, *Citrakāvyakautuka*, Delhi: Motilal Banarasidas, 1965.

Pingala, *Chandasutra*, New Delhi: Gurukula Vridavan Snatak Sodha Sansthan, 2003.

Pischel, R. ed. *Rudraṭa's Śṛṅgāratilaka and Ruyyaka's Sahṛdayalīlā*, Varanasi: Prachya Prakashan, 1968.

Rājaśekhara, *Kāvyamīmāmsā*, Baroda: Oriental Institute, 1934.

Rājaśekhara, *Kāvyamīmāṃsā*, New Delhi: D. K. Printworld, 2000.

Rāmacandra & Guṇacandra, *Nāṭyadarpaṇa*, New Delhi: Parimal Publications, 1986.

Rudrata, *Kāvyālaṅkāra*, Varanasi: Chaukhamba Vidyabhawan, 1966.

Ruyyaka, *Alaṅkāra-sarvasva*, Delhi: Meharchand Lachhmandas, 1965.

Sāgaranandin, *Nāṭakalakṣanaratnakośa*, Varanasi: Chowkhamba Sanskrit Series Office, 1972.

Saṅgharakkhita, *Bauddhālaṅkāraśāstra*, Delhi: Lalbahadur Sastra Kendriya Sanskrit Vidyapitha, 1973.

Śāradātanaya, *Bhāvaprakāśa*, Varanasi: Chaukhamba Surbharati Prakashan, 2008.

Śārṅgadeva, *Saṅgītaratnākara*, Varanasi: Chaukhamba Surbharati Prakashan, 2011.

Shah, Priyabala, ed. *Viṣṇudharmottarapurāṇa*, *Third Khanda*, Vol.1, Vadodara: Oriental Institute, 1994.

Sharma, Brahmanand, *Rasalocana*, Ajmer: Pracya Vidya Pratishthan, 1985.

Śiṅgabhūpāla, *Rasārṇavasudhākara*, Madras: Tha Adyar Library and Research Centre, 1979.

Śrīkaṇṭha, *Rasakaumudī*, Baroda: Oriental Institute, 1963.

Sudhākalaśa, Vācanācārya, *Saṅgītopaniṣat-sāroddhāra*, New Delhi: Indiara Gandhi National Centre for the Arts, 1998.

Suryakanta, *Kṣemendra Studies, Together with an English translation of his Kavikaṇṭhābharaṇa, Aucityavicāracarcā and Suvṛttatilaka*, Poona: Oriental Book Agency, 1954.

Udbhata, *Kāvyālaṅkārasārasaṅgraha*, Poona: Bhandarkar Oriental Research Institute, 1925.

Udbhata, *Kāvyālaṅkārasārasaṅgraha*, New Delhi: Vidyanidhi Prakashan, 2001.

Vāgbhaṭa, *Kāvyānuśāsana*, Bombay: Tukaram Javaji, 1915.

Vāmana, *Kāvyālaṅkāra-sūtra*, Varanasi: Chowkhamba Sanskrit Series Office, 1971.

Vātsyāyana, *Kāmasūtra*, Mumbai: Nirṇaya Sāgara Yastrālaya, 1891.

Vidyādhara, *Ekāvalī*, New Delhi: Bharatiya Book Corporation, 1981.

Vidyānātha, *Pratāparudrayaśobhūśaṇa*, Madras: The Sanskrit Education Society, 1979.

Viśvanātha, *Sāhityadarpaṇa*, New Delhi: Panini, 1982.

Visvesvarakavicandra, *Camatkāracndrika*, Waltair: Andhra University, 1969.

五、工具书

黄心川主编:《南亚大辞典》,成都:四川人民出版社,1998 年。

《新英汉词典》编写组编:《新英汉词典》(增补本),上海译文出版社,2004 年。

Apte, Vaman Shivram, *The Student's English-Sanskrit Dictionary*, Delhi: Motilal Banarsidass Publishers, 2002.

Apte, Vaman Shivram, *The Practical Sanskrit-English Dictionary*, Delhi: Motilal Banarsidass Publishers, 2004.

Nagendra, *A Dictionary of Sanskrit Poetics*, New Delhi: B. R. Publishing Corporation, 1987.

Williams, M. Monier, *A Sanskrit English Dictionary*, Delhi: Motilal Banarsidass Publishers, 2002.

后　　记

2012年12月28日，我收到上海师范大学刘耘华教授的电邮，他在信中说，自己打算编一套大约相当于研究生教材性质的“比较诗学与比较文化丛书”，计划共十种，拟请北京大学、北京外国语大学、复旦大学、武汉大学、华东师范大学和上海师范大学的中青年学者撰写。其中一本定名为《印度诗学导论》，他问我是否愿意撰写。

承蒙刘教授错爱和信任，才疏学浅的我相当感动。记得自己当时有些犹豫，因为心中还盘算着相关的一些研究计划如何如期完成、某些书稿如何修改并出版。更主要的是，我完全缺乏撰写教材或类似著作的经验。事实上，国内对印度诗学翻译和研究下过功夫且成绩突出的著名学者就有好几位，他们在很多方面都要强于我。短暂的犹豫后，我还是决定接下这个活儿。现在看来，当时决定答应撰稿，的确是冒着极大的风险。这种风险与我的学力、经验、时间、精力等因素有关。

从2013年初拟定写作提纲至今，已是三年有余。而今，书稿基本杀青，对于约稿的刘教授或对自己的美好初心，似乎都有了一个差强人意的交代。能较为顺利地完成初稿撰写和修改定稿，自然是一件大快人心的事。

首先要深深地感谢上海师范大学“比较文学与世界文学”学科点负责人、著名比较文学专家亦即首届中国比较文学“终身成就奖”获得者乐黛云先生和孙景尧先生高足刘耘华教授的错爱、赏识和倾力相助。这本书从提纲设计到完成初稿、修改定稿，均融汇了刘教授的辛勤和智慧。他的渊博学识、低调宽容、热情坦诚，均给我留下极深的印象！

2013年3月底至今，刘教授组织了三次“比较诗学与比较文化丛书”撰写者的集体讨论会。我参加了其中的两次，受益匪浅。在这些研讨会上，除了刘教授本人外，其他许多著名的文论研究或比较诗学专家如复旦大学的杨乃乔教授和陆扬教授、武汉大学的赵小琪教授、华东师范大学的朱志荣教授和范劲教授、上海师范大学的严明教授和孙逊教授等，均对我的提纲设计或初稿修改提出了很多建设性意见。其中的绝大部分建议，我均已采纳。一次虽因故未去，但与会专家仍对我的写作提纲提供了诚恳可行的修改建议。完全可以说，本书是刘教授牵头组织的比较诗学研究群体在心灵深处跨越印度文明、中国文明和西方文明过程中的合作研究产物。因此,我要向上述各位学者表示真诚的谢意!

感谢上海师范大学的邓艳艳博士。作为丛书撰写事宜的具体联络人之一,她为我热情地提供了很多无私的帮助。同时,我也要感谢上海师范大学的姚云帆博士所提供的友好帮助。

感谢上海古籍出版社诸位编辑为本书奉献的智慧和心血!

感谢现在尼赫鲁大学国际关系学院攻读博士学位的张洋同学。近年来,他不辞辛劳,通过各种方式,为我购买并亲自带回或寄来不少珍贵的梵语诗学资料,极大地丰富了本书的信息量。在帮助购书的过程中,就读于德里大学佛学研究系的博士候选人寂肇法师出力甚多。法师梵文甚佳,慧眼识珠,为我购得不少"珍宝"。在此过程中,吴顺煌和林珊珊等年轻的朋友们以及一些印度的年轻学子均给予了大力支持!短期赴印搜集资料的深圳大学印度研究中心教师黄蓉女士也提供了相应的帮助。对于上述各位年轻朋友的援助,在此一并致谢!

感谢北京大学东方文学研究中心的黄晏妤老师为笔者提供并邮寄许多珍贵的东方文学研究资料,其中很多资料已经在本书的写作和修改中发挥了重要作用。感谢中国国际广播电台的孟加拉语专家杨伟明博士向笔者详细提供最新版《泰戈尔全集》的相关信息。感谢四川音乐学院的夏凡教授为笔者提供国内研究印度古代音乐理论的相关成果和信息,为笔者拓展了考察的视野。

感谢四川大学 2013 级世界史专业硕士生李贻贤、王琼林和该校国际关系专业 2011 级硕士生刘昭、2012 级硕士生李晓娟、2013 级硕士生杨闰等同学在本人为撰写本书而收集各种文献资料或网络资料的过程中所提供的诸多帮助。与这些年轻而睿智的朋友们在四川大学相识,是生命中无比美好的一种缘分。祝愿这些年轻人在其未来岁月中幸福吉祥、万事如意!

真诚感谢许多国内外的师长和朋友!正是他们在过往岁月中的谆谆教诲或无私帮助,使我在印度诗学、比较文学(比较诗学)和中印关系研究等领域或多或少地取得了一些微不足道的成绩。特别值得一提的是,王邦维先生和黄宝生先生、高鸿先生等的巨大帮助(如印度语言解读能力的提高等),是我研究印度文论时最受用的精神财富。对于这些国内外师友的感激,我已经在此前出版的几本书中有过较为细致的介绍,此处不再赘述。

自然,也要感谢夫人多年来的倾力相助。好几次,她即便是在病中,也不忘以柔弱的双肩"扛起"家庭重担,包揽全部家务,全力支持我的写作和研究。没有她的无私奉献和大力支持,本书的初稿和修改绝不会如此顺利!

最后简单地谈谈本书写作中的一些感想和相关问题。

2008 年 6 月即震惊世界的"汶川大地震"之后,我获得了国家社会科学基金项目"印度文论史"的立项支持。这是我科研生涯中的一个"里程碑事件",因为我从此正式步入了印度文论的研究道路,此前的辛劳和相关思考及其文字结晶只能算是一种"预热"而已。在此前后,我已经完成了《梵语诗学与西方诗学比较研究》一书的大部分撰写,该书于 2010 年底出版。从获得立项资助到正式出版,"印度文论史"耗去了我人生岁月最黄金的一段时光(前后算来大约是七年之久),但我无怨无悔。该项目在 2010 年夏季完成初稿并提交结项成果后,我便马不停蹄地向国家留学基金委员会申请再次赴印留学,以进一步收集资料,修改书稿。这一愿望梦想成真,我的资料收集较为顺利。此后几年,兴趣广泛的我虽不时关注其他一些领域的研究或翻译,但对印度文论的历史梳理始终不改初衷。在我接受《印度诗学导论》的撰写任务两年之后,《印度文论史》顺利出版。这是因为,如不对印度文论的发展脉络进行清理,很难对国内青年学子较为陌生的印度诗学进行导读或导引。在对印度文论进行东西横向比较和历史纵向研究的基础上,我对撰写《印度诗学导论》开始增添了更多的自信。为了区别于既往的研究,为了体现和展示思考的深入与新的感悟,也为了契合"比较诗学与比较文化"丛书的撰写体例,我采取和借鉴了本丛书中日本卷负责人严明教授等(自然也应向严教授等表示感谢)所取的范畴分析、命题考察和文类剖析法,并增加了现当代诗学名家论和世界传播论等章节,力求较为全面而深入地展示印度诗学的发展轨迹和内涵外延。自然,本书也在各处适当地借鉴了此前出版的两部拙著即《梵语诗学与西方诗学比较研究》和《印度文论史》的部分观点或相应内容。这是需要加以说明的。

捧读书稿,笔者对很多地方如范畴论与命题论部分仍有不如意之感,对世界传播论部分也有很多遗憾。这主要是下述主、客观因素造成的:笔者的比较诗学研究能力不足,对印度、中国与西方诗学的学习和研究不够,资料储备尚待补充完善,相关领域的翻译有待继续推进,国内此前对印度古代文论范畴命题与现代诗学整体脉络的研究不够或尚有很多空白点,等等,这些不如意或遗憾之处,只能留待他日继续思考,勉力深化,以图弥补了。正因如此,笔者真诚期待国内相关领域的专家、感兴趣的读者对本书给予批评指正!

行笔至此,突然想起今年也是笔者的"知天命"之年,同时也自然想起 2004 年参加一位恩师的五十岁生日聚会的情境：恩师说，今天是一个令人快乐的日子，也是一个令人悲哀的日子。事实上，快乐与悲哀，在佛家眼中似已融为一体。无所谓悲，也无所谓喜，这大概便是万法皆空、万事随缘的真实内涵吧。范仲淹所谓“不以物喜，不以己悲”与此有些类似。况且，“知天命”或许意味着从此便清醒地知道，后半辈子该如何生活与学习、该如何顺应天道与命运了。这岂非一位学者幸运获得的又一方福田（punya-ksetra）？

2016年2月22日即正月十五初定稿

2月27日晚定稿

图书在版编目(CIP)数据

印度诗学导论 / 尹锡南著. —上海：上海古籍出版社，2017.10
(比较诗学与比较文化丛书)
ISBN 978-7-5325-8597-7

Ⅰ. ①印…　Ⅱ. ①尹…　Ⅲ. ①诗学—研究—印度
Ⅳ. ①I351.072

中国版本图书馆 CIP 数据核字(2017)第 215089 号

比较诗学与比较文化丛书
印度诗学导论
尹锡南　著
上海古籍出版社出版发行
(上海瑞金二路 272 号　邮政编码 200020)
(1) 网址：www.guji.com.cn
(2) E-mail：gujil@guji.com.cn
(3) 易文网网址：www.ewen.co
浙江临安曙光印务有限公司印刷
开本 787×1092　1/16　印张 24.25　插页 2　字数 431,000
2017 年 10 月第 1 版　2017 年 10 月第 1 次印刷
印数：1—1,500
ISBN 978-7-5325-8597-7
I · 3210　定价：98.00 元